香港文學大系

通俗文學卷

黃仲鳴 主編

商務印書館

《香港文學大系一九一九—一九四九》編輯委員會已盡力查究相片刊載權的資料。如有遺漏之處，請版權持有人與本編委會聯絡。

香港文學大系一九一九—一九四九・通俗文學卷

主　　編：黃仲鳴
責任編輯：馮孟琦
封面設計：張　毅
出　　版：商務印書館（香港）有限公司
香港筲箕灣耀興道 3 號東滙廣場 8 樓
http://www.commercialpress.com.hk
發　　行：香港聯合書刊物流有限公司
香港新界大埔汀麗路 36 號中華商務印刷大廈 3 字樓
印　　刷：中華商務彩色印刷有限公司
香港新界大埔汀麗路 36 號中華商務印刷大廈
版　　次：2014 年 12 月第 1 版第 1 次印刷

ISBN 978 962 07 4513 3

《香港文學大系一九一九—一九四九》人員名單

編輯委員會

總　主　編　陳國球

副總主編　陳智德

編輯委員　危令敦　陳國球　陳智德　黃子平
　　　　　黃仲鳴　樊善標（按姓氏筆畫序）

顧　問

王德威　李歐梵　許子東　陳平原
黃子平（按姓氏筆畫序）

各卷主編

1	新詩卷	陳智德
2	散文卷一	樊善標
3	散文卷二	危令敦
4	小說卷一	謝曉虹
5	小說卷二	黃念欣
6	戲劇卷	盧偉力
7	評論卷一	陳國球
8	評論卷二	林曼叔
9	舊體文學卷	程中山
10	通俗文學卷	黃仲鳴
11	兒童文學卷	霍玉英
12	文學史料卷	陳智德

總序

陳國球

香港文學未有一本從本地觀點與角度撰寫的文學史，是說膩了的老話，也是一個事實。早期出現多種境外出版的香港文學史，疏誤實在太多，香港學界乃有先整理組織有關香港文學的資料，然後再為香港文學修史的想法。由於上世紀三〇年代面世的《中國新文學大系》被認為是後來「新文學史」書寫的重要依據，於是主張編纂香港文學大系的聲音，從一九八〇年代開始不絕於耳。[1] 這個構想在差不多三十年後，首度落實為十二卷的《香港文學大系一九一九——一九四九》。際此，有關「文學大系」如何牽動「文學史」的意義，值得我們回顧省思。

一、「文學大系」作為文體類型

在中國，以「大系」之名作書題，最早可能就是一九三五至三六年出版，由趙家璧主編，蔡元培總序，胡適、魯迅、茅盾、朱自清、周作人、郁達夫等任各集編輯的《中國新文學大系》。「大系」這個書業用語源自日本，指有系統地把特定領域之相關文獻匯聚成編以為概覽的出版物：「大」指此一出版物之規模；「系」指其間的組織聯繫。[2] 趙家璧在《中國新文學大系》出版五十年後的回憶文章，就提到他以「大系」為題是師法日本；他以為這兩字：

既表示選稿範圍、出版規模、動員人力之「大」，而整套書的內容規劃，又是一個有「系統」的整體，是按一個具體的編輯意圖有意識地進行組稿而完成的，與一般把許多單行本雜湊在一起的叢書文庫等有顯著的區別。[3]

《中國新文學大系》出版以後，在不同時空的華文疆域都有類似的製作，並依循着近似的結構方式組織各種文學創作、評論以至相關史料等文本，漸漸被體認為一種具有國家或地域文學史意義的文體類型。[4] 資料顯示，在中國內地出版的繼作有：

- 《中國新文學大系一九二七——一九三七》（上海：上海文藝出版社，一九八四——一九八九）；
- 《中國新文學大系一九三七——一九四九》（上海：上海文藝出版社，一九九〇）；
- 《中國新文學大系一九四九——一九七六》（上海：上海文藝出版社，一九九七）；
- 《中國新文學大系一九七六——二〇〇〇》（上海：上海文藝出版社，二〇〇九）。

另外也有在香港出版的：

- 《中國新文學大系續編一九二八——一九三八》（香港：香港文學研究社，一九六八）。

在臺灣則有：

- 《中國現代文學大系》（一九五〇——一九七〇）（台北：巨人出版社，一九七二）；
- 《當代中國新文學大系》（一九四九——一九七九）（台北：天視出版事業有限公司，一九七九——一九八一）；

➤《中華現代文學大系——臺灣一九七〇—一九八九》（台北：九歌出版社，一九八九）；

➤《中華現代文學大系（貳）——臺灣一九八九—二〇〇三》（台北：九歌出版社，二〇〇三）。

在新加坡和馬來西亞地區有：

➤《馬華新文學大系》（一九一九—一九四二）（新加坡：世界書局／香港：世界出版社，一九七〇—一九七二）；

➤《馬華新文學大系（戰後）》（一九四五—一九七六）（新加坡：世界書局，一九七九—一九八三）；

➤《新馬華文文學大系》（一九四五—一九六五）（新加坡：教育出版社，一九七一）；

➤《馬華文學大系》（一九六五—一九九六）（新山：彩虹出版有限公司，二〇〇四）。

內地還陸續支持出版過：

➤《戰後新馬文學大系》（一九四五—一九七六）（北京：華藝出版社，一九九九）；

➤《新加坡當代華文文學大系》（北京：中國華僑出版公司，一九九一—二〇〇一）；

➤《東南亞華文文學大系》（廈門：鷺江出版社，一九九五）；

➤《臺港澳暨海外華文文學大系》（北京：中國友誼出版公司，一九九三）等。

其他以「大系」名目出版的各種主題的文學叢書，形形色色還有許多，當中編輯宗旨及結構模式不少已經偏離《中國新文學大系》的傳統，於此不必細論。

1 「文學大系」的原型

由於趙家璧主編的《中國新文學大系》正是「文學大系」編纂方式的原型，其構思如何自無而有，如何具體成形，以至其文化功能如何發揮，都值得我們追跡尋索，思考這類型的文化工程的意義。在時機上，我們今天進行追索比較有利，因為主要當事人趙家璧，在一九八〇年代陸續發表回顧編輯生涯的文章，尤其文長萬字的〈話說《中國新文學大系》〉，除了個人回憶，還多方徵引紀錄文獻和相關人物的記述，對《新文學大系》由編纂到出版的過程有相當清晰的敘述。[5] 後來不少研究者如劉禾、徐鵬緒及李廣等，討論《中國新文學大系》的編輯過程時，幾乎都不出《編輯憶舊》一書所載。[6] 在此我們不必再費詞重複，而只揭其重點。

首先我們注意到作為良友圖書公司一個年輕編輯，趙家璧有編「成套文學書」的事業理想；同時，身為商業機構的僱員，他當然要照顧出版社的成本效益、當時的版權法例，以至政治審查等種種限制。[7] 從政治及文化傾向而言，趙家璧比較支持左翼思想，對國民政府正在推行的「新生活運動」，以至提倡尊孔讀經、重印古書等，不以為然。因此，他想要編集「五四」以來的文學作品成叢書的想法，可説是在運動落潮以後，重新召喚歷史記憶及其反抗精神的嘗試。[8]

在趙家璧構思計劃的初始階段，有兩本書直接起了啟迪作用：阿英（錢杏邨）介紹給他的劉半農編《初期白話詩稿》，以及阿英以筆名「張若英」寫的《中國新文學運動史》。前者成了趙家璧「理想中的那本『五四』以來詩集的雛形」，後者引發他思考：「如果沒有『五四』新文學運動的理論建設，怎麼可能產生如此豐富的各類文學作品呢？」由是，趙家璧心中要鋪陳展現的不僅止是歷史上出現過的文學現象，他更要揭示其間的原因和結果；原來僅限作品採集的「『五四』以來文學名著百種」的想法，變成「請人編選各集，在集後附錄相關史料」的比較立體的構想，再進而落實為「一套包括理論、作品、史料」的「新文學大系」。《史料集》一卷的作用主要是為選入的作品佈置歷史定位的座標，提供敘事的語境；而「理論」部分，因為鄭振鐸的建議，擴充為《建設理論集》和《文學論爭集》。這兩集被列作《大系》的第一、二集，引領讀者走進一個文學史敘事體的閱讀框架：新文學好比這個敘事體中的英雄，其誕生、成長，以至抗衡、挑戰，甚而擊潰其他文學「惡」勢力（包括「舊體文學」、「鴛鴦蝴蝶文學」等）的故事輪廓就被勾勒出來。其餘各集的長篇〈導言〉，從不同角度作出點染着色，讓置身這個「歷史圖象」的各體文學作品，成為充實「寫真」的具體細部。

《中國新文學大系》的主體當然是其中的《小說集》、《散文集》、《新詩集》和《戲劇集》等七卷。劉禾對《大系》作了一個非常矚目的判斷；她認定它「是一個自我殖民的規劃」（“self-colonizing project”），證據之一是《大系》按照「小說、詩歌、戲劇、散文」的文類形式四分法（“four-way division of generic forms”）組織「所有文學作品」，而這四種文類形式是英語的“fiction”，“poetry”，“drama”，“familiar prose”的對應翻譯，《大系》把這種西方文學形式的「『翻譯』的基準」（“‘translated’ norms”）典律化，使自梁啟超以來顛覆古典文學之經典地位的想法得成具體（crystallized）；所謂「自我殖民化」的意思是，趙家璧的《中國新文學大系》視西方為「中國文學」意義最終解釋的根據地。[9] 衡之於當時的歷史狀況，劉禾這個論斷應該是一種非常過度的詮釋。首先西方的文學論述傳統似乎沒有以「小說、詩歌、戲劇、散文」的四分法來統領「所有文學作品」。[10]而現代中國的「文學概論」式的文類四分法可說是一種揉合中西文學觀的混雜體；其構成基礎還是中國傳統的「詩文」分類，再加上受西方文學傳統影響而致「文學位階」得以提升的「小說」與「戲劇」，統合成文學的四種類型。這四種文體類型的傳播已久；翻查《民國時期總書目》，我們可以看到以這些文類概念作為編選範圍的現代文學選本，在《大系》出版以前或約略同時，就有不少，例如《新詩集》（一九二〇）、《現代中國詩歌選》（一九三二）、《當代小說讀本》（一九三二）、《短篇小說選》（一九三四）、《近代戲劇集》（一九三〇）、《現代中國戲劇選》（一九三三）等等。[11]趙家璧的回憶文章提到，他當時考慮過的「文類」是：「長篇小說」、「短篇小說」、「散文」、「詩」、「戲劇」、「理論文章」，[12]而不是四分文類的定型思考。因此，這種文類觀念的通行，不應該由趙家璧或《中國新文學大系》負責。事實上後來出現的「文學大系」亦沒有被趙家璧的先例所限囿，例如：《中國新文學大系一九二七—一九三七》增加了「報告文學」和「電影」；《中國新文學大系一九三七—一九四九》的小說類再細分「短篇」、「中篇」和「長篇」，又另闢「雜文」集；《中國新文學大系一九七六—二〇〇〇》的小說類除長、中、短篇以外，增設「微型」一項，又調整和增補了「紀實文學」、「兒童文學」、「影視文學」。可見「四分法」未能賅括所有中國現代文學的文類。

劉禾指《中國新文學大系》「自我殖民」——完全依照西方標準（而不是中國傳統文學的典範）來斷定「文學」的內涵——更是一種「污名化」的詮釋。如果採用同樣欠缺同情關懷的批判方式，我們也可以指摘那些拒絕參照西方知識架構的文化人為「自甘被舊傳統宰制的原教主義信徒」。無論是那一種方向的「污名化」，都不值得鼓勵，尤其在已有一定歷史距離的今天作學術討論時。近代以來中國知識份子面對西潮無所不至的衝擊，其間危機感帶來的焦慮與徬徨，實在是前古所未有。正如朱自清說當時學術界的趨勢，「往往以西方觀念為範圍去選擇中國的問題，姑無論將來是好是壞，這已經是不可避免的事實」；[13]在這個關頭，有責任感的知識份子都在思考中國文化「如何應變」、「自何自處」的問題。無論他們採用哪一種內向或者外向的調適策略，都有其歷史意義，需要我們同情地了解。

胡適、朱自清，以至茅盾、鄭振鐸、魯迅、周作人，或者鄭伯奇、阿英，這些《中國新文學大系》各卷的編者，各懷信仰，尤其對於中國未來的設想，取徑更千差萬別；但在進行編選工作時，其相同的思路還是明顯的——就是為歷史作證。從各集的〈導言〉可見，其關懷的歷史時段長短不一；有只駐目於關鍵的「新文學運動第一個十年」，如鄭振鐸的《文學論爭集・導言》，或者朱自清的《詩集・導言》；也有由今及古、上溯文體淵源，再探中西同異者，如郁達夫的《散文二集・導言》。[14]當然，其中歷史視野最為宏闊的是時任中央研究院院長的蔡元培所寫的〈總序〉。〈總序〉以「歐洲近代文化，都從復興時代演出」開篇，將「新文學運動」比附為歐洲的「文藝復興」運動；此時中國以白話取代文言為文學的工具，好比「復興時代」歐洲各民族以方言而非拉丁文創作文學。蔡元培在文章結束時說，「歐洲的復興」歷三百年，「我國的復興，自五四運動以來不過十五年」：

> 新文學的成績，當然不敢自詡為成熟。其影響於科學精神民治思想及表現個性的藝術，均尚在進行中。但是吾國歷史，現代環境，督促吾人，不得不有奔軼絕塵的猛進。吾人自期，至少應以十年的工作抵歐洲各國的百年。所以對於第一個十年先作一總審查，使吾人有以鑑既往而策將來，希望第二個十年與第三個十年時，有中國的拉飛爾與中國的莎士比亞等應運而生呵！[15]

我們知道自晚清到民國，歐洲歷史上的"Renaissance"是一個重要的象徵符號，是許多文化人的迷思；然而這個符號在中國的喻指卻是多變的。有比較重視歐洲在中世紀以後追慕希臘羅馬古典著述之「古學復興」的意義，認為偏重經籍整理的清代學術與之相似；也有注意到十字軍東征為歐洲帶來外地文化的影響，謂清中葉以後西學傳入開展了中國的「文藝復興」；又有從歐洲「文藝復興」時期出現以民族語言創作文學而產生輝煌的作品着眼，這就是自一九一七年開始的「文學革命」的宣傳重點。[16] 蔡元培的〈總論〉也是這種論述的呼應，但結合了他對中西文化發展的觀察，使得「新文學」與「尚在進行中」的「科學精神」、「民治思想」及「表現個性的藝術」等變革相互關聯，從而為閱讀《大系》中各個獨立文本的讀者提供了詮釋其間文化政治的指南針。[17]

《中國新文學大系》的結構模型——賦予文化史意義的「總序」、從理論與思潮搭建的框架、主要文類的文本選樣，經緯交織的導言，加上史料索引作為鋪墊——算不上緊密，但能互相扣連，又留有一定的詮釋空間，反而有可能勝過表面上更周密，純粹以敘述手段完成的傳統文學史書寫，更能彰顯歷史意義的深度。

2 「新文學大系」的繼承

《中國新文學大系》面世以後，贏得許多的稱譽；[18]正如蔡元培和茅盾等的期待，趙家璧確有意續編第二、第三輯。[19]一九四五年抗戰接近尾聲時，趙家璧在重慶就開始着手組織「抗戰八年文學」的第三輯編輯工作，並邀約了梅林、老舍、李廣田、茅盾、郭沫若、葉紹鈞等編選各集。[20]但時局變幻，這個計劃並未能按預想實行。一九四九年以後，政治氣氛也不容許趙家璧進行續編的工作；即使已出版的第一輯《中國新文學大系》，亦不再流通。

直至一九六二年及一九七二年香港文學研究社先後兩次重印《中國新文學大系》；[21]香港文學研究社還在一九六八年出版了《中國新文學大系・續編》。這個《續編》同樣有十集，取消了《建設理論集》，補上新增的《電影集》。至於編輯概況，《續編・出版前言》故作神秘，說各集主編名字不適宜刊出，但都是「國內外知名人物」，「分在三地東京、星加坡、香港進行」編輯，以四年時間完成。事實上《續編》出版時間正逢大陸文化大革命如火如荼，文化人備受迫害；各種不幸的消息，相繼傳到香港，故此出版社多加掩蔽，是情有可原的。據現存的資訊顯示，編輯的主要工作由在大陸的常君實和香港文學研究社的譚秀牧擔當；[22]然而兩人之間並無直接聯繫，無法互相照應。另一方面，二人各因所處環境和視野的局限，所能採集的資料難以全面；在大陸政治運動頻仍，顧忌甚多；在香港則材料散落，張羅不易；再加上出版過程並不順利，即使在香港的譚秀牧亦不能親睹全書出版。[23]這樣得出來的成績，很難說得上完美。不過，我們要評價這個「文學大系」傳統的第一任繼承者，應該要考慮當時的各種限制。無論如何，在香港出版，其實頗能說明香港的文化空間的意義，其承載中華文化的方式與成效亦頗值得玩味。[24]

《中國新文學大系》的「正統」繼承，要等到中國的文化大革命正式落幕。從一九八○年到一九八二年，上海文藝出版社徵得趙家璧同意，影印出版十集《中國新文學大系》，同時組織出版《中國新文學大系一九二七—一九三七》二十冊作為第二輯，由社長兼總編輯丁景唐主持，趙家璧作顧問，一九八四年至一九八九年陸續面世；隨後，趙家璧與丁景唐同任顧問的第三輯《中國新文學大系一九三七—一九四九》二十冊於一九九○年出版，第四輯《中國新文學大系一九四九—一九七六》二十冊於一九九七年出版。二○○九年由王蒙、王元化總主編第五輯《中國新文學大系一九七六—二○○○》三十冊，繼續由上海文藝出版社出版；二十世紀以前的「新文學」，好像都有了「大系」作為相照的汗青。這「第二輯」到「第五輯」的說法，顯然是繼承、延續之意。然而第一輯到第二輯之間，其政治實況是中國經歷從民國到共和國的政權轉換，在大陸地區社會文化曾經發生翻天覆地的劇變。「嫡傳」、「正宗」的想像，其實需要刻意忽略這些政治社會的裂縫。當然趙家璧的認可，被邀請作顧問，讓這個「嫡傳」的合法性增加一種言說上的力量。不過，這後四輯對其他「大系」卻未必有明顯的垂範作用；起碼從面世時間先後來說，比起海外各大系之承接「新文學」薪火，反而是後發的競逐者。

在這個看來「嫡傳」的譜系中，因為時移世易，各輯已有相當的變異或者發展。在內容選材上，最明顯的是文體類型的增補，可見文類觀念會因應時代需要而不斷調整；這一點上文已有交代。另一個顯而易見的形式變化是：第二、三、四輯都沒有總序，只有〈出版説明〉。《大系》原型的第一輯每集都有〈導言〉，即使是同一文類的分集，如「小説」三集分別有茅盾、魯迅、鄭伯奇的論述；「散文」兩集又有周作人和郁達夫兩種觀點。其優勢正在於論述交錯間的矛盾與縫隙，可以生發更繁富的意義。第二、三輯開始，同一文類只冠以一位名家序言，論述角度當然有統整齊一之效。再看第二、三兩輯的〈説明〉基本修辭都一樣，聲明編纂工作「以馬克思列寧主義，毛澤東思想為指針，堅持從新文學運動的實際出發」，前者以「反帝反封建的作品佔主導地位」，後者的主導則是「革命的、進步的作品」；毫不含糊地為文學史的政治敘事設定格局；這當然是第一輯以「新文學」為敘事英雄的激越發展；第二、三輯的理論集序文，大概有着指標的作用，據此可以推想：第二輯的主角是「左翼文藝運動」，第三輯是「文藝為政治（戰爭）服務」。

第四輯〈出版説明〉的文字格式與前兩輯不同，逗漏了又一種訊息。這一輯出版於一九九七年，形勢上無論出於外發還是內需，有必要營構一個廣納四方的空間：「對那些曾經遭受過錯誤批判和不公正對待，或者在『文革』中雖未能正式發表、出版，但在社會上廣泛流傳產生過較大影響的作品，都一視同仁地加以遴選」；「這一時期發表的臺灣、香港、澳門作家的新文學作品，一並列選。」於是少不了臺灣余光中的一縷鄉愁、痖弦掛起的紅玉米；異品如馬朗寄居在香港的焚琴浪子，也得到收容。第五輯〈出版説明〉繼續保留「這一時期發表的臺灣、香港、澳門作家的新文學作品，一並列選」的句子，其為政治姿態，眾人皆見；尤其各卷編者似乎有很大的自由度決定他們對臺港澳的關切與否。因此我們實在不必介懷其所選所取是否「合理」、是否「得體」。

只不過若要衡度政治意義，則美國華裔學者夏志清、李歐梵和王德威之先後入選四、五兩輯，或者有需要為讀者釋疑，可惜兩輯的編者都未有任何說明。

第五輯回復有〈總序〉的傳統，共有兩篇。其中〈總序二〉是王元化生前在編輯會議上的發言；因此王蒙撰寫的一篇才是正式的〈總序〉。這一篇意在綜覽全局的序文，可與王蒙在第四輯寫的《小說卷・序》合觀；兩篇分別寫於一九九六年及二〇〇九年的文章，都表示要以正面、積極的態度去面對過去。王蒙在第四輯努力地討論「記憶」的意義，說「記憶實質是人類的一切思想情感文化文明的基礎和根源」，其目的是找到「歷史」與「現實」的通感類應。在第五輯〈總序〉王蒙則標舉「時間」；說時間是「慈母」，「偏愛已經被認真閱讀過並且仍然值得重讀或新讀的許多作品」；又說時間如「法官」：「無情地惦量着昨天」：

時間法官同樣有差池，但是更長的時間的回旋與淘洗常常能自行糾正自己的過失，時間的因素同樣能製造假象，但是更長的時間的反復與不舍晝夜的思量，定能使文學自行顯露真容。

《中國新文學大系》發展到第五輯，其類型演化所創造出來的方向、習套和格式已經相當明晰。不過，我們還有一系列「教外別傳」的範例可以參看。

3「文學大系」的「教外別傳」

我們知道臺灣在一九七二年就有《中國現代文學大系》的編纂，由巨人出版社組織編輯委員會，余光中撰寫〈總序〉，編選一九五〇年到一九七〇年的小說、散文、詩三種文類作品，合成八輯。另外司徒衛等在一九七九年至一九八一年編輯出版《當代中國新文學大系》十集，沿用《中國新文學大系》原型的體例，唯一變化是《建設理論集》改為《文學論評集》，而取材以一九四九年到一九七九年在臺灣發表之新文學作品為限。兩輯都明顯要繼承趙家璧主編《大系》的傳統，但又要作出某種區隔。司徒衛等編委以「當代」標明其時間以國民政府遷臺為起點，與止於一九二七年的趙編《大系》並非線性相連。余光中等的《大系》則以「現代文學」之名與「新文學」區辨。他撰寫的〈總序〉非常刻意的辨析臺灣新開展的「現代文學」與「五四早期新文學」之不同。相對來說，余光中比司徒衛更長於從文學發展的角度作分析；司徒衛的論調卻多有迎合官方意志之嫌。然而我們不能說《當代中國新文學大系》水準有所不如；事實上這個《當代大系》各集的編者大都具有文學史的眼光，取捨之間，極見功力；各集都有導言，觀點又起縱橫交錯的作用。其中瘂弦主編的《詩集》視野更及於臺灣以外的華文世界——從體例上可能與全書不合，但從概念上卻是當時的「中國」概念的一種詮釋；香港不少詩人如西西、蔡炎培、淮遠、羈魂、黃國彬的作品都被選入。余光中等編《現代文學大系》的選取範圍基本上只在臺灣，只是朱西甯在「小說輯」中收錄了張愛玲兩篇小說，另外（張）曉風編的「散文輯」又有思果三篇作品，但都沒有解釋說明；張愛玲是否「臺灣作家」是後來臺灣文學史一個爭論熱點；這些討論可以從此出發。論規模和完整格局，《當代中國新文學大系》實在比《中國現代文學大系》優勝，但後者的編輯團隊——余光中、朱西甯、洛夫、曉風——也是有份量的本色行家，所撰各體序文都能照應文體通變，又關聯到當時臺灣的文學生態。其中朱西甯序小說篇末，詳細交代《大系》的體例，其中一個論點很值得注意：

> 我們避免把「大系」作為「文選」，只圖個體的獨立表現，精選少數卓越的小說家作品中的菁華，而忽略了整體的發展意義。這可以用一句話來說，我們所選輯的是可成氣候的作品。如此「大系」也便含有了「索引」的作用，供後世據此而獲致從事某一小說家的專門研究資料蒐集的線索。[25]

朱西甯這個論點不必是《中國現代文學大系》各主編的共同認識，[26] 但卻為「文學大系」的文類功能作出一個很有意義的詮釋。

「文學大系」的文類傳統在臺灣發展，余光中最有貢獻。在巨人出版社的《中國現代文學大系》以後，他繼續主持了兩次「大系」的編纂工作：由九歌出版社先後於一九八九年出版《中華現代文學大系——臺灣一九七〇—一九八九》，二〇〇三年出版《中華現代文學大系（貳）——臺灣一九八九—二〇〇三》。兩輯都增加了《戲劇卷》和《評論卷》；前者涵蓋二十年，共十五冊；後者十五年，十二冊。余光中也撰寫了各版《現代文學大系》的〈總序〉。在臺灣思考文學史或者文學傳統，難免要連繫到「中國」這個概念。在巨人版《大系‧總序》，余光中的重點是把一九四九年以後臺灣的「現代文學」與「五四」時期的「新文學」相提並論，也講到臺灣文學「與昨日脱節」——對三、四十年代作家作品的陌生——帶來的影響：向更古老的中國古典傳統和西方學習。他又解釋以「大系」為名的意義：「除了精選各家的佳作之外，更企圖從而展示歷史的發展，和文風的演變，為二十年來的文學創作留下一筆頗為可觀的產業。」他更曲終奏雅，在〈總序〉的結尾說：

> 我尤其要提醒研究或翻譯中國現代文學的所有外國人：如果在泛政治主義的煙霧中，他們有意或無意地竟繞過了這部大系而去二十年來的大陸尋找文學，那真是避重就輕，一偏到底了。[27]

這是向「國際人士」呼籲，也可以作為「中國」二字放在書題的解釋：真正的「中國文學」在臺灣，而不在大陸；這是文學上的「正統」之爭。但從另一個角度來看，對臺灣許多知識份子而言，「中國」這個符號的意義，已經慢慢從政治信念變成文化想像，甚或虛擬幻設；我們知道，中華民國於一九七一年退出聯合國，一九七二年美國總統尼克遜訪問北京。在司徒衛等編成《當代中國新文學大系》之前不久，一九七八年十二月美國與中華民國斷絕外交關係。

所以，九歌版的兩輯「大系」，改題《中華現代文學大系》，並加註「臺灣」二字，是國際政治形勢使然。「中華」是民族文化身份的標誌，其指向就是「文化中國」的概念；「臺灣」則是具體的地理空間。余光中在《臺灣一九七〇——一九八九》的總序探討《中國現代文學大系》到《中華現代文學大系》前後四十年的變化，注意到一九八七年解除「戒嚴令」後兩岸交流帶來的文化衝擊，從而思考「臺灣文學」應如何定位的問題。「中國的文學史」與「中華民族的滾滾長流」，是當時余光中和他的同道企盼能找到答案的地方。到了《中華現代文學大系（貳）》，余光中卻有另一角度的思考，他說：

臺灣文學之多元多姿，成為中文世界的巍巍重鎮，端在其不讓土壤，不擇細流，有容乃大。如果把……非土生土長的作家與作品一概除去，留下的恐怕無此壯觀。[28]

他還是注意到臺灣文學在「中文世界」的地位，不過協商的對象，不再是外國研究者和翻譯家，而是島內另一種文學取向的評論家。

究之，余光中的終極關懷顯然就是「文學史」或者「歷史上的文學」。在他主持的三輯「文學大系」中，他試圖揭出與文學相關的「時間」與「變遷」，顯示文學如何「應對」與「抗衡」。「時間」是「文學大系」傳統的一個永恆母題。王蒙請「時間」來衡量他和編輯團隊（第五輯《中國新文學大系》）的成績：

我們深情地捧出了這三十卷近兩千萬言的《中國新文學大系》第五輯，請讀者明察，請時間的大河、請文學史考驗我們的編選。[29]

余光中在《中華現代文學大系（貳）‧總序》結束時說：

至於對選入的這兩百多位作家，這部世紀末的大系是否真成了永恆之門、不朽之階，則猶待歲月之考驗。新大系的十五位編輯和我，樂於將這些作品送到各位讀者的面前，並獻給漫漫的廿一世紀。原則上，這些作品恐怕都只能算是「備取」，至於未來，究竟其中的哪些能終於「正取」，就只有取決定悠悠的時光了。[30]

4 「文學大系」的基本特徵

以上看過兩個系列的「文學大系」，大抵可以歸納出這種編纂傳統的一些基本特徵：

一、「文學大系」是對一個範圍的文學（一個時段、一個國家／地域）作系統的整理，以多冊的、「成套的」文本形式面世；

二、這多冊成套的文學書，要能自成結構；結構的方式和目的在於立體地呈現其指涉的文學史；「立體」的意義在於超越敘事體的文學史書寫和示例式的選本的局限和片面；

三、「時間」與「記憶」、「現實」與「歷史」是否能相互作用，是「文學大系」的關鍵績效指標；

四、「國家文學」或者「地域文學」的「劃界」與「越界」，恆常是「文學大系」的挑戰。

二、「香港的」文學大系：《香港文學大系一九一九——一九四九》

1 「香港」是甚麼？誰是「香港人」？

葉靈鳳，一位因為戰禍而南下香港然後長居於此的文人，告訴我們：

> 香港本是新安縣屬的一個小海島，這座小島一向沒有名稱，至少是沒有一個固定的總名……。這一直到英國人向清朝官廳要求租借海中小島一座作為修船曬貨之用，並指名最好將「香港」島借給他們，這才在中國的輿圖上出現了「香港」二字。[31]

「命名」是事物認知的必經過程。事物可能早就存在於世，但未經「命名」，其存在意義是無法掌握的。正如「香港」，如果指南中國邊陲的一個海島，據史書大概在秦帝國設置南海郡時，就收在版圖之內。但在統治者眼中，帝國幅員遼闊，根本不需要一一計較領土內眾多無名的角落。用葉靈鳳的講法，香港島的命名因英國人的索求而得入清政府之耳目；[32]而「香港」涵蓋的範圍隨着清廷和英帝國的戰和關係而擴闊，再經歷民國和共和國的默認或不願確認，變成如今天香港政府公開發佈的描述：

> 香港是一個充滿活力的城市，也是通向中國內地的主要門戶城市。……香港是中華人民共和國成立的特別行政區。香港自一八四二年開始由英國統治，至一九九七年，中國政府按照「一國兩制」的原則對香港恢復行使主權。根據《基本法》規定，香港目前的政治制度將會

維持五十年不變，以公正的法治精神和獨立的司法機構維持香港市民的權利和自由。……香港位處中國的東南端，由香港島、大嶼山、九龍半島以及新界（包括二六二個離島）組成。[33]

「香港」由無名，到「香港村」、「香港島」，到「香港島、九龍半島、新界和離島」合稱，經歷了地理上和政治上不同界劃，經歷了一個自無而有，而變形放大的過程。更重要的是，「香港」這個名稱底下要有「人」；有人在這個地理空間起居作息，有人在此地有種種喜樂與憂愁、言談與詠歌。有人，有生活，有恩怨愛恨，有器用文化，「地方」的意義才能完足。

猜想自秦帝國及以前，地理上的香港可能已有居民，他們也許是越族峯民。李鄭屋古墓的出土，或許可以說明漢文化曾在此地流播。[34]據說從唐末至宋代，元朗鄧氏、上水廖氏及侯氏、粉嶺文氏及彭氏五族開始南移到新界地區。許地山，從臺灣到中國內地再到香港直至長眠香港土地下的另一位文化人，告訴我們：

> 香港及其附近底居民，除新移入底歐洲民族及印度波斯諸國民族以外，中國人中大別有四種：一、本地；二、客家；三、福佬；四、蛋家。……本地人來得最早的是由湘江入蒼梧順西江下流底。稍後一點底是越大庾嶺由南雄順北江下流底。[35]

「本地」，不免是外來；香港這個流動不絕的空間，誰是土地上的真正主人呢？再追問下去的話，秦漢時居住在這個海島和半島上的，是「香港人」嗎？大概只能說是南海郡人或者番禺縣人；再晚來的，就是寶安縣人、新安縣人吧。因為當時的政治地理，還沒有「香港」這個名稱、這個概念。然而，換上了不同政治地理名號的「人」，有甚麼不同的意義？「人」和「土地」的關係，就會有所改變嗎？

2 定義「香港文學」

「香港文學」過去大概有點像南中國的一個無名島，島民或漁或耕，帝力於我何有哉？自從上世紀八〇年代開始，「香港文學」才漸漸成為文化人和學界的議題。這當然和中英就香港前途問題進行談判，以至一九八四年簽訂中英聯合聲明，讓香港進入一個漫長的過渡期有關。「香港有沒有文學」、「甚麼是香港文學」等問題陸續浮現。前一個問題，大概出於與「香港文學」、或者所有「文學」都無甚關涉的人。香港以外地區有這種觀感的，可以理解；值得玩味的是在港內同樣想法的人並不是少數；責任何在？實在需要深思。至於後一個問題，則是一個定義的問題。

要定義「香港文學」，大概不必想到唐宋秦漢，因為相關文學成品（artifact）的流轉，大都在「香港」這個政治地理名稱出現以後。[36]只便如此，還是困擾了不少人。一種定義方式，是以文本創製者為念：說文學是性靈的抒發，故「香港文學」應是「香港人所寫的文學」。這個定義帶來的問題首先是「誰是香港人」？另一種方式，從作品的內容着眼，因為文學反映生活，如果這生活的場景就是香港，當然就是「香港文學」。依着這個定義，則不涉及香港具體情貌的作品，是要排除在外了。再有一種，以文本創製工序的完成為論，所以「香港文學」是「在香港出版、面世的文學作品」。此外，與出版相關的是文學成品的受眾，所以這個定義可以改換成以「接受」的範圍和程度作準：「在香港出版，為香港人喜愛（最低限度是願意）閱讀的文學作品。」先不說定義中還是包含未有講明白的「香港人」一詞，而且「讀者在哪裏？」是不易說清楚的。事實上，由於歷史的原因，以香港為出版基地，但作者讀者都不在香港的情況不是沒有。[37]因為香港就是這麼奇妙的一個文學空間。[38]

從過去的議論見到，創作者是否「香港人」是一個基本問題；換句話說，很多討論是圍繞着「香港作家」的定義來展開。有一種可能會獲得官方支持的講法是：「持有香港身份證或居港七年以上，曾出版最少一冊文學作品或經常在報刊發表文學作品」；[39]這個定義的前半部分是以「政治」和「法律」論文學的一例，很難令人釋懷；[40]兼且「法律」是有時效的，這時不合法並不排除那時的「非違法」。我們認為：「文學」的身份和「文學」的有效性不必倚仗一時的統治法令去維持。至於「出版」與「報刊發表」當然是由創作到閱讀的「文學過程」中一個接近終點的環節，可以是一個有效的指標；而出版與發表的流通範圍，究竟應否再加界定？是可以進一步討論的。

3 劃界與越界

我們在歸納「文學大系」的編纂傳統時，第一點提到這是「對一個範圍的文學（一個時段、一個國家／地域）作系統的整理」；第四點又指出「國家文學」或者「地域文學」的「劃界」與「越界」，恆常是「文學大系」的挑戰；兩點都是有關「劃定範圍」的問題。上文的討論是比較概括地把「香港文學」的劃界方式「問題化」(problematize),目的在於啟動思考,還未到解決或解脱的階段。

以下我們從《香港文學大系》編輯構想的角度,再進一步討論相關問題。首先是時段的界劃。目前所見的幾本國內學者撰寫的「香港文學史」,除了謝常青的《香港新文學簡史》外,[41] 其餘都是以一九四九或一九五〇年為正式敘事起始點。這時中國內地政情有重大變化,大陸和香港兩地的區隔愈加明顯;以此為文學史時段的上限無疑是方便的,也有一定的理據。然而,我們認為香港文學應該可以往上追溯。因為新文學運動以及相關聯的「五四運動」,是香港現代文化變遷的一個重要源頭。北京上海的波動傳到香港,無疑有一定的時間差距,但「五四」以還,直到一九四九年,香港文學的實績還是班班可考的。因此我們選擇「從頭講起」,擬定「一九一九年」和「一九四九年」兩個時間指標,作為《大系》第一輯工作上下限;希望把源頭梳理好,以後第二輯、第三輯……,可以順流而下,進行其他時段的考察。我們明白這兩個時間標誌源於「非文學」的事件,卻認為這些事件與文學的發展有密切的關聯。我們又同意這個時段範圍的界劃不是確切不能動搖的,尤其上限不必硬性定在一九一九年,可以隨實際掌握的材料往上下挪動。比方說「舊體文學卷」和「通俗文學」的發展應可以追溯到更早的年份;而「戲劇」文本的選輯年份可能要往下移。

第二個可能疑義更多的是「香港文學」範圍的界劃。我們在回顧《中國新文學大系》各輯的規模時,見識過邊界如何「彈性」地被挪移,以收納「臺港澳」的作家作品。這究竟是「越界」還是隨「非文學」的需要而「重劃邊界」？這些新吸納的部分，與原來的主體部分如何，或者是否可以，構成一個互為關聯的系統？我們又看過余光中領銜編纂的《大系》，把張愛玲、夏志清等編入其中。前者大概沒有在臺灣居停過多少天，所寫所思好像與臺灣的風景人情無甚關涉；後者出身上海北京，去國後主要在美國生活、研究和著述。[42] 他們之「越界」入選，又意味着甚麼樣的文學史觀？

《香港文學大系》編輯委員會參考了過去有關「香港文學」、「香港作家」的定義，認真討論以下幾個原則：

一、「香港文學」應與「在香港出現的文學」有所區別（比方說瘂弦的詩集《苦苓林的一夜》在香港出版，但此集不應算作香港文學）；

二、〔在一段相當時期內〕居住在香港的作者，在香港的出版平台（如報章、雜誌、單行本、合集等）發表的作品（例如侶倫、劉火子在香港發表的作品）；

三、〔在一段相當時期內〕居住在香港的作者，在香港以外地方發表的作品（例如謝晨光在上海等地發表的作品）；

四、受眾、讀者主要是在香港，而又對香港文學的發展造成影響的作品（如小平的女飛賊黃鶯系列小說；這一點還考慮到早期香港文學的一些現象：有些生平不可考，是否同屬一人執筆亦未可知，但在香港報刊上常見署以同一名字的作品）。

編委會各成員曾將各種可能備受質疑的地方都提出來討論。最直接意見的是認為「相當時期」

一語太含糊，但又考慮到很難有一個學術上可以確立的具體時間（七年以上？十年以上？）。各項原則應該從寬還是從嚴？內容寫香港與否該不該成為考慮因素？文學史意義以香港為限還是包括對整體中國文學的作用？這都是熱烈爭辯過的議題。大家都明白《大系》中有不同文類，個別文類的選輯要考慮該文類的習套、傳統和特性，例如「通俗文學」的流通空間主要是「省港澳」（廣州、香港、澳門），「新詩」的部分讀者可能在上海，「戲劇」會關心劇作與劇場的關係。各種考慮，林林總總，很難有非常一致的結論。最後，我們同意請各卷主編在採編時斟酌上列幾個原則，然後依自己負責的文類性質和所集材料作決定；如果有需要作出例外的選擇，則在該卷〈導言〉清楚交代。大家的默契是以「香港文學」為據，而不是歧義更多的「香港作家」概念，尤其後者更兼有作家「自認」與他人「承認」與否等更複雜的取義傾向。歷史告訴我們，「香港」的屬性，從來就是流動不居的。在《大系》中，「香港」應該是一個文學和文化空間的概念：「香港文學」應該是與此一文化空間形成共構關係的文學。香港作為文化空間，足以容納某些可能在別一文化環境不能容許的文學內容（例如政治理念）或形式（例如前衛的試驗），或者促進文學觀念與文本的流轉和傳播（影響內地、臺灣、南洋、其他華語語系文學，甚至不同語種的文學，同時又接受這些不同領域文學的影響）。我們希望《香港文學大系》可以揭示「香港」這個「文學／文化空間」的作用和成績。

4 「文學大系」而非「新文學大系」

《香港文學大系》的另一個重要構想是，不用「大系」傳統的「新文學」概念，而稱「文學大系」。這個選擇關係到我們對「香港文學」以至香港文化環境的理解。在中國內地，「新文學」以「文學革命」的姿態登場，其抗衡的對象是被理解為代表封建思想的「舊」文化與「舊」文學；為了突出「新文學」，於是「舊」的範圍和其負面程度不斷被放大。革命行動和歷史書寫從運動一開始就互相配合，「新文學」沒有耐心等待將來史冊評定它的功過，文學革命家如胡適從《留學日記》、〈文學改良芻議〉、〈建設的文學革命論〉到《五十年來中國之文學》，都是一邊宣傳革命、實行革命，一邊修撰革命史。這個策略在當時中國的環境可能是最有效的，事實上與「國語運動」同時並舉的「新文學運動」非常成功，其影響由語言、文學，到文化、社會、政治，可謂無遠弗屆。[43] 十多年後趙家璧主編《中國新文學大系》，其目標不在經驗沈澱後重新評估過去的新舊對衡之意義，而在於「運動」之奮鬥記憶的重喚，再次肯定其間的反抗精神。

香港的文化環境與中國內地最大分別是香港華人要面對一個英語的殖民政府。為了帝國利益，港英政府由始至終都奉行重英輕中的政策。這個政策當然會造成社會上普遍以英語為尚的現象，但另一方面中國語言文化又反過來成為一種抗衡的力量，或者成為抵禦外族文化壓迫的最後堡壘。由於傳統學問的歷史比較悠久，積聚比較深厚，比較輕易贏得大眾的信任甚至尊崇。於是通曉儒經國學、能賦詩為文（古文、駢文），隱然另有一種非官方正式認可的社會地位。另一方面，來自內地——中華文化之來源地——的新文學和新文化運動，又是「先進」的象徵，當這些帶有開新和批判精神的新文學從內地傳到香港，對於年輕一代特別有吸引力。受「五四」文學新潮影響的學子，既有可能以其批判眼光審視殖民統治的不公，又有可能倒過來更加積極學習英語文學及文化，以吸收新知，來加強批判能力。至於「新文學」與「舊文學」之間，既有可能互相對抗，也有協成互補的機會。換句話說，英語代表的西方文化，與中國舊文學及新文學構成一個複雜多角的關係。如果簡單借用在中國內地也不無疑問的獨尊「新文學」觀點，就很難把「香港文學」的狀況表述清楚。

事實上，香港能寫舊體詩文的文化人，不在少數。報章副刊以至雜誌期刊，都常見佳作。這部分的文學書寫，自有承傳體系，亦是香港文學文化的一種重要表現。例如前清探花，翰林院編修，官至南書房行走、江寧提學使的陳伯陶，流落九龍半島二十年，編纂《勝朝粵東遺民錄》、《明東莞五忠傳》等，又研究宋史遺事，考證官富場（現在的官塘）宋王臺、侯王廟等歷史遺跡；他的所為，和葉靈鳳捧着清朝嘉慶二十四年刊《新安縣志》珍本，辛勤考證香港的前世往跡有甚麼不同？一個傳統的讀書人，離散於僻遠，如何從地誌之「文」，去建立「人」與「地」與「時」的關係？我們是否可以從陳伯陶與友儕在一九一六年共同製作的《宋臺秋唱》詩集中，見到那上下求索的靈魂在嘆息？他腳下的土地，眼前的巨石，能否安頓他的心靈？詩篇雖為舊體，但其中的文心，不是常新嗎？[44]可以說，「香港文學」如果缺去了這種能顯示文化傳統在當代承傳遞嬗的文學記錄，其結構就不能完整。[45]

再如擅寫舊體詩詞的黃天石，又與另一位舊體詩名家黃冷觀合編「通俗文學」的《雙聲》雜誌，發表鴛鴦蝴蝶派小說；後來又是「純文學」的推動者，創立國際筆會香港中國筆會，任會長十年；又曾辦《文學世界》，支持中國文學研究；影響更大的是以筆名「傑克」寫的流行小說。這樣多面向的文學人，我們希望在《香港文學大系》給予充分的尊重。這也是《香港文學大系》必須有《通俗文學卷》的原因之一。我們認為「通俗文學」在香港深入黎庶，讀者量可能比其他文學類型高得多。再說，香港的「通俗文學」貼近民情，而且語言運用更多大膽試驗，如「粵語入文」，或者「三及第化」，是香港文化以文字方式流播的重要樣本。當然，「通俗文學」主要是商業運作，產量多而水準不齊，資料搜羅固然不易，編選的尺度拿捏更難；如何澄沙汰礫，如何從文學史的角度與其他文類協商共容，都極具挑戰性。無論如何，過去《中國新文學大系》因為以「新文學」為主，把影響民眾生活極大的通俗文學棄置一旁，是非常可惜的。

《香港文學大系》又設有《兒童文學卷》。我們知道「兒童文學」的作品創製與其他文學類型最大的不同是，其擬想的讀者既隱喻作者的「過去」，也寄託他所構想的「未來」；當然作品中更免不了與作者「現在」的思慮相關聯。已成年的作者在進行創作時，不斷與自己童稚時期的經驗對話，時光的穿梭是一個必然的現象；在《大系》設定一九四九年以前的時段中，「兒童文學」在香港還有一種「空間」穿越的情況，因為不少兒童文學的作者都身不在香港；「空間」的幻設，有時要透過在香港的編輯協助完成。另一方面，這時段的兒童文學創製有不少與政治宣傳和思想培育有關。部分香港報章雜誌上的兒童文學副刊，是左翼文藝工作者進行思想鬥爭的重要陣地。依照成年人的政治理念去模塑未來，培養革命的下一代，又是這時期香港兒童文學的另一個現象。可以說，「兒童文學」以另一種形式宣明香港文學空間的流動性。

5 「文學大系」中的「基本」文體

「新詩」、「小說」、「散文」、「戲劇」、「文學評論」，這些「基本」的現代文學類型，也是《香港文學大系》的重要部分。這些文類原型的創發與「新文學運動」息息相關，是由中國而香港的「現代性」降臨的一個重要指標。[46] 其中新詩的發展尤其值得注意。詩歌從來都是語言文字的實驗室；尤其在移走可以依傍的傳統詩詞的格律框之後，主體的心靈思緒與載體語言之間的纏鬥更加激烈而無邊際。朱自清在《中國新文學大系・詩集》的〈選詩雜記〉中提到他的編選觀點：「我們要看看我們啟蒙期詩人努力的痕跡。他們怎樣從舊鐐銬解放出來，怎樣學習新言語，怎樣尋找新世界。」香港的新詩起步比較遲，但若就其中傑出的作家作品來看，卻能達到非常高的水平。[47] 這可能是因為香港的語言環境比較複雜，日常生活中的語言已不斷作語碼轉換，感情思想與語言載體互相作用的頻率特別高，實驗多自然成功機會也增加。相對來說，小說受到寫實主義思潮的引導，而香港的寫實卻又是中國內地小說的再模仿，其依違之間，使得「純文學」的小說家難以無障礙地完成構築虛擬的世界。例如理應展現香港城市風貌的小說場景，究竟是否上海十里洋場的複製，就需要推敲。與包袱比較輕的通俗小說作者相比，學習「新文學」的小說家的道路就比較艱難了，所留下繽紛多元的實績，很值得我們珍視。

散文體最常見的風格要求是明快、直捷，而這時期香港散文的材料主要寄存於報章副刊，編者重回「閱讀現場」的感覺會比較容易達成。《大系》的散文樣本，可以更清晰地指向這時段香港的世態人情，生活的憂戚與喜樂。由於香港的出版自由相對比中國內地高，報章檢查沒有國內嚴苛，只要不觸碰殖民政府「當局」，成為全中國的「輿論中心」是有可能的。報章上的公共言論，有時有會超脱香港本地的視野；香港報章轉成內地輿情的進出口。所以説，「香港」作為一個文化地理的空間，其功能和作用往往不限於本土。《大系》兩卷散文，少不免對此有所揭示。類似的情況又可見於我們的《戲劇卷》。中國現代劇運以動員群眾為目標，啟蒙與革命是主要的戲碼；這時期香港的劇運，不計由英國僑民帶領的英語劇場，可謂全國的附庸，也是政治運動的特遣。讀《香港文學大系》的戲劇選輯，很容易見到政治與文藝結合的前台演出。然而，當中或許有某些不求外揚的藝術探索，或者存在某種本土呼吸的氣息，有待我們細心尋繹。至於香港出現的「文學評論」，其來源也是多元的。越界而來的文藝指導在中國多難的時刻特別多；尤其抗日戰爭和國共內戰期間，政治宣傳和鬥爭往往以文藝論爭的方式出現；其論述的面向是全國而不是香港；這就是「全國輿論中心」的貢獻。[48] 然而正因為資訊往來方便，中外的文化訊息在短時間內得以在本地流轉；由此也孕育出不少視野開闊的批評家，其關注面也廣及香港、全中國，以至國際文壇。這也是「香港」的一個重要意義。

6 小結

綜之，我們認為「香港」是一個文學和文化的空間，「香港」可以有一種「文學的存在」；「香港文學」是一個文化結構的概念。我們看到「香港文學」是多元的而又多面向的。我們以一九一九到一九四九為大略的年限，整理我們能搜羅到的各體文學資料，按照所知見的數量比例作安排，「散文」、「小說」、「評論」各分「一九一九—一九四一」及「一九四二—一九四九」兩卷；「新詩」、「戲劇」、「舊體文學」、「通俗文學」、「兒童文學」各一卷，加上「文學史料」一卷，全書共十二卷。每卷主編各撰寫本卷〈導言〉，說明選輯理念和原則，以及與整體凡例有差異的地方和差異的理據。編委會成員就全書方向和體例有充分的討論，與每卷主編亦多番往返溝通。我們不強求一致的觀點，但有共同的信念。我們不會假設各篇〈導言〉組成周密無漏的文學史敘述，所有選材拼合成一張無缺的文學版圖。我們相信虛心聆聽之後的堅持，更有力量；各種論見的交錯、覆疊，以至留白，更能抉發文學與文學史之間的「呈現」與「拒呈現」的幽微意義。我們期望這十二卷《香港文學大系一九一九—一九四九》能夠展示「香港文學」的繁富多姿。我們更盼望時間會證明，十二卷《大系》中的「香港文學」，並沒有遠離香港，而且繼續與這塊土地上生活的人對話。

三、餘話

最後，請讓我簡單交代《香港文學大系一九一九——一九四九》編輯的經過。二〇〇九年我和同事陳智德開始聯絡同道，組織編輯委員會，成員包括：黃子平、黃仲鳴、樊善標、危令敦、陳智德以及本人。又邀請到陳平原、王德威、黃子平、李歐梵、許子東擔任計劃的顧問。在籌備階段，我們得到李律仁先生的襄助，私人捐助我們一筆啟動基金。李先生對香港文學的熱誠，對我們的信任，在此致上衷心的感謝。經過編委員討論編選範圍和方針以後，我們組織了《大系》各卷的主編團隊：陳智德（新詩卷、文學史料卷）、樊善標（散文卷一）、危令敦（散文卷二）、謝曉虹（小說卷一）、黃念欣（小說卷二）、盧偉力（戲劇卷）、程中山（舊體文學卷）、黃仲鳴（通俗文學卷）、霍玉英（兒童文學卷）、陳國球（評論卷一）、林曼叔（評論卷二）。編輯委員會通過整體計劃後，我們向香港藝術發展局申請資助，順利通過得到撥款。因為全書規模大，出版並不容易，我們有幸得到聯合出版集團總裁陳萬雄先生的幫忙；陳先生非常熱心香港文化事業，一直關注香港文學史的編撰；經過他的鼎力推介，《香港文學大系一九一九——一九四九》由香港商務印書館出版。期間總經理葉佩珠女士與副總編輯毛永波先生全力支持，《大系》編務主持人洪子平先生專業支援，讓《大系》順利分批出版，編委會成員都非常感激。此外，我們還要向為《香港文學大系》題籤的鍾育淳先生敬致謝忱。《大系》編選工作艱巨，各卷主編自是勞苦功高；搜集整理資料的細務，有賴香港教育學院中國文學文化研究中心的成員：楊詠賢、賴宇曼、李卓賢、雷浩文、姚佳琪、許建業等承擔，其中賴宇曼更是後勤工作的總負責人，出力最多。我們相信，《香港文學大系》是一項有意義的文化工作，大家出過的每一分力，都值得記念。

二〇一四年六月三十日定稿

註釋

1 例如一九八四年五月十日在《星島晚報》副刊《大會堂》就有一篇絢靜寫的〈香港文學大系〉，文中說：「在鄰近的大陸，臺灣，甚至星洲，早則半世紀前，遲至近二年，先後都有它們的『文學大系』由民間編成問世。香港，如今無論從哪一個角度看，都不比他們當年落後，何以獨不見自己的『文學大系』出現？」十多年後，二〇〇一年九月廿九日，也斯在《信報》副刊發表〈且不忙寫香港文學史〉說：「在編寫香港文學史之前，在目前階段，不妨先重印絕版作品、編選集、編輯研究資料，編新文學大系，為將來認真編寫文學史作準備。」

2 日本最早用「大系」名稱的成套書大概是一八九六年十一月出版的《國史大系》。日本有稱為「三大文學全集」的《新釋漢文大系》（明治書院）、《日本古典文學大系》（岩波書店）、《現代日本文學大系》（筑摩書房），都以「大系」為名，可見他們的傳統。

3 據趙家璧的講法，這個構思得到施蟄存和鄭伯奇的支持，也得良友圖書公司的經理支持，於是以此定名《中國新文學大系》。見趙家璧〈話說《中國新文學大系》〉，原刊《新文學史料》，一九八四年第一期；收入趙家璧《編輯憶舊》（一九八四；北京：三聯書店，二〇〇八再版），頁一〇〇。

4 在此「文體類型」的概念是現代文論中"genre"一詞的廣義應用，指依循一定的結撰習套而形成書寫傳統的文本類型。作為一個文體類型的個別樣本，對外而言應該與同類型的其他樣本具有相同的特徵；對內而言則自成一個可以辨認的結構。中國文學傳統中也有「體」的觀念，其指向相當繁複，但也可以從這個寬廣的定義去理解。

5 〈話説《中國新文學大系》〉，以及〈魯迅怎樣編選《小説二集》〉等文，均收錄於趙家璧《編輯憶舊》。此外，趙家璧另有《編輯生涯憶魯迅》（北京：人民文學，一九八一）、《書比人長壽》（香港：三聯書店，一九八八）、《文壇故舊錄：編輯憶舊續集》（北京：三聯書店，一九九一）等著，亦有值得參看的記述。當然我們必須明白，這是多年後的補記；某些過程交代，難免摻有後見之明的解説。

6 Lydia H. Liu, "The Making of the 'Compendium of Modern Chinese Literature,'" in Liu, *Translingual Practice: Literature, National Culture, and Translated Modernity-China, 1900-1937* (Stanford University Press, 1995), pp. 214-238; 徐鵬緒、李廣《〈中國新文學大系〉研究》（北京：社會科學文獻出版社，二〇〇七）。

7 據國民政府一九二八年頒佈的《著作版權法》，已出版的單行本受到保護，而編採單篇文章以合成一集則沒有限制；又一九三四年六月國民黨中央宣傳部成立圖書雜誌審查會，所制定的《修正圖書雜誌審查辦法》第二條規定：社團或著作人所出版之圖書雜誌，應於付印前將稿本送審。第九條規定：凡已經取得審查證或免審證之圖書雜誌稿件，在出版時應將審查證或免審證號數刊印於封底，以資識別。均見劉哲民編《近現代出版社新聞法規彙編》（北京：學林出版社，一九九二）頁一六〇、二三二。

8 據趙家璧追述，阿英認為「這樣的一套書，在當前的政治鬥爭中具有現實意義，也還有久遠的歷史價值和學術價值」。〈話説《中國新文學大系》〉，頁九八。

9 *Translingual Practice*, 235.

10 自歌德以來，以三分法——抒情詩（lyric）、史詩（epic）、戲劇（drama）——作為所有文學的分類才是「共識」。西方固然有"familiar essay"作為文類形式的討論，但並沒有把它安置於一種四分的格局之中。事實上西方的「散文」（prose）是與「詩體」（poetry）相對的書寫載體，在層次上與現代中國文學的四分觀念並不吻合。現代中國文學習用的四分法，在理論上很難周備無漏，需要隨時修補。參考陳國球〈「抒情」的傳統：一個文學觀念的流轉〉，《淡江中文學報》，第二十五期（二〇一一年十二月），頁一七三—一九八。

11 這些例子均見於《民國總書目》（北京：書目文獻出版社，一九九二）。

12 〈話說《中國新文學大系》〉，頁九七。

13 朱自清〈評郭紹虞《中國文學批評史》上卷〉，載《朱自清古典文學論集》（上海：上海古籍出版社，一九八一，頁五四一）。

14 觀夫郁達夫和周作人兩集散文的〈導言〉，可以見到當中所包含自覺與反省的意識，不能簡單地稱之為「自我殖民」。

15 蔡元培〈總序〉，《中國新文學大系》，頁一一。又趙家璧為《大系》撰寫的〈前言〉亦徵用「文藝復興」的比喻，說中國新文學運動「所結的果實，也許不及歐洲文藝復興時代般的豐盛美滿，可是這一群先驅者們開闢荒蕪的精神，至今還可以當做我們年青人的模範，而他們所產生的一點珍貴的作品，更是新文化史上的瑰寶。」《中國新文學大系》，頁一。

16 參考羅志田〈中國文藝復興之夢：從清季的「古學復興」到民國的「新潮」〉，載羅志田《裂變中的傳承——二十世紀前期的中國文化與學術》（北京：中華書局，二〇〇三），頁五三—九〇；李長林〈歐洲文藝復興在中國的傳播〉，載鄭大華、鄒小站編《西方思想在近代中國》（北京：社會科學文獻出版社，二〇〇五），頁一——四八。

17 蔡元培有關「文藝復興」的論述，起碼有三篇文章值得注意：一、〈中國的文藝中興〉（一九二四）；二、〈吾國文化運動之過去與將來〉（一九三四）；三、《中國新文學大系・總序》（一九三五）。幾篇文章對「文藝復興」或者「文藝中興」的論述和判斷頗有些差異，第一篇演講所論的「文藝中興」始於晚清；但二、三兩篇則專以「新文學／新文化運動」為「復興」時代；又頗借助胡適的「國語的文學，文學的國語」的論述。然而胡適個人的「文藝復興」論亦不止一種：有時也指清代學術（如一九一九年出版的《中國哲學史大綱（卷上）》〔北京：商務印書館，一九八七影印〕，頁九——一〇）；有時具體指新文學／新文化運動（如一九二六年的演講："The Renaissance in China,"《胡適英文文存》，頁二〇——三七）。他曾認為 Renaissance 中譯應改作「再生時代」；後來又把這用語的涵義擴大，上推到唐以來中國歷史上幾次大規模的文化變革。有關胡適的「文藝復興」觀與他領導的「新文學運動」的關係，參考陳國球《文學史書寫形態與文化政治》（北京：北京大學出版社，二〇〇四），頁六七——一〇六。

18 姚琪〈最近的兩大工程〉，《文學》，五卷六期（一九三五年七月），頁二二八——二三二；畢樹棠〈書評：《中國新文學大系》〉，《宇宙風》，第八期（一九三六），頁四〇六——四〇九。都非常正面；又趙家璧〈話說《中國新文學大系》〉指出《大系》銷量非常好，見頁一二八——一二九。

19 茅盾回憶錄中提到他把《大系》稱作第一輯，「是寄希望於第二輯、第三輯的繼續出版」；轉引自趙家璧《書比人長壽——編輯憶舊集外集》（北京：中華書局，二〇〇八），頁一八九。

20 〈話說《中國新文學大系》〉，頁一三〇——一三六。

21 李輝英〈重印緣起〉，《中國新文學大系・續編》（香港：香港文學研究社，一九七二再版），頁二；〈再版小言〉，無頁碼。

22 常君實是內地資深編輯，一九五八年被中國新聞社招攬，擔任專為海外華僑子弟編寫文化教材和課外讀物的工作，主要在香港的上海書局和香港進修出版社出版。譚秀牧，曾任《明報》副刊編輯，《南洋文藝》主編，香港文學研究社編輯等。

23 參考譚秀牧〈我與《中國新文學大系・續編》〉，《譚秀牧散文小說選集》（香港：天地圖書公司，一九九〇），頁二六二——二七五。譚秀牧在二〇一一年十二月到二〇一二年五月的個人網誌中，再交代《續編》的出版過程，以及回應常君實對《續編》編務的責難。見 http://tamsaumokgblog.blogspot.hk/2012/02/blog_post.html（檢索日期：二〇一四年五月三十日）。

24 羅孚〈香港文學初見里程碑〉一文談到《中國新文學大系續編》說：「《續編》十集，五六百萬字，實在是一個浩大的工程，在那個時時要對知識分子批判，觸及肉體直到靈魂的日子，主編這樣一部完全可以能被認為是替封、資、修『樹碑立傳』的書，該有多大的難度，需要多大的膽識！真叫人不敢想像。誰也沒有想到，這樣一個偉大的工程竟然在默默中完成了，而香港擔負了重要的角色，這實在是香港在中國新文學運動史上一個重要的貢獻，應該受到表揚。不管這《續編》有多大缺點或不足，都應該得到肯定和表揚。」載絲韋（羅孚）《絲韋隨筆》（香港：天地圖書公司，一九九七），頁一〇一。又參考羅寧〈《中國文學大系續編》簡介〉，《開卷月刊》，二卷八期（一九八〇年三月），頁二九。此外，大約在香港文學研究社籌劃《大系續編》的時候，在香港中文大學任教的李輝英和李棪，也正在進行另一個《中國新文學大系》的續編計劃，由中大撥款支持；看來構思已相當成熟，可惜最後沒有完成。見李棪、李輝英〈《中國新文學大系・續編》的編選計劃〉，《純文學》，第十三期（一九六八年四月），頁一〇四——一一六。

25 《中國現代文學大系・小說第一輯》序，頁一九。

26 曉風的序「散文」從開篇就講選本的意義，視自己的工作為編輯選本，明顯與朱西甯的說法不同調，見《中國現代文學大系・散文第一輯》，頁一——四。

27 《中國現代文學大系》，頁一一。

28 《中華現代文學大系（貳）——臺灣一九八九—二〇〇三》，頁一三。

29 《中國新文學大系一九七六—二〇〇〇》，頁五。

30 《中華現代文學大系（貳）——臺灣一九八九—二〇〇三》，頁一四。

31 〈香港村和香港的由來〉，載葉靈鳳《香島滄桑錄》（香港：中華書局，二〇一一），頁四。現在我們知道「香港」之名初見於明朝萬曆年間郭棐所著的《粵大記》，但不是指現稱香港島的島嶼，而是今日的黃竹坑一帶。見郭棐撰，黃國聲、鄧貴忠點校《粵大記》（廣州：中山大學出版社，一九九八），〈廣東沿海圖〉，頁九一七。

32 又參考馬金科主編《早期香港研究資料選輯》（香港：三聯書店，一九九八），頁四三—四六。葉靈鳳又提醒我們，根據英國倫敦一八四四年出版的《納米昔斯號航程及作戰史》（*Narrative of the Voyages and Services of the Nemesis*），早在一八一六年「英國人的筆下便已經出現『香港』這個名稱了」。見葉靈鳳《香港的失落》（香港：中華書局，二〇一一），頁一七五。

33 香港特區政府網站：http://www.gov.hk/tc/about/abouthk/facts.htm（檢索日期，二〇一四年六月一日）。

34 參考屈志仁（J. C. Y. Watt）《李鄭屋漢墓》（香港：市政局，一九七〇）；香港歷史博物館編《李鄭屋漢墓》（香港：香港歷史博物館，二〇〇五）。

35 許地山《國粹與國學》（長沙：嶽麓書社，二〇一一）頁六九—七〇。

36 《新安縣志》中的《藝文志》載有明代新安文士歌詠杯渡山（屯門青山）、官富（官塘）之作。我們今天應如何理解這些作品，是值得用心思量的。請參考程中山《舊體文學卷》的〈導言〉。

37 例如不少內地劇作家的劇本要避過國民政府的審查，而選擇在香港出版，但演出還是在內地。

38 上世紀八〇年代以來，為「香港文學」下定義的文章不少，以下略舉數例：黃維樑〈香港文學研究〉（一九八三），收入黃維樑《香港文學初探》（香港：華漢文化事業公司，一九八八二版），頁一六—十八；鄭樹森《聯合文學·香港文學專號·前言》（一九九二），刪節後改題〈香港文學的界定〉，收入黃繼持、盧瑋鑾、鄭樹森《追跡香港文學》（香港：牛津大學出版社，一九九八），頁五三—五五；黃康顯〈香港文學的分期〉（一九九五），收入黃康顯《香港文學的發展與評價》（香港：秋海棠文化企業出版社，一九九六），頁八；劉以鬯主編《香港文學作家傳略》（香港：市政局公共圖書館，一九九六），〈前言〉，頁iii；許子東《香港短篇小說選一九九六——一九九七·序》，載許子東《香港短篇小說初探》（香港：天地圖書公司，二〇〇五），頁二〇—二二。

39 《香港文學作家傳略》，〈前言〉，頁iii。

40 在香港回歸以前，任何人士在香港合法居住七年後，可申請歸化成為英國屬土公民並成為香港永久居民；香港主權移交後，改由持有效旅行證件進入香港、連續七年或以上通常居於香港並以香港為永久居住地的條件，可成為永久性居民。參考香港特區政府網站：http://www.gov.hk/tc/residents/immigration/idcard/roa/verifyeligible.htm（檢索日期，二〇一四年六月一日）。

41 謝常青《香港新文學簡史》（廣州：暨南大學出版社，一九九〇）。

42 夏志清長期在臺灣發表中文著作，但他個人未嘗在臺灣長期居留。又《中華現代文學大系（貳）——臺灣一九八九—二〇〇三》由馬森主編的小說卷，也收入香港的西西、黃碧雲、董啟章等香港小說家。

43 參考陳國球《文學史書寫形態與文化政治》，頁六七—一〇六。

44 參考高嘉謙〈刻在石上的遺民史：《宋臺秋唱》與香港遺民地景〉，《臺大中文學報》，四十一期（二〇一三年六月），頁二七七—三一六。

45 羅孚曾評論鄭樹森等編《香港文學大事年表》（一九九六）不記載傳統文學的事件，鄭樹森的回應是：「雖然有人認為《年表》可以選收舊體詩詞，但是，恐怕這並不是整理一般廿世紀中國文學發展的慣例。」《年表》後來再版，題目的「文學」二字改換成「新文學」。分見《絲韋隨筆》，頁一〇〇；鄭樹森、黃繼持、盧瑋鑾編《香港新文學年表（一九五〇——一九六九）》（香港：天地圖書公司，二〇〇〇），頁五。

46 英國統治帶來的政制與社會建設，也是香港進入「現代性」境況的另一關鍵因素。

47 鄭樹森等在討論香港早期的新文學發展時，認為「詩歌的成就最高」，柳木下和鷗外鷗是「這時期的兩大詩人」。見鄭樹森、黃繼持、盧瑋鑾編《早期香港新文學作品選》（香港：天地圖書公司，一九九八），頁三—四二。

48 參考侯桂新《文壇生態的演變與現代文學的轉折——論中國作家的香港書寫》（北京：人民出版社，二〇一一）

凡例

一、《香港文學大系一九一九—一九四九》共十二卷，收錄一九一九年至一九四九年之香港文學作品，編纂方式沿用《中國新文學大系》以體裁分類，同時考慮香港文學不同類型文學之特色，分別為新詩卷、散文卷一、散文卷二、小説卷一、小説卷二、戲劇卷、評論卷一、評論卷二、舊體文學卷、通俗文學卷、兒童文學卷、文學史料卷。

二、作品排列是以作者或主題為單位，以作者為單位者，以入選作品發表日期先後為序，同一作者入選多於一篇者，以發表日期最早者為據。

三、入選作者均附作者簡介，每篇作品於篇末註明出處。如作品發表時所署筆名與作者通用之名不同，亦於篇末註出。

四、本書所收作品根據原始文獻資料，保留原文用字，避免不必要改動，部分文章礙於當時報刊審查制度，違禁字詞以X或□代替，亦予保留。

五、個別明顯誤校、字粒倒錯，或因書寫習慣而出現之簡體字，均由編者逕改；個別異體字如無法顯示則以通用字替代，不另作註。

六、原件字跡模糊，須由編者推測者，在文字或標點外加上方括號作表示，如「不以為〔然〕」；原件字跡太模糊，實無法辨認者，以圓括號代之，如「前赴（　）國」，每一組圓括號代表一個字。

七、本書經反覆校對，力求準確，部分文句用字異於今時者，是當時習慣寫法，或原件如此。

八、因篇幅所限或避免各卷內容重複，個別篇章以〔存目〕方式處理，只列題目而不收內文，各存目篇章之出處，將清楚列明。

九、《香港文學大系一九一九—一九四九》之編選原則詳見〈總序〉，各卷之編訂均經由編輯委員會審議，惟各卷主編對文獻之取捨仍具一定自主，詳見各卷〈導言〉。

導言

黃仲鳴

研究香港通俗文學，是個沙中淘金的工程，最頭痛的還是資料散佚不全，不少作品難以窺全豹，作者也無從考證。但如果沒人再從事這項淘金的苦差，隨着時間的流逝，通俗作家和作品，勢將湮沒。而研究者必須面對輕視、蔑視的眼光，為香港通俗文學理出一個頭緒、一條脈絡來，即是要有一副義無反顧的精神。

大陸已有不少學者從事這項苦業，香港卻鮮有研究者。本卷的編纂，只想起一個帶頭的作用，喚起大家的注意：原來香港通俗文學雖「沙」多，也有「金」的；這「金」，除含藝術性外，在社會學、民俗學、經濟學、語言學、讀者接受論等方面，都有豐富的資料。當然，還有它對傳統的承接，受到清末民初通俗文學的影響等，都值得深入研究。

一般而言，通俗文學的特徵是：親近讀者，娛樂讀者，內容為讀者所熟悉和嚮往，思考方式為讀者易於接受，甚至作者呈現的人生觀也和讀者相近。[1]現當代通俗文學的分類，多包括言情、武俠、社會、偵探、科幻、歷史演義等，但證之香港的通俗文學，文類還包括粵謳、班本、龍舟、戲曲、天空小說等，極見地方色彩；語言也更多姿，古文、白話文、粵方言，甚至來個語言大混合如三及第等，可見作者的文字功力和思想的開放，不囿於已成氣候的白話文。

本卷所選作品，按作者、年份的排序，試圖勾勒出在一九四九年前，香港通俗文學一副流變的面貌來，以供後來者的研究。

一、本卷編選的立足點

首先，必須為通俗文學來作一個界定。

有些學者如鄭振鐸等把通俗文學、俗文學、大眾文學及民間文學的定義等同，那是時代使然；時至今日，通俗文學的涵義已變型。鄭振鐸《中國俗文學史》舉出俗文學六大特點：

（一）大眾的：出生於民間，為民眾所寫作，為民眾而生存，為民眾所嗜好。

（二）為無名的集體創作：不知作者為誰，在代代流傳時，不斷受到無名作者的潤改。

（三）口傳的：早期流傳於眾人之口，具有很強的流動性，當被文字寫下來時，才有固定的形式。

（四）新鮮而粗鄙：充滿原始生命力。

（五）有奔放的想像力。

（六）勇於引進新東西。[2]

至於種類，概括為：詩歌、民歌、民謠、初期詞曲、白話小說、戲曲、講唱文學、遊戲文章等。這種為大眾「目有同視，耳有同聞，口有同味，心有同好和詞有同飾」的俗行文學，[3]與當代的通俗文學已有所迴異。即是，古代的民間文學已不等於現行的通俗文學。民間文學多傳播於傳統意義上的農業社會，在社會型態改變、城市急劇發展、印刷媒體漸趨發達下，產生了所謂「文學生產者」，消費者完全處於被動的地位。

民國以來，香港的通俗文學發展，迭有變化。早期仍保存傳統通俗文學的「體」，不少作者採納筆記、粵謳、班本、龍舟、戲曲等形式來創作，但已非來自民間大眾的相傳，而是有為的：或是作者個人的喜好，或是對時代的感喟，或是因應政治上的需要。例如本卷所選輯的粵謳，有鄭貫公的〈歲暮感〉、〈題陳烈士遺像〉，黃言情的〈吳起、張飛〉，吳灞陵的〈迷信打破〉等，作者大不乏人，直至四十年代仍見諸報刊。另如鄭貫公的班本、吳灞陵的龍舟等，都是以舊形式注入了新內容，緊貼時代的需求。而粵謳、班本、龍舟都是粵港文學的特有品種。

至於筆記體，早期的作者大都喜為之，如何筱仙、孫受匡、羅澧銘等。因此，本卷的編輯意向，不局限於當代通俗文學的定義，而包羅了民間文學若干形式的作品，但這只佔本卷一小部分，也只是作者的有為而作，不似一九八九年重慶出版社出版的《中國抗日戰爭時期大後方文學書系》第十九冊「通俗文學卷」，大量收納歌謠、說唱文學、通俗故事等。換言之，大陸的學者每將通俗文學等同於民間文學。

另方面，雅和俗的問題，一直受到學界的爭論，實有闡釋的必要。

五四運動以來，通俗文學便被邊緣化，尤其是鴛鴦蝴蝶派，更受到新文學者的無情、惡毒攻擊。[4]晚近，蘇州大學的范伯群教授，無視這一股「逆流」，重新檢視通俗文學在社會大眾中的流行，和在現代社會所起的影響力，發掘不少不為人注意和幾乎湮沒的史料，據之而編輯、撰寫了不少篇章，成績斐然。不過，范伯群所擁戴的並非「雅俗並流」，而是提出「雅俗雙翼齊飛」的主張，即是俗和雅仍是分流的。[5] 李歐梵卻說：「我從來不把新舊對立，也從不服膺任何文化霸權……也從來沒有近—現—當代的分期，更無雅俗之分。」[6] 鄭明娳說：「晚近文學觀念的發展，明顯影響我們對通俗文學的看法。首先是後現代主義的衝激，後現代文學及藝術都向通俗文化大量採擷創作題材……使得過去對立的事物和觀念融匯於一個並時的空間。」而「解構思潮的流行，『去中心』的觀念使得嚴肅文學和通俗文學的二分法受到根本的挑戰。」[7] 李歐梵的雅俗不分，當建基於這現代思潮。

雅與俗真的不可分？

一九九〇年第二期的《贛南師院學報》，有周啟志一篇〈雅俗共賞：一個文學烏托邦口號〉，認為兩種文學的職能不同，接受者的需要不同，「雅俗分流」是必然的。[8] 這和范伯群的「雙翼齊飛」有同工之妙。

對這問題，我曾苦思，一時贊成雅俗不分，一時認為確要分流。李歐梵的論點涉及文化研究，他推崇的張愛玲，是個心慕鴛鴦蝴蝶、偏好《海上花列傳》的作家，她的小說是俗抑雅？金庸的武俠小說入了學府，上了中國現代作家排行榜，與魯迅、巴金等齊名，即是金庸武俠小說打破雅俗之分了？但我想，雅俗從內容、語言、思想上的表現來看，仍有所分別。通俗文學的娛樂消閒功能，雅文學未必「景從」；換言之，雅文學每曲高和寡，走入精英階層，俗文學每下里巴人，走入民間。有些作品如金庸小說，精英及下里巴人俱愛看，只不過，精英分子每看出箇中底蘊；民間大眾只求娛樂，滿足官能快感而已。但這類作品仍少，不能以此就謂打破雅俗之分。基本上金庸武俠小說仍是通俗文學，或可說之為「通俗文學的經典」，是否能從大俗變為雅，那還要看歷史的證明，如清之《紅樓夢》。

站在研究者的立場，將雅俗區分，是無可厚非的。我編選這卷《通俗文學》，其理即建基於此。

二、大眾媒體迭出神話

追尋香港通俗文學的傳承關係，可遠至晚清時的王韜（一八二八——一八九七）。王韜被封為香港的文學鼻祖，也是香港開埠後第一位作家。[9]他的《遯窟讕言》和《淞隱漫錄》，魯迅評之曰：「其筆致又純為聊齋者流，一時傳佈頗廣，然所記載，則已狐鬼漸稀，而煙花粉黛之事盛矣。」[10]這所言甚是，傳統文人的陋習，王韜少年時代即習染，下筆自是不少為他的冶遊見聞。[11]王韜為報人，所辦《循環日報》是香港第一家全由華人操控的報紙；他也憑藉在這報筆耕而聲名益響。

王韜的小說，有些作品雖效《聊齋誌異》，但不失為傳統的筆記體，傳承到如本卷所收的何筱仙《拈花微笑筆乘》、羅澧銘《意蕊晨飛集》、黃守一《解頤碎片》等。本卷雖標明收一九一九——一九四九年的作品，但王韜的作品不能不提，所以選了他的兩篇小說。

同樣，鄭貫公（一八八〇——一九〇六）的粵謳、班本等作品，將招子庸的情詞《粵謳》，一化而為感時憂世、諷罵當道，對後來者如黃言情、吳灞陵等起垂範作用，本卷收他的作品，其意在此。鄭貫公亦是報人。他的作品見於自辦的《唯一趣報有所謂》（通稱《有所謂報》）。

清末至民初，印刷業已漸發達，報刊隨之興旺，文人擁有自己的天地，暢所欲寫，自是方便不過。一部香港文學史，無論雅俗，都與報刊脱不了關係。媒體興，文學亦興，正如欒梅健説：「可以毫不誇張地説，如果沒有近代傳播媒介的變革，就根本不可能有二十世紀中國文學的興盛，也就無從形成二十世紀中國文學如此龐大的體系與格局。」[12]或如周海波、楊慶東所云：「現代文學的發生與存在就是現代傳媒的發生與存在，沒有現代報紙期刊就沒有現代的文學，這在學術界已達成共識。」[13]

香港通俗文學依存報刊而生，這也是共識。劉少文論張恨水，以「大眾媒體打造的神話」[14]來分析評述。香港的大眾媒體確造了不少「神話」，如周白蘋的《中國殺人王》、《牛精良》系列故事，即先發表於他創辦的《先導》、《紅綠》、《紅綠日報》，再而輯成書仔面世，風行三、四十年代，兩位好漢的形象深入民間。又如抗戰後的《新生晚報》，造了一個「通俗霸主」高雄出來。在《新生晚報》，高雄以經紀拉筆名連載〈經紀日記〉，以小生姓高筆名寫「晚晚新」一日完豔情小説，以三蘇筆名寫「怪論連篇」，以許德寫偵探小説〈司馬夫奇案〉。四十年代中、後期，高雄崛起，五十年代後於《大公報》、《成報》、《香港商報》、《明報》等都有他的專欄，文類多樣，文體多變，收入漸豐，終於成為「百萬富翁」。[15]而他以三及第文體寫的經紀拉，劉紹銘認為可以傳世。[16]不錯，《經紀日記》確已成為香港通俗文學的經典。

此外，不得不談一下李我的天空小說，這是香港通俗小說另一枝奇葩，也是「大眾媒體打造的神話」。

天空小說盛行於抗戰勝利後的廣州，即是透過電台講故事，一人分飾數角，以變聲演繹各個角色，在空中傳播。掀起風雲者就是由香港北上謀生的李我。他在風行電台一講成名之後，將「古」寫成「話本」面世。李我名聲最響之時，乃是講了《蕭月白》（單行本名《慾燄》）之後，任護花擬將之改編成電影，與他商議後，便創造了「天空小說」這詞。[17]

一九四九年，李我重回香港發展，入麗的呼聲繼續講古。當年，廣州盛行的天空小說，是正牌的講「古」，講濟公，講七俠五義，李我堅持講「今」，回流香港後，也是講「今」。他的「今」，緊貼着當時政局和社會形勢，演繹出一部部的哀情、苦情來，主題不外是倫理悲劇，男女情愛，離不開寫情。他每講完一段「今」，即有單行本面世，挾着他的名聲，銷路亦佳。當年寫間諜小說知名的仇章，是他的私人秘書，江湖傳言那些單行本悉由他代筆，但李我堅稱：「是我自己寫的，到我死那天都是我寫的。」[18]

李我小說究竟出了多少部，已經難考，「倖存」的也殘缺不全，有上集沒下集，有第一冊沒第二冊，他自己也說所藏不齊。本卷節錄的《慾燄》，是他的得意代表作。

至於黃言情的《新西遊記》和侯曜的《摩登西遊記》，是所謂「借殼小說」。侯曜的先在《循環晚報》連載，既受歡迎，遂由《循環日報》出版。這一文類在晚清民國時期作品甚多，侯曜借《西遊記》之「殼」，以「殼」寄意，寫了這部所謂「哲理小說」來。黃言情的《新西遊記》和他的《老婆奴》一樣，同屬滑稽小說，嬉笑怒罵，不似侯曜的「正經」，料亦先在報刊連載。香港五十年代報章如《成報》、《新生晚報》、《香港商報》、《晶報》等都見有此類小說連載，作者有陳霞子、高雄、梁厚甫、林壽齡等，蔚為風尚。

三、鴛鴦蝴蝶南來的影響

香港早期的通俗文學不少作品承傳自內地的鴛鴦蝴蝶派。

鴛蝴派本指一九二一年徐枕亞（一八八九—一九三七）以四六駢體寫的《玉梨魂》，自此掀起一股哀情小說浪潮。在有鴛蝴派這稱號前，一九一八年四月，周作人在北京大學文科研究所小說研究會上演講，便將此類小說喚為「鴛鴦蝴蝶體」。[19] 次年一月，錢玄同在《新青年》著文批評「黑幕書」時，將「豔情尺牘」、「香閨韻語」、「鴛鴦蝴蝶派」的小說視為同類，[20] 這是首見鴛鴦蝴蝶派這詞。

錢玄同將鴛蝴派非局限於哀情小說，是他的識見，也開啟了鴛蝴派另一副面貌。一九一四年六月創刊的《禮拜六》周刊，前後共出二百期。甫出版，即一紙風行。《禮拜六》標榜「一編在手，萬慮俱忘」。[21] 這標榜，被新文學者、嚴肅論者、正統文學史家大加鞭撻，指為「娛樂的消閒主義文學觀」，視該等作者為文丐、文娼。[22]

《禮拜六》作者群被後來的學者，統歸於鴛蝴派旗下。[23]後起的《紅雜誌》、《紅玫瑰》等雜誌的文類和作者，亦歸屬鴛蝴派。換言之，這些雜誌所包含的言情、科幻、偵探、歷史、宮闈、滑稽、社會、武俠、黨會等以娛樂消閒掛帥的小說，以至其他文類如散文、雜文、隨筆、譯著、尺牘、日記、詩詞、曲選、筆記、笑話、劇評、彈詞等作者，都是鴛蝴派。

這是廣義的鴛蝴派。夏志清便服膺此說，他將《玉梨魂》視為狹義。[24]無論廣義、狹義，實則俱可統一名之曰「通俗文學」。香港早年的作家，大都承其創作精神，鴛鴦蝴蝶個不休，如何恭第、黃冷觀、何筱仙、黃言情、孫受匡、羅澧銘、黃天石等。雜誌如《雙聲》、《小說星期刊》等，都是這些作家的大本營。

作家之中，以黃天石聲名最著。劉登翰主編的《香港文學史》中，有此評論：

> 黃天石從純文學創作出發，戰後返港才迫於生計改以傑克筆名，順應出版商的要求，寫起迎合小市民趣味的言情小說。[25]

這是大謬。實則，黃天石早年的作品鴛蝴味甚濃，如一九二一年《雙聲》創刊，黃天石分別在第一、二期發表了〈碎蕊〉和〈誰之妻〉；跟着於一九二二年，寫就《紅心集》第一種〈缺月重圓記〉；其後又出《紅心集》第二種〈對門兒女〉，和於一九二七年出版的《紅鐙集》，都屬鴛蝴派。

黃天石走上鴛蝴路，應和內地鴛蝴派作家過從甚密有關，根據他於一九六〇年寫就，後發表於《萬象》（香港，一九七五年七月）的〈狀元女婿徐枕亞〉一文來看，兩人交情實非泛泛。徐枕亞作品於一九二一年登陸香港，和之前的《玉梨魂》，對他的影響應甚為深切。但不知為何，黃天石後來大徹大悟，曾棄鴛蝴，改寫純文學，但不成功，那才還俗，[26]並以傑克這筆名大鳴於香港通俗文壇。

黃天石著作等身，本卷收錄了他典型的鴛蝴作品《毀春記》和《生死愛》，以證二十年代其作品在香港的流行。

此外，本卷所收的何恭第、何筱仙、黃冷觀、孫受匡，黃言情等人的作品，都是鴛蝴派；尤其是黃言情的《老婆奴》，其諷謔滑稽之處，比之徐卓呆、程瞻廬實不遑多讓。

迨至四十年代，以上那班作家除黃天石外，多已偃旗息鼓，代之而起的是靈簫生、林瀋、高雄等人，同將那言情傳統擴至寫情，連香豔奇情都包括在內，風格迭變；尤其是林瀋、高雄的豔而不淫、幽默抵死的男女關係，讀來每令人發噱；由本卷所收的林瀋兩篇作品和高雄的《灶君登天》，可見一斑。林瀋那一系列的小說多發表於陷日時期的《大眾周報》，高雄的則見於香港重光後的《新生晚報》。另如靈簫生的《香銷百合花》，將男女間的情愛糾葛，描述得十分淒豔動人。靈簫生這類作品甚夥，多屬長篇巨製，聲譽較響的只好作為存目，如洛陽紙貴的《海角紅樓》。另如三、四十年代冒起的怡紅生，至五十年代大紅，作品廣為傳誦。

四、最具特色的技擊小說

黃天石等人寫的言情小說，是正宗的鴛蝴派，也即是狹義的鴛蝴派；按照上文所說，廣義的鴛蝴派應包括偵探奇案、武俠技擊等文類。在香港通俗文壇上，武俠小說產量至為大宗和輝煌，在所謂新派武俠出現前，技擊小說獨領風騷。

「技擊小說」一詞，見於清末民初一些期刊。當其時也，除「技擊」外，還有「義俠」、「俠義」、「俠情」、「勇義」、「武事」、「尚武」等名目，一九一五年十二月出版的《小說大觀》第三期，林紓的短篇小說《傅眉史》，才標明「武俠小說」。[27]自此之後，「武俠」之名大盛，內容荒誕不經、仙俠妖魔之類的作品，只須涉及武打的，統歸武俠小說。

粵港作家演述的少林故事，當然可稱為武俠小說，但鮮有神怪色彩，有的只是實橋實馬，甚至一招一式都有所本，如齋公的《粵派大師黃飛鴻別傳》，開篇即藉黃飛鴻之口，細述五郎八卦槍法，不厭其煩其詳，還指：

我國技擊之術。由來已久。然而以國習右文。故懷好身手者。乃不易見於紀述。故其事不甚傳。至遜清雍乾之間。技擊之術。漫衍於大江南北。古所未有。[28]

因此，這一派的武俠小說，雖間有誇大、渲染之處，仍不失「技擊」格局，我遂呼之為「技擊小說」，以別於一九五四年後風行一時、向壁虛構、再無「真功夫」的新派武俠小說。[29]

香港的技擊小說作家喜寫南少林故事，源自晚清佚名所著一部書：《聖朝鼎盛萬年青》，又題為《乾隆巡幸江南記》、《繡像萬年青奇才新傳》，坊間版本通稱《萬年青》或《乾隆遊江南》。此書分為兩主線，一線寫乾隆微服遊江南的逸聞；另線寫廣東少林拳勇惡鬥峨嵋武當高手。這班少林英豪最後以悲劇收場，至善和方世玉、胡惠乾等俱遭擊殺。

一九三〇年代初，上海鴛鴦蝴蝶派作家江喋喋（江蝶廬）將此書乾隆部分刪掉，保留少林部分，改寫結局，由至善央求五枚師太出山，化解少林武當恩怨，保住了方世玉等人性命。論者謂：「本書描寫不夠細緻，人物性格不突出。但情節曲折，環環相扣，引人入勝。」[30] 江喋喋刪改寫這書若為一九三〇年代初，[31] 那麼，粵港作家是否在他的啟發之下，紛紛「撥亂歸正」？

根據目前的資料，被台灣評論家葉洪生譽為「香港武俠小說界開山祖師」、為「南少林平反冤情」的鄧羽公，[32] 是在拾江喋喋的「餘唾」了？看來有商榷的必要。

鄧羽公在廣州創辦《羽公報》，一九三一年六月即以淩霄閣主筆名連載〈至善三遊南越記〉，一直到《羽公報》關門，改辦《愚公報》續刊。一九三三年一月，更以淩霄閣主的筆名，在《愚公報》連載《少林秘紀》；一九三二年二月三日以是佛山人筆名連載〈胡亞乾〉，眉題「武俠短篇」。由此可見，鄧羽公演述少林故事，是否比江喋喋還早？抑或同步？那還待考證。

姑勿論如何，按照目前的資料，粵港作家為南少林平反者，鄧羽公實為第一人。陷日時期，崆峒在葉靈鳳主政下的《大眾周報》撰〈少林英雄秘傳〉，第一篇為「洪熙官之一生」，文前有「發凡」云：

近人紀述少林門下異能士多矣，顧多濫觴於萬年青一書，不知萬年青一書，實清廷授意之作，緣當時少林門下士負武勇名者甚眾，粵閩之間，宗風慕學，不可勝數，偶有舉動，頗涉民族思想，清廷患之，燔少林，懲勇鬥，復作萬年青以流行坊間，寓意於崇文黜武，隱責以犯上作亂，故書中文敘，往往與當時事實，大相徑庭，雖盛道少林門人之勇，第皆不得善終。……百餘年來，竟未有人自正宗風，以文闢謬……[33]

崆峒無視鄧羽公的平反，復指《萬年青》為「清廷授意」，[34]實不知出於何本。戰後，我是山人撰《三德和尚三探西禪寺》，卷前有語云：

或問是書何以與萬年青所敘少林事迹相逕庭者，山人不能不有所言矣。萬年青作者為清代時人，而少林派又為反清復明的人物。清庭所謂大逆不道者。若照事直書，則在清文網秋荼之際，其不如金聖歎之罹文字獄者幾希。是以作者不能不歪曲事實，故於描寫至善禪師方世玉少林英雄全部覆亡。山人不揣冒昧，搜集清代技擊秘聞，用小說家言，寫成是書，糾正前人謬誤，發揚少林武術。[35]

一相比較之下，看來我是山人更明瞭《萬年青》作者的肺腑。而觀《萬年青》此書，筆法游移，若干着墨之處，更大讚少林人物俠義為懷，鋤奸儆惡，大快人心。其意向少林，路人皆見。

本卷未收鄧羽公的少林故事，皆因散落各報刊，殘缺不全，但由《義女還頭》這一短篇説部中，可見其文氣；節錄我是山人的處女作《三德和尚三探西禪寺》，可見其正氣；從齋公的《粵派大師黃飛鴻別傳》中，可見他對武術的執着。至於一些技擊小説家如崆峒、念佛山人、禪山人、大圈地膽等，雖有佳作，但不如鄧羽公之開風氣，和齋公、我是山人之有特色，只可從缺了。

五、語言文體蔚為大觀

香港通俗文學和鴛蝴派一樣，語言多元，文本眾多，書寫形式蔚為大觀。本卷所收作品，語言即包括文言、白話文、三及第等，作家流淌其中，不理新與舊，自得其樂；而從那些文本中，更可看出作家的學識、才情，古今學養兼備。本卷上溯至王韜與鄭貫公。這兩位集報人、政論家與作家一身的文人，對後來者影響甚大。

王韜的三本小説《遯窟讕言》、《淞隱漫錄》、《淞濱瑣話》，以文言寫就，穠辭麗句多，並有駢文化的傾向，如本卷所收的《幻遇》：

> 顧陽鳥西匿，繁響群起，獸嗥鶴嘯，毛髮盡豎。乃匍匐出林，仰視天空，星疏河淡，月光照地如畫，遙見山半林叢中，隱隱有舍宇，燈光約略可辨。

當然，這並非王韜的首創，而是上接傳統，下啟後來者，如何恭第的《英哥化白燕》：

> 生遊蕭寺中。有高行僧欵之。秋夜月明。松子落瓦。偃臥禪榻。手執楞嚴經一卷。瞥見綠窗外。有雌雄雙白燕。翩翩對舞。已而雌者力不勝。墮於地。奄然死。英哥驚絕。似憐其荏弱無辜者。基此一念。魂即離其所守。附麗於雌燕。

四言句充斥行文，二十年代文人猶喜接此傳統；又如本卷所收何筱仙的《琴芳傳》，劈首就運用四句式和史傳體：

> 琴芳氏蔣。生而薄命。早失怙恃。十八齡時。隨叔之滬。叔固無賴。博奕好飲酒。每乘醉而歸。必將琴芳辱罵。語多不倫。而琴芳不與較。

王韜亦好以史傳體為文章之開首，《幻遇》如是，《紀日本女子阿傳事》亦如是，何恭第《花舫豔尼姑》亦如是，早期香港文言通俗小說大抵如是；至黃天石、黃守一、黃崑崙、羅澧銘等輩的文言小說，已漸脫此陳腔。演變至靈簫生、林瀋、高雄，則已漸趨淺白文言，受過少少卜卜齋教育者，當可得觀。且看靈簫生《香銷夜百合》此段：

> 顧有一少年曰冷清涼者，離群索居於東山一小廬之中，廬為冷氏所自建，綠瓦紅牆，兼饒花木之勝，吾書開場，時值初冬，清涼寂坐書齋，齋有圖書千卷，佈陣雅靜，臨窗有芭蕉一叢，每逢宵深細雨，淅瀝聞聲，瞿然夢醒，回思往事，輒為腸斷魂銷……

淺而易讀易明，離駢文已漸遠；至高雄在《新生晚報》寫的「晚晚新」欄已全屬淺白文言。這種文言小說，一直流傳到五十年代，那才式微。

王韜輩的文言小說，在香港通俗文學史上，頗佔一頁；靈簫生作品亦暢銷，這和當年的教育息息相關，白話文漸呈優勢，學校重「白」輕「文」，老讀者漸稀，老作家凋謝，遂不見後來者。

通俗文學語言另一特色是粵語入文。鄭貫公辦報，行文著述都不避粵語，是香港第一位把文言、語體文、粵語夾雜一起的三及第先行者，[36]這類文字可見於他在《有所謂報》的粵謳、班本等創作上。這種舊瓶裝進了他的新酒，已別於招子庸的多寫男女之情和妓女生活，轉而為憂時傷國。粵謳一直傳承下去至四十年代，成為當年報刊的特色專欄，作者亦多。鄭貫公在香港報界可謂開風氣之先。

王韜居港二十載，廣府話水平如何，不知；據云在《循環日報》曾寫過粵謳，[37]待證。報刊的三及第化，作家的三及第文字，自此風行粵港。當年通俗小說家，莫不採而用之，如二十年代的黃言情，三十年代的周白蘋，到四十年代的高雄、我是山人，都是箇中高手；論雅馴，當數高雄，《經紀日記》的三及第，運用得圓融渾熟，極見巧妙。由本卷所收的三及第作品，足見這種民間語言的廣泛流播，受到大眾的歡迎。

粵語入文除三及第外，還有白話文＋粵語，如黃天石的《紅巾誤》，行文白話，若干人物對白則粵語，女主角阿甜的粵語，是石歧音。所以那時的粵港通俗作家在文字的運用上，極見多姿。而一些作家以白話文來書寫，多屬傳統的白話文，少見歐化。新文化運動後的通俗作家，大都受過古文教育，二十年代雖有如黃天石般嘗試以白話文創作，但被譏為「放腳式」。縱觀那時期的作家，是處於新舊之間，行文仍多古文，或半文言，或白話中仍摻着不少文言詞句；三、四十年代後白話文已趨成熟，這可反映於一些由所謂新文學家轉型為通俗作家身上，如岑卓雲以平可筆名寫了《黑俠》，張吻冰以望雲筆名寫的《山長水遠》等；至於黃天石雖曾棄「俗」轉「純」，但不成功，再而「還俗」，戰後以傑克筆名寫的小說，白話文的「腳」已大解放，不似在《雙聲》時寫的《碎蕊》、《誰之妻》那麼彆扭。另如高雄，既以文言、三及第創作，那手白話文亦清爽乾淨，如在《新生晚報》寫的《司馬夫奇案》；不過，為了顯現高雄在通俗文學上的特色和成就，他的白話文作品唯有「割愛」。

本卷所收作品，從語言的運用上，今、古、地域色彩並存，可見香港通俗文學的書寫方式和流變。

六、新文學作家的「迎俗」和「還俗」

二、三十年代，香港文學是個新舊交替、並存的時代，從事所謂新文學的創作者，亦不乏人，如謝晨光、侶倫、張吻冰、岑卓雲、劉火子、易椿年等，但仍敵不過舊文學的勢力，有論者指「新文學受着重大的摧殘」，而當時的報紙副刊，「有的由純粹的新文藝而折衷為新舊文藝並列，有的簡直完全改變了面目，有的根本把新文藝欄取消……」[38]緊隨日本侵華，大批內地文人避居香港，這些新文學者的厄運，更是抬不起頭來。

這批內地文人大都是聲名顯赫之輩，如郭沫若、茅盾、巴金、夏衍、蕭紅、端木蕻良、蕭乾……名字一大串，辦報辦刊，埋首著述，並迅佔了各報的地盤，在本土作家眼中來說，是「一座不可逾越的高山」[39]。鄭樹森說：「(內地文人）來港後香港作家的主體性反而降低了，甚至湮沒了，或者是被邊緣化了。」盧瑋鑾則斬釘截鐵說：「根本被消滅了。」[40]

上文提到張吻冰以望雲筆名，岑卓雲以平可筆名「轉型」寫起通俗小說來，這是自卑心理，或是自忖不可攀越那座「高山」，所以才「迎俗」，才轉向另一條路？這還待深入研究；但是，走通俗既是為了「文學生存」，卻居然為他們帶來了莫大的滿足感。望雲在《天光報》寫〈黑俠〉，大受歡迎。平可在《天光報》連載〈錦繡年華〉時，到醫院探望一位女讀者，見護士川流不息進來，平可以為女讀者人緣太好，誰知女讀者微笑說：「她們不是來看我，她們是來看你。」[41]平可與望雲在島上社時期，肯定沒有這種風光。[42]

自此，望雲和平可難以再回頭，一路通俗下去。黃天石「還俗」後，以傑克筆名大寫流行小說，報上剛連載完，就有奸商馬上推出劣質單行本；甚至有冒其名偽作，迫得他要刊澄清啟事。[43]通俗文學的魅力於此可見。

不過，細閱這班「轉俗」作家的文本，除望雲《黑俠》等作品外，多非純俗，是介乎俗與雅之間，即是雅與俗相互滲透，在日本，這被呼為「中間小說」。因此，在審視這種小說時，本卷決定不收。在南來文人的「壓力」下，想不到這些改向作家，居然給他們闖出另一片天地。

至於那班南來作家，如四十年代中後期，為了響應華北大眾文藝運動，和配合中共解放戰爭而發起的方言文學，作品大都俗不可耐，香港作家身分又成疑，雖云都是通俗文學，本卷概不收錄。

七、餘話：幾點說明

本卷的編輯方針，乃遵循一個法則，就是「香港文學」與「香港文學史」的相異之處。一直以來，「香港文學」或者「香港作家」，論者多有不同的界定和爭拗。劉以鬯主編的《香港文學作家傳略》所下的定義是：持有香港身分證或居港七年以上，和已移居海外的作家。[44]居港七年，是持續七年，或間續七年，卻沒說明。以此驗證，很多南來、旋即北返的作家，便沒有港人身分；那麼，他們在香港發表的作品，算不算「香港文學」？

我的界定是：「香港文學」應是香港作家寫的作品。舉一個例子，有個香港作家旅居北京一兩年，在當地報刊發表了不少作品，和有參與文化活動，頗有迴響，那他算不算是「北京作家」？又如羅孚在京十年，曾在《讀書》等刊物寫文章，那他一定是「北京作家」了？我相信北京在編纂北京作家作品時，一定沒有他的大作。

但文學史就不同，文學史可研究或者必須研究外來作家對當地文學有何衝激、有何影響、有何建樹，所以不得不談及、論及；這是文學史的職能。

「香港文學」和「香港文學史」是兩個概念，不應混淆。而「香港文學」則建基於「香港作家」的身分界定上，劉以鬯當年召集了十二位文學界知名人士，和得到一些學者的書面意見，那才訂下以上的規定，在現時來說仍是頗嚴謹的；否則，郭沫若、茅盾、夏衍等一度或多度南來的作家，都是「香港作家」了。

上文提及的「方言文學運動」的作家，大都來自廣東一帶，所寫的文章極見粵港色彩；一九四九年前，粵港一家，來往自由，究竟他們連續居港或斷斷續續居港多少時間，多已無從考證；所以本卷也不收錄。但談到香港文學史時，不得不談。《香港文學大系》賦予各卷編者有充分的自主權，所以我堅持自己的執着。一些難以考證其人的作品，亦予不錄。

在版本方面，一些作品的原始出處已難以尋獲，如王韜的小說，所以只據目前所見最早的版本來編選；又如一些報刊上連載的作品，因報刊大多不全，只可依據後出的單行本，如侯曜的《摩登西遊記》、望雲的《黑俠》、我是山人的《三德和尚三探西禪寺》等。後出的單行本有一好處，在報刊連載時的錯謬，或手民之誤，可能已改正過來，也可說是作家的定本。本卷有些選文後附有「存目」一欄，其意是：這是該作家知名或較出色的作品，只嘆限於篇幅，唯供有興趣者據而取讀。

香港通俗文學卷帙浩繁，垃圾殊多，本卷只從文化傳承、獨有文類、語言文體等特色來沙中淘金，淘出的是否金，那還要讀者定奪；但起碼，已可淘出一九四九年前香港通俗文學的演變歷程來。

註釋

1 鄭明娳《通俗文學》（臺北：揚智文化事業股份有限公司，一九九三），頁二七。

2 鄭振鐸《中國俗文學史》（北京：東方出版社，一九九六），頁三—四。引文撮要據鄭明娳《通俗文學》，頁一四—一五。

3 鄭明娳《通俗文學》引李岳南《俗文學詮釋》語，頁一五。

4 如西諦便譏該些作者為「文娼」。見魏紹昌編《鴛鴦蝴蝶派研究資料》（上海文藝出版社，一九六二），頁四〇。

5 在七十年代末，范伯群已有心研究中國近現代通俗文學史，更提出「雅俗雙翼齊飛」的主張。見賈植芳為范伯群《中國現代通俗文學史》插圖本（北京大學出版社，二〇〇七）寫的〈序〉言。

6 見李歐梵為范伯群《中國現代通俗文學史》插圖本寫的〈序〉。

7 鄭明娳《通俗文學》，頁九。

8 引自謝昕、羊列容、周啟志著《中國通俗小說理論綱要》（臺北：文津出版社，一九九二），〈前言〉頁十二。

9 劉以鬯〈香港文學的起點〉，《今天》，一九九五年第一期。

10 魯迅〈中國小說史略〉，《魯迅全集》第九卷（北京：人民出版社，一九七三），頁三六五。

11 參：黃仲鳴〈冶遊無悔：王韜早期的社會生活〉，收《傳記傳統與傳記現代化——中國古代傳記文學國際學術研討會論文集》（北京：中國青年出版社，二〇一二），頁二八六—二九二。

12 欒梅健《前工業文明與中國文學》（上海：復旦大學出版社，二〇〇八），頁五七。

13 周海波、楊慶東《傳媒與現代文學之間》（北京：中國社會科學出版社，二〇〇四），頁三。

14 劉少文《大眾媒體打造的神話——論張恨水的報人生活與報紙化文本》（北京：中國社會科學出版社，二〇〇六）。

15 見白雲天〈百萬富翁作家——三蘇〉，收李文庸編著《中國作家素描》（臺北：遠景出版社，一九八四）。

16 劉紹銘〈經紀拉的世界〉，香港《純文學》月刊總第三十期，一九六九年九月。

17 吳昊〈天若有情天亦老：試論天空小說〉，香港《作家》第十四期，二〇〇二年二月。

18 劉天賜〈李我的流金歲月〉，香港《東週刊》第九十二期，一九九四年七月二十七日。

19 周作人〈日本近三十年小說發達史〉，收芮和師、范伯群、鄭學弢，徐斯年、袁滄洲編《鴛鴦蝴蝶派文學資料（下）》（福州：福建人民出版社，一九八四），頁七一四。

20 錢玄同〈黑幕書〉，收魏紹昌編《鴛鴦蝴蝶派研究資料》，頁四四。

21 見《〈禮拜六〉出版贅言》，同上書，頁一三一。

22 同註4。

23 由芮和師等和魏紹昌所編兩書可見。
24 夏志清〈《玉梨魂》新論〉，收林以亮主編《四海集》（臺北：皇冠出版社，一九八六），頁一九。
25 劉登翰主編《香港文學史》（香港作家出版社，一九九七），頁二三四。
26 李育中口述。另見李育中〈我與香港——說說三十年代一些情況〉，收黃維樑主編《活潑紛繁的香港文學》上冊（香港：中文大學出版社，二〇〇〇）頁一三二—一三三。
27 參馬幼垣〈《水滸傳》與中國武俠小說的傳統〉，首屆國際武俠小說研討會（香港中文大學，一九八七）講稿。
28 齋公《粵派大師黃飛鴻別傳》（香港：國際叢書社，缺出版日期），頁一。標點符號悉依原文。
29 指梁羽生一九五四年於《新晚報》連載〈龍虎鬥京華〉為起點。
30 甯宗一主編《中國武俠小說鑑賞辭典》（北京：國際文化出版公司，一九九二），頁一九二。
31 據吳昊《孤城記：論香港電影及俗文學》（香港：次文化堂，二〇〇八）所說，頁六八。
32 葉洪生《武俠小說談藝錄——葉洪生論劍》（臺北：聯經出版事業公司，一九九四），頁六一。
33 香港《大眾周報》，一九四三年四月三日第一卷第一期。
34 《萬年青》一書非清廷授意，實含反諷時代。見吳昊《孤城記：論香港電影及俗文學》，頁六五。
35 我是山人《三德和尚》（香港：陳湘記書局，缺出版日期）序言。此書原名《三德和尚三探西禪寺》，共分五小冊行世，陳湘記合成一大本，易名《三德和尚》。
36 李家園《香港報業雜談》（香港三聯書店，一九八九），頁四一。

37 見劉以鬯《香港文學的起點》。

38 貝茜〈香港新文壇的演進與展望〉，香港《工商日報・文藝週刊》第九十五期，一九三六年九月十五日。

39 劉登翰主編《香港文學史》，頁一一九。

40 鄭樹森、黃繼持、盧瑋鑾編《早期香港新文學資料選》（香港：天地圖書有限公司，一九九八）「編選報告」，頁二四。

41 平可〈誤闖文壇憶述〉，《香港文學》第七期，一九八五年七月。

42 黃康顯《香港文學的發展與評價》（香港：秋海棠文化企業，一九九六年），頁四〇。

43 如寫於一九四九年十月二十九日的啟事，題目為《揭發冒名偽作　近在報攤出現》，文見他所著《紅衣女》（香港：基榮出版社，一九五三）版權頁內，文後並注明已「載香港各大日晚報」，可見傑克之吃香。

44 劉以鬯主編《香港文學作家傳略》（香港市政局圖書館，一九九六）〈前言〉。

- 一九二一年十月《雙聲》第四集。
- 一九二四年九月二十七日《小說星期刊》第一期。

- 黃天石《紅心集》，料出版於一九二二年。
- 傑克（黃天石）《生死愛》，原名《儷緋館憶語》，選文據香港大公書局，一九四〇年二月再版本；圖為香港實用出版社版本。可見此書流傳甚廣。

● 黃言情《新西遊記》，香港：言情出版部，一九三四。

● 齋公《粵派大師黃飛鴻別傳》，香港：國際叢書社，缺出版日期，據內頁資料，推測出版於一九三三年。

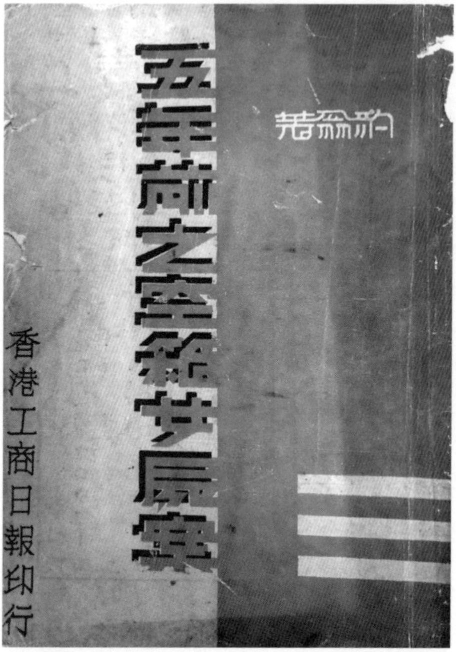

- 豹翁《五年前之空箱女屍案》，香港：工商日報，一九三六。
- 何文法主編《省港名家小說集》，廣州文社，缺出版日期，據序言推斷為一九三七年。

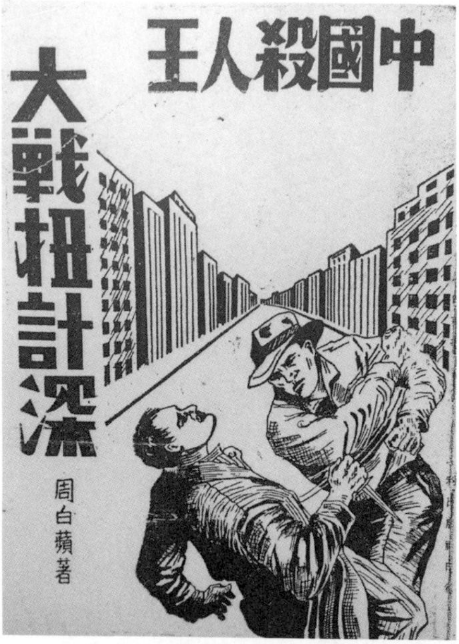

• 周白蘋《中國殺人王大戰扭計深》，缺版權。此為「殺人王」系列早期故事，料為戰前之作。

• 周白蘋《牛精良大亂中環》，香港：紅綠報，一九四六。

- 望雲《黑俠》，香港：梁國英書報局，一九四〇年四月。
- 靈簫生《香銷夜合花》，香港：文化小說出版社，一九四一。
- 仇章《香港間諜戰》，上海：鐵風出版社，一九四八。

新趣
討厭的雞尾酒會
剪剪花
經紀日記
愛神
寶刀明月
大醉先生
林大成保險鞋專家
本廠中西名鞋大減價十五天
以酬光顧 諸君雅意
美豐行
新到
生膠片
生膠碎
發售
芝加高工程學校
華南汽車工程學校招生
公報
配菜加多．味道落足
國泰無線電行
白花肺癆草
新到
一九四七年
「生莊」
JOHNSON
優點
價格相宜 立單保用
玻璃度盤
款式新奇
收全球音
發音清晰
諸君惠顧 無任歡迎

● 一九四七年五月十日香港《新生晚報・新趣》，高雄以經紀拉筆名連載〈經紀日記〉小說。

- 此為我是山人《三德和尚三探西禪寺》較為原始的版本，本分五集出版，香港陳湘記書局後據此影印，輯為一冊，易名《三德和尚》，缺出版日期。據資料該小說原刊於戰後廣州《七十二行商報》。
- 李我《慾燄》，缺版權頁，料出版於戰後。

目錄

王韜

幻遇

霍仲仙，北平諸生，才學淹貫，黌舍中推為巨擘。父亦老明經，出翁潭溪門下，濡染有素，尤善鑒別金石碑版，所藏多精本。聞秦中為古帝王都，舊碑林立，掘地數尺，往往得珍異之物，不可名識，遂策馬束裝而去，凡琳宮梵宇，搜求殆遍，而皆係人間習見之本，未足以誇異於人。思昔嗜奇之士，無不冥搜巖穴，因遂襆被裹糧，深入山中，幽崖邃谷，跡無不到，而目力足力俱窮，杳不可得，興亦漸闌。一日入山迷道，苦不得出，樵汲俱絕，無從問訊，日已向暮，情頗惶急。信步前行，擇一可宿之處，而別無石穴可以藏身，惟松林中有一大磐石，頗光潔可眠臥，乃拂拭施枕其上。顧陽烏西匿，繁響羣起，獸嘷鶴嘯，毛髮盡豎。乃匍匐出林，仰視天空，星疎河淡，月光照地如晝，遙見山半林叢中，隱隱有舍宇，燈光約略可辨。遂望光趨赴，里許已至，則高閎大廈，宛若世家。遂急款關，久之始有應者，內問深夜荒山，何為至此？生以訪碑迷路對。須臾啟門，閽者肅生入，則主入已候於堂，蒼髯道服，容貌清古，揖生入座，敘述姓氏。翁自言吳姓，卜居此山已五十年，因詢自入秦中，得碑幾許？生探之囊中，展置几上。翁觀覽既畢，笑曰；「君摹搨極佳，特惜羅致未廣，此皆近時畢秋帆尚書『關中金石志』中所有，孫淵如觀察『寰宇訪碑錄』中所采，不足以愓好古之士。」生聞言慚汗交併，前席以請指示。翁曰：「此非易事，況近遭兵燹，殘毀者多，尤難搜覓。我家留心於此者四世矣，稍有積藏，顧供雅玩。」呼僮入內取出，生視之則皆唐宋搨本，非近世所有，嘆賞不已，時陝人盛行爭坐位帖，翁所藏本，如權怪咄此四字，皆極清露飛動，洵足為至寶。生偶展至末，見有楷字數行，精采秀拔，後書瓊華女史跋。生把玩不忍釋手，因指問何人？且曰：「得婦如此足矣！」翁笑曰：「此賤息也，塗鴉惡劣，何足辱君子齒頰？」生不勝局促，深謝唐突；而翁殊無忤色，喚僮拂治臥具，邀生入別室安宿。室中薰爐茗碗，陳設精好，帷帳尊彝，淡然入古。方將解履襪就寢，僮忽推扉入，以主人命饋湯餌。生腹正枵，遂啖之盡；深感吳翁之好客。天明生別欲行，翁挽留甚堅曰：「君遠來不易，盍盤桓數日？」乃殺雞煮黍，盛饌款生，日午延入園亭小憩，曲橋碧澗，幽寂異常。翁謂生曰：「小女癖嗜金石之學，僻居窮山，無師問難；雅聞先生高明，願執贄絳帳為女弟子，其許之否？」生方謙讓間，婢嫗輩已扶女出矣，紅氍貼地，盈盈而拜。生微睨之，明眸皓齒，秀絕人寰。翁奉蘭亭定武本作贄，生即解白玉藕一枚為贈，茗再瀹，女翩然遂入。自此女時通簡牘，令婢執問，所詢如禹碑真贋，石鼓是非，景教源流；生率不能盡對，居數日，翁送之下山。越一年生再往訪，但見古木千章，絕壁萬仞，窮覓其處，竟不可得，惆悵而返。

選自王韜《遯窟讕言》，台北：廣文書局，一九八六

紀日本女子阿傳事

阿傳，日本農家女也。生於上野州和根郡下坂村。父業農，小筑三椽，頗有幽趣，依山種樹，臨水啟門，自具籬落間風景。室東偏紫藤花滿架，花時絳雪霏几榻，阿傳卧房在焉。阿傳貌美而性蕩，長眉入鬢，秀靨承顴，肌膚尤白，勝於豔雪，時人因有「玉觀音」之稱。及笄，風流靡曼，妖麗罕儔。鄰人浪之助者，佻達子也，善自修飾以媚阿傳，時以玩物饋貽。由是目挑眉語，遂成野合鴛鴦。往來既稔，父不能禁，竟偷嫁之成伉儷，倡隨極相得。

無何，浪之助忽攖惡疾，蓋癩也。阿傳恥之，偕夫遯去。聞草津有溫泉，浴之能治癩，僦屋彼處，晨夕往焉。鄉人某甲，素愛阿傳，聞而憐之，來勸之歸。弗從。絹商某挈眷就浴溫泉，適與阿傳同寓，見阿傳事夫甚謹，異之。絹商妾亦小家女，綽約多姿，時就阿傳語，始知為同族姊妹行。因勸夫邀阿傳共往橫濱，延美國良醫平文治之。

有吉藏者，橫濱船匠員弁也。涎阿傳美，思通之，願任醫藥費，延阿傳夫

婦居其家，伺間求歡，狐綏鴇合，極盡繾綣。魚賈清五郎，俠客也。憐阿傳貧，時有所贈。阿傳意其私己，欲以身事之。五郎拒不納。浪之助疾久不瘳，仍偕往溫泉，中途遇盜，盡褫其橐中金，哭訴於逆旅主人。絹商適寓其家，時方讌客。婢以事聞，特畀朱提數笏，濟其窮。及來謝，乃知即阿傳。絹商方獨宿寓中，遂荐枕席。旋絹商歸，阿傳從之至其家。絹商妻唾之曰：「此禍水也！」勸絹商絕之，贈以資斧遣去。

未幾，浪之助死。或疑為吉藏所毒，然事終不明。夫死一周，阿傳頗不安於室。一日，歸省父，縷訴往事艱辛狀。阿傳父慮女前行，令妹貽書規之。阿傳置弗省。偶徘徊門外，市太郎道經其室，一見驚為天仙，借事通詞，遂招之入，竟作文君之奔焉。以後凡有所屬意者，輒相燕好，穢聲藉藉閭里。

阿傳以東京多浪遊弟子，冀遂其私，乃寓淺草天王橋畔旅舍，曰丸竹亭，室宇精潔，花木蕭疏。阿傳竟作倚門倡，留髡送客，習以為常。吉藏以事至東京，素識阿傳，因呼侑觴，醉甚留宿。阿傳索金，不即予。吉藏自阿傳夫死後，薄其所為，與之有隙，至是刺刺道其隱事。阿傳憾甚，乘其醉寐，手刃之，託為報姊仇，被逮至法廷，猶爭辨不屈，幾成疑案，經三年而後決，正法市曹，以垂炯戒。此己卯正月中事也。東京好事者，將其前後情節，編入曲譜，演於新富劇場。天南遯叟時旅日東，亦往觀焉，特作《阿傳曲》以紀之。詩錄如左：

野鴛鴦死紅血迸，花月容顏虺蜴性。短緣究竟是孽緣，同命今翻為併命。陰房鬼火照獨眠，霜鋒三尺試寒泉。令嚴終見爰書麗，閭里至今説阿傳。阿傳本是農家女，絕代容華心自許。爭描眉黛鬬遙山，梨花閉戶春無主。笄年偷嫁到汝南，羨殺檀奴風月諳。花魂入牖良宵短，日影侵簾香夢酣。歡樂無端生哭泣，溫柔鄉裏風流劫，一病纏綿不下床，避人非是甘岑寂。溫泉試浴冀回春，旅途姊妹情相親。一帆又指橫濱道，願奉黃金助玉人。世少盧扁真妙手，到底空床難獨守，狐綏鴇合只尋常，鰈誓鶼盟無不有。伯勞飛燕不成羣，伉儷原知中道分。手調鴆湯作靈葯，姑存疑案付傳聞。一載孤棲歸省父，骨肉情深盡傾吐。阿妹貽書佯弗省，真成跋扈胭脂虎。市太郎經邂逅初，目成已見載同車。貌豔芙蓉嬌卓女，才輸芍藥渴相如。自此倚門彈別調，每博千金買一笑。東京自古號繁華，五陵裘馬多年少。旅館淒涼遇舊歡，談搖銀燭夜初殘。詎知恩極反生怨，帳底瞥擲刀光寒。含冤地下不能雪，假手雲鬟憑寸鐵。世間孽報豈無因，我觀此事三擊節！阿傳始末何足論，用寓懲勸箴閨門。我為吟成《阿傳曲》，付與鞠部紅牙翻。

遯叟詩成，傳鈔日東，一時為之紙貴。

按阿傳雖出自農家，然頗能知書識字。所作和歌，抑揚宛轉，音節殊諧。其適溫泉時，有藝妓小菊者，與之同旅邸。小菊正當綺齡，貌尤靚麗，推為平康中翹楚，豔名噪於新橋柳橋間，一時枇杷巷底，賓從如雲。小菊亦高自位置，苟非素心人，莫能數晨夕也。自負其容，不肯下人，而一遇阿傳，不覺為之心折，歎曰：「是妖嬈兒，我見猶憐，毋怪輕薄子魂思而夢繞之也。」阿傳雖能操樂器，而未底於精，至是小菊授以琵琶，三日而成調，譜自度曲居然入拍。小菊之相知曰墨川散人，東京貴官之介弟也。一見阿傳，歎為絕色，伺小菊不在側，遂與阿傳訂齧臂盟，擬迎之歸，貯之金屋，終以礙於小菊，不果。由是菊，傳兩人，遂如尹邢之避面焉。人謂阿傳容雖娟好，而翻雲覆雨，愛憎無常，是其所短；小菊容貌亦堪伯仲，惟美則可及，而媚終不逮也。

阿傳既正典刑，閨閣女子多以花妖目之，援以為戒。清五郎聞之，往收其尸，葬之叢塚，並樹石碣焉，曰：「彼愛我於生前，我酬之於死後。因愛而越禮，我不為也。」嗚呼！如清五郎者，其殆俠而有情者哉！曷可以弗書。

選自王韜《淞隱漫錄・淞隱續錄合刊》，台北：天一出版社，一九七八，

此書據光緒十年（一八三〇）石印本影印；

標點據王韜《淞隱漫錄》，北京：人民文學出版社，一九八三

鄭貫公

花和尚（粵謳）

花和尚、做乜咁多錢。怪不得你鬧學行兇、把事理倒顛。你當日恃住個大紳、憑吓體面。今日見渠走了、就悔恨從前。況且必要寺產查封、無話可辯。逼住要報効黃金、助費五千。你既是大把資財、何必產變。唉、言不善。分明將眾騙。同是要賣埋產業咯、封禁又駛乜疑嫌。

署名仍舊，選自一九〇五年六月五日香港《有所謂報·諧部》

真正係苦（粵謳）

真正係苦、我地華工、謀生無路、逼住要四海飄蓬、離鄉別井、走去求人用。不過想覓蠅頭、豈敢想話做個富翁。點估外國工人、嫌我地日眾、佢話土人權利、失去無窮、故此想禁華工、隨處運動、想得趕絕我地華人、不准在佢嘅埠中。試想我地在本國既係咁艱難、來到外埠又咁苦痛、真正係地球雖大、冇處可把身容。今日我聽見續約問題、心甚慟。哎、愁萬種、熱血如潮湧。但得漢人光復呀、重駛乜遠地為傭。

署名仍舊，選自一九〇五年六月十三日香港《有所謂報・諧部》

進取學生書痛（班本）

（起板）嘆官場、所辦事。無非、腐敗。（慢板）好一個、運動會、幾費、安排。鼓學生、競爭心、風除、惰懈振國民、尚武志、習掃、頑頹、我中國、數千年。未有這般、盛會、舉國人、刮目看。方謂見識、一開。何況是。關係我、一般、學界。既提倡、（ ）獎勸。大眾始不、心灰。又豈可、激動了。風潮、澎湃。從此後、歲舉行、進益、無涯。有誰知、纔第二日、遽行、破壞。這事情、提起着、觸我、情懷。（中板）本、學生、競走之術素稱、捷快。前日裡、運動會中迴出、羣儕、當是時、萬目共睹同聲、唱采。列第一、領取旗號理所、應該。怎料到、包委員公然、作怪、袒護那。師範學生自是為罪、之魁。這等人。挾懷私見公理、何在。又加以、糊塗評判眾望、難諧、本學生、據理力爭出於、無奈。見他們、任情顛倒獨斷、獨裁。學界人、憤不平冰清、瓦（ ）。立時間、全體告退不稍、遲徊。眾官員、苦苦挽留已自無人。愀悵。好一個、從來未有運動盛會如此、下臺。想起來、不由人悲墳、五內。（收板）問一聲、學務處、掛甚辦學、招牌。

署名死國青年，選自一九〇六年一月十四日香港《有所謂報・諧部》

題陳烈士遺像（粵謳）

死一個字、實在難言。死如得所、怕乜爭先。好似馮子夏威、誰不慕羨、君你又崛然繼起、比美前賢、如此行為、君你豈願、是必出於無奈、至把軀捐、總係重義舍生、唔得幾（見）？只見有的偷生忍辱、幸自能存。愧我只有空言、唔見實踐。一味靦然人面、潦倒迍邅。何況對住英雄遺像。越似心攢箭。日言崇拜、也是徒然。自古話有志事成、惟自勉。聲名應要顯、任得遺臭流芳、各自萬年。

署名死國青年，選自一九〇六年一月十五日香港《有所謂報・諧部》

歲暮感

束手望蒼天。韶華如逝水。國亡年又年。生也何殊死。臘鼓寒人心。胡笳淒吾耳。安得身能飛。偷渡桃源裡。逍遙水之濱。塞耳國之恥。顧影自欷歔。頭顱不足恃。雙鬢漸成斑。聞雞思奮起。哀〔哀〕黑暗中。夢夢何時已。酣嬉賀新年。婦人與孺子。家國荷一肩。高歌徒拊髀。故土今誰屬。羞看五都市。

署名貫公，選自一九〇六年一月十七日香港《有所謂報·諧部》

黃崑崙

毛羽

書坊上最流行的一種書籍。是一位大文學家張景渭先生的遺著。甚麼「破屋」。「潮水的聲音」。「戍樓中的鼓手」。「產業承繼者」。「漂流的婦人」。這幾篇短篇小說。和「偶像」「懺悔」這兩篇劇本。一般書賈。喜得社會上都很熱烈的歡迎他。而且沒有甚麼版權。隨便可以翻印。便都爭着印行。這幾本書委實計不出翻印的次數。籠統一算。全國大商埠的印書館。約莫有一千多家。每一家頂少也翻印上十次八次。翻印一次的冊數。起碼是三千五千。那麼總計起來。張景渭先生的著作。雖說不得四萬萬人人手一篇。却差不多已過了半數。因為張先生的文字。婦人孺子。却能了解。但他一字一句。却都從人類心坎裏掏挖出來。可算是一個解決人生問題的答案了。也算得是一本哲學書。因為社會上的人多愛讀他。學校裏便當做一本教科書用。地方上的演講。也拿他當一本演講用書。三歲孩子。也曉得張景渭是一個近代的大文學家。張景渭三個字。被社會上的人類。咀嚼得爛熟。不但國內的人。這樣崇拜他。還有好幾國的人。都把代譯成各種文字。就不但是洛陽紙貴。竟要鬧起全地球的紙荒來。文學的價值。到這一個地步。也算得登峯造極了。

咳。古人說得甚麼文章憎命。又說的是曲高和寡。可憐那一位張景渭先生。雖然是一個創造的天材。可恨不生在科舉的時代。做一位和聲鳴盛的詞臣。向甚麼清秘閣中爭一個位置。那時節專制的君主。喜歡的時候。要他做幾首應和的詩。擬幾篇典麗矞皇的詔誥。這或者可以威恩戴德。做那天下一人的花兒鳥兒。極力的討好獻媚。雖然是自己的人格。不要題起。到可以博社會上老的少的。男的女的。敬仰崇拜。有時還可以借着這一個機會。合了幼學詩上的兩句語是「花街紅粉女爭。看綠衣郎」。又是甚麼「娶妻莫患無良媒。書中有女顏為至」。做了幾篇文字。不但可以達到。「千鍾粟」。「黃金屋」的奢望。而且還可以完成他左擁右抱的獸慾。豈不是專制時代。文人的快書。大大快事麼。

怎想張景渭先生的命運。却夠不上在這個時代。來大出風頭。偏在科舉狂熱的時代。他才呱呱墜地。他才束髮受書。到他能夠執筆做文章的時候。已經是宗社消沈。改建了共和國體。沒論張景渭先生不敢作這般妄想。就是許多遺老遺少。也祇怨一句。干莫塵埋。驊騮伏櫪。雖也有幾個自命文學家的人。趁這機會巴結上幾箇武人軍閥。或者鑽上一箇國會議員。做了幾封痛快淋漓的電報。草了幾篇支離龐雜的請議書。便都央求幾家書局。替他印刷起來就是某某人書牘。某某人大政見。封面上還要當代幾位大人物。寫了幾箇字題簽。做了兩篇序跋。不要計較他們寫的文字好不好。作的文章通不通。但一經品題。聲價十倍。銷路可以大增。出風頭也出到加二。那便擺起一箇大文學家的面孔來。這樣的人。着實不在少數。却可憐。那張景渭先生。沒有這麼福氣。因為老天給他生命的時候。少落了一點「媚」的質素。一副冷冰冰的面孔。教那些大人物看了。都不敢領教。也是枉然。

張景渭先生的一段潦倒傷心的歷史。還在他著書的時候。距離那一紙風行的當兒。恰好十五年。他在十五年前。還是三十歲不夠。那時節社會上的文人。恰好和我上面說的。一種是科舉停廢。抑塞無聊。借着衛聖翼道。保存國粹做口頭禪的遺老派學者。一種是奔走督軍省長巡閱司令門下依草附木的政客派學者。他們的文字。比起張景渭來是一萬箇不對。但張景渭可也不求他對。鎮日價握着一管禿筆。一錠殘墨做他自己的文字。一篇跳出。那些遺老派政客派的學者們。都橫跳一丈。豎跳八尺的吵起來道。「反了反了。這種非聖無法敗壞綱常的文字。竟出現在社會上。不要把世界人類都變做了禽獸麼。」便一傳十。十傳百。要和張景渭作難。還有幾個把張景渭的書。觸犯社會忌諱的。都剪了出來。做了一張公稟。把剪出來的都粘貼了。遞到省長衙門去。那省長也是前清一個翰林。看了他們的公稟。便一叠連聲叫拿人。在這個當兒。張景渭還是睡在鼓兒裏。做他自己的文字。却不想他不着急。到有一個人替他着急。那人是誰。就是和張景渭同居的一個女子。

張景渭的父親死了。他和母親同居。他把房子。租一半給人家。同居的姓周。是一個販米的商人。有一個老婆。一個女兒。租張景渭家的左廂住着。那女兒名喚周娟娟。是女師範學校裏一個女學生。年紀不過是十八九歲。長得很是漂亮。伊平日和張景渭見慣了。便也有說有笑。周娟娟既然是一個女學生。中國的名小說石頭記會真記自然也讀過了。伊腦海裏有了一種印象。甚麼張君瑞哩賈寶玉呢。都是一個聰明俊俏的男子。知情識趣的丈夫。伊就把這一個定律。來觀察張景渭。覺得張景渭這一副鵝蛋臉兒。漆點般眼兒。紅紅的嘴唇。像抹了胭脂似的。伊就想這可不是小說上說的張君瑞賈寶玉麼。因此便和他發生了愛情。但周娟娟和張景渭的愛情還是片面的。在張景渭呢。白天關閉了門。手不停揮的著他的書。夜間也是一燈相對。和那些大文學家大哲學家會晤。能夠和周娟娟閒話的。衹有那晚飯後幾十分鐘。張景渭雖和周娟娟談話。心裡却在那裡研究問題。有時無意中便把解決不來的問題。和伊解決。怎想周娟娟平日在學校裏。雖然也讀過幾本科學書。即沒十分深造。伊也有一種呆想。以為張君瑞賈寶玉。一般模範男子。衹合和他歌離賦恨對月聽琴備嘗那些才子佳人的樂事。要甚麼文縐縐的談論哲學。研究科學呢。因此和張景渭晤對時。儘多不很投機。張景渭的心理也別有一種說不出的意念。他以為愛情是神聖不過的。一個男子抱着獨身主義也罷了。若要娶妻。不是得一個學問和自己相埒的人。便畢生也沒有樂趣。若說學問能和自己相埒。就不論是嫫母無鹽。王嬙西子。他也一般的平等看待。他眼中的周娟娟。衹不過看他是社會中較接近的一個人罷了。甚麼愛情不愛情。他究竟沒有明白。所以周娟娟怎樣和他親近。他衹好信口答應。說的本是無心。聽的偏當他有意。周娟娟愛的心理。可也進了一步。却仍不免有點兒缺憾。就是張景渭平日是不大修飾。一件灰色（ ）袍子。一雙破舊布鞋。還有面上時點污着紅色黑色的墨水。頭上是蒙茸蓬鬆的短髮。比起小說上的張君瑞賈寶玉來。老大的不同。因此伊的芳心。經過了千迴百轉。總不明白。世界既有了張君瑞賈寶玉一般容貌。却偏不像張君瑞賈寶玉般貂裘華飾。顧影翩翩。這真是解人難索。但外面的裝飾。原算不得甚麼。或者少年男子到了一定的時期。他也能夠着意修飾。也說不定。因此愛他的心。也沒甚減少。在那一天。張景渭給那些遺老派政客派學者控告的時候。周娟娟早在伊一個同學處得了消息。便赶忙對張景渭說。張景渭的母親也知道這事情。便勸張景渭早點兒躲避。張景渭却不過他母親苦勸。祇得收拾了幾件衣服。和撰著未完的稿本。別了他娘和周娟娟走了。張景渭才出門。那邊的騾騎已到。搜尋一過。見沒蹤跡。也就罷了。却苦了周娟娟。眼看着張景渭走了。洒了許多別淚。但鐵石心腸的張景渭。又怎能曉得。

電也似的光陰。早過了五年了。周娟娟自張景渭去後。便代他侍奉老母。張景渭的母親常說。「可惜我的兒子不在家。不然。我願意請姑娘做了我家媳婦。我也可以得了安慰了。」周娟娟聽着這些說話。臉龐兒漲得通紅。但是張景渭去了五年。并沒半點兒消息。有一天張家的親戚得了一封信。說張景渭自從那天出走。就跑到南洋羣島去。却不想到處受人奚落。前月裏得了一病。很是沉重。聞說這幾天。因醫治無效竟在院中死了。這消息傳至張景渭母親耳中。竟暈了過去。有了年紀的人。經不起剜心的病苦。竟生了一場大病。周娟娟很盡心侍奉伊。可惜伊畢生心血。祇消耗剩半點兒。這半點兒也隨他兒子的死訊消失去了。再也不能活在世上。周娟娟守着伊的屍骸。哭了一場。央他爹娘買了棺木。把伊殮葬了。祇可憐伊彌留的時候，還叫喚兒子的聲音，還留在娟娟耳朵裏。

周娟娟自張景渭去了。他娘也死了。遺下一所舊屋。沒人看管。伊家雖然是賃廡而居。但到此也不能不替他保存着零碎家具。或者張景渭沒死。等他回來交還他。周娟娟是這樣想。但是問了許多從外洋回來的人。都道不知道張景渭的踪跡。有人說。他委實在醫院裏病得沉重。敢是死了。周娟娟初時。自然十分傷感。但是年復一年。周娟娟的腦海裏。印着張景渭的影片好比加着很濃厚的顯影液般。初時。還瞧不着中間就十分活現。臨了兒便愈沖愈淡。竟把一塊乾片還了原。那時節又過了三年了。周娟娟的爹娘。便急切要和他女兒完了婚事。恰好在這個當兒把周娟娟腦中的佳人才子舊影片。重勾起來。伊有一位姓沈的同學。伊的哥子名叫沈思賢。相貌長得十分漂亮。甚麼潘安衞玠。雖沒有見過。却比起書上説的賈寶玉張君瑞來。也沒有甚麼異同。因此。周娟娟的愛情。又好比春菌抽芽般。潛滋暗長了。

過了幾個月。周娟娟和沈思賢結了婚了。那也怪不得他。女子的心理。好比一種野蝶。是隨着環境變換色素的。從前周娟娟的心裏。雖有一個張景渭。但張景渭的心裏。却沒一個周娟娟。而且周娟娟理想中的模範丈夫。究竟和張景渭對照起來。有點兒不很對。若説沈思賢。就可以訴合無間了。因此周娟娟嫁了沈思賢。在蜜月期內。竟是十分相得。他有時回娘家去。對着張景渭的故居。在那晚風殘照的寂寞空庭下。也許想起張景渭來。但是那些秋雲也似的念頭。一刹那間。就給那蜜也似的愛情淹沒了。這也是沒奈何的事。

十五年後。張景渭的著作。就大受社會上的歡迎了。人家都説。「張景渭委實是一個創造的天材。他當時著書的時候。斷不是甚麼瘋癇。他那時的思想已經是超越一時代了。在當日舊思想沒打破的社會裏。怎能容得他一個人。可惜社會上容不得他。就把他逐到海外。被摧挫死了。這真是可惜。若要他還存在時。對於社會一定還有許多貢獻。然而人已死了。究竟是不能復生。我們得讀他的遺書。也可以做我們的嚮導。令我們在那黑暗的世界上。得一線光明的大路走。我們應該要永遠紀念他。」那時候。便有許多青年學生和工人們。都發起在張景渭故居。立了一個紀念碑。上面鐫着幾個金字。是「文學家張景渭故廬」。來往的人。都知道十餘年前。落魄無歡的張景渭。也能夠得着社會的敬仰。何況。那周娟娟在當時和他旦夕廝見。又有了片面愛情的一個人。怎能不替張景渭吐一口氣。然而周娟娟在那時間。恰好向着愁雲慘霧中過日子。因為周娟娟的模範丈夫沈思賢。雖然是和伊很要好。但是和他要好的女子也很多了。他也能作幾句滴粉搓酥的詩詞。也能寫幾筆綠縟紅酣的畫。却不料那幾首詩幾筆畫。就好像蟲媒花的顏色和香氣。衹做一種和女子交際的媒介物。他和周娟娟衹在蜜月裏算得美滿的光陰。過了一年後。他已和幾個女子有了戀愛。都把他娶囘來做了侍妾。再過了幾年。便把周娟娟拋棄了。周娟娟自囘娘家居住。那時候伊和張景渭相處時的景況。又兜上心來。從前想起張景渭來。真好像泡影般。一瞥的散了。現在却是溪雲湧起。愈積愈濃。深恨當時不隨他一塊兒逃亡海外。就死在蠻煙蜑雨中。也得廝守在一塊兒。又何苦自討苦吃。偏要揀着甚麼才子來嫁。然而前塵如夢。也後悔不來。世界已沒有張景渭這一個人更從何處説起。因此社會上人。却為這一個十餘年前被人擯棄的文學家建築紀念碑。周娟娟在這當兒。觸起前塵影事。就不禁萬念都灰。低徊欲絕。

張景渭一間著作室。就在周娟娟的粧閣西偏。自從張景渭去了。他娘也死了。十年來也沒人進去。窓槅子上。蜘蛛的網重重叠叠。也不曉有幾十百重。塵埃飛滿了。那蛛網再任不起那麼重。便一串串的掛下來。髣髴是葡萄架上。垂下來的葡萄般。周娟娟長日相對。就想起了無限的感觸。有一天。風日很好。周娟娟便想着。我可以把他房子開了。檢檢他房裏的東西麼。或者還有些未完的稿件。把他檢出了。和他刊印出來。也是近代社會人士所最渴望的一件事。想定了主意。便尋了一大掛鑰匙出來。試了幾囘。才把鎖開了。但鎖是開了。周娟娟的心。反好比小鹿兒一般亂撞。髣髴做了甚麼昧心的事情似的。又好像門一開了。張景渭就在裏面端正的坐着。幾回想把門鎖了。但為着張景渭的遺著計。就不能不冒險進去。門開了。早有一般很穢惡的空氣。沖將出來。差不多要把周娟娟暈倒在地。他勉強忍着。把窗戶打開。新鮮的空氣透進來。才可以站立得定。張眼看時。橫七豎八的書籍。都狼籍沾染了鼠矢。還有好些書。給水蒸氣潮透了。再也揭不開來。張景渭的遺著。雖也還有幾篇。但可惜不通文義的鼠子。和與古為仇的蠹魚。再不肯為他稍留餘地。都攪弄得七零八落了。娟娟心裏不免替他憐惜。再看那邊書架上。有一部英文字典。尚還完好。便順手移下來。想把他整理。怎想外面雖然完好。裏面的膠水。却都潮化了。一拿下來。早把頁片散亂在地上。娟娟檢起來時。却在紙片中發見一張相片。娟娟瞧時。却認得是他十八歲時照的。後來就失丟了。雖然膠片上變壞了。也還可以辨認出來。娟娟瞧着好像觸了蛇般眐了一會。便伏着一堆破紙上哭了。

颯颯的秋風。吹着道旁樹上幾塊黃葉。因為葉片少了發出來的聲浪。就不能夠像山雨欲來。松濤洶湧般。令人神旺。却是蕭蕭瑟瑟。一聲聲打入愁人心坎裏。但風吹得愈緊。月亮却十分晶瑩。把幾株枯樹的影兒。都描寫在地上。更有那風吹不下的紅葉。在地面的影裏一晃一盪。好像誇傲他不屈不撓似的。那時節。大路的前邊。一個黃瘦老兒。支着一根手杖。躑躅而來。望着天上的月亮。好像有很大的愁恨似的。縐着眉頭嘆了一口氣。自言自語道。「虛榮。甚麼虛榮。造物是愛惜人的毛羽。不來管人的軀殼的……咳！他們……他們還是蛇蝎般的心腸不過帶上一個慈悲的面具罷了。他們那真能夠愛我。不過像那些首飾匠殺了那翡翠雀兒。要他的翠羽來裝點首飾。又好比機織匠把蠶殺了要他的絲來織錦繡。我又恨不早死。要淪落到這樣。又回來呢……」說着。便向張景渭的故居上走來。皎潔的月亮照着門前的紀念石碑。十分明朗。那人抬頭看一回。又摩挲着。最後還是露着冰冷的面色。回身來叩着張景渭故居的門。

周娟娟還沒睡。聽着那稀罕的深晚叩門聲。不免呆了一呆。忙出來開了門。問道。「先生可找誰呢。」那人道。「這裏可曾有一位姓張的。名喚張景渭麼。」伊答道。「不錯。先生。但是那張景渭先生。已不幸於十五年前出亡去了。至今還沒回來。但是他的文名。已騰播社會上哩。」那人冷笑道。「原來他也博得社會稱許麼。我要問嫂子。他同居的一位周娟娟女士呢。」娟娟給他這一問眐住了。臉上不禁泛着紅暈低頭答道。「先生問他則甚。難道先生和他認識麼。」那人道。「我和張景渭是朋友。聽他說起來的。竟沒識面呢。」娟娟聽着。含着一眶熱淚顫聲答道。「原來他……他對先生說過麼。先生。你問的周娟娟便是我哩。」那人聽了長嘆一聲。頭也不回的走了。

娟娟拭去了淚痕。正待向那人叫道。「你不是張景渭先生……」話未出口。看那人時早走了。娟娟嚇得呆了。便望着那人的去路。直追上來。走了半里路。前面是一座土山。山下便是汪洋的大海。娟娟看那人走路的樣兒。不錯是張景渭。待要叫喊。却看那人跑上土山頂上。就不見了。娟娟也跑上山頂。往下望時。却見山下的水中。起了一個很大的渦暈。

選自一九二一年十月香港《雙聲》第一集

秋千院落。皎月溶溶。花影如潮中。一雙少年男女。喁喁作軟語。雲鬟香露。玉臂清煇。奈何天裡。姤煞素娥霜女矣。當此月影澄澈中。女子手中鑽戒。耳畔明璫映月。色都作異彩。衣銀紅色衫。紺碧紗裙。額髮蓬蓬如輕煙也。籠月乃別有姿態。少年西服。素潔白。與女郎素靨相輝映。其時。少年方仰首向天。久久不語。女郎乃微逗之。曰哥。吾願中秋夕乃有此皎月。中秋之月。宜異於平時。當視今夕為尤佳。少年迴首視女郎。曰然。我亦作如是想。吾人諦交迄今。凡十度蟾圓矣。今年中秋夕。為余等締婚之期。宜得至佳之月色。以助吾人清興。女郎俯首。以鞋尖蹴芳草。雙囘亦續續而暈。久不語。少年則續言。謂妹殆已整備嫁衣矣。吉期距今。雖尚有三月。至我兩人婚典。乃不宜苟簡。余等婚典。為社會所屬目。以縉紳之家。與宦裔舉行婚典。當如何堂皇華貴者。故余家新房。自前日起。已事髹漆。必光必豔。壁間地上之磚。皆特製。花紋良佳。妹歸時視之。當云愜意。所訂製之銅床。為巴黎精品。七七月初當運來矣。四周嵌以明鏡。璀燦絢人目。妹或當意乎。妹之籌備。又何如者……女郎弗答。少年又續言。謂昨聞之外母。將為妹購巨鑽為項飾。又遣人之滬。採最新式之綢緞以歸。并為購辦至精美之家具。然則妹家亦籌備矣。妹胡羞不我告。女郎微仰其首。笑曰。哥既知之。於儂奚詢。儂殊畏人向儂詢奩物當否。以渠等每一詢問。輒加以訕笑。昨天阿娘為儂製祖衣。渠等又大嘩。謂必如何如何乃當哥意。令儂弗耐而逃。渠等又大笑。呼儂為新娘子。究是哥輩男子得佔便宜。不畏人嘲弄也。少年曰。妹亦大嬌憨。渠等亦女郎耳。寧不能與之角口舌。而胡靦覥為。女郎又弗答。有頃。又悄語曰。儂幾忘却。儂母謂儂。父雖早逝。固宦門也。欲延邑中某紳。為儂作證婚人。渠已允。哥意何如。以予等皆高明之家。證婚宜得聞人。某紳為前清方伯。宜可為余等主婚事。若哥亦同意者。則余兩家當延之。哥亦韙母言否。少年曰。敬如余外母命。當延某紳證婚。某紳余父執也。阿父延之必往。請為白外母。余至贊此說。兩人欵欵深談。乃忘夜永。小鬟從花徑來。告女郎以夜漏深矣。夫人已睡休。請姑娘安息也。女郎未答。少年起興辭。女郎送之出。月光如水。正涼浸庭除也。

少年與女郎何人。余當一敘其家世。女郎吳氏。名蕊珠。其先江西人。徙此間數年耳。有道其門閥者。謂女郎之父。為清室顯宦。以民國紀元前。助清廷抗義師。死於難。其兄皆躋顯要。積金至多。蕊珠生週歲。而父死。其母以慕粵中繁華徙居焉。母以蕊珠年長。當得快壻。又宦門也。弗能偶寒畯。洎蕊珠與方少卿識。則至喜。蓋方少卿者。省中鉅紳方筠仙之哲嗣也。其家亦至豪富。且與蕊珠埒。初蕊珠赴某女校展覽會。得識少卿。少卿亦豔蕊珠美。詗知為宦裔。益結納焉。蕊珠於少卿。始猶落落。而吳夫人則以為得壻如此。足當雀屏選。力誡蕊珠。謂當偶彼少年。蕊珠心目中。初非別有當意之人。然其持論。則以為女子適所天。當取窮而力學者。若為閥閱之兒。常致敗德喪行。且多寵而泛愛。轉增尤怨。若富如余家。而偶一窮苦力學之人。其人決不致貧乏死。而愛情之專。與進取之不可量。皆視紈袴子弟為勝。蕊珠之懷抱若此。故對於母氏諷語。時若不聞。吳夫人以蕊珠生性若此。誠不能不痛誡。一日。乃召集蕊珠為懇切勸導。謂余家世宦。擇婿當在高門。非金龜之壻。必不侶東床一席地。余少小如爾。亦生長名門。爾外祖父贛垣聽鼓。蜚聲一時。爾外祖母又蘇省藩司之女。吾少得嫻禮數。皆爾外祖母所教。爾之諸姨。皆偶達官。爾父秩最卑。余偶歸寧。恆為姊妹訕笑。謂爾父當於諸姨父稱末員。至足恭可哂。蕊珠爾思之。爾父雖官不及諸姨父。亦朝廷官吏也。又安知不扶搖上者。而諸姨妹以是薄我。我則力與爭。謂遲遲三年。爾父官不及諸姨夫者。當抉吾眸子去。諸姊妹始無語。我又嘗與諸姨妹賭誓。謂各有子女。亦當偶宦門。逾此盟者共辱之。至爾生迄今茲。余無時不夢爾得快壻。然時亦得噩夢。謂爾偶寠人子矣。而諸姊妹且來辱我。則驚哭而醒。嗟夫蕊珠。爾不如我命偶富家子者。爾且不孝。爾父在天。當弗瞑目。蕊珠爾必從我命。凡諸所言。數數為蕊珠告。蕊珠既饜聞之。洎夫得識方少卿。而吳夫人則益力慫恿。謂曩求之弗獲。今亦如爾意矣。似此嘉耦。萬毋錯過。爾當有以結其心。余無子。僅有爾。余當以八萬金為爾嫁資。尚餘二萬金。為余養老之費。粧品奩物。必侈必富。雖罄吾家弗恤。蕊珠爾思。吾所肯。如此者亦欲得佳壻光門閭。繼爾父之志。倘爾弗韙余言。而別偶寒畯。余當聽爾自主。不能損我一錢。以此相較。孰從孰違。爾自擇之。蕊珠以母意如此決。則弗復欲偶貧而多才之人。而注其情於少卿。少卿亦愛蕊珠甚。以其金多又宦女也。又注其情於蕊珠。男女愛情相灌輸。殆猶雙方同注水於一盂。倏即融合。無復能分柝。少卿時見吳夫人。為語當年事。恆醉心於前此官僚之華貴。娓娓動人聽。少卿益喜甚。歸語其父筠仙。筠仙亦首肯。以為方今社會。婚姻當自由抉擇。老人本無權干預。而兩人之婚事遂定。吾書開幕時。方訂婚後半月也。

朱門華屋。矗立道左。月光射屋角。燦爛作黃金色。若為此富人家點染生色者。一碧油汽車。風馳而至。抵門外立止。則其家之少主人方少卿。夜飲歸也。少卿下車。立按電鈴。一老僕納之入。老僕覘少卿有怒容。足恭請曰少主人歸何早也。婢僮輩以少主弗克早歸。茶水皆未備。當為少主人招之來。少卿怒曰。何勞爾喋喋速退。老僕以少主人素謙和。未嘗有此。則大詫。俟少卿入。喃喃自語。曰少年心性。誠易變哉。誰觸之怒。而憤憤乃爾。則迍巡闔扉而入。少卿入書室。時電炬未燃。東窗中衹有熹微月光。度疏櫺而入。少卿坐書桌旁椅上。以手捧額。亦不呼僮婢入侍。在此微月光中。但聞欷歔聲。使月光照近書桌者。當可照見其籟籟淚珠。沿兩頰而下。有頃。一小婢跳踉入。覷少卿在座慼態亟斂。以手按門側電掣。電光乃大明。前請曰。少爺已歸休乎。須整理浴湯未。少卿叱曰。咄。何勞爾多事。去。毋溷我。小婢咋舌退。少卿以電光耀眼。乃起立就鏡自照。覺淚痕猶漬。拭以巾。又復就椅坐。沈吟自語。曰噫。吾竟憒憒。乃以娼婦之女為偶。辱吾家門閥矣。余又烏知彼蕊珠之母吳夫人者。實為妓女。設吾早知之者。余烏能諾彼婚事。頃於席上。友人某君。確以此事告我。謂吳夫人者。本名小如意。［揚］州產也。流落於南昌為妓。得結交一富商。納為簉室。事某商期年。捲所有以逃。富商亦死。遂無究其事者。其女蕊珠。鬻自他人。以畏人知故。乃遷居來此。友人不知我與彼女訂婚。故言之不少諱。聆彼所言。幾致昏仆。幸強自攝。佯醉以歸。吾將何以處此……已而轉念。友人與我言此。或紿我耶。彼殆妬我。得偶蕊珠。故為蜚語。以重吾疑惑。實別有作用耶。然則友人之言。誠未足信。吾果與蕊珠結婚者。彼將無所弄狡獪。思至此。意稍慰。繼又思友人素謹愿。且年事長矣。

非能作誑語者。渠新從他省歸。實未悉我有與蕊珠訂婚事。何來此蜚語。然則吳夫人實為妓女矣。余焉能與妓家訂婚。渠前此嘗對我言。謂渠家乃簪纓門第。其父其夫。皆為達官。渠蓋欲自文其醜。杜撰以愚我。猶幸婚期雖定。婚禮猶未舉行。失之東隅。或可收之桑榆。余烏能不速自決。免為妓女之壻。以為門楣玷。然思蕊珠誠可人。渠且愛我。得妻若此。吾心已饜。謂我一旦決絕。伊何以堪。吾將蒙恥忍辱。鑄成大錯耶。否。決不能。吾父為省中富紳。若吾隱忍。以成此婚事者。辱沒縉紳班行矣。即吾之交好。多貴遊子弟。知與妓婦之女結婚者。必鄙辱我。吾烏能復廁身社會乎。吾意決矣。將立之以書。以絕其念。乃援筆草一函曰。

蕊珠姑娘粧次

吾書不以我愛稱姑娘。而以姑娘稱姑娘者。蓋致書於姑娘時。吾已與姑娘斷絕關係。即取銷吾人前此所訂之婚約也。余本不忍遽絕姑娘。第為保全吾家閥閱之榮貴故。不能不忍痛出此。此非姑娘之咎。姑娘之母。實尸其咎。以姑娘家世。非名門世族。而姑娘母氏。實為大道青樓中之過來人也。余家自祖自父。皆有聲於時。至吾父益貴顯。若余不忍痛與姑娘離婚者。則將舉吾家百十年來之門閥而犧牲之。兩相較量。孰為輕重。雖糜吾軀不忍犧牲吾家門閥。則惟有出於離婚之一途。自茲以往。余兩人已脫離關係。姑娘欲如何者請自決之。余不能再為姑娘借箸也。余作此函竟。亦至為姑娘婉惜。然愛莫能助。願姑娘之宥余。

此敂

粧綏

少卿啟

少卿草此函竟。仰首噓氣。按鈴召老僕入曰。此函速為我遞送吳家。交吳家姑娘。爾當即歸勿候。老僕既去。少卿復息燈。和衣假寐。誠未其諗方寸中。為愉快為懊惱也。

紅樓一角。明窗四闢。迤東月台畔。界以雪色通花幔卒地。如輕煙。窗下位一綠色沙發。榻傍一藤製之電燈台。覆以紅色絹罩。其光乃迴異於臨窗月影。以其饒富貴氣也。沙發上一女郎支頤臥。悄然若有所思。一少年傭婦入。掀幃而進曰。姑姑未睡耶。方家司門阿伯。以書來。囑呈姑姑。余留之。謂姑姑將有報書。渠不答。行矣。老人殊聾聵。不審方家少爺。胡樂遣之。蕊珠聞少卿書至。則喜。然往日必遣小鬟來。今胡為特命此司閽老人。乃接書。視函面字迹殊潦草。又大異平日。手乃微顫。不及索剪。裂函背。出素箋。甫讀一二句即變色。閱竟已昏。幸臥榻上。不致仆地。女傭覩狀。大詫。亟呼姑姑。不應。趨入白吳夫人。吳夫人蹌踉至。曰。吾女胡一至於此。則疾聲呼蕊珠又不應。吳夫人乃坐榻前小几。按蕊珠額。額暖。按鼻。鼻息僅屬。曰暈耳。速以冷水來。女傭以巾蘸冷水。吳夫人按蕊珠良久。微呻。繼之以哭。吳夫人曰。阿珠何事伊鬱。竟致暈厥。如何大不了事。可語阿娘。為爾排解。幸毋自苦。而蕊珠不答如故。吳夫人瞥覩蕊珠身後。有兩索箋。似為少卿之書。然吳夫人識字殊少。乃不能辯。則詢蕊珠曰。殆又為兩人角口耶。阿珠。少年男女。多弗能相諒。乃生齟齬。此猶水中之微波。風靜波平。復澄澈矣。何足介意者。抑少年男女。多一次齟齬。愛情更固結一次。阿珠忍之。而兩人吉期近矣。甜蜜之光陰。正逼爾來也。蕊珠泣仍哀。久弗答。吳夫人弗能更耐。亦哭。且謂蕊珠。寧不能以情白阿母。為爾設法耶。余與爾相依十餘年矣。曩者殊弗如是。今有所苦。乃不余告。余心為爾碎矣。方郎來書。究為何事。速語我。蕊珠知不能更隱。則嗚咽曰。渠來書絕我矣。謂阿母倡也。不合以倡女配彼名家之兒……言至此。則大哭不成聲。吳夫人聆蕊珠言。色遽變。然仍鎮定。答曰。癡女子。爾亦信阿母為倡乎。彼方家子含血噴人。殆必有故。彼改託詞污我。而又絕爾。必有以報之。蕊珠若勿急。余為爾處理。決不令爾長伊鬱也。蕊珠曰。母言雖慈惠。然兒既絕於方氏矣。更何顏見人。且彼傖既絕兒矣。又以誹語污阿母。是兒仇也。兒當一死以謝母。以兒非許配彼傖。非為彼傖所棄。斷無人敢毀謗阿母。是以兒故。令阿母蒙此惡名。兒何生為。容以兒頸血。為阿母湔此惡名矣。吳夫人亦大哭。力勸蕊珠毋輕生。且囑婢僕嚴為將護。

蕊珠既得少卿之書。覓死者數。吳夫人思。鬱鬱居此亦殊非計。會其戚由桂林書來。囑其命駕往遊。一玩桂林山水。吳夫人乃商之蕊珠。蕊珠本無所可否。吳夫人則亟以遷地為佳。乃屬僕人留守。與蕊珠及婢僕三五。買舟西行。惟時秋矣。西風告涼。時有爽氣。舟行河道中。黃葉撲船窓而入。益增人忉怛。舟行歷五日。乃達一市鎮。泊焉。登岸為一荒村。離鎮尚有五里路。蕊珠以船泊既定。推窓臨眺。時見旅雁。飛鳴呼侶。而灘頭楓樹。又瑟瑟作秋聲。益自棖觸。迴憶當日。與少卿同遊。細數山前紅葉。今甫經年。而已為少卿所棄。前塵悵念。悲從中來。抑阿母此行。雖云寄居戚家。聊解我憂。而予憂結轖。云胡能解。徒益儂怨鬱耳。有生如此。亦何足戀。所恨世界男子。不第以女兒為玩具。且視為飾品矣。門第門第。冤煞古今來男女不少。今已及儂矣。彼傖以莫須有之事。竟污蔑吾母。可畏哉門第。是何毒素。足化分人類愛情。致人於死。儂既深蒙其害。烏能更生……思索至是。乃對此霜葉寒山。愀然而悲。繼乃冷然而笑。

月黑風高。村柝報四更矣。荒村寒野中。有禿柳數株。立黑影裡。叉枒如鬼。老鶴畏寒。弗能寧睡。從古樹中驚起。砉砉又作鬼叫。其時叢塚中。乃有燐光一點。倏忽上下。繼聞有聲鐸鐸焉。若啄木者。策然有聲。燐光遂止。弗動。在此燐火微芒中。初始一人立。繼乃有二人相對立。有頃。前立者仆矣。後立之人躊躇若滿志。則復跳躍行。斯何人。柳州之伐塚賊也。桂人多淺厝而殉物特厚。故伐塚賊常於夜中施其技。其為盜也。不必挾刃實彈。祗負一布囊。一竹圈。一銳利之斧。灌漬烈酒以備燃之棉繩。有新葬者。賊偵知之。乘夜往。以斧伐棺。以竹圈環屍項。牽之起。其圈之他端。掛於頸項。而屍立矣。則悉剝殮衣與殉葬珠寶。已乃釋圈。屍仍倒棺中臥。為技至敏而速。故非負膽力而精悍者不辦。今茲之伐塚賊。既得寶矣。則循途以歸。過一古樹下。一重物竟拂其首。撫之為一人足。躡纖趾拔踵之革履。女子也。彼男子腦筋殊敏銳。知女子縊矣。即亦不懼。猱升樹上。及其繫帛之枝。解其縛。抱之以下。彼意以為女子死者。其衣飾當值若干金。俯而察之。氣猶僅屬也。思救之。倘得醒。或可以博厚利。然荒野無棲息處。則負之而趨。約二里許。抵一茅舍止焉。扣門。門闢。一老嫗佝僂秉燭出曰。阿虎歸耶。今夕利市如何矣。猝覩門外女子。則詫曰。阿虎瘋矣。乃并此負之歸。男子曰姥勿嘩。渠猶未斃也。姥且為我攜囊具入。嫗乃為阿虎攜囊。阿虎抱此女子入室內。室中殊簡陋。祇木榻一。藉以破絮。餘為缺足之木椅二。阿虎抱此女子入。臥榻上。令嫗取沸湯和藥末。灌之。星眸微張。左右顧曰。此何地。儂得毋既死。嫗與此叔叔。又為何人。阿虎曰。姑娘且勿〔問〕我等誰也。我當問姑娘。何事覓死。姑娘又何姓氏。請告我。我或為姑娘出此愁境。可勿死。女子曰。叔殆以我為畏死耶。予心已攖痛死久矣。心既憔悴死而軀殼不死。視俱死尤苦。儂決不戀生也。嫗曰。姑娘傎矣。人安有不戀生者。請姑娘以姓氏告我。當送姑娘歸家。女子曰。儂吳蕊珠也。非此間人。特道經此地耳。儂已懷必死之念。亦不敢歸家。即歸家亦必死。死先後等耳。至儂所為必死之由。願叔與媼皆不必問。但知儂為心坎已攖創而死之一人。故生死皆無問題也。抑叔既拯我於死。我尚未稔阿叔姓氏。阿虎曰。余姓劉氏。阿虎吾名也。余今茲有以處姑娘矣。姑娘且暫居姥家。吾識姑娘鄉音。殆與我同里。余或得當。挈姑娘歸去。姑娘亦允相從否。蕊珠自思。阿母覓我不得。或當解纜歸矣。更無前進之理。不如從若人之請。囘鄉而死。猶未為晚。且藉以愧個郎……令箇郎知我非淫賤者。為計亦良得。乃曰。叔允挈我歸里。滋感。未悉以何日成行矣。曰。即以後日可乎。蕊珠曰諾。敬如阿叔命。阿虎遂與老嫗入廚室。唼囁語良久。乃去。阿虎去後。蕊珠竊詢嫗。以阿虎操何生業。嫗曰此間數里殯宮。皆其生業也。在理本當為之秘。然姑娘過路人。予又何諱。渠蓋藉刦掠窀穸以為生者。然其人當俠。重義。為予義子。相依垂十餘年矣。今彼所得已豐。當輦載以歸。不復幹此生活。余亦與之偕囘故鄉。姑娘此行不患寂寞矣。蕊珠聞阿虎為盜。初頗駭懼。繼已此身早拚一死。有何大不了事。即亦安之。居嫗家兩日。阿虎果以夜至。檢點行李。携嫗與蕊珠歸粵。

渠渠廈屋中。方少卿與其父筠仙。方論與蕊珠離婚事。筠仙頗不以少卿為然。謂訂婚不必論門第。即蕊珠之母為娼。亦何害。而少卿齗齗爭不已。筠仙亦不與較。但拈髭微笑而已。有頃。門者入白。謂有中年男子。與一老婦一少女求見。中年男子其名為劉阿虎也。筠仙仰天大笑曰。

十七年來。吾責盡矣。吾責已盡。將以吾典守之一物。還之其主人。少卿亦知余所典守者何物。即爾是。來者劉阿虎為何人。即爾之生父也。少卿方致駭愕。�仙已續言。謂當十七年前。余未遇。授讀於村塾。阿虎為一市井無賴。官中偵之急。妻歿。遺一甫周晬之少子。一日為中秋之夜。阿虎抱子屬我。謂渠將謀生他處。而憐此少子無依。囑余為教養。初。阿虎曾拯我於危。故恩之。允撫其子。阿虎云。余雖他適。每歲必以金來。為此子贍養費。阿虎去後。果年以金至。或千數百不等。余亦藉之求功名。躋顯仕。今老矣。而阿虎又歸。余將以爾仍還之余老友也。乃飭門者。請阿虎入。有頃。阿虎入矣。而老嫗與蕊珠。亦隨之入。阿虎執筠仙手狂笑曰。不圖今日仍得見方先生。方先生真信人也。抑余子何在者。筠仙即指少卿告之。不圖人羣中有噭然暈仆者。蓋蕊珠也。蕊珠覩少卿在。棖觸前情。憤無可恝。悲極而厥。少卿亦不明蕊珠胡為夫來。筠仙命僕歸救。蕊珠醒。驚定相看。縷述前事。阿虎忽離座起曰。此誠天幸。乃拯吾媳。少卿吾兒。而勿以門第自詡。而父賊也。何門第之足言。蕊珠不待虎詞畢。排眾而出。蓋歸其家矣。

選自一九二二年五月香港《雙聲》第三集

「歸來乎燕子；以爾可憐，增我惆悵，況復春陽將逝，奄奄日瞑，桃李飄泊，罘罳愁，余寧木石，耐此蕉萃？嗟夫！爾殆有情欲訴，呢喃將道其幽恨！」

此紫頷燕兒，來檀雲妝閣中，已忽忽三年矣。珠簿品瑩，文窓靡麗，居此多情之汪檀雲，檀雲女郎，其色麗也。蛾眉曼睞，綽約輕盈十五年耳。少孤，育於其嬸，嬸年耄矣，日惟念佛，紅魚青磬，闃閱之中，乃如梵皇宮殿，檀雲女郎，其性情又溫柔也。居恆沉默寡言笑，亦嘗肄業於邑中女學。然以體弱多病，致於屢輟讀。

抑檀雲女郎，又時念其父母，往往夢回燈熄，清淚猶滴，黯然自傷其孤零。以其父之死，距今十二年耳。其時檀雲僅四齡，扶床能步，其母挈之以至父病榻畔，曰且何以囑檀雲者，母言時，淚下滴檀雲面頰，慄然冰也。顧此娟娟之少女，亦何嘗知死之足悲，第仰首瞪視其母，目光且漸及其父。父愀然良久曰：「嗟夫！余何以囑檀兒者，余所望，檀兒他日長成，乃得快壻。雖然，此烏能必，女兒命運，誠如殘春之嬌花，為風吹墜溷圊也，聽之；銜之燕喙，黏諸蜂腋，以永棲於雕梁畫棟也亦聽之。世間雖有司命之神，亦胡能宰制此雛兒之命運？而況我，我已將離此宇宙；離此一切所有；并永離吾心坎中供養之爾與渠。余更有何言，為彼終身慰者？」父言至此，倏亦溘然而長逝。

檀雲無父而尚有母，有叔，有嬸。在此幼少之檀雲雖亡其父，亦復無所知痛苦，以有母在，猶可以慰寂寥。比檀雲七齡矣，其母又逝，臨終，握檀雲手，語之曰：「檀兒，吾以為可以終身卵翼爾，使爾有家，則吾雖從爾父於地下，亦足告慰，抑未亡人早辦一死，不死，第為爾耳。今吾亦無能力更護爾，吾將託於阿嬸。」言次，以檀雲之手，置其嬸手中曰：「娣當為我善視此雛。彼篤於情，娣當為我閑止之，勿使泛逸。」嬸母唯唯受命，視檀雲若己出，撫之十年如一日也。

檀雲肄業於女校，以艷冠其曹，少年之慕之者，踵相接也。然檀雲不喜與男子接近，於近世所盛唱之自由戀愛，若無聞知，然以生理上之變化，漸亦知有男女間之情感。無如一寸芳心，漣漪若起微波，而若父若母臨終之言，亦復隨之而起，如五嶽突兀，即此漣漪之波，亦為之靜止而不揚。

檀雲自思：「人生男女之愛，亦有何樂，不觀吾阿父；不觀吾阿母？阿父溘逝，母抱別鵠離鸞之痛者幾年。而卒亦沉寂以死，然則阿父詔我矣：『女兒命運，如殘春之嬌花。』嗟夫；女兒之結局果有苦而無樂，吾亦何必言戀愛，抑阿母又詔我，曰：『檀兒篤於情，勿使泛逸。』吾誠自知，吾於情信篤，每覩鳥啼花落，心恒為之怦怦動，竟日不能寧息。然則我又何忍以男女之愛，貽吾母抱慮於重泉耶。」

以是檀雲乃復與男子相近，有固固親之者，檀雲蓋未嘗一顧也。嬸有侄，曰彭蘭卿，來嬸家視嬸，乃識檀雲，然檀雲未嘗一次假以詞色也。蘭卿來，檀雲遁入閨閣，蘭卿食於嬸家，邀檀雲同席，檀雲不能卻，然匆匆飯竟，未嘗交一言，蘭卿於檀雲款款也，而檀雲報之以落落，蘭卿亦嘗示意於嬸，以為不得檀雲為妻甯終鰥，邀嬸為之媒。嬸佞佛，居恒鮮與檀雲道及婚姻事。以為己侄也，尤難於啟齒，忽忽置之耳。而蘭卿之父，欲為蘭卿娶，蘭卿急請於姑，曰：「姑不為我援手，我且死！」嬸無如何，姑以念佛之暇，示意於檀雲，而檀雲矢不嫁，亦不第蘭卿也，嬸亦不能更強。

蘭卿之婚期既逼，忽不知所之，蘭卿之父，亦無從知其故，問諸妹，嬸以蘭卿鍾情檀雲告，蘭卿父懟姊不早言，登報訪覓，不可得，相傳謂蘭卿不得檀雲，為已死矣，嬸亦為之哀痛。

檀雲雖多情，平居有以自聊者，則以畫簾西畔，每當春初，必有雙紫燕，差池飛來。檀雲每當讀餘歌罷，輒索雙燕子，與之對語，燕亦故故依人，若解人言者。燕一雌一雄，檀雲見之審，固能識之。以是每當侵晨捲簾放之出；日入燕歸，又開簾放之入也。然此一年春，歸來者乃僅得一燕，雌也，而已亡其雄。檀雲為之惆悵，燕之初來，亦若向檀雲訴悲怨，即其居處，亦復無歡，加以春事將闌，而蘭卿之死訊忽至，尤覺伊鬱。遂奄奄病矣！病甫一月而香銷玉隕，彩雲易散琉璃脆，聞者為之悼惜！

檀雲既逝，燕亦自墜死簾前，檀雲殯之日，有匆匆歸來者，則蘭卿也。蘭卿本遯婚，惘惘之海上，欲以函致其家，無如父已決計為娶，不能相諒，己所戀者，又如是冷落若冰雪，一無情趣，亦胡以通訊問為。故抵友人家閒居數月，竟與故鄉音耗隔絕，尤囑其友，勿以行踪為他告者。

比來自思，檀雲前此雖不愛我，未必此後，亦不吾愛，即得與之為友，亦得以愜素心。其友亦勸之，以其父年老，望子情切，不宜如此決絕，以貽父憂。蘭卿無已，乃束裝返里，比抵里門，且先至嬸家，欲得嬸為之先容，以面其父。不謂素旐在門，而檀雲玉棺已置靈柩中矣。蘭卿倉卒問姑，知為檀雲，撫棺哭，嬸止之，且勸以檀雲已死，宜從父命另娶，蘭卿唯唯，及夕，別姑謂歸其家，明日姑遣人至外家探視，云未歸來。惟日報上乃多一段紀載；曰：一不知姓名之青年，自殊於鐵道中也！

選自一九二八年十二月二十五日香港《墨花旬報》第十期

孫受匡

恨不相逢未嫁時

蒼蒼者天。何其不仁。既以陰陽為炭。天地為爐。則陶鑄人物。本應一律平等。無有愛。亦無有憎。以昭公允。今竟不然。獨有偏于我。則我雖欲不恨天。不怨天。烏乎其可。天乎。天乎。何其不仁。既生我于塵俗世間。復與我以六根六慾。不獨已也。又使我有情。使我知情。使我多情。使我痴情。使我迷於情。更使我陷于情。被誤于情。失戀于情。天乎。天乎。奚太忍心。生我于塵俗世間。皆由我前生未修西方福慧。未依五戒三皈。未訪明師求至道。未學高賢結聖胎。致前生錯過。這身莫補。再墮輪迴。受世間苦。猶可說也。與我以六根六慾。皆由我前生性根未淨。世味太濃。猶可說也。使我有情。使我知情奚為。然世間上。由最高等。至最低等動物。一切有情。既有情。則必知情。理有固宜。我亦動物之一。不能外乎是。猶可說也。奚為而使我多情。痴情。迷于情。又奚為而使我終陷于情。被誤于情。失戀于情。天乎。天乎。奚太忍心。既生我余仕宣。何生李倩影。既生李倩影。何生余仕宣。而天必偏生我與倩影。又令我與倩影結交。使我對于倩影。不識不知。我又奚至若是。使倩影對于我。冥情妄覺。不動于中。如木石然。我又奚至若是。或視我如毒蛇。如猛獸。走避我。而不敢近狎我。我又奚至若是。既令我與之結交。與之墮入戀愛。又應護佑我。遇之于未嫁之前。而得成有情人眷屬。白首同諧。結百年好。我又奚至若是。今竟不然。徒使我多情。痴情。迷于情。終使我陷于情。被誤于情。失戀于情。天乎。天乎。何其不仁。天乎。天乎。奚太忍心。現在累我至此境況。我雖欲不怨天。不恨天。烏乎其可。

一少年。形容枯槁。面目黧黑。瘦骨姍姍。頭垂氣喪。眉兒愁鎖。眶兒深陷。若有憂。若有病。憑欄而望。仰天而噓。見天際明月。照遍大千世界。如銀瀉地。如鋪冰雪。本清徹可愛。惜月老無情。不能將其心坎中。腦袋裏。所戀。所愛。所夢魂顛倒之李倩影。識之于未嫁之前。而稔之于已嫁之後。故雖對此明月。在他人則見為可賞。可愛。可飲酒。可吟詩。而在彼則只覺可憎。可怨。可怒。可罵。可嘆。可恨。「少年憑欄。張目四顧。未幾。即入室。隱几而臥。悲嗟唏息。自怨自艾。暗而飲泣。明月兒似知其悽楚。乃專意從欄外射入。竊窺其情狀。」少年臥頃刻。又起立。週行室內。見形影相隨。頓憶「昔日與倩影之携手夜行。共坐花陰下。互談心事。細訴衷情。彼時與倩影之形影相隨。何等快樂。今也。形為自己之形。影為自己之影。而倩影之形。倩影之影。已不知去向。月色仍如是。而人事已全非。」不覺悲從中來。怨由斯起。以為默默蒼天。故意將人傀儡。遂悵悵然恨天矣。喃喃然罵天矣。少年為誰。余仕宣是。

余仕宣。東莞縣人也。家本望族。世澤書香。祖以探花簽選。出長山東省。父諱延英。能承先業。以進士資格。曾入宦途。娶妻陳琬瓊氏。某顯者之女也。識詩書。有賢德。且工吟詠。人皆以曹大家第二呼之。久無所出。為嗣續計。屢求其夫延英納妾。延英不允。曰。亞聖謂不孝有三。無後為大。故舜之不告而娶。非不孝也。為嗣續計。不得不然也。吾于此說。可無間言。

但吾有不能不疑者。娶妻是否必有嗣續以繼後。及人生在世。是否必須有子嗣。始可免不孝之罪名。由前而言。娶妻無嗣。勢必納妾。納妾無嗣。又再納之。納納不已。而子息終無。將如之何。怨天乎。怨妻妾乎。怨命根注定乎。吾恐天與妻妾。皆不任受過。只有自怨命根注定而已。且妻者。齊也。換言之。夫與妻。皆立于平等之地位也。既立于平等地位。則男女兩性。只有一夫一妻。然後愛情能專一。合于道德。適于倫理。若為夫者。以妻無所出而納妾。于倫理上。道德上。已不合矣。視女子為玩物。為子女之生殖總機關。污蔑女子之人格。亦未免太自低個人之人格。男子以不滿意其妻無生育而納妾。中國數千年社會上。已習俗相傳。本屬司空見慣。假令為妻者。以其人之道。行諸其人之身。不滿意其夫。而再嫁一夫。則社會上。將鼎鼎沸沸。喧喧騰騰。而罵此女子。為不貞潔之女子。不從一而終之女子。不道德之女子矣。不知貞潔二字。女子方面。固應謹守。卽男子方面。亦何嘗不應戰戰競競。拳拳服膺乎。男子若不自守貞潔。而徒責妻子以三從四德。規矩不踰。又奚異于夫子教我以正。夫子未出于正也。然而中國數千年來。舊道德。舊禮法。已世襲相沿。賢儒之士。更從而大吹大擂。以此為女子之標準。之繩墨。真骯髒不知多少女子。害盡不知若干男兒矣。盖女子不敢不守聖賢之道。禮教之法。以妨他人諮議。而男子則逍遙禮法之外。敢作敢為。至姬妾滿堂。耽淫宴樂。而莫敢或非。甚且受人揄揚。謂為福澤。噫嘻。是亦可哀也已。今後中國欲于道德上。有所改革。非先從家庭倫理上始不可。以吾個人之意見而言。最妙莫如男可娶妾。女可再嫁。男可為非。女亦可作惡。如是。則男子作不道德之事。或有所顧忌。而略少減。亦未可料。此吾對于納妾續嗣之見解也。以後者而言。人生在世。娶妻後未必有子嗣。孝與不孝。亦未必從有子嗣與否而判決。孟子不云乎。不孝有五。不顧父母之養。一不孝也。博弈好飲酒。不顧父母之養。二不孝也。好貨財。私妻子。不顧父母之養。三不孝也。從耳目之欲。以為父母戮。四不孝也。好勇鬥狠。以危父母。五不孝也。吾人之孝不孝。豈在有子嗣與否哉。設使有子嗣。而不能揚名聲。顯父母。光于前。垂于後。反為非作惡。蹧蹋先人之令名。雖有子嗣。究不如無。此吾對于是否有子嗣。始能免不孝之罪之意見也。且夫婦間。所貴者。情耳。愛情耳。真正之愛情耳。吾輩能謹守情字。始終不渝。則吾之快樂。更勝于納妾續嗣萬倍矣。遂始終不允納妾以謀續嗣。某夕，陳琬瓊氏夢夜遊西湖。遂懷孕。生仕宣時。延英正為福建某縣宰也。及後。辛亥之役。革命黨興。民軍四處響應。風聲緊急。草木皆兵。清廷震動。舉國盡驚。延英亦辭職旋歸。偕其夫人及仕宣。逃避香島。捨政治生涯。而營商場事業矣。

駒光易去。日月如梭。轉瞬間。仕宣長矣。貌似潘安。腰同沈約。秋水為神。青雲姿態。面白若婦人。奚須著粉。唇紅如處女。烏用塗脂。惟雙眉高聳。如臥蠶然。兩目烱烱。有豪俠氣。故乍觀之。似一皎好女子。細審之。類一奇偉男兒。且也。資質聰明。過目能誦。記憶強固。極鮮遺忘。由訓蒙而專館。由專館而學校。由中文而英文。每試必冠其曹。十歲。能吟咏。意到即書。工拙非所計。其月夜漁歌詩云。

明月漁舟照。歌聲處處聞。調諧長短句。閣裏韻堪分。

其鄉居詩云。

烟波垂釣罷。無事出巖行。負杖田中閱。農夫苦力耕。

其夏日詩云。

屈指剛逢夏。陰陰萬木滋。綿蠻聲自囀。林內有黃鸝。

其父母以老年而得誕此寧馨兒。視如掌上明珠。愛惜不置。

仕宣、性沉靜。常寡默不言。暇輒獨坐書室中。縱覽羣籍。經史子集。中外名著。莫不俱備。于書本上。有特異見解。恒 記而批評之。不假苟且。嘗謂「吾人生於現世紀。應為現世紀人物。不應作古之人。處現世紀中。最重要者。莫如除奴隸觀念。具獨立性質。凡百事物皆然。而思想其尤甚焉者也。吾人生於今日。時勢也。環境也。與古時不同。故思想也。亦與古人有異。古人之言論。或限于來源背景。或適于當時。而不適于今日。吾人處于現代。只有從新批評。從新估量一切價值。不應信而好古。述而不作。」其見解之高超。可見一斑。課餘之暇。復研究體育。鍛鍊身心。事父母至孝。友朋中有忤逆其父母者。必憎惡之。與之割席。人怪而問其故。則曰。「吾人不能無情。吾人不能不用情。于國則愛。情也。于父母則孝。情也。于兄則友。于弟則恭。情也。于朋友之交。則忠信。情也。于男女之悦。則戀愛。情也。以父母之養育劬勞。鞠撫恩深。尤能忤逆之。則對于朋友。欲其忠信可乎。」人多服其言。

仕宣肄業于某某道某西文學校。該校、貴族式學校也。亦紈袴兒唯一求學之學校也。習讀于其中者。多不知稼穡艱難。米珠薪桂之子弟。功課雖嚴厲。而校規極自由。故自治力不足。則近朱者赤。近墨者黑。墮落放縱。不可救拔。惟仕宣則朝夕警惕。自勉自勵。不願同流合汙。同學中對之。亦極尊崇敬仰。

某夕。該校懸旗結綵。佈置輝煌。國旗與校旗。隨風飄揚。汽燈與電燈。光同白晝。門外有一孔聖紀念橫額。堂內滿插孔聖紀念旗幟。男女來賓。濟濟一堂。是夕何夕。非西文學校舉行祝聖紀念之夕乎。時屆七打餘鐘。搖鈴開幕矣。宣佈開會矣。主席發言矣。萬目睽睽。皆注視主席一身。眾耳靜聽。皆留心主席議論。而主席則長衫小褂。不慌不忙。向臺下來賓。深深致一鞠躬禮。然後請來賓起立向國旗與聖像。各行三鞠躬禮。復請就坐。始除除然。朗朗然。而演說曰。

今日乃孔子降生的紀念日子。我們生在今日。我們須要知得孔子是一個什麼人。諸君。孔子究竟是一個什麼人呢。我信得過多數必定說。孔子是一個古今中外的聖人。但鄙人見得在今日廿世紀時代。我們須要有自己個性存在。不可人云亦云。故鄙人敢大膽謂。孔子不是一個古今中外的聖人。只是一個二千餘年前的大教育家。

我們何以要紀念他呢。因為孔子生于春秋之世。其時世衰道微。邪說暴行。教育之狀況。殊無可言。有能力入學讀書者。只少數之貴族子弟。除此之外。都是鑿井而飲。耕田而食。頭腦中不知有教育二字。及至孔子設壇洙泗。以便四方人來學。于是賢人七十。弟子三千。然後貴族式的教育制度。始漸打破。平民式的教育。始漸實現。使我國數千年來。識字者日多。讀書者日眾。知識日漸發達。教育日漸普及。文化史上。不絕如縷。皆孔子開平民教育先河之賜也。我們不能不紀念孔子者此其一。

現在教育學趨勢。最重因材施教。孔子生于二千餘年前。而其教授之方法。與今日之新教

育學。極多脗合。如顏淵問仁。子答以「克己復禮為仁。」仲弓問仁。子答以「出門如見大賓。使民如承大祭。己所不欲。勿施于人。」司馬牛問仁。子答以「仁者其言也訒。」三個都是問仁。而孔子所答不同。又如孟武伯問孝。子答以「父母唯其疾之憂。」子游問孝。子答以「今之孝者。是謂能養。至于犬馬。皆能有養。不敬何以別乎。」子夏問孝。子答以「色難。有事、弟子服其勞。有酒食、先生饌。曾是以為孝乎。」三個都是問孝。而孔子所答不同。何以故呢。因為「中人以上。可以語上也。中人以下。不可以語上也。」孔子之因材教施。大有功于教育界。我們不能不紀念孔子者此其二。

近日道德學說。最重實行。因謂道者。路也。德者。行之謂也。故捨實行之外。無所謂道德。舍道德之外。無所謂真正之學問。近日之人。最好言不顧行。行不顧言。但孔子教人。（第一）最貴實行。最忌虛偽。故曰。「古者言之不出。恥躬之不逮也」又曰。「有德者必有言。有言者不必有德。」（第二）人既欲進德。必須志于道。不然。便昏昏沌沌。與世浮沉。一生終無進德之希望。故孔子曰。「士志于道。而恥惡衣惡食者。未足與議也。」又曰。「飽食終日。無所用心。難矣哉。不有博弈者乎。為之猶賢乎已。」（第三）人既志于道。自然一切外物。無所擾其心。故孔子曰。「發憤忘食。樂以忘憂。不知老之將至。」又曰。「飯蔬食飲水。曲肱而枕之。樂在其中矣。不義而富且貴。于我如浮雲。」孔子在二千餘年以前。示吾人以進德之模範。我們所不能不紀念孔子者此其三。

近日之學生。最好自以為是。恥于下問。以不知為知。但孔子以富有學問之人。仍然問禮于老聃。學政于晏平仲。蘧伯玉。問樂于師襄。以求學問。此種求學之精神。示吾人以滿招損。謙受益之模範。我們所不能不紀念孔子者此其四。

孔廟在山東。青島亦在山東。將來青島之如何。與曲阜孔廟大有關係。青島現落于他人之手。我們真愛孔子。我們須要效昔日孔子之以司寇資格。為魯定公賓相。會齊侯于夾谷。為父母之邦爭面子。我們今日應要以國民之資格。為政府之後盾。會其人于三島。為中國爭國體。則中國之強。可立而待。而孔子之血食。亦不斷于他人之手矣。……

主席講罷。鼓掌之聲。震動屋瓦。每演至痛快淋漓之處。有一娉婷嬝娜。落落大方。作時髦裝束之女子。必先鼓其掌。為眾人倡。來賓見主席演說辭之犀利。之流麗。之議論奇妙。莫不一望秩序表。以知此人為誰。此人非他。乃余仕宣也。

仕宣被同學舉為主席。不能不舉平日研究孔子所得之見解。發為議論。在彼以為平淡無奇。敷衍了事。而聽者。則以大聆偉論。佩服不置矣。仕宣演至痛快處。輒聞鼓掌聲。始猶漠然置之。繼則注視掌聲起自何處。咄咄。奇。奇。奇。鼓掌聲。每次竟起自一女子之纖纖玉手。噫嘻。彼女子豈知音之鍾期哉。豈亦富有學問。而作此英雄識英雄。英雄重英雄之舉哉。仕宣狐疑不已。卒莫能決。只時時畧注視以目。不意不視則已。每視。必無意中四目相合。如電斯觸。如氣斯感。女子覺慚愧。轉睛他望。然頰際。腮際。已泛泛然如桃紅矣。

散會後。仕宣返家。是夕。竟不能入寐。念念不忘。思思不已。如居悶葫蘆裏。若處五里霧中。卒莫能釋此疑團。自問「平日極鮮與女子交遊。亦甚少在會場演說。今夕不過破題兒第一遭。當予演至興味淋漓時。彼女子何以獨頻頻鼓掌為眾人先。其之注意予演說。可不言而喻。其之文學程度。如何高眾。亦奚待蓍龜。噫嘻。豈高山流水。自有知音耶。抑該女子。別有懷抱也。」

越二日。仕宣在校中。接一函。由郵投寄者。信面字跡。秀麗可愛。宛然出自女子手筆。遂展而閱之。其書云。

仕宣先生偉鑒

素仰大名。未親塵教。悵何如也。昨夕貴校舉行祝聖。妹亦參與末席。備聆偉論。佩服莫名。因知先生才高八斗。學富五車。見解高深。中西深諳。誠近日不可多得之青年也。亦將來中國之偉人物乎。幸祈勉旃。餘言不盡。敬候

學安

妹李倩影襝袵　八月廿八日

仕宣凝神靜意。薇盥讀之。一而再。再而三、讀之又讀。以至無量重讀。覺字字皆香。言言

盡玉。竊念「該夕來賓如許多。奚為只倩影有函來乎。豈眾人皆濁彼獨清乎。然此李倩影。究為何許人。是否卽鼓掌之女子。既有心惠書來。何以無地址。使我答覆。噫嘻。秋水徒勞。伊人不見。奈何奈何」

某星期日。天朗氣清。秋風和暢。仕宣、書齋孤坐。苦悶無聊。適友人羅舟良到訪。邀之共乘汽車。往一游樂塲。游樂塲規模宏敞。背山臨水。形勢天然。樹木青蒼。鳥音唱和。遊樂其中者。宛在世外桃源。園之上層。由石道蚯曲可上。有室數所。間以竹。繞以野花。每所、設雲石檯一。椅四。古雅清潔可愛。遊者納小費。可竹戰其中。仕宣與羅舟良。則圍象棋于斯焉。

仕宣與舟良圍棋。至興高彩烈時。隱約間聞有洋人談話聲。曰。「美貌哉。此女子。若得親香澤。消魂真個。死亦風流矣。」其一答曰。「現在遊人寂寞。盍不以武力行事。或得達目的。亦未可料。否則一吻餘香。亦可快心。」言未已。一女子以洋語叱之曰。「貴國以文明著于世界。汝輩若作此野蠻禽獸無人道之舉動。不為低污自己人格計。不為損壞寶貴名譽計。獨不為羞辱貴國國體計乎。」洋人聞言。作獰笑狀。曰。「吾見汝貌。甚愛汝。不覺獸慾衝動。低污人格與否。羞辱國體與否。非吾所計及。汝盍許吾。否則吾決不干休也。」女子情急計生。復以洋語喝罵之曰。「賤種可速逃。勿以予輩人中國荏弱女子可欺。須知予輩嫻熟技擊。一舉手。一投足之勞。卽可打汝二賤種一個落花流水也。」一洋人怒而言曰。「我輩身世。名馳世界。誰敢侮辱。誰聞不畏。今汝區區二女子。而謂打我一個落花流水。而敢罵我賤種。忒是可惡。忒是斗膽。汝既謂嫻熟技擊。吾今且與汝比較個勝負來。」說時遲。那時快。二洋人遂洶洶湧湧。入該女子之室矣。

仕宣備聞此種言語。知必強有力者。欲欺淩女子無疑。洋人所説之話。皆狎褻不堪。其必欲作不道德之舉動又無疑。女子雖云精技擊。一舉手。一投足之勞。卽可將彼賤種而擊退。然忙中失着。或為彼賤種所算。將如之何。且洋人淩虐我國女子。亦無異淩虐我國四萬萬同胞。彼賤種能在此處侮辱我國人。則在別處亦何獨不能。此端不可開。此風不可長。此惡不可不懲。若不施以痛戒。則大中國國民。將永無噍類矣。將永淪為奴隸。為懦夫矣。況大丈夫立身世上。頭冠天。足蹈時。見義不為。見危不救。烏足言勇。卽推梟而起。曰。「吾救之。吾救之。看汝洋驢。奈我大中國人余仕宣何。」搶步而出。舟良亦隨之出。曰。「此強淩弱之賤種。非大加痛懲不可。」

當仕宣將至之際。二女子偕一老媼迎面走來。二洋人。作水手裝束。面紅耳熱。一望而知杯中醉漢。亦銜尾追。老媼一面走。一面請救苦救難觀世音菩薩。一面咒罵死賤種。二女子則氣喘如牛。心驚膽裂。見仕宣。更作愴惶狀。仕宣急止。慰之曰。「姑娘請勿驚。有某在。萬事不妨。某必懲此二傖。使彼知我大中國之人利害。」……言未舉。二傖至。仕宣以洋語喝之曰。「止。汝追此女子何為。」二傖雖醉態畢呈。知覺未盡失。蓋如俗之所謂酒醉三分醒也。乃亦憤憤然答曰。「干汝甚事。若阻吾。勿謂我之拳頭老實也。」言已。再起步。其一更舉其拳。作欲毆擊狀。仕宣復喝之曰。「汝若智者。速走為上策。否則……」。二傖不待其言畢。卽揮拳毆仕宣。仕宣眼快。閃身一避。乘勢飛脚盡力一踢。一傖已退倒數十武矣。其餘一傖。見同伴被仕宣踢倒。更怒不可遏。揮雙拳。從仕宣頭下。仕宣閃之。卽走。走作環圓形。此傖亦環追之。仕宣始則走快。繼則故意走慢。此傖追近仕宣。起脚踢之。意者可以其人之道。還諸其人之身。不知仕宣當其起脚之際。卽舉手握之。反身把脚從下踢上。如踢韃然。此傖已從上滾下矣。仕宣乃以語訓之曰。「爾們今後尚敢欺凌我中國人否乎。尚敢作不道德事于我中國女子否乎。爾等以文明國民。而為此無禮舉動。在理本應控爾等於法庭。揚爾等之惡。懲爾等之罪。今念爾們醉後無知。略施懲戒。使早開自身之路。改過之門。祈緊記。毋蹈覆轍。毋貽後悔。」

二女子當仕宣與二傖格鬥時。見仕宣不過一白面書生。恐其年少氣盛。反為所敗。將若之何。因己累人。心中彌覺不安。繼見仕宣踢倒一傖于地。心始釋然。終見仕宣勝。暗暗驚奇。感激不已。遂附耳語老嫗。如是如是。這般這般。老嫗點首。

未幾。仕宣行近二女子前。肅穆言曰。「弍位姑娘。今日想受驚匪鮮。此傖罪惡。某已畧懲戒之矣。請安心返家不妨。」二女子稱謝不已。乃偕嫗去。行時。猶頻頻迴眸也。

仕宣見二女子。「如花如玉。傾國傾城。無異小說家所謂沉魚落雁之容。閉月羞花之貌。嬌嬈婀娜。落落有大家閨秀風。操洋語罵二傖時。何等順利。何等流麗。何等堂皇正大。」繼思「其中有一女子。于母校舉行祝聖紀念時。似曾會面……」。然無論如何。得拯此二女子于危急之中。免彼傖凌辱。在仕宣之心。終大快也。須臾復邀舟良再入室圍棋。

頃老嫗至。喞二女子附耳所語。如是如是。這般這般之命乎。果矣。老嫗微笑。曰。「我家李倩影姑娘。今日偕表妹到此地遊玩。圍棋于隔室。不幸遇二賤種。將之侮辱。垂危之頃。得先生拯救。真銘心鏤骨。感激不淺。現倩影姑娘命僕恭問先生。是否余仕宣君。求先生明告為幸。」

仕宣曰。「區區小事。問姓名奚為。見義而為。見危而拯。份內事也。煩轉致汝家姑娘。請釋錦注。」老嫗屢問。仕宣終不肯實吐。嫗無奈。返覆命。片時又至。曰。「倩影姑娘。因驚魂甫定。不敢獨自返家。甚欲求仕宣先生陪伴。先生既救之于前。亦應陪之于後。如諺語所謂做事做到底。送佛送歸西。先生其允諾乎」。仕宣沉吟良久。始曰。「倩影姑娘既有命。某烏敢不從。」蓋仕宣憶聖誕夕演說時，倩影之頻頻鼓掌。及翌日之勉勵來書。皆有深意存乎其間。故欲識荊。使得成紅顏知己為快也。

老嫗先行。仕宣偕羅舟良隨後。及行。倩影見之。卽鞠躬向仕宣。嬌聲的的言曰。「仕宣先生。自聖誕之夕在貴校得聽偉論。儂已五體投地。佩服不置。故翌日卽致書先生。蕪函內所以不敢書地址者。因相見未深。不欲草率從事也。今日儂偕表妹來遊此地。幾為二賤種所困。得先生拯救。感何可言。惜不知啣環圖報于何日耳。」仕宣恭謹言曰。「此小事勿介意。」片時車至。相率上車。倩影在車上書一地址與仕宣。曰。「請勿吝玉。賜教為幸。」至某街。下車。各點首而別。

著者請畧述倩影之家世。李倩影。南海人。父諱燭明。以米業興家。資財過百萬。香島中商界巨子也。妻妾各一。女為妾所出。倩影、明眸皓齒。姿首可人。性聰慧。學習不輟。善知父母意。事父母至孝。家中書札往來。皆賴倩影為之。故父母愛之甚篤。燭明有摯友陳昆遜者。亦富商也。彼此均為莫逆交。昆遜有子。名鈺誠。年與倩影相若。當倩影幼時。其父卽許婚于鈺誠。以世交而聯秦晉好。倩影不知也。

倩影肄業于某道某女學校。夜間復請某太史為中文專席。故其中西文程度之高深。有非可以蠡測者。倩影有奇癖。最惡某島讀洋文之學生。彼常謂「處今日廿世紀時代。各國交通便利。吾人為互相通傳計。為環游各國便利計。為通達國情計。為研究外人歷史。及近數世紀進化之速。改革之快計。為近代學術界思潮計。所以不能不習洋文。惟某島之半數學生界。其志卑。其宗旨劣。其目的不外為利。只以讀洋文為得較高薪金之利器。為人奴隸。受人呼喝。任人辱罵。怡然而受。恬不知恥。對于中文。一無所知。問以歷史。瞠目結舌。詢以國事。更懵懵然。說什麼秦始、漢武。講什麼蘇海韓潮。均絲毫不懂。視中文如一文不值。重洋文若萬両黃金。甚至有洋文得學士銜。而中文程度。中學不如。將來漢族文字。不將滅跡于世界乎。」其之識見如此。其惡某島學生甚。其與人交際亦鮮。

倩影自聖誕之夕。聞仕宣演說後。萬分敬仰。不覺屢屢鼓掌。翌日。即致書示意。此星期日。偕表妹遊名園散步。室內圍棋。突遇二傖。又蒙拯救。始知仕宣文武皆能。嘆為不可多得之偉男子。且仕宣具潘安之貌。衛玠之容。復能有此俠義之舉。心內不覺忐忑然。有委以終身之意。而仕宣之綿綿長恨。亦自此始。

仕宣得倩影地址後。輒通信與之討論學術。研究學問。談國情。覘國勢。而倩影覆函。必長篇大論。滔滔不絕。意見高出人頭地。言人所不敢言。說人所不敢說。仕宣對之。亦甘拜石榴裙下。幾自愧不如。感情深矣。愛情生矣。多情于倩影矣。痴情于倩影矣。迷情于倩影矣。自是仕宣與倩影。相交漸密矣。每于天晴日暖。風和氣清之候。往往見彼二人。雙雙携手。遊公園。坐花蔭下。喁喁細語。蜜蜜談情。說甚麼世世生生。講不盡卿卿我我。大有在天願作比翼鳥。在地願為連理枝。不能同時生。祇願同時死之概。

好花難耐久。好月不常圓。此二語、不啻為仕宣與倩影二人道。日者。仕宣偕倩影乘摩托車。環游遣興。返。停車用晚膳。其樂融融。正未有艾。畢。攜手下樓。乘轎返家。仕宣陪送之。二轎並行。共談風景。至半途。適與倩影之父遇。倩影不覺。蓋倩影斯時。目所見者。見仕宣。耳所聽者。聽仕宣。口所與言者。與仕宣。心所注意者。注意仕宣。只見仕宣。瞻之在前。忽然在後。如在左。如在右。舍此之外。倩影雖有目。有耳。有口。有心。而倩影之見。之聽。之與言。之注意。除仕宣外無人。一若倩影之目視。耳聽。口與言。心注意。單為仕宣而設。噫嘻。倩影對仕宣之情。專矣。摯矣。蔑以加矣。奈情天不仁。情人難成情眷屬。情聲霹靂。情塲驚破情鴛鴦何。

燭明。舊頭腦人物也。見倩影與一男子乘轎並行。心內狐疑。萬分憤怒。以為偌大女兒。識書識墨。尚不知廉恥。不顧體面。作放浪舉動。效淫娃行為。敗自己家聲。壞個人名譽。非責以家規。訓以道德不可。返家後。即宣此事與妻妾。命以後舍返校外。不許越雷池半步。並分囑婢僕。暗中監視行動。復獨入倩影繡闥。氣憤憤然曰。「吾愛女乎。父今有一言語汝。以後出入。須自檢點。不可與男子偕行。當汝幼時。父已為汝許婚于陳昆遜之子鈺誠。行將結婚矣。汝事父母至孝。汝須切記父言。免外人誹議也。」言已。即出。

倩影睹父狀。聽父言。不禁兩行珠淚簌簌下。一陣心驚一陣酸。最令其淒楚者。莫如幼時許婚于陳鈺誠。默念「己與仕宣。已如許恩情。如許戀愛。誓盟月下。共訂白頭。寧為連理枝。不作離行樹。早知此身已許鈺誠。又奚必累仕宣。而害仕宣。今真教儂左右做人難矣。將若之何。將若之何。」心如轆轤轉。思之復思之。強寐不能。輾轉反側。心坎兒。似見仕宣影。腦袋裏。

若現仕宣形。遂暗暗嗟嘆曰。「仕宣。仕宣。儂與君之愛情。果盡於斯耶。果如是而已耶。」

一月後。倩影吉期屆矣。儀仗至矣。將出閣矣。斯時倩影。進既不得。退又不可。五內思維。苦無主宰。逆父母之命。心又不忍。舍仕宣不理。情實難堪。欲求死。而防備森嚴。欲逃走。更無機可脫。欲致書述意。又無人投遞。不能一死以自明。刎頸以見志。如之何。如之何。苦上加苦。愁上增愁。一片芳心。未嘗不愛仕宣。顧亦愛其父母。為父母故。不能不含羞忍辱。犧牲一身。雖躋九天。陷九幽。又豈所恤。噫。倩影之心誠苦矣。

金烏西墜。玉兔東升。時。鼓樂喧天催上轎。人肩爭擁看新娘。片刻。大妗背倩影上轎矣。月失其光。星失其朗。一若月兒星兒。皆黯然慘淡。為倩影悲悽。為傷心人傷心也者。倩影之恨。固無已期。而仕宣之愁。亦無已時也。且說仕宣自別倩影。月餘。思憶成病。尤刻刻不忘。秒秒纏念。見其音信寂寂。形影茫茫。不覺心心詫異。乃輒輒過其門。則人面不知何處去。桃花依舊笑春風矣。及後。聞其鄰細言其故。始知其緣由。于是每于更深夜寂。睹月思人。怒蒼天無情。罵蒼天不是。惜無女媧氏。再補情天。恨精衛不逢。難填情海。吾書開宗明義第一章所述。即仕宣所常向天而怒。指天而罵者也。後仕宣終不娶。然夢寐間猶聞其自嗟自怨。而低吟恨不相逢未嫁時之句也。

選自一九二四年九月二十七日、十月五日、十月十一日及十月十八日香港《小說星期刊》第一至四期

熱血痕說集

〔存目〕

香港：虞初小說社，一九二三

羅灃銘

大盜毛良心之自述書

大盜毛良心犯案纍纍。被繫。下之獄。判死刑矣。去臨刑之期僅三日。毛良心不悲亦不哭。但以紙作字。洋洋千言。猶以為未盡。及臨刑之日屆。毛良心乃出其洋洋千言之自述書以示人。而後從容受死。毛良心死。自述書獨不隨之而湮沒無存。書曰。

毛良心盜而非道。當誅。然世之無良心者。豈獨毛良心一人而已哉。人而為盜。焉有良心之可言。則我以毛良心自名。自名固當。然我之良心。豈生而盡喪者乎。余生而椿萱並茂。且略有資財。父母愛子之心。無所不至。余乃嬌養於良好之家庭者有年。予無兄弟姊妹。雙親愛我復厚。予是時尚稚。天真爛熳嬌憨可人。六歲讀書。厥名曰器陶。器陶初不能讀書。好擊劍搏拳。與羣兒爭勝負。勝者自勝。負者自負。弗敢悖良心而自雄。如是者七年。十三歲乃復習文。承父母師友之指導。覺津津有味。習文則習文。習武則習武。弗敢廢時失事。悖良心而欺我至親至愛之父母師友。如是者又七年。弱冠矣。弱冠之年。至不幸。父病。母繼之。余奉湯侍藥。晨昏定省。不瞌目者七晝夜。余為人子。斯亦份內事。雙親屢嘉我孝。稱我為二十四孝中人。予稟性肫篤。曾不以許譽而生怠懶。是年之臘月。父死。母亦繼之。余悲慟特甚。幾不欲生。賴族人苦勸乃止。居恆嘆不仁者天。乃奪我最可喜可愛之雙親以去。嗟夫。使我預知有今日之結果。無寧早隨雙親以歸泉下也。雙親去世後。余之心腸亦畧變。禫服既終。娶倪氏女。倪氏女之家世與余等。亦無伯叔。亦鮮兄弟。祇有母。母之年。四十有六。和藹可親。余雖半子。顧渠無子。視我等親生兒。余孑然一身。相依為命。時。經營商店。日則料理商業。夜則返家。一家團叙。天倫之樂無既。倪氏女素懔于昔人三從四德之戒。對余極表示順從。余（ ）良未泯。以為人生不幸。作女子身。女子之一生命運。全倚賴丈夫一人。良人不良。其境地至不可以推測。則夫夫婦婦。伉儷彌篤。倪氏女心滿意足之情。每每吐露于不知不覺間。余亦欣然自得。念為人丈夫。當如許造去。乃可以盡上天生我之意。如是者有年。余漸與商塲中人多往還。商塲中人好酬酢。花酒流連。在所不免。余初意極端否認妓女為可戀。恒勿召之。朋輩強之數四。始勉強一應命。召之一夕。二夕繼之。三夕四夕五夕又繼之。遽覺亭亭玉立之妓女。極可戀。極其風流旖旎。與結髮妻較。景味自然不同。余乃居然戀妓矣。初時。余心目中。仍常常有吾妻之影存在。余妻仍常常覺余為一大可依倚之良人。故對于戀妓事。頗無所可可。久之。余之良心亦漸泯。腦海間遺留妓女之影子。尤多於吾妻之影子。寖假連吾妻之影子亦忘之。吾妻覺。頻以語勸。其語甚婉。或旁敲側擊。或假設譬喻。以啟吾心。吾心終不可啟。戀妓益甚。吾妻苦諫。極啼泣悲苦之能事。余不之理。以其啼泣悲楚之能事。不及妓女萬一。吾妻苦諫不從。懨懨成病。嶙峋之瘦骨。大足與石山相頡頏。余時已生子。子尚在懷抱中。哺母乳。母病。乳汁無益。嬰兒服之。又懨懨成病。岳母亦以苦淚對人。滲淡一室。竟無生氣。怎似風月塲中之娛情自快。則盛氣出。數日不歸家。歸家。便覺慘淡之家庭。萬不能如風月塲中可比。或數月不歸家。而吾妻病且死。嬰兒服無益之乳汁。亦病且死。岳母鑒于女兒之病且死。孫兒之病且死。亦隨之而病且死。一星期內。三人皆病且死。余視之。亦不甚惜。無拘無束。逍遙于風月場中。計誠良得。所用之情。泛濫已極。斯妓美。戀之。斯妓美。又戀之。戀妓凡三五。或有情。或無情。妓女之待余。或有情。或無情。銷金窩裏。刖足者又有年。營業竟因之而失敗。床頭金盡。壯士無顏。妓女之與我有情者。不以我金盡而戀我。我乃迫於境地。泯良心而盜其財物以去。復施此技於朋儕。則是。吾之良心漸泯滅。而我之境地。日見墮落。家產蕩然。朋儕妓女輩相加白眼。不獲已。恃學得拳術少許。為旁身計。為鼠竊。初。僅為竊鷄竊猪竊牛之幺魔。見一家數口。藉蓄物為餬口者。皆不願昧良心以為之。旋作梁上君子。竊家用什物之類。有時迫于貧困。亦忍心為所不願為。差幸出入鄉里。得勿為人所獲。終慮一隅之地。不免疏虞。顧而之他方。遇有魁梧奇偉之人。宿于逆旅。纍纍然纏于腰間者。皆黃白物也。怦然心動。思竊之。可優遊數月。會其人病。冒昧與之相識。兼假意為其理病。病轉急。將不治。欲乘此取其物。其人忽握予手。予手被握。劇痛。念其人病重。力且握人至于劇痛。知機不妙。有退志。其人忽顧予曰。素未識面。竟肯虛心事我。（句）我。（句）汝意為何如人者。附耳告予。知此人乃為劇盜。盜眾可數百人。雄據一方。今病。蓋將以大任托予。繼任為魁首。并謂山上所藏。纍纍然皆珠寶黃白物也。怦然心動。擬許之。終以資望不足辭。其人曰。無妨。負我入山。導汝識我弟兄輩。當愛戴不遺餘力。諾之。至下山。卽有赳赳武夫二。見魁梧奇偉之人。馴然如入笠之豕。助予負之登山。置密室之榻上。密室之榻。可容數百人。魁梧奇偉之人。氣息畧平。卽遣人敲榻畔之鐘。餘響未已。數百人畢集。環聽命。

魁梧奇偉之人言。以予繼其任為魁首。眾歡呼。低首膜拜。已。魁梧奇偉之人氣絕死。予遂皇皇然稱大盜。初頗懾于眾人威。顧眾人皆易與。奉命唯謹。予乃得展所能。調兵遣將。頗具運籌帷幄之妙。故所得殊不貲。分給眾人後。仍有積蓄。固儼然為一富翁。特為不能自由之富翁耳。時年已四十三。廻顧前塵。恍同一夢。然覺悟心不特不生。殘忍之念。尤有甚於曩者萬倍。因捨毛器陶之名。而名毛良心。毛良心盖有鑒于當事者對于事事物物。都泯滅其原有之天良。欲行則行。欲止則止。強橫無忌。焉有良心之可言。當事者如此。身為大盜之人。尚有良心之可言哉。昔人云。人之將死。其言也善。吾今年五十有六。舉本生種種泯滅良心情事。死亦其宜。誠恐世人以毛良心為自有生以來之喪失良心者。是又烏知毛良心之為毛良心也。

選自一九二四年十月五日香港《小說星期刊》第二期

意蕊晨飛集初編——小說家的覺悟

小說家畢飛花。頗以小說負時名。其所作小說。滿堆哀感頑艷之辭。故能引人入勝。飛花作之。閱者誦之。皆贊美不絕口。飛花益揚然自得。為之不倦。某日。方著其得意之作「旅店風流店」。纔脫稿。郵差遞函至。飛花啟緘而誦之曰。

飛花先生大鑒。

得讀大作。文詞淵博。捧誦之餘。至為欽羨。茲所不嫌冒瀆。以愚直之言為君一告者。以今之小說家。多喜著哀怨小說。而君之大作。也不外乎此。夫哀怨之書。多悲歡離合之句。閱後反令人滿腔傀儡。陡然而生。倘不別具眼光以閱之。將至為其所囿。要不若偵探、社會、愛國等小說之增人智識也。望君以後多作此類小說。較之哀情艷情等作。價值何啻天淵。且今日道德披靡。我輩青年。不欲挽救則已。不然。則著作行事。亦應採取正道。以挽此頹風。破此惡俗而後可。若此種寫悲寄恨鴛鴦蛺蝶之小說。又有何益哉。尤有為君告者。日前見大作「旅店風流史」。中有一段。描寫書中人物。究涉輕薄。即君復思之。亦以為然。若老成者見之。則必以佻健之名加諸君矣。是故吾輩青年。必加修養之道。其道為何。乃慎行檢勿輕佻是也。余因愛君之才。故膽敢縱言之。益之以青年前途。未可限量。希三思之。余以一未晤面之人。而作此愚直語。自笑狂妄。冒瀆大雅。諒我罪我。聽君而已。倘蒙不棄。時賜教言。共結文字交何如。

專此即頌

文安。

徐拔俗鞠躬　十二年二月十日

飛花且讀且顫。受善之念。同時而生。亟揮函以報。他日。得一函。曰。

飛花先生。

我與爾的信。冒瀆得很。吹縐一池春水。底事干卿。我今想起。猶有餘愧哩。很難得先生不責我。反許我為文字知交。命耶。運耶。我這時的歡喜。可想而知了。得一知己。可以無憾。這可是替我說的了。我讀中文不過是四五年。連英文也未曾讀過的。不用說是無才無識的人了。先生爾不嫌棄麼。很望爾答覆我。來信約我一叙。先生請爾諒我。是不能的。是什麼緣故。也不用說了。但我以為知己的結交。是重精神的。不重形式的。雖天涯海角這麼遠。也能結交的。又何須見面纔可以結交呢。先生爾說是不是哩。請爾見諒我罷。

拔俗　十二年二月十四日

翌日。再有函至。飛花捧誦之曰。

今兒我有個朋友來坐。說起他前時讀書的事。有個教員出了一條題目。是（趁熱打鐵）。他的教員道。鐵是用來製造種種器皿的。是很中用的良材。經過猛火的煆鍊。抽了出來。趁熱的按在鐵砧上。噹噹的打起來。方容易成器皿的。假使那鐵匠抽那熱鐵出來。慢慢地的打。或等了一會。那鐵就硬了。不能成器了。我們青年不是最有用的良材嗎。不是打鐵趁熱的一個意思嗎。日子一日一日過去了。現在又屆新年了。青年人不趁熱打鐵的造去。那就遲了。人是自己造的。我望青年人。個個都湧著熱血。如打鐵趁熱的。趁熱造起來。以一自字勉力的——自治——自重——自勵——自靠——積極的造去。他人譽我的不足為喜。毀我也不足為憂。何以呢。因他人的口是不足靠的。最可靠得住的。就是我自己。我自己下了深刻的工夫。實行造下去。得閒的時候自己細細的問一問我的好處和惡點。每天減了一分惡處。增進一分好處。一日一日的如此造去。自己修養自己。自己改造自己。我的本能我已光復了。然後將我的本能來救我的貧弱國家。打破舊社會種種罪惡。勸醒我同胞的愚蠢心理。那麼。也不枉生於人世了。咳。人生無常。人身難得。不過數十年光陰罷了。一轉眼間。便過去了。不作的轟轟烈烈的事業。那豈不是生於人世。來作衣架飯囊的嗎。先生爾以為如何呵。請教……

拔俗　十二年二月十五日

飛花閱罷。五體投地。此時不特生受善之念。不禁愛才若渴。堅請拔俗到來面談。拔俗之來信又曰。

飛花先生。

來信已得收了。知道先生欲與我一晤面為快。但爾還記得我十四日寄給爾的信嗎。那信內有「請爾諒我。這是不能的。是甚麼緣故。也不用説了」。的説話麼。又承爾詢問我的近況如何。唉。先生爾叫我怎樣答覆至好。我今不已將我的實誠。為先生説一説。我是什麼人呢。我是個女子。我見爾有如此的才。將來必有大用的，故我不嫌冒昧。勸勸先生。這是我的一片苦心。我這心是天地共見的。先生爾莫疑我有別意。不然。那就大錯特錯了。——

我那徐拔俗的姓名。不是真的。因為今日是我國社交未能公開的時代。如果男女一旦有書來往。旁觀的人。未免不起疑心了。故我改轉了姓名。我的真姓名。是姓余。名韻蘭。字幽香。我的父親是在〇〇當〇〇的。那余〇〇便是了。我輟了學已有數年。是什麼緣故。也無用說了。不過因為家庭的惡環境罷了。但我前數年的思想。也不大開通。到了今的新思潮流入我的腦袋裏。正如大夢初覺。想想我國的女子。皆寄生於男子。作為玩物。何以呢。因為女子是在于無產階級的下。而又不能求經濟獨立。我想這裡便要求我的父親。許我再入學去。但他老人家是不允的。我那時真真氣極了。——胡適之說。人人覺得自己是堂堂地一個人。有該盡的義務。有可做的事業。唉。我地女子。豈不是人嗎。既然是人。必有該盡的義務。有可做的事業。那末。必有才能。而後可以達到目的、才能。豈不是由讀書得來的嗎。我雖有這思想。而那可惡的環境。不容我的要求。是極可痛的了。但我有一位朋友。他寫了一信來勸我。內中有數句是很好的。我今說出來你聽聽罷⋯⋯。你要知道我們求學。是不是單從學校裡每日幾小時的功課得來的哩。我以為未必。自習這兩個字。我敢信是我們成功底工夫。因為學堂裡的功課。是有限的。自習的功課。是無限的。古人說得好。無師自成。可知道成不是單靠於師的了。兼且爾的天份過人。進步的速。我是很佩服的。爾如果時時拿個自字。勉力的造去。那怕沒成功的一日嗎。左傳說得好。自求多福。在我而已。我也說道自求學問。在我而已。那便好了⋯⋯我得了這封信後。我便在家自習。也不向我父親前太強求了。恐怕傷了那骨肉的感情哩。話已說完。請了。并望爾再有信來。信筒面依舊的寫徐拔俗罷。

拔俗原名幽香　十二年二月十九日

飛花且閱且思。驚訝之念。起於胸際。所謂得意之作。亦為之擱筆不書。

灃銘按。飛花者余友。今已往滬去矣。所錄函札。為飛花舉以示余者。照實錄出。不敢舛改。其中語意。不特為吾輩作小說者所應知。關于女子改革方針。亦為女界諸君所宜研究。歎服之餘。為弁諸意蕊晨飛集之首。

選自一九二四年十月十八日香港《小說星期刊》第四期

意蕊晨飛集初編——羅蘭夫人的罪人

姚玉枝女士。誤解自由。被父親擯逐出外。玉枝父親春如。是有名之富翁。平素愛玉枝如掌上珠。不過因玉枝幹出不可告人之醜事。為名譽計。不得不出此策。顧母親余氏。獨得此女。焉肯割愛。又不能不略為丈夫設想。則請命姚富翁。手段不可太酷。不如命玉枝寄宿學校。如其知過則改。專心致志求學。而後再設法為之圖。姚富翁許之。余氏乃暗囑玉枝。使寄宿某學校。學業有進。前事若能掩人耳目。則為父母者。亦可原情相宥。顧玉枝女士竊竊自念。非太璞完真之女子。恐不能正式與富家男子結婚。尤不可與父親之世姪輩結婚。則不如隨意所之。務達到自由目的而後已。循此念以行。而公園也。影畫戲院也。皆玉枝女士涸足之所。久而久之。與少年王生結識。王生者。固一溫如玉淡如菊之可愛少年。衣服又極麗都。蓋富家子。狥父命而僦居此間者。日中則肄業某校。夜間則寄居某戚家。一箇是曾歷情場之女子。一箇是情竇已開之少年。兩美既合。歡暢自不待言。玉枝復出資僦居於某道。自茲以後。日則同道返校。夜則同室而居。霧水姻緣。令人羨煞。不知箇中底蘊者。猶以為有情人克成眷屬耳。

玉枝王生。同居凡三月。此三月之中。除入學或曠課外。恆駕言出遊。或至遊樂場。或往影戲院觀劇。一若新婚夫妻。渡其甜美之蜜月也者。一日。王生返戚家。其戚詢以三月不返故。王生曰。寄宿耳。戚無語。旋出其父手書。書中語。畧請世交陳君有女。可為偶。雙方無異言。兒而以為可者。允之。并寄居其家。可勿擾某戚等語。王生閱竟。私念玉枝與己。雖已發生愛情。第此等人。萬不能長為夫婦。緣其身世不可得知。以己之家世。若娶一聲望不足之女子為偶。雙親必不之許。然細察玉枝之服飾手段。則其父親縱非有名之人。亦為一面團團之富家翁無疑。就以相處三月覩之。所有一概金錢用途。都由玉枝一人墊出。連租屋計之。所費已達五佰金有奇。信如是。當屬富家女子。然。世交陳君之女。吾曾見之者屢。有才有貌。得為配偶。亦自不弱・也。思至此。世交陳君適遣伴至。邀王生往敘。王生應召往。見陳君。陳君示以函。盖父親手書也。函中語意。與致己之函同。閱已。陳君詢之曰。尊翁之意。諒爾知之。爾意究若何者。王生面忸怩。不敢置一辭。陳君含笑曰。女兒妙芝。汝曾見之矣。有反對乎。王生期期艾艾曰。不敢反對……慮不能高攀世伯耳。……陳君大笑曰。此兒女之態也。吾窺爾意矣。一言為定。當致書尊大人。徐徐行小聘禮。自今日始。吾當另闢一書室居爾。可勿用請擾若戚。王生曰。余已寄宿學校。凡三月有奇。亦以寄居不便故。陳君曰。可勿寄宿。以廉費用。寄居吾家。起居飲食。務使爾安快而復止。王生謝。心中固忐忑不寧。則托言返校。往視玉枝女士。逕陳謫婚事。并言父母之命。不可却。玉枝一聆斯語。大悲。欲泣以告王生曰。嗟夫。吾實不解吾何以失敗如是之速。既悞於前。又悞於後。若之何。若之何。既又收淚。詢王生曰。君所訂婚者為誰。王生曰。世交陳君之女名妙芝者是。玉枝有若悟。曰。殆與儂同學之陳妙芝女士乎。王生曰。聞渠肄業之學校。與爾同。大抵即其人也。玉枝且太息。且作健羨語曰。妙芝女士。才貌兼優。洵為君之佳耦。雖然。君將置我於何地。能許我為妾媵乎。王生曰。吾意固無所可可。第不知雙親之意。岳父母之意。及妙芝女士之意耳。彼此談良久。王生忽憶玉枝既悞於前又悞於後二語。知其中不無原因在。因詢之。玉枝又大悲。痛哭流涕。悲猶殺。語王生曰。此即儂今日墮落之原因。容為君縷述之。

初。儂本富家女。阿父尤為有名富翁。名姚亦陶者是。儂為嫡母余氏所生。父之財權。在吾母手中。吾母又獨得一女兒。愛我逾恒。儂年十八歲時。即肄業某學校。讀書亦頗懇心。不料與薄倖人鍾某結識。鍾某固美男子。更富有情感。儂感之。以身許之。鍾某既辱我。不特不設法以善其後。反慫恿我私逃他方。儂家裏既有資。則出納三弍萬金。殊非難事。為陷愛情之境。乃設法盜取阿母二萬餘金。暨首飾衣服。凡三萬餘金有奇。逃之羊石。意為長久計也。不意鍾某人面獸心。既奪我色。又刼我財。將所有儂之現金首飾。到手後。翩然他去。鴻飛冥冥。弋人何慕。不獲已。自嗟命薄而已。雙親自失女後。偵騎四出。卒乃按圖索驥。知我踪跡。阿母乃親自來羊石。痛哭面我。并言。雙親愛汝。不啻如掌上明珠。事事皆可隨爾意。又何苦作此背人私逃之舉。今爾父以名譽攸關。曾聲言於親友輩。諱言在外讀書。顧親友知此事者甚夥。爾父大憤。聲言不願見爾。爾誠憒憒。何苦作此不道德所為。是時儂已追悔無及。不得不哀求母親設法。母親素鍾愛我。沉思良久。乃曰。爾父素頑固。必不能容爾。愛女乎。汝真能改過自新否。如能之。吾可挾爾歸。遣爾入學讀書。讀書有成。而後物色一可靠男子。嫁之，吾當送五千金為爾粧奩費。爾意若何者。儂聞言而大哭。曰、阿父真不能容我耶。設真不能容我。我當從阿母言。阿母亦哭。母女抱持。相汎瀾也。遂與母歸。因入校為寄宿生。既乃知阿父真不能容。姑從阿母之策耳。然偵知阿父外出也。猶頻頻一視阿母。及阿兄阿嫂等。阿兄雖異母。甚愛我。阿嫂興我尤相得。知我幹此事。阿父不容我。皆飲泣勸阿父。阿父頑固。更恐名譽攸關。弗從也。阿父不從。而阿兄阿嫂。悲益甚。不進飲食。一晝夜矣。玉枝言至此。哭甚哀。王生在旁勸之。哀乃稍殺。

王生之勸慰玉枝也。實一種表面上應酬工夫。腦海中。已滿佈未婚妻妙芝影子。玉枝促之曰。君可納儂為妾媵乎。王生為模稜之語曰。吾當竭力商之。三兩日後。會當有好消息相告也。玉枝大喜。談良久。王生亦辭去。

越數日。王生訣絕玉枝之念已決。不特不往見。但致書。書中僅寥寥數語曰。

玉枝女士鑒。

商之未婚妻。未婚妻期期以為不可。奈何奈何。迴首前事。徒自嗟耳。諸維珍重不宣。

（王生）

玉枝閱竟。知無可挽回。悲不自勝。既乃搥胸自嘆曰。吾其為羅蘭夫人的罪人矣。誤解自由。麻怨誰來。

他日。王生與妙芝駕言出遊。遇玉枝於途中。與一男子挽臂同行。玉枝見妙芝。點一首。與王生亦有意無意中點首。王生妙芝皆點首還禮。王生遂告妙芝以前事。但諱言同居三月。妙芝太息曰。女德墮落。於此已極矣。羅蘭夫人不自由無寧死之語。乃令彼輩誤解之。宜其墮落也。夫復奚言。王生報妙芝以一笑。

選自一九二四年十二月六日香港《小說星期刊》第十一期

何恭第

艷情小說　花舫艷尼姑

前清光緒中葉。有張生殿勛者。號丹楓。桂省博白人。年十八。英姿玉貌。以諸生遊佗城。於時張文達公之洞督粵疆。嘉惠士林。建廣雅書院。一時名宿。羅入彀中。丹楓與焉。九月九日。偕友遊城南無着庵。庵為五羊古蹟。地幽曠。有蕹菜塘。嫩蕨新蔬。不讓西湖蒓菜。庵之法系分十房。房有老尼。以主管之。就中有籐傅者。法號月籐。年事近六十矣。性慈藹。喜文人。丹楓偶臨存。歡迎備至。濡筆研墨。乞丹楓作書。欵以素饌。三菇六耳。玉蘭筍。荔枝菌。各擅其勝。尤美者。油炒蕹菜莖。鮮菇素腿。飲橙花舊釀。欵客於木樨廳。地至靜。於時菊花盛開。紫牡丹。玉繡毬。黃金塔。佳種林立。供以五采磁盆。盛以粉紅花架。晚燈初亮。肅客入席。北窗下綠幔。絕不聞人聲。廳事有小尼姑。凡四。美而慧。能以目聽。以眉語。佐奔走服役。如俊僮然。及進饌。一小尼趨於北窻。窻外似更有妙尼。搴綠幔。伸手入。膚如凝脂。擎素菜一器。窗內小尼接之。陳於文石案。椰杯竹箸。雅稱方外人。丹楓與諸友。飲而樂之。籐傅合什曰。佛門隨喜地。無賓無主。老衲恕不奉陪也。顧小尼。摘紫菊一枝。聊當酒籌。更採殘荷一莖。用作東坡碧筒杯。丹楓拊掌笑曰。籐傅畢竟上方人。視我輩濁流。殆有天淵隔。即席為書擘窠大字。榜其廳日黃花招隱處。籐傅拜謝。主賓酬酢間。綠幔因風。吹開半角。亭亭然有小觀音出現。朱唇玉齒。脩眉聯娟。世外殊色也。丹楓驟見之。魂魄為銷失。諸友亦目送移時。如看艷伶入幕。丹楓情不自禁。問篠傅。此幔中色相。端的是何人。傅笑曰。此小徒孫（軟紅）也。衆皆稱艷。謂命名殊佳絕。傅曰。妮子常自歎。云此生不幸。誤墮軟紅中。因而自名之。讀書近十年矣。丹楓動色曰。亦工文翰乎。傅曰。是則不知。但能讀內典百十卷。無訛字。言次。檢手抄一冊。則軟紅之繕寫華楞經也。腕底殊嫵媚。簪花妙格。姿態如其人。丹楓酒半酣。跋小言於其上。拳致傾慕。情見乎詞。略曰。僕遊珠海。參佛于城南某庵。拜觀軟紅比丘之墨寶。僊心佛腕。非復人間。雲水有緣。月華無恙。異日圖相見也。下署某年九月九日。博白張某合什。解襟上晶章蓋之。篠傅拜謝無已。席散後。生歸廣雅。彼此不相聞。會有廣州將軍誠德。其子某。黷貨漁色。橫行城廂。耳無着庵軟紅之美。偕幕府諸人過從。擲二十金。命庵主。設素筵。指名召軟紅。使侑酒。紅大怒。峻卻之。某使酒罵座。搗毀佛前玉磬。擲杯盤物事。如蛺蝶紛飛。悻悻而去。翌日使旂員包衣佐領。策馬抵該庵。必擄獲軟紅。馱之於馬上。載以歸。諸尼大驚。紛紛遷靜室。闃其無人。某更懸重賞。購緝篠傅軟紅。誣以窩藏海盜。此事轟傳五羊城中。丹楓聞之。走該庵問。故白雲深鎖。黃葉淒迷。人面桃花。不知何處所矣。生先是應桂省鄉試。旋歸東粵。故事九月九日放榜。以道遠。坭金報喜。未免稽遲。逮至九月中旬。始獲鄉訊。蓋丹楓以第二名領鄉薦矣。生聞報。亦不喜。而竊竊以軟紅漂泊為憂。生於總督張公。為師生行。公夙賞其文學。生乃拚失色。請求於張公。公為疏解之。該庵得撤封。并取消通緝尼姑事。尼姑懼禍。尚在逃也。同年生月夜置酒。僱畫舫。逍遙珠海之南。為生賀文戰奪魁。生醉後狂歌。歌漢武秋風詞。泣數行下。忽有花舫溯流而下。遍張素馨茉莉燈。燈光如雪。其中笙歌簫管。像有脂紅粉白之千金閨閣。簇擁住一個緇衣美人。生從琉璃窗中。注目射之。噫。此何人。此何人。則盼斷肝腸之（軟紅）姑子也。方欲失驚而呼。彼舟有人。已先見之。招手高呼曰。張公子。生徐察其為籐傅也。則狂喜。一剎那間。花舫輕移。已泊於畫舫左側。邀生相過從。則座上女嬌嬈。皆生之年家眷屬也。籐傅具道感激意。謂公子向上峰請命。老衲已知之。因挽軟紅纖手。使下拜丹楓。軟紅嬌娜如不容。果盈盈下拜。生視之。已蓄髮還俗。淡素如烏衣女郎矣。籐傅為言虎吏不仁。出家惴惴畏禍。軟紅猶吾孫女。吾年老。恐不能卵翼之。因勸令還俗。生亦歎惋。後得年家眷屬。為之玉成。生尚未有聘妻。請命高堂。娶之為正配。鴛鴦福祿。魚水和諧。生之喜可知也。生遞年入京會試。中進士。旋中第一名狀元。軟紅身受金花誥。稱狀元夫人。終身持齋念佛。為丹楓祝福。彼將軍父子。後以他案被參。遠戍黑龍江云。

署名恭第，選自一九二四年十月十八日香港《小說星期刊》第四期

離奇小說　孖體女郎艷史

上海某年徐家滙。出產一雙孖體女郎。或云某相國之庶孫女。或云某洋商之私生女。實則混

魚系的小娃。即吾粵所云（鹹水妹女）也。無父而有母。母得西人遺產。甚富。女生而孖體。腰上為兩體。兩頭。兩副五官。兩頸而四手。惟於腰間分兩橛。上橛是雙式。下橛是單式。自腰以下。單直稱為一人。雙股兩足而已。貌相似。大同小異。俱妖艷無倫。性情嗜好各別。亦能對語。交手相戲。幼小時輒相鬭毆。一哭一笑。母氏則互為調解。凡飲食衣服。置必疊雙。苟與其一而靳其一。向隅者飲泣。以為母氏偏心。必平均分之。乃已。微類西洋種人。黑髮黑睛。肌白晳。緻緻如粉團。母多財。無子。憐其女肢體不完。百事惟其所欲。托人赴巴黎。購假木腳一對。配置於腰下。外套以裙。穿以襪。登以革履。囫圇籠罩之。出則乘汽車。入花園店肆。則兩女以手環肩。如雙妹嚜狀。人之見之者。以其為手帕交。故攬頭攬頸。竟不之疑。更延名師教之。通中西文。一稍穎悟。一稍遲鈍。要皆苦心誦讀。年長矣。破瓜碧玉。情竇漸開，各識其所識之少年。閨友不相同。男友更不相同。例如甲體之男友。來探甲。乙女則淡漠置之。彼或喁喁情話。此則低頭看小說。默默不相關也。甚且意不愜。掉頭他顧。閉目酣睡。各自適其適。乙女之男友至。甲女亦如之。從無兩相愛戀者。以是恆勃谿。雙方男友。互生波瀾。家庭自此多故。母楸然憂之。乃以意干涉。謂等閒朋友。彼此雖極背馳。尚無大礙。若將來終身締合之佳婿。則必二人同志。畫諾而行。庶杜同懷姊妹之爭執。否則老娘不認可。有權以離異之。或奪其承襲財權。孖體二女。皆俯首無言。自是稍稍懺悟。每事必徵求同意。舉從前之片面相愛者。分途拒絕之。社際性交。漸趨一致。惟久久無雀屏中選之一人。會有姑蘇王生。自歐洲游學歸國。清才玉貌。一時無兩。孖女見之。大悅。頗有求凰意。而以甲體為尤熱烈。此時乙禮忽發生意見。謂王生非不美。惟其體有微瘢。非玉質無瑕。又有些須臊氣。類臭狐。取嚴格的徵求。則箇郎非十全上選。甲體大懊喪。因此阻力。又擱置半年。一日王生偕其弟至。相貌體格。才華性質。兩兩相吻合。云是孿生兄弟。二女大詫。謂君有孿生弟。胡前此乃未之聞。王生笑曰。僕固知卿等不同意。必將吹毛而求疵。故留余弟以有待。為轉圜地。今余弟之體。無雀點麻癍。又無些須之臊氣。且為合璧聯珠。雙生一氣。以之配乙女體。可謂天衣無縫。甲女大喜。乙女亦翕然意滿。但母氏發一疑問曰。君等孿生兄弟。因已兩美必合。無可疵議。然君為兩體。余女合為一體。以一體配兩體。毋乃美中不足。是烏乎可。王生拊掌大笑曰。斯言正合鄙意。蓋某兄弟原為一體。胎生已然。呱呱墮地。後某父母挈之倫敦。出重金。聘西醫。為某等剖解。分而為之。以藥敷之。經年創愈。蓋先是某等之身。有肉杵以橫貫之者也。言罷。母女皆弗信。二生袒而示之。脅下一尺。果有痂痕。皆歎息以為奇遇。於是四方同意。諏吉舉行婚禮。花燭洞房之夕。兩新郎。伴住一新娘。要之兩新郎。仍是一肢體。兩肢體。又是一新娘。怪人怪事。萃於一家。魚水和諧。鴛鴦福祿。四體之娛樂可知也。前事在光緒初年。迄今海上耆年。猶能嘖嘖道之。余有友某君。夫歲遊申江。尚於某映相店。親見其雙雙蛱蝶之妙年時疊影也。

署名恭第，選自一九二四年十一月二十二日香港《小說星期刊》第九期

英哥化白燕

文人描寫美男子。狀之曰俊。品之曰英。皆尤物也。浙江寧波美少年。秦姓。小字英哥。玉雪丰姿。艷如處子。年十七。娶世家女丁氏。亦秀麗婉孌。號一雙璧人。惟丁氏頗挾貴以驕其夫。英哥初忍之。久不能堪。痛恨氏。其實氏無他腸。愛情亦相匹。但蹇倨不親井臼而已。英哥怏怏不自聊。而書生習氣太深。動繩以古禮。謂三從四德。婦乃末之習。婦負氣大歸。生游蕭寺中。有高行僧欵之。秋夜月明。松子落瓦。偃臥禪榻。手執楞嚴經一卷。瞥見綠窻外。有雌雄雙白燕。翩翻對舞。已而雌者力不勝。墮於地。奄然死。英哥驚絕。似憐其荏弱無辜者。基此一念。魂即離其所守。附麗於雌燕。燕復甦。飛起於簷頭。雄燕大樂。左右頡頏之。復歸於巢。英哥照水。自顧己身。玉羽金翎。玳瑁冠。珊瑚嘴。居然燕矣。雄燕狎之。彼則峻拒。念我本雄也。胡為雌我。繼且俯視其尾閭雌形究不可掩。雄燕數四溫存之。間施以強力。無奈。被私焉。羞憤不可名狀。則以爪反喙。傷其雄。雄大恚。相與格鬬。雌卒不敵。久之。勉強成自然。雄性疏慵。恒驅使雌覓食。苦甚。不足。又呢喃作詈聲。踰月。腹微痛。啄粟及蔬。輒復吐。殆孕矣。雄者不甚愛惜。狎無度。益羞憤。不欲生。移時。雄者以喃喃細語。駢頭交頸。以慰藉之。自己不審何因。微動天生之愛情。亦與亂。及瓜期。生雛伏卵矣。被創甚。如剖腹。一誕兩子。置巢之一隅。墊以小草。雛兒嬌弱可愛。呀呀張口。又可憐。迫得以翼覆之。閉目養神。寂然不動。雄者時復相呢。則暴怒。啄以嘴。雄負痛而飛。飛一日夜不歸。天氣奇寒。冷雨驟至。風聲策策。如將塌其危巢。念己方伏雛。不外出。胡能得食。己餓雛亦餓。終宵呀呀啼。痛摧心肝。憂憾魂夢。比醒。雨晴風歇。紅日已正照危巢矣。雄者仍未歸。心搖搖。如懸旌。念彼薄倖郎。當何往。鑽首出巢外。則見珠簾畫棟。有喁喁唱和聲。倩影一雙。飛鳴上下。噫。此即徹夜不歸之薄倖郎也。郎胡不歸。蓋已於王謝堂前。烏衣巷口。另覓可意嬌雛矣。醋妒之餘。一慟幾絕。橐然墮於坭中。忽聞有人發悲聲。伏枕呼曰。五更鐘動矣。君乎。胡未醒。英哥張目視之。則蕭寺中高行僧也。僧笑曰。為人婦。樂耶。英哥忸怩。僧送之歸。曰。天下男兒。恒督過其妻。不自為之。亦烏知床頭人之痛楚也。盍歸休乎。君當大澈悟矣。生返。迎其妻丁氏歸。遂為夫妻如初。

署名恭第，選自一九二五年三月十四日香港《小說星期刊》第二年第一期

十艷戀檀郎

〔存目〕

香港：中西書局，一九二（？）

玉面狐狸

〔存目〕

香港：復興書局，一九三六

吳灞陵

言情小說 雙聲記

銀月鋪階。微風入牖。二層翠樓之上。幾曲欄干之中。一雙少女。大妍而小孅。比肩以并坐。斜倚紗窗。半遮綺帳。展厥樊口而歌。遙吟俯唱。等絳樹之雙聲。禽起雲遲。可繞梁而三日。聞者幾疑大羅天上。曲奏霓裳也。雙姝者誰。乃鄭惜仙與胡韻閑是。

惜仙鐵城產也。父海澄。已逾不惑。性懦弱有季常癖。家事無大小。悉決於內子。己則惟命是從。罔敢過問也。素業航行。奔走港梧間。故挈眷僑港。業有數載。入息頗裕。妻氏劉。早物化。妾氏胡。卽惜仙母。粗知書。性暴戾。河東常吼。此海澄所以視如胭脂虎。而泰然懾服于石榴裙下也。育二女。次憐仙。僅五齡。長卽惜仙。碧玉年華。雲英未嫁。姿容妖冶。體態娉婷。粉艷花無色。珠明月斂光。見者咸嘖嘖稱羨。謂個妮子雖西子南威。殆弗是過。未稔誰家兒郎。幾生修到。始克享斯艷福也。第雀屏之選。多未中目。緣母意須擇一與之比鄉而富阿堵物者。方稱乘龍也。故惜仙至今。仍未字人。而女大思嫁。不無心猿意馬。此實為其鑽穴踰牆一大原因也。惜仙幼承母訓。課針黹。習文字。馴如也。大抵女子心思。較男子為濃厚。故不滿載四書已上口琅琅。胡氏以為女子無才便是德。乃不更使入學校。惟惜仙之志。尚欲習蛙噪之聲。蟹奔之字也。以入學校且為母靳。志乃不遂耳。居恆嗜歌如命。購置案頭。都百十種。以供厥所欲。

女紅之暇。輒向此中尋樂。惟歌謠中每多誨淫猥褻之詞。向少醒世教育之語。著之者固為飯碗問題。迎合不良社會之心理。處女閱之。寧無心動。職是又有為其淫奔之導火線矣。

惜仙之中表曰韻閑。父與海澄固同業。亦僑港。相隔匪遙。故得頻相來往。時踵惜仙繡闥。倩其教歌。習為常也。惜仙雖為胡氏之掌珠。然胡氏弗喜需下人奔走。抑又吝嗇非常。而已又跬步弗出。日使惜仙趁市。韻閑亦然。故惜仙昕夕必偕妹或韻閑同往。二人因是。無一日離也。顧韻閑姿首。遠遜惜仙。雖衣飾麗都。總不免有效顰作態之誚。惜仙則淡粧濃抹。亦覺窈窕可人。瀟灑風流。未嘗不自顧影而生憐也。

二人居港數稔。已吸盡洋場風氣。每矚攜手同行之文明夫婦。心怦怦動。韻閑較之猶甚也。二人常如並蒂之花。招搖過市。足登星洲式屐。聲得得然。假令夫差置之於響屧廊中。與眾美共行其上。當增幾許音韻也。而市井登徒。評頭品足。互相調笑。惜仙弗顧而去。然覩翩翩濁世。白鶴朱霞。則又秋波頻送。回頭一顧。百媚環生。見者靈魂兒。幾何不飛去半天哉。

畹蘭對戶為商店。司理為少東。氏呂。字雁屏。美丰儀。喜修飾。年弱冠矣。暇輒披閱書

報。一日。方手報紙欲閱。偶爾昂首。覩惜仙於窗前曝衣物。其粉臉為陽光所射。如玫瑰色。益增斌媚。目注久之。惜仙覺。報以輾然一哂。雁屏不禁神為之奪。呆若木刻之雞矣。

初。惜仙甚屬意樓下主之子某。繼悉某已有室。某不之顧。因而轉媚雁屏。後此眉語目聽。久之遂心心相印。方謂弄玉之配。非簫史而何。秦穆樓頭。不難跨鳳乘龍去也。詎知雁屏之父。已早為之所。月老之天下婚牘。已注定勞家女矣。

雁屏未之知也。其父久欲了向平之願。遂卜吉迎娶。此訊一揚。雁屏始知。心至弗懌。欲語無由。置之而已。於是店中預先歇業。佈置輝煌。張燈結綵。惜仙見狀。始悉雁屏另娶。乃大失所望。惟有自嗟。埋怨雁屏負心而已。屆時對戶則絲竹齊奏。鸞鳳叶鳴。賓客盈庭。戚友都集。極臻慶鬧。惜仙則含愁默默。羞看紅燭高燒。帕聞喜炮連聲。望梅弗可止渴。固已芳心片片碎。柔腸寸寸斷矣。

光陰電速。俗事絲棼。荏苒旬餘。惜仙一再物色如意郎君。忽對戶右鄰新遷來一縫衣工廠。聚於樓上。作者十餘。咸屬青年俊秀之輩。惜仙竊喜。就中擇得其一。彼何人斯。而使惜仙慕之若是乎。試言之。周其姓。德才其名。貌比衛玠。衣裳楚楚。玉立亭亭。腕金鏢。指金環。有類紈袴子。毋怪惜仙之悅之也。德才僅初至。即訪艷尋香。固亦一漁色之徒也。暇輒以絲竹為戲。或彈或唱。藉博鄰近閨秀之一盼焉。惜仙一如故態。向彼眉目傳情。然未稔其底蘊如何。特為十分魔力所困耳。

半壁殘陽。滿衢過客。稠人中惜仙方偕妹挽籃入市。德才躡其後。行行重行行。已而接近惜仙。德才睨之笑曰。姑娘已購得佳肴乎。惜仙被問。頗現羞澀之色。玉容微泛桃紅。四顧始笑答曰。茹草飯糗耳。安有佳肴者。儂實亡斯福也。言已。狀殊忸怩。德才笑曰。奚自謙之甚也。籃中物非歟。惜仙曰。爾又烏知其必然也。曰。頃已覘之。乃欲瞞……言下。途人灼灼目光。耽耽相視。德才乃急緘口。惜仙亦離去。德才自途人過後。復追踪至惜仙身畔。細聲曰。倘不我棄。今夜再會如何。此間萬目睽睽。非談話地也。惜仙頷之曰可。儂八時於德輔西某茶樓前相俟。毋爽約也。德才大喜曰。善善。吾當踐斯約。遂向別徑去。惜仙亦怱怱市妥返。其妹年尚稚。誘以菓餌。可無慮矣。迨晚餐後。惜仙盥濯既畢。佯告於母。謂往探韻閑。不久當返。胡氏頷之。遂更衣出。日落西山。月升海直。電燈閃閃。與月子爭明。電車轔轔。共汽笛相荅。行客三五中。一素衣女。踽踽於途。徘徊弗去。若有所俟者。翳何人。盖即惜仙。茲者待其意中人之至也。俄一美少年自電車下。衣圓角衣。登深頭博士履。口啣香烟。惜仙趣視。果德才也。因笑謂曰。爾來何晏。儂足疲矣。德才曰。偶為屑冗所羈。未克依時。令姑娘辛苦。抱歉良深。諒能見宥。言下。狀至跼促。惜仙亟曰。惡、是何言。儂實無不滿。前言戲耳。勿介介也。今且問爾履歷。德才遂告以己名。并云為縫紉之業亦既數稔。惜仙却笑問曰。尊夫人安否。德才曰。姑娘問此。殊屬可哂。溯吾所入。僅資餬口。安有家室也。惜仙曰。信耶。曰。孰誑人者。惜仙笑頷之。有間。德才曰。姑娘青春幾許矣。惜仙俯其首。微語曰。寒蟬墮地。亦既十八秋於茲矣。小字惜仙也。德才曰。吾乃長於仙姑二歲。當呼吾以兄。而吾則妹汝矣。言既。吃吃作鷺鷥笑。少頃。復問曰。尚未婚耶。曰。儂母選擇至苛。所以遲遲未定也。語時乃不覺至某舞臺前。德才視腕上。

面惜仙曰。九時矣。仙姑愛觀劇否。為時尚早。盍一往觀。惜仙曰。儂雖嗜此。然此夕實難如命。蓋稍遲歸。吾母將有所詰。德才無已。嬲之再談片刻。惜仙不可。曰。來日方長。憂亡再會耶。奚亟亟。脫人家窺破秘密者。反弗美也。德才似難舍。然惜仙已去。不獲已。怏怏而回。

自此數夕一會。閱月。德才所居之樓下。又新來一車衣店。有陸修明者。德才友也。而丰儀衣飾則過之。惜仙一見傾心。如針遇磁石。頗有相見恨晚之慨。然既鍾情於彼。詎又可移之於此。脫為德才質問。奚辭荅之。舍彼愛此。兩念交戰於胸。一時弗克自決。思之再四。卒愛此一念戰勝愛彼。遂抱定宗旨。與德才斬斷情絲。自是二人遂疏。

會胡氏以惜仙侘傺無聊。因命為人作嫁衣。毋使擲寶貴於虛牝。博得蠅頭。概歸其私蓄。故惜仙亦樂得為之。初則於大道中某衣店承接。繼由同居者之介紹。知對門新至之車衣店。需人釘鈕。遂往承之。較諸大道中某衣店近便多矣。由是衣物往還。惜仙反得因是乘機與修明通欵曲。侯門一入深如海。從此蕭郎是路人。遂置德才於腦後矣。惜仙與修明結識既久。似膠投漆。密以身許焉。

一日。修明窃謂惜仙曰。吾人曷弗尋一清幽之所。細訴衷曲乎。吾欲倩妹小酌。一傾積愫。妹其允一移玉步否。惜仙曰。承君美意。敢不如命。果於何時也。修明曰。今夕八時。吾於某街俟妹。惜仙應曰諾。屆時修明先往候之。鵠立移時。惜仙果蒞會。遂偕至大道中某酒店。將及門。惜仙曰。君且捷足先登。儂追隨而至也。修明依言而上。惜仙誠恐為人瞥見。閃閃縮縮。拾級而登。至三層上。入六號室中。所幸萍水相逢。盡是他鄉之客。心殊欣慰。二人對坐一桌。略談片刻。小筵已張矣。

幾式嘉肴。一瓶佳釀。舉觴漫酌。相視樂然。比諸信陵君醇酒美人。殊不多讓也。惜仙素有伯倫癖。與麴生交已數稔。在家善飲。父若母皆愛此杯中物。故亦不之禁也。酒半酣。修明停杯。柔聲問曰。承妹弗棄。得親金玉。共結同心。想三生石上。已注定吾人之姻緣也。第恨吾家徒四壁。愧蔑金屋以貯阿嬌耳。

惜仙少頃曰。不然。君弗以濃蒲柳之質。辱垂青眼。知己天涯。結草啣環。方且勿暇。苟得侍巾櫛于君之左右。雖蓬篳籃路。儂亦甘之如飴也。修明曰。妹至誠心。奈吾阮囊羞澀何。惜仙曰。君慮金錢弗裕。殆欲憑月老執柯。向儂母求婚耶。修明曰。當然如是。始屬正當耳。曰。果爾。是必不成者。曰。果何故。正式乃弗克成事歟。曰然。緣儂母嘗謂擇一鄰鄉者。方稱彼意。君乃異鄉遠客。安能邀其青睞。則是事也。又烏得而諧哉。儂以家庭專制。輒多盲婚。故早自為計耳。

修明默然良久。作而曰。然則何以善其後也。曰。是不難。儂頻年所蓄。計亦不尠。君手下詎眞無一物耶。腰纏十萬貫。騎鶴上揚州。奚憂為。修明曰。既如此。經濟有妹負責。則今所未妥者。謀吾人安樂鄉耳。妹之意。果何若也。曰。吾人居此。當然不可。固一定之理。儂意惟有遠適滬濱耳。第未悉君亦同意否。修明曰。滬濱良佳。安有弗同意者。惟妹馬首是瞻可也。惜仙曰。君既表同情。卽於本週內首途如何。修明曰。不可。茲事體大。萬一事機不密。致罹不測。固非咄嗟立辦。務須假以時日。方為上策也。

惜仙思之。點首曰。君誠持重。當徐圖之。少選。修明曰。倘有事奉商時。可致函否。惜仙沉思良久。始答曰。若致函與儂直接。儂母必覩。莫若寄儂表妹處。轉遞與儂。迺可無患。修明曰。妹有表妹耶。彼何如人者。惜仙曰。渠與儂頗契合。為同道中人。當不致春光洩漏也。渠名韻閑。現居某街一電器店樓上。其門牌號數為九十二。修明因探懷出鉛筆。記之冊內。已而曰。斯策似未盡善。蓋恐魚雁為他人所弋獲。寧無敗露之一日乎。惜仙曰。不妨。渠處置有信箱。儂囑彼注意。隨時取之。可不必經別人。如是乃完全無恐矣。修明聆策。大喜曰。善哉。妹誠智囊。當依法行之。二人促膝而談。至於酒闌燭盡。惜仙起言別。修明亦行。猶喁喁囑之曰。海涸不蠹。吾二人之情不可渻也。妹其識之。惜仙點首。乃結賬訖。相將下樓。分道而反。

是夜也。惜仙告其母。佯謂與韻閑往某舞台觀劇。齣頭極佳云云。至是竟忘與韻閑約。誠恐韻閑或往覓彼也。因順道往探之。幸未往。韻閑笑問其由。惜仙具告之。并密囑其收緘事。韻閑笑諾其請。始放懷而歸。

日月輪流。彷彿經旬。德才自識惜仙後。常相會晤。乃此數旬間完全阻絕。心殊怏怏。日夕盼望。而亭亭倩影。更常繞夢魂。無如秋水將穿。終屬緣慳一面。德才苦矣。然獨臆料惜仙或亡暇晷耳。又寧知其腦海中已忘之。而另貯一情人之倩影者。迺遲之又久。仍弗克一睹。蓋惜仙已與之斬斷情絲。出入都逃其目也。有一日。德才遇惜仙於途。惜仙睹之。佯弗覺。趣過之。翩若驚鴻。瞬息立逝。德才至此知有異。因密偵之。

修明不知惜仙與德才事也。惜仙亦未悉德才為修明友。且懼修明之知。自當弗敢道隻字。故修明夢夢然。時於茶話時。向德才略道其艷福。德才至是。如撥雲霧。瞭然於惜仙之隱。私念吾不負彼。彼竟負吾。棄舊憐新。真不啻平康流亞。且更恚修明奪其所好。因妬生恨。憤憤不平。陰曰。任之。吾當有以報復。必破其好而後已。第有修明在。有碍其計劃耳。

會修明因謀之滬。需回里一行。遂於月之中浣。買棹言旋。端返番禺獵德。離港後。德才竊喜曰。報復之。此其時矣。乃謀於同夥某某數人。之數人者。固與德才沆瀣一氣者也。久知其事。喁羨弗置。各相嫉妬。茲聞德才計。自然不約而同。莫不贊成斯舉。因集於樓欄舉事。指桑罵槐。互相詆醜。且頻呼惜仙今夕往游某樂園。固有意尋衅。

丁是時。胡氏方倚檻下眺。弗之覺。惟胡氏常睹若輩縫紉匠。輒以目注己女。早知為獵艷之徒。彼輩呼惜仙時。胡氏獨以為同名。未之疑也。繼悟其有呼無應。此殊令人大惑不解。謂非調戲吾女而何。吾女冰清玉潔。詎有是事哉。思至此。不禁怒極。破口向之大罵。曰。汝等鼠輩。光天化日之下。乃亦敢調弄人家閨秀耶。何膽大至此。無耻之甚也。胡氏鼓其如簧之舌。嘵嘵不休。德才等置若罔聞。佯為聾聵。故態依然。約五分鐘始佯覺之。反唇相稽曰。何物老怪。無端入人以罪。糊塗詈人。果何事理。汝豈山膏耶。

胡氏怒聲曰。鼠輩何得擅呼吾女往遊。從未相識。且男女授受不親。若等豈生於空桑者耶。何其無禮若是也。德才冷笑折之曰。天下同名姓者夥矣。詎呼惜仙即若女耶。自己討辱。尚謂人家無禮無耻。皂白不分。徒令人訕笑已。胡氏曰。有呼無應。苟非有意調吾女。又何如哉。吾女寧與汝等鼠輩恆往遊玩耶。爭辯良久。德才佯怒曰。然。茲事誠有之。汝女曩夕與吾遊玩。看汝這龜婆奈何。胡氏益怒不可遏。戟指痛詈曰。鼠輩倔強。若敢再呼一聲惜仙。算汝第一好漢。老娘必召警拘汝。控以非禮之罪。

德才等見胡氏聲勢洶洶。惡如狼虎。恐風潮擴大。乃不敢再呼惜仙。胡氏餘怒未息。復罵之曰。天若有知。必將汝等鼠輩殺……殺……殺個盡絕。德才等不復置喙一辯。互相談笑而已。

丁斯際也。驚動鄰里。來往途人。聞腥麕集。莫不咄咄稱怪。資為笑柄。惜仙適偕妹入市未返。迨雙方舌戰寢息始回。突聆斯訊。知為己釀。乃假裝怒容。語其母曰。彼傖乃敢呼儂與之遊玩耶。胡氏曰然。余已斥彼鼠輩一頓矣。惜仙佯怒曰。使儂當時而在。必與彼傖至法庭論理。一辯明之。彼傖何污人之甚也。胡氏聆惜仙言。深信其女必無斯曖昧之行為也。惟經此一番風潮之後。恆監視其女之行動。且不再命之趁市。免滋事端。凡往何處。均須胡氏首肯方可。故惜仙不復恆外出。而綺窗亦寂寂。不復恆覩嬌姿。縱或有之。亦不過如曇花一現已。

再三日。修明蒲帆無恙。安然返港。比夜。得悉其事。深怨當日失言。然而一言既出。駟馬難追。悔之已晚。惟逆料將有鉅變。亟致函惜仙倩其速定方針。乃於少人之際。吮毫伸紙。一縷而就。携赴郵筒。迨韻閑得接瑤章。正趁市時。迺順交與惜仙。適胡氏過鄰室閒談。惜仙因即展誦。函云。

仙妹視綫。自親金玉。縈繞夢魂。睽別芳容。倏已一星期之久。方自梓里而返。陡聆口舌之爭。奚物傖夫。作斯惡劇。及今思之。可恨可恐。倘波濤復起。洩漏春光。暴陽宮井。無地藏妃矣。何面目見江東乎。慶父不去。魯難未已。莫如遷地為良。出於幽谷而達安樂之境。不難在天比翼。在地連枝。我我卿卿。溫柔鄉裏。艷福不尠也。妹以如髮之細心。策劃浹旬。諒胸已有成竹。定當有以示我。余也行裝已備。馬首俟瞻。伊人有約之日。桃葉渡江之時也。敢擾芳心。并勞綺注。此詢。并候閫安。修明帽脫上言。

惜仙閱竟。呆立半晌。若有所思。韻閑問曰。函中所言奚事。可得聞乎。惜仙曰。無佗。惟儂將與妹判袂矣。韻閑笑曰。姊今茲之舉。得毋將與個郎鶼鶼鰈鰈。飛向溫柔鄉裡。作雙棲樂乎。惜仙微點厥首。秀靨生渦。因附耳詳細告之。韻閑心旌。大為搖動。沉思有頃。密向惜仙曰。仙姊。儂有一事相需。姊其肯為儂借箸乎。惜仙詢何事。韻閑曰。儂命不如姊。得若人之青眼。奈何。若能與姊共事若人。則儂畢生之幸。儂意舉天下之最大幸事。都不足以擬此。故不揣冒昧。赧頰陳情。懇姊替儂說項。未稔可俞允否耳。惜仙曰。儂甚感妹知己。迭欲以斯事奉商。第弗知妹意奚若。故未啟齒耳。今既同志。詎有推却之理。為妹代庖。固儂所愿也。韻閑大喜。惜仙即於是夜密告修明。約以星期六日。并為韻閑道其事。修明詳之曰。吾苐未識廬山。請於明晚共往公園一敘如何。惜仙應曰諾。乃歸告韻閑。謂須與彼人一晤。方能許可。韻閑曰。彼言會於何處。曰公園。曰。儂獨行無侶耶。曰儂將伴妹往也。韻閑大喜。

金烏將墮。玉兔漸升。某公園中遊人幾隊。修明已在。緩步林下。觀花聽鳥。俄頃間。惜仙率韻閑至。相見之下。修明訝曰。韻妹妹非恒至仙妹妹處者耶。韻閑曰然。仙姊豈守口如瓶。從未為君告耶。惜仙曰。儂果未曾憶及。否則為明哥言之久矣。韻閑向修明殷殷道慕忱。修明心焉愛之。玩一遍。惜仙因囑韻閑檢定行裝。寄諸修明處已亦將席捲而逃。勉韻閑謹慎將事。毋須愴惶。致貽禍累。韻閑謹受教而反。修明亦已預早辭工。暫寓海旁某旅社。惜仙乃暗將其所有。逐次至修明許。韻閑亦然。星期六夕某舞台劇演通宵。惜仙乘機詭告於其母。云與韻閑往觀。所有細軟。懷諸身畔而行。從此鴻飛冥冥。去如黃鶴。不復返矣。吾書乃終。

（斯篇為寫實之作余知此事最稔而其家屬尚存故人名概行改易　著者識）

署名灞陵，選自一九二四年十一月一日、一九二四年十一月八日、一九二四年十一月十五日香港《小說星期刊》第六至八期

死

在那簷月無光的當兒。天空落下微微的雨。大德街裏。已沒有半個行人。坐在門前乘涼的人們。至是也個個跑入屋裡睡覺去了。雨兒下了不半個時辰。忽然哎喲一聲。比尋常的响喨得很。有一個人從十六號的三層樓上。直滾下來。這時驚動了左隣右里。睡得遲緩的就知得早些。個個都開了門跑出街外一瞧。但是許久都沒有人敢走上前施救。因為我們中國的人。往往是恐怕惹禍上身的。而且又沒有救急的常識。誰有法子敢上前動手施救呢。幸虧內中也有一個很算機警。忙向懷裡探出一枝警笛。吹了幾聲。這時才有幾個巡警跑來。圍觀的人就越發擠擁了。但是個個都不知道跌死的人。為着什麼緣故。有些人說。他為着天上下雨。故此急急忙忙跑出來取下晾起的

衣裳。一時不慎。故此跌了下來的。有等又說是和人家打架。給人推下來的。紛紛傳說。莫衷一是。後來還是得一個和他同居的人。知道他的底細。便一五一十的宣傳出來。

先是有一個商人。叫做馮小堯。幾年來賭了些錢。到今年夏天。還碰了一個好機會。因此資財越發多了。他有一個大兒子。叫做阿德。已經二十多歲。小堯就在這一年和他討了一個老婆。叫做七妹。是一個鄉下的女兒。他的鄉俗。有一種叫做「不樂家」的惡習慣。小堯設法。要在省垣迎親。這就不怕他不樂家了。

七妹嫁了阿德。已經有一個多月。好像鳥困樊籠。有翼也是枉費。苦悶不過。故此幾次向阿德要求歸寧。阿德給他幾番纏擾。苦苦哀求。也過意不去。便點頭允准。七妹大喜。就即刻買備了些零星什物和食物。一包一包的准備回家。怎想給他的公公婆婆知道。小堯恐怕他的媳婦去如黃鶴。忙使阿德的娘去到七妹的房中。把他買了回來的食物等等。一概收沒。乾乾淨淨。并不遺留半點。并且下令禁止歸寧。七妹忽然聽見這一道命令。恍惚從半空中放下一個霹靂。急得槌胸頓足。號啕大哭起來。恰巧阿德回來。見他老婆大哭。忙問為的是什麼事情。他的娘便把情形告訴他。并宣佈七妹的罪狀。要阿德懲戒他一下。

阿德本來是一個所謂孝順父母的好兒子。而且最厭惡的是哭。這時兼奉了他娘的訓令。大怒起來。不由分說。一舉手。七妹便吃了一個耳光。繼續相贈的是幾枚老拳。七妹更加給阿德這場無辜的毒打。眞是有冤無路訴。氣得目瞪口呆。自己又是一個荏弱的女兒。沒有能力抵抗。因此覺得絕無人生的樂趣。馬上就要尋死。四下裏一望。轉身飛跑到樓欄。奮身想跳下去。虧得幾個同居的人。連忙把他抱住。扯囘入內。百般勸慰他。并勸阿德的娘和阿德暫時走開。這時倒要勞着幾個同居的人防守七妹了。

七妹自己越想越覺火起。他的死念。怎可以打消呢。到了晚上。他老早就睡了。阿德睡時。見他已經睡着。便以為偌大的事情。都已化為烏有了。并不提防半點。也一起睡去。直睡到好夢方酣的時候。忽然覺得一陣子警笛亂吽。把他驚醒。他心裏也就有點明白。忙伸手摸他的老婆。全無踪跡。嚇得他吽聲不好。一古腦兒跳下床來。三步當作一步。跑出騎樓。向下一瞧。果然有一個人睡在路上。知道一定是七妹。急忙轉身跑下樓來。三級作一級。幾乎也要和七妹一條路走。跌了幾次。才跑得到街上。這時他的弟弟和小堯。在樓下的店中知道。也一起出來施救。把七妹抱起。移至騎樓底下。阿德的娘。哀哀地吽了幾聲七妹。但七妹可是永遠不會答應婆婆的了。阿德只是勻身發抖。珠淚兒簌簌地吊了下來。等到十字車來。把七妹舁了去。瞧瞧路上。還看見那一點一點的血跡斑斑呢。

筱仙閱竟曰。嗚呼。七妹之死。誰為為之。孰令致之。推原禍始。寧非皆由社會之惡習。暨夫家庭之不良。有以釀成之耶。興念及此。可不悲哉。

署名霸陵，選自一九二五年一月十日香港《小説星期刊》第十六期

書要讀（粵謳）

書要讀。至冇愚蒙。呢陣競爭時代、最緊要個的農工。有書不讀、唔中用。全無知識、就笨過條虫。但係讀書、人就冇咁懵。你睇個的讀書人仔、邊樣唔通。處世謀生、唔使被人欺弄。況且筆墨可作生涯、邊處噲窮。噉就要提倡教育、培樑棟。失學之人、就要半讀半工。個陣個個都有墨瀋三升、人就唔敢笑你懵。我思潮動。將此嚟獻貢。貢向我的同胞兄弟、商賈工農。

署名灞陵，選自一九二四年十月二十五日香港《小說星期刊》第五期

迷信打破（粵謳）

迷信打破。不用你個木偶東西。講乜野靈擎、欲把我地迷。戹得人多、人地就唔敢再製。誰人重向你、把首嚟稽。獨坐個處廟堂、問你因乜所謂。大抵重想番人地信仰咯、我斷定想佢唔嚟。今日真係又試被人、你將棄廢。廟堂霸左、問你重有邊處嚟擠。（方言安置也）想你此時、心亦有愧。哎、等我為你計。勸你唔好再製、否則又要你復囘眞相咯、做一堆坭。

署名灞陵，選自一九二四年十一月二十九日香港《小說星期刊》第十期

毒夫案（龍舟）

一夜夫妻、百夜恩。做乜無端慘死、要佢作冤魂。今日夫妻、唔似往陣。勢冇白髮齊眉、都係咁親。若果嫁得老虵、嫌佢蹭蹬。夫妻反作、對頭人。想到此情、眞正火滾。講乜叫人唔好守舊、至緊要維新。故此攪到神佛滿天、人世混沌。我因有感、就唱出呢叚歌文。有個劉光、人係幾好品。平常冇話、乞人憎。個個都曉佢係老成、兼夾謹慎。大人嫩仔、都知聞。又會蓄錢、無乜遞樣癮。廿五年來、至娶親。娶得一個嬌妻、人就話佢夠運。難再搵。想必係應份。因為蒼天見佢、係一個能人。結婚數載、柳氏就生下孩兒。又男又女、膝下依依。至大個個乖乖、年紀十二。重有小小嬌兒、要抱持。劉光此時、三十幾。鬍鬚勒特、鬢白如絲。年又一年、容乜易。容顏變老、點似當時。況且老興唔濃、就激壞呢個柳氏。自嘆青春年少、咁夭枝。一點淫心、因此就起。想話另行改嫁、共老物抛離。見得同居有個、係紈袴子。名為白板、可想而知。因此眼去眉來、都有一點意思。這件事。大家就放肆。坐埋傾偈、不怕嫌疑。

劉光喺處、不敢咁痴纏。因此設法將渠、結果先。親夫殺却、冇話唔方便。可以同人、再結百年。偶遇丈夫生日、排筵宴。家庭雖小、樂無邊。就把劉光、來製鍊。砒霜燒酒、敬到身前。劉光見得老婆、算今日俾面。持杯飲盡、喜地歡天。毒在酒中、唔睇得見、倘然毒發、命難延。柳氏知道丈夫、難倖免。果然不久、就歸天。快把骨簪、同佢挑損脚面。鮮血現。傷口非常淺。話係毒蛇所咬、亂對人言。

同居見到、血鮮紅。並無毒氣、在其中。知道柳氏共白板行埋、點都噲有作弄。因此出頭控告、呢對可憐蟲。官把差人、來調動。恐防漏網、惡搵佢行踪。噉就將佢二人捉住、難行動。當堂送到、入牢籠。官府問他、是否為你輩作弄。柳氏直言不諱、定生供。惟有呢個白板少年，眞正慘痛。哭訴我無主意、不過我係相從。官府罵他、何必咁懵。淫婦已是徐娘半老、做乜你都把情鍾。吽左右把佢收監、嚟儆大眾。眞冇用。淫人應要拱(噉)。天道無私都要坐吓、木籠。

署名灞陵，選自一九二五年四月十二日、一九二五年四月十八日

香港《小説星期刊》第二年第四至五期

黃守一

二世祖

二世祖者。忘其姓字居處。徒藉父兄庇蔭。專嗜揮霍。人固以二世祖名之。故余亦姑以二世祖名之耳。非好作綽號於人也。二世祖之父業商。曾游歐美。滿儎榮歸。專運銷外貨于本國內地。所獲頗鉅。不十年。本利已逾數十萬金。惟財多促壽。竟一病西歸。遺下穉子少妻。差幸家有餘資。尚無大苦。駒光如駛。子已長成，即二世祖其人也。繼而受室。惟性庸懶。與書劍無緣。且生長于富家。不知稼穡。日與諸無賴游。用財如糞土。無賴中有與其最知交而同族者。貿然以二叔自居。鎮日追隨姪老爹左右。吹牛拍馬。姪老爹以為可。可之。姪老爹以為否。否之。令色巧言。訶其所好。二世祖遂養成一上天下地惟我獨尊之性質。所略憚者。一老母耳。其母憂之。屏諸無賴。不許與游。即所謂親屬之二叔。亦不准其一履門限。二世祖逼于母命。弗敢弗從。久亦漸安之。乃天不造美。母復以憂勞過甚。奄奄抱病。抱病而至長逝。諸無賴聞風紛至。二叔尤格外奉承。代為料理一切。三虞甫過。即導之買笑青樓。以二世祖一久困而失學之少年。一旦大權在握。正如鸚鵡出籠。使其所親者為正人。猶虞傾欲覆。乃所親者。多屬無賴。而正人之少知自愛者。恐薰蕕雜處反皆遠之。欲其不覆。又烏乎可。吁。擇交誠不可不慎也。

二世祖自與其二叔游。流連花酒。不數月而納某妓為簉室。越明年又納某妓充三房。皆由二叔撮合而成。雖二叔獲利頗多。而二世祖亦床頭金盡矣。既而變賣產業。以支門面。二叔得以從中漁利。乃不之勸。反贊成之。二世祖懵然不知也。尤以二叔實心愛我。能急吾急。于是財一到手。輒隨二叔作北里遊。若妓所得之纏頭。二叔均有分潤。曾不三年。二世祖遂將乃翁平生血汗之資。輕輕間接斷送於乃二叔之手矣。

二叔之履歷。無從稽攷。惟聞是殷戶某君之小厮。因行止有虧。為主所逐。出門惘惘。幸生有媚骨。且善于辭令。得與某流娼結合。遂認為眷屬。由娼出資購錢樹數株。於客謂他人女。晉爵元緒公矣。由是僅免饑寒自得追隨二世祖之後。明借暗吞。忽忽三年竟積孽貲數萬。除暗營醜業外。復于鄉中放債。實行食貴利主義。鄉人多知其底蘊。咸側目焉。

二世祖家中落後。常因事欲向二叔取回些需。不敢明言。只託借用。乃遭辱拒。且屏絕往來。噫。噫。彼二叔者。真狗彘不食其餘矣。二世祖經此番磨折。始知酒肉之交。多屬人首畜鳴。不足以同憂患。于是奮圖自立。值（　）戚有美洲之行。挈之同往。苦心孤詣。從事商塲。天不絕人。鴻毛風順。忽忽數載。漸復舊觀。滿載榮歸。於舟次與朱君相值。邂逅低談。將前途縷述絕無少諱。并囑朱君廣代播傳。俾世之同病者。知所猛醒云。

選自一九二五年一月十日香港《小說星期刊》第十六期

徐娘淚史

徐娘。徐其姓。吾粵某邑人。巾幗中之傑出者也。其父商於美屬之島特。數年不一歸。母遂挈彼往依之。徐娘生而秀麗多姿。性亦聰睿。幼受讀。僅琅琅上口。輒深印腦蒂。年十四而能文。十五而工詠。其聰穎實異常兒也。惟沈默寡言。每於花晨月夕。姊妹行有以相嬉為戲者。彼則半壁芸編。一簾秋月。或朗誦。或狂吟。或枯坐而已。稍長。嗜讀如故。尤喜古今烈女節婦諸書。嘗曰。女兒者花也。花之所可貴者。不在其色與香。必其清逸不凡者。斯可貴矣。故秋之霜菊。冬之雪梅。人恆愛之。以其秀不流于艷。香不流於馥。且不與庸流而爭美也。雖然。東風肆虐。薄命堪憐。今日如斯。究不知他年何若矣。以故於吟慵倦讀之下。恒喋躞於濃陰深翠間。時哉俯首作遐想。蓋女非愛花人。而實惜花人也。由是視書與花為彼閨中之膩友。起則一枝伴讀。臥則半捲橫床。姊妹行有以女紅事進之者。輒遭嗤却之。一日母氏至。見女蜷伏案頭。吟哦不絕。笑謂之曰。痴獃子年已長矣。猶不刺繡去。仍埋頭作書痴。得勿畏人笑我小娘子不諳拈針耶。其父亟應聲曰。此吾家之女博士也。

初女許字於同邑吳氏子。雖非門閥高華。然亦腹衾飽煖。三生石上。既證夙因。一縷芳心。早歡得所。蓋樂天知命。女非勢利中之解人也。一日。女春唾初覺。攬鏡畫眉。顧影自憐。大有人面如花之感。忽一丫頭躡至。囁嚅而言曰。姑娘亦知吳家人之到談婚事乎。女聞言面盡赤。佯怒斥之曰。儂烏得知之。少頃指瓶中花曰。個中久涸續芳者枯欲死。爾曷不為儂注水去。以修爾職。何呶呶干人瑣事也。婢年稚。見斥不敢復有言。俯首携瓶去。時女默坐殷思。若羞若喜。女兒心事。盡表露於朱顏翠黛間。而不知昨夕東風實吹送惱人之惡消息來者。

未幾三竿紅日。已上窗紗。早餐時至矣。女呆坐於廳事。姊妹行之環而處者。頻頻窺女顏色。脉脉含情。欲茹欲吐。而母則眉黛減愁。若罹重疾。女見狀。反覺迷蒙如墮五里霧中。俄傾母於席間謂女曰。兒乎。爾之命何其蹇乎。昨吳家遣人來言。婿沾重疾。勢極阽危。恐將不起。凶事思以離婚之事。到商於吾。余與爾父獲此惡耗。愁腸百結。終不能置一辭。默忖離婚者。凶事也。然否是則恐貽吾兒憂。終身之恨。其何能灌。故余與爾父思維長夜。終以離婚之說為當。且此言非出自我家。揆之情理。實無憾焉。言已唏噓不迭。女聞言躍而起曰。女從一者也。疾吾侍之。死吾守之。後顧若何。幸毋為兒過慮也。嗟夫。顧在女者。雖為此慷慨節烈之言。然方寸之中。已如萬鋒之鑽刺矣。

風雲險惡。椿蔭凋殘。舊淚未乾。新愁復至。女之父亦於是時因病逝世矣。至此女哀毀逾恒。悽涼滿目。幾欲辭去此五濁世界而登極樂矣。詎意於百般悲惋之際。竟得一最快人意之好消息。噫何事。盖吳氏子之疾已雀然獲痊矣。然女聞之。胡竟若聞若不聞也者。

雙丸跳盪。容易年華。百輛盈門。婚期已屆。母以愛女情切。視諸子有加。且復慮婿家寒微。有幸女望。乃原備粧奩。以遣女于歸焉。女自適吳後。事夫若兄。事姑若母。調理家政。井井有條。以故賢德彰聞。里黨咸嘖嘖稱之。

詎意吳氏子者。冶遊成性。花叢之徵逐若狂。一夕千金。賭國之痴迷不悟。由是銅山蝕盡。

珠海翻傾。而慾壑難填。惡行不改。顧女與若母亦未嘗不苦口焦唇。冀彼回頭。早登覺岸。無如狐羣狗黨。日夕誘迷。言者諄諄。聽者藐藐。嗟嗟。遇人不淑。在他人則詬怨萬端。而女則怨無可怨。詬無可詬也。惟有向隅飲泣。自傷實命之不猶已耳。

吳氏子債券山積。欲避無臺。昔年酒肉之良朋。今為干戈之暴客。始則攔途要索。終則入室窮追。吳氏子方羅掘技窮。不覺惡念甫萌天良盡昧。傾奩倒筒。毆母辱妻。恍若猛虎之究殘。恍若劇盜之劫奪。

一夕女方對殘餚而隕涕。望皓月而興悲。忽吳氏子叩門返。甫入室。而攙奪如故。不足則涎及女之身上衣首中飾。女却之。乃竟毒手横施。拳足交下。猶未已。以火炮烙之。女婉轉哀號。聲震屋瓦。姑聞呼奔救。復遭痛毆。未幾。既欲鬻妻以償夙負。又思逐母以去眼針。女不獲已。乃揮淚拜別若姑歸家。逾數月。吳之母積憤成疾。疾而去世矣。女聞之。哭泣盡哀。血淚交併。初擬婦夫家持喪禮。後恐遭惡算。卒不果。無何。僅越寒暑。而女亦以病終矣。嗟嗟。紅顏薄命。千古同悲。惡劣姻緣。豈眞天命。吾欲代天壤間一般薄命人。叩九閽而一問。

選自一九二五年四月十二日香港《小說星期刊》第二年第四期

鮮頤碎片（節錄）

日前至某戲院觀劇。余座之前。有二老者。類似鄉人。喁喁私談。時臺上適演秦檜謀害岳飛故事。二老痛恨入骨。磨牙擦掌。後續演秦瓊賣馬一齣。一老指而嘆曰。祖宗刻薄。子孫消亡。福善禍惡。報施不爽。其父秦檜非害岳飛者乎。而轉瞬間其子卽困在店房。窮而賣馬。旁聽皆然其説。相與嗟嘆。蓋秦瓊亦姓秦。誤認其為秦檜之子。余不禁嗤然。

某姓婦。屢產不存。及再舉得一子之日。卽延一瞎子至家。為渠子算命。該瞎子云。（此子命極佳。他日可作偉人。惟伊祖父之命。不應有孫。汝前屢產不育者。亦是之故。今此子恐亦被他祖連累。欲免此厄。非命此子呼伊祖作父。呼父作祖不可）。某氏婦竟如瞎者言。令此子呼伊祖作父。伊父作祖。五倫顛倒甚矣。

某鄉杜某。佻健無賴。專以尋花宿柳獵艷為能。有打鐵匠黎某。其妻貌頗不惡。杜某與之姘識。事久為黎某所偵悉。遂被執。黎某將鐵燒紅爇其左耳。將皮盡行烙去。杜某叩其首哀乞。乃縱之去。負痛飛奔逃回。其友人聞知此事。為一聯嘲之曰。（君子將有為也載寢之牀）（匠人斲而小之言提其耳）聞者莫不傳為笑柄。咸稱之為新刑法。

木虱一物。最為討厭。被其吮者。膚卽墳起。作奇癢。欲避其吮者。可將上下衣脫去。滿體塗以木虱藥。則虱喙雖堅。亦無從入矣。

瘧疾必先寒後熱。寒時雖覆被三五條。亦不能止。肉顫齒震。其苦莫甚。欲止之。可於床下燃火爐一具。加重炭薪。連燒數小時。其寒自祛。

夏日天氣酷熱。人皆汗如泉湧。欲避之。可於熱時。躍入井中。井水甚寒。可令涼入骨髓。較之飲雪水。食雪糕。荷蘭水等。有過之無不及。

塾師某命諸生作詩。題為「夏雲多奇峯」。有一生不解其意。因問之曰。此題如何作法。曰。全題意義。只在奇字着想。便能貼切也。生乃搜索枯腸。得成一闋。書以呈其師。詩云。「斑貓吞老虎。白蟻捉雄鷄。蛺蝶哇哇　。蝦蟆隊隊飛。」閱畢。哈哈大笑。生不知其笑何故。因問是否切貼奇字意義。師曰。奇倒是奇。未免太奇得很。

愚夫某之外父將屆生辰。其妻先行歸寧。乃預交洋數元。囑某到時是但買些禮物前往祝壽。某　記之。屆日出市。口中念念作辭。謂買是但。買是但、聞之者。欺其愚也。以磚石授之。云、此乃是但、汝可交銀取貨也。某從其言。携之返。付之釜甑。無何。澎然一聲。甑為之碎。

某不之計較。更以為離奇。其妻見其久而未到也。返而觀其動靜。詢以買便何物。何以久而不往。某答曰。是但趴破罌！

某處厠所。有甲乙丙三人談天說地。甲曰。古人之詩。用意最妙。如「板側尿流急。坑深糞落遲。」形容如厠者盡致矣。乙曰。我嘗摹倣老杜詩意兩句。「騷風吹屁股。臭氣入膀胱。」我亦何等貼切。丙曰。還不算巧。我衹用成語集句。如「在坑滿坑。在谷滿谷。夜不閉戶。盜不拾遺。」豈不切貼很多。

鄒尚仁性賦呆笨。父藉藥肆為生。一日。其父有事外出。瀕行之際。囑仁在舖睇頭睇尾。仁謹聆之。已而。客來購藥。仁不知所措。繼憶及其父所囑之言。睇頭睇尾。於是上下其目。俯仰其首。頻視客體之上下。迴還不絕。客知其神經過敏也。掩口而去。

鬧新房之舉。向來之俗例也。而一般文明女士。豈能耐此煩腦乎。如某校女生。于歸之夕。蒙一班所謂紈袴子弟者。設種種困難問題。及污濁穢語。求該女生解決。不知該女生。舉止行為。落落大方。對答如流。了無隔閡。反出隱語。將其嘲諷一番。該班子弟。既未能如願。復被譏諷難過。勢要撐硬。欲罷不能。乃出手段。將女生困緊。使不能出。復以香一束。以水濕透。用胡椒末塗其上。向其面薰之。再向其側邊以茶壺淘水於地。源源不絕。使女生尿急不能忍止。

卒之鬧至許久。女生不能忍。而下裳濕透矣。該班子弟乃大快。

某客狎一妓。憐卿憐我。兩情甚篤。花天酒地。已無虛夕。既而床頭金盡。某客又不欲為妓所看破。無局之夜。步入某粥店中。大吃牛雜粥一頓。送以魯酒。以做就其面紅耳熱之醉態。飲畢。即返該妓閨中。佯言既在某酒樓作局。故酩酊而返。妓信以為眞。無何。某客酒量過度。腹起雷霆。未幾而劏白鶴矣。視其所嘔出者。盡是牛百葉一牛草肚一等物。該妓異之。半晌始悉他先是吃牛雜粥送酒也。

某訓其子曰。方今人情險詐。當以己心而度人。臨事要機警。倘能拍馬吹牛。或可大有振作也。其子唯唯且謹記之。一日有事外出。途次。見有牛耕於田畝。乃飛步上前。伺牛尾之下。鼓氣吹呼。牛適欲[撒]糞。恰其吹呼之際。穢物滿佈頭部。懊喪無已。深恨父言之乖謬。但未試過拍馬術。較有効否。翌日一踏步于馬路之中。聞得馬蹄聲至。又復飛奔馬後。以手擊拍其股者再。馬怒揮之以膝。復被踢仆地。嗚咽而泣曰。阿父害我。阿父害我。

某甲乃舊學派之流亞也。日以酒色財氣四字。謂其女講解曰。酒者、即世人所飲之酒也。色者、即酒後所食之飯也。財者、即金錢之代名詞也。氣者、即人與我有不適。兩相爭鬥之謂也。其女遵聽父言。未有少懈。及笄。遂許字于某家。當于歸之夕。肆筵設席之際。各賓朋親屬。均以酒進。某女再三拒絕。並表示其性情曰。飲酒固非所願。但吾之第二生命。獨以色字為重。聞者哄堂。

某甲者。不詳其姓字。以賣字為生。其書法之古勁。眞不亞王羲之者。因是人多光顧之。生意滔滔。大有接書不暇之勢。所求書者。楹聯為多。案頭紙帙紊亂異常。一時不檢。竟將新店開張之楹聯。悞交即日迎親之府宅。迎親之家。固無一識丁者。遂貿然標貼之。其聯曰。(先行交易。擇日開張)。見者莫不捧腹云。

細雨連綿。泥濘滿道。一飛髮匠手持高梁一瓶。迤邐途中。時有負囊者。狼狽而來。適與該匠相撞。乒乓一聲。瓶為之碎。負囊者自知鹵莽。萬分抱歉。并允購回一瓶。以償所失。而該匠憤火中燒。毫不滿意。堅索賠償原瓶。方作罷論。聲勢汹汹。執負囊者之手而不放。後經行人上前相勸。以理折之。謂物爛不能復原。祇可另購新瓶而償耳。該髮匠恐眾怒難犯。携回新瓶悻悻而去。負囊者心竊恨之。知其為某店髮匠也。思有以報。翌日乃至其店中理髮。瀕行短給其價。髮匠以其定章所在。不能減少絲毫。負囊者從容言曰。我實不知貴行價目。祇知以我心之所值而給耳。苟須原價給足者。請將剪下之毛。為我續回。倘能復回原狀。則我定照貴行價目給汝也。髮匠睹此橫蠻無理。忽憶及日昨之事。乃恍然而悟其來意殆實行報復主義也。斯兩人者可謂針針相對者歟。然其報復亦云巧矣。

蔡淳東。滑稽之流亞也。因有要事。作異鄉行。遲遲就道。及登舟中。已無容膝之地。蔡祇得鵠立而已。未幾。款乃一聲。舟已鼓棹。蔡則施其滑稽手段。對眾宣言曰。舟中無聊。欲解岑寂。莫如講故事。諸君其有意乎。羣眾和之。蔡曰。然則請各位讓些少地方。待弟坐下。然後發言。可乎。眾聞之。均讓坐。蔡之第一級計劃已得手。乃高聲説曰。(深山有隻大麻雀、又冇髦、又冇翼。)説畢。假作咳嗽狀。向隣座者言曰。小弟腰骨酸痛。座不甯貼。先生其允讓寸地。待弟偃臥小時。徐畢吾説。可乎。隣座者。心切聽故事。慨然許之。蔡之第二級計劃。於是又告成功。乃眠下。寂然無聲。意欲向華胥國酣遊矣。隣座者不耐。移時問曰。先生所説之故事。希續陳之。究竟其尾段如何。蔡微笑曰。諸君何愚乃爾。(鳥冇髦、冇翼、又安有尾呢。)鄰座者憤然。餘眾粲然。

某客染有季常懼者。凡其妻之所惡所欲。靡不度其意而善迎之。苟有失其意。則輒遭鞭韃矣。一日大雨滂沱。狂風驟作。某客不知何故。觸其妻怒。於是大發雌威。至施鞭韃。某客大呼少奶恕罪。而竟責罵弗恤。吵鬧之聲。達於門外。適有收賬客某。因避雨而躲其門。聲音傳來。則知屋內有胭脂虎向裙下漢施威也。弗耐之。乃筆詩其門上。故為之嘲曰。(落雨飄飄眞惡妻。打公二字不堪提。坑水倒流真罕見。豈是簷高榗又低)意以表示其所書者於婦人。使知覺悟也。然其詞句相關。既合嘲婦人之虐。又合本身斯時境遇。誠可謂可嘲可感。

朱生肄業他鄉。常以家事為懷。每月中寄信致其雙親者。不知凡幾矣。一日得接家書。內提與隔鄰爭鬧事。朱生卽回音慰其母。有曰。(世事浮雲。強弱不宜計較。伏望雙親大人切勿　咁多為要也。)嬲字悞作　字。亦係無心肝之過。實堪傳為笑柄。

有遠出經營者。留妻居鄉。其妻致函往催家用。內有云。(是月情人太多。使用不敷。多寄數元。俾得稍有彌補。)人情倒寫情人。雖一時之錯悞。究諸文字上。差之厘毫。謬以千里。不知其丈夫見此。心中作如何感想。

選自一九二四年十二月十三日、一九二四年十二月二十日、一九二四年十二月二十六日、一九二五年一月三日及一九二五年一月十日香港《小說星期刊》第十二至十六期

何筱仙

琴芳傳

琴芳氏蔣。生而薄命。早失怙恃。十八齡時。隨叔之滬。叔固無賴。博奕好飲酒。每乘醉而歸。必將琴芳辱罵。語多不倫。而琴芳不與較。惟暗中以眼淚洗面。忽一日。叔語琴芳曰。余昨得接友人函。為經營之事。須往汕頭一行。但遺汝在家。汝又幼稚不解事。必受人欺。余有舊戚。欲將汝暫寄彼許。俟余歸後。再挈汝返。汝意願否。琴芳初不虞叔之計。遂首肯。叔乃與琴芳出門。乘車而往。至一家。叔曰。至矣。下車入室。則有一老嫗出。與叔耳語良久。叔囑琴芳暫在此居住。勿違老嫗命。琴芳揮淚而別。叔行後。老嫗引琴芳入內。抵一廳事。中多粉白黛綠。皆纖妖騷蕩。琴芳不解。諸女即前挽琴芳手曰。吾輩又多一姊妹矣。琴芳錯愕不知所云。老嫗解釋之曰。痴兒猶未知耶。是地為烟花藪。我已將五百金買汝。後此汝當服從吾命。違吾徒受苦耳。琴芳掩袖悲啼曰。嗟夫。奴叔果如是不仁耶。奴誤中計。奴惟有一死。言已吐血數口。昏不知人。羣妓大驚。鴇母更着急。旋以薑湯灌琴芳。琴芳甦。猶悲啼不已。鴇母思琴芳性烈。非威所能逼。必假以時日。婉勸之始可。遂吩咐諸妓。如能勸琴芳使就範。得重賞。諸妓皆欲討好鴇母。紛紛將琴芳勸慰。無如琴芳總強頑如故。鴇亦無法。亦即聽之。琴芳雖未出應客。然為愁苦所驅逼。飲食又不繼。以故瘦減腰肢。玉容寂寞。憔悴無人狀。尋且奄然而病。鴇母憂之。

延醫為之治病。醫斷為憂抑成疾。如能舒暢胸懷。病自日見起色。不開方而行。鴇母思以琴芳如此艷絕。一出而聲價十倍矣。必思說之使就範。乃趨琴芳室。琴芳方悶臥榻中。暗自流淚。噫聲嘆氣。鴇母至。矯作懽容。和聲問之曰。嗟夫琴兒。汝命寔薄。溷墮烟花。此皆汝叔不仁。非老身過也。吾看汝一個嬌弱女兒。故汝雖崛強與吾抗。吾猶未以辣手叚對待。汝知之乎。倘其他如汝行為。吾已置之極地矣。汝試思。吾以五百金買汝。肯令汝坐處享福乎。且為妓亦由是耳。倘得好客從良。不勝似日夜悲啼耶。琴芳嗚咽曰。奴性孤僻。不解應酬。又非妖蕩如諸姊妹能悅客意。母若能從奴主意。例如奴願應客。或不願應客。悉由奴自定。母不能強我。鴇無奈。即允之。一壁為琴芳購置衣飾。一壁倩樂師教之度曲。琴芳性慧。未數月而能琴能簫。艷幟張為之傾倒者大不乏人。而琴芳輒自高貴。視諸客如敝屣。未嘗假以詞色。諸客以琴芳雖艷如桃李。而冷若冰霜。猶之對畫中美人。枯寂無味。皆引去。而琴芳反以為清靜。有士人某。佚其名。倜儻不羣。偶涉足枇杷門巷。乍覩琴芳。驚為天人。百計營謀。始得一見。士人以琴芳雖在青樓。卻有閨閣風範。展問邦族姓氏。其意綿綿。琴芳以士人英俊過人。心亦愛慕。留與作長談。縷述身世。至哭泣涕零。士人曰。卿身世如此。可憐極矣。奈寒生無力拯卿出火坑何。琴芳曰。以君才氣橫溢。終有騰達之一日。奴有私蓄二百金。今以贈君。出洋求學。有日得志時。毋忘火坑中之琴芳薄命女也。士人初不敢受。琴芳正色曰。奴雖賤陋。尚非向人獻媚。藉博金錢者比。徒賞識君氣節。故贈君以金。君如不受。非丈夫也。士人乃再拜。感激無以名狀。他日遂別琴芳去。逾數年。士人已得志。重訪舊地。相見琴芳。好花無恙也。乃出資為之脫籍。營金屋於秦淮河畔。

以貯阿嬌。一對一雙。消受其纏綿艷福。後琴芳先士人死。士人亦不另娶。

選自一九二五年三月二十八日香港《小説星期刊》第二年第三期

拈花微笑盦筆乘

嘗讀太平廣記唐代叢書人海記虞初志諸書觀其林林總總嶔奇怪誕所叙神仙鬼狐之事栩栩生色固知偌大宇宙間儘多異聞也或以其荒謬不經而非之予獨不然竊歎山川草木鳥獸蟲魚大塊文章天然圖畫而佚事遺傳之足紀者正復匪少耳爰蒐集舊聞俱收並蓄作拈花微笑庵筆乘甲子重陽後一日筱仙識於拈花微笑庵次

夙慧

閩縣秦敬祖。娶妻十年不育。甚悵悵。其妻尤終日於邑。聞鄰村有某官祠。不育者虔心往禱。有奇驗。婦心焉嚮往。請於敬祖。凌晨携香燭赴程。午而抵鄰村。就詢村人。悉某官祠所在。至則仰瞻神貌。神白面朱唇。戴方巾。持金篦。翩翩丰度。顏色如生。婦焚香膜拜。默祝心事。祝已。天忽油然作雲。不久大雨。雷電交作。婦弗得歸。且畏雷電。乃匿避神案下。俄而雲收雨散。婦乃急急覓道返。抵家已暮。自是神思罔罔。數日後。腹龐然大。知已得娠。夫妻皆大喜。後果誕一女。取名吉之。甫週歲。便能言語。有夙慧。能識各物事。婉孌可人。夫妻頗愛之。十齡乃課之讀。女過目成誦。纚纚如貫珠。師大奇之。語敬祖曰。吉之姿禀不凡。實天所賦。不櫛進士也。幸善視之。又二年。女學益進。所為詩詞。清超拔俗。師亦不能下定語。遂不復讀書。居家中。由是才名大噪。艷聲藉藉。慕名求見者。實繁有徒。女有異禀。婉靜若蘭。匿深閨。畏見人。數月不出門。所作都不傳諸外。寖假慕女者亦稍斂。女久蟄處。思出外游。一日。偕父母適鄰村。過某官祠。女忽止步曰。阿父若母。兒歸去矣。言已瞑目。頃而笙歌嘹喨。瑞雲千朵。香聞十里。則有持旛童子。擁女而升天去矣。村人皆望空羅拜。敬祖夫妻始悟女為天人。

周阿七軼事

周阿七者。番禺人。破落戶也。少時無賴。與市井暴徒游。性兇悍。好鬥。動輒以力角。然有俠氣。路見不平。則拔刀相助。故人皆畏之。七嘗夜間獨行田中。遇男女幽會於叢薄深密處。時星宿微茫。掩映可見。醜態乃畢呈。七大怒。奔往執之。男跽而求饒。女亦嚶嚶而泣。七不理。抽刀殺之。翌日卽肇命案。官府出令緝兇。七以深夜無人見。怡怡如也。會有樵子某甲。是夜適窺見之。遂告發。七得消息。懼而夜遁。走齊魯間。遇猾盜王大勇剪徑。七曰。我天涯落魄者也。願與決雌雄耳。王大勇怒。與七酣戰數小時。不分勝負。戰至日昃。大勇止七曰可矣。明日再戰。七曰。吾腹已饑。又無棲寄處。願入夥。有福同享。有禍同當如何。大勇乃頓生其識英雄重英雄之心。謂七曰。吾觀爾亦是一條好漢。厥後遂與同夥。結為異姓兄弟。招集各方壯士。嘯聚綠林。專以劫富濟貧為職責。民歌頌之。寖假從之者益眾。會其時洪楊倡亂。號太平天國。聲威洶洶。京畿岌岌。七聞之。謂大勇曰。大丈夫生當亂世。不能建奇勛。樹偉業。上馬殺賊以報國。而甘於為盜者。可鄙也。方今太平禍國。朝廷募勇士討賊。吾等盍往投之。庶不辜吾輩生平所抱負矣。大勇為七感動。即引頭目三百餘人。投左宗棠麾下。宗棠覩二人相貌魁梧。頗重之。使為裨將。七屢立戰功。突圍陷陣。身經數十百戰。卒死於賊。大勇以七死。痛哭不已。稟宗棠。具言七之功績。請奏上旌表。宗棠應之。久久不實行。大勇大憤。引頭目復歸山落草。而七以亂世英雄。為國蠲軀。及死而名弗稱。天下間埋沒英雄。眞不知多少也。

奇僕

錢俊生賦性靜穆。父母早逝。家有餘資。俊生年弱冠。誓不娶妻。家中蓄一僕。使治雜務。俊生則終日埋首雪案螢窓。孜孜靡倦。謝絕交游。僕名棣兒。操作甚勤。性亦奇。平日不多言語。除要公外。跬步不出門。故主僕性甚相近。而棣兒亦常侍俊生讀。從而研究書史。俊生樂為之誨。三年了無他異。會捻匪倡亂。盜賊焚殺鄉村。十室九空。俊生亦被波及。匿不敢出門。旦夕驚惶。鷄犬不靖。而棣兒忽謂俊生曰。賊至矣。苟不遁。將為賊所乘也。俊生曰。方今四野烽烟。何地可作桃源者。棣兒曰。奴被主人厚恩。莫敢或忘。今可稍報主人恩矣。俊生曰。何謂也。棣兒曰。主人趣收拾各細軟物。奴自當保護主人出亂區。俊生曰。爾有何能。不畏荊棘滿途耶。棣兒曰。賊若來。奴自有法退賊。俊生遂匆匆部署。僅携貴重者貯諸一箱。餘皆棄之。與棣兒蹌踉奔出。扃戶而去。沿途行人稀少。景象荒涼。夜半。數數遇賊。然皆無敢攖。如不見者。俊生以為奇。噤不敢問。翌晨遄出亂境。從容脱險。然已饑不堪矣。乃尋飯店用膳。俊生謂棣兒曰。今茲脱險。實賴爾力也。棣兒曰。余恃隱身術。故賊人不及見。所以免於難。自是棣兒遽辭去。不復來。後捻匪敉平。俊生返故鄉。見家園已成坵墟。幸有資。重修舊壘。乃得安然。復另僱一僕供使役。每每思及棣兒。終不知其為如何人云。

署名筱仙，選自一九二四年十月二十五日、十一月十五日及十二月六日
香港《小說星期刊》第五期、第八期及第十一期

抱劍室筆記——楊蕊孃

楊蕊娘。粵人。隨父官江浙。父卒於任。父生時不善聚斂。故身後蕭條。母賈氏。辦喪事甫藏。而已一貧而洗。遂流落不能歸。時蕊娘僅十五。修眉曼睞。娟娟可人。事母至孝。能婉轉知母意。故母亦愛之愈拱璧。里有王公子者。父為巨商。擁資百萬。王公子則日事浪蕩。尤好作

狹斜游。一日過女門見蕊娘俏立含笑。王公子驚其艷。佇立欲挑之。而蕊娘已反身入。王公子大失望。歸而思慕不已。後訪諸鄰嫗。始悉為楊蕊娘。王公子因問鄰嫗曰。個妮子丰致殊美。可以圖一夕歡否。事若成。多金亦不吝。鄰嫗曰。不能。蕊娘為良家好女子。且有母在。非利所能餌。王公子曰。嫗試為余設法。倘事後發生問題。儘在王某身上。嫗可放心。鄰嫗仍有難色。王公子再三哀之。並先出十金為嫗壽。鄰嫗見利心動。乃曰。老身姑為公子圖之。但須假以時日。遇有機會。即以報命。王公子乃大喜。自是而後。鄰嫗乃常過女家坐談。久之果與女母及蕊娘相稔。有食物相餽贈。儼然一家之人。而女母及蕊娘以和藹可親。亦以嫗為好人。初不虞其有他。一夕。嫗揚言是日為其生辰。略治薄酒邀蕊娘及其母到家小飲。母初固辭。繼以嫗意甚殷拳。遂使蕊娘去。時嫗已預定計劃。先請王公子來。俾得以蕊娘同桌。嫗則冒認王公子為誼子。席間王公子頻以目關蕊娘。蕊娘佯為不覺。俛首不敢仰視。嫗勸女飲酒。蕊娘以不善飲辭。嫗曰。今日為老身壽辰。一番好意。奈何滴不沾唇。乃強持盃勸之。蕊娘不得已。祇微啜一口。豈知酒甫咽下。而蕊娘已玉山頹矣。蓋嫗明知蕊娘不多飲。酒內預下麻醉藥也。蕊娘既醉倒。王公子拊掌笑曰。嫗真妙計哉。此時王公子已微有酒意。色念頓熾。乃抱蕊娘入室而污之。可憐一朵葳蕤未破之女兒花。慘被風狂兒摧折。夜半。蕊娘醒覺有異。張目而視。見適間同桌之少年抱己方牢。一部份痛楚不已。蕊娘至是恍然知中計。大恚欲呼。而王公子則以手掩其口曰。此時余已得親香澤。所謂米已成炊。呼亦何益。然余自當日見卿含笑倚門。使余夢魂縈繞。故出此策以圖一夕歡。想亦為卿所許也。蕊娘此際自知呼亦無法。乃詢王公子為何人。王公子據實以告。蕊娘乃泣曰。奴此刻身已受玷。更何有面目見人。惟願公子有始有終。歸告於父母。使鄰嫗作伐。奴得侍巾櫛。則幸也。否者奴既為一喪失清操之女子。更何有意於人世。惟有一死而已。時王公子已聘定某鹺商之女為室。且諏於來月完娶矣。惟以蕊娘此際玉容寂寞。楚楚可憐。乃姑佯應之。以止其悲抑。蕊娘心乃稍安。翌晨王公子早起披衣去。蕊娘後醒。強扶而起。鄰嫗已捧盥入。笑語蕊娘曰。姑姑亦醒矣乎。蕊娘見嫗初覥靦殊甚。梳洗罷整衣歸家。瀕行謂嫗曰。嫗計果大妙。然實累奴不淺。設王公子不能如約。奴惟有一死。嫗慎之。奴為厲鬼不饒嫗也。語已急步返家。入門見母。即放聲大哭。其母大愕。嚴詰何事。女遂以實訴諸其母。母聞之亦髮指。大罵鄰嫗不已。蕊娘曰。兒已為王公子言。苟能始終勿渝。兒嫁之亦無傷。且王家富有資。阿母可得資養活以終天年。設王公子背約者。則兒不願生矣。母無奈只得聽之。而俟王公子消息。詎候之久而仍寂然。王公子竟絕跡不至。蕊娘旦夕焦思。懨然得病。乃囑其母使鄰嫗往見王公子。探問實意。鄰嫗唧命去。反命曰。王公子聯婚於某鹺商之女。已定某日親迎。老身往見公子時。告以蕊娘有病。彼則曰。為余轉語蕊娘。靜心調攝。勿念彼云云。時蕊娘聞耗。即一怒遂絕。女母乃搥胸慟哭。幾欲與蕊娘同死。得諸鄰人之勸。始已。女母殮蕊娘後三日。一夜忽夢女至。謂女母曰。兒此次之死。閻君憫兒無辜。已許兒報仇。王某鄰嫗皆不久當死。而阿母貧無以自聊。兒可以附阿母身。為人卜休咎。亦可藉供挹注。言已倏忽不見。母驚醒。默記其言。後此即挾術為人卜休咎。或治病。往往應驗如响。而楊蕊娘仙姑之名乃大噪。女母所得亦甚豐。時王公子結婚甫逾月。忽以暴疾卒。鄰嫗亦吐血亡。有知其事者。咸謂冤冤相報。皆大稱快。至今江浙婦女之設壇請仙者。亦往往有自言楊蕊娘者云。

選自一九二八年九月五日香港《墨花》第一期

黃言情

滑稽小說　老婆奴續篇（節錄）

第一回

生猛鯉魚翁姑卜吉
發財大蜆夫婦調情

恭喜恭喜。得心應手。事事如意「大家咁話」。「大家咁話」。來者如是。去者亦如是。推之康衢小巷。凡有人迹往來者。亦莫不如是。彼曰恭喜。此曰恭喜。其聲雖細。然聚蚊之聲。可以成雷。而恭喜之聲浪普及於全市矣。忽有雄偉之聲。自街頭來。其聲也。竟將恭喜之聲盖過。斯聲也。胡為而發。盖小販應時勢之需求。而賣其生鯉。以為家人開年。惟一之神福。小販殊趨合迷信者心理。不叫生鯉而曰生利。鯉與利為諧聲。世人貪利。而購其鯉販者獲利。而售其鯉。所謂兩得其利也。販鯉者方大呼生利。澈聲通衢。詎復有巨聲為之嚮應。其聲也非生利之聲。而為發財大蜆之聲也。蜆顯為諧聲。發財大顯者。其義較之生利。尤為顯明。故新年之佐酒物。蜆亦為重要之一。於是生利與發財大蜆之呼聲。各不相讓。俄而某號二樓之窓門闢焉。一鴉頭探首出。

放其嬌聲曰。買生利。販鯉者立息肩於門左。曰。大姐下來擇之。有長短有大細。條條悉如人意。鴉頭聞販者言。嬌羞欲滴。然以其指盤中生鯉而言。不便深責。乃暗暗睬着一聲。下樓。隨意指一尾。權之得七兩。而索價已三角矣。方欲携鯉登樓。忽窓門內有頒白之婦人。俯首叫鴉頭曰。秋娟。快叫賣發財大蜆。毋使他去。秋娟唯唯未及呼買。而販蜆者已聞婦人之言。肩其兩大盤之買賣到矣。秋娟昂首呼安人。問買發財大蜆若干斤。周氏為舊式婦人。貪其以發財名。而財之發。固未可量也。乃曰隨意購之。多少無拘也。販者視作良機。權以五斤。竟欺之以八斤。秋娟不虞其詐。携鯉捧蜆登樓。樓分前後座。前後座均為一廳一房。然前廳為老人家治下。自然取開放主義。故家庭一切公物。陳設於斯。所謂天官賜福。門官土地。觀音菩薩。與夫何門堂上歷代宗親。亦當然供奉於前廳。鴉頭所購之鯉與蜆。一則為神功。二來為弟子。乃捧之進廳事。時何志儉已起。新春天氣殊溫和。然侵晨微有冷氣。乃穿薄棉袍。足拖鞋。以左手微撚其八字鬚子。狀至暇豫。徐步自房間出。顧鯉魚與蜆。笑曰。秋娟。買手殊佳。奉神之鯉魚。以小為宜。而蜆則以肥大黃澤為佳。斯二者。悉如余所論。堪贊好買手。可惜女子職業不甚昌明。否則余當荐汝往魚欄中充買手也。周氏秋娟。知志儉之弄笑話也。均囅然。已而志儉顧酸枝長桌上之時計曰。六點十五分矣。開年亦非早。不知一雙兒媳可起未。秋娟曰。少爺與少奶。去宵更深尚未就寢。今晨或未起也。周氏曰。更深不睡胡為。秋娟曰。拍麻雀。志儉曰誰家戚友來。胡不見我。秋娟答以非是。志儉曰。無戚友來。安能夠腳。秋娟笑曰。少爺少奶對手耳。老爺安人不聞乎看竹雖四人成局。勉強行之。三人亦可。但非有番不能和。若二人者。更非三番不可吃矣。聞少爺敗而少奶勝。二老聆已。哈哈大笑曰。痴兒女閨中固多佳趣也。俄而有白皙少年。衣服麗都。自內座出。鞠躬而呼曰。爹娘萬福。志儉欣然曰。其若兒。汝起來乎。今天為初二開年吉日。汝能知此。一年之計。可操勝算也。周氏亦作鷺鷥笑曰。兒又多一歲矣。祝汝父多福。而汝聽教聽話。今年好過舊年多。如化子之在門口高唱其桔仔桔婆娑然。其若亦笑曰。娘説殊有趣。兒稔聞之矣。「桔仔桔婆娑。今年好過舊年多。桔仔又紅桔葉又青。五福臨門萬事慶」喃喃自頌。引得志儉大笑起來曰。總要萬事慶。慶則家門興旺矣。幾人歡談未已。而秋娟已燃燭燒香。先向天神及門官土地。次及於祖先。已而傭婦阿好捧出黃油肥鷄一隻。熱烘烘自廚房來。置於桌上。復入廚捧出豕肉一大方。亦炊熟者。香氣遠噴。其若饞涎欲滴。目視鷄豚不少瞬。周氏親自擺列酒醴犧牲於神前。呼秋娟置生鯉於磁碟上。詎生鯉不甘屈伏於小碟。而思躍龍門也。忽然跳起。離桌數尺。翻個斛斗下。砉然一聲。竟將小酒杯打成粉碎。而生鯉亦墮地寂然。周氏大恚。目瞪口呆。不知所措。少須。鯉又欲動。其鰭搖而思躍。周氏方喜鯉魚之復生也。正欲提之起。竟被其若雙手壓之曰。我以為汝真死。原來是詐死。看汝欲躍不能。真真是不生不死矣。幾個死字。氣得周氏欲暈。急急以手掩其若口曰。生生生。其若知阿母之迷信也。深悔失言。遂改口曰。果然生猛。「猛嘢。猛嘢」周氏反嗔為笑。志儉點頭稱是。而鯉魚似知人嘉之為猛嘢者。亦生猛起來。又欲躍動。秋娟輕舉醍壺向魚口少斟之。其若大嚷曰。豈有此理。鯉魚亦有酒癮耶。誠不怪一般醉酒令。隨街仆矣。仆街二字尤不祥。周氏臉色復變。秋娟攙曰。大少毋噪。鯉魚非善飲。不過要灌以酒。使其有醉意。不復躍耳。其若憬然曰。原來如此我幾誤會。因醉蝦醉蟹。我嘗食之。若醉魚。斯真聞所未聞。此語一出。一座復軒渠。秋娟不暇與言。乃將奉神品物。一一陳列。而請老爺安人少爺參神。志儉率其若向神前行三跪九叩禮。其若不敢違。方一跪。起來。呆立不動。志儉促之。其若曰。兒要問過……志儉曰。拜神當盡三跪九叩禮。安有一跪起來。汝要問誰。其若啞然無以答。乃曰。要問過神。志儉大笑曰。問神待片時倩汝母為之。我輩男子。懂不得與菩薩交易也。其若唯唯。拜已步出騎樓。暗暗揑把一汗曰。好在我辯博得快。不然。當吃一碗大貓麵。噫。我之僅一拜而鵠立者。豈有他哉。實恐老婆皇帝之責我為迷信耳。彼姝殊開通。非比阿母之腦筋陳舊。然幸伊不在。雖拜多幾拜。亦無傷。言至此。忽背後有嬌聲曰。無傷乎。汝真雙料蠢材也。其若急回顧。不見猶可。見之嚇得面如土色。閱者諸君。亦知其若被嚇為何女人乎。即本書之唯一要人張坤權女士也。張坤權女士。夜眠晏起。雖于歸之翌日。猶十二時方起床。曾閱本書上篇者。想能記憶彼姝之行徑。況今者已非新娘時期。何事於早起。至於慶賀舊歷新年。女士亦視為可有可無之事。不大注意。盖前時在某街頭房。曾為一度之賀年點綴。斯時則自為家長。多欲踵事增華。免露寒酸相。在今日既與翁姑同處。一切家務。自然操諸老人手。而亦不便過問。故對于新年惟有淡然置之。然則胡事於早起。不知女士之早起。實非得已。蓋隆隆之炮竹聲。驚人耳鼓。女士遂不能寐。而深恨鄰居之惡作劇。擾人清夢。然亦無法以止之。因香島為文明法治之區。對于舊歷新年。猶特准華人之燃燒炮竹。何有於個人目之為不便。乃不得而已起。起而呼秋娟。詎呼之不應。深恨之。不知秋娟斯時方為老主人。燒香奉神也。適傭婦阿好捧神福自廚內出。聞之。乃應之曰來。但其所應者。要將神福捧出後方能來。而女士嫌遲矣。不禁嬌嗔勃發。親人廚房盥嗽已。忽然出。不事粧飾。隨手向衣架上取粉紅色之綺霞緞棉長衣一襲。披在身上。踏步出前樓。乃見秋娟侍候翁姑。向神前膜拜。心更討厭。性子又不便於發作。無聊行出騎樓。忽聞何其若之為言。恨極。衝口而出此語。其若猝遭坤權所申飭。自知碰釘。百忙中無以解圍。迫得俯首緘默。而承認為失言。坤權現不平色。曰。汝整甚麼「大白欖」。噫。「拮起條尾。老娘知汝屙屎屙尿」矣。其若低聲叫冤枉。坤權怒曰。方纔汝之說話。半點不差。入於老娘耳。猶呼冤枉乎。其若曰。奴才所說話。吾愛盡聞之。諱無可諱。然口呼冤枉者。奴才非屎急尿急。而吾愛硬指為拮起條尾耳。坤權忍俊不住曰。奴才。汝非狗子。胡有尾。斯語者。不過借喻之一種。汝真食懵耶。其若不敢置辯。唯唯應之。坤權不忍苛求。飄然入內。其若亦隨之。見一雙老人。跪在土地神前。倒頭亂拜亂叩。足足叩了幾十個响頭。坤權竊笑其旁。而又訝其拜叩之多。乃佇立以覘其異。原來周氏以地主為龍神。龍為鯉魚所化。是鯉魚者。即龍也。令志儉同禮拜之。志儉初時不允。周氏怒。斥之為違命。志儉亦懼內之一流人物。不過不如其子之甚。所謂跨竈之兒。殊屬家門有幸也。志儉生畏周氏。不得不從其邀福之願。而向鯉魚亂拜亂叩。周氏乃搖簽筒。測測有聲。跌其一枝在地上。拾起。問志儉簽中所列之字為何。志儉架起眼鏡。近而視之。讀曰上上。周氏喜。放簽筒。復搖之跌。又得其一。志儉亦曰上上。三跌而三上上。周氏乃大喜。周氏復以紅桔放鯉魚上。呼志儉向之三揖。揖之乃授以較杯曰。再揖如儀。然後傾之。以卜周年家宅吉慶。人口平安。須鄭重。草草殊不靈也。志儉唯命是聽。揖如儀。跌杯一如周氏所言者。「逼卜」一聲。杯落於地。周氏喜。以其為勝杯也。再跌三跌俱勝杯。喜得周氏眼花撩亂口難言。忽開樓梯口有人大叫接財神之聲。秋娟知意。即以紅紙裹銅圓二枚。畀來人。接得以方寸紅紙箋墨書財神二字而入。該人猶在樓口作善頌善禱語曰。「財神到。主人多珍寶。財神來。主人快樂哉。財神送。主人名譽重。財神迎。主人好運情。年初二。生鯉魚。鯉魚擰擰頭。主人樂無憂。鯉魚斬斬眼。主人多多賰。鯉魚鬆鬆鼻。主人生意遂。鯉魚擘擘口。主人得拍手。鯉魚吸吸腮。主人大發財。鯉魚擺擺尾。主人得大利」。其人方歌此。其若忽然盛怒踏出樓口。下逐客令。其人愕然曰。先生胡逐我。其若曰。叫主人搭大利。其人失笑曰。先生其重聽乎。吾所云者。主人得大利也。就算誤會為搭大利。亦非不吉。大利。著名堅固快捷之輪船。至于遇盜。實為一種意外之事。凡航行者莫能保之。先生胡淺見量狹乃爾。其若不答。忿然而入。其人亦下樓去矣。周氏督同志儉。跪鯉卜吉。求得上上簽凡三。跌勝杯亦凡三。心滿意足。而樓梯口竟來唱鯉魚之歌謠。句句均吉祥語。無意中得此朕兆。心花愈放。詎知兒子獃性復發。誤得大利為搭大利。被來人奚落一回。心滋不悦。以兒子阻頭阻勢。「好噏唔噏也」。既其若轉出。周氏與志儉皆起。秋娟對土神焚寶帛。燒炮竹。其聲彭彭。而奉神之事畢矣。周氏乃對其若曰。兒。自後聽人之言。須清楚。如先間歌鯉魚者汝竟誤聽之。斯無怪反遭其罵得一面屁也。志儉亦以為然。薄責兒子之莽鹵。其若受父若母指讁。不敢作聲。惟有目視坤權作圖告狀。坤權已深鄙翁姑之迷信。反因而責其夫。忿然現於顏色。拂袖逕入後座。其若見坤權入。亦隨其影而入。當時一雙老人方打點廳內。所有之陳列品物。以備戚友之登門賀年。故不注意彼夫婦行動。及打點已完。傭婦阿好。乃將神福如鷄豚等物碎切於盤。從廚房扛出。秋娟開檯擺杯箸。盖開年俗例。宜食早餐也。酒菜畢具。不見兒媳一雙。志儉詫然曰。彼一雙小夫婦。胡霎然不見。秋娟明知彼二人因嘔氣歸房。但不敢直言。祗有不語。周氏曰。吃飯矣。二人何事入去。秋娟速往邀二人出。叙家庭樂事。因開年與團年。舉家要齊全共食也。秋娟唧命去。回曰。少奶不食。志儉曰。少奶胡為不食。而少爺出來乎。秋娟曰。少爺亦云不食。志儉不悅曰。今天實為一年中最好日子。夫婦們相約不食朝餐。直欲老人激氣耳。言至此。聲色俱厲。周氏急止志儉曰。今日不宜動怒。怒則終年不吉。無已。且容忍之。以待他時懲戒。志儉噓氣不語。周氏沉思有間。曰。噫。老娘今想得彼輩忿而不食之理由。實因先間薄責兒子以數語乎。彼之莽鹵滅裂。殊足價事。不得已而告誡之。乃鬧起脾氣。聯同其妻以不食為要脅。誠不怪人言少時「裙腳仔。大時老婆仔」矣。復觸起前時其若與坤權種種之違法舉動。釀成家庭慘劇。人倫乖變。已達極點。其後改過歸來。方以為相好如初。畢竟野性難馴。乘此開年最歡喜日子。而借事生風。嗟乎。如此兒媳。徒令畢生飲恨矣。言已欲泣。但以泣則不祥。強自忍之。不知淚兒固不管祥與不祥。竟奪眶而出。志儉見周氏戚然。乃大怒。欲起往後座扯兒媳出來。大演六郎罪子一劇。回想前時曾入媳婦房中毆打兒子。釀到彌天大禍。不可收拾。乃止。而恨殊不平。大呼豈有此理。周氏到底心軟。所謂切肉不離者。勸志儉曰。一年流流長。自家人想落不宜鬪氣。余往勸之出。汝毋多言。說已。逕入後座。志儉無聊。乃引杯自酌。以澆愁緒。周氏忍氣入後座。復抵寢室。方欲進去。聞兒媳對語。朗朗可聞。乃靜立門外竊聽之。兒子忿然曰。大年初二。東方未明。竟無辜受罵一頓。彼一雙老懵懂。太不留情。媳婦曰。自然之理。胡必嘵嘵。老娘積恨。致不能食。汝可往食之。兒子作婉言曰。奴才一舉一動。為吾愛之馬首是瞻。自結褵至今日。未嘗或越。況今天實為奴才出氣。安有如許無血性之傖夫乎。寧餓死。亦不食……周氏在外。忍不住飄然而入。其若心大恐。以所言盡為母聞。惟坤權神色自若也。周氏曰。兒媳勿嘔氣。宜出堂用膳。今日開年。老娘取意頭。坤權一味饗以鷄酥。雙目直視四桶檯上之花旂座鐘。如無聞見。其若則頻搖其首。作拒絕調停狀。周氏見力勸不從。曰、獃哉兒媳。汝賭氣。可憐辛苦個肚。何如飽吃一頓。今早佐膳品。非比恆時。有油滴滴的黃鷄。香噴噴的白肉。煲煤蠔豉。生炒腎丁。燉全鴨其味無窮。炒魷魚其爽無比。其餘南安臘鴨。東莞風腸。大杯酒。大塊肉。真令人又飽又醉也。周氏言時。涎沫橫飛。蓋其口言之。而心思之不覺露出怪狀。引得坤權失笑起來。其若仰承老婆皇帝意旨。見伊笑。彼亦笑。周氏見兒娘俱笑。以為順從其言。亦笑箇不休。周氏見兒媳笑。欣然曰。快隨老娘出堂。否則熱烘烘的嘉餚。變作冷冰冰也。其若不敢遽然答應。以伺坤權意旨。而坤權此時氣稍下。目其若曰。汝往食之。其若斯時大有進退維谷之勢。蓋老婆皇帝。乍頒懿旨。命出堂共食。不知伊同去不。又不知有試我不。再四躊躕。不知所答。且老母在坐。不便問實伊之真正態度。惟有唯唯而已。周氏促之行。其若如無聞然。坤權曰。去去去。其若乃行。然逡巡不遽去。坤權呵之曰。誰使汝學得跴死蟻腳步。開步走與向前進的操法。難道都忘記乎。其若曰。教練官不帶隊。兵士固無所適從。斯語出得甚機警。蓋所以試坤權之同去不。坤權果然中計。曰。隨我來。於是大踏步出房。真是雄赳赳志昂昂。不愧巾幗鬚眉也。其若見坤權出。乃一易跴死蟻之腳力。而為龍行虎步。周氏暗暗生氣。以兒子由自己腹中鑽出來。勸盡千言萬語。話不出便不出。

竟不敵媳婦一笑。誠不怪人言老母之親。萬不及老婆親。然忍頸就命。為取意頭計。亦無如何。步出廳事。乃翁志儉自斟自飲。而酒已酣。見三人來。慰甚。親移椅子。命坐。周氏先坐。坤權頗不悅。以乃翁之不待他來。先自大飲大食。姑作忍之。從左方坐。其若見坤權坐。彼亦坐。坤權本來善飲。且廣量。上篇歷歷言之。但今日則不飲。非戒酒也。實坤權所嗜者。為三星拔蘭地。而今日之所飲者為孖蒸。坤權暗鄙之。謂孖蒸者。價廉且賤。乃下流社會所飲。而吾為上流社會中人當不屑飲此劣酒。故對之滴不沾唇。其若從來與酒無緣。今見坤權不飲。更不敢以鼻哥嗅之。而喚秋娟開飯矣。飯奉到。又未便下咽。蓋有所待於坤權。若坤權不食彼固不敢食。惟有對住碗飯誓願。坤權果捧飯而食。其若乃食。坤權以箸夾取嘉餚放檀口中。畧咀嚼即吞下。坤權扒飯。彼亦扒飯。坤權飲湯。彼亦飲湯。莫不刻肖入神。既黃油肥鷄中有心子成顆。阿好因唧周氏命。不須切得兩邊。取不分心之意。故原顆置碟上。適為坤權夾後納諸口。寖假從牙關而入咽喉要地。直進五臟廟去矣。其若訝然。拍象箸。箸落地下。亦不少顧。但暗呼難。周氏不知兒之獃態。乃曰。快樂矣。（快子落地粵人呼為快樂）汝知之乎。其若憮然曰。噫。甚麼快樂。吾以其難學矣。周氏愕然。周氏卒問其若。曰。兒。快子落地。乃不之顧。而曰難學。究竟所學何事。而以難之。其若方窮於辯。恰巧好姐捧出生炒大蜆一大碟來。甜酸之味。令人垂涎。其若遂指蜆曰。阿好炒得如此好手勢。兒以其難學也。好姐覥然。周氏亦不多問。惟對蜆似抱無窮愉快狀。乃以象箸夾其一。遞過志儉曰。食發財大蜆。又夾其一。遞其若。復遞坤權。亦然。己亦夾而食之。蜆有雙殼。諸人乃食其肉。而捨其殼於桌上。志儉大贊蜆肉之肥美。而炒得妙。坤權從前甚少食之。今乍嘗此。亦稱適口。其若以老婆皇帝好。己亦隨之而好。周氏愛其以發財名。自然大嚼特嚼。於是四人并食。雖不比風捲殘雲之急遽。然亦老實不客氣。食至劃磁器為此矣。志儉挖蜆肉。飲孖晶。至于玉山頹。醉臥醉翁椅上。悠然入夢。周氏亦薄醉。絮絮談家務。坤權厭之。遽然入內座。其若職務如長隨。自然從其後。不在話下矣。坤權踱歸房內。卸長衣。御紅緞緊身衫。嬌冶逾常態。其若隨之入。睹厥狀。心怦然動。欲狎玩之。心有所不敢。已之又有所不能。衹得目呆呆注視之。坤權咄之曰。汝眼光光望住我。豈不識我乎。其若曰。吾愛之亭亭然如出水蓮花。可遠觀而不可褻玩。故直注出神。昔者有吳絳仙。時人譽之為秀色可餐。今得吾愛。古今美人。可謂遙遙相對矣。坤權嫣然。報以一笑曰。我之容光既能療飢。汝又胡為出堂食飯。一碗兩碗三碗耶。甚矣車大炮之討好人也。其若大恐。肺葉震動不已。急急呼冤曰。吾愛。奴才實非車大炮。實長對吾愛。足以不食。如先間之出堂用膳。奴才何嘗有意。若吾愛不出。奴才當不出矣。坤權以其若提起用膳。忽憶及所食之發財大蜆。曰。味美於回。不圖於此物見之。吾悔不食早十幾年也。其若曰。蜆肉固尋常食品。豈吾愛二十餘年未見乎。坤權曰。斯物雖稔見。然心殊惡之。故拒絕不食。今早不知是何推使。聞香而食指動然。真令人得食番尋味也。其若曰。然則吾愛欲再食乎。是不難。可命秋娟往市上購之。令阿好如前法生炒。以快吾愛朵頤。坤權曰。是亦費手續。不能熱煮熱食。若目下雖有一二顆。亦慰心頭之願也。其若乍聆坤權所言。伸手入懷。摸索不已。坤權異之曰。汝年三十晚洗過身。難道又痕乎。其若笑而不答。俄而在懷摸出蜆二。奉呈坤權曰。〔頂住癮。頂住癮〕。坤權失笑曰。汝從何處盜得藏諸懷中。噫。汝之袋。

真鹹酸袋矣。癮癮聲。好聽耶。其若亦笑曰。二蜆卽席間所食者。吾以其味美。故密藏。待在被竇兒裏。細細嗒真味道。今吾愛欲食。謹奉呈之。借花獻佛。非云敬也。坤權曰。汝大隻纍纍。猶作童騃態耶。我之被竇殊潔淨。豈容汝鹹濕……言至此。其若大笑。坤權咄之曰。汝忒心邪。鹹濕豈不羈語乎。其若急曰。鹹濕殊正經語。所以鹹濕伯父。實為天下最正經之人也。坤權聆言。忍俊不住。釘之以一眼。復以柔荑之手。輕輕打之。其若知美人之耍花槍。而表示打者愛也之態度。乃笑而受之。坤權乃指蜆令之食。其若曰。吾愛旣喜之為無尚妙品。胡為不食。坤權曰。汝袋成如許污穢。食之令人作三日嘔。其若曰。以熱茶洗之如何。坤權曰。洗之則淡然無味矣。其若曰。洗之無味。食之污糟。盍棄之乎。坤權曰。棄之又可惜矣。最好汝自己食之。食後。儂與汝言。否則違令。令而可違。當不止劃地為牢。充軍床下底。飲脚盆水矣。（以上三刑均見本書上篇）其若作諂笑曰。吾愛奴才要食蜆耳。且蜆為奴才竊得。無非欲食之。安有勉強之理而下刑具乎。言已。向坤權之雲鬢中。拔出金耳挖挑起蜆肉。獻坤權曰。吾愛嗅之。若無變味。則請食之。須知奴才之心理。實食不下咽也。坤權似嘉其誠。乃以桃口就之。略嘴嚼便吞下。其若以第二顆進。坤權曰。汝食之。先間之一枚。本淡然無味。不過徇汝請耳。其若不敢強。乃挑而食。蜆本二個。開之得肉二。坤權食其一。餘則其若食之。已。坤權玩弄蜆殼不釋手。其若曰。吾愛何玩弄其殼不已。坤權曰。吾非愛其殼。實有所觸也。其若問之坤權曰。吾嘗聞人言。事頭婆炒蜆。究竟何義。且事頭婆普通之稱謂耳。豈事頭婆不應炒蜆乎。抑炒蜆為事頭婆所應爾耶。若然。汝母今朝又固事頭婆炒蜆矣。其若不禁大笑曰。大吉利是。大吉利是。若吾母為事頭婆。則吾愛為搖錢樹。吾父為元緒公。奴才為龜仔。阿好為寮口嫂。秋娟亦寮口妹矣。説話太上當。討着自家便宜。為旁人所聞。必笑大個口而不能合埋也。坤權憬然曰。事頭婆豈鴇王黨專有之名詞耶。何以商店中。又有以事頭婆名者。其若笑曰。吾愛為大家閨女。不明俗話之由來。殊不足怪。女東人雖有事頭婆之稱。然下及鴇王黨之以事頭婆名。夫人皆知也。事頭婆炒蜆者「開晒」之謂。蓋青樓中房口甚多。吾愛亦憶及去年飲春茗之夜。酒後往雪冰處打茶圍乎。坤權頷之。其若曰。是則房口之多。可以概見。夫一寮之中。羣雌粥粥。雖可盡態。未必極妍。然未能晚晚開齊也。若開齊者。則視作一種盛事。故曰事頭婆炒蜆。開晒。如是云云。事頭婆亦「開埋」矣。坤權笑曰。事頭婆亦開埋。然則事頭公甘戴新簇簇的綠冕旒乎。其若搖首作嘆息曰。元緒公卽龜公。龜公戴綠帽。不以為恥。且引為榮矣。坤權曰。汝説得如許透切。得毋汝曾為一度之龜公乎。其若急曰。「咪搵咁笑講」。奴才為龜公。則吾愛為外交大家矣。坤權以其言有趣。戲之曰。老娘不作外交家。而為內交家可乎。其若詢之。胡

閫令

一不得飲花飲
一不得往有女招待之茶樓品茗
一不得與鴇頭傭婦説語
一不得在途中亂發無線電
一不得在夜間九時後出街
一不得與具有女性者交接
一不得冒犯索油嫌疑

為內交家。坤權含笑不言。而以秋波饗之。其若意會。欣然附坤權耳曰。內交家者豈專與奴才秘密交涉乎。莫騙得人「鬼咁歡喜」也。坤權似嗔似嗔。轉其粉項向其若臉兒。輕輕咬着一口。曰。痴郎「話明陳顯南」矣。其若驚喜如狂。抱纖腰。呵其檀口曰。奴才不痴。且與吾愛交換條件去。

選自黃言情《老婆奴續篇》，香港：香港大中華國民公司印行，一九二六

情死函中之半頁

盧清吾姊

吾未為此書。心房欲裂。將竟而五中俱碎。其勢不能不已。乃成一未完之信。嗟乎清姊。若為冰雪聰明。乍讀吾書。必嗔吾為藏頭露尾之小人。以天下常有未完之書籍。決無未完之信函。蓋古人閉門著書。嘗有數十年然脫稿。即今日之主筆先生。埋頭伏案。日著萬言。亦往往有未完之小說。孔子。聖人也。所作春秋。因獲麟而絕筆。簡直謂之未完其篇。聖如孔子之作文。尚有神龍之誚。況為當人。若未完之尺素。亘古未有。以典籍之文字。有如長江大河。浩浩蕩蕩。不知其所止極。若尺牘者。言簡意賅。充其量不過百千字義耳。今吾之信。區區之字數。畢竟未

完。秦叔寶無心肝。一至於此。以茲見責。罪何敢辭。然五中俱碎。實未能振筆直書。即吾姊對此。亦有不忍卒讀。基此原因。乃成創作未完之函件。世有有心人。讀吾書。或動其香憐玉惜之情。以完所作。則再續紅樓艷事。當不讓於顰兒也

吾年三八。嫁杏無期。每見他人在蜜運中。一帆風順。輒作臨淵羨魚之想。然進一步說。則為退而結網。夫結網臨流。魚自我有。蜜運何獨不然。蜜運。人皆作蜜絲運動解釋。不思世間多有叶鳳求凰舊調。好合百年。蓋蜜絲為女。而蜜絲踼為男。簡稱曰蜜。則他或她。無所拘指矣。吾乃進行第一步驟。為結識蜜絲踼。初而陳李張黃何。繼而周區胡馬麥。不稱其名。而稱其姓。示親熱也。時而陳。時而李。隨口樂道。信手拈來。知我者則在蜜運中形勢緊張。不知者幾疑革命政府。訓政開始。考試隨之。而圍姓賭博。因之復活。然知我與不。亦非所計。但求蜜運成功而已。詎知運來運去。依然聰運。其不夠運乎。夠運而復失運乎。冥冥在上。耿耿寸心。惡能自已。吾嘗一信玻璃矣。吾之肌理。雖非白玉之白。乃為黑漆之黑。然有光緻。有時傅粉。則黑白分明。一朵黑牡丹。迎人欲笑。乃人以發毛猪咕叻目之。吾聞而大哭。麥君為吾蜜運中之一人。親來慰藉。謂肌理之黑。為局部事。無傷大體。若卿之眉之目之唇之項。造物主之配色。稍留意些。可稱為當代西施。惜夫誤會上下。黑不在眉而在頸。故曰黑卒卒條頸。紅不在唇而在目。故曰紅當當雙眼。有此尤物。或不足稱當代西施。然亦可稱印度西施也。吾聞而氣沮。嬌嗔暴發。以為可以撒賴箇郎。不料麥某無情。掩鼻而走。遠遠猶聞埋不得鼻之聲。吾更痛恨。而以玻璃之不足信也。臨流以照。覺豐容盛鬋。我見猶憐。雖不能比飛燕身輕作掌上舞。然擬作玉環醉後。

騷態逼人。更以出浴溫泉。別饒嫵媚。而為曲線美之表現。世上不乏李三郎之多情者。當不吝華清宮之窺伺矣。豈知博得無賴一聲灶君奶奶之稱耶。吾恨吉士之難求也。乃抄其本子。為遞情書之一幕。情哥愛郎之稱謂。甜心如吻之名詞。則又爛熟在胸。不假思索。陳李張黃何周區胡馬麥等輩。棄我如遺。吾亦何所眷戀。而新知或聞名尚未識荊者。盍作毛遂自荐。許以終身。日發情書。不勝枚舉。若斯舉動。近於濫情。不知吾之計劃。固有待於撞彩。吾雖為豬咕叻。為印度西施。為灶君奶奶。然千萬人中。豈無一知己。語曰情人眼底出西施。就使負義人以吾為齊王之無鹽。黃帝之嫫母。未嘗不有賞識於牝牡驪黃之外者。情書既發。靜候佳音。黎明。叩門聲厲。納之。原來為吾心坎間時刻難忘之郵差至。見吾道着一句晨安。即以叠成尺厚之書函進。吾見之作狂喜。以情哥之完滿答覆也。吻之再三。然後剖閱。嗚呼哀哉。天乎。地乎。人乎。子不我思。真無他人乎。尺厚之書函。皆作秦廷之反璧矣。嗚呼哀哉。天乎。地乎。人乎。子不我思。真無他人乎。海上易求無價寶。人間難得有情郎。信不誣矣。夫才高難入俗人機。豈貌奇亦難入俗人選耶。吾貌非寢。不過與俗殊耳。設寢如古之孟光。乃梁鴻竟求合之。千載傳為美談。且取法焉。然則何嗤於寢。嗟乎已矣。情場失意。心比寒灰。何如魂歸天上。迹息人間。綢繆來世姻緣。消滅今生孽障耶。吾思至此。痛恨交迸。投環自經。免留雙眼以看他人之濃情蜜意。詎知砉然一聲……

選自一九二八年十二月二十五日香港《墨花旬報》第十期

新西遊記（節錄）

第一回

唐太宗窮究無字經
猪八戒巴結有錢佬

詩　西遊記後復西遊　大好乾坤滿一甌
曰　光怪陸離皆孽障　幾人路上猛回頭

此首歪詩。乃言情杜撰新西遊記。有感而作。吾知讀未竟。必有拍案痛罵為荒謬絕倫。胆敢挾其雕蟲小技。而為狗尾續貂者。夫西遊記一書。滿含佛說。其重要之人物凡四。三藏即菩薩之化身。行者八戒沙僧龍馬。即梵釋天王三分體。明心見性。是則一部西遊記。可抵萬法華嚴經。何物言情。公然除舊布新之意耶。著者曰。唯唯不不。昔人有言。蓋天下無治妖之法。惟有治心之法。治心則妖治。記西遊者。傳華嚴之心法也。故唐僧歷九九劫數。而三三行滿。肉身成佛。白地飛昇。雖然。光怪陸離。蕩人心性。在古昔之唐僧。能自勘其心猿意馬。屹不為動。若處在今日古靈精怪之場。迷人手段。層出不窮。吾恐匪惟唐僧師徒莫能自持。即我佛如來。不免凡心一動。妖魅隨興矣。然則新西遊記之作。又惡可已乎。閱者幸勿以滑稽而忽諸也。

却說唐太宗自貞觀十三年九月望前三日。送唐僧出城。往西天雷音寺求取眞經。至十六年。即差工部官員在西安關外。建望經樓一座。其高度實為空前絕後。盖樓分九十九層。取其九九之數。太宗每年一至其地。以表眞誠。惟太宗以九五之尊。更不易移貴步。不過崇拜我佛。希冀降福。其地雖在關外。亦不憚勞。然天子之出也。或乘大輅。或駕玉輦。鑾儀之盛。侍從之周。固不待言。亦不疲雙足也。第既履其地。而九九之樓。安能升之。不升則對我佛不誠。升又對一雙尊足不住。幸而有工部郎中某機師。發明一種升降機。其機比今日尤為輕便。驟視之。以為彈弓床。大可坐臥其中。一彈即到九十九樓。其快實無比倫。亦難以計之。所知者。機師之目一瞬。而天子已安立樓頭矣。故以時刻計之。則一瞬。大抵當今日時計。在一秒鐘之百分一耳。然比今日之升降機。其相去為何如。太宗既為升降機之一彈。矗立樓上。昂首已觸及西天。見滿天瑞靄。陣陣香風。聞空中有人言曰。聖僧。此間乃長安城。吾儕為天將。未便降落。請與尊徒。傳着經卷下去。繼聞一人言。謂多感金剛。沿途保護。請自便。太宗聞聲。知是唐僧從西天傳經歸來。龍顏大悅。向空合十。高呼歡迎聖僧。唐三藏按下雲端。與三大門徒悟空悟能悟淨。合念起阿彌陀佛。唐太宗在九十九層樓上。張手招之。謂聖僧快請下來。朕躬盼得不耐矣。話口未完。師徒四人。已降樓頭。太宗喜極。拍唐僧肩曰。聖僧疲苦極矣。詎知御手一拍。竟將三藏嚇得面如土色。老猪失色而呼曰。皇帝手勢太重。乃將吾師拍壞肺部。須速請鐵打醫生來。太宗大驚。以八戒之言為眞。急傳太醫到診。惟三藏頻搖其首。謂非關御手用力太猛。實因經卷所有。俱懸諸龍馬股間。吾曹下來。竟忘帶馬。若一失踪。豈非枉用心血。太宗變色問曰。如何是好。老孫笑曰。龍馬為神物。非同世上之胭脂馬難騎。一縱即逝。容當視察。必有報命。言時張其金睛火眼。照住來時之雲端一望。指曰。馬在斯。馬在斯。太宗張目隨行者所指處。不過一片白雲。了無所有。即三藏慧目中。亦無所見。惟八戒則云有之。以白雲之變幻。有如一塊冰花倫滘糕云云。言時伺其長黑而毛茸茸之咀。饞涎滴滴下。恰巧狂風吹來。將其涎沫送太宗面前。當堂毫光閃閃之龍袍。頓作梅花點落。唐僧更為失色。幸而太宗為明主。此等偶然事。却不追究。其所急者經卷問題。行者一壁睜其金睛火眼。注射雲端。一壁撐其兜風耳。向空傾聽曰。若曹毋譁噪。有馬嘶矣。試聽之。太宗唐僧悟淨悟能。皆如行者言。然默靜五分鐘。至于十分鐘。實無所聞。有之。惟呼呼風聲耳。第行者大喝倒彩。以馬之嘶。為爛乞兒喉。叶以喉管。聽之不止心醉。且肉麻矣。唐僧不耐曰。悟空。毋作要笑。須知雷音寺經卷。所有皆馱在馬股。萬一此馬。變作硫磺質。則此經卷化為烏有。在聖上當為可惜。吾輩則為欺君。行者囅然曰。師父過慮。須知此馬既為西海龍王之令公郎。由菩薩指導。給與師父。去時乘坐。來時馱經歷十萬八千里之遙。登山涉水。遇怪遭魔。從未有失職。而況今日三三行滿。九九歸眞。是馬安有變作硫磺之理。言未已。忽有笨重之物。自空墜下。竟將太宗吃着一驚。定神觀察。原來就是龍馬。論馬之體量色澤。與唐僧去時御賜者無異。乃以西海龍王之子化身。似屬不倫。第所賜者為凡馬。實不能凌空。今能掩護雲端。果為神馬。然其皮毛。何以不類前者。狐疑間。為行者解釋。太宗恍然。睜其御目。則見馬股所懸。纍纍皆經卷也。急欲發覺。唐僧止曰。不可。此樓高至九十九層。與天相距僅三尺耳。若發之有洩天機。太宗曰。天機不可洩漏。朕嘗聞之。然則請下樓揭發如何。唐僧唯唯。太宗傳諭開其升降機。機形如床。太宗賜唐僧師徒臥下。已則肅容危坐。曰此機升降九十九重樓。在一秒鐘之百分一可達。第須正坐或正臥。勿欹。否則有傾殞之虞。豬八戒忍俊不住。伸其長喙作殊殊之聲。太宗異之曰。豬大師以朕言為誑乎。須知君無戲言。此機乃工部某郎中所發明。實為空前絕後之具。豬八戒曰。陛下請乘之下。試比我師徒凌空之程度如何。太宗贊成其說。三藏乃與三徒弟。一龍馬。飄然下去。顧太宗升降機之一彈。已遲滯不堪。蓋太宗之升降機。雖為空前絕後之快捷。然僅及師徒四人之速率之半。以淩空之速率。每秒鐘二百分之一也。比太宗下樓。果見四人候之已久。嘆服人工之物。萬不如神仙之行。不免突起得做皇帝想升仙之概。第三藏甫取經歸。不便開口。亦以經卷。既為西天雷音寺我佛眞經。則暗中誦禱。何嘗不可作仙去。思至此龍心大悅。方欲揭發。看看西天眞經如何書法。而御林軍報道。魏徵丞相見駕。太宗本是明君。對于魏丞相十二分尊重。急令傳見。魏徵丞相入。俯伏地上。口稱萬歲。唐太宗親手扶魏起曰。魏卿來此行宮。何必行此君臣大禮。魏笑曰。君臣之禮至大。安可以行宮慢之。太宗大喜曰。卿過執。勿爾爾。聖僧已從西天雷音寺。取得眞經回國。卿來得湊巧。盍揭發之。魏曰。不可。西天如雷音寺乃如來所在地。聖僧雖清淨。要為凡夫。安能從天上去。今果得之。是佛法所致也。陛下宜大開朝門。在玉階丹墀。焚香薰土。由陛下親率羣臣。鵠候金殿兩旁。行迎經禮。精誠感天。大唐天下。萬萬年不朽矣。太宗深唯魏相之言。即傳諭兩班文武。齋戒沐浴。由天子親率羣眾行禮。值日官傳號。鐘鼓齊鳴太宗即乘大輅。偕魏相上朝。按下不提。却說唐僧歡送太宗登朝畢。問行者曰。今次主公回去。實行迎經大禮。吾儕對此當如何回荅。行者曰。出家人屏除一切功名富貴。更何有繁文縟禮。若主公眞行此大禮。師父惟有鞠躬合十。口念阿彌陀佛便了。三藏點首。未幾報道聖旨下。三藏合十口念阿彌陀。傳旨官開讀聖旨。畧謂大唐聖僧唐玄奘。奉旨往西天取經。功德完成。自應籌備迎經大禮。以崇佛法。而重功令。仰該僧傳經來殿。以慰寡人熱念云云。三藏接過聖旨。問行者曰。主公命吾進殿。師徒四人。一同前去。已無疑義。然龍馬亦往乎。行者曰。師父雖出家人。亦知君臣大禮。凡有所召。未列名者。固不得擅進。龍馬為畜生。自然不可去。就算吾儕師兄弟。亦有不可能。三藏頗為着急。曰。然則吾孑身往乎。引得老猪大笑。謂此間非盤絲洞。又非女兒國。師傅何必生怯不去。聞之金鑾大殿。天子御龍袍。坐龍位。師傅進經去。必親近之。最好揹得幾隻龍虱歸。以之治理夜多小便。得無上之奇效云。沙僧聞之。軒渠不已。三藏叱之為妄。謂出家人當守口如瓶。若亂發狂言。而及於人君帝子。厥罪滋大。老猪不敢復言。惟有伸長其喙。唐僧此時別過徒弟。欲進殿上。顧馬所馱之經卷纍纍。安能自任。若僱苦力。則以聖旨所格。有不可能。方籌思間。傳旨官已知其意。曰。聖僧毋過慮。已備車輛門外矣。三藏釋然。方同傳旨官出望經樓。果見有黃包車三輛停道左。傳旨官請三藏乘其一。自乘其一。其餘則以運載經券。車夫皆為力士。車行三秒鐘。已抵午朝門外。相與下車。傳旨官從懷間。出六寸長之樂具。就唇吹之。作「墮里未化」之聲。達金鑾大殿。唐僧既將經卷。陳列案上。合十肅請太宗啟閱。太宗亦合十行前。望空禮拜。然後起來披閱。不禁詫異起來。復閱別冊亦然。由是遍閱十萬九千七。莫不皆然。龍顏大怒一脚踢倒香案。所有經卷。遺散地上。狀至凌亂。即登寶座。拍起威風子曰。拿此妖僧。推出朝門斬之。聖旨一下。滿朝文武大駭。不敢啟奏。三藏更莫明其故。以為太宗陡然發生神經病。故有此變。且此身曾歷九九刦數。雖兇魔惡妖。在所不懼。而況天子亦為凡人。一任拿之鎖之。殊不介意。殿上御林軍。以天子方纔對于和尚卑躬下禮。何以一時反臉若是。亦不敢下手。太宗更怒曰。若曹抗旨敢放妖僧。反了反了。大唐天下。竟為妖僧所有。御林軍見天子大怒。七手八脚。赶下殿來。把三藏當堂綑起。推出殿外斬之。魏徵丞相大 刀下留人。御林軍平素怵於魏相聲威。自然不敢下手。於是三藏之食齋買賣。乃得延遲一刻。魏相奏曰。唐僧所犯何罪。胡為推出午朝門外斬之。殊失尊崇佛法本意。太宗怒曰。孤為尊崇佛法。故先斬妖僧。魏卿毋得多言。魏曰。聖上差矣。大唐天子專差聖僧赴西天雷音寺取經。所經各國。莫不誠服唐主之盛德。今三三行滿。取經歸來。未蒙頒賞。反以斬之。誠令天下人不服。太宗曰。魏卿安知妖僧所為。且看取得所謂眞經。當代孤不平。魏徵即俯首檢閱殿上經卷。皆為無字經。由第一卷至十萬九千七卷。亦無有隻字。不禁大愕曰。吾主難怪龍顏大怒。妖僧欺君罔上。罪有應得矣。太宗以魏相亦言罪有應得。則唐僧之死有餘辜可無疑義。即令御林軍推出朝門外斬之。御林軍總指揮姓丘名八。生性暴戾。一時不殺人則頭目暈眩。現在舊病復發。聞得殺人。厥病若失。一聲奉旨。執住和尚頭。牽出午朝門外。方執起大刀照正唐僧之食齋買賣斬去。豈知一陣天暗地暗。飛沙走石。突有黃毛怪手。緊執丘八之臂。痛不可忍。大叫饒命。而黃毛怪手。愈執愈固。丘八更痛。雙膝跪下。屎尿屁俱流。強撐目看。愈發吃驚。原來黃毛怪手。乃一大猴子所伸來。猴子雙目如電。有若探海燈。張其血盤之大口。襯以猙獰面孔。令人可怕。怪物能作人語。叱丘八曰。若不識東勝神洲花菓山福地水簾洞齊天大聖乎。吾師歷九九劫數。乃得如來佛祖。賜下西天雷音寺眞經。不蒙嘉慰。遭着殺身之災。不平之事。孰甚於此。吾將以子之道。治子之身也。言時奪刀。照頭劈去。丘八大呼救命。三藏制止行者。謂不干丘八之事。不過太宗一時誤會經卷。推余於午朝門外。命渠行刑耳。行者以師傅為丘八緩頰。赦之。然便宜太甚。飛脚踼去。遭此一踼。丘八之身。乃如皮球。一滾而入金鑾大殿。恰巧落在龍座。嚇得太宗渾身戰栗。值殿大將軍。手執金瓜槌。上前保駕。照正丘八頭上打下。好在丘八死剩把口。大呼丘八在此。值殿大將軍住手。太宗亦神色稍定。急問丘八何為致此。丘八乃將所遇。照述一遍。形容猴王之態度。尤為可怖。太宗大驚。即兩班文武。亦嚇到魂不附體。正在手忙脚亂之際。唐僧自外來。俯伏殿下高呼貧僧萬死。然死當陳明之。此十萬九千七之經卷。確由西天雷音寺取來。至于無字之原因。或亦有說。當由如來領取經卷後。即馱於馬股上。豈知畜生日行萬里。忽然口渴起來。要飲「挨士忌廉」。此間安得有此。惟馬堅要吃。否則不行。聖上。須知貧僧手中所持錫杖。而大徒弟則有金箍棒。二徒弟則有九齒扒。三徒弟肩挑行李。更為辛苦。各人手上。皆有所執。不能百加斤。負此十萬九千七經重任。是不能不賴此馬負之。但他堅要飲冰。無奈運道從歐羅巴洲一行。恰到大西洋。馬忽染抽筋症。骨董一聲。墜於海上。幸而三徒弟悟淨在流沙河。學過幾年游泳。對于田鷄式之跳法。尤為專長。幾多以表曲線美為能。亦為之遜色。一見龍馬墜下水中。彼即雙脚一跳。恰巧跨在馬上。更用起股力來。夾實馬腹一躍。連人帶馬。立在沙灘。貧僧與三徒弟。即將經卷解下。已濕矣。不得已就在日光之下曬之。顧為時非三幾點鐘不可乾。大徒弟生性好動。一時不動。感覺非常困苦。而三徒弟因下水救護龍馬之故。亦覺周身不舒。須運動身體。以期血脈流通。貧僧亦枯立以待經卷之乾。何如散步於山坡水涯間。呼吸空氣。乃留徒弟悟能看守經卷。於是師徒三人。縱步所之。逍遙自得。遊行約二小時歸來。聞追逐之聲甚厲。急往看則見悟能舞起九齒耙。望沙灘追去。不敢下水。惟暴跳如雷。大呼孽蓄不已。貧僧聞耗。即往問故。悟能謂自貧僧行後。彼獨坐沙灘。百無聊賴。不覺目倦起來。寖假而呼呼睡去。猪好睡凡閱西遊記者亦知之。豈知好夢驚回。張目突見墨魚一頭。爪之長可三丈餘。身之橫廣可以想見。乃在所晒經卷上。若有所玩。悟能此時執起九齒耙。拚命鋤去。豈知烏賊聞風遁回海灘。貧僧當時不以為意。蓋經歷既多。一隻大墨魚。亦無可怪。不圖竟發生無字經重要問題。魏徵不待太宗之問曰。然則經中字黑。悉為墨魚精食去。陛下勿過責唐僧。容臣以對付東海龍王敖廣手段對付之。太宗曰。卿逕往大西洋。斬此烏賊耶。魏笑曰。海中涼血動物最多。安知誰是貪墨。臣以擒賊擒王手段出之。太宗變色曰。不可。自從卿斬了東海龍王後。孤險遭嚇死。今復［斬］西海龍王。冤冤相報。何時可了。魏曰彼敖家兄弟。倚老賣老。實為昏庸老朽。不思振作。臣以為斬了敖廣。定懾其餘。豈知敖順依然容縱部曲。弁髦天令。大唐天子所取眞經。實由西天如來所賜。胆敢一任烏賊食之。臣知我佛雖慈悲。斷不肯寬此貪墨之徒。不殺。無以謝後世也。説得太宗無言可答。魏徵此時。閉目假寐。欲從夢中赴大西洋取老敖首級。當時左班中閃出一位老臣輕裘緩帶。飃飃若仙。行近魏徵身邊。以手按之曰。魏同僚。毋倉猝從事。須知天機已定。無可挽回。補救之法。惟有再着聖僧一行耳。魏徵張目。原來此位老臣非他人。乃護國軍師徐懋功。魏見驚動老人家。欠身言曰。徐先生神機妙算。在下安敢不從。然天機已定。惟有請天子再差唐僧。往走一遭矣。其聲頗高。不須啟奏。已為太宗所聞。曰。既是徐卿所言。儘可再令三藏取西經。以贖所罪。三藏俯伏金鑾殿下。曰。貧僧再願往取經。如復失敗。寧投西海以死。永不囘來東土進謁陛下。太宗龍顏少霽曰。將功贖罪。此法亦佳。第今次之往取西經。不得如前時報告之單簡。凡遊一國。自然得其國王。蓋以印信。但經一域一地。有官所在。亦要蓋印。以示經歷。三藏合十曰。自當奉承意旨。不敢違越。太宗吩咐已畢。即行退朝。三藏俯伏丹墀。仍不敢起。比百官俱散，乃起來。出午朝門外。則見大徒弟孫悟空。張目盼望。抓耳扒腮。為狀至不可耐。比見師傅出來。曰。師傅許久不出。吾以為昏君。又有甚麼為難。方欲掣起金箍棒。一逞大鬧天宮故智。看此鳥皇帝活得成不。三藏叱之曰。若瘋耶。聖天子在位。豈容妄發狂言。實告若。今囘所得者。皆無字經。故動天子之怒。至于如何無字。必為大西洋之墨魚精吃去無疑。現在天子再命吾等前往西天取經。吾亦願往。行者見師傅在皇帝面前許可。不便反對。曰然則何時動身。三藏曰。馬上起程矣。吾儕囘去迎經樓下。約悟能悟淨。就此動身。行者唯唯。與師傅乘起黃包車。逕返迎經樓下。見八戒方呼呼睡。而悟淨手提破衲。在日光下捫虱。剝剝有聲。行者拍悟淨之一字肩曰，多事之秋。尚有餘暇捫虱耶。沙僧囘顧。却是大師兄，曰，經囘東土。五聖成眞。寧非王猛捫虱之時。行者笑曰。老沙。算汝不夠運。今囘又要做行脚僧矣。亟多食齋猪脚。沙僧不信。後經三藏解釋。恍然大悟惟有大罵墨魚精。累人不淺。行者見八戒在地上。猶作酣睡。鼾聲高低斷續。有若打鐵匠扯起風箱。呼之不醒。叫之不應。行者生性惡作劇。其酸袋裏。常懷有大江西。（粵不呼大炮竹曰大江西）以八戒酣睡至此。乃將大炮竹置豬耳朵內。劃燐寸着之。未幾。白烟濃起。轟然一聲。震耳欲聾。八戒三魂渺渺。七魄茫茫。當堂為之驚起。張其豬目則見師傅大師兄三師弟俱在座。而大師兄含笑不已。八戒怒曰。猴子又來搗鬼。幸吾之耳。厚於象皮。否則遭此耳震。不知何往。行者反臉。蓋一生最怒者。則以猴子目之。今豬竟直叱之。不禁大怒。乃從其耳朵裏摸出七寸長定海神針。喝聲變。當堂粗如兒臂。長約丈餘之金箍捧。照正豬頭打下。大有泰山壓卵之聲。幸八戒之頭善縮。將金箍棒落空。行者更怒。前而擊之。八戒此時欲脫不得。正在萬分危急之際。三藏喝止行者。以解八戒之厄。三藏曰。聖旨之下。急如星火。為今之計。正宜迫切從事。尚同室操戈耶。八戒猶在五里霧中。曰。唐主曾召師傅晉朝。榮封官爵。何急之有。第所急者。為升官發財耳。氣得唐僧目瞪口呆。沙僧乃為八戒述過一遍。八戒瞠目曰。慘哉。又走一遭。彼唐太宗誠惡作劇。恃其一張鐵嘴曰『本來金口而八戒則以鐵稱之』可憐老豬一雙黑毛之腿。　苦矣。若再經女兒國。好食好住。斷不歸來。三藏叱之為瘋。以出家人不當說此邪語。八戒果不發言。三藏與行者商量。謂聖上今次再命為師往取眞經。所經邦國俱不得有如前之大畧。從前經一國。由其國主負責蓋印便了。今則不然。凡經一處。不論其為城鄉市鎮。有官印便請蓋印於官吏。否則社團公局。亦須給以鈐記。今回比之前者手續。艱苦殊甚也。行者搖首太息曰。不圖我師徒四人。難脫刦數。吾以為再往取經者。亦非費事。俺老孫一個觔斗。即到西天。固無論矣。就算師傅與二師弟。亦能騰雲駕霧。運氣御風。視十萬八千里路程。猶幾步耳。乃必要地方印信為徵。不能不以遊僧打扮之行程遲滯。有不堪言。即用費。亦不貲矣。三藏一聞錢字。不禁愀然。豬八戒知師傅意曰。錢耶。儻來物。何足介意。言時大有睥睨一切之概。行者曰。老猪忒不自諒。視金錢如無物。此次取經路費。老孫公推猪先生担任。唐僧沙僧一致贊成。八戒深悔失言。乃以行者在側。恃其一把利咀。而師傅贊成其說。最不通氣之老沙。尤為推波助瀾。然而男人口似將軍箭。女人口似爛葵扇。於是頂硬上曰。區區之糞土物。老猪本身。雖為窮措大。但戚友中豈無一二財主佬。資助路費。是最容易事。行者大笑曰。貴戚友之高名貴姓。可見教不。八戒滿臉渾紅。良久不能出聲。盖其交遊。已為行者所識破。老羞成怒曰。若小覷我耶。我之戚友。此間最顯者。吾出必有大幫阿堵物歸。言已悻悻出。行者大笑其後。八戒更憤。出則見長安路上。車水馬龍。熱鬧情形。自非他方所及。京師繁盛。理固然矣。八戒躑躅其中。煞費籌思。此間誠多顯者。然與老猪素昧生平。安能啟齒。且乘車馬之輩。要皆侍從護衛。不易親近。而況有所請求。目送來去者半日。竟無從開口。大恚。深悔口不擇言。自貽伊戚。未幾有尖其帽。眼其鏡。撇其鬚。長其衣。小其掛。士其的。大模尸樣。不可一世。忽見猪八戒躑躅途中。乃凝睇之。不少瞬。八戒乍見念曰。此必老猪故友。不然。斷無注視者。我宜打蛇隨棍上矣。乃遽執其人之手曰。老哥違教久矣。荷包撈重得多。實告老哥。俗語説得好。相請不如偶遇。能解吾之厄不。其人聞之。瞠目不知所對。八戒意謂老友之默認也。曰。師徒四人。今囘再往西天取經。路程為十萬八千里。雖沿途鈔化。然有時緩不濟急。特請老友惠借千元。揆之朋友通財之誼。幸勿却意。其人失笑。曰我與君素昧生平。乃謬然開角（俗借也）至千金之多。一何怪謬乃爾。且我非濶佬。派派者。徒有其表耳。言已冷笑去。八戒安肯放過。追之曰。若不識我耶。其人囘顧。冷笑曰。我識汝係老鼠。八戒之耳朵兜風過甚。有時誤聽。以老鼠為老猪也。曰然。然我固老猪也。若不識我。安知我之貴姓名。其人好怒好笑曰。我以汝為老鼠。汝以自認為老猪。實告汝。吾以汝之尊顏。至為特別。既像北方之猪頭三。又似南方之猪乸六。睇落有格。故不覺傳神。而汝監人賴厚。居焉「開角」。眞不知人間有羞耻事。八戒被罵。面紅耳熱。不敢則聲。好事者且揶揄之。八戒回顧。則見人山人海不禁大驚。私念或不識老猪耳。大聲疾呼。我老猪字八戒。法號悟能。乃聖僧唐三藏之第二徒弟。從西天雷音寺。取得眞經十萬九千七本歸來。進呈大唐皇帝。豈知卷卷皆無字經。龍顏大怒。吾師之光滑頭顱幾不可保。現在帶罪立功。再往西天取經。沿途費用。未有籌得。老猪一時誇過大口。謂區區儻來物。儘可担任。豈知長安道上。車塵馬足之間。無一相識。我識濶佬。濶佬竟不識我。弄成如此現象。慘哉。濶佬之不易巴結也。言時流起猪淚。引得羣眾大笑。八戒大怒。從後出九齒耙。作旋風舞。路人辟易。秩序大亂。八戒舞到起勁之際。忽有人掣其黑毛之手。大喝悟能休得逞兇。八戒之手。當堂刺痛萬分。至不能動。正是強中自有強中手。勒特還逢勒特人。欲知後事如何。且看下回分解。

選自黃言情《新西遊記》，香港：言情出版部，一九三四

吳起、張飛（粵謳）

戰戰戰　分出兩便
邊個輸贏　任凭公斷

佢有吳起。你有張飛。大家戰過、吶喊搖旂。塗花口面、開新戲。落力得咁凄涼、不可不知。辛苦個雜箱、唔知邊便去企。緊鑼緊鼓、突眼睜眉。引得看戲嘅人、拍爛大髀。佢話將來結局、費煞心思。但係老張咁爛打、不過為（去聲）着渠劉備。皇帝味。時時攻着鼻。所以引出個同宗、重有辮尾後垂。

署名言情，選自一九二二年五月四日香港《香江晚報・諧部》

悼伍老博士（班本）

（首板）聞報到。伍博士。醫院身故。（河調）（慢板）不由得。中國人。痛哭、嗚呼。想伍公。生中華。年（　）（　）（　）（　）。論道德。和文章。曠世（　）（　）（　）。説外交。談政治。尤得外人、傾倒。溯前清。逮民國。堅持旨趣、不撓、分毫。隨孫公。護法南來。重組、政府。兼省長。撐危局。任怨、任勞。（轉中板）又、怎知。禍起蕭牆、突生、變故。致弄成。自傷魚肉、同室、戈操。伍博士。熱血滿腔、無從、發付。老年人。憂忿成疾、祇把、天呼。方期得。藥石有靈、以慰生民、愛慕。又怎知。昊天不吊、溘然長逝、辜負柱石。功高。劇可憐。蚩蚩小民、驟失、慈母。（嘆板）唉、伍公你今日塵寃撒手、你瞑目無。薰讀你解職宣言、真是痛切肝腑。你說道矛盾相攻、內煎太迫赤子、何辜。到如今事有轉圜、殷望你把民生再造。又誰知你皈依淨土、徒令哀震人曹。莫不是國事不可為、公你就掉頭不顧。從此中華民國、好一比水上浮蒲。（快板）哭罷了公靈、心更苦。聲斯喉謁、淚零枯。靈魂學說、公創造。英靈不泯、感格兇徒。默佑吾民、安居樂土。（煞板）望珠江。哲人其萎。天日、為烏。

署名言情，選自一九二二年六月二十六日香港《香江晚報・諧部》

老婆奴

〔存目〕

上海：上海新小說共進社，一九二四

黃天石

毀春記

吾嘗喻有幸福之家庭。如當好春。夫婦年齡。既妙又多情思。春宵溫吻。月夜清談。既無些微不樂。創其幼稚之心花。而稼穡之艱。世道之險。又未嘗稍縈其懷。一年二年而後。此家庭中復增一兒啼之聲。似幸福之神。特為闢一新環境。增佳趣也。嗟夫。此種家庭。吾以好春為喻。不亦適耶。然而一年之春。僅居四分之一。過此以往。則盛夏涼秋。以至嚴冬。悉多煩惱蕭瑟之感。迴憶春華。殆如夢影。此惜春之人所為。歌泣無端。唯恐春去者也。吾友周子。漫游京滬歸。為吾述舊同學劍虹生事。聞之碎心者累日。以生處有幸福之家庭。而終不能永葆其幸福。至於離鸞破鏡。為世僇笑。甯不大可哀耶。劍虹生者。軼其姓名。錢塘人。父顯宦。生幼有異稟。年十九。卒業法校。以不願入仕途。著述自遣。頗見重詞林。所著小說。尤風行。弱冠。娶妻郁芳。芳亦大家女。慧美能文。既適生。朗然雙璧。閨房多倡和聲。蜜月風懷。紅燈絮語。生一一摹入小說中矣。如是十載。生子女五人。生漸有倦意。滬地繁華。應酬多在北里。生初特走馬看花。無所繫戀。一夕。友人為代召一妓。曰花寶寶。年二十許。妖嬈善詞令。生雅愛其媚。寶寶亦善伺人意。代生飲。舉觴數十。玉山頹矣。嬌喘倚生懷。凡他處召侑酒。悉謝絕。客皆謂寶寶對生有情。生亦微醺。默許客為知言。寶寶以眼波逗生。嬌笑曰。為郎故。醉矣。當送吾歸去。座客羣和之。謂美人盛意。不可負也。生興高。從之。迨至妝閣。已夜深二時。忽念細君寂寞。在理當歸。而寶寶醉臥莎榻。忽大嘔。客哄然謂生曰。寶寶為爾。不自惜其軀。宜有以報之也。遂相繼行。生欲出。回顧寶寶。和衣醉臥。恐為宵寒所中。為蓋薄被。鐙影下。見其枕玉雪之臂。雲鬢蓬亂。星眼微瞑。雙頰酡然。暈桃花色。而鬢際茉莉之香。時沁鼻觀。心魂為醉。生躊躇。私念吾忍撇此娟娟者行耶。癡視移時。嘆息而退坐軟椅。蓋決意坐待其醒矣。時萬念雜沓。既惜新歡。又念其妻。平日返家。不逾十二時。今則已近三時。乃默摹其妻。此時當懷抱稚子。矇矓待良人之歸。思至此。心大不安。幾欲奔至室人裙下。乞恕罪狀。然偶一迴顧。又為媚態所攝。則力自解釋。身為男子。偶一外宿。甯得便為罪過。吾硜硜如是。毋乃迂耶。俄而。寶寶醒。呼茶。生進茗。寶寶為詫異狀。媚笑曰。此婢僕事。奈何勞君。君未歸耶。生曰。卿為我而醉。吾安忍舍卿獨歸。寶起坐。嘆其多情。微睇腕表。將及四時。乃曰。君此時歸。恐冒曉風。不如稍坐譚。以待天明。生頷之。寶盤膝吸水煙。冒蹙而思深。生曰。卿胡所思。能見告否。寶曰。宿酲未醒。稍定神耳。生曰。願卿自攝。後此勿轟飲。此狀。非愛汝者所忍見也。寶謝之。偶於抽屜中取紙煤。生見纍纍皆書籍。欲取閱。寶不許。相持良久。寶力弱不勝。顫極而笑。生乘間抽數冊。則紅樓西廂外。特孟麗君。天雨花坊間俚俗小說而已。生曰。卿嗜閱小說耶。寶曰。心好之。不能盡通。今得郎為師。當無復慮。生問其曾讀書幾年。寶曰。將四年。然在校多病。實兩年耳。生叩身世。寶黯然曰。墮落至此。前事甯復忍道。然郎實愛我。終當相告。請期諸異日。天曙。寶持梳為生理亂髮。再吻而後行。越數夕。生讌客。寶主觴。政客皆盡歡。生益悅寶。嗣是寶妝閣。無日不有生踪跡。定情之夕，寶枕生臂泣曰。兒商人女。幼亦挾書入女學。年十六。失身匪人。遂為父母所不容。見誘於隣媼。墮火坑中三年矣。所見客。無有如郎溫文者。自今始。願為郎葆此晚節。生腸斷。不知所謂。纏頭之贈。多珍品。生自感寶。恆數夕不歸。閨房倡和。易為詬誶。芳負氣。常居母家。晤舊日姊妹。道夫婿薄倖。相顧雪涕。姊妹輩多勸其及時行樂。初以葉子戲自遣。既乃沉迷於劇場。日夕包廂。未嘗有倦容。旦角洪某。嫵媚如處女。愁顰倩笑。蕩人心魄。芳尤欣賞之。一日。芳與姊妹輩盛道洪藝。有賣花媼過其側。攙言曰。洪某居吾左隣。彼下臺時。風貌尤佳。凡性愛觀劇之婦女。恆喜知伶人軼事。芳安能免此。乃絮絮詢洪之家世。媼曰。洪習藝前事。殊不可知。惟出師後。則包銀絕鉅。歲入三萬金。各戲院嘗爭相聘致。以洪妙年。享此盛名。在理當可無憾。顧洪居恆鬱鬱。絕尠展眉之時。婦張。既醜且悍。而性又嗜利。試思以洪妙人。偶此怪物。寗非世間至不平事。婦女聞者。舉為太息。芳尤多感想。念洪之遇。吾傷之。吾之遇。又誰傷之耶。後此觀劇。賣花媼輙徘徊其側。時以洪之新消息。為報告資料。芳欲刺探洪事。亦時時向之購花。且多予以值。媼悅。其報告洪事亦愈夥。日者。芳獨行無侶。媼瞰無旁人。進花球囁嚅曰。此洪郎贈夫人者。萬望哂納。郎屢飫夫人纖掌之聲。感極不知所謝。晨來命媼集鮮花。自紮成球。以貽夫人。此戔戔者。良不足貴。然洪郎之心血。不可負也。芳愕然。將接又縮手。媼曰。洪郎言。此事不敢張揚。相愛之意。惟與素心人共耐嚼耳。芳且喜且懼。伸纖手接花曰。為我謝洪郎也。媼為擷襟上。微語曰。使洪郎見之。當益感夫人。芳笑頷。俄頃。繡簾啟。洪豔妝出。斜睨包廂中。見芳襟際擷花。報以媚睞。芳嫣然。此一睞一笑。抵情語千百也。明日。芳亦購媼之花球贈洪。洪演劇時果佩之。芳彌悅。媼又言。洪郎將宴夫人。請擇時地。芳沉吟曰。某大酒店何如。時間則明日洪郎演劇後耳。媼去。少頃歸報。謂洪郎允踐約矣。翌日。二人會晤於酒店中。芳固靚妝。洪亦衣藍緞袍。加黑半臂。脂粉未淨。豚尾後垂。此狀不足云美。怪耳。而芳則深美之。賣花媼既盡介紹之責。逡巡自退。二人之談判。乃續續而起。語既低微。時雜笑聲。嗟夫。彼伶人日夕以兒女風情之劇。博座客歡。其勾引良家婦女。亦如演劇時耳。甯有眞情可言。若芳則惑於聲色。沉溺已深。猶之渴者。明知其鴆。為圖暫時之舒適。則亦逕飲之。而忘其能死人。芳既為一度之幽歡。歸途惘惘。萬感集於心府。芳雖與夫反目。以幼子尚未斷乳。亦携之俱至母家。歸見其子。酣睡搖籃中。蘋果之頰。雅類其父。芳愛子之心大動。微吻之。忽念此身已墮幽淵。叢集罪戾。烏可吻此稚子。稚子心花潔白。靈府瑩然。為汝罪人所吻。污之甚矣。時黃昏初過。風葉蕭然。一燈幻為慘碧。芳不禁大哭。嗚咽之聲。乃醒稚子。稚子亦呱然而啼。就母索乳。芳淚落如綆。腸乃萬廻。天人之爭。勝刑戮也。未幾。花寶寶為大賈藏諸金屋。生失戀。苦念其妻。而羣雛索母。使生益難為情。生痛悔。以書達芳。哀之歸。詞至懇摯。芳雖怨生。念羣雛。遂歸。歸而伉儷之情。已有裂痕。卽強事歡笑。冀釋前憾。終苦其牽強不甚自然。時芳與洪事。生微有所聞。而未之深信。某夕。生赴讌歸。見室中有男子。與妻共話。大疑。搴簾遽入。芳大驚失色。目語男子。似促其速行。生不知卽為洪。而洪殊自鎮定。從容而出。生叩芳可人。芳不言。固詰之。但流涕無語。生曰。卿不吾告。然則情人耳。芳搖首。生曰。既非情人。胡為終秘。芳曰。暫秘之。終必見告。

願郎勿苦相追問。須知閨人恆多秘密。要之初無不利於君。生雅慕西方文明。聞言乃不深詰。此夕。並枕時。覺芳萬愁搊面。驀增十年老態。而墜淚如珠。終宵乃無乾時。生溫偎淚頰。慰曰。卿勿悲。適間之疑。得卿一言解釋。已盡釋之。吾妻貞節。已深信勿疑。鹵莽之咎。惟卿垂恕。芳淚益泉湧。搖首曰。郎勿自咎。吾不足對郎也。生罷而入夢。芳潛起。遍視諸兒。皆沉酣入夢鄉。芳遍吻之。又吻生。拭淚私嘆。自念此為最後一次矣。生轉側。朦朧言曰。吾摯愛之妻。爾安在。芳立床沿。哽咽曰。郎安睡。吾起易衣。稍待即至。生忽醒。揉睡眼視芳。如雨裏之花。淒楚萬狀。大憐之。環其纖腰曰。卿終憾吾耶。懲罰惟所命。然勿再傷心。傷心吾腸斷矣。芳勉為笑容。而淚已及脣。乃擁抱並臥。生枕芳臂。言曰。卿赦吾耶。芳顫聲曰。郎待吾厚。凡百可赦。特恐郎異日不能赦我耳。生曰。吾胡為不能赦卿。芳囓脣曰。必不能赦。且恐恨我至於終身。嗟夫。郎恨我。我烏敢怨。郎即百鞭吾屍。吾罪當也。生不喻其詞意。意芳嬌嗔。故作傷心之語。緘默忍之。時神思疲極。不期入夢。夢中猶緊攬其妻。迨日高夢醒。兒啼聲已大作。生促妻起。屢呼不應。啟眸以視。始覺所攬為枕。芳已離床。生驚起四覓。詢傭僕。多不知其焉往。惟閽者言。晨起見戶已洞開。意夫人宵來潛出耶。生細味芳昨宵之言。皆有可疑。既於枕邊得一緘。為芳親筆。悉決別之詞。更視芳遺物。則珍貴之品。已不翼而飛。為值在萬金以上。生始悟芳已挾巨資。隨所歡私奔矣。生悲痛之狀。吾不忍更述。要之十年夫婦。兒女已滿繞膝前。而結果至此。謂非鐵石人。得免於癇者僅矣。生悲憤之餘。遁基督教。以教義自遣。覺前此所為。皆屬罪惡。結果慘烈。何一非自造其因。後此乃時時與牧師論道。慰其暮年。芳既奔洪。懼事發。

偕至津門。不一年。洪又有新歡。芳私蓄既盡。乃為所棄。此時芳染阿芙蓉癖。憔悴枯槁。如積年之囚。復迫於生活。淪為土娼。漸忘廉恥。旋以色衰坐食。為娼家所逐。是日大雪。朔風刺骨。天地皆凍。芳衝雪行。足僵。屢蹶於途。途人辱之。如叱狗。芳不敢舉首。蹣跚至一破廟。廟塵封。神龕中趙玄壇像。持鞭努目。似怒此罪人。宜有此譴者。芳惶恐。不敢正目視神。匐匍屋角。撲去雪花。得少息。而敗絮不足禦寒。齒震擊有聲。芳念綺羅之身。前此狐裘爐火。猶嫌未適者。今則得破廟駐足。已覺安適。盛衰之感。思之大哭。既思背夫棄子。私奔浪子。為罪豈僅萬死。今茲之遇。安知非天之降罰耶。思深入夢。夢中乃幻一佳境。此境為芳當年所躬歷者。時際殘春。一院薔薇。嬌紅欲笑。微颸自花底掠過。花葉幽顫。如聚無數綵衣女郎。臨風作仙女舞矣。時紫藤架下。有少婦衣杏黃衫子。曳玄色裙。斜倚籐椅理女紅。玉容滋適。每聞樹底鶯唱。則停針含笑。念郎胡不歸。歸則同聽此聲。非一樂耶。忽見小徑有孺子奔至。岔息呼媽。謂阿父歸矣。少婦置女紅。抱孺子吻曰。爾言確耶。言未已。而少年已徐徐出自樹後。哂曰。吾初思嚇卿。而此子已語爾矣。少婦嫣然曰。郎歸胡晚。得毋飢耶。吾頃手製蛋糕。備郎充飢。少年曰。吾未覺飢。婦微慍。謂必欲郎稍啖。遂呼婢取蛋糕。親奉其夫。少年初不欲強而後食。孺子目灼灼視糕。心欲而未敢言。少婦曰。爾向阿父鞠躬。當啖汝。孺子果向少年鞠躬。得食嬉笑。少年撫兒髮。笑謂婦曰。此兒殊肖汝。吾願其長時。秉性溫和。一如爾也。此時斜陽西墮。婦香汗微透內衣。入室取浴。浴罷淡妝與夫共晚餐。明燈既上。夫坐燈下著書。婦弄兒吃吃笑。春氣沖和。彌滿一室。著者曰。吾述芳之佳夢。至此盡矣。第願此種佳境。永不夢寐。慰其殘毀之靈魂。然而好春已去。夢又烏能久耶。

選自《紅鐙集》，香港：大光報印刷，一九二七年十二月十五日

紅巾誤（節錄）

次日，阿甜把錢給了陳展廷，請他代匯。陳展廷忽問道：「這筆款，是否立即要匯去的？」阿甜道：「是的。」陳展廷道：「不巧得很！剛剛舖子裏今明天走不開。」阿甜又是一惱，自念陳展廷這人好生無情，匯款這麼一件小事，昨天纔答應，今天却又變了卦，便沉着臉兒道：「你唔得閒，匯唔匯亦都罷喇。」陳展廷見她惱，却也不辯，答道：「我剛纔替你打電話去詢問匯水，是三七五。你不妨自己跑一遭，就在大道中德豐，那家招牌頗老，信用很好，就在中環街市附近。」阿甜生性躁急，她想到了要做的事，便不管怎麼，要立刻做。當下見陳展廷說不去，便負氣自己去了。她搭着屈地街電車到中環街市下車，折入皇后大道，舉目四顧，找德豐。正在尋覓，後面忽有人叫道：「阿甜姑，搵邊處呀？」阿甜覺得那聲音很熟，回頭看時，卻是一個四十餘歲的黑瘦男子、阿甜記得那人，便是從前同居的李先生。那李先生自因失業欠租搬出之後，許久不知音訊，這時會見，阿甜見他穿着一件新灰絨長衫，頷下的鬍子修得光光，面色比前

潤澤了。便笑答道：「咁耐唔見，師奶佢地幾好呀嗎？」李先生道：「有心。阿甜姑想揾乜野舖頭呀？」阿甜告訴他匯款之事。李先生便帶她到德豐銀號，付了款子，取回收條，走到馬路上，阿甜問起他的近狀。李先生道：「而家揾得番兩餐食喇，同埋的朋友合股辦左一間導游社。」阿甜不懂得導游社是什麼，便問這是什麼生意，辦些什麼貨。李先生躊躇道：「這不是買賣，用不着辦貨。」阿甜詫異道：「既不是買賣，卻何以要合股，又能夠賺錢？」李先生知道阿甜從鄉下到港不久，對於社會情形，完全隔膜，便解釋給她聽道：「導游社不同別的生意，是招了一班女子，領導游客到處游耍。」阿甜聽說世界上竟有這樣領導人家游耍可以賺錢的事業，真是聞所未聞，心中待信不信的，正要再問。李先生道：「我們的導游社離此不遠，在砵甸乍街，可要去參觀一吓？」

阿甜好奇，同意了，跟着李先生到導游社去。那是一層三樓，間了一廳兩房，地下都鋪着地蓆。前廳一張小書桌，桌上安放着一架電話，坐着一個少年後生。中置一張圓桌，插着一瓶雜花；靠牆是幾把籐椅，幾把花旗椅雜置着。牆上懸掛一個玻璃相架，鑲着七八張摩登女子照片。有幾個照片中人正坐在那裏磕瓜子，說閒話。阿甜心想，這就是導游社嗎？李先生招呼她坐下，告訴她道：「這幾個就是導游女了。她們出鐘點時，每小時一元，和社裏對分，她們可得五毫。」阿甜驚道：「每小時一元嗎？這麼昂貴！」李先生道：「假使客人高興的話，往往不止一元。比如三四點鐘給五元，也有一兩點鐘給五元的。」阿甜道：「咁易揾㗎？」心上便不勝羨慕。李先生道：「我自從公司失業之後，便做這行維持着生活。」阿甜道：「可惜我係香港日子太淺，人生路不熟，唔曉陪的人去游耍。唔係我都嚟做一份喇。」李先生道：「那倒不在乎路熟。客人們的目的不一定是游耍，有的客中無聊；找個姑娘來談談；就使眞的是為游耍，也不過找個伴侶，豈有眞不認得路之理？這原不過借導游之名，遮掩罷了。」阿甜見後兩間房，隱隱有笑語之聲，問起李先生來，纔知道有些導游女就住在這裏。阿甜坐了一會，辭別回去，一路上對於這導游生活，頗為神往。走到門口，見陳展廷正站在櫃台外面，迎着問道：「那款匯了嗎？」阿甜不則聲，只點點頭，便上樓去了。陳展廷心中自語：「你在那裏恨我了。怎麼為了一些兒小事，便值得如此發氣？和我現在只是朋友的地位了。」原來陳展廷只知道阿甜和俞士元戀上，卻不知道阿甜和俞士元決裂。他見了阿甜，總不敢過於親熱，客客氣氣的，既沒有愛，也沒有恨，雖然在深宵展玩紅巾，還有些戀戀，外面卻一些沒有表露。阿甜只道陳展廷對她眞的忘情了。她心裏只感覺空虛，寂寞，一種無可寄託的青春的悲哀。過了幾天，她那從軍的父親有信來了，寫得很簡單，信裏說：「阿甜女兒知悉：你所匯銀信，今日接收，知爾有心於我。我在營中，當時領餉不到，領到亦不夠使，比耕田更苦楚。X機時時到炸，我性命朝頭唔知晚上，幾次想偷偷出來香港搵你，無論乜野工都做，只要一宿兩餐，唔駛求人。唉！想唔到我咁老大，重要捱的咁嘅世界。眞係慘咯！足疾已稍愈，勿掛心。爾能搵錢，吾亦喜歡。代我問姨媽好。父譚根的筆。」阿甜讀完父親的信，不覺暗自垂淚。

又隔了幾日，阿甜正在結鈕子，忽聽得敲門聲，忙上前將那扇小洞門開了，問是誰。外面答道：「係我嚟，阿甜係唔係呢處呀？」說話是男人聲音，帶着石岐口腔。阿甜吃了一驚，這是她父親的音調，如何來到此處，慌忙開門，只見她父親譚根，身穿一套灰布舊爛軍服，既沒領章，鈕子也脫了幾顆。頭戴黃色破氈帽，足登布鞋。年紀本不過四十多歲，卻因勞悴窮餓，鬚髮不修，滿臉都是晦氣。阿甜叫聲阿爹，讓了她進來，帶到冷巷裏自己那張床位上坐了。一面到廚房裏叫林婆，林婆正在洗衫，聽說譚根來到，忙抹乾了手出來。寒暄了一番，問他為什麼來港。譚根嘆道：「講都講唔晒咁多，總之逃命係喇。好彩阿女匯左的銀返嚟，做水脚，得條命，乜都唔敢帶。」阿甜道：「阿爹重番唔番去㗎？」譚根道：「重敢番，我係偷偷走出嚟嘅，如果俾營裏拿到，命都會冇，番去重唔拍！」阿甜嚇得不敢再問，林婆留他便飯，叫阿甜陪着他，自己去買饌。父女二人談些閒話，阿甜最關心他住的問題。譚根問她這裏能不能住。阿甜道：「這裏連床位都沒有了，怎能住得？不如到別處去租張床位，我這裏還有幾塊錢。」便將匯剩的幾塊錢，都給了譚根。譚根在這裏吃過飯，出到附近咕哩館租了一張床位，早晚兩餐，仍到林婆這裏來吃。林婆頗重親誼，招待誠懇，只是阿甜心上過不去。譚根人地生疏，百無一能，只靠阿甜結鈕子賺來的錢接濟着做零用。阿甜覺得不是久計，她想起李先生那間導游社了，每小時一元，陪着客人游耍，這眞是再容易賺也沒有的錢。現在父親既來了，父親是沒本領的，只有靠自己養他。這結鈕子所賺的幾個錢，如何夠用？倒不如去找李先生，請他設法，做一份導游員，也好賺幾個錢供養父親。打定主意，並不告訴林婆，逕自去導游社，找李先生商量，李先生躊躇道，「照阿甜姑娘這樣的人材，自然歡迎。可是這拋頭露面的勾當，怕不合女孩子們做罷！」阿甜自經失戀之後，她的自尊心，已漸漸消失，近來又為了要負擔她的父親，更顧不了什麼身分。那天，聽李先生講起導游女的生活，早已心嚮神往，當下便答道：「那也不管了，只要比結鈕子容易賺錢，拋頭露面，也沒關係。」李先生見她意思堅決，便道：「既如此，阿甜姑且先回去把這條辮子剪去了，做過一兩件長旗袍，扮得摩登些兒，纔好出台。」阿甜大喜，辛勤地做了十多天夜工，積得十餘元，電髮做衫，驀然扮成一個都市中的摩登姑娘。

阿甜在導游社的名字改做甜甜兒。林婆起先阻止她，到不能阻止時，也就由她了；何況阿甜的父親，已在香港，做姨媽的並沒有什麼責任。譚根要在他女兒手裏拿錢，對於她的行動，自不便怎樣干預。究竟導游社是什麼？鄉下佬壓根兒鬧不清楚。只有陳展廷冷眼旁觀，見阿甜忽然塗脂抹粉，電頭髮，穿長旗袍，換高跟鞋，從頭到腳變了一個人，便不能不暗暗納罕。阿甜最初幾晚，到十二點鐘收工後，還回家來睡；後來却就在導游社睡了。陳展廷更沒見她的機會，暗中推測，阿甜或許和那俞士元結婚去了。但是結婚不能這樣秘密，總該有些動靜，不派餅，也該有燒豬回門。俞士元的影子更不見上過門。這樣看來，竟不像是和俞士元結婚，那麼，阿甜這樣的裝飾，又在那裏做些什麼呢？陳展廷左猜右測，參不透這個謎，待問林婆，却又膽怯。阿甜走後，每次叫柴米，都是林婆親身下樓。在陳展廷眼光裏，覺得林婆也有些異樣了。以前林婆的態度，對自己比較親熱，近來便不多說話。陳展廷原是一個沈默慣了的人，別人的事，不大願意盤問，對於阿甜，心中本懷着鬼胎，深怕他一問，動了別人的疑心，因此更不敢問了。只是在夜眠晨起之際，覷着無人瞧見，偷自展玩着那條紅巾，暗暗神傷。這邊暫且按下。且說阿甜自進了導游社，李先生把她的名字在小報上一登，這甜姐兒三個字，是多麼香豔，第一天，便有許多人打電話來，叫她鐘點。她起初擔心的是真有人找她領導着游耍，後來證明了她的擔心完全錯誤。原來這些客人，都是在酒樓上，餐室裏，和酒店中叫的。斯文些的陪着坐坐譚譚，玩玩笑笑，喫飯喝咖啡有人客請，這每小時一元賺得實在舒服容易。粗魯的便鷄手鴨脚，渾身亂摸，打情罵俏，無所不來，阿甜究竟是好人家女兒，不慣這一套，覺得便有些難賺了。可是李先生事前曾囑咐過她，對於客人什麼都要忍受，就使粗魯些兒，為了生意起見，也要將就。阿甜起先雖不慣，受慣了也無所不慣了。她更從姊妹間知道了導游生活，其間也有許多黑幕。姊妹中有個喚做白玫瑰的，和她第二天便很相熟了。白玫瑰是澳門來的，生得嬌小俏麗，比她大三兩歲，不自諱地告訴她是當過娼的。阿甜問她當導游的經驗。剛巧那天兩人都閒着，白玫瑰便告訴她一段故事道：「你剛來，一時不會有什麼奇怪的經驗，我把這段事告訴你，你以後也可留心着那些客人罷！」

阿甜道：「這是我最愛聽的。」白玫瑰道：「我纔來這裏時，是一位姊妹叫楚雲介紹的。」阿甜道：「怎麼我却不曾見過呢？我只知道賽金花，筱寶寶，莉莉陳，馬麗珍，連你我一共六人；還有報上登出的小娟小鳳小仙小珠都不曾會過面，那楚雲却連名字也生疎得很。」白玫瑰道：「小娟小鳳等都是烏有的，並無其人。這是我們招攬生意的方法，等看報的覺得人才熱鬧些兒罷了，別的導遊社也有用這法子的。楚雲却實有其人，現在已跟了人。她從前也是澳門花界裏的姊妹。我初來時，本打算到塘西去當歌女的，誰知一打聽開銷大，檯脚不大旺，恐怕頂不住，正躊躇間，遇到楚雲。從前這箇導游社，名喚楚雲導游社，現在那位李先生是專管寫票子的。後來楚雲跟人，脫離了，由李先生，找幾箇朋友頂了下來。我和賽金花，莉莉陳，都有些股子。」阿甜道：「原來你還是我的老板。」白玫瑰道：「休得取笑。這算得甚麼？」阿甜道：「這導游社的資本，却不知道要多少錢纔能開辦？」白玫瑰道：「最要緊是一箇電話，五十塊錢按櫃，其他的屋租傢私要不了多少，有三百塊錢時，也勉強可以開張了。」阿甜笑道：「我只管和你閒談，却忘記了聽你説經驗。好了，我們且把閒話帶住，你説你的故事來聽聽。」白玫瑰道：「我在這裏當導游女後，有好幾次碰到壞男人，那些壞男人，給我的印象太壞了。我恨男人，覺得男人只可作玩物，就因為那兩箇壞男人，傷了我的心。有一次，一箇自稱姓張的，在法國酒店叫我。他住的是五塊錢的房，穿着漂亮的西裝，年紀也輕，我看他的派頭，像是有錢的上等人，舉動活潑，很會調笑，不到兩個鐘頭，他誘惑我幹了這樁事。我本來是出來搵錢的，以為過後總會給我一些代價。誰想他幹完此事後，推説到樓下去買呂宋煙。一去幾個鐘頭，竟不見他回來。我等得慌，按鈴叫僕歐來問，纔知道他只預付一天房租，並無行李，我恍然明白受了騙。不但白白受了他欺侮，回到社裏，還要替這衰鬼賠墊鐘點費。你道可恨不可恨！又有一次，在中國酒店，那叫我的客人是住在四樓騎樓房的，姓名都忘記了，只記得他左額上有搭黑印。那嘴巴很會說話，忽然説要送隻戒指給我，叫我將手指上帶着的除下來，給他畫尺寸圖樣。我除下給他，他便拿了紙筆，到騎樓欄干邊畫着，故意失手把戒指跌下馬路，他假作飛跑下去拾取，這戒指便給他騙去了。你道可恨不可恨！」阿甜聽了這許多社會奸險的情狀，不覺悚然。

署名傑克，香港：復興出版社，一九四〇年六月再版

生死愛（節錄）

一日，余得二書，其一，為余母者，詢余隆坡之事能否迅速解決，次述余已屆中年，急須論婚，函中並附一女子之影片，謂係某紳之第三女公子，徵余同意，其一，則麥格蘭函，由檳轉來者，麥格蘭與余通訊，向用英文，此函則用日記體裁，纏綿而哀惻，有類夜鶯之悲啼，余意譯之，較原詞恐未盡達也。

五月十八日　彼（謂余，下用彼字，皆指余，）行時，吾病正劇，恐阻其行。強自振作，使其釋然而去，吾送其下樓，強笑而別，迨返至樓上，頭千鈞重，目前皆黑，和衣倒臥，得酣睡，比醒，已過黃昏，室中乃沉黑，吾撫孤枕悽然自念，彼行矣，此際在海上，亦正黃昏也，吾忽生宗教之念，默禱上蒼，祝彼旅次平安。

五月十九日　陰雨，同居婦人李二姐來視吾病，意態肫摯，屬吾不必自起炊，飯時，則以托盤承飯饌，置吾床前，吾謝之，請包食，月致酬若干，李二姐無可無不可，但曰，子病中，多得休息，不宜更執炊役，酬不酬無甚問題，語已，又助吾洒掃，吾甚德之，李二姐年四十餘，孀也，和藹誠樸，助人能竭其力。

五月廿二日　日來多陰雨，吾荏弱不耐起坐，多臥床時，瞑目幻想，念彼此時當抵岸矣，且已朝見太夫人，因又默禱，祝太夫人早復健康，吾雖不知太夫人作何狀，虛相摹擬，則太夫人當極慈祥，吾自愛彼後，覺與彼有關之人，無不可愛，吾乃自審鍾情者深矣，第病根已深，體力疲乏，恆惴惴，恐無與彼重相謀而之時，今攬鏡自鑑，目深而顴削，非復壽相，而咳血仍不止，吾自覺體內精力，日漸空乏，燈爐油乾，生命其不永耶。

五月廿三日　李二姐日來作伴，其人自云未受教育，然言行極有修養，曾受教育者不能及也，午後趙璧原先生來，謂明日動程赴漢口，坐床前移時始去，囑吾靜養，留五十金為吾作醫藥之費，趙譽吾甚至，謂吾能隨彼捱苦，不媿奇女子，實則吾何足云奇，天下女子，孰無情者，以未遇可託之情人，遂深閟其情，以虛偽面目向人，一旦遇可託者，則人人可為奇女子，寗獨吾耶，然亦有蔽於物慾之私，終其生不知愛情為何物者，是則大可哀已。

五月廿四日　吾思彼之心，與日俱積，曉枕夢回，輒傷獨宿，蓋一年來雙棲已慣，同游共息，眠食不離，如鶼與鰈，如鴛與鴦，今一旦生別離，其悵惘相思之情，有不可自勝者，吾此時心靈眞無寄託之處，晨夕為彼祈禱，為太夫人之病祈禱，是晚，方瞑目默禱。而李二姐來，吾告以方禱告，李二姐喜曰，子基督徒耶，吾曰，否，第覺冥冥中確有主宰，李二姐喜，自承曰，吾基督徒也，子既有宗教思想，吾當以聖經之理語子，於是與吾深談教義，且知吾不甚諳中文，立向其教友處，假英文聖經授我，余就鐙翻閱，至 If there is anything I can do, it is possible for one who has faith. 余信心益堅，覺凡吾所禱，皆上達帝閽，吾與彼雖遙隔千里，而可隔者形，不可隔者神，上蒼必能鑒吾至誠，賜彼平安也。

五月廿五日　晴，視日歷，為星期日，今晨因宵來獲飽睡，腰脚較健，李二姐約余往守安息，余自彼行後，心靈空虛，正無所寄託，而宗教之信念甚虔，仍忻然容飾，隨李二姐赴禮拜堂，病後人久懶整妝，此日翻衣笥，檢彼去年與吾初戀時所贈之輕綃，則寬博如假自他人者，吾自量腰圍，較前瘦二寸許矣，既抵禮拜堂，見牧師方講經，牧師狀貌似英人，能為華語講道，吾覺其貌甚諗，已而憶之，蓋前年冬間星加坡歸舟中所見之牧師也，李二姐告吾，此牧師卽為渠施洗禮者，散時，牧師下講壇，視吾似曾相識，吾操英語笑謂之曰，星加坡舟中別後無恙乎，牧師亦笑，握吾手曰，吾憶之，子非密司麥格蘭乎，以較前清癯，幾不相識，子常留港乎，吾曰，然，牧師曰，佳也，俄而作迴憶狀，笑曰，曩時同舟者，尚有一貴國青年，其人敦厚識禮，吐屬雋雅，舟中嘗與吾共話，今安在者，吾知其所詢為彼，遂曰，彼嘗一度在港任教習，今以母病，歸不久耳，牧師曰，惜哉，吾今日見子彌悅，子後可常來此間，吾謝之，與李二姐別牧師歸，途次，見何喬治方駕汽車，傲然過通衢，載蕩女數人，笑語過市，喬治一生，以此為樂，遺棄婦女無數，前此屢向吾獻媚，吾鄙其人，虛相委蛇，彼見吾與喬治形跡頗密，數示妬意，至於直接面詰，吾雖心笑其誤，而終未相辯，彼豈知女子心者，不輕委一人，其周旋於多數男子之間者，更不能人人委之以心，吾之不辯，蓋以為不足辯也，且吾前之不能不稍假喬治顏色者。以寄食於誼母計，喬治與誼母有葭孚戚。吾雖心惡其人，而表面禮數之周旋，不過為誼母計耳，迨吾既遷出，為避其騷擾，並誼母處亦無形疏絕，吾既與彼同居，盡屏交游，自知此種情性，孤癖已甚，顧年來日日以假面目示人，精神痛苦已極，一旦得眞心人如彼者，遂不覺盡罄其畢生之眞情，覺人與人之間，惟以能肺腑相見為至樂，嗟夫，此意誰能會耶。

五月廿六日　今日又咯血，自知此症必不起，特不審氣絕之前，能否見彼一面，彼愛好讀書，屬於文學範圍者，無間中西，悉為名著，吾檢得王嬌傳，重複瀏覽，此書吾嘗坐其膝上讀之，彼盡心相授，一字一句，解釋極清晰，吾雅愛其誦聲，中國書聲，乃至優美，彼讀此書時，尤悠揚使人神移，至纏綿處，彼輒吻吾曰，書中人之深情，一如子也，吾赧伏其懷，彼乃撫吾鬖髮，撫吾臂，低語曰，吾心為子死盡，王嬌千古情聖，子亦情聖也，吾曰，以吾鈍根，甯敢上比古人，彼於書中至情語，輒密密加圈，又加眉批，吾今摩挲其手跡，其書聲恍惚在耳，而愛撫之情，思之魂蕩。

五月廿七日　吾默計行程，又默計郵程，乃甚盼彼以書來，自朝至暮，竟不見郵使，彼殆對我淡忘耶，抑太夫人尚未占勿藥耶。

麥格蘭所寄之日記僅此，日記之後，附短簡，詞曰，「君行後，無一分鐘不相繫念，屢欲作書，不審何從着筆，以吾與子之情，萬非文字所能曲達也，日記所記，悉病中生活，思緒既凌亂，語亦倒無序，願君求其意於文字之外，旅中萬萬珍重，麥格蘭。」

余對書及日記；珍視甚至，枕上讀之，案上讀之，乃至車上亦讀之，而麥格蘭臨別慘笑之印象，時復憧憬於懷，一日數至律師處，冀早了此案，然後返檳城屏當家務，律師許余更一星期者，可告結束，余復書報母，對婚事請暫緩進行，理由則謂營業日敗，無心及此，實則一心繼念麥格蘭，幾欲橫海飛渡，一視其病，然余以母命，負主理財產之責，一時何能遽離此間，乃為書報麥格蘭，囑其善為調攝，因前書遲延，此書則寄空郵，余此時漸有支配財政之權，即電匯三百金，蓋麥格蘭方在病中，不忍使其更受物質之窘迫，一星期後，得法庭判決，產業歸余者僅得十分之一，顧余但求訟事速了，不復計及得失，夜車歸檳，以周梅親至車站相送，余感其尚有故人之情，相與閒步月台，余喟然曰，此別不知何時重相見，人生聚散，至無常也，周梅曰，然，吾亦不圖於此間遇子，余曰，子對於此貨腰生活，樂耶，不樂耶，周梅曰，樂甚，余念此女安知年老色衰之難堪，似此絕無頭腦，會看其身葬火山烈燄中耳，余乃益覺麥格蘭之心靈慧思，絕非普通女子所可比擬，已而車行，余探首外望，見周梅尚力颺素巾，此夕，余於車聲震盪中竟獲安眠，晨抵檳城，歸家朝母，以整理產業之經過詳稟，母重提婚事，余曰，兒已函告母矣，此時一心重振家業，不欲談兒女私事，母頷之，而貌實勿愉，至晚，續得麥格蘭書，謂匯款已妥收，並附日記數頁、詞曰。

六月二日　今日牧師偕醫生俱來，吾臥床不能起，甚勞李二姐為吾接待，醫者，牧師友也，牧師蓋恐吾窘於資，無力延醫，而市中所謂名醫者，出重幣，久延不至，名愈噪，術愈精，所謂術者何也，有某名醫曩年微洩於吾，謂醫者不僅須有學，且須有術，術者以言語堅其信，延閣時日以纏綿其病，一服可愈者，則輕減藥量，分二服三而漸愈之，所以獲多金也，故名醫者類多忍人，吾方困，乃不敢延醫，今牧師以醫者至，則純出於友誼，非為診金來，既為吾聽肺數脈息，吾陰察其色，蹙眉為沉憂狀，牧師詢曰，何如，醫者不能答，但曰，宜慎之，勉為列方而去，吾自知病入膏肓，無愈理。

六月四日　彼又以書來，匯多金，書中以吾病為念，吾亦亟思早愈，以慰彼人，然自鑑瘦容，枯瘠如鬼，一日不如一日，日來咳血未嘗間斷，氣息漸弱，殘生其不久矣。

六月五日　牧師來，醫者不復至，吾益知病為無望。

六月六日　數日來，時復昏沉，涓滴不能入口，又接彼書，多相思慰病之辭，吾作此數字，特勉強執筆，後此何時更作覆書，蓋無力運思，不僅腕弱已也。

余讀至此，手顫淚落，日記之後，復附一牋，則為中國文字，係李二姐致余之書，大意謂麥格蘭病日深重，停作日記已數日，屬奉書足下，千萬不可遠慮，其身後之事，已託予（李二姐自謂）與牧師妥為料理云，函語極簡，余悲不可止，立請余母，回國一晤麥格蘭，余此時度不能再諱，即以前後之情，涕泣告母，母亦感動，揮老淚曰，爾二人之情，雖不軌於正，然此女能立歛狂蕩，力持貞節，不特可掩其前眚，風骨乃至足重，家事吾自照料，汝且一行，余感泣謝母，後日適有飛機自檳城起程，飛往香港，余即預為定座，臨行之前夕，復得牧師一函，略謂麥格蘭姑孃在昏迷之中，時呼君名，稍清醒，則落淚無數，吾叩其是否欲見君，彼點首，旋又搖首，繼則慘笑言，君深知彼心，臨終不相見，雖不無遺恨，然千里兩心，百年如一，將何恨者，醫者謂此女病勢險極，心脈甚微，度三數日間，必有異變，彼今日商吾奉書足下，屬勿傷心，吾在病榻前時時為之講道，且代禱告，此女於生死消息，似能澈悟，頃微笑語我，謂信心至篤，死後魂魄亦必環繞左右，哀上蒼賜君康樂，身後之事，吾可照料，幸釋遠慮，格蘭斯頓謹白，余對書神愴，心同刀劖，機起飛後，余嫌飛行猶緩，恨不能如演義中怪物，一觔斗十萬八千里，幸途次晴明無霧，亦不阻風，遂如期抵港，余立驅車至威靈頓街，是日，細雨霏霏，天容似哭，余車中默計，牧師自發信之日，以迄此時，將及五日，麥格蘭恐已長辭人世，余此歸所見，或為棺木，或為孤墳如斗，麥格蘭之病，純出於經濟壓迫，未病而不能養，既病而無力醫，坐使其錦年花貌，憔悴以死，傷已，幻想間，車已抵威靈頓街，乃付車值，自挈小皮篋，急步登樓見老牧師，方嗒然若喪，立病榻前，李二姐則坐床沿而垂淚，余倉皇曰，吾麥格蘭何如，言次，不及與二人敍禮，置篋於地，立奔床前，視麥格蘭氣如游絲，枯瘦無人狀，目光且散，而神思乃清澈如水，見余至，眼角突流急淚，掀唇作慘絕之笑，余一切不顧，雙臂力抱之，麥格蘭斷續語曰 crush me in your arms until the last breth gone from my body，余心粉碎，更視麥格蘭，則迴光返照、紅暈上腮，舌橋不能復語，撫之，玉肌如冰，蓋氣絕矣，余一慟幾絕，念天地間從此更無麥格蘭其人，余雖生亦復猶死，則捧其首，作熱烈之長吻，此吻較定情之夕，尤為悠久，以後此余在世間為畸零人，更無麥格蘭其人足供余之姿愛，即使世有女子慧美逾麥格蘭，在余視之，終不敵此當前之豔屍，蓋麥格蘭待余之忠貞、舉世無第二人，詩歌詠嘆，所不能盡，營奠營齋，所不能報，余惟報之以長吻，慰其未瞑之目，盡余無窮之情，麥格蘭魂魄有知，其亦含笑待余於黃泉碧落間乎。

原名《儷緋館憶語》，署名傑克，香港：大公書局，一九四〇年二月再版本

紅心集・缺月團圓記

〔存目〕

缺版權，料出版於一九二二年

紅心集・對門兒女

〔存目〕

缺版權，料出版於《紅心集》第一種之後

齋公

粵派大師黃飛鴻別傳（節錄）

我國技擊之術。由來已久。然而以國習右文。故懷好身手者。乃不易見於紀述。故其事不甚傳。至遜清雍乾之間。技擊之術。漫衍於大江南北，古所未有。其後萃薈於少林寺之門。為萬派歸宗之地。宗風流傳。漸被南服。吾粵亦為所化矣。首得其傳者。為高要蔡九儀。九儀廣傳其術。百十年來。此中健者。代有其人。而黃飛鴻則為三十年來名獨盛者。飛鴻南海西樵者。幼甚貧。其父曰麒英。為陸阿采名弟子。采精拳術。夙享盛名於粵中。麒英師事之十年。得其藝之神髓。其後為鎮粵將軍所部兵技擊教練。麒英雖身膺教練。所受俸薪甚微。月所得者。僅三兩六錢銀。胡能以贍養其家。乃於靖遠街設生草藥店。期薄有獲。以補不足。然當時生草藥所值甚弱。終不足以維持其生。其有餘暇。乃挾飛鴻插幟街衢賣技。時飛鴻。年才十二齡。年雖少。而藝則可觀。人以其為童子。而抱此奇技。多樂圍觀之。且鴻之藝。不獨異夫羣賣技者。而吐談流利敏捷。尤為江湖中人所難及。每售技。麒英鳴鑼召眾。飛鴻則演技以輔之。其未演藝之前。則抱拳先揖觀眾。為數語以開塲。曰。家有千金積玉樓。不如學藝在心頭。日間不怕人來借。夜來不怕盜來偷。風吹雨打無傷損。兩手揸拳踏九洲。工夫家家有好。派派有妙。小子六歲從父習藝。粗知拳棒。袛以家貧求食。不得已街前賣技。萬望列位叔父長者成全。語罷。拾地上單頭棍。綽在手內。而於未之演藝先。則詳述棍法之運用。故觀者甚稱其有此舉也。既甚稱之。每一演畢。恒下錢如雨。故飛鴻父子所獲。視羣賣技者為倍蓰。當此時。飛鴻提棍在手。展開步馬。將棍運力一彈。棍鋒震成有一碗口大之花圈。眾甚駭其為童子。而有此偉力。如是者三作。則收棍語觀眾曰。此棍名五郎八卦槍。創自五台山寺僧。僧俗姓楊。號五郎。故其所遺槍法。至今仍曰五郎八卦槍也。五郎之後。其法輾轉為吾父師陸阿采所得。吾父曾遊於陸阿采之門。得以習此法。小子六歲習藝。故亦得習此法。（主編按：下為述棍法的淵源及運用，刪。）飛鴻語罷。曳開馬步。掣棍盡其法表演。棍法縝密。氣力均佳。眞有游龍夭矯。草蛇舒卷之妙。眾甚奇其為童子。而有此能。因多之。四下彩聲。不期雷動。一藝演罷。觀者投錢如雨。至於是。飛鴻父子長揖謝眾。拾其錢以歸。道路流傳。飛鴻能技之名。因是鵲起。然當時武術習惡習。樂為排媢。有不同己。不解其精挽。盲於其運用。輒斥為不能。今茲言。雖非具有夙怨。而必以此加之。蓋一世習武者。多獷悍自視。以自涼其德。徒以相殊其宗。務敗之而始快。以致肇釁之爭。日益其事。相沿至今。猶未能盡革。馴至良好國術。為其影響。感懷至今。未嘗不為之握腕太息也。於是飛鴻父子以賣技維其生。不三月。即有人日伺於其側。每設檔。則有人雜眾中。斜其目以觀。飛鴻年幼。短於閱歷無所覺。獨麒英久歷江湖中。世事甚習。矙其人之色。知其必將有不利於我也。因嚴防之。而固作若無有所備者。其賣藝也如故。一日。藝罷欲歸。則有人自羣中出。予麒英以函。方欲詢其所自。彼則無一語立逕去。麒英乃拆函視之。大意謂公哲嗣飛鴻棍法神妙。高出一切。僕亦以此自負。第未審誰為健者。甚願一校其技。以別高下。來日向午。請移玉至西瓜園城基上。僕則鵠立以俟也。下署鄭大雄敬約。麒英閱畢。知其函之來。必欲踢盤而壞我衣食也。於時麒英得書。知約飛鴻校藝者。必欲以此而敗我衣食。念己素未夙其人。胡能冒昧以赴其約。且飛鴻年才十有二。技即精。氣力終見遜於彼。如不往。彼必以誹言加於我。我為陸阿采高弟子。焉能自餒以辱師。利害相關。即明知不利。亦無能示人以弱。於是心內一橫。決來日依其書赴所約。然大雄之為人。曾無謀面。其藝之工與拙。亦莫能審。我今決赴其約。則須先往偵其人也。乃懷書歸。密飭人往偵鄭大雄為何許人。至夜得覆命。謂大雄為晏公街永元堂之製藥師。其人為上西關將軍里高大金之入室弟子。金武名甚藉。擅左手釣魚棍法。為拳師數十年。所遇都無抗手。十餘年前。大雄貧為粥販。天未曙。則煮粥炸麵條以應市者。設檔於第四甫側積金堂巷內。將軍里距積金巷可十數步。大雄每肩所售物赴市。必道經將軍里閘外也。時大雄奇貧。求財心切。凡設檔務求早其羣販者。每行必在更殘。更殘天猶未曙。尚夜沉沉無人聲。巷里中萬籟俱寂。稍有異響。恒達入人耳。某晨。天尚昏黑。大雄荷所售物過將軍里。忽遙聞里內隱有吒叱聲甚厲。若有人練藝於此者。異之。釋所負潛步入以窺。見有一老者。以巨棒挑布囊。往還易其置位。迷離間覺其囊垂垂墜。若甚沉重者。而此老以棒挑送之。輕若等於毛羽。心甚賢其多於力。顧速於應市。莫能久立以觀其竟。遂捨去。心猶慕其有此勇力也。乃從而密偵之。始悉其人諢號名高大金者。金夙為拳師。以左手棍法名諸世。年前始遷其居宅於是。顧年雖老。猶每早自練其功也。大雄既心賢其能。欲投身為其弟子。顧此時奇絀。焉能有餘資以為束脩。念至於此。心遂冰然。然天下事。有志者事必成。今大雄既欲進身為金之弟子。久久思之。終亦思得一法。念武術中人。類多憨直。我以誠感之。或能動其心者。於是移其粥檔。設於將軍里鬧側。每聞里內有咤叱聲。彼則持荷物竿。仿其法為咤叱聲以答。久之。高大金引以為異。俟其聲發。則出而視之。見聞側粥販。方持竿亂舞也。乃笑而問之。大雄見詢。立投竿拜於地。曰。小子夙性嗜武。而困於貧。無資以習技。故久久未得置身於武術中。甚自悼也。不圖日前設檔售粥於此。有人言老師傅宅此里中。即欲踵府求賜益。然轉念與老師傅曾無素。又不敢冒昧以忤師傅。是以每晨偷窺師傅手法。暇時自仿習之。不自意以是驚師傅。罪甚也。幸恕無知。金聞是言。滿懷欣悦。以手扶之起曰。爾既誠心求技。老夫又何計夫有無束脩者。今而後爾當善為之。毋負吾一片之苦心。則可矣。大雄狂喜。頓首無算。由是從高大金以習技。金感其誠。盡舉其術以授。數年後藝孟晉。其後為人介於永元堂習製藥。又數年。拔陞製藥師職。久之。藥行中人。漸識其為高大金弟子。與之戲搏。每為其所難。賢其藝。乃聘之為拳棒教授。覆命者既將鄭大雄之履歷詳細以告後。麒英甚以為憂。知左手釣魚棍法。亦為棍法中之上乘者。今彼以書求校技。則來日赴約。當以何法應敵。苦思有頃。驀然憶及其師陸阿采之遺言矣。采言凡操釣魚棍法者。其所操守勢。必以棍下垂。使敵無橋可乘。無橋則人莫敢冒險以搶進。故凡遇此法者。必先誘其棍上起。使為我有進擊踏入之橋。然後攻以四象棍法。則彼之守勢必立解。蓋兩人握棍相持。其間距離者。則若深溪。如無橋。胡能以達於彼岸。橋也者。乃其棍先發之謂。設彼棍不發。則我棍無着。無着則無橋也。故必先誘其棍上起。以成我進攻之橋。敵苟不解此。而為人誘起者。鮮有不見挫。念師言。心立慰。因命飛鴻大練四象陰陽等法。以備來日應敵。且誡之曰。來日校藝。爾須謹守四象陰陽之法以應敵。不可妄用其他。蓋約爾校藝者。其人以左手釣魚棍名當世。其必擅取陰鎖喉。溜進。偷打諸毒法。爾須慎此數點。稍有隙。則誘其棍上起。以解下顧之憂。如再有可乘者。則攻以四象之法。然切不可鹵莽而先發棍。發則爾必為彼所乘。危莫大焉。今茲言。須牢記莫忘。慎攻慎守。如此則此行當無受辱矣。鴻飛聆已。而亦有懼於心。所懼者。以己為童子。敵則屬壯夫。我技或良於彼。第其力必倍於我。相持之下。力遜者終受挫。因進言曰。今茲校技。彼為壯夫。而我則為童子。吾力必遜於彼。奈何。麒英曰。爾無患己力弱。患不能得其隙耳。人孰無數十斤氣力。若將數十斤之力。盡運於所持棍之中。人孰能當。譬諸以一竹竿。從樓上任其下墜。而中於人體。人尚不能支。況持棍以決死生。每發必以全力者乎。雖然。爾今茲顧慮。亦應有此。爾慮己力不及於彼者。則可乘其舊力已過。新力未發之時。猛發而擊之。彼當立敗矣。飛鴻敬領教。乃乘夜大練習四象陰陽等法。麒英審其所造。已運用自如。心稍慰。越日午。則挾棍偕飛鴻往西瓜園赴所約。己則暗藏雙刃。以備不測。沿途猶囑飛鴻慎厥事。飛鴻領之。既至西瓜園基上。則有數人先飛鴻等至。中有碩健異其儔者。覘飛鴻至。立步而前。拱手曰。來者為黃麒英先生否。所偕者。即為令郎黃飛鴻否。麒英曰然。其人曰。君眞信人也。僕此番獲益匪淺矣。僕棲心於拳棒中。垂十餘年。以授性愚魯。迄未獲進。私謂此生必無復有進益之望、不圖月前先生之公子。設塲演技。觀者咸歎為神乎其技。某亦目覘心傾。不禁神為之往。故不忖冒昧。乃為函敬約於先生。又蒙先生不以為辱。惠然肯來。使某得親英雄顏色。實某畢生之幸也。麒英以其言婉有禮。亦拱手曰。豚兒粗知拳棒。不自意竟為公所賞。心甚以為感。如不慊有尊命者。

則請賜益之。於是大雄說聲好。請合手。飛鴻與大雄。各弛衣束帶。掣棍展式以俟。當是時。二人各挺棍而前，將相及。大雄則垂其棍於地。飛鴻見之。知其為此勢以應我者。必為釣魚棍法矣。慄於誡言。不敢妄進以召禍。乃以中欄棍法先作守勢。偏身單膊。挺棍自守以觀其變。大雄以飛鴻挺棍相向。久久無所動。意其必怯於己勇。故挺棍蓄勢不敢動。而不知飛鴻固以此誘其棍自起。以俟得蹈隙之機。大雄不慮其能此。且欺其年少力弱。無足介意。因縱步搶進。挺棍直點飛鴻之面。飛鴻以來勢甚惡。急斜步側走。以棍從旁進。欲以此進擊其脅。然大雄久從名師。其技亦不弱。今覩飛鴻斜步側走。知其必以側取我者。急以棍迎禦之。兩棍相交。拍然一聲。遂成一叉字。至於是。各挺其棍自守。毋復或敢妄生變化。久之。大雄不能耐。則曰。爾胡挺棍不動。豈長如此者。可能別高下乎。時飛鴻已備受麒英誡言。知兩棍相交。則最易授人以隙。亦曰。如君欲別高下者。汝可先動之。大雄耳之。知飛鴻非尋常童子可比。而亦知棍既交。先動者必先受虧。顧此時已勢成騎虎。且我為壯夫。彼則屬於童子。苟由此作罷。則我必受世人之誚。今茲事。非力謀挫彼不可。於是運心以思。今當以何法制彼。思有頃。則憶及其師秘授之金鷄拾米法。法毒且巧。能一發三擊。既思及之。乃全力掣棍。沿飛鴻棍椽盡力削下。謀先創飛鴻之先鋒手。如不中。則順勢轉刺其足。再落空。則起棍挑其陰。一發三擊。法殊毒也。不圖黃飛鴻久習少林武技。身形手法。自與尋常家數有別。覩來勢沿棍煞下。立迎以獨馬單槍法。縮先鋒手於胸。復將前馬提起。故天雄棍雖煞下。一無所中。既不中。則順勢將棍沉下。猛刺其足。維時飛鴻馬已提起。雖刺亦落空。既落空。大雄上守勢則大虛。飛鴻遂得以蹈隙進。攻以四象標龍棍法。勢疾如矢。挺棍直取大雄胸。大雄急避讓。然已無及。肩膊間已著鴻棍。臂創不能舉。棄其棍於地。拔步向後走。而飛鴻不捨。猶欲進擊也。麒英急止之曰。可矣。勝負已見矣。飛鴻遂不趕。麒英乃返其寓。入夜將寢。則有人叩戶求見。啟視之。來者非他。乃鄭大雄也。飛鴻以敵深夜至。防父受暗襲。急拔刀以備。大雄搖首曰。請毋為此。某今之來。非欲與君等再生惡感者。乃求施藥療治吾創而已。麒英亦欲由斯以解怨。立叱飛鴻退。肅大雄入座。詢而所苦。大雄舉所創示之。則其受創處瘀腫如邱也。麒英為治之。復裂帛裹其創。既悉事。大雄稱謝去。而飛鴻之名。由是遂鵲起於廣州中。飛鴻既挫鄭大雄之後。其事不旬日遍播於廣州中。耳其事者。驚其能。大頌之。故飛鴻之名。遂不脛而走。每鬻藝。圍觀者益眾。其後以事隨麒英赴佛山。留居數月。斧資漸不繼。不得已復插幟街衢鬻技。以維目前。市中人夙震其名。每憾牽於事。不克踵廣州以觀其技。今既有此。焉有不欲往一觀。以新耳目。故每設檔。所獲亦堪告慰。一日。隨麒英出。欲覓地以設場。過豆豉巷中。見有一老者。以索繫鐵錘。沿戶飛舞以丐銅錢。麒英過而異之。因佇步觀。覺其運錘如風。上下盤旋飄忽。敏捷不可以目。麒英甚賢其老而復有此能也。益佇步以觀。尋有一路人。倉皇奔至。掠其側而過。此老制索不及。誤中其人顱。創甚。血怒出不可止。途人嘩然。羣執老者。欲擁赴諸里正。時飛鴻等方雜眾中。覩狀憐其遇。急入為之排解。且以跌打刀傷藥為創者治。眾亦因是散去。老者銘感之餘。揖鴻等而詢姓氏。鴻等亦拱以告。並叩此老。乃悉此老為林福成也。而福成固鐵橋三高弟子。武名甚藉。麒英夙耳之。恨未得一見。今不期而遇。心大慰。立懇之返寓。殺雞煮酒以待。福成心益感。食次。福成喟然曰。老夫從鐵橋三師十數年。初自意藝成。必有以潤吾身者。不圖事得其反。別吾師後。半生潦倒。日厄於貧。雖一飽亦幾不可得。甚悼此生從事於武技也。囘憶昔人有言。謂凡習武術者。如欲以此維其生。必難償其所願望。以我所遇例之。其言非誑語矣。麒英慰之曰。不然。以公之才。不患無建樹。今之所遇者。乃不過稍厄於時矣。甚願公毋存此悲憤念。以自殆其志。亦祇求藝成名立而已。苟藝與名得立於世。則一生雖厄於貧苦。而身心亦泰然也。今公之名。久已喧騰於武術界中。孰不景仰羨慕者。公雖厄於貧。而名則已成不朽。較諸身潤名死者。其得失又何如耶，公自思之。當亦不以僕之言為虛論也。於是福成大笑。立舉觴與麒英盡三觥。酒闌。福成復曰。老夫虛生今已七十八歲矣。已距死期非遙。然懷藝數十年。曾無有舉以授人者。今感君高義。願盡獻其拙以授賢郎。君能不嫌老夫技劣否。麒英大喜。立飭飛鴻拜於地。由是飛鴻遂再從福成以習技矣。於時飛鴻再拜請業。福成大悅。霽顏扶之起曰。汝毋須爾爾。老夫今自願為汝師者。又何須多此俗禮為。然今茲授技。則與尋常拳師有別。蓋老夫之技。非全無基礎者可能習。汝久從事於武。其技亦必有可觀者。今汝須先演夙所造。以審汝能習吾宗手法否。飛鴻拜曰。弟子焉敢自暴其拙。以污師目。福成曰。休再作此謙遜語。否則我不懽矣。飛鴻遂如命起。解衣束帶。揮拳運掌。罄其夙所能。追畢。福成撫掌曰。以汝技論。確足為予弟子矣。然猶慊汝馬步。尚時有飄搖不定狀。進退之間。尚未臻老到。蓋技擊入門初步。馬步不可不講求。馬步為全身基礎。稍不牢固。任上手法若何神妙。終難足以制勝者。茲就最單簡而言。馬步若不講求牢固。一任其如風絮水萍。飄搖而無根蒂。則不須勾撥。已有顛蹶之虞。況與人交手哉。故凡習斯道者。當以研求馬步為急務。匪特藉此可以練氣下行。且可免軀幹罹上重下輕。不打自跌之弊。顧今之習斯道者。類多不顧及此。衹研求手法。何者為攻。何者為守。守法雖多。終莫能輔。一旦遇敵。鮮有不敗者。今茲數語。雖平平無奇。實則為習技者。最重要之關鍵也。致汝之造詣。確曾下苦功。獨惜馬步尚未臻於牢固。為汝計。則須再從事練步。練步之法。又不能以枯寂站庄法以苦汝。我自思之。今授汝者。莫良於鐵線拳法也。蓋斯法不獨馬步手法同時並練。而於精力氣骨神。亦大有裨益。斯法為吾師所寶。秘不輕易授人。吾得其垂愛。方得習此法。今舉以授汝。汝其善為之。技必大進矣。（主編按：中略）飛鴻頓首受教。由是遂師事福成。自是飛鴻留居佛山。從福成習藝。年餘技大進。又數月。始與福成別。返廣州後。重操賣技業。時飛鴻已十四歲矣。久久鬻藝廣州。名日曝。然名高招妬。勢所必然。蓋當是粵中武風。陋習甚深。負重名者。必有人睒其側。伺隙以敗其名。今飛鴻有此盛譽。胡能逃此排娼。在飛鴻自謂鬻技謀生。於人無碍。與世無爭。我自樂其樂。無慮有不滿於人者。不圖世之傖夫。以有飛鴻在。於其所處地位。有所障碍。故雖非夙怨。亦必欲去之而始快。飛鴻之不免於糾紛者。其源亦以此也。某日。第十甫美華染布店。其主人偶不慎。顛蹶創足。延麒英為治。麒英跌打術甚能。一藥而奏功。店主人大感。備盛筵以為謝。並柬邀親友。及稔交之行中人與會。屆時麒英偕飛鴻赴約至。店主人恭迎肅之入。為介於眾。且盛道飛鴻父子之能。眾夙耳飛鴻盛名。且以其年少不凡。咸樂與接語。飛鴻夙健談。莊諧皆妙。無一語不令人歡心者。眾益懽。爭延之座。獨眾中有一人。斜目以視。狀甚輕藐。雖嘿無一語。而鄙夷之色。則滿布於眉宇。麒英瞷而甚異之。姑隱忍以觀其變。迨華饌既設。店主人肅飛鴻父子入座。諸人亦次第列席。酒數行。其人忽起立。拱手遙語飛鴻父子曰。公為插幟街衢賣武之黃麒英否。賢郎即為黃飛鴻氏否。麒英曰。然。君有何賜教於予父子者。其人曰。某夙仰公父子大名。每恨牽於事。不能親近賢者以獲益。心甚以為憾也。今夕何幸。得與公父子遇。茲有一言。欲瀆清聽者。幸恕率直。有犯虎威也。眾訝其言。羣視之。則其人為染布行中之拳棒教師。曰范朋。諢號為崗瓦猪脚者。夙知其人橫暴無行。恆借事啟爭。今茲言。聞者亦知其心所蓄也。因咸以目視麒英。頃之。麒英微笑曰。君有何言。無妨直說。范曰。某自棲心於武技以來。嘗聞先師謂武技中之花拳繡腿者。莫若江湖中人。而江湖中人。則莫如街衢賣武以求財者。耳其言至於今。久未得決。今公以武技名當世。而亦為街衢賣武以求財者。故以是言。上瀆清聽。煩公為我下一斷語。以決先師之言有當否。當是時。語甫發。舉座變色。惟麒英飽經世故。尚能隱忍。飛鴻則年少氣盛。以范當眾凌辱。胡能堪。不禁眼睛冒火。拍案而起。戟指叱之曰。某父子街衢賣技。無與汝。如欲知賣武中人。是否為花拳繡腿者。則可與某一校其技。爾方能有所鑑別也。范聞言仰天大笑曰。汝則不言。某亦欲與汝一校其技。使世之惑於汝輩誇言者。知少林武術自有眞也。飛鴻大恚。推座起。趨步堂下。而范亦舉步以從之。當是時。飛鴻與范均立於堂下。各自去外衣。飛鴻則厲聲語之曰。今其時矣。請盡汝所長以相角。彼此毋稍（ ）讓。用以鑑別賣武中人。是否盡屬花拳繡腿者。范嗤之以鼻曰。汝毋多言。吾必於此以盡曝汝醜。第今茲校技。先一校橋手之力。然後再從事搏鬥。汝意如何。飛鴻皆諾之。乃舒右臂以俟。范亦即舉右臂加諸其上。兩臂相接。范即搶勢以全力壓下。欲以此下飛鴻之手。第飛鴻已復從福成遊。日以鐵線拳法鍛練橋手。臂堅有如鐵鑄。范雖奮力沉壓。而久久飛鴻之臂無稍動。至於是。范始知遇勁敵。然勢成騎虎。萬難中止以見弱於人者。因默求別法以挫飛鴻。既思之。心為動。動則心所欲者。必形諸外。飛鴻久與江湖中人雜處。凡校技中以詭計襲人者。類多耳濡目染。今覩范之眸子閃爍不定。知其將有以制我者。因嚴為戒備。以俟其變。頃之。范果以陰漏法。脫其手漏於飛鴻臂之下。且乘勢拼二指。直插飛鴻腋。飛鴻早已大戒於心。急縮右手以護腋。偏身側馬。先讓來勢。從側進掌抵其脅。范措手不及。為所中。遂應掌躓於地。飛鴻撫掌狂笑曰。君自命為武術中能手。胡為復有此蹶也。今茲蹶。諒必為地滑所致。請速起再搏。以別高下。毋自餒而中止。范胡能受此奚落語。急奮身起。縱步取勢。向飛鴻下拳如雨。飛鴻審來勢凶猛。知其非欲以此別高下。實欲以此而死我。我苟從而拒禦也。雖勝亦必大費力。且拳經有云。謂如敵來勢過凶者。宜先避其鋒。俟其力怠始乘之。敵雖勇亦必破。今范之來勢。無殊拳經所言。我宜先作遜讓。以怠其力。俟其舊力稍煞。新力未復之時。始進取之。當毋慮有見挫於人者。念至此。乃左右躲閃。曾無一手之還攻。范以為其怯於己勇。攻益力。第飛鴻馬步手法。則異常迅捷。久久不能中。攻既久虛。勇力漸減。尋氣喘汗流。疲憊之勢頓現。飛鴻覩狀大喜。立化守為攻。步步進逼。而范亦以死力撐拒。獨其力已疲。胡能再事久持。有頃。鼻為飛鴻拳所中。血怒湧。下頷盡赤。范遂頹然而倒。飛鴻乃誡之曰。爾此後勿以誹言妄詆天下士。雖知風塵湖海中。所在多奇能異技者。如某之不才。亦奚止車載斗量。今小懲大戒。未始不為爾之福。爾歸毋再蹈此。否則汝軀當殘廢以終也。汝其去休。范遂起。掩面負創去。飛鴻乃復入座與眾飲食。以續未盡之歡。飛鴻自敗走范朋後。名益盛。惟厄於貧困。故仍鬻藝以維其生也。

選自齋公《粵派大師黃飛鴻別傳》，香港：國際叢書社，缺出版日期，據內頁資料，推測出版於一九三三年

豹翁

五年前之空箱女屍案（節錄）

距今五年前。桂湘贛秦鄂汴諸軍。大集廣州。軍多不治。州人無賴者。依以為奸惡。殺人越貨大道中。人不敢忤視。警察力弱。聞警潛走避匿厠牏。故軍士益無忌憚。豺虎縱橫。民生塗炭。易國後十餘年。棼亂之象。莫甚是時。州人良善者既瘖畏不敢拒。官亦不能禁。而殺人之事益多。不惟拔刀相仇讎。女子被刃泩銃彈死者。前後相望。事發。十九不得懲殺兇人。於是州人駭相傳言。日夜不知死所。偶見陳屍中路。一不察。皆謂為軍人之為。而楊希閔所部滇軍。樊鍾秀所部汴軍。言語獷悍蠻聿。人尤畏之。無識者且侈言歎歎諸武夫。有嗜食人肉者。每逢殺人案。必委於其軍。有是有不是。而州人無男女老弱。乃無一日安。其年冬。二區署警察。深夜見數軍士舁大箱過市。隨護五六人。匆匆走。疑之。踵詬察之。薄北郊。諸軍士知警察瞷其後。則大怒。拔手銃相嚮。止毋前。警察懼返走。走報於其長。旦日。其長使循北郊偵諸軍士夜所為。而茲地居人。當時咸入睡。無有知者。其後有農人來告。東得勝廢壘山隈。新土墳起。前則無。茲可異。諸警察立發掘之。才尺餘。大箱遂見。斧視之。赫然一女屍。拳曲倒伏箱中。雖齒眼怒張。計其生時甚美。年可廿三四。潔白而多肌。御粉紅色軟緞小棉衣。白法蘭絨衷服。裳亦同。有襪而無履。髻髮披紛。似生時為人手以捽之者。項中刺九創。血斑斑濺裳衣。步槍刺刀一。植其私處。猶未拔。故褌為半弛。於是偪視者為大駭異。以刺刀故。皆以為其是軍人所為。而女屍所服御甚美。今乃無外衣。則又以為姦殺。非刦殺。然實漠不知其所為何由。而警察夜所見諸軍士。皆非衣正式軍衣。不能別其誰屬。警察之長因自念。既為軍人所為。即遂發之。亦無以懲。因率率為易棺藏之。賓不問。當是時。予聞其事。實走視之。細視女屍顏面。并其眼角有小黑痣。為大驚。廻思往承典兵者委命。為花捐公司總稽核時。茲人嘗以故被逮罰。予憐其遇。因釋之。後遂與相識。知其身世甚深。既嫁人。猶時時過予居話舊。憫其慘死。具以其平昔行事。告公安局偵緝課長吳君國英。吳君窮力月餘日。輾轉出偵察。稍得之。而殺之者事後揚言稠庭。自承其事。以為威武。案益白。而終無以懲之。州人爭傳言茲為滇軍師長趙成樑殺其妻黃毓桐所為者至今。此則誣也。茲事甚曲折。與成樑不必無關連。故流言以是而起。今為溯本末以紀之。抑予之意。其紀之也。固以傳地方一信事。明當時軍人所為無法無天。亦以誡世之女子。其毋慕虛榮。迷心金帛。妾嫁旅人而軍者。其不然。小則辱節。大則殺身。欲求大箱以殯而不得也。

空箱女屍之名曰許道珍。台山都斛人。都斛之許。其姓不著。盡數十人成族。然皆富於貲。其男也。十九犯水陸數千里。走英屬坎拿大為商。道珍之父。少小依其族叔以往。羈旅二十餘年。懋遷得其術。獲大金以歸。而不遂歸故里。人爭異其所為。盖台山人公性。最重宗法。遠客萬里外。時時不忘故鄉。苟積貲以歸。必大建屋鄉村中。以曄其族人。雖害盜賊。猶不肯移家別縣。而台山人又有惡習。雜數姓聚而居。族大者恒欺小者。甚不誼之行亦為之。使噎頸不能出氣。許於都斛。人既少。李姓千餘人植於其隣。子弟多貪鄙。故許夙受李欺。道珍之父村居時。

食僇辱鞭撻不能報。數數矣。永以為恨。視都斛如虎狼之巢。故他人飽獲歸宗國。必不忘故鄉。彼則不然。留廣州。取妻子舉家以住。舍其祖居贈人。故人爭異其所為。當此時。是為遜清光緒末年。道珍之父買屋居市西。市西以夏五月大疫。甚死人。一眴三日。妻與子皆死。又三日。從子與其婦亦死。閉門漠漠。舍婦傭僮僕無他人。於是道珍之父劇於心。念嗣續。喪葬草草畢。斥五百金買妾。以慰其孤凄。妾多於姿。持身持家。斬斬有序。道珍之父甚愛憐之也。後一年。遂生道珍。道珍生十一歲。時維民國二年。諸大盜哀兵稱民軍。相呼引撞游市中。睚眦之嫌。立以戎衣相見。康莊大道。銃彈蚩然亂飛。路人時為擊殺。死不得卹。道珍之父嘗以事過城南。遇民軍驟相鬥。避不及。銃彈注其胸。輿歸遂死。其妾固傷之。然幸其財。往今皆操我手中。今既死。益操我手中。今我無子。族人必爭出子以為嗣。其是掊我家貲。因匿喪不報都斛諸許。都斛諸許乃不能知。既殮葬。提遺金六萬。貨其宅。移家其養母關之隣以居。其後都斛諸許走廣州過道珍之父。知其事。榜千金購求遺嫠孤女。終無有能發之者。歲月既遷。因亦寘之。及道珍十二歲。其母資使赴校讀書。讀五年不輟。而其母是時以失足墮樓死。於是道珍十七歲。以孤女擁數萬金。關因取歸護之。至是道珍乃輟讀。道珍之居於關氏也。關氏蓋故家而淩遲者。遂資道珍以足其不足。甚媚道珍。而道珍性於慧。雖齒穉。乃能白其故。常常以金贈之。以是諸關加媚之。媚不可食也。齒穉者久食媚。尤易渝其善性以即于不善。況道珍乃今無人義當約束之。又擁多金。擁多金無不可為。物慾之誘。易中于其心目。故道珍初非邪於思。然以是故。驕矜放僻之行。不自知與年俱進。道珍貌甚美。肌玉雪可愛。明眸善睞。一顧能醉人。然眼角有黑小痣。最為點。道珍平居精研妝飾。奇服每為人先。攬鏡自憐其美。然至憎人言其黑小痣。即不必言之。言他人有痣不美。亦必怒。投瑕抵隙罵人。閨女所為如此。是不淑。智者於以知其將必無幸矣。

道珍自十七歲宅身關氏家。關氏開平人。傳兩代營商坎拿大。其老主人夙識道珍之父。故以婢媵之。光緒末葉。關氏嘗以富名里閈。於時蒼梧關文彬。南海關賡麟。皆以通才久官郵傳部。掌鐵路重職。人皆羨其美仕。關氏老主人既死。其長子以富而不貴。身則不華。輦巨金走北京。乞人介於二關。幸以同宗故寵我。因得為郵傳部末僚。既蒞官。遂大欺其家。頻頻使寄金足我。謂無金出酬高應卑。官則不遷。數年之間。耗金餘十萬。顧其人才短。官不擢高。終以是敗。負累甚。家雖毀。為羈鬼北京。粵中諸昆弟恨之。竟不歸其旅櫬。至於是。諸昆弟皆出為商賈。顧傭耳。食口眾。力所入。猶不足贍其家。以借債度日。舍其所居券。重納子金質於人。久久不能贖。金主人屢來索。言不遂償者。折屋抵之。舉家大懼。無以為之計。及道珍既至。居三月。金主人來索債加力。關氏老婦若為道珍外祖母者。知其挾多金。因說之。其立借萬七千金贖券。期以一年歸還。道珍惜金。諉為貯銀行中。不及期。今不能遂有金。無以應。於是舉家益大懼。計不能復有其居。相嚮悲泣歎息。道珍見之。猶深滕金不出救人。當此時。諸關有婦梁。梁故家女。而其家亦稍淩遲。父母皆死。家惟有同懷弟在。弟名曰其榮。十八歲矣。梁甚愛憐之。故其榮時時過其姊。其榮貌甚美。見人畏羞面赤。性又溫婉。人皆愛之。而梁之小姑曰靜嫻。讀書公益女子師範。尤愛之。其榮每來。必怒奔以語。顧靜嫻少於姿。以是其榮既夙於羞。恒面親而心遠之。及見道珍。道珍甚愛其榮矣。以靜嫻久與習。逆知其惛。因不敢縱。然實心之。每得間與語。而其榮甚媚道珍。雖別親疏久暫。視與靜嫻為暱。道珍每使為代市物。無不從。來加數。來必得語道珍而後去。與靜嫻益疏。靜嫻大恨。而道珍則心大樂。凡女子以戰勝情敵為無上之光者也。既足於心。不自知馳其容色眎人。又不自知馳其心中事眎人。蓋道珍來之初。甚自尊。遇諸關無男女。漠漠不相親。今惟獨親其榮。其榮男子也。於是關氏家人皆以為言。而梁尤能忖其心所宅。今有急。度非資其榮乞使出金。必無功。因語其榮。其榮具以利害説道珍。道珍許諾。他日。金主人復來索債。語洶洶。限十日以贖。不則遂折屋抵之。梁因語其老姑。其復哀道珍。必得當。而道珍果出萬七千金贖券歸。纍纍數金幣陳案中。視其去。一若無所於惜者。於是關家人皆誦言道珍行誼。益進大媚媚之。任所為不問。惟靜嫻獨嘿嘿不得意。而益嫉媢道珍。

道珍既出大貲以完關氏之居。於是關氏家人寖皆知以其榮力。關氏老婦因風其婦梁。為合二人者婚姻。梁因言於其榮。其榮大喜。言於道珍。道珍亦大喜。因以關氏老婦為媒。遂定之矣。二人者皆一身無父母。權自操之。議以許後三月聘。相戮力張羅嫁娶之儀。不蔽耳目。人咸知之。當此時。靜嫻適依其生母黎。走香山東鎮大環鄉甯其外氏。既歸。知其事。為痛哭流涕。執其榮以討。斥其寒盟。詈不休。先是其榮與靜嫻甚相親。夜補讀某圖工學校。出入必偕。雖所為未踰戚畹之軌。已相印以心。視為夫婦。及道珍來。容姿皆盛。以是其榮馳其情。靜嫻雖恨之。然以心約在先。度其不敢終於背信。乃今如此。其是毒我。故甯死不釋其榮。而其榮諉為關氏老婦持其事。吾姊可之。斯無力拒其不成。靜嫻因益大哭。歸告於黎。黎於關氏老婦。位為妾。凡天下妻妾。無相浹者。彼其平居鬥寵。相仇讐。夫死猶不洗。今益有此。遂以為故使成之。以傷我心。以賊我弱息之身。然知靜嫻許其榮。私也而無書儀。其不能執罪背信者。而嫁媒杓以離婚姻之罪。苟其揚之。不啻自彰其醜。而靜嫻益難復適人。因隱忍。矢必為報。教靜嫻毋自挫其心。顧靜嫻年少。身逢其毒。安能隱忍者。愈思之。心則愈煎。煎則驁。驁則不及衡其利害。即橫潰無所惜。此不惟無知女子為然。古今賢哲。以一朝之憤。淪身為小人之行。乃多如此。而靜嫻則為尤厲。其後聞道珍以六千金買屋城南。將以妥其夫。益燃其恨。務敗其美滿姻緣。使不能獨享。計既得。遂以道珍母氏所為者。及道珍今茲藏身地。為書大告都斛諸許。為鳴不平。諸許得書。其貪饕者立走廣州以訟。訟諸闞圖遺產。諸闞大驚。而道珍先得訊逃去。以無證。訟不得直。然闞氏已飽受胥吏叫囂隳突之苦。幸道珍潛予以資。得無事。於是諸闞皆德道珍。而惡靜嫻。其老婦尤日數其疇昔妻妾之怨。歸罪靜嫻母女。指物姍笑。故故盛稱道珍夫婦。心仁以多祉。福大以不貳。而目靜嫻為不市之豭。靜嫻既失意於情。報仇又不中。遭此僇辱。其何以堪。持其母泣言之。亦知乃無善法以復。而窮日夜聞刺心語。即能掩耳不聞。道珍遂結褵。安能不聞者。於是悉家人盛服往賀。渠渠廈屋。惟餘母女。形影相吊。淚眼相看。度此長日。而靜嫻悲泣至於午夜。殘漏接耳。淚乃驚止。遙想情仇今乃鴛夢正酣。遺我如此。因心痛如割。度不自裁。則此恨永無可釋。恨以生。不如死。遂引帶掛壁死之。其母聞聲走視。釋救之。已無及。心大痛。坐視遺屍。不自知所以完其來日者。俟婦傭走告諸闞。亦引帶掛壁死之。諸闞既歸。為大驚。既已無可奈何。因鳴官乞臨案。官貪也。欲罪之。道珍為納賄以免。雖如此。然諸闞少婦曰胡。胡盖溺於禨祥者也。私告其夫。亡二人以合婚。婚則不祥。鬼其有知。必不據存者。吾恐道珍將以非命死也。然而道珍既嫁其榮。鮮衣大食。情好甚篤。見者稱為一對璧人。故後此一年。胡之夫偶談往事。猶咎胡溺於禨祥。妄議人也。

選自豹翁《五年前之空箱女屍案》，香港：工商日報，一九三六

鄧羽公

義女還頭

在滿佈灰色層雲之慘淡淒寒夜空中。疏黯孤零之碎星。正在間時微閃。一似久病人懶於看物。閉目時多。久久然後微張深陷之雙眶。慵慵一瞥之狀。獨有淡薄之殘月。又自層雲穿出。轉瞬又復為層雲所蔽。如是稍露即蔽之更迭循環。大似人生歷程。顯晦無常。時刻在掙紮挫磨中也。當此殘月下照。一座荒山渺漠淒寂中。忽見山之左腰。石膊伸張曲抱。此中乃有一株紅棉老幹。幹繫一馬。馬亦呆如石立。而紅棉樹葉盡落。只露出夭矯錯亂之光禿枝枒。撐直於陰森之上空。大有摩霄淩雲之勢。下視疏林條條。高不紅棉之半。則又似鶴立鷄羣。老態睥睨一切也。在此沈默而靜肅之大地上。突聞老馬長嘶一聲。更若長眠人忽然狂嘯而甦之狀、大有雄鷄一唱天地白之概。老馬昂頭一嘶後。即見紅棉樹後一老壯士飛步至紅棉下。撫馬項蓬蓬零亂之鬃。笑曰。老伴又厭寂寥。而思熱鬧耶。老壯士言已。又回首顧樹後而呼曰。阿秀。此聲未已。而樹後突有少女躍出。衣裳狹窄。矯捷如鷹隼。垂手肅立老壯士前。仰首凝視老壯士。且曰。爸爸。何事又匆匆去也。老壯士乃指北方天末。灰淡之殘雲下。乃有赤紅之光影。閃閃露出地平線上。曰。吾女亦睹之否。少女果迴眸循老壯士所指處遠眺。面有悸色。乃顫聲曰。彼癩狗頭又復毀心樹林耶。兒當隨爸爸同去。看女兒佩劍利否。少女言已。便返身欲整裝同去。老壯士急止之曰。秀兒。汝不必去。老父自能了之。吾兒可同各伴守此。此間亦重要也。苟為彼覬覦及此者。則我等更無立足之地矣。秀兒當明白老父之意矣。少女乃搔首踟躕。狀殊不耐。而老壯士已在紅棉樹幹解下此馬之韁勒。揮手促少女歸去。便一縱身而躍坐馬背上。少女乃作不得已之色。舉雙手向老壯士。老壯士乃在馬上俯首。握少女雙手而嗅之。一瞬間而老馬後蹄已頻頻力向地上浮沙亂撥。且覺吭中吱吱作響。似不耐此老壯士與少女所為。而即欲沖天飛馳絕塵去者。老壯士深知馬意。不得已乃擲少女雙手。兩腿將馬腹一夾。而馬臀乃立即擺正。向天末赤紅光閃處。而四蹄已發動矣。但老壯士一手仍提緊其韁。馬尾便在臀後活活然狂拂。似怒老壯士尚制彼不許前飛也。老壯士至此。知不可更須臾緩矣。遂揮手呼曰。速歸速歸。手中馬韁一鬆。馬便如飛而向天末赤紅處馳去。有似箭已離弦。一瞥間。人馬都渺矣。老壯士為誰。則趙孟雄也。趙為宋室皇裔。帝昺及母后崖門殉國後。得乳母匿之民間。元兵乃不能搜及。遂得綿綿延其宗嗣。及孟雄則已三四傳矣。孟雄此時已垂垂老矣。惟是復國之心未衰。避居銀洲湖側之二十四峰中。結茅巖穴間。陰結壯士百數十人。孟雄一身而外。獨有老妻及少女。外此皆為數十年間所積纍之同志壯士而已。頃間繫馬處。曰紅棉峰。筆架峰前。白虎峰後也。北邊則為十里沙。孟雄乃擇地於此間兩山相夾之野狸澗滿種心樹。不下凡數萬株。此種心樹頗粗生。每株每年可長木材值數角。植十年之心樹。傾之可售五兩有奇。故孟雄所結納天下好漢。完全賴此心樹林中入息。以為挹注。間則指揮各好漢向貪官污吏劫奪。取不義之財以為己用。日久便為元廷所偵悉。此時元廷已調到托哈帖不花總兵駐新會。任搜剿孟雄一班好漢。此時即為托哈帖總兵進抵銀洲湖之第五日。而偵知孟雄一班好漢所恃為資生者。全在此心樹林中。故秘密探進。施用火攻。以為焚其林。便絕孟雄養命根源。即可逐漸而制其死命也。秀瓊即為孟雄少女。聞老父赴救心樹林。便欲隨行。不意老父不許。令其守此紅棉峰。遂返岩穴中而面母。曰。爸爸已去救彼林場矣。女兒欲隨之同去。奈何爸爸不許。謂此間更為重要。不知爸爸已吩咐寶爺洪爺守此間之計劃否。阿媽何不召之入而詢之。免至臨事而張皇也。秀瓊言已。便立母側。以待母命。其母身體清瘦。年亦五十許矣。惟精神極健。一望而知為久經折磨。且慣練武術之婦人也。聞秀瓊言。便點首曰。此事至合理。母當召之來一商也。

秀瓊母言已。便回首呼雁娟兩聲。即見一年僅十四五之少女跳躍而出。垂手立於秀母前。曰。契娘召我何事。又回頭向秀瓊曰。契姊。契爺曾召汝出岩外。何以又即返也。秀瓊乃搖首太息曰。汝契爺忽然又不欲我同去。殊令人身癢心悶也。否則現在已與彼癲狗頭做生日。有似利刀斬木瓜。何等爽快乎。今乃反在此鬱鬱。豈不悶煞人耶。秀母見秀瓊又絮絮如此。乃曰。汝爸爸不使兒行。必有主意也。乃謂雁娟曰。汝可即往後岩請寶爺及洪爺至。謂有要事奉商可也。雁娟點首領命而出。秀瓊則倚身於母親所坐大椅之屏側。探手入懷。取出兩枚狀如銀彈者。大如紅荔。但其色則白光閃爍。令人視之眼眩。秀瓊則置諸掌中。以末指撥之。兩彈便在掌中互為旋轉。有如走盤之珠。碌碌相擦有聲。旋至急時。則但見其全掌皆成一餅白光而已。絕不能分別其為兩彈也。未幾雁娟乃引兩中年壯士入。二人皆偉碩無倫。昂然高出秀瓊及雁娟半截身體。而約略審其年紀。則兩皆在於三十許人也。二人并肩足恭而立於秀母座前。鞠躬點首向秀母為禮。秀母乃起立襝衽答之。且揮手示意於秀瓊及雁娟。令其移座予兩壯士坐。秀瓊與雁娟皆敏極。一見秀母手動。便飛身捧兩座椅置母座前左方。且曰。寶爺洪爺請坐。兩壯士咸點首微笑曰。兩姪女眞靈敏聰明也。更向秀母點首謝之而後坐。曰。嫂嫂召我二人何事。秀母曰。兩位爺爺已知雄爺赴林場否。寶爺與洪爺均點首曰。知之矣。并已丁寧我二人主持此間事。我適佈置未暇。思佈置妥當。然後來謁嫂嫂。詳細報告也。秀母乃點首曰。如此極佳。不過我聞秀瓊兒歸來。謂雄爺不許其同行。促其返此問。以固吾圉。故不禁着急而請兩位爺爺來一商耳。寶爺曰。雄爺一聞林場報警。及睹火箭。便決意自去。連我等亦不許同行。但丁寧我二人主持防備此間。且謂最重要者為筆架峰脚之羊腸坑。此路最為險要。敵人如稍識此間地勢者。便曉由此偷襲我後方矣。故必須特別注意此坑。其他白虎峰及羅盤拗等。皆為可見之門戶。如由此入則不足怕矣。因彼等已不知地勢。必不能制我死命也。但彼既出此辣手。以焚林場。下兩月本有二萬餘條心樹可出市也。如被其焚燬。則又損失二萬金有奇矣。故雄爺有此焦灼也。秀母曰。然則羊腸坑已派何人往守未。寶爺曰。已派九哥率數十人前往矣。九哥任此。當然可以勝任愉快。我二人則仍往來接應也。秀瓊即掠身而向寶爺請命曰。寶爺。我可以往助九叔否。寶爺乃笑曰。現在不必用到乖姪。我意時時亦不必用到乖姪也。姪女可在此伴嫂嫂為佳。秀瓊一聞寶爺言。意態又復不安。謂九叔等都可以去。我何以不能去。寶爺曰。我等追隨汝爸爸十餘年。所有經過危難事情。連汝爸爸。亦不欲勞之。何況姪女。不過今次汝爸爸注意於林場。無人可以勸止。但我已隨後派有十人銜尾追貼之。以助汝爸爸也。但汝爸爸仍不知此事。如知之又謂我二人輕視彼年老無能矣。不過事勢來得太兇。不能不謹慎從事。此間照汝爸爸所料。及我等觀測。亦料彼敵人必無法搖動我等基礎也。秀母聞寶爺與洪爺詳述經過。深為滿意。便曰。兩位爺爺可自便矣。有何變化。幸即使人來告我。林場消息。更當注意通知我也。二人乃點首敬諾。遂起而辭出。秀瓊乃欣然代母起而送之出。此時天氣已漸大白。秀瓊返後。乃勸母再為休息。謂現在仍未天明。不必如是。到時我與雁娟可請母親起也。秀母聞秀瓊殷殷勸己再睡。因為天色仍在未明發。不過突然而來此變動。岩中人人均為驚起。以便合力抵抗敵人也。故無不興奮。此時秀母乃許秀瓊之請。便起而入內岩。秀瓊與雁娟左右扶持。俟其母安睡後。秀瓊乃偕雁娟出。暗招雁娟來己穴中。雁娟不知為何事。乃隨之入。秀瓊乃謂雁娟。曰。契妹我今有要語告汝。汝千祈不可對契娘告。我今赴林場看爸爸去。如母親問及。則謂我未起身可也。雁娟期期以為不可。謂如此不獨令契娘掛念。且亦令契爺不安。此事必不可冒險。契爺閱歷多。身經百戰。必能有方法抵禦一切困難也。況林場有三十餘人在。亦不必要契姊去。而後方能妥當者。如此而令父母不安。實為至不孝也。契姊幸勿逞一時意氣。便妄自躁進也。秀瓊殊不謂然。謂父年老矣。軍旅事。恐非壯年時比也。苟有疎失。我不能在左右救護。其不孝尤莫贖矣。我必去。妹幸與我對母親善為說辭焉。秀瓊言已。便反身出。雁娟視之。則秀瓊已佩劍易裝。便趨前穴。則廐也。乃牽其白駒出。一躍而坐馬背上。雙腿一夾。馬已如矢離弦。向北如飛去矣。雁娟追出時。但人馬背影。已與朝暾掩映也。雁娟乃太息。俯而入穴。秀瓊一離穴中。馳驟如飛。一手出劍於鞘。力指林中火光烟霧。其馬因似深知秀瓊意者。遂直趨其所指而去。未幾，而突聞喊殺之聲充耳至。秀瓊心更急。乃勒馬轉石邊石崖。蓋敵人後方。適在石崖下也。秀瓊一登石崖。陣地盡見。更睹老父被困。正在左右衝突之際。秀瓊乃大吼一聲。揮長劍飛馬衝下。劍光血影。遂飛濺於敵人後方矣。敵人突遭此襲擊。圍遂潰。老壯士及兩少年睹敵後方自潰。知必有救兵至。但心中仍以為寶爺洪爺中之一人耳。未料到乃竟為己女也。於是三人乃盡力殺出。敵以內外受夾擊。急向西北方逃竄。秀瓊仍躍馬窮追。老壯士突見來援者為己之愛女。不禁大驚。乃大呼曰。秀瓊。勿追窮寇也。秀瓊不敢違。然心中頗覺不值。以如此好機會。乃不追殺而消滅之。終遺後禍耳。不得已乃勒馬回至父前。曰。爸爸無恙耶。老壯士微笑曰。老夫固無傷也。不過匆匆來時。未知敵人四面攻我林場。而當時各兄弟已分頭抵拒。一面救火。一面摧敵。老夫乃向敵人多處殺入。不數合。而傷癩狗之臂矣。癩狗乃急退石崖下。我緊追之。不意敵乃預伏於此。阿良阿奇二姪。已追來止我勿前。奈已不及。敵伏乃蜂起將老夫包圍。癩狗復忍痛回身夾擊。二姪乃捨身衝圍入。奈敵圍愈厚密。至有此困。各弟兄在顧救火。不及赴援。秀兒今次來。亦殊湊巧也。彼癩狗已調大兵入。不可力敵。當以計敗之。故不必追之耳。秀瓊乃勸老父入林中少息。兩少年亦如是為言。回首林中。火燄已滅。但白烟尚繚繞空際。老壯士乃從容緩緩縱騎入林中。秀瓊及兩少年亦隨之。一到林邊。已有十餘人跳躍出迎。高唱凱歌。父女乃一齊下馬。一人已接挽二馬去。老壯士乃問諸人曰。林木損失幾何乎。一人答曰。被焚去二百餘條矣。苟不須救火者。今晨必殺彼癩狗手下片甲不回也。言時尚恨恨不已。老壯士乃慰之曰。無傷也。區區二百餘樹。直九牛一毛耳。我等可速計劃以攻其短。不必力敵也。眾乃且行且言。既至林末。則毘連山脚。露一巖口矣。即見壯而矮者出。向老壯士點首為禮曰。

雄爺。今又勞汝。我誠失職矣。老壯士曰。癩狗所為。早已料到。何關亨姪乎。此矮壯士乃引各人入於巖口。老壯士復問矮壯士曰。各前哨仍舊耶。抑已新派交代也。矮壯士曰。已派出生力交代矣。老壯士乃點首。遂入巖中。巖內亦有十餘人。正在穴內露天處共浴也。矮壯士乃指各人曰。雄爺。彼等方撲滅餘燼歸來。故全身乃如泥炭。各人匆匆浴畢。披回上下衣。便趨前向老壯士鞠躬為禮。老壯士更撫慰之。穴中佈滿巒石。蓋不啻石櫈也。孟雄至此。便令各人分兩旁坐。而矮壯士及與孟雄同被圍之兩少年。遂與孟雄父女圍石桌而坐。孟雄乃謂矮壯士曰。亨姪。今早如非阿良阿奇兩姪同入敵圍。老夫必為癩狗所算矣。亨姪今次救火殊靈敏。不致多所損失。亦不幸中之幸也。阿亨有赧色。曰。雄爺太客氣。姪等事前不能防範。致被敵人深入林中放火。實已不可赦矣。今雄爺反獎贊不離口。何以服眾。姪寧自降其職。使良奇兩弟代我主持。姪如不能另立功者。罪不可贖也。矮壯士言已。秀瓊起而謂曰。今晨之事。不足為各位罪。今日不必計此。急宜共同謀一徹底驅敵之法。過去事實。又何必斤斤究之耶。孟雄亦以秀瓊所言為合。乃曰。瓊兒之言是也。遂不復根究此次敵人殺入林中放火事。仍令亨姪主持林場事務。然後乃開始計劃應敵之法。孟雄謂彼癩狗開入之人馬。以何地為老巢。亨姪曰。據我所派之諜報。則謂癩狗恃側翼凰山形勢險阻。故在此紮下以窺我二十四峰也。孟雄曰。此報確乎。亨姪曰。我初時尚恐不實。故再派人偵之。此事確也。

孟雄曰。此事如確。則彼必恃昆連水道。其或有舟所夾輔而來耶。阿亨曰。我意亦如此也。不過托哈帖不花為元廷名將。如彼真已入縣城。則或不致獨以癩狗一人為指揮矣。夫癩狗不過一副將銜統兵耳。以托哈帖不花乃都督愈事。手下未必無良將。何致僅恃癩狗一人乎。故不可不細為調查。知彼知己。百戰百勝。以事不可忽也。阿亨點首曰。雄爺所言極是。此事不能不勞阿良阿奇兩弟一行也。秀瓊挺身起曰。我欲代兩兄前往。或者以女子入探彼陣地。較為易事乎。孟雄乃默然。蓋又不便阻己女。使手下覺己愛惜女兒。故不便可否於其間也。阿良與阿奇知旨。乃即曰。妹雖出入較易。但仍不如我二人也。請妹別任他事。孟雄乃乘勢謂之白。秀兒。今日來此。汝母知之否。秀瓊為老父一問。乃憶及自己秘密來。只有雁娟一人知之。又不可欺騙老父。乃以實告。孟雄曰。如此則更不能去。汝可先返。毋令汝母望眼將穿也。秀瓊為之沮喪不已。又不能違父命而不返。來此時之逆母命也。尚謂急父難而可對良心者。今則無可推諉也。遂貽愕久之。而阿亨亦力勸秀瓊先歸以慰母。使母知雄爺亦安然無恙。妹如不返。則汝母不特恐雄爺有失。連妹亦為汝母所懸懸矣。更不可遲也。秀瓊至此。遂無法再延。不得已而向孟雄辭。謂爸爸有無説話告母者。孟雄曰。此間事兒亦知其大概矣。可照述之。其時一人已牽白駒俟於座前。秀瓊便向孟雄叩別。且丁寧各事審慎。隨向阿亨及阿良阿奇等別。乃出巖口。而其人已牽馬俟之。秀瓊遂飛身上馬。向南飛馳而返。孟雄見秀瓊返。心中為之安然。而此時阿良阿奇。已易衣出。使向孟雄及阿亨請命。孟雄曰。良姪向縣城去一探托哈帖當以何計取我。并有意親入此間為徹底之計否。奇姪則直向側翼鳳山內探之。如附近另有敵人根據地者。則尤為注意探其目標也。二人又向阿亨請示。阿亨曰。雄爺所言。已盡之矣。二人遂去。而孟雄則更令阿亨增派外哨。以防今夜敵人再來。阿亨曰。今晨已挫彼矣。或未敢再來犯我也。孟雄曰。否。如善用兵者。必再來矣。此賈詡之料敵決勝。出人不意也。阿亨心中仍不謂然。但又不敢反對。但唯唯而已。蓋心中敵人今早已受挫去。斷不敢再來。故不以孟雄之言為意。仍舊不增加外哨。且防備絕無緊張。而林中兄弟以是日及昨夕拒敵與救火。其他善後種種。均令人人疲倦也。是以一到入夜。便人人休息去。孟雄則以為丁寧阿亨加緊防備矣。便放心而居林中。不料一到三更既過。孟雄（一）坐內巖中。未能入睡也。忽聞嗚然一聲。似放火箭之狀。自念林中無險可報。必無放火箭之事也。且外哨既已增加。無論何方有此警報。亦必知也。本欲不理。但心中仍不能放下。遂起而出巖外覔阿亨。不料外巖各弟兄已盡熟睡如陳死人矣。乃急推阿亨醒。阿亨方躍起。而突見巖口放哨者喘氣奔入。孟雄知必有要事矣。乃急問何事。入報者謂突見東北角有火箭上沖霄漢。而人聲如潮湧。似向林中來也。孟雄心中尚以為不出己所料矣。尚幸早已丁寧阿亨加派外哨。當可抵拒敵人夜襲也。不料阿亨聞此報告。面如死灰。乃即雙膝跪於孟雄前。曰。小姪今次罪當萬死矣。孟雄愕然。莫其妙。乃問之曰。何故。阿亨乃亟自認罪。謂初不信雄爺敵人再來之言。故未有加派外哨。今事已至此。請雄爺先殺我。方足以償此罪也。孟雄此時已汗流浹背。事勢危急。無可挽救。蓋以平時外哨之薄弱。必為敵人如入無人之境矣。孟雄曰。事已至此。即殺吾姪亦無補於危局。速起令全部環守第二石基圍。使內部較為鞏固。如此而不能抵拒。則惟有全部退筆架峰與紅棉峰相聯絡可也。除此法外。雖諸葛復生。亦無法挽救也。阿亨乃起而立率眾弟兄出。不料未及出防。而巖外喊殺聲似已貼近。告急之外哨。又紛紛到穴中報告。孟雄乃力促阿亨趕快領眾出而抵敵。而孟雄亦急反身向內巖挽馬。及佩齊雙劍隨後而出。豈料一出巖口。更聞滔滔水聲。有似排山倒海。

孟雄乃更為驚愕。如此則敵人必更決山濤巨瀑以淹我林場也。細心向外圍石基一望。但見萬槍齊舉。已被敵人撲佔第二度石基圍矣。孟雄此時乃不得已而指揮眾弟兄就在第三度石崖拒守。蓋林中地勢為橢圓形。以原有一度石崖。如一重石城狀。孟雄為固守嚴密計。乃在石崖外。增築兩度石基。圍繞此石崖。故成為三度防守陣線也。今敵人已攻我無備。一衝而進佔第一第二兩度石基圍矣。孟雄不得已而逼守石崖。石崖與巖口相貼近。距離不過五六丈而已。倘石崖仍不守者。則再退而入巖內矣。實偪處此。故不能不再預為退步之策。蓋睹敵人此時之形勢。洶洶如猛虎入羊羣。絕無抵抗。外哨薄弱。而敵又故意加倍人馬以摧此最後防線也。孟雄乃在馬上。揮此雙劍。與阿亨分擊四面。孟雄又擋正南面。敵人至多之處。只有振臂狂呼。以促起弟兄抗敵之心。無奈勢危地迫。正是無法用武。前面盡為敵人捷足先佔矣。

此時孟雄焦急極。對於防守指揮。又不敷分佈。因阿良阿奇二人前赴會城及側翼鳳山偵察敵情未返。祇有阿亨一人相助。乃擇東北兩面最緊迫。各自分任抵抗。孟雄自守北邊。阿亨防守東邊。其餘西南兩方。則由手下擢取有膽有識者任之。而尤以北面為至劇烈。癲狗親率三百人撲攻。而第三度石崖。本為天然山臂伸出環抱而成。再加人力工事。便使其成為圓形堡壘也。而癲狗正在率部拼命撲攻。孟雄匹馬躍上崖面。指揮手下抵禦。惟以全林場不過三十餘人。以四面防守。又焉能足分配。故以北邊最重要。敵亦至多者。亦祇可僅率十人而已。敵有二百專攻北面者。故孟雄已令十人盡持長槍。無如敵人志在必得。而阿亨則守東面。互相聯絡。故孟雄初尚未料及敵人出此大力圖我林場也。及至敵人逼近第三度石崖矣。其始敵人未深進。孟雄令手下開佩弓射敵。惟轉瞬而癩狗一馬當先。撲上石崖。餘敵蠭湧而上。孟雄乃指揮手下跳上石崖抵抗。惟是敵人以二十倍人馬撲來。又烏有倖者。但孟雄平日愛恤手下。故一旦危難當頭。人人尚能効死而去。無奈敵眾我寡。不易抗拒。故僅及天明。而十名手下。僅餘二人。連孟雄亦祇三人。孟雄自念此危急之關頭。非以壯烈出之一擲者。必不能使敵人有所怯。於是大吼一聲。雙足力夾其馬。便見孟雄人馬直衝敵圍而入。孟雄揮舞一雙長刀。敵人立處。但見刀光血肉橫飛。初時敵人尚為之一却。及睹孟雄衝入之後。已無人再接再厲矣。癩狗睹此。知孟雄手下已盡戰死矣。乃指揮部隊又將孟雄重重包圍。孟雄已被十數刀。筋疲力竭。然仍能振臂揮刀。敵人頭落。癩狗看孟雄已露竭蹶狀。便舞動手中畫戟。直入以取孟雄。孟雄一見。雙目已爆火。遂不更打話。二人刀戟相對。兩馬相并。戰至十合。孟雄自知無力再繼。且創口亦流血過多。勒轉馬頭。便欲向外圍衝出。期返紅棉峰。再圖反攻耳。不料回馬而癩狗逼追如故。而敵人仍包圍重重。孟雄乃大吼一聲。回馬與癩狗再戰。不圖一轉馬首。而眼前一暈。人隨馬倒矣。蓋癩狗早已伏下鈎槍手二十人於此。故孟雄一回馬鈎槍齊起。遂將孟雄人馬鈎倒。癩狗一躍而進。正欲提戟插下。豈料孟雄一仆。知難倖免。急提刀便向項間一抹。隨將大刀迎面擲向癩狗胸前。但聞狂叫一聲。癩狗亦翻身落馬。但彼有手下救起。胸窩已孟雄大刀所插。不過未傷心臟。不致有性命之危耳。癩狗復甦後。憤恨已極。立命手下割下孟雄首級。懸之林塲外。而東邊阿亨亦盡喪其手下。獨阿亨一人逃出。便向紅棉峰飛竄而去。此時天色尚未明也。當阿亨之未抵紅棉峰也。寶爺洪爺乃如孟雄言。注意於羊腸坑方面。仍復通宵分任巡視。而秀瓊自為老父促返紅棉峯報告母親。老父已在林塲。

擊退敵人。平安無恙也。母謂吾女既去助父。自應留在林場。以期有所助於老父。又何必返。秀瓊乃將老父不許留之故述明。母謂我在此有寶爺洪爺護衛。而此間人馬亦眾於林場。吾兒可即趕回林場。母反安心也。秀瓊以母親當時亦不欲己去林場也。何以此時反責己不留林場助父。乃以是意請於母。母曰。我今心血逆衝。汝父必有危險。吾女其速去勿延。秀瓊無奈。乃復牽馬出穴外。惟是時已入夜。二更將近矣。然為父母之急難。雖萬死其何辭。於是馳馬向林中進發。轉瞬而三更已過。遠望林場。但微聞人聲如潮湧。以程測之。至快亦當天明而後方達林場也。心中又急。轉覺馬蹄遲遲。有如不進。秀瓊雙足力拍馬腹。實則馬行已如飛。但以心急故。遂反覺其慢也。乃轉間道而進。希望早一刻得一刻保護老父。正在徬徨急遽而前進間。乃突見前面有一人迎面飛跑而至。稍近。細視之則赫然亨哥也。秀瓊睹阿亨如此狼狽。知非佳朕。阿亨一見秀瓊。亦不禁悲愧交并。蓋此役苟阿亨能依孟雄言。必不致如此崩敗也。且孟雄不幸之消息。在抗戰中已聞之矣。故不欲就此死去。令孟雄含恨九泉也。所以忍死而遁歸。非畏死也。遂以林中實情。向秀瓊述之。秀瓊乃頓足狂哭。謂我昨日苟不歸者。或不致老父如此慘殉也。且言且哭。既而神畧定。乃突然飛馬狂進。阿亨急趕前叩馬諫曰。妹今隻身入敵叢。已補救無從矣。何如細為謀定。而後進乎。且我之偷生而歸者。亦欲思得當以報雄爺於地下耳。秀瓊已淚被於面。口不能言矣。但搖首力促馬越過阿亨。如飛而去。阿亨前望。則秀瓊已去百丈外。阿亨此時慚愧欲死。自念我雖不殺伯仁。伯仁實由我而死也。我堂堂七尺男子。且雄爺教我撫我。以有今日。乃反不如一女子耶。是眞愧死矣。阿亨突然頓足。毅然如有所決。乃急向北返馳。狀乃如狂。蓋阿亨已為秀瓊所感動。不復向紅棉峰去。即返向林場方面折回矣。當秀瓊之毅然別阿亨也。心中初以為尚可救老父。乃聞阿亨言。知老父已無倖。悲慟益甚。故熱血已沖上。實欲即時手刃癲狗於目前矣。故一馬如飛。在此黑夜中。已不自覺其蹈萬死之危也。蓋此時林場。已盡為元兵佔據。分頭把守。而謀進攻紅棉峰也。秀瓊遠望已覺有戍火如螢飛上下。乃知距林已近矣。元兵遠哨於林外。忽砰然而馬跪前蹄。似蹴及何物。致令所騎遭不測者。尚幸秀瓊慣於馳馬。得以不墮。急挽韁促馬前進。孰料馬仍不去。秀瓊奇之。不得已下馬察之。突睹一物攔於馬前。狀如僵屍。但昏黑如墨之天氣。非細辨不能覺也。秀瓊乃蹲下俯驗之。豈料着意一辨。秀瓊乃大叫如狂。抱之痛哭大呼曰。爸爸眞已遭害耶。爸爸首級又何去也。蓋此物非他。實孟雄老壯士之無頭屍體也。秀瓊正在婉轉痛哭。抱屍如狂如痴。已不知逗留於此間幾何時矣。忽覺有人呼曰。秀妹。此非哭時也。急起與我同報此仇。不料秀瓊乃突起而執此人喝曰。敵狗快還我父頭來。快還我父頭來。而此人乃力執秀瓊手。曰。秀妹。我非敵狗。乃阿亨也。我知妹心苦矣。此屍其眞為雄爺體也。此必為敵人抛出林外。輾轉而為狼狗拖來此間。秀瓊聞此。哭益慟。睜淚眼細認阿亨。至是始神定而謂之曰。亨哥。汝何又趕來。阿亨乃述自遇秀妹。感妹之言。令我慚愧欲死。故即追上。紅棉峰我尚未去。決先為雄爺報仇也。但須先行安置雄爺屍體乃可。秀瓊此時。已漸回復理性。實則秀瓊之白駒。已嗅得老主人之氣味。故不行也。阿亨乃細察此地。名為鶯哥峯側面也。乃曰。秀妹可在此候我。我當負雄爺屍體安置小巖中。便得安全之地。勿令再失方可。秀瓊曰。我亦與亨哥齊去。阿亨曰。不必。巖中距此不遠耳。我一人便可為之。不必再勞妹也。於是以背負孟雄屍。便登山而達巖穴中。復移山石塞穴口。不使狼狗擾之。然後乃下。并告秀瓊以經過。秀瓊極感。而阿亨乃曰。在此離林場尚有三里左右。天明而後方到也。今當以前後夾擊之。吾妹在前。我當在後。今我二人攻彼。當出奇計而後始能勝之。公然以闖進。則必為敵人所困矣。且尚有一種利用。林場後固有巨瀑也。我當先掘破其潭之石堤。則水盡入林場中。然後攻之。必獲勝矣。秀瓊曰。此計極妙。亨哥其任此。妹當在前方以俟水一沖入時。便撲進攻之。我二人均能熟諳水性。不愁水之困我也。計遂決。而阿亨遂先去。謂我當嶺中棧道上。先破潭中石堤。便即向林場闖進。我一到林場後。即就穴頂之荊棘叢放火。以此為號。則秀妹可以進逼敵人矣。秀瓊點首。阿亨既去。秀瓊亦躍身上馬。向北急馳。而是時天氣已漸次明發。朝暾亦自地平線上起。此際已望見林場矣。秀瓊乃轉入山臂後。以為掩蔽敵人耳目。比近。則見林場前面木柵。乃有一物高懸。則細視之實老父首級也。秀瓊睹之。又復痛哭不已。又睹木柵內外。已有十餘元兵把守。儼然敵人營寨矣。秀瓊乃忍淚自抑其悲懷。伏以待阿亨暗號之來。約半時許。隱聞林後已有嗚嗚吹唇效角聲。秀瓊已慣聞此為老父所教手下之暗號也。心中又悲又喜。悲則感到人亡而遺教仍在。喜則知阿亨之計已得手。未及轉瞬。而突聞轟然山崩地裂之聲。隨其後則有如排山倒海。滾滾滔滔。又若倒流三浹水也。秀瓊知時機已至。遂奮然策馬向木柵飛馳。手中雙劍亦已出鞘。但白光上下。與汪汪之山洪相映。又有如萬馬奔騰。排山倒海而推到者。故秀瓊乃雙劍齊下。木柵守衛之士卒。出其不意。便倒於水中。此時林邊木柵內外。已有水深尺許矣。秀瓊乃在馬上飛身登木柵頂。解下老父首級。從容躍下馬背上。然後繫於馬項下。盡去外衣以包裹老父之頭。使人乍然不能見也。林內元兵。正在狼狽避水之時。突聞敵人來報仇。反攻林場。乃不得已冒水率領眾人出前柵。一見秀瓊勒在馬上。方飛馳入木柵時。癲狗定睛看時。而秀瓊之白駒已飛馳而抵面前。秀瓊認出癲狗面貌。因上次解老父圍時。已曾一再敗之矣。故秀瓊對癲狗。真當其為狗而已。故絕不打話。雙劍已直刺癲狗胸窩。癲狗此時躍馬欲閃過雙劍。而是時正當阿亨鋤破潭基後。便即攻入後林。雙脚亂踏水中。其身便半浮水面。有如神技可行水面者。雙手提着一對板斧。此時癲狗見秀瓊雙劍一齊到來。乃急揮大刀迎格。無如秀瓊報父仇之心切。已用盡全身氣力插去。但聞鏘然一聲。癲狗之大刀當堂中斷。續聞狂叫一聲。癲狗已自馬上仰身倒下。此時元兵一面為逃水故。已無心應戰。今又睹主將已被敵人刺斃。並為各自逃命。而阿亨所揮一雙大斧。斧到處。非斷脛則裂胸。林場中水深及胸。故轉瞬便變為赤池矣。一見秀瓊刺倒癲狗。而癲狗之心腹二三十人。尚包圍秀瓊。欲為主人報仇者。故阿亨恐秀瓊有失。乃舍眾兵而直摽過秀瓊前。一見癲狗在水中仍欲掙紮。手起斧落。便砍癲狗之頭。掛於腰間。又復揮起雙斧。殺入重圍去。見有六七名元兵。四面樸殺秀瓊。阿亨乃大吼一聲。雙斧乃如切瓜。不料別隊元兵。又浮水而趨至。二人各枕一邊。雙斧雙劍。各自迎敵。正在危急之頃。突見元兵東西兩邊如倒塌泥山狀。紛紛倒仆水中。秀瓊視之。則東邊一人殺入。乃阿良也。西邊殺入者。阿奇也。蓋二人乃奉命赴新會城。及銀洲湖側翼鳳山歸來。突睹林中滾滾大水。而喊殺及救命之聲。上沖霄漢。尚以為雄爺殺敵之聲威耳。便相約分東西兩邊殺入。以為助戰。不料一殺入重圍。只見阿亨及秀瓊二人在。不見雄爺也。四人於是合力盡殺元兵。溺斃亦過半數。秀瓊乃令阿亨先向林後堵塞潭基。又令阿良阿奇掘東邊林場大坑。使水盡消向東邊去。未幾水乃全消。而紅棉峰人馬亦到。蓋秀瓊母促女兒赴林場後。久無消息。便知非佳朕。急調洪爺率百人赴援。至是乃知雄爺已遭不幸。又詢悉秀瓊得還父頭之壯烈戰跡。與及殺還仇人頭顱之快心。便在林場開祭雄爺。而紅棉峯弟兄。亦墨經以防守。元兵因瘋狗全軍覆沒。遂不敢正視紅棉峯。托哈帖亦悄離新會城去。眾乃推秀瓊代攝父位而統領紅棉峯之眾。後來朱洪武起濠州。趙秀瓊女將軍亦越邊云。

選自何文法主編《省港名家小說集》，廣州文社，缺出版日期，據序言應為一九三七年

王香琴

顛倒英雄手

洪楊遺事。談者已夥。然均側重興廢存亡之蹟。宮闈秘事。知之者鮮。即或涉及幽秘。亦祇敘述洪宣嬌等瑣小之事。其實當時東王有妃名紫燕。為顛倒一代英雄手。因紀之。以繼紅豆莊軼事云。紫燕。陳姓。浙之黃巖人。父嘗當大吏。有政聲。年五十。無子。納柳氏姬。生紫燕。夢玉燕而孕。因得名。紫燕生而穎慧。且美曼。如芙蓉出水。年十四。艷聞閭里。有國色稱。問名者踵相接。紫燕均不欲。父怪之。詰以故。亦不言。一日。有相者見之。語其父曰。吾相人多矣。無如公女。雖然。公女雖佳。然未得為天下第一人也。將極貴而死。斯天命。非人之所能為也。父笑置之。未幾。而天下風雲變矣。太平天國軍興。越浙而蘇。東南震動。太平天國軍雖盛。然多出自草莽中。掌軍者不能戢。每為地方患。所至摧殘。不可紀極。軍中有奇律。凡士卒獲佳婦人。不能淫。淫則死。苟得尤物。則以獻長官。長官別其等級。以媚層憲。國色者獻天王。遞次以降。餽諸王以博恩寵。而士卒無與焉。黠者知其然。乃匿而勿獻。轉售於勾欄。鴇以賤值受之。亦無有訾詬者。國色之婦。每以千金得之。故是時。勾欄至盛。軍旅之士。得間輒趨之。相習成風。未以為異也。浙中既被兵燹。紫燕乃與父偕亡。時母死矣。紫燕年十五。窈窕如成人。父憂之。紫燕曰。毋懼。吾毀容。以刃自隨。能生也。則幸甚。苟不能。則死耳。人誰不有一死。吾必不為父辱。父泣諾。間行。入莽中。夜遇盜。執父。不容語。即殺之。又得紫燕。紫燕欲自裁。一卒執之。縛而置諸駿。疾馳歸。紫燕呼曰。吾為天下至醜人。不足滿君輩欲。祈釋我。卒不答。既至一室。扃置之。室中漆黑。無日光。咫尺不能辨。紫燕又欲死。撫懷中。刃不知何時已失。摩挲室內。小石犖确。若古墓。紫燕大驚。自疑已死。久之。戶忽啟。一人入。曳之出。顧視。則身在荒僻中。茀道當前。蜿蜒如帶。叢茅雜亂。高可隱人。室前一小池。泉石琤淙。潺湲不絕。紫燕哀求免。卒熟視之。曰。若雙目清澄。論理當非醜婦。若試浴。吾不強若也。紫燕大驚。不可。卒擒之。如提一雉。投池中。強洗滌。紫燕驚絕。呼號欲死。洗滌既已。垢去。冰雪之膚。皎然在目。卒大喜曰。吾固知其非常人也。是間至安。卿獨居之。亦無懼。紫燕雖駭。然以卒不犯。心少安。越一日卒復至。謂紫燕曰。吾已為卿謀一樂園矣。卿當從我行。乃出一囊。強納紫燕於其中。疾馳行。紫燕為所裹。駭絕而暈。比醒。張目視。則在一室中。粉白黛綠。紛然滿前。驚詰之。則為巨宦家。巨宦亦陳姓。老矣。無子。方購妾。乃以十千獲紫燕。紫燕始知被鬻。乃哭曰。吾為宦後。義不為人媵。抑吾陳姓。公亦陳姓。同姓不婚。古有明訓。為婦則不可。請執兒禮。陳不可。怒禁之。絕其飲食。紫燕亦不懼。衹祈死。而故不得絕、乃得一計。將俟隙為陳言。日中。餓腹如焚。遍體均炙。僵臥。不能動。挺然如死。陳使一媪至。曰。若不從。則必死。人生樂耳。毋寧從乎。紫燕泣謂之曰。吾必不為媵。主人多財。寧患不得美姬。吾死。而主人失巨資。（　）計之得。毋寧鬻吾。得資復購美妾乎。媪白陳。陳知紫燕不可奪。則從之。三日。乃轉徙。紫燕詰諸人。均無知者。及至。則為一巨府。門禁森嚴。

衛士植立。陰問人。則為東王府。駭絕。屏息不敢動。二媼挾持之。晉內府。則玉戶金鋪。備極皇麗。旁晚。一美婢持錦衣。請沐浴。曰。今夕東王至臥內。將晉侍。紫燕益驚。而無如何。沐浴既畢。即有二婦至。為靚裝。裝未竟。即有數媼入。催粧至急。曰。東王已在南軒俟矣。即匆匆挾紫燕出。紫燕不知所措。被迫至東軒。已暮。軒中燒龍武之燭。花卉陳玉階上。至整潔。二宮女籠燭為前導。裙底均照。紫燕視軒中。一美丈夫獨坐。年可三十餘。俊毅軒昂。迥別流俗。紫燕心惕然。念斯必所謂東王。然素聞東王為百戰之勁。其人雅宜魁偉。何得如好婦人。凝想中。已入軒。導媼呼拜。從者即強拜。東王一瞬。即撫髀呼曰。誠佳人。誠佳人。即命侍宴。紫燕無所主。隨媼登。東王詈詰所自。媼即告之。然不知所云。東王復狂笑。二媼即挾紫燕起。趨軒西。軒西迴廊曲折。如臥虹。蜿蜒可里許。半垂於沼。花氣氤氳。如染蘭麝。廊盡。靚妙裝四五。作宮粧。挈提籠曰。至耶。媼笑曰。至矣。迎者均膝伏。即入一室中。室與前者異。雖非宮闈。然壯麗迥異人世。巨燭通明。上下均耀。紫燕頓覺金碧輝煌。炫目生花。不能細視也。室中置紫珊瑚床。上籠錦帳。玉枕牙函。左右相映。墻隅一金燭奴。銜巨燭。左一牙座。雕鑄至工。諸鬟按之坐。拜之。媼乃賀曰。夫人今夕承恩寵。必毋忘我輩。吾輩雖弗善視夫人。然固忠於夫人者。紫燕以其狂。則笑。諸媼乃撫掌相賀曰。夫人佳。必能福我輩矣。紛擾久之。忽一人報曰。東王入。諸媼乃逡巡去。衹二鬟。擁紫燕起。迎之。紫燕亦無以自主。東王至。笑執紫燕手曰。卿天下第一人也。然是為天府。卿至是。亦匪易。乃叱左右退。執手入帳中。於是紫燕遂為東王有矣。

東王雖才士。然性傲。頗不中規矩。其遇人也。亦至奇。愛者升諸天。惡者沉之淵。其所垂青未必盡以才。亦未必盡以貌。升降黜陟。惟憑其意。紫燕至三日。即知東王隱。竊竊以為憂。念東王如是。何以保。必得計。設詞説之。庶可免禍。而東王固寵之。恒與為宵宴。一夕。噩耗紛傳。謂曾李之兵。已至淮下。蘇常至危。旦夕不保。紫燕大駭。乘間謂之曰。妾聞北耗南傳。將佐不能用命。遂致師徒撓折天險摧墜。不知然否。大王為國臣。乃不思有以禦之。保國脈於無極。乃徒笙歌宴樂。為極歡。何也。東王酒酣。長嘆而起。曰。斯非兒女子所知。今夕且極樂。卿勿言。命持玉斝。大可容三斛。傾飲之。紫燕又曰。吾聞之。師克在和。不在眾。清軍雖眾。然吾軍將帥其有未協者乎。東王變色。不答。擁紫燕坐沉檀座上。曰。諸軍不用命。奈何。紫燕泣。載拜曰。妾幼嘗讀聖人書。略聞大義。古語云責人者廉以約。責己者重以周。諸軍不用命。寧非大王撫之未盡其道乎。古之為將者。智信仁勇嚴。不可缺其一。大王撫軍嚴則嚴矣。特惜未能仁。賞罰之際。又不能公。少未能。寧得將士之死力。竊願大王能自思。以挽垂危之運。東王仰首而吁。泣數行下曰。恨得卿遲五年。不然。何以至此。紫燕猶欲有言。而東王已醉。嘔吐狼藉。不可堪。乃不復語。夜中。東王醒。渴甚。呼茗。紫燕以參湯晉。東王酒醒撫紫燕而吁。紫燕泣曰。大王願自思。在王左右者。未必為腹心。奴顏婢膝。以媚王者。未必為忠義。大王今不悟。他日將噬臍矣。東王矍然起曰。且為奈何。紫燕曰。大王苟肯詢及芻蕘。妾請為大王圖之。越日。紫燕乃為東王計曰。翼王石達開。為太平軍中堅人物。大王乃以小忿。與不協。遂使欲遠離。大王之過也。大王當以禮召之。使復協。復協。則吾軍聲壯。而諸軍之氣餒矣。翼王為太平軍中健者。其人有智慮。能決大事。且驍勇善戰。前者以天王故。與大王不相能。大王當自省其過。以禮復接之。以安其心。夫君子之過也。如日月之蝕焉。過也。人皆見之。更也。人皆仰之。又炎必為諱。天王為大王主。大王勿自恃其功。而有自肆心。當知能尊敬領袖。始能大有為。天王與大王為患難交。以布衣而至帝王。今功已大成。乃竟凶終隙末。不能終始。他日。苟以是而隳其將成之業。則天下後世。其謂大王何。紫燕語未絕。東王即大怒。瞋目叱之曰。若欲為諸奸說我耶。即命左右。飛索縛之。紫燕亦不懼。顧東王笑曰。吾一女子。以禍亂流離。適逢其會。乃得承大王寵。今又以忠諫獲罪死。則吾死為不虛矣。吾復何懼。東王嚴詰之。謂苟為天王諜者。顧左右曰。紫燕之至。為丁某所舉。丁固天王舊屬。猶未忘情於天王。則紫燕必其儔也。所謂丁某者。乃東王副將。紫燕始知己之入東王府。雖始於陳。而為之撮合者。則丁也。東王執丁。使與紫燕質。丁懼。自投敗顏。言紫燕之獲。乃在道途中。東王怒。加三木。丁不能堪。始自言。實受陳賂。紫燕殆陳姬也。東王又執陳。陳驚絕。頓首不能言。東王怒責之。則言得自亂軍中。而無以證。東王欲均殺之。陳以資賂東王左右。得免死。暫囚縶之。紫燕雖得罪。然為東王所寵。被囚三夕。東王苦寂寥。夜中獨酌。忽命召紫燕。紫燕晬容至。東王曰。若知悔乎。紫燕曰。夫有悔者。以其有過也。吾無過。無所於悔。東王怒。又出之。有間。復召入。陳縲絏於地。使觀之。紫燕視若無覩。怡然曰。大王亦有所悟乎。東王狂怒曰。夫悟者必有迷。吾何迷者。叱左右。使撻之。紫燕色不變。瞑目以俟。東王不忍。自擁之曰。卿何頑。紫燕泣曰。妾非頑。特大王未諒耳。妾所言。無非為大王計。若非忠於大王者。則絃管笙歌。何事不可樂。大王他日苟不幸。妾雖陋質。亦實不能曳殘聲過別枝。以圖富貴。所以不避斧鉞者。為不忍大王耳。東王乃悟。泣下。自釋其縛曰。吾赦卿。然以後勿言此也。紫燕亦泣。東王乃以酒飲之。至醉。乃偕臥。及醒。杳不得紫燕。驚起。顧視。則紫燕已囚服跪榻前。東王知其欲有言。急呼酒。紫燕未及語。東王即以酒飲之。又大醉。如是者三日。紫燕不能言。而國事日亟。北兵晉攻益切矣。太平天國諸王。以不協故。不能并力禦。厥勢至危。紫燕大驚。佩劍以見東王。東王又呼酒。紫燕止之曰。今日非大王醉時也。大王能從我。許我晉一言。則王既不能從我。吾即死矣。姑蘇麋鹿。吾復何心苟活哉。東王許之。紫燕頓首曰。頃者北兵日盛。吾軍未聞有能禦之者。而大王與天王。仍不悟。不能蠲忿以顧大體。猶復蹈瑕抵隙。以快其私。是所謂釜底之魚。猶自嬉樂也。國危矣。大王若欲成大業。則最後之機。必不能失。不然。則大王左右。將有得大王而甘心者。不可不察。吾請為大王計之。東王惘然。曰。唯卿所命。紫燕喜。即矯東王命。以禮餽諸王。并眾軍曰。東王以疾故。與天王乖違。今已悟。願復事天王。自贖其前懲。今且犒眾軍。願均戮力王室。靡有貳心。諸將士聞紫燕言。均泣數行下曰。如夫人言者。吾輩死無所恨。寄語東王。吾輩當死綏矣。乃即晉兵。而曾左之軍至銳。步步為營。防守雖密。無可制。死傷山積。無以解倒懸之勢。是時天王有某部至銳。然與東王有隙。故不檄赴前方。祇駐京畿。觀釁而動。紫燕又矯東王命。以酒肉勞之。自衣青衣為諸將行酒。中有雙槍將劉文龍者。至勇健。冠三軍。為曾李諸軍所畏。號稱飛將。善以少擊眾。嘗數敗曾李軍。紫燕乃酌酒勞之。曰。東王與北王。均天王股肱心腹。今卽有不協。亦不以小故廢懿親。詩云。兄弟鬩於墻。外禦其侮。今國勢岌岌。不可終日。正合力死難之秋。又復的嫌何疑。自相猜忌。予敵人以可乘之隙。君輩冒矢石。陷鋒鏑。無非戮力王事。願一往無前。勿自疑忌。東王苟有負天王者。吾請為君輩死之。劉文龍變色曰。敢不如命。夫人且自安。東王苟能事天王。吾輩復何言也。紫燕乃退。而軍中蜚語忽興。謂東王將於大軍北指之日。將有所甘心於天王。三軍均懼。不敢發。咸欲東王有所昭示於眾。而東王實無是心。諸將均怒。劉文龍疑紫燕為誑。特為東王游說。紫燕知之。苦諫曰。大王既非懷不軌之念。則當有以自白其心。今三軍均聽命於大王。大王奈何惜此區區。不使負戟之士。樂於死國也。東王怒不從。遂疏紫燕。誡宮婢。紫燕至。不為通。紫燕遂不得與東王面。東王或與姬媵為宴樂。聞紫燕至。即避去。不肯見。或不使為通。紫燕立竟夕。雙股已僵。終不得見。或以奏劄有所言。東王亦不視。祇焚之。於是紫燕遂無計以諫東王。而國事益不可問矣。紫燕悲且憤。遂病。不能起。使人告東王。欲與訣。曰。但得一面大王而死。死無所恨。東王哀其言。乃臨視。紫燕疾至深。已雞骨支床。奄奄一息矣。覩東王。執其手泣曰。自謂今生填溝壑。不復能與王相見。竟知復有今日。東王亦悲。淒然曰。卿何似。紫燕曰。妾一女子。幸逢恩寵。至有今日。死亦何恨。然妾得備位王府。為大王侍。則固不欲汶汶沒世。而欲有所以自傳於千古。今死矣。無可言。第願大王思所以共存之道。勿為三二僥倖貪鄙急晉之臣所惑。而自棄於天下。則妾雖死之日。猶生之年。吾聞之。古人之語曰。鳥之將死。其鳴也哀。人之將死。其言也善。大王如念之言。而哀妾之心。勒馬臨崖。以冀保存於萬一。東王掩面不能言。以御醫治之曰。吾從卿。卿勿自棄也。紫燕泣。晉藥。疾乃漸痊。而東王實終無從紫燕意。諸將軍輩。又慫恿之。謀取天王之位而代。傳檄可定天下。東王信之。益不優禮諸王。紫燕知王之不悞。而怨丁之誤亡。蓋無丁之介。則陳不能以晉東王。惡而恨之。欲殺之而未得其計。一日。東王集諸將為密議。其謀將不利於天王。丁以為東王腹心。恒自出入。無所碍。紫燕嘗遇之。丁笑顧曰。夫人不得我無以有今日。夫人厚福。今僅為藩妃。他日將母儀天下矣。紫燕惡之。俟東王入。故頓地而哭。東王怪詰之。紫燕泣曰。吾不肖。今無面目以見王。願王賜以死。東王驚。而不解其故。紫燕乃言。頃者方更衣。丁忽入。欲謀不軌。力持乃免。王試思。吾復何面目見王。東王益驚。曰。寧有是。丁雖狂悖亦寧為此。即有之。亦等閒耳。吾固不以為嫌。卿勿自憂。紫燕大怒。唾王面。曰。王謂吾為倡優耶。俟王出。環首欲縊。東王知之。又慰之。紫燕哭極哀。曰。若袒丁。則吾死。從吾。則丁死。不兩立也。東王不得已。乃執丁。薄責之。實欲洩紫燕怒。而丁因倔強。不喻王旨。必求與紫燕質。紫燕往。丁東西指顧而辱之。紫燕乃趨地哭曰。在王前。仍狂悖至此。何況其他。苟王不殺之。吾何面目見他人矣。東王猶豫。紫燕引從者劍。欲自裁。東王不得已。乃縶丁。欲加以優禮。貸其一死。紫燕必不可。丁仍嘵嘵。語侵東王。東王怒。乃殺丁。然益疏紫燕。諸將以丁死。均疑為莫須有罪。不敢復近東王。曰。渠亦寧知天下事。但有愛姬耳。吾輩之命。不及其愛姬一言。乃敢自棄耶。東王知之。亦自悔。益惡紫燕。紫燕知東王勢已去。乃請辭。曰。吾不德。不能得王歡。今復多病。不可以事王。但願得紅魚青磬以終。為大王求福利。使天王得極樂。千秋萬歲無極也。東王方惡之。以其求去。亦不復留之。京畿有活埋菴。為名刹。住持悟曇。年已暮。而驍於德。其成就為諸菴冠。東王乃命美鬟二。蓄髮隨之。

悟曇得紫燕。相之。愀然曰。子誠天下第一人。苟志於道。則學成。當可為佛。但惜塵緣過重。今雖至是。必不能久居。亦恐無以善其終也。紫燕求削髮。悟曇必不可。曰。夫人至是。實為養晦。非必以是終也。夫人不須歸。但佛門之內。亦正不須有夫人。夫人可以悟矣。凡一月。東王勢至危。頗思紫燕言。使人復招之。紫燕固辭曰。東王吾所敬。然今愛莫能助。還告東王。毋相念也。使者往返。凡數四。紫燕力不可。東王欲自往求之。而禍遞作。竟死。紫燕知之。哭失聲曰。東王固天下奇男子。特性膠固。不知天下事。今為二三希功貪利之臣所愚。竟喪其軀。是天殆所以助滿蕩也。哀哉。東王既死。國家隨滅。乃夜遁。在浙。將復還其鄉。時紫燕已有女矣。女三歲。名小燕。為東王遺裔。紫燕酷愛之。謂東王所出。如是而已。不能保之。實無以見東王於九泉也。既抵浙欲歸其鄉。而清兵繼至。萑道不除。紫燕弱。懼遭兵燹。乃毀容易裝。匿避難民中。行行間。賊兵擁至。行者均伏俯。無人色。紫燕擁小燕。亦伏。忽覩一將官。戎服。策駿馬。款段而行。行則回顧曰。斯美少者果何人。何處乃嘗相識。紫燕大駭。微睨之。亦若嘗相見者。而倉卒不復憶其名。其人已止。叱左右曰。且擒之。紫燕欲逃。已不及。為所執。至一衙署中。殊草創。如一破祠宇。諸物均不備。祇一破土檷。蒙臯皮於其上。以為位。戎服者端坐。紫燕細視之。馬袖拖翎。蓋清吏也。有間。忽傳呼。紫燕上。迫視其人。非他。乃陳翁。嘗以重資獲紫燕者。陳見之。始攢眉。旋復大笑。撫掌曰。若紫燕耶。佳哉。乃幸遇我。是知有天緣。非人之所能為也。吾雖耄。然自謂未嘗讓東王。若且安。吾將有以樂若。紫燕驚極幾暈。歛衽曰。翁耶。今得復與翁相見。亦至幸。然吾事東王。均出翁之命。烈女不再醮。今雖更遇翁。然亦無以悅翁志。翁能恕之。則幸甚。陳不答。目左右自掠其髯曰。吾運滋佳也。升秩之際乃遇美人。卿倏之吾必有以暢卿欲。紫燕以其狂。怒絕。正容曰，三軍可奪帥。匹夫不可奪志。若勿謂吾可欺。吾頭可斷。吾志不可奪也。即以首自撞。陳急止之。命囚之。繫其手足。抵暮有婦人晉膳。備極優渥。紫燕知其意弗善。亦不顧婦。婦笑。設詞說之。曰。人生行樂耳。娘子為天人。何往而不足樂。今主人為大官。至得將軍寵位。他日。秩日升。可預期。抑主人已喪妻。祇餘數妾。均無所出。得娘子。則將以為夫人。為大官夫人。寧非至樂。斯固求之不得。娘子又何嫌。紫燕不答。夜中。陳乃復至。勢將威偪。紫燕起正色曰。吾惟不懼死。故有今日。若苟敢犯者。今日乃吾死日也。陳苦哀之。曰。吾念卿。數年如一日。卿何不稍念。紫燕必不可。凡三度晉。則三拒。陳大怒謀得而婚之。紫燕出剪。欲自斷其喉。陳大驚急挽之曰。卿勿爾。吾不復苦卿。紫燕乃與約。後陳晉。不得入室。飲食一老婦供。男子亦不能入室。陳均應之。紫燕乃少安。相持一日。陳無以服其心。念不如獻於將軍。陳所屬。為滿將。滿將佚其名。蓋亦當時一健者也。覩紫燕大喜。即舁至營中。滿將偉健。且至暴。紫燕知非以語可能免。乃謀所以愚將軍。將軍至。紫燕揖之曰。實告君。吾東王之妃紫燕也。今為君所執。但有一死。將軍愕然却立。曰。東王叛逆。法在不赦。若今為吾所執。例當死。紫燕點首曰。然哉。吾今特請死。君殺我。將軍撫其劍。紫燕引頸而受之。將軍大不忍。忽止。擲劍曰。吾終不忍卿死。然卿必從我。吾愛卿。卿至佳。抑東王草寇耳。卿從之。今當勿拒我。紫燕泣曰。東王雖崛起山野間。然吾同族也。吾是以隨之。將軍雖貴。然非吾族。抑引狼虎豺兵。而屠殺吾族。則吾之敵也。吾奈何從敵。將軍愕然。曰。然則吾果不得卿乎。紫燕載拜。將軍不顧。繫之。將軍與以食則食。與以飲則飲。未嘗却。亦未嘗醉。如是凡三夕。將軍無以難之。而醉其色。不忍加殘害。因旬日。紫燕貌加腴。日夕不睡。亦不倦。或謂將軍。以藥雜飲食。使食之。失其性。則可圖。將軍不可曰。吾欲得者其心耳。若果遂一時之欲。則以吾力威之。可立償厥願。然吾固非獸。如是而合。吾焉欲。抑渠為天人。能為東王守義。吾敬之。吾敢以詭敗其貞乎。益敬禮之。閒暇。則故拉紫燕。為笑語。紫燕每為談東王事。謂東王之所以死。太平天國之所以敗。均為不協。不然。清兵實不易下也。將軍及諸將聞之。莫不以為知言。然是時太平天國已傾敗矣。各軍將領均多先後被擒。僇前此百戰之勁。至是亦如山倒。清兵乘勁折之威。追奔逐北。如狂風掃籜。所至摧殘。紫燕知之。泣不食。將軍大憐之。自與食。泣曰。卿食此。國家之事。（ ）諸天命。非婦人所知也。諸將又均勗諭之。紫燕不顧。將軍嘆息語眾。謂有能勸使食者。當上賞。諸將爭先而前。紫燕泣謝之。一少將李大剛。漢人也。捧食後至。瞷左右。無見者。悄然曰。夫人不欲為東王復仇乎。紫燕愓然。視之。大剛曰。東王已矣。願夫人善自保。繼東王志事。紫燕泣下曰。將軍何人也。大剛曰。吾將軍之部屬李大剛也。屈身事滿人。亦非得已。正思得當以報。當吾始入行伍中。固為太平天國勇士。以勢窮力感。不得已乃降。現統軍千餘。均漢族。勇勁能戰。夫人苟有所驅策。不敢辭。紫燕驚喜曰。若語確耶。大剛曰。寧能不確。吾敬夫人。夫人殆古今第一人也。夫人且食。一切徐為圖之。紫燕喜且泣。乃食。將軍以大剛能使紫燕食。亟獎之。拔擢不以次。且以為腹心。盡攝其權。紫燕心窃喜。乃語將軍曰。將軍遇吾厚。吾知感矣。然東王之喪未完。若遽從將軍。是負東王也。吾不欲負東王。亦不欲負將軍。今且與將軍約。閱三月。始與將軍婚。將軍許我乎。將軍狂喜出望外。曰。敬諾。紫燕又曰。雖如是。然在未婚時。將軍當闢居居我。不得有所犯。將軍之將。即吾之將也。吾役使之。不得違吾令。將軍又曰。敬聞命。乃於其營地旁。築一室。以居紫燕。日夕，軍書已整。則往朝之。紫燕必接。瀹茗為清談。每移晷。然至端凝。未能干以非禮。將軍每肅然。不敢存褻意。間或為夜飲。過三爵。紫燕必請行。曰。將軍軍書旁午。深夜不歸。恐誤軍事。將軍不得不退。退則咨嗟。以為奇女子云。

紫燕自別室居。時密使侍媼。召大剛。大剛入。紫燕密謂之曰。前所言之事。君亦有意乎。大剛頓首謝曰。吾已籌之熟矣。今勢未充。不可動。紫燕曰。然則何時而可。三月之期。苟已至。則吾謀敗矣。將軍其慎之。大剛曰。敢不如命。紫燕嘉之。謂苟能復太平天國。則一柱擎天。萬歲千秋。將以為佳話。大剛笑。既而囁嚅。若欲有所語。紫燕知其意詰之。大剛嘆曰。實告夫人。吾非不德。有所脅夫人。然夫人。吾所敬也。事苟成。夫人將何以慰我。吾戎馬半生。備極艱虞。壯志消磨已盡。所以不避艱危者。實為夫人耳。夫人苟知之。如吾者。何所求於世。獨花朝月夕。無歡苗愛葉以灌其心。則雖富有天下。吾亦奚樂。紫燕惋然曰。如是耶。君且為之。他日事苟成。吾寧敢愛吾軀乎。大剛喜。奮然曰。請為夫人盡力矣。

大剛自得紫燕命。即歸召諸將謀。諸將曰。殺之誠是也。然吾軍勢未足。一旦大舉。清兵猝至。何以禦之。毋寧聯合山中忠義。共同努力。庶有濟。大剛從之。陰告於紫燕。紫燕亦喜。浹旬後。聯絡已竣事。浙東浙西。羣山忠義之相附者。為數幾十萬。約於月望為期。時月有十日矣。將軍之精銳。除奉命他調者外。多為大剛節制。大剛喜。念必一舉而廢將軍。至十四夕。夜深。忽得將軍召。召大剛。大剛方隱匿為部署。聞命不欲行。將稱疾。其部屬曰。不可。君不行。則將軍疑君矣。君兵力雖強。然不得將軍。無以號令諸將。蓋方謀劫將軍以制各軍也。大剛乃往。至將軍營。渺不得將軍所在。大駭欲出。守者要之。遂被執。又召諸將。諸將懼。不敢前。大剛既被捕。施發號令。無其人。預謀遂破。諸將知事洩。不可留。夜遁入山中。將軍檄別部軍討之。殺傷不可數。將軍乃鞫大剛。詰為誰所使。大剛怒目。大叱之曰。若為滿人。亡吾國。吾國中人。無不欲食若輩之肉。又奚須有所使乎。將軍怒。被以極刑。五指均斷。大剛殊無言。紫燕聞之。驚欲死。將軍招之。使視諸。紫燕益驚。然懼為所疑。不敢不至。至則覩大剛。被三木。血流遍體。手足均斷。紫燕心如被刃。而無可言。將軍叱之曰。若能供所主。則可免。大剛唾之。將軍顧紫燕曰。是人不道。為大逆。殺之是乎。紫燕不能應。既而曰。奚為大逆。將軍大笑曰。卿乃未知此耶。渠集暴徒。欲以傾我軍。更叛我皇。斯即大逆。罪在不赦。紫燕嘆曰。渠亦未必有是念。殆告者過也。渠為將軍舊部。寧敢叛將軍。將軍變色曰。夫人何言。叛國之徒。寧能赦耶。即命殺之。大剛顧紫燕。紫燕不敢視。則俯首。大剛乃切齒曰。死矣。死為鬼雄。當殺若。將軍命斷其舌。然後梟其首。於是大剛乃死。而紫燕之謀。亦盡敗矣。

斯時。殆紫燕許將軍婚後月有半也。更月半。則為期。將軍數數促紫燕。紫燕均拒之。欲謀更舉。而將軍之將。更無赤心如大剛。願為己死者。苦思匝月。莫展一籌。而期益迫矣。紫燕愈反汗。則必死。然。徒死無益。必有謀焉。以濟其窮。庶不負東王。更不負大剛。至婚前一夕。

乃得一計。嘆曰。今果死矣。然吾計苟行。則死亦何懼。卽使侍媼告將軍。謂明夕為婚期。然婚姬大事也。不能苟。將軍苟愛之。以為敵體。自不苟簡從事。請鄭重其儀。勿使他人冷齒。將軍喜。即佈於人。謂以明夕婚。又飭其下。結綵張燈預設盛筵為樂。越日。將軍戎服入。請婚時。紫燕盛飾迎之。曰。婚者必以暮。亦奚必言。今夕將軍當輕袍緩帶。率屬為盛飲。且親迎我。庶是成禮。將軍喜諾之。黃昏。賀者接踵。爛其盈門。將軍去戎服。為儒裝。接之。禮殊殷。客既至。將軍即命設筵。無上下均與宴。舉杯轟飲。一為極觀。又招優妓。為歌舞。鼓樂鞺鞳。轟然而喧。嗷嘈數里外。見者均相與嘆息。謂將軍富貴。固應宜。而能為將軍妻者。亦必至樂。蓋將軍能慎其儀。則於閨房之內。必能以恩遇也。夜深。酒酣。乃率諸賓從。行親迎禮。紫燕錦衣露髻而出。妙曼如仙。見者均眙愕。嘖嘖嘆。紫燕畧揖之。乃入洞房。諸賓從均被情顛倒。不能自已。乃相與起曰。將軍今夕乘龍。其樂當靡極。千金一刻。不當辜負也。然夫人過美。將軍何福而堪之。即辭退。將軍喜絕。送客去。即入。覩紫燕。執手笑曰。吾今夕願為卿死矣。然卿亦殊狡。使我處涸轍中。三閱月。幸為時不久。不然。將索我於枯魚之肆矣。紫燕嫣然笑。以酒飲將軍。曰。將軍以為久。然吾猶嫌其速也。吾本東王姬。今不能貞。又從將軍。苟不為守義。將軍又焉用是婦人哉。將軍嘆羨。飲其酒。紫燕又酌之。將軍已大醉。至是不能堪。又不欲却之。則強飲。飲已則大吐。頹然倒。然計猶自振。叱左右曰。若輩去。非吾呼。不能入。入者必死。左右乃退。將軍呼紫燕曰。去吾衣。紫燕從之。為將軍裸。扶入帳。將軍擁之。紫燕笑曰。急色兒乃不能忍。吾未去衣。乃可睡耶。將軍笑釋之。紫燕乃滅燭。翻衣底。出一刃。刃長尺餘。明亮如雪。摩索入帳中。得將軍股。觸腕崩騰。至可愧。將軍喜。執其臂曰。至矣乎。紫燕笑應之。就勢猛刺。刃入將軍腹。將軍欲號。而紫燕已搤其喉。不能動。輾轉遂死。紫燕復點燭視將軍。則將軍已僵臥血泊中。挺然逝矣。紫燕急整衣。囊刃復出。至室外。忽與一人遇。為將軍腹心。名陳勇。陳勇覩紫燕。愕然曰。夜深矣。夫人不睡。將何去。紫燕躡足前曰。將軍死矣。陳勇大駭。瞠目不知所對。紫燕撫其肩。媚目流盼。口脂散馥。曰。將軍為老魅。寧足有吾。吾乃敬將軍。將軍苟能脱吾於死。吾請從將軍終矣。陳勇益懼。不知所措。曰。奚為至此。紫燕愀然曰。將軍奈何不知吾之志。吾漢人也。而將軍為滿族。與吾為仇敵。吾雖不德。亦寧反顏事仇。將軍則固吾漢族英雄。吾所敬仰。吾一婦人。死生於國無補。特願保其身。不為異族所蹂躪耳。將軍蠖屈是間。亦寧得計。曷不與吾偕遁耶。陳勇醉其色。乃應曰諾。而倉卒無計。紫燕曰。茲事至易。將軍第殺一人。以吾衣易之。則吾自可脱。陳勇從之。誘一卒。入帳中。取佩刀殺之。脱衣以衣紫燕。乃偕遁。天明。將軍不出。諸將大疑之。窺帳中。始知將軍已死。又失陳勇。則疑陳勇殺之。掠紫燕。乃大驚亂。急謀捕陳勇。而陳勇不可復得矣。

紫燕既與陳勇逃。至一山中。陳勇欲犯之。紫燕不可。陳勇怒曰。若詭我謂脱之。則與我婚。奈何反汗。今必婚。不然。吾殺若矣。吾冒大險。棄重位以脱若。若乃不相念乎。紫燕泣。延頸以就其刃。曰。將軍欲殺我。則吾何惜一死。若欲相犯。則不能也。吾敬將軍者。諸將軍為漢族。當能發揚其國力。以收拾舊河山。今未見將軍為是謀。徒欲相污。是賤丈夫也。吾奈何與賤丈夫婚。將軍苟有志。未必遂無可婚期。何必今日。陳勇無以難之。曰。然則卿謂婚我者。猶無有耳。紫燕正色曰否。君苟能揭竿而起。光大我華族。則朝舉事。而夕可婚。事之成否。固不必計也。君若懼吾遁。則請就山中闢一室。囚而守之。吾縱為着翅人。亦焉遁。陳勇無奈何。乃囚之。而將軍部屬捕之至急。不敢出。又不敢與山中各義士通消息。蓋陳勇無一旅之眾。可言舉義也。蟄處久之。莫決晉止。紫燕頻促之。曰。君無兵。獨不能轉別部中。為國效死乎。陳勇踟躇。不答。一夕。燕紫睡。陳勇潛入。欲污之。紫燕醒。急撐拒。而下裳已落。間不容髮。陳勇力強之。紫燕拒且號。陳勇怒。碎其衣。上下裸赤。紫燕亦不懈。力擊陳勇臉。傷其目。陳勇乃止。紫燕嘆曰。吾謂若為英雄。今觀之。實一淫虫耳。若即能污吾。於若亦何補。吾非處子。乃婦人。枕席之事。豈猶以為懼乎。特不欲草草自敗其節耳。今已矣。陳勇出。紫燕怒且恨。乃結繯。欲自殺。詎繫頸。不能絕。忽然斷。墮地不能起。陳勇入視。大憐之。紫燕張目。強引其吭。呼陳勇曰。陳勇勿污我。陳勇泣。曰。卿自安。吾不乘卿危也。乃治之。中夕。紫燕復起。陳勇載拜言其過。曰。卿志佳。吾不強卿。他日。吾苟不能如卿願。將釋卿。使卿得所歸。不負卿志也。紫燕哭。自是。陳勇果不復犯紫燕。居山中一年。大勢益去。陳勇知舉義之謀。終不可能。則謂紫燕曰。羣山忠義。多已就降。能為吾所欲為者。幾無有矣。吾一人。力有限。即舉事。亦為羣肉之齒利劍。亦奚能濟。吾今釋卿。卿行。別尋英武智勇之士而事之。如我者。不足留也。紫燕大哭。乃去。陳勇跡之。不知所之矣。

更閱五六年。陳勇偶出。為邏者所執。送官中。有司以案重。乃告於上台。秘密解辦。途中。忽遇別郡解二囚。乃同道往。陳勇睨之。均英武士。詰諸人。知為謀逆被執者。陳勇心動。

是夕。同入驛旅中。陳勇得聞。乃詢二囚。一劉姓。一則馮。為三湘勇士。為欲復漢。事未成而被執。而舉事之由。乃發於一女子。驚詰其貌。則固紫燕也。陳勇大驚。而不敢言。數日。至一郡。忽得密旨。着就地處決。蓋以防他變。陳勇收攝萬慮。不復悲。被決之前一夕。忽一女子入。以食食之。視之。為紫燕。陳勇口噤不能言。紫燕泣曰。君輩死矣。吾力不能拯君。復何語。然君等勿悲。漢室終當復。特遲速耳。成功不必在我。抑吾既死君。亦當負負君。雖未結褵。而精神永注。君輩亦有以諒我乎。乃執三人手。遍吻之。忽然而逝。陳勇驚且泣。殊無言。天明。乃被押解至市中。陳勇仰視。則刑官固數陷紫燕之陳翁也。忽若有所感。嘆曰。君勿自樂。紫燕必不容君也。陳變色。叱令速殺。電刃一揮。陳勇遂死。紫燕不復見。或謂已死於仇。不可攷云。

選自何文法主編《省港名家小說集》，廣州文社，缺出版日期，據序言應為一九三七年

侯曜

摩登西遊記（節錄）

第一回　離恨宮色魔下界　娑婆世神女降生

「三十三天天外天。非空非有亦無邊。菩提心月明如鏡。乘願重來救大千。」

却說在西方的波利耶多天上。有一座離恨宮。宮中住着一個神仙叫做色魂大仙。他的前身。就是隨唐僧往西天取經的猪八戒。他雖取經有功。然而慾心未淨。所以不能超出輪迴。只能在波利耶多天享受神仙的快樂。有一天。合該是他的福報享受了。他正在離恨宮午睡的時候。朦朧中。忽見自已脚下。生了一朵白雲。載着他冉冉而升。出了離恨宮向三十三天及三千大千世界去遊玩。他心裡想。「我在離恨宮中。過着孤獨寂寞的生活。實在沒趣。出外遊玩。倒可以散散心悶。但是。遊玩也應有一個遊玩的目的。我究竟抱着什麼目的出外遊玩呢。」他一面想着。白雲已停在一座青山之上。他舉目一看。認得是娑婆世界。他就循着山上的羊腸鳥道。走了下來。說也奇怪。只見這山一草一木。一岩一石。與及一切飛禽走獸。無一不是呈着陰陽相對。雌雄互抱的狀態。色魂大仙從離恨宮出來。見到這種情形。覺得非常有趣。心裡暗想。「這個山如此奇怪。樣樣俱作合歡狀。究竟叫做什麼名字。待我來尋個人問他一問罷。」他於是又再前行。

只見碧草如茵上。臥着一對互相擁抱的男女。那對互相擁抱着的男女。看見色魂大仙。就連忙從草地上爬了起來。色魂大仙就連忙向他們問道。「你們互相擁抱幹什麼。為什麼這山上的一切東西。都作互相擁抱之象。此是何地。此山何名。」那男人答道。「我們要生育兒女。所以就實行二五構精。這裏是娑婆世界。這個山名叫做合歡山。娑婆世界之所以能有眾生。完全是陰陽相配。眾生願意忍受娑婆世界之苦惱。也完全因為有了雌雄配合這一點樂趣啊。請問大仙法號。從何名山到此。」色魂大仙聽了暗自想道。「我所居住的波利耶多天。雖有無數神仙。却並無男女相。雖然有清淨之樂。然而亦時感離恨之苦。孤寂之愁。眞不如這娑婆世界了。」想了一會兒。定睛看着那對男女。現出非常羨慕的樣子。又看一雙一雙的蝴蝶。在並蒂的花間飛來飛去。一對一對鴛鴦。在並蒂蓮花上之間交頸睡着。天上一羣一羣的比翼鳥在飛翔交舞。地上一排一排的連理枝。在枝柯交抱。那對男女見色魂大仙只望着他們笑而不答。乃再説道。「我們聽説神仙也有神仙眷屬。大仙何獨自一人來此。不與夫人同行。」色魂大仙笑答道。「我是波利耶多天離恨宮中的神仙。我們那裡。向來就沒有男女相。我不知什麼東西叫做夫人。」那女人聽了。哈哈大笑道。「大仙。我就是他的夫人。」色魂大仙笑問道。「請問究竟要夫人來有什麼用處。」那男人聽了就摟着女人嬉戲了一會兒笑道。「夫人的用處就是這樣。」色魂大仙看了。恍然大悟的説道。「原來夫人的用處就在供給你洩慾的快樂。」那男人連忙答道。「是的。是的。除此以外別無用處。」色魂大仙於是又笑指着那男人問那女人道。「你既叫做他的夫人。那麼。他是你的什麼人。你要他來又有什麼用處。」那女人聽了笑道。「他叫做我的丈夫。他除了也供給我的快樂外。還有做牛馬的用處。」色魂大仙聽了讚嘆道。「好一個美麗的娑婆世界。原來男女間有這等快樂。難怪他們不願成仙成佛了。」他說到這裏。心田中就種下了一個思凡的種子。心裏暗想。「我何不就留在這裡也享一享男女的樂趣。」此時只見山頂上的白雲一面向他飛來。一面大聲的叫道。「大仙。你這個念頭要不得。淫為生死本。愛是煩惱根。你一着了淫愛相。就無法超出輪迴了。快囘去。快囘去。我載你到第一重天去遊玩罷。」說時遲。來時快。白雲攤到他的脚下。將他載走。離開了娑婆世界而去。色魂大仙駕着白雲。風馳電掣似的飛着。他心中仍戀戀於男女樂趣。他於是埋怨白雲道。「你既不贊成我着男女相。你就不該載我去看男女之事。如今你勾引起我的慾念。又不令我滿足。真正是豈有此理。」白雲答道。我因你在離恨宮太單調寂寞。所以纔引你出來散悶。如今你既要看男女相。我索性也帶你到男女相的各天宮去。讓你飽看一囘罷。」白雲載着色魂大仙。離開了娑婆世界一霎時便到了第一重天上。色魂大仙下了白雲。舉目一看。只見第一重天上。是一個水晶世界。一切大地山河。宮殿園囿。全是透明晶亮的。色魂大仙暗想。「琉璃世界。有什麼希奇。遊山玩水也沒甚意思。這裡住的神仙。既然也有男女眷屬。我何不去訪問一下神仙眷屬。看他們有什麼快樂罷。」他正想着。忽聽得後面有人叫他道。「大仙。別來無恙嗎。」他囘頭一看。見是一個女子。生得如花似玉。眞正是翩若驚鴻。矯若遊龍。傅粉則太白。施朱則太赤。增之一分則太長。減之一分則太短的。天上有地下無的美人。他定睛一看。這美人似曾相識的。但一時又記不起在那裡見過。他於是向那美人問道。「女神仙。我好像在那裡見過你似的。你怎麼認識我啊。」那女仙答道。「大仙。怎麼你的記性這樣壞啊。在五百年前。你是猪八戒。我在高家莊招親的時候。我就是你的妻子啊。」色魂大仙聽了。答道。「我住在離恨宮中。天天過着無愛無憎而心裡又不能忘愛忘情的孤寂生活。已經將我的記憶乾燥死了。前世的事。我一點也不記得。只是見面遇着的時候。又似乎記得好像是在那裡見過似的。女神仙。原來你是我五百年前的妻子。今天又有緣相見。實在是高興極了。女神仙。我且問你。自從在五百年前。你和我別後。究竟過些什麼生活啊。」那女仙就拖了色魂大仙之手。走到了一株如銀似的桃花樹下。並肩坐着說道。「因為在五百年前。我是一個女身。你知道。女人的情是最重的。我因為情重的原故。雖然修得成仙。却依然是女體。遍在有男女相之諸天。世世為神仙之妻。又因為情重之故。所以世世所歷之事。我都記得清清楚楚。」色魂大仙聽見她生生世世在有男女相之諸天為神仙之妻。於是就感覺得很有興趣的問道。「這眞巧極了。我正要遍歷有男女相之諸天。考察男女之樂。以慰我長年被困於離恨宮中之離愁。你既然遍做過諸天神仙之妻。就請你將諸天男女之樂。告訴告訴我罷。」那女仙聽了。微笑的答道。「你以為男女之間的事。是樂事。我現在却以為是苦事。這是我遍歷有情的人間及有情的諸天之後所得的大覺悟。在娑婆世界。男女之間相交。以過精血為快樂。在第一重天神仙眷屬。雖然有男女之交。却並不過精血。從這裡再上一重天。仍有男女相。男女只是擁抱並不實行相交。又再上一重天。仍是有男女相。男女之間只是握手便算相交了。又更上一重天。仍有男女相。男女之間。只是彼此相視一笑便算相交了。又更再上一重天。仍是有男女相。男女之間。彼此的心動了一動念。便算相交了。從此再上之諸天就無男女相了。」色魂大仙聽了嘆一口氣說道。「我所住的離恨天。大概是界於有男女相之天與無男女相之天的中間。所以雖無男女相而仍有男女之念。又得不着男女之調和。所以終天覺得離恨啊。」說畢。他便摟着那仙女求歡。色魂大仙摟着了那女仙之後。那女仙便連忙站了起來。向他推開罵道。「我已經悟澈男女之事是一件苦事了。你不要來再糾纏我。你如今。再起慾心。是不能再免輪迴之苦的。」色魂大仙一面仍拖着她一面答道。「我現在只羨鴛鴦不羨仙了。我只要能夠娶遍天上人間的美女。我寧願生生世世在慾海中輪迴。來來來。我如今就來一個先娶你罷。」說畢。摟着女仙便按倒在地。那女仙便拚命的掙扎。誰知掙扎了一會兒。色魂大仙醒了。原來他在娑婆世界及諸天所見的情形。都是一個夢境。他從夢中醒了。坐了起來。細思夢中境況。覺得非常有味。他於是凡心大動。慾火如焚。決定走出了離恨宮。跑到天上人間大鬧一場風流把戲。他正在思想的時候。忽見一個仙童入報道。「忉利天玉皇大帝。派了一個玉女來見。」他聽了。不禁喜形於色。心裏暗想。「我正思男女之事。而玉帝卽派玉女來臨。這眞是天賜我以機緣也。我不能將這機會錯過。」他決定了主意就向仙童說道。「你快去請玉女進來罷。」仙童領命退出。他就連忙將他自己加意修飾。扮成非常漂亮的一個美男子一般。坐在房裡等着。一會兒仙童又入報道。「玉女已在大廳中久候。請大仙出外相會。」色魂大仙答道。「你說我有病。請玉女入內室來相見罷。」仙童領命退出。一會兒只見那玉女姍姍蓮步。婀娜多姿。如垂柳在晚風前。如芙蓉迎着朝陽似的。走到色魂大仙的面前襝衽道。「現奉玉帝之命。來請大仙前往忉利天宴會。」色魂大仙聽了微笑。以眼斜睨着玉女問道。「玉女。我現在有些耳聾。聽不清楚你說什麼。請你坐近我一點。在我耳邊來說罷。」玉女不知色魂大仙已起了邪心。還以為他眞的耳也病聾了。就連忙移玉步。走近他的身邊說道。「現奉玉帝之命令。來請大仙前往忉利天宴會。並有重要之事商量。無論如何。請大師撥冗前往。」色魂大仙笑問道。「玉帝何事請宴。又有何事向我商量。」玉女笑答道。「我們的無瑕公主。因不日下凡降世。所以玉帝特為設宴歡送。並請諸天神仙相陪。」色魂大仙於是又再笑問道。「玉帝既是普遍的請宴羣仙。為何又特別的有事向我商量。」玉女答道。「究竟何事。不大知曉。我只聽得玉帝對皇后說聞大仙亦有下凡之意。希望大仙在凡間。保護我們無瑕公主。完成她的心願。」色魂大仙笑問道。「無瑕公主有何心願。為何下凡。請玉女詳細見告。」玉女答道。「我們的無瑕公主。在一千年前。曾經在娑婆世界做過唐朝的公主。那時。是唐太宗的時代。太宗貞觀八年。有一個國叫做吐番。如今稱為西藏的。有一個王。名字叫做特德勒蘇隆贊的。遣使到唐朝進貢。並請唐朝的公主為后。那時候。唐太宗不肯。藏王就領兵去攻打唐朝。唐朝就派兵將。把他打敗了。到了唐太宗十五年的時候。藏王又遣使請婚。太宗恐怕再起兵戎。太宗就將他的宗女文成公主嫁他。這時的文成公主。就是我忉利無瑕公主的化身。她自嫁了特勒德蘇隆贊。就將中國與西藏成為骨肉之親。並將佛教從中國傳至西藏。文成公主既做了這一件大事因緣之後。她死了就復歸忉利天來。西藏自唐以後。經過宋元明清幾代。雖有時與中國失和。然而隨卽和好如初。可是到了民國。西藏就與民國發生了隔膜。本是一家之親。行將變為仇敵。所以無瑕公主見了就非常傷心。日夜以眼淚洗面。玉帝見她如此傷心。就向她追問情由。她就盡訴心事告知玉帝。並請玉帝准她再下凡間。說和西藏。玉帝見她說出這樣的志願。不好過於勉強留她。所以便准她下凡。故特在今天設宴為她歡送。」色魂大仙聽了笑道。

「原來如此。無瑕公主要下凡便下凡。玉帝為何要請我去商量呢。」玉女答道。「玉帝知大仙亦思下凡。所以特請大仙去商量在凡間保護無瑕公主之事。」色魂大仙聽了暗自思量道。「我思下凡。仙女亦思下凡。這眞是天緣巧合。」他想到這裡。只見玉女向他催促道。「時候已經不早。就請大仙從速命駕前往罷。」說畢。便轉身欲出。色魂大仙急忙一把將她拖着道。「玉女。你且慢走。我還有事問你。」玉女見色魂大仙這樣無禮。就連忙想掙脫他的手。誰知色魂大仙之力很大。她無如何也掙脫不了。玉女于是怒說道。「有事就請問。這樣拉拉扯扯成什麼規矩。」色魂大仙此時既已凡心大動。玉女的美色當前。焉能不起雲雨之念。他於是乘拉扯之勢。將玉女抱在懷中。玉女的腋間透出一股馨香。中人欲醉。色魂大仙抱着她狂吻了一陣之後說道。「玉女。我現在得了一種色情狂病。你不先將我醫好了。我是不能前去見玉帝的。」玉女被他緊緊的摟着。無法掙脫。她於是就向色魂大仙罵道。「我不是醫生。我怎能醫你的病。快放手。不要向我胡纏。不然。我回去稟明玉帝。告你一個向仙女非禮之罪。將你逐出天界。打你下十八層地獄裡去。」色魂大仙聽了哈哈大笑道。「我居住在離恨天。過着寂寞枯燥的生活。比在地獄還慘。所以纔會迫成這種色情狂病。我知道我的病非女人不能醫治的。來來來。你快大慈大悲將我醫治一下罷。」說畢。色魂大仙便動手去解玉女的衣鈕。玉女在危急之際。便念動眞言。使一個脫身法。連忙遁出離恨宮向忉利天逃去。色魂大仙見在口之天鵝肉。忽被逃脫。那裡肯捨。也就追出離恨宮向玉女趕去。玉女見色魂大仙在後緊緊相隨。他就隨手在八寶囊中。取出了一個粉盒來。向後一擲。霎時之間。只見得天空中起了一層如烟幕彈的白霧。四處的瀰漫着。色魂大仙追到了這香粉霧之中。覺到一陣清香撲鼻。打了幾個噴嚏。腦中卽時覺得天旋地轉似的漸漸迷失本性起來。幸而他身邊的法寶箱中。帶有定乾丸一粒。他就連忙拿了出來吞了。卽時又復耳聰。目明。腦醒。心定起來。他定睛一看。一道白光如愛司克光似的。透過了香粉霧。只見玉女站在對面的頭雲。看着他。作勝利似的狂笑。口中還得意的說道。「任你是什麼神仙。也脫不了我玉女的香粉霧的法寶。」色魂大仙見了她那種情態。聽了她那種諷語。不禁氣得無明火三千丈高。口裏罵道。「我看你玉女有多大本事。能敵得過我的金銀索。」說畢。隨在法寶箱中。取出一條長約三寸一半是金一半是銀的索兒來。口中念動眞言。舉手向前將索一擲。只見得颼的一聲。空中便有金銀聲叮叮噹噹的响了起來。一會變成一條無窮長的索。如飛龍似的。衝出了香粉霧。向玉女的頭上如頸鍊般的套了下去。玉女冷不提防被這金銀鐵索緊緊的套着。色魂大仙見玉女已被他的金銀索所套。就很得意的。將她來玩弄。做出如放紙鳶一般的姿勢。忽而將索連收幾手。玉女便如紙鳶似的直沖雲霄。忽而將索鬆手一放。玉女也便如紙鳶斷線一般的一落千丈。色魂大仙一面戲弄着。一面說道。「任憑你是一個女神仙。也逃不出我這金銀索的束縛。」玉女被他戲弄不過。忽然想起自己的八寶囊中。有一把自覺剪。她就連忙拿了出來。將套在自己頸上的金銀索剪去。只見得鏗鏘的一聲。金銀索卽成寸斷。玉女收回自覺剪。向色魂大仙罵道。「你快回去。好好的閉門思過。從此痛改前非。我便饒你。否則我就用這自覺剪將你剪成兩段。」色魂大仙此時已在瘋狂狀態。他那裏怕玉女的自覺剪。他就連忙在自己的法寶箱中。取了一件牛皮甲來穿起。直向玉女衝過去。玉女見了。就連忙製出自覺剪。飛在空中。只見那剪一開一合向色魂大仙身上剪去。

誰知他的牛皮甲。非常堅厚。休想剪動分毫。玉女見了連忙收回自覺剪。轉身駕雲又向前逃遁。色魂大仙見玉女又向前逃遁。也就急脱了牛皮甲向前追趕。玉女見色魂大仙仍緊緊相隨不捨。她急極了。就連忙將掛在胸前的一面寶鏡。叫做貞光鏡的拿出來。這鏡是玉女防身之至寶。只要在緊急之時。將鏡向敵人一照。鏡中就能射出一道清光。將敵人的魔心攝住。使敵人望見鏡中現出種種自己因作惡而受地獄之苦的情形。因而生出大覺悟之心。從此改邪歸正。玉女取出貞光鏡。向色魂大仙一照。只聽得色魂大仙哎唷的一聲。就如木鷄一般的站住了。貞光鏡將他籠罩着。光線漸漸的射透了他的皮膚。一直透進了心底。色魂大仙定睛一看。只見自己的形狀。現於玉女的貞光鏡中。照見他的心。有一半是黑的。一半是紅的。從黑的那一半心裡。漸漸化出了一個極可怕的地獄情境來。色魂大仙只見自己被一個牛頭馬面的獄卒。將他推入寒冰獄中。那寒冰獄。全是冷冰冰的冰塊所結成。他一跌了下寒冰獄。便被冰將他陷住。全身在冰之中。只有頭部露出冰面。他覺得一股冷氣如尖刀刺的直刺他全身的細胞。每一個細胞都漸漸結成一粒一粒的冰塊。只剩心頭還留一絲的暖氣將他吊着命。他舉目四看。見有無數的人。也和他一般的受着同樣的苦。在苦楚中呻吟着。他正在舉目四看的時候。忽見自己的頭頂。有一座冰山。這冰山上。正有一大塊溶冰直向他的頭頂瀉下。只聽得轟隆的一聲。一塊大冰打在色魂大仙的頭上。將他打得眼火亂冒。耳鼓雷鳴。竟昏過去了一陣。他醒了過來。第二塊冰也跟着瀉下。如是一昏一醒的。冰山上的冰塊也就如有意懲罰他似的一塊一塊的落下。色魂大仙從第九十九次醒來。猛然發了一個悔心。只見冰窖中。走出一隻大蜘蛛來。吐出如繩一般粗的蛛絲向他垂下。色魂大仙見了。就連忙以手執着蛛絲。慢慢的攀援而上。他出了寒冰地獄。攀援着蛛絲至一半時。心裡想道。「玉女使我受這樣的苦。我出了地獄之後一定向她報仇。」誰知他的心中剛剛動了這一個念。只見空中飛來一隻大金翅鳥。一口將他含了飛向烈火獄而去。却說色魂大仙被金翅鳥含去。到了烈火獄之上。他向下一望。只見烈火獄中烈火熊熊。獄中之火與世間之火相較。猛烈十四倍。因世間的刼火。是七日並出時。燒盡地球及須彌山之火。故名曰刼火。世間之刼火。較之薪炭之火。猛烈七倍。能燒盡世間一切有情無情。金翅鳥將口一開。色魂大仙便從空中直向烈火獄中跌下。他一到了烈火獄中。下半身卽完全被烈火所燒着。燒得他痛苦難當。他舉目四看。這獄中的一切物件。無一不是烈火所成。受罪的人。就被牛頭獄卒推入一間燒得通紅的鐵屋裡居住。色魂大仙被獄卒一推進了鐵屋之後。只聽得吱的一聲。那鐵屋竟將他的身體黏住。竟如上炮烙刑一般。他被燒得痛苦難當之際。心裡忽生悔心。悔不該調戲玉女。說也奇怪。他這一悔。那鐵屋便和他的身體分開了。他就連忙逃出鐵屋。向外狂奔。只見空中火燄裡。有無數的飛蟲。如黃蜂一般的。向他追趕了過去。跟着他來針刺。被這些火蜂針了一下。就痛澈骨髓。他不得已就跑到一個山洞裡去躲避。躲了一陣。火黃蜂成羣結隊的飛了過去。他又連忙出洞向前逃走。忽然前面一陣火刀火劍蔽空飛來。色魂大仙又連忙向後逃避。奔到一株樹下。誰知又有無數的火球。向他的脚下飛去。他急極了。就想爬上樹去。誰知一看。那樹滿身都有利刀。可是。刀鋒都是向下的。他不管三七二十一。因避火要緊。便攀援上樹。他攀上一步。被樹身的刀刺一下。刺得滿身血肉糢糊。好容易纔爬到樹頂。正在喘息着的時候。只見以前含他來的那隻金翅大鳥。又飛來啄他的腦。他驚駭極了。又連忙下樹逃避。誰知他下樹的時候。樹身上的刀鋒又忽然盡行向上。又將他刺得鮮血淋漓。樹下有火球相迫。下則為火所燒。樹上有金翅鳥啄腦。上則為鳥所啄。不上不下。又為樹身之刀所刺。他陷於這個上下兩難。進退維谷之際。他感覺得萬分痛苦。於是又發了大悔之心道。「我實在不該向玉女動淫慾之念的。」他一悔畢。那樹便變成一朵蓮花。他並坐在蓮花之上。四面雖有猛火。只是在蓮花之下焚燒。上面雖有金翅鳥的盤旋窺伺。却被一大塊蓮葉遮蓋住。金翅鳥無論如何也啄他不着。他此時得了安全。就向玉女稟道。「玉女。我從今以後不敢向你調戲。我知道你的法力無邊。願你慈悲。將下界的美人給我罷。」哈哈。他慾心一現。蓮花忽如臘的溶了。骨董的一聲。他又跌入餓鬼道中了。色魂大仙從蓮花座向下一落。覺得耳邊呼呼的風聲。自己在黑霧圍繞之中向下直沉。轟然一聲。便跌落另一個世界裡。他舉目一看。這世界裏的人個個都是頭大如斗。腹大如牛。頸細如針。手足如草。他看見了這些人的奇形怪狀。不禁哈哈大笑起來。誰知他笑猶未已。自己也變成了那個樣子。他一變成了餓鬼的形狀之後。就卽時覺得腹中非常饑餓。他便四處去找食物。他就好容易纔找到了一個爛柿。正想用手去拿。誰知手如草一般的細。無論怎樣也沒有力量將爛柿拿起。他不得已。便匍伏在地上。用口去吃柿。誰知吃了一口。因喉嚨如針孔一般的小。無論如何也咽不下去。好容易咽下了一些汁。又因為腹部太大。無論如何也不能飽。他正在一滴一滴的咽着柿汁的時候。又誰知從對方來了一隻大黃狗。一口將柿吃了。黃狗吃完了柿。便向着他來咬。他不得已。爬起身便跑。可憐他的兩脚。如草一般的細。乘不起巨腹與大頭的重量。他只得如冬瓜似的向前亂滾。滾落了一個溝渠中。纔僥倖避免了狗咬之禍。他滾下了溝渠。忽又被一股陰溝之水將他沖落一個山坑裡。被一叢荊棘將他掛着。懸在半空。他不得已。只有大呼救命。他叫了一會兒。忽見一羣餓鬼從山澗裡跳了出來。無論用什麼方法也不能將他救下。一會兒。月亮出來了。眾餓鬼都躲到山洞裡去。他被月光一射。覺得如火燒一般的熱。他又餓又燒。痛苦非常。又起了悔過之心。向月裏的嫦娥懺悔道。「月宮中的嫦娥仙子啊。我色魂大仙。是神仙中人。只因動了慾火。調戲玉女。致受此種苦報。望嫦娥慈悲拯救。」說也奇怪。他剛剛懺悔已畢。只見一層一層的月暈。如環似的一個扣一個從月光中落到他的面前。他見了。非常歡喜。便連忙以手攀月暈。誰知他的手剛剛一觸着月暈的時候。他已脫了餓鬼之形回復本相。他於是更加歡喜。手攀月暈一層一層的上去。他到了半空之中。月暈忽然變了一條五色的絲帶。從他的腰間繞了幾繞。打成了一個丁香結。色魂大仙覺得一陣清光離開了他的身體。原來玉女此時已將貞光鏡收了。另換了一條香裙帶。將他縛住。一頭拴在月宮的桂樹上。將色魂大仙懸掛於空中。玉女此時。走到色魂大仙之前說道。「你冒犯了我。本該打下地獄。姑念你以前做猪八戒的時候。幫助唐僧取經有功。我纔以香裙帶將你懸掛在半空之中。令你上不到天。下不到地。嘗盡相思之苦。待你慾心退盡。我纔放你。」說畢。便回忉利天去了。

選自侯曜《摩登西遊記》，香港：循環日報，一九三六年四月

周白蘋

中國殺人王大戰扭計深（節錄）

恩敬瞋目曰，殺人王眞是齊天大聖。世間無人能收復之乎，馬律師曰，此人足智多謀，吾料收之者當亦足智多謀之人，非能單持牛力者可望成功，大隻滾勇則勇矣，奈無機謀，故終為殺人王所殺，吾人當聘一足智多謀之人，以為對付，方有希望也，何恩敬曰，馬律師之意，欲於各堂中聘一個師爺來耶，馬律師曰，非也，即本埠各堂中有奇才，亦不肯聘請，誰不知殺人王不是可惹的，當無人肯就聘也，吾思得一人，其人昔日曾在本埠名動一時，近年在士得頓埠中作種植生涯，足智多謀，擒殺人王必矣，如得為我臂助，擒殺人王必矣，恩敬欣然曰，汝意殆指扭計深耶，馬律師曰，正是此人，主席非曾與之飲過幾餐酒耶，恩敬曰然，但此人頗高傲，且又有菓園在士得頓埠，未必肯來也，馬律師曰，吾聞之，近來凡中國人管理之菓園，皆鬧不景氣，倘能以重金聘之，當能來就也然。恩敬曰，明早我偕汝入埠訪之可乎，馬律師曰，否否，此人生性高傲，吾人非彼稔交，恐遭一語拒絕，反為不美，欲求事成，必先與稔友高佬忠商量，使高佬忠推波助瀾，方不致誤事，恩敬乃約馬律師明日先訪高佬忠，高佬忠方姓，居蝦寮附近，治小酒肆，為人和藹可親，恩敬與馬律師至其地，呼役治菜，因問高佬忠行踪，知下午三時必回店，遂安心俟之，屆時，果見高佬忠，忠高逾恒人，面長如馬，亦識馬律師，一見便堆下笑容，問何處一陣狂風，吹得律師至此，律師遂介紹識何恩敬，高佬忠聞何為協志堂主席，則竊竊怪異，以主席方與保公堂勾心鬥爭，爭一日之長短，近正在生死關頭，何暇來此淺斟低酌，則謂之曰，何主席非忙人耶，今日何幸，乃獲賁臨，馬律師拉椅便坐，低聲曰，主席，有求於兄台，故偕我來此專誠拜謁也，高佬連稱不敢當，恩敬曰，殺人王縱橫華埠，忠哥之所知也，自彼來後，死傷人命何止半百，如此殺下去，華埠不將人烟滅絕耶，我堂幾次設法，欲除此人，但彼足智多謀，反為所制，縱觀當世，能收服之者，祇有扭計深一人，聞扭計深種植於士得頓埠，久已不問世事，欲聘之再出，未易成功，知忠哥與扭計深素稱莫逆，故特來拜訪，欲得大力，玉成此事也，高佬忠有難色，但仍點頭曰，試之試之，我料僅有兩成把握耳，恩敬乃約以明日再相見，事成之後，謝以百金，遂別去，高佬忠乃出資市上好五加皮酒，燒雞一，燒白鴿一，携入士得頓埠，以餽送為名，藉探其意，翌日，乃以晤談經過告恩敬曰，主席，吾固謂僅得兩成把握耳，深叔方在是間建小洋房，為久居水雲鄉之意，我偶問他，如有人聘深叔出理公事又如何，則搖頭曰，不理不理，吾遂不敢多言，既進酒，俟其微醉，我又多言，大埠各堂之中，有能幹者乎，彼笑謂皆碌碌之才，我問，保公堂鄧元亦非常人耶，彼嗤之以鼻曰，非常人三字豈容易講耶，必胸懷學問，有科學常識，進可以治世，退可以自食其力，乃能稱為非常人，鄧元之輩，其才僅能管理一堂之事，餘無所長也，我則曰，但彼在各堂之中，儼然為領袖矣，彼但飲酒而不言，我再挑之曰，深叔如再辦堂口之事，你估鄧元尚能雄稱一方乎，彼更笑而不答，及後，我問之曰，如果深叔能再次出山，則豎子必不敢稱雄矣，深叔復豪飲，徐徐曰，兄勿再言我事，我但種植田園，不願與他人爭一日之長短也，由此看來，我此行亦係撲一個空耳，何恩敬以目視馬律師曰，如何，我已知之矣，馬律師曰，不然，彼豪氣猶存，是未忘情於大埠也，倘吾得一見之，憑三寸不爛之舌，當說之復出，恩敬曰，如此請忠哥引吾等入埠訪之可乎，高佬忠曰，容我再見之，先徵求其同意，方約定日期可也，恩敬去。

星期日之晨，高佬忠欣然以電話致何恩敬曰，請即以車來，恩敬遂偕律師以車接高佬忠同到士得頓，既抵農塲，花木甚盛，下車步行，園中風景幽美，鳥語花香，使人有出世想，恩敬曰，此行料難成功，深叔有此田園，何事出來逐逐名利耶，律師曰，不然，跛者不忘行，深叔天生英才，十年前曾縱橫一時，久靜當亦思動，不過世無劉玄德，故孔明隆中歸隱耳，恩敬曰，然則吾輩乃為三顧草廬之人矣，高佬忠笑曰，照例今次臥龍先生必不在，因為劉玄德祇初次來也，言未已，一人飄然來，短褲長襪，衣半截皮褸，手携一犬，笑臉迎客，馬律師呼曰，深叔，尚認得故人否，梁叔曰，如何記不得，汝非馬湘人耶，馬律師乃趨前握手，何恩敬亦笑對扭計深曰，深叔亦認得我乎，深曰，如果道左相逢，或不記憶，主席已較十年前消瘦多矣，恩敬嘆曰，奔波廿載，體重已減廿磅，深叔尚憶十年前，我乃有肥仔之號耶，扭計深曰，憶之。主席非曾與我長談於赴馬會之車中耶，言畢，携手共入廳事，扭計深佈置甚怪，處處皆能表現其有過人之技巧，壁上懸一大溫度計，無度數，但畫若干美人，以所穿之衣服表現寒暑。廿度則美人披裘，四十度美人衣短褸，八十度則衣薄紗，九十度則美人裸體矣，壁鐘亦甚怪，六時則繪一人起床，九時則其人進膳，十二時則其人作午睡，馬律師指而笑曰，深叔，晚間六時，此人又起床耶，深叔曰，不，你觀其一不觀其二也。按掣，鐘轉其背，則又一鐘，曰，此夜間之鐘也，視六時，則人物作進餐之狀矣，何恩敬曰，深叔乃有此閒情逸致耶，扭計深曰，非我所作，此係兒輩之小玩意耳，馬律師曰，將門之子，自是不凡，扭計門下，必有奇才也，恩敬曰，吾時時謂深叔此種人才，如能返國執政，能必使國家強盛，可惜深叔關門不出，遂令大材小用耳，扭計深笑曰，帽子太高，雖升降機亦難爬上矣，雕虫小技，但能自給自足，安能謀國，倘使我執政，必弄得人民莫名其妙，一塌糊塗，主席眞會說笑也，馬律師曰，十年前，深叔為各堂理事，頭頭是道，足見大才，但自深叔歸田，大埠乃變為狗反之地，深叔，兩相比較，可知深叔治事之完滿矣，扭計深伸手搔其頭，頭皮雨下，聳其肩曰，當時搵食不似現在之艱難，現在叫我出來，未必能得太平也，恩敬曰，不，深叔如肯出山，吾料必不致如現在之紊亂，馬律師曰，主席此次之來，正欲求深叔再出大埠也，扭計深曰，吾無此雄心矣，年紀且老，正有事於田園，一個人，不論如何撈法，到底都要返到農村，方為正理，我今再出，結尾亦要回來，何如不出之為妙也，主席請勿復言，十年濶別，相見惟有飲酒，語畢呼僮稚，速治酒肴，高佬忠至此，不得不開口矣，深叔，主席一場盛意，請深叔出山，何不暫時拋離田園生活，再演身手乎，且江哥亦已長成，可以獨當一面矣，馬律師亦曰，忠哥之言是也，深叔縱不為敝堂謀，亦當念同胞之情，出來救人，深叔，大埠再打下去，容乜易絕人了人烟也，扭計深搖首曰，汝輩永持和平兩字，何有絕人烟之事發生，豈對方有舖殺人癮耶，戰禍結連，皆汝輩太好事耳，何恩敬急曰，不，深叔不知紐約殺人王來了大埠之事乎，殺人王確有舖殺人癮也，馬律師曰，殺人王不止殺我堂之人，連華英社之人亦要殺，彼似乎以殺人為娛樂，不殺人便覺周身唔自在也，扭計深搖頭曰，世無以殺人為娛樂者，主席試與之言和，必無不允，主席或不願和耳，恩敬曰，不然，深叔不問世事，或不知之，倘深叔不以為煩瑣，我當將前事盡為深叔告，扭計深頷首，恩敬乃掩己方之殺人舊事，將彼方惡跡，加重氣語，說了一番，扭計深曰，然則凡此種種，皆殺人王一人所為，其主權乃不操於鄧元之手乎，恩敬曰，鄧元最初似不知殺人王如此利害，始事事皆自己在背操縱，及後乃被殺人王抓得機會，反將鄧元操縱，今之鄧元，等於一個木偶耳，扭計深曰，鄧元如果變成木偶，則我雖允為貴堂効命，亦屬無謂，馬律師曰，何也，深曰，我自歸隱田園，已不如當年之豪放，萬事以和為貴，如再出山，亦本一和字做去，鄧元既成木偶，則吾將與誰人講和耶，恩敬曰，不然，如深叔允來幫助，則一言重於九鼎，保公堂又安敢跋扈耶，深叔曰，不幸而保公堂仍不賞面於我，我又如何，馬律師曰，吾恐彼決不敢輕視深叔也，扭計深笑曰，初生之犢不畏虎，殺人王未必知吾利害也，吾恐求和不得，必變為求戰，我實在不想聞此種金戈殺伐之聲，主席，恕吾拒命矣，語已態度甚決，於是馬律師潛得手拉高佬忠，高佬忠曰，深叔，人家一番美意，何不作一頭半個月之努力，試求和平，和平不可，則退歸耳，扭計深曰，如此我扭計深之名譽，付之東流矣，我下山求和他不背，我要以進攻逼他和，方算得英雄人物，我求和他，他不和，我走，豈不笑死人耶，高佬忠語塞，瞠目視馬律師，恩敬乃起立曰，深叔，阻汝許多事，眞係抱歉，今吾人告退矣，他日有暇，嘗再來訪深叔，扭計深亦起，與三人握手，遂別去。

僅出園門，馬律師卽責恩敬曰，主席汝太過無忍耐心矣，再求他一兩個鐘頭，他未必眞個拒絕我者也，主席有何要事，乃急急告別，恩敬曰，吾已成竹在胸矣，彼不嘗言耶，「我求和，他不和，我走，為人所笑。」今我乃觸動靈機矣，我利用彼之英雄心理，他日又來見他，言我已與保公堂言和矣，且引深叔之名，奈保公堂不知深叔為何物，故肯不和，此激將法也，深叔尚有爭雄之心，必一怒下山，我計售矣，今日彼態甚堅決，再在此絮絮滔滔。反致令他討厭而已，律師點頭曰，試之，此計或可成功亦未定，言已，遂驅車返俱樂部，一抵俱樂部，惡劣消息，即如雪片飛來，第一件，廖灰在澗街附近，突被人槍傷，子彈由背入，左肩出，已入醫院，第二件，在百利醫院療傷之莫祥，傷勢漸愈，今晨出院回家休養矣，出院時鄧元親到醫院，惜得訊過遲，失去襲擊機會。

是夕，協志堂堂友，咸聚俱樂部中，爭問主席對此事如何解決，既不派人與之相持，又不派人與之會議，數日之前，方宣佈和平，今日廖灰又發生變故，到底作何打算，恩敬一面解釋往事，一面說明連日施行之計劃，謂得馬律師奔走，將以重金聘扭計深出來，以為對付，眾人一聞扭計深之名，皆為之色然而喜，咸謂如得此人，包無撞板，但未知此人幾時能來耳，恩敬安慰各人，謂三幾日間，必有佳音見告也，眾始漸覺放心，即次第散去。

過了幾天，恩敬復約馬律師，高佬忠再入士得頓埠，重訪深叔，深叔方在園中督建小屋，屋為木造，其式甚怪，瓦脊作倒轉之人字形，蓋預備引雨水于槽而挹其水以沃花木也，雖一瓦脊，亦不使無用，具見匠心獨運，屋頂有風車四，不論風向何來，皆能活動，風車之下，有白帆布帶，引之入室，室中小設引擎，以之開電收音機，借假風力以行，連電費都不繳交，便可長日開機播音矣，恩敬為之竊竊歎讚，馬律師試開之，樂聲盈耳，一室欣然，既就座，恩敬言，自得深叔一言指點，卽忍痛與保公堂言和，不料保公堂跋扈如昔，謂如欲求和，請將從前打過保公堂堂友之兇手，一概交出，否則無和可講，敝堂當卽提出深叔大名，謂深叔主張講和，請賞二分薄面，至於求保賠欵，一萬八千，當無問題也，保公堂鄧元，乃謂不知扭計深為何物，卽使美國大總統親身，卽當為閒事，兇手不交，無話可說，此係三日來言和之經過情形也，馬律師偷視深叔，則面色無改，始終未嘗有怒容，則激之曰，深叔，鄧元此人，未免太不明世故，提出深叔大名，仍不理會，此而可忍，孰不可忍，高佬忠亦推波助瀾，主張深叔下山，一決雌雄，深叔但頷首而不語，良久始對恩敬曰，主席，吾意決矣，當以三月時間，為貴堂盡力，但主席幸勿以為激將計已經成功，吾料主席今尚無講和之心，連日亦無講和之事，此種說話全係激我而已，我亦非被激而下山，不過因為三位一番誠意，幾次惠臨，所謂士為知己用，況殺人王手段太辣，我不下山恐無人將之收服，永為後患，但我未下山之前，有條件在此，非主席完全承認，我不幹也，三人大喜，恩敬問曰，條件如何，吾人決無拒絕之理，扭計深乃使高佬忠出鉛筆記之，曰，第一，主席要在冷靜街中租一屋以居我，先照我所定之樣式佈置一切防禦工事，每日派四名打手保護我，第二，我要貴堂將財政全權交我，不足則得向各堂友籌欵，第三，我此次下山，并非接受汝命與保公堂論戰，我或用種種方法壓迫其求和亦未可定，總之，和戰大計，仍決之于我，第四，倘我不幸被殺，你負担以一萬元為我安家之用。

恩敬持高佬忠所記之扭計深出山四條件，細細視之，與馬律師低聲商量，扭計深曰，主席，我非要你立刻答覆我也，你可先回堂聚商，認為滿意，方接納不遲，恩敬曰，毋須也，我為一堂之主席，豈尚不能決斷耶，扭計深曰，如此我暫出園外，你幾人商妥之後再呼我入來可也，遂去，恩敬謂馬律師曰，第一四兩條我認為不必討論，租屋設防及一萬元安家費，亦我堂份內之事，但第二條要把握財政之權，第三條和戰大計，決之於彼，似乎一手包辦，未免令人懷疑矣，高佬忠曰，疑人勿用，用人勿疑，主席以為然否，馬律師曰，扭計深向來辦事，最富責任心，而桀桀大才，一人可兼任三數人之事，彼肯負担運用經濟之大任，正求之不得，主席何疑焉，恩敬曰，然，但和戰大計，取決於彼，將來有問題發生乎，馬律師曰，此層大可放心，實則和戰大計，決之於堂中全體，將來亦不由彼一人主持之也，恩敬之意遂決，復請扭計深入，一一答允，深叔曰，主席無悔乎，恩敬曰，願舉堂以聽深叔，永無悔也，扭計深乃使高佬忠重新抄寫條文二張，請恩敬簽押，馬律師為證人，遂請主席先回，今夕當送圖則來，照則作防禦佈置，曰，佈置妥當之日，即我開始發施號令之期也，恩敬滿意而退。

越日，扭計深命其家人南下，擇羅生附近小埠為暫住之所，告家人曰，殺人王非同小可，我今冒險與之爭持，個人安全，或尚有把握，但恐禍及家園，汝輩入羅生之後，宜深居簡出，莫自言為我之家人，則安全可保也，家人受命去，扭計深復與一美國人磋商，以田園讓與代管，昂其薪值，美國人亦允，扭計深摒擋三日，乃飄然而去，蓋料此三日間，彼復出之空氣，必已傳入殺人王耳中，殺人王或先下手為強，派人到士得頓埠行殺，亦未可定也，故摒擋甫緒，則匿居小旅館中，以電話詢問恩敬，新居防禦工事完竣否，恩敬答以尚須二日，叩深叔現駐何所，蓋彼今午曾到田園，則撲了一個空，扭計深言所居暫難宣佈，新居妥善，我朝發夕至，兩日之後，請派打手二名至新居待我可也，恩敬亦不復問，但親至新居，催促工人動工而已。

新居在干那道底，上盡斜坡，卽有小洋樓三五，其中油淡綠色者，門牌第六號，卽恩敬所稅以深居者也，工事既竣，一巨型貨車至，扭計深迅速下車，卽進客廳，工人為之搬下行李，衣櫥大櫃，多至五六事，恩敬亦啣尾而來，相見欣然握手，扭計深視察各防禦工事，甚意滿，讚為巧妙，恩敬曰，我親來監工者也，扭計深乃重新勘驗各防禦工事，正因地形間格，復加若干佈置。一一繪圖，請恩敬工匠來，而授機宜，始欠伸而起曰，此不啻天羅地網矣，如殺人王來殺我，必自陷圈套也，恩敬曰，倘俱樂部預早有此佈置，則大隻滾可以不死，所以謂用力不如用智也，扭計深笑曰，如以殺人王與我比，則彼伸手將我一握，我卽立刻身死，我必處處避免正面衝突，終有一日制服之也，主席，如你欲求安全，亦可學我一樣在寓所設防禦工事，蓋此係舉手之勞，亦不十分糜費也，恩敬遂將寓所形勢繪於紙上，扭計深因勢利導，為之作簡單之工事，恩敬甚為滿意，既而問深叔何時發動，扭計深曰，今日容吾休息，明日可盡召堂中打手來見我，我先要詢問各人所長，然後方想得辦法也，恩敬遂退。

協志堂聘扭計深來大埠重振威風之消息，至扭計深抵達後第二日始傳入保公堂，蓋自大隻滾死後，楊桂已露出馬脚，不能再在協志堂活動，保公堂打探消息，不如前此之利便，鄧元突聆此訊，為之汗下，蓋大埠無人不知扭計深之利害，急召殺人王來商議，謂此人非同小可，雖手無搏鷄之力，而當年著名打手，皆墮此人術中，此人既熟識大埠情形，且與此間美國撈家素有來往，我一時大意，不及早聘來，使番生孔明，為他人用，眞可惜也，殺人王曰，我生平最忌大隻滾，今大隻滾已死，我可以高枕無憂矣，扭計深有何本領，我不怕也，鄧元曰，不然，此人非常陰險，大埠堂口之師爺，無出其右者，當年事蹟，大可追尋也。殺人王曰當年海上無魚，蝦仔為大，現在世界已變，扭計深必未合時矣，其時堂友莫保在座，亦笑曰，主席休得長他人志氣，滅自己威風，如果查出扭計深住宅，祇消派一兩個人去，埋伏門外，打他一槍。便把他一筆勾消矣，鄧元曰，談何容易，扭計深必深居簡出，你儘管埋伏十日，看你能見他一面否，言未已，家人報莫祥來，莫祥自中彈後，入院半月，調理痊癒，消瘦如隔世人，鄧元一見却起立曰，祥叔不在家靜養，何故前來，莫祥坐下，喘息久之，始徐徐曰，主席知之乎，扭計深出山矣，鄧元曰，吾人正討論此事，祥叔何處聽來也，莫祥曰，守義堂堂友李仁告我者，渠謂此人一出，大埠從此多事矣，鄧元曰，然，可惜我輩消息太不靈通，否則先以重金聘之，則彼為我用，可以高枕無憂矣，莫祥曰，勿為賊過興兵之論，吾人宜速設法，最好能先以理說之，不行則消滅之可也，鄧元曰，祥叔欲命人與之接洽乎，莫祥曰，然，守義堂李仁允為我助，我欲命此公往見扭計深，動以利害，許以重金，使之回山，免再生事也，殺人王曰，我輩不宜示人以弱，水來土掩，兵來將擋耳，莫祥曰，詑哥向來在紐約居住，故不知扭計深之利害耳，此人一出，大埠撈家，如風之從虎，如雲之從龍，協志堂倘肯耗重金，營館舍，則死士數十人，片刻立集，恐非我堂之福，不如先遣人說項，若憑三寸不爛之舌，得被他走，勝於將來流血多矣，殺人王始無語，鄧元亦決定先求守義堂李仁往見扭計深，許以三千金之運動費，希望扭計深得此卽行罷手，然待之兩日，始見李仁回來，則謂扭計深絕不貪財，毫不為動，更有手書一封，托我代交主席，鄧元拆而觀之，書曰「鄧元主席先生台鑒，先生托李仁先生面洽，辱承賜以重金，使復為耕戶，莫惹凡塵，備見愛好和平，古道照人，一時無兩，惟年來貴堂縱容強暴，殺人如麻，文明都市，淪作屠場，數萬僑胞，咸指先生不顧人道，莫不願先生及早回頭，逐殺人王於大埠之外，言歸於好，永戢干戈，乃先生怙惡不悛，殺人已成嗜好，直至今日仍眷養兇人，時出作惡，鄙人悲我族之自殘，憫斯民之無告，故乃棄田園妻子，復染凡塵，予豈好事，實出於不得已也，如先生幡然改圖，即日驅逐兇人，償命賠欵，則鄙人不敢聽命，立刻歸山，倘仍一意孤行，則鄙人雖老，腦汁未乾，當與先生以兵戎相見，肝腦塗地，死而後已，鄙人生性耿直，愚而好自用，非威武所能屈，非財帛所能動，非法律所能羈，願先生裁之，呂深謹白」鄧元讀竟，涔涔汗下，搖首曰，扭計深有意與我為難矣，為今之計，祇有死纏到底耳，遂召殺人王，復商行殺之計，殺人王乃盡出堂中打手，在干那路底埋伏，以刺探其行踪，復命精細綫人，採訪扭計深之家人居地，越日，綫人回報，扭計深未出大埠之前，已舉家南遷矣，殺人王乃頓足曰，放過好機會矣，扭計深眞聰明哉，鄧元曰，何謂也，殺人王曰，我欲行曹操騙徐庶之計，倘能捕其家人以為要挾，不愁徐庶不歸曹也，鄧元曰，扭計深佈置，向稱周密，安有留下家人，授我以隙之理乎，殺人王曰，然吾人終未絕望也，彼之家人，必去此不遠，吾人可立刻派人偵查，如得其所在，則實行騙來大埠，一到我手，不愁彼不服矣，莫保在旁，插言曰，一個爛鬼師爺，何致鬧得滿天神佛，詎哥祇消派兩名敢死之人，直撲進扭計深所居，將他一槍打死，又何必旁敲側擊乎，殺人王曰，我何嘗不知，不過扭計深不比別人，且從前大隻滾撞過一次板，今後協志堂之人，必防衛森嚴，不易入屋殺人也，汝尚憶上次我打大隻滾之事乎，我堂虛耗金錢多少，酒樓大宴，共用百金，始能騙得協志堂全堂到會，倘非如此做法，則彼堂守衛森嚴，莫說一兩個人，儘管多派十人八人，未必能衝得入也。

選自周白蘋《中國殺人王大戰扭計深》，缺版權。

此為「殺人王」系列早期故事，料為戰前之作。

牛精良大亂中環「頭集」（節錄）

牛精良為香港淪陷期間最大膽而又最殺得人多之好漢，同時又為身中傷痕最多之一人。香港戰事發生之時，治安十分混亂，日本仔入了香港，一味顧住奸淫邪盜及搬運物資，對於治安之睇法，以死者為民眾，損失者亦為民眾，與己無關，一於好少理。於是一到夜間，刧掠橫行，銅鑼打爛，日本仔多數充耳不聞，即來，亦僅驅盜而不捕盜。於此時也，西環最亂，牛精良即盤據一石屎樓，以開設咕哩館為名，聚集一班大帝，打家劫舍，放火投彈，無所不為。自從打刧西環採蘭台後，銀紙大堆，人命畧有損失，計過尚有着數，便引為得計，又復召集李勉莫兆等，商議做世界之計，吃完一餐「三六」，大家圍桌共議，莫兆提出先劫正益豬肉淩。西環肉商中，以豬肉凌最善經營，而存款又多，又是前舖後居之屋，莫兆且曾扮咕哩抬夾萬入內，已知其現款，向存于家，且豬肉凌蓄少妾二人，平日鑽戒輝煌，衣飾華麗，倘能入內行劫，必可滿載而歸也。牛精良乃分配人馬，天一入黑，即由一人先騙門入內，倘不上當，則開正硬弓，用斧劈開鐵閘，一擁而進。誰為頂撐，誰作天台把風，俱有指定。天既入黑，莫兆首先到達正益門前，時正益鐵閘已關，內便木門，僅開一綫，便挽其預備之皮喼，輕輕叩門，店中人探首小窗，高聲問何事？莫兆曰：「灣仔二姑，因連夜賊劫，為穩陣起見，特叫我代送皮喼一個來，交畀凌嫂代貯，請開門挽入，我有事不能等候，你亦不必通知凌嫂，收了直交可也。二姑云佢已見過凌嫂，係凌嫂當面答應代貯者。」言畢，放下皮喼，專等開門。時店內起爭執聲，一人要開，一人不允，卒謂問過凌嫂，方許開門，聲遂寂。未幾，有婦人出，謂來者何人，邊個二姑？莫兆知計不穩，但仍大聲曰：「灣仔二姑，難道凌嫂忘記乎？」凌嫂一味搖頭曰：「世亂不知人心，你叫二姑自己親來，否則我不開門也。」經莫兆多方解釋，凌嫂總置之不理，連一綫木門，亦完全閂密。莫兆詐作發脾氣，搖其鐵閘，鐵閘鞏固，屢撼不開，回頭一望，人馬齊到，遂開皮喼，出斧頭，動手劈閘，不料店中皆屠夫，孔武有力，睹狀知欲行劫，即有一人手持大刀，開木門出，問何事如此猖狂？莫兆未及答，其人舉刀便砍，莫兆猛不提防，被砍傷肩膊，牛精良睹狀，火氣沖天，便出駁殼，向其人開槍。卜卜兩聲，其人中彈，當堂倒地，背後店伴，迅速拖入店內，緊閉門戶，堅守不出。牛精良再發數彈，喝令開門，二樓係豬肉凌住家，凌聞槍聲，自樓上伸首出來，望見情形，急將窗門關閉，牛精良遂無法順利入內。正設法間，忽聞鑼聲大作。牛精良知二樓鳴鑼，即開槍向上射擊，但鄰家聞聲，亦鳴鑼幫助，一時全街鼎沸，牛精良因街口有自己之步哨，日本頭即來，亦能及時撤退者，故十分放心，仍令黨徒加緊毀門工作，正益號為大字號，門戶甚固，經幾次斧劈，仍不能開。牛精良大怒，喝其弟兄曰：「入隔離厚泰，由厚泰開牆入內，幸勿再事拖延。」黨人聞言，乃一擁而入厚泰，厚泰係木門，故一衝即開，店中伙記，聞打門聲，亦退入舖尾。牛精良乃引斧劈牆，牆為三合土所建，不能開穴，知無望，乃命令直入登樓由天台過隔離。黨人又登樓，至天台，毀障碍物，過正益瓦背，則正益之天台門，亦係鐵製，大刀闊斧，仍劈不開。牛精良令劈堦磚地，地破，便見木條，又劈木條。未幾，得一大穴。一黨徒已在厚泰奪得一梯，由穴伸下，牛精良以駁壳向下猛射，以嚇走店中人，然後驅使黨人下。一人甫下。街外鑼聲中夾了四聲槍。其聲為卜卜……卜卜，知係自己之警報，日本頭已循鑼聲來矣。牛精良知功敗垂成，乃下令由原路撤退，復越天台，過厚泰，一到門前，槍聲又作，原來日本頭已抵街口，黨人向天放槍以圖嚇住日本頭，日本頭知賊未退，則伏於街口各柱後，亂向前放槍，牛精良出至街前，賴一輪駁壳，即便徐徐後退。日本頭一聞駁壳聲，為之退後十丈，直至賊去已遠，街坊亦停鑼，日本頭始到正益查勘，睹店中伙伴受傷，乃立即扶往石塘咀救傷處敷藥，一面囑豬肉凌修理天台巨穴，豬肉凌恐賊再來，乃將現款萬餘元，放入小皮喼之內，走上天台，用繩吊落煙突之內，天台上之大穴，衹用床板遮蓋而已。事後隔鄰皆來慰問，豬肉凌要求厚泰伙記，用全屋傢私，頂住大門，使賊來攻，亦不易應手而開，厚泰伙記當然答允，豬肉凌復察視右鄰協行，協行之鐵閘甚固，可保無虞，乃返店中安寢。八時許，忽有人打門，其人身穿便服，手持電筒一個，大聲叫正益及厚泰開門。謂我係七號差館派來，現在捉了兩名刼匪，未知是否卽方才來劫之一幫，請卽各派店伴一名，前往七號差館辨明面貌。兩店中人聞言，開門出視。其人先以電筒照自己之面，又照自己之臂章，臂章有「特務」二字，一個鮮紅方印，不知是何機關，兩店中人聞他講得聲音雄壯，以為眞是警署中人，店伴通知豬肉淩，豬肉淩出來詢問，其人大聲大氣，緊要兩店派人，豬肉淩及派店伴胡松前往，厚泰亦派出一人，一齊開門，不料門一開。其人由懷中取出槍，指住豬肉淩，街中突來兩條大漢，紛紛出槍，遂騙門入內，為首一人正是牛精良，一條駁殼，把眾人指嚇一旁，眾黨徒迅速搜索，搜得夾萬所在，喝令交出鎖匙，但夾萬開了，衹得現款數十元，舊錶一只，不禁大為失望。黨徒告知牛精良，牛精良不信，視夾萬，果如所言，則睜目視豬肉淩曰：「老襯！你好從實招來，到底把銀物放在何處？倘不交出，我輩煎你皮矣！」豬肉淩但說現款存入銀行，戰事發生，未及取出，本店所有，僅此而已。牛精良不信，嚴詞再問，時街外鑼聲復作，震耳欲聾。牛精良以時間無多，乃隨手取豬肉小刀，向豬肉淩左腿一插，豬肉淩慘叫一聲，當堂倒地。牛精良問交不交，問一問，搖一搖，把豬肉淩搖得豬叫一樣，血淚交流，但仍不肯說出藏金所在，死口咬實在銀行尚未取出。牛精良大怒，拔刀又向右腿力插，豬肉淩痛至將暈，仍不說出，大有寧少一丁人，不願出一分銀之勢。牛精良殺機一動，乃喝李勉曰：「一槍結果老襯性命，再找不遲。」淩嫂一聞此語，兩脚一軟，當堂跪下，指天台曰：「錢在烟囱中，你自己去拿可也。」牛精良乃釋手，指令黨人登天台取款，果得小皮喼，豬肉淩一見小皮喼，以半生積蓄，一旦入他人手，遂昏不知人事。牛精良開皮喼一看，紙幣纍纍，始覺滿意。外邊訊號槍聲又作，知日本仔又至，乃下令退走，街頭睇水人，照例開槍，日本仔照例駁火，消耗十顆子彈，雙方各行各路，賊則飽載遠颺，日本仔則循例詢問，問完便走，就此收場。

翌早，西環廖教頭偕採蘭台住客麥深清二人，上醫院探問被賊打傷之張明光洪杰二人，知二人傷勢已有起色，談到八點鐘，卽出醫院，二人至西環茶居略作小食，開茶未幾，卽有三個人來，廖教頭認得一人為前日上採蘭台行劫之匪，麥深清亦認得一人，卽窮追不獲之逃匪也。兩人低聲互商，廖注意三人之褲頭，有一人似携有左輪，乃悄悄謂麥深清曰：「我在此監視，汝速往七號差館報告，要求派大隊人馬來來圍捕。」深清曰：「汝不懼賊認得汝乎？（）（）（）（）（），亦不敢在萬目睽睽之茶居發作也。」深清遂去。未到差館，迎面遇第四二八雜差，深清以此事告。四二八曰：「並無証據，何得拉人？」深清曰：「我是人証，彼身上之鎖為物証，何得為無証耶？」四二八曰：「在茶樓圍捕，彼必還槍，此時城門失火，殃及池魚，實為不智，不若等候遲日再算，差頭已有一個大計劃，將來十日八日之後，當將之一網打盡，你不必担心，不過遲早問題耳。找有事，改日再談。」麥深清一手拉之曰：「將來還將來，今日還今日，眼看住賊在而不捕，講乜大計劃耶？」四二八掙脱其手曰：「汝太悶矣！倘香港遍地盜賊，如何理得咁多，就算捉得一兩個人，九牛一毛，何補大局？汝仍以等候大計劃實行，不必介介於此也。」麥深清曰：「你萬不能推搪，公事公辦。」四二八曰：「如此請你自己去辦。」麥深清曰：「我納差費，汝輩捉賊，彼此不能越俎代庖，汝若不去，我衹有報告日本仔耳！」四二八笑曰：「日本仔何嘗理，你告我，亦徒費唇舌耳。」麥深清曰：「你新受蘿蔔頭委任為警察，不去捉賊，我去海棠俱樂部報告，看你如何？」四二八聞此語，果然驚惶起來，便謂此事可以從長計議，何致動怒乎？言畢卽與麥深清同返海棠俱樂部，蓋深清知海棠俱樂部為彼等坐立之所也。既至，則有大漢三人在此閑讀，四二八介紹相見，始問姓名，知深清為採蘭台中人，改容相見，彼此磋商，卒允以十人同往西環茶樓圍捕。四二八帶隊，五個便裝，五個制服，分兩組行入西環茶樓。五個制服警察在樓口守候，四二八帶五個便裝同上茶樓，麥深清開一張檯，延六人坐下，深清低聲曰：「近窗之側，有英雄獨立鐘畫一幅，此鏡之下，有兩張檯，近樓梯之檯有三個人，皆刼匪也。其中一人似有尾，請格外注意。」言畢卽返己檯，向廖教頭微微一笑，大家心照。四二八號等到深清過檯之後，徐徐望去，果有三人，一人甚似懷槍，乃命五伙記預備手槍，倘一動手，卽不必顧慮茶居人多，馬上先發制人。今日之世界，打死人後，再無查根問底矣！五伙記答應，遂由四二八起身，五伙記採包圍勢態，賊黨三人之中，一為李勉，一為罔壽，一為黃如照，黃如照首先發覺來者為蘿蔔頭新委任之便裝警察，卽暗號一聲，通知二人，自己向騎樓便走，李勉抬頭一望，見六條大漢，向己包來，便拔出槍來，正欲開槍，槍聲突發，則五個伙記，有三個先行爆火，李勉當堂中彈，罔壽則在此緊急一瞥間，已向樓梯方面圖遁，四二八之左輪，則迅速指向樓梯，喝聲勿動。罔壽始舉手就範。黃如照則已走出騎樓，雖聞槍聲，亦不回顧，奮身向街跳下，但樓隔地太高，一跌竟觸斷脚筋，當堂倒地，不省人事，五個制服警察聞聲，趨前扶起，扶至騎樓下。四二八已偕同五個便裝押罔壽下樓，繳得李勉之槍，算為此役之勝利品。當槍聲起，茶客豕突狼奔，秩序大亂，四二八因趕速率眾下樓追尋跳樓人，遂忽畧李勉囊中之物，廖教頭手快脚快，乘眾驚走之時，上前一手扯開李勉衣鈕，畧些搜查，便得二千餘元，大喜曰：「老麥今日真意外矣！下午當大買罐頭，使明光洪杰，得一頓口福！」言畢與深清飄然去。

戰後店戶，多不開門，皇后大道中，代興者乃為擺街之攤位，罐頭食品，應有盡有，整個香港，都在糧食恐慌中，人人爭購買食品，除果腹之物外，無一商品有市者，亦變亂後之常有現象，不過以香港為歷時最長耳。廖教頭與深清買得罐頭食品一箱，由廖教頭荷于肩上，由石板街上堅道，打算由此折而向西，送往醫院，不料攀登石級上堅道之際，忽有大漢四名，攔住去路，喝聲「行埋巷仔搜身！」為首一大漢，手持武器。廖教頭細心一望，則武器乃為一利劍，教頭曰：「何以要搜身，識我不識？」大漢曰：「算你係老豆，我都一樣照做。」另一大漢手持鐵器，問廖手上所持為何物？麥深清在廖教頭身後答曰：「係炸藥！」大漢面露驚疑之色。手持鐵器之大漢不信，大聲曰：「炸藥都要查。」言尚未完，手已先到，欲拉教頭入小巷，以便于做功夫也。教頭兩眼左右一溜，已知四盜位置，兩個在左，兩個在右，而麥深清則在己背，乃低聲曰：「幸勿動手，彼此都係行家，我自然有分數。」言已，托箱向左行，此時四大漢之位置乃有變動，持鐵器者緊隨教頭，持利劍者監視於後，餘二大漢仍立街邊看風頭。麥深清則呆望教頭，不明其意。教頭走了三步，突然回首，便將托在肩上之木箱迎頭一下，將手持鐵器之賊打到飛離丈外，頭前額裂，老教頭眼明手快，一個箭步，走到手執利劍之賊面前，橫脚一掃，該賊正欲撲來，突遭橫掃，當堂栽倒，教頭右脚掃完，左脚又到，一踏踏落賊手，消滅賊手上之刀，麥深清見狀，亦迅速搶奪小刀，回身向其餘兩賊亂插。兩賊毫無懼色，舉棍便打，教頭伸手招架，一搭住便將棍搶了過來，兩賊失棍，慌忙逃遁，教頭殺得性起，恰巧地上之賊，已起身來攻。教頭兩手持棍，駛出看家本領，向賊一點，棍尾到處，此人大叫一聲，當堂變了滾地葫蘆，引得麥深清大笑。教頭收拾地上木箱，細視木箱，因用力過猛，早已打作片片，罐頭散在地上，而被擊之賊，已暈倒丈外，仰臥如死，深清動手拾取罐頭，以繩綑好木箱，重複上斜坡，教頭指地上受傷呻吟之賊曰：「汝輩狗仔都冇一條，竟學人攔街打刧耶？」言已，大笑而行。抵醫院，將此事告之明光洪杰，兩人同聲嘆息，謂如此有趣，可惜我輩不能參加，眞是命不如人也。教頭慰之曰：「香港入日人之手，禍亂未已，你休養一兩月，當可復出，此時之盜賊，比今日為多，你想太平就難，想打交就易事耳。」深清又告以今日西環捉賊事，謂採蘭台大戰之賊人，一死一傷一入獄，大仇已報矣。明光曰：「開槍打我之賊在內乎？」深清曰：「此人已當堂斃命，可謂天眼昭昭。」明光嘆曰：「可惜可惜，此人不留在人間，太便宜矣。」教頭曰：「汝以未得親手殺之為憾乎？」明光曰：「然，我每每閉目牢記其貌，準備他日出院，上天落地都要與他相見。可惜今彼已不在人間，此筆血債，將向何方追討乎？」洪杰曰：「打我之賊又何如？」深清笑曰：「打汝之賊，汝既未向之領教貴姓名，又未曾指以示我；我烏能知誰是你的人也。」洪杰曰：「三人中既有一人被擒，差館必能審出口供，以掃蕩其巢穴也。未知後事如何耳。」麥深清曰：「我等驟得橫財，趕買食品來慰勞你等，故未赴差館詢問，雜差輩未必捉鹿而不脫角也。」教頭曰：「我等可以再赴差館一問。」明光曰：「事不宜遲，速速前往！」兩人遂去，比抵差館，則無人在，到俱樂部，見四二八號高臥炕上。深清問曰：「拘得之賊，已經供出其老巢的所在乎？」四二八曰：

「彼不認做賊，謂偶然碰見朋友，且不知朋友有槍在身也。」深清曰：「有落刑乎？」四二八曰：「未也。曾搜其身，僅有二三十元，不似劫匪，故未便窮追。」深清曰：「我等允為證人，證實彼確屬賊黨，如不允認，可以對質。」廖教頭亦力言無誤，且乞一見劫匪，四二八無奈，乃偕二人至差館，出匪於拘留所中，再問之，匪自謂名張工，向為苦力，并無打劫。教頭指彼曾劫採蘭台，認得彼手持鐵器夾雜眾人之中，張工極力否認。教師運力於指，箝其鼻骨，張工大號，但仍不認，四二八曰：「現姑押之，待傷匪畧痊，再問口供，以為互證，然後辦理可也。」深清無法，乃辭出。牛精良聞伙記三人，一死一傷一被捕，大怒曰：「太不畀面，今日不同往日，尚欲領功耶？」乃寫信一封，使人投入俱樂部，函曰：「列位先生大駕：世界已變，誰不想求財，你等想打份數，就快放被捕之二人，如要鬥氣，隨時皆可也。我地有駁売，你等僅得幾枝左輪，而且以後向蘿蔔頭領子彈，又甚困難。此種子彈，請留為將來之用，在我地身上出氣，對於你等絕無好處也，牛精良上。」函去之後，不及三小時，罔壽已返來，謂四二八密語彼，謂此次上茶樓拘捕，係為勢所逼，本不欲出此，初擬拘各位回差館，審訊一番，即便釋放。不料李勉誤會，竟出槍相向，遂鬧出人命。今知對不住，祗有將罔壽釋放，請往國家醫接回黃如照可也云。牛精良曰：「還算他客氣，李勉已死，追究無益，將黃如照接回可也，彼既尊重我，我亦尊重他。你今晚去俱樂部，送他五百元，大家好了事。」罔壽如命，遂先往接傷者回來，再向俱樂部行賄。天將晚，牛精良已聚眾食飯，是夕打算行刧協興，恆福祥，味珍三家大商店，已獲綫人報告，協興恆福祥二家有現款甚巨，味珍則在兩店之間，係順手性質，正分派工作間，忽有黨人報告，謂中環有幾個行家，今晚打算來西環做世界，但不知目的何在耳。牛精良曰：「未必就是協興，不必管他，但如在電車路遇見，則通知彼勿撈過界可也。」黨人無語，遂起行。賊劈門技術，已較前畧有經驗，故劫協興味珍兩家，頗為順利。及至恆福祥，屢攻不入，卒由後門掘進乃得入內，則其司理已於午間挾款二萬元至德輔道大來海味店住宿，牛精良以數目鉅大，便追踪前往。咕哩館伙記以德輔道係中環另一幫人所管，不欲過界，以免發生衝突，但牛精良不肯放棄此鉅大現款，決冒險一行。一手拉了一個店中小厮同往，時街坊已鳴鑼告警，牛精良等乃在鑼聲中徐徐撤退，一直出到石塘咀，方見一隊蘿蔔頭帶隊來查，牛精良教各人在道左閃避，免致沖撞。蘿蔔頭過後，又復前行。未幾，便到德輔道西七號差館背後，忽聞德輔道西鑼聲大作，罔壽驚曰：「良叔，我地還未到，便鳴起鑼，竟有人暗中報信乎？」牛精良曰：「聞昨晚全港除香港仔外，無一地不有鑼聲。香港已是我地世界，徹夜鑼聲並不奇也。」罔壽曰：「我等暫返自己地方抑或仍然進行乎？」牛精良曰：「且入小巷暫避，等待警察過後再出。」罔壽曰：「警察搜至此，豈不烏狗得食白狗當災乎？」牛精良曰：「你界個天佢做膽，佢都不敢走入小巷來也。」言畢，帶領十餘人，完全走入小巷，但着豆皮仔一人在巷口把風。時鑼聲益厲，彷彿萬鳥爭鳴，香港非鄉間，舖戶本無銅鑼之設，自倭人入佔後，各家爭買銅器以為報警之用。布面文鑼，高邊鑼，京鑼，蘇鑼之屬，被搜購一空。於是以次及銅面盆，銅茶盆，銅盆，銅煲，銅桌盆，銅窩，甚至火水箱，餅干罐，皆成為家庭必需品，故一屆夜間，萬家鳴鑼，其聲複雜，刺耳欲聾，此種聲音實非人類所能抵受。牛精良等經過數次犯夜，已習聞其聲，故絕不以為意。鑼聲中夾雜槍聲，知警察已出動，且有駁火聲，鑼聲漸寂，蓋各家居民，已習聞駁火之聲，聞此聲音，卽停鑼觀察，警察則高聲問第幾號有賊，由街坊逐間接駁詰問，知為德英昌，德英昌為海味店，在道之北列，警察亦知德英昌所在，則由北列過南列，蓋警察不願與賊肉搏，故採陣地作戰方式，走過南列店戶以便隔馬路互相射擊也。來到德英昌，乃向之開槍，似砍驅劫匪，着彼速走，但賊竟開火射擊，不欲警察來，破壞其事，此一幫賊，比牛精良尤為大膽，一面派出駁殼兩條，在柱後頂撐，一面在德英昌內做其世界，并不因警來而退出，警察亦停步不進，在德英昌五十碼遠，以柱為障，向黑暗中射擊。豆皮仔在巷口可望見德英昌情形，藉槍嘴發出之火光，知雙方距離之位置甚遠，則招罔壽來觀，罔壽觀畢，入小巷告牛精良曰：「中環大哥比我等尤為好膽，警來則駁火，一步也不離，必做完世界始走，今日午間我已有所聞，今晚目睹始信，如果我等學佢一樣，則不必二次光顧豬肉湊矣。」牛精良曰：「此舉太冒險，最怕警察叵差館班人，豈不犧牲太大乎？我主張警來則退，警去我來，既俾面差館，又可發財也，小心駛得萬年船，亦各有其把炮而已。」正言談間，槍聲忽趨緊密。牛精良曰：「中環爛仔退兵矣！」未幾，槍聲漸遠，爛仔果退，警察亦不窮追，但入英德昌慰問，則店東因不肯交夾萬匙，遂被慘殺。爛仔且以炸藥開夾萬，使用炸藥之人，又不甚內行，面手均傷，夾萬亦未破，而警已至，乃一面極力頂火，一面設法開夾萬，卒刧去現金三萬餘元，始收隊而去。警察入內查問之間，忽聞三角碼頭方面鑼聲澈耳，遂向三角碼頭開動。豆皮仔望見，便入巷報告，牛精良乃引大隊向前行，警察去後，馬路復歸沉寂。牛精良問小伙記曰：「大來何在？」小伙記遙指北列店鋪曰：「由德英昌再過幾間便是矣！」比至，牛精良由背後以左輪擬之，命打門，謂係恆福祥伙記，來搵司理霍亦甫，伙記開小窗問何事。牛精良曰：「我係恆福祥伙記，特來報告霍亦甫，因恆福祥已被劫一空矣。」伙記認得小廝係恆福祥中人，乃開門命入。門一開，牛精良出駁売先入，黨人次第入內，將各伙記嚇禁一隅，然後直進內裏，果見司理霍亦甫，牛精良問明小伙記，卽令交出款項，霍亦甫無法，乃盡量獻出，大來海味店司理亦被迫交出大來存款，牛精良滿意，遂率眾退出，此次行劫，舉動斯文，鄰右亦未發覺，故無鑼聲。大來海味店店東蘇百齡，係中環爛仔平日之米飯班主，香港大亂後，爛仔橫行一時，劃地勒收保護費，大來劃人靚仔士指圍，靚仔士向呼百齡為契爺，故交誼甚厚，中環爛仔亦知此事，故大來海味店從未有人想過行劫，各往來商號知其事，多存金錢於此，是夕突為牛精良洗劫，損失九萬元。翌晨，蘇百齡由住家返店，方知此事，立刻至德昌茶樓，找到靚仔士，指而罵曰：「你做得好事，何以縱容弟兄，幫襯到老拙乎？」靚仔士一頭霧水，問其故。後經解釋，始明原委，卽刻發動二十多人，分頭訪問，看誰越界行劫？遍問中環撈仔，皆云不知，最後得各方討論，始決定係西環咕哩所為，遂派了一名跛手仔到西環詢問，希望以外交手段，收回八成。但牛精良死口不認撈過界，跛手仔亦無頭緒，乃返捷成俱樂部復命，靚仔士大怒，問素號西環通之方老八，牛精良是何等樣人，有幾多槍枝？方老八曰：「打劫防空洞，乃是牛精良，此人既發得大財，自然大買槍枝，冇十條都有八條矣。」靚仔士以自己亦有十條火，大可一戰，不過為不致招引太大損失計，非借一枝輕機不可，是夕乃向靚仔豪借。中環角有兩條輕機，靚仔豪佔其一，靚仔士與之交涉結果，允于早晨借出，但不得借過晚飯時間，蓋一到夜晚，此一挺衿貴機槍，又須造生意也。靚仔士獲靚仔豪之答覆，即定明日早晨向西環牛精良咕喱館進攻。是晚靚仔士召跛手仔問之曰：「汝知咕喱館附近有無未收拾之屍首乎？」跛手仔答曰：「水街附近，昨有人搶米，一人被殺，今日似未收屍也。」靚仔士曰：「汝先去看過，倘未收拾，則於個晚夜四時，帶同弟兄二名，將該屍運至咕喱館門前，我自有辦法。」跛手仔領命而去，靚仔士又問各弟兄曰：「汝等誰與老鼠王往來最密？」方老八應聲曰：「我親戚盧坤認識老鼠王，未悉士哥欲得此人何用？」靚仔士曰：「方今大亂，殺人如蔴，警察收屍改用三輛大貨車，黑箱變為虛設，我欲叫貴戚盧坤向老鼠王運動，借黑箱二具，借老鼠王之色制服八套，如蒙相信，可謝以一百大元。」方老八唧命而去。翌晨，天甫亮，西環濱海，行人甚稀，咕喱館門前，一屍橫臥，作大字形，六時將屆，豆皮仔從咕喱館出，覩屍大奇。細視之，其人左耳中彈，貫右耳而出，死狀甚慘，血跡早乾，似經兩日未收拾者，乃入內報告牛精良，牛精良曰：「昨晚并未有槍聲，何得有屍在此？事有蹊蹺，不可不注重也。」乃出視之，眾亦隨出，繞屍視察，議論滔滔，未幾，車聲轔轔，自東而至，牛精良細視之，則黑箱車二輛，穿黃制服之老鼠王七八人，緩緩而來，抵咕喱館門口，戛然而止。為首之老鼠王，消瘦如猴，指屍問曰：「鄉里，此人何時死於汝門前？」牛精良搖頭示不知。瘦佬又問曰：「此人是否街坊，汝識之否？」牛精良又搖頭。更問曰：「此屍首何時在汝門前發現，汝昨晚聞得槍聲否？」牛精良始答曰：「未聞槍聲，似係人家移屍嫁禍者。」豆皮仔插言曰：「汝輩一便心執屍可也，何必整成有野，問長問短乎！」瘦佬嗤之以鼻曰：「今日不同往日矣，警探不理事，我輩大晒矣。我能告知蘿蔔頭，使汝等毛亦無一條剩也。」牛精良報以冷笑。另一老鼠王大聲曰：「何必與他們鬥嘴，先將屍首收拾，再向蘿蔔頭告他不遲。」瘦佬應了一聲，命人將屍首收入黑箱內，於是全體動作，兩個去移屍，六個去開第一號之箱，未開箱前，牛精良欲察其中有多少屍首，故甚注意。箱開，一人躍起，手持輕機，竟向咕哩館人叢中掃射，其他老鼠王，已得預兆，紛紛伏向馬路中心，牛精良眼快，於槍聲未響前，卽伏地蛇行入館，其餘人等，閃避不及，紛紛中彈倒地。豆皮仔甚機警，一面伏地，一面拔槍還擊。一經爆火，瘦佬卽下令迎擊，而牛精良亦入內取槍，伏於館內之沙包下還擊。此種沙包，係採蘭台中人攻打咕哩館後所設，以防不測者，至是遂倚為堡壘，以阻老鼠王之進攻。瘦佬早有攻入咕哩館之計劃，預將第二號黑箱存貯細沙，藉為掩護。一俟咕哩館伙記火力稍弱卽以車衝刺，揮眾隨入。牛精良以對方有衝入咕哩館之意，乃令伙記六人，持槍刀等利器分伏門之兩邊，以待其來，己亦閃身一便。瘦佬指揮眾人衝入，以滿裝細沙之黑箱車為導，持輕機之人則非常沙塵，猛按槍掣，子彈射個不停，火力既盛，人人膽壯，故亦蜂湧而進，似有了一挺輕機，便是天下無敵者。不料一入門口，牛精良發起牛精，不顧生死，以猛獅搏兔之勢，一躍而前，一手握緊輕機，一手持劍猛刺，同時為避免他人槍擊起見，卽與持輕機之人一同作滾地葫蘆。咕哩館諸人以良叔牛性大發，制住輕機，一時勇氣百倍，遂紛紛由兩邊撲出，捨短槍而用牛肉小刀，逢人便插，此時雙方就在此丈餘地方肉搏，駁殼左輪，概歸無用，靚仔士之八個伙記，但帶手槍，未携利器。至此大大吃虧，有幾個已中了幾刀，便紛紛向後，所謂其進者銳，其退者亦速，不及兩分鐘，已復退出，靚仔士則迅速站定，倚柱為障，發槍射着陣脚，以免被對方窮追，於是戰事又由肉搏而改為遠射，但陣形已散，黑箱車推入屋內，既不能出，持輕機之伙記更被牛精良連入帶槍，捉入內裏，而受刀傷者，亦倚柱呻吟，毫無鬥志，且有不聽命令，負傷逃去者。牛精良既得輕機，則以其人之道反治其人之身，拿起向靚仔士猛射，火力甚盛，使靚仔士全體為之膽喪，不特伙記退走，連靚仔士亦無法立足，卒捨其被擒之伙記飛遁而去。牛精良追出，向敗退之人，再射一輪，卒至輕機子彈射清乃止。回頭一望，自己之三個伙記輾轉血泊之中，乃是最初被機關槍所擊中者，急扶之入內，持輕機之人則被牛精良刺了兩刀，痛極暈去，按其胸際，尚有暖氣，知仍未死，亦為之敷藥。計是役牛精良三伙記，兩傷一死，獲輕機一挺，拾獲左輪一枝，在受傷之敵人身上，搜獲港幣千餘元，軍票五十元，豆皮仔認得此幫為中環爛仔，便提出主張，要求擇地遷居，免又為中環爛仔所乘，蓋爛仔失去輕機，必不肯干休也，但牛精良祇允作考慮耳。

選自周白蘋《牛精良大亂中環「頭集」》，香港：紅綠報，一九四六

黑俠（節錄）

望　雲

民國二十六年九月十月之間，炎夏將退未退，有一天上海市在二十四小時內發生一件熱鬧的事情，同時發生一件驚人的事情，米業大王嚴昌禮做壽，大排筵席歡宴親朋戚友，就在萬目睽睽之下，一個走壁飛牆的俠盜，劫去了他一條珍珠頸鍊；這一條頸鍊價值八萬多塊錢。

在上海市，像世界的許多大城市一樣，一切也誇張而複雜。什麼勾當只要想得出的就有人做，無論做什麼只要做得出色就可以稱大王。嚴昌禮被尊為米業大王，因為在上海市經營米買賣的，他坐第一把交椅。上海市的幾百萬人口每天燒飯的米，有十份六以上乃從他統治下的大小米店買來。上海人每天吃嚴昌禮的米吃飽了肚皮，米業大王的腰包也跟着漸次的澎漲。腰包澎漲野心也見擴張。因此除了米業以外，他還經營一間大紗廠，兩間錢莊，投資於各種各樣的投機事業，在市區繁盛的中心買了一座大廈，裏邊有幾十個寫字間，每年只這座大廈的租項收入也端的不少。有錢有勢的，社會自然就給他名

譽地位。對於這位名人的生日，各報在本市新聞欄內的顯著地方也用大字標題寫道：

米業大王五秩壽辰！

新聞內容把米業大王的出身説是「光榮的奮鬥」。把他稱讚得眞是天上有地下無，好像天公把一個嚴昌禮送生下來，完全因為替人羣做福計算。不錯的，在上海市內間接直接靠嚴大王吃飯的有一萬幾千人。他們吃米業大王的飯，米業大王吃他們的血肉。在種種壓迫重重剝奪之下，一萬幾千職工的營養不足的羸弱，做出一個統治者的肥胖。現在是什麼時代？蘆溝橋事變後才兩個月頭左右，全國正展開神聖的抗戰，一天之內也不知有多少人無聲無嗅地死去，一個人的生日，有什麼那樣鋪張的理由！原因是很簡單的，因為米業大王有錢有勢，在社會上有名譽地位而且住在租界。

靜安寺路是滬上著名的貴族住宅區，那裏的每一所崇樓大廈玉宇瓊樓也住了一位社會名流。米業大王的公館就建在那裏。那座嚴公館雖然就只有上下兩層。可是建築得非常體面。四邊環繞着一個大花園。在平時這一帶地方本來都幽悄得很，那一天晚上却車水馬龍。一到入夜時份汽車絡繹不絕的開到嚴公館前，把一幫麗都的男女從車腹吐將出來，又復向前開走了。這些禮貌而溫文的紳士淑女都是米業大王的嘉賓。他們打扮得那麼排場，因為要到一塊排場的地方跟一個勢高望重的人湊興。適符了一句俗語所謂難得雪中送炭，只有錦上添花！

嚴大王做壽的日子本來要在第二天，但為了他想大大地鋪張一下，于是就在前一天的晚上，大排筵席，把一些知交人等的親眷都請了過來，大家熱鬧熱鬧。嚴公館裏的下人，一早就把所有的亭臺樓閣也打掃得一塵不染，四處張燈結彩；入夜時份整座嚴公館也金碧輝煌，照耀得如同白晝一般。由客廳到花園，那一處不聚上了客人。這邊有幾位紳士圍坐在一堆，喜氣洋溢地演説金融和賽馬；那邊的太太小姐三五成羣的談論修飾，津津樂道他人的短長。這一切莊嚴的紳士淑女每個人或者也有一頁惡聞醜史，但這是沒有關係的，我們生在一個浮華的時代，一件禮服把匹禽獸變做上流人。社會只是敬羅衣，至於敗德惡行，誰也沒有閒暇去理會。這天晚上嚴公館裏衣冠名流是聚得那麼多，就算你平日交游最廣，也無由認識得那許多人。但這並不相干，只要你也冠冕堂皇而且有點常識：盡曉得上海市所有的花天酒地；盡知道人世間淫靡勾當；你的談話資料能投其所好，則隨便那一個你馬上也可以攀談，五分鐘內由陌生而變做投機的朋友。在這塊地方，今晚男男女女都有特別的好脾氣，大家不斷的抽烟和喝酒，娓娓健談，隨處都是笑眯眯的眼睛，雜以娘兒們的溫柔軟語。人雖然集合得不少，但主人嚴昌禮是很容易分辨出來的。他今年是五十一歲了，但看來還像才上四十年紀的人。如果不是運籌帷幄的操勞令他的頭髮脱落了許多成了個半禿，則他的樣子看來怕還要年青得多，他的身材短小而肥胖，有一個大腹賈所有的大肚皮。這個大肚皮有無底的收藏，貪婪地吸吮了工人的血汗脂肪，不絕地要把整個社會的金融裝載下去。兩條短小的腿，支持着那個胖大的身軀，走起路來一拐一拐地像只企鵝。一會兒在客廳，一會兒又在花園，來來回回的招呼賓客；頻頻把白手帕拿出來揩拭額上的汗珠，一枝大雪茄烟斜放在嘴角間，雪茄是吸得那麼熱練，説起話來在嘴角上上下左右的擺動，宛如音樂隊的領導手中那根指揮棒，指示着語調的徐疾升沉。這位米業大王常有聳聳肩頭習慣，見了賓客就拉手，一邊聳肩一邊口口聲聲的説道對不住，請原諒他的招待不週。這當然是主人家禮貌上的謙虛，其實他把一切也預備到那麼極侈窮奢，只消耗於一夜煙酒的費用，已夠做一個貧苦的十口之家一年的口糧了。嚴昌禮伯道無兒，只獨生一位掌珠，取個名字喚做嚴珍鳳。這個嚴珍鳳雖然不是生得羞花閉月，也可算得是中上人材，容貌尚過得去。加點羅綺打扮，看去居然是個美人兒。嚴昌禮老懷也差堪告慰。現在他只日夕盼望能找個人家和自己門登戶對的，好安頓女兒的一生。哪一家幸運兒能夠入贅這位米業公主，將來就共同承繼她父王的大宗產業，今世只愁吃住不盡。因此，在米業大王的心目中女兒珍鳳是個心肝；在一般王孫公子看來，她是個發掘不盡的金銀寶鑛。

大家談笑的談笑，跳舞的跳舞，打牌的打牌，眼看已到開席時份。嚴昌禮把花園裏的客人都招呼到客廳來，一個大客廳裏足足就擺上二十多圍。嚴昌禮快活極了，他的面孔發放着紅亮的光彩，拖着沉重的身軀拿了只香檳杯一席又一席挨次的酬酢下去，如果跟每個賓客也要應酬一杯半盞，則他那個可以容納幾千工人血肉的大肚皮也一定裝載不下這許多酒來。他對賓客的請求乾杯一味陪笑婉却。但客廳裏每個人也以能夠跟主人對喝一盞為榮，大家就你拉我扯的纏擾不休，弄得嚴昌禮雪白的漂亮夜禮服，在背脊的地方給汗水濕了一大塊。乖巧的嚴珍鳳前來跟父親解圍。她說她的爸爸的確是酒量不勝的，她願意代表父親與全堂的貴賓乾一杯作了。説罷接過了父親的杯子滿滿的把酒注上了一杯，一口氣吞到肚子裏，來賓有意跟她為難，都嚷着要她再飲，嚴昌禮且勸且笑眯眯地望着自己的女兒。他忽然想起了一件事情來，於是就藉故走開，密步一拐一拐的往樓上走。嚴公館樓上設有嚴昌禮的寢廂，跟寢廂相對的是他的藏書樓。這個藏書樓滿目琳琅，眞是藏書萬卷。可惜的是從來就沒有人有那樣的閒情，從書架上拿一本下來讀他一頁半頁。可是嚴昌禮也眞不虛設這個藏書樓，因為他是個附庸風雅之流，圖書乃買來裝體面的；恁地一塊好所在不好丟荒不用，他於是在樓中的牆上裝置了個保險箱，把所有不便放在銀行保管庫裏的珍貴東西和重要文件也關鎖在那裏。

原來嚴昌禮在三數天前才從一家外國珠寶商店買了一條價值八萬多塊錢的珍珠頸鍊，預備女兒珍鳳在自己做壽的日子穿戴的。他想不如就趁今晚嘉賓滿堂，拿下樓來當眾人眼前親手掛在女兒頸上，一來以可炫耀一番，二來也教她加倍高興。這條珠鍊就關鎖在藏書樓的保險箱裏，主意打定當下他上樓去取。走到樓上，拿出鑰匙來開了藏書樓的門，裏邊是一片黑暗。他走了進去，憑門隙漏進來的光摸索到牆角落的地方，伸手想把電燈弄着，他的指尖方按在電燈掣上，忽然背後黑暗裏有聲音叫他的名字，把他驀地嚇了一跳，嚴昌禮忙即回過頭來。可是光影弱微，較遠的地方什麼也看不見。他只聽見那聲音說道：「米業大王，請不用開燈了。」嚴昌禮心知有異，暗忖這一定不是件好事。可是這突如其來的驚愕使他不知所措。那聲音又舒徐鎮定地說道：「我已經在這裏坐了大半個鐘頭，習慣了黑暗，什麼也見得清清楚楚，得你老人家上來于願已足了，那裏還勞駕你去開燈？」

那聲音越來越迫近。朦朧之中他隱約看見一個人影向他行來。雖然那黑影頗高大，可是腳步聲半點也不見響，像鬼影一樣漸次迫近。嚴昌禮從心底透出來一陣惡寒，手足也顫抖了。暗想這斷不是來要命的就一定是來要錢。欲待叫喊，又怕他先下手為強。他就震驚降服地高舉起兩手。這一來那個黑影却哈哈的笑起來了。且笑且說：「唉，想不到你平日那麼作威作福的也膽小如鼷，把手垂下來罷，不要做成那難看的樣子了。聽我話你去把門關上。」大概因為那個人的來勢並不怎樣洶洶，而且聽見他笑，嚴昌禮倒覺較為鎮定起來。開口問他，可是牙齒還在打戰的道：「你是哪一位？你想怎麼樣？」那聲音有點不耐煩的答道：「我叫你去將門掩上你就去將門掩上。去罷，我叫你怎麼做你便怎麼做。」話說完了，那個黑影沉沒在一張大梳化椅中。嚴昌禮見那人有點兒生氣了，再不敢開口犯他，忙服從他的話，眼睛老釘望着影子的方向，脚却向門邊移，果然慢慢的把門關上了。本來樓裏也只靠半開的門縫，從外邊透點兒光線進來才隱約可見的，現在門一關密了，書樓裏就漆黑不辨一物。米業大王的心更覺突突的跳動。他像沉在茫茫的大海裏，四邊是茫無邊際的空虛；他挨在牆邊，兩手緊按在牆上，動也不敢動彈。一個大枇杷桶般肥胖的身體內的膽量在急促的縮小了。在那漆黑的一瞬裏，他已想像到那個人忽然心裏一横，一槍或一刀就可了結了他的性命，冷汗不禁從顫抖的身體中滲將出來。他在心中暗裏叫菩薩。這裏可有一點窮人遠勝於有錢人的地方了：一個窮人，呼息于不絕的壓迫與生活的折磨裏，發生在他們之間的生命的掠奪及其他悲慘的事件是那麼多，就算遇到什麼意外，他們的經驗減少了他們的恐怖；況且，對於黯淡的生命，他們是無所依戀的，至於一個有錢人，只他的優越的物質享已足教他起永生的妄念了。秦始皇求過長春的聖藥，所謂「做了皇帝想昇仙」不是沒有理由。越有錢的人，則臨難的號啕也越悲切。所以在嚴昌禮，人間是個極樂的世界，他眞不願意一旦横卒暴死，就此離開的。那個人見嚴昌禮那樣的惶恐，心裏着實覺得可憐可笑。他從衣袋裏摸出個電手筒來，把它開了，照射在靠着牆縮作一團的嚴昌禮身上。嚴昌禮見忽然有光照來，心裏又是一跳。面孔是蒼白的像一塊紙。方才紅霏霏的酒氣，已飄散到九霄雲外了！

在電手筒強烈光綫迫射之下，那個人可以把嚴昌禮見得清清楚楚，可是由嚴昌禮那方面望去，則什麼也看不見。嚴昌禮一壁喘息一壁吶吶說道：「朋友，你要錢就要，你喜歡什麼就拿什麼，有事慢慢商量！」那個人見他那種貪生怕死的醜態，心中無限鄙夷，斥道：「不是我跟你要，是一般吃不飽飯的人跟你要！這裏你們有的是山珍海錯，朱門酒肉，外邊却有那許多人連兩餐也顧不到，老婆子女餓得啼啼哭哭！……」說到這裏，他又迫一句的問道：「你說這是不是一件不平等的事呢，老嚴？」嚴昌禮已慌做一團了。那裏還敢做聲。那人見他不答，更狠狠的：「你說啦，這是不是件不公道的事？」嚴昌禮簡直變了個棒條下的小學生一樣，什麼也唯唯是聽。搖頭嚅嚅的重複道：「不公道的。不公道的。……」那個人輕蔑地用鼻子哼了哼道：「還有不公道的呀：去年那樣豐收，本來今年應該大家也可以有頓飽的吃，你却將所有的米石封存在倉裏不放，任意操縱，把米價抬高，你就發達了只可憐那些窮人叫苦連天。想來你眞是可殺有餘！」嚴昌禮見他揭發了他的隱私，生怕他眞的向他下手，慌忙辯護道：「那的確不干小的事，是公司的董事局議決了的，小的只有遵辦。請你清查一下，別冤枉了好人。」那個人冷笑的斥道：「什麼董事局什麼好人，公司是你個人的！我也懶得跟你說這許多。你說得好，抬高米價，剝削窮人，是董事局吩咐你辦的，不干你的事，我現在來跟你算賬，也是那些吃過你的虧的人差我來的，不干我的事。」見昌禮無言以答，那個人也就迫他道：「多說無用，早把那保險箱替我開了罷。」嚴昌禮肉在砧板上，只得依命。暗念這一次那條價值八萬多塊錢的珍珠項鍊一定糟糕了。無計思量的時候只得勉強低聲的道：「那——那——那保險箱裏是沒有錢的。」那人又冷笑道：「哪一個提過個錢字？我只要那條珍珠項鍊。」嚴昌禮在心中一面納罕一面暗暗叫苦道：「該死了，他怎麼連那條珍珠頸鍊也知道！」可是在威脅之下，他是不能不將保險箱開了的。那個保險箱乃購自一間美國洋行，裝置鞏固，啟閉的關鍵由暗碼管理，不用鑰匙。所以也只有他自己才懂得啟閉之法。他硬着頭皮只得將號碼盤逐個號碼的轉動。心裏暗念半分鐘後，那條名貴的珍珠頸鍊就要不翼而飛了。在這最後的一着他還暗裏打算逃脫的辦法，他一壁開一壁想，忽然心生一計。

原來嚴昌禮正是個深思熟慮的傢伙，他把什麼事情也想得非常的週詳。他的發達有許多原因，這一點也是原因之一。當他有意在自己的藏書樓放置貴重的物件時，那保險箱還未裝置，他就事先設了一個防盜的警鐘。然而百密總有一疏：他現在臨危就後悔不把那警鐘安置在保險箱附近而設於寫字檯的抽屜側了。他要設法行近那張寫字檯邊，於是就裝做把暗碼忘記了的模樣，一隻手顫抖地老把那號碼盤扭來扭去。保險箱還是迄自動也不動絲毫。那人見這情形，實在有點不耐煩，向他再三催促。嚴昌禮就慌慌張張的說：「唉，老兄！你那樣子迫我，一時心亂，倒把號碼忘記了！」那個人道：「難道我就要去取些炸藥來不成？」嚴昌禮答道：「請老兄別焦燥。號碼我有抄錄下來的。就放在那邊寫字檯的抽屜裏。待我取了來依樣去開罷。」那人道：「很好！你就過去拿來，我怕你會飛了去嗎？」說罷就讓嚴昌禮向寫字檯那邊行。一壁還用電手筒照射着他的面部。嚴昌禮雖然暗喜他的中計，可是却心虛生怕一露出了馬脚，結果不堪設想，所以他戰戰兢兢的，不敢向電手筒的方向望來，垂了眼低着頭一直行到寫字檯邊，拉開了椅子坐下。慌忙中連鑰匙也忘了拿，就用右手想去將抽屜拉開，其實他的全副神經也只集中在他的左手的一隻指尖上，暗暗的摸索到那個警鐘的樞鈕，他只要輕輕的一按，則捕房裏的警鐘便會狂鳴起來，則賊可以就擒，他的八萬多塊錢的珍珠頸鍊也可以保存了。想時遲，那時快，嚴昌禮舉起了他的二指正要按下的時候却忽見豪光一亮，丁的一響，即有一些沉重的東西把嚴昌禮想按鐘那只手的袖口釘緊在寫字檯上。嚴昌禮給它嚇到胆落了，欲待把手縮回，却動也不動。那電手筒的綫光由他的面上落在抽屜旁。嚴昌禮不看猶可，一看幾乎嚇到失魂。一把明晃晃的短劍已插在他的袖口上，劍柄還在那裏震動不休。嚴昌禮忙亂中把袖子用力拖了幾次還老拖不動。他的心要跳出胸口來了。喘息急促得在樓裏的遠處也可以聽見那一呼一呼的聲音。他把討饒的眼光望向那黑影，電手筒的光綫也即迫射在他的面上，強烈的光綫刺得他像猴子似的一味霎眼，那個人的樣子依然看不見。

嚴昌禮見召警之計已被識破，心中暗叫倒霉。他更怕那個怪客會用激烈的手段對付他。果然那團電手筒光已慢慢的向他逼來。這一來可嚇他魂不附體，自念一切也完了，明天做壽今晚怕就要一命嗚呼。不禁汗涔涔下，面口紙白的，用非常可怕的聲音急促乞饒道：「好漢你饒命罷，你喜歡什麼就隨便要什麼。請把這老命饒了罷。別傷害我呀，好漢。」那人一言不發，慢慢的走到嚴昌禮跟前，將插在抽屜側的短劍拔了順手用劍鋒的尖端按在他的彈性的大肚皮上，微微的推動了兩下，劍嘴不刺進肚皮裏也不離開，嚴昌禮感到那劍嘴有一股冰冷的寒氣透遍了他的全身，耳邊却聽見那人輕聲笑了笑道：「嚴先生你的肚皮眞像個大球，我眞煞不住想把這大皮球弄開，看看裏邊究竟裝載些什麼寶貝。」他一壁說一壁又把劍推動了兩下。嚴昌禮到這緊張關頭反而說不出半句話；閉起了眼睛在那裏呻吟。到他自念必死的當兒劍嘴却又馬上離開了他的肚皮，只聽見那個人繼續說道：「但我相信那個大肚皮內也決沒有什麼好的東西。枉你的頭大如斗，可是裏邊却空無一物。你不會想一下的：我在這裏坐了這許久，也不見你上來，當然會找些事情消遣消遣了。第一我就弄啞了那個警鐘，跟着我就割斷了那根電話線。我不是反對科學，但這些科學設備有時於我們的確是頗不便當的。其實你想報警也是多餘的事情。那個電鐘是沒有用處的了，你現在按按看。」嚴昌禮這時候雖已再把眼睛睜開，但那裏還敢動彈，那個人見他不敢動彈於是說道：「你試按那鐘看。我饒了你的狗命就是，你還怕些什麼？」嚴昌禮聽說他不取自己的性命，才舒服地呼了一口氣。遵命勉強在電警鐘上按了兩下。他知道那人的話一定是眞的，警鐘已給他弄壞，不通捕房的了。早知如此，又何必多此一舉，致飽吃虛驚。那個人見他把警鐘按了就說道：「這可見我並沒有說謊。」停一會他繼續說道：「時候恐怕不早了，你要下樓招呼你的好賓客，我也要走我的路。假如你的確願意了，就早把珍珠鍊拿出來，你有什麼話說？不過總要你的確願意才好。」嚴昌禮見他刀下留人，自己已從死裏逃生，莫說一條八萬多塊錢的珍珠頸鍊，就算是價值八十多萬塊錢的也由他要了。他現在害怕他如害怕鬼神，只要他早一點走他就早一點安樂。因此當那個人一說出上邊的話以後，他卽連忙應承，一壁向保險箱行來，一壁急促說道：「願意。願意。老兄，好漢。我給你，我馬上拿出來。」話方説完，他已走到保險箱前，動手去轉動那號碼盤。那人却有意挖苦他道：「你的確把號碼記清楚了嗎？嚴先生，別又怨我把你催促得手忙脚亂。」嚴昌禮那裏還有什麼話説，只好硬着頭皮把保險箱開了，伸手進去，把錦盒拿了出來。本來保險箱內也有一管自衛手槍的，他的手並且觸到那管槍。可是他想起那人的厲害，想起方才的險死還生，心中猶有餘悸，那裏還敢妄想。拿了錦盒就毫不猶疑的遞給他。心裏生怕他還想要箱內別的東西。米業大王嚴昌禮，在上海市這雖然是個榮譽的名字。但做成他的榮譽的正有不少不榮譽的事情。嚴昌禮發達也全憑幹些不足為人道的秘密勾當，販毒，走私，經營軍火，一切普通人所不能想像的他都一一優為之。而這一切舞弊往來文件他都收藏在這保險箱裏，假如這些秘密一落在別人的手上，則嚴昌禮今後恐無寧日。因為得了這些秘密文件，黑俠後來有不少利用。這是後話，今且按下不表。

當嚴昌禮把那盒珍珠頸鍊遞給那個人的時候，樓下的賓客正鬧得高興，大家哄然大笑，夾着一陣拍掌聲。那人打趣的道：「嚴先生，你聽，你的貴賓也贊成你把珍珠鍊交給我。」接着他用溫文而帶誠懇的語調説：「我很感謝你。勞駕把盒子開了讓我看看貨色好嗎？不是我不信閣下，不過怕大家在百忙之中弄錯了。譬喻我把盒子帶了回去打開來却空空如也，或者裏邊只有一條假珠鍊的時候豈不是白費功夫？你知道，我並不常來拜訪的。」嚴昌禮依命把盒子打開了。在電手筒的光綫下，排列在黑天鵝絨鋪薦的錦盒內一串龍眼核大小的光潔的珍珠排成馬甲形。那個人讚道：「好美麗的珍珠，閣下買了多少錢了？」嚴昌禮答説買了八萬五千塊錢。那個人嘆息道：

「唉，你眞不識貨。這串珠八萬塊錢是值的，閣下多給了五千元了。」説罷就把那串珍珠接了過去。那人把珍珠弄到了手後，即把電手筒光熄滅。黑暗中嚴昌禮只聽見他的聲音説道：「晚安，嚴昌禮先生。打攪極了。」説罷他已走近通到露台外去的玻璃門前。那人把玻璃門開了，外邊送進來一陣午夜的涼意，秋虫唧唧而鳴。嚴昌禮驚魂未定，呆若木鷄的站在保險箱前目送他去。

選自望雲《黑俠》，香港：梁國英書報局，一九四〇年四月

人海淚痕（節錄）

在中國之南，珠江流域盡頭附近，那兒沖積了一個小島。一百年前尚是山石嶙峋，荊棘荒蕪，為一般海洋大盜的出沒所在。後來經外人努力經營，這小島以天時地利之勝，竟逐漸發達起來，成了遠東數一數二的重要商埠，該島面積雖小，移山 海，一時倒住上了八九十萬人口。近這一二年來，受了中日戰事影響，避居到這小島上來的眞不少，人口乃驟增至百萬過外，街頭巷尾是人，海邊山頂是人，樓上是人。土庫裏也住滿了人。地皮價格跟人口的增減而起跌，從前還道是寸金尺土，現在正是寸金易得，尺土難求。許多人拿了銀子求個住處也徬徨無計。可是做成這個形勢的，另外尚有理由：有錢人可以獨個兒佔一座千方尺的大別墅，讓盈百的窮人在一座小

房子擠得水洩不通，小島雖小，別墅極多，同樣，貧民窟大大小小也有好幾處。

這小島每隔十年就來一次人口調查，那一條街住上幾多男女老少，年歲籍貫，操什麼行業，都有詳細的紀錄。如果你有個機會見到這些紀錄，把關於必列者士街的揭開看看。你自會驚異那兒住的人口眾多，住戶多是挑瓜賣菜的小販，木匠鐵工，大家日出而作，日入而息，胼手胝足，過着清苦生活。要是沒有什麼變化還好，假如有個不測，如疾病失業之類，那裏有一條橋街，（必列者士之原文為 Bridge 中文為橋。）也就成了那些痛苦人家的奈何橋。仗義每多屠狗輩，貧住戶裏不少道義的好漢，無奈大家都是同等的清苦，因此一家有事，大家就要幫忙也心有餘而力不足，命運却像跟窮苦人作對，所以一個貧民窟裏每天發生的悲劇，新聞記者要記到疲倦。大家見的那麼慣了，也不再會有什麼感動，說到新聞記者，在必列士街鴿子籠式的房子裏也住了一位。他姓周，單名一個平字，年紀二十五歲，生得面目英俊，甚有朝氣，雖然經濟困難，打扮得說不上精緻，却也並不襤褸，夏天一套灰布中山裝，冬天一套黑嗶嘰絨，穿的齊齊整整，遮掩不住他的秀氣。周平以前在廣州中山大學裏念書，家道清苦，却靠一個人半工半讀的努力，好容易捱了幾個年頭，從大學出來，得到了一份新聞記者的位置。跟着廣州淪陷，他失業到香港來，在必列者士街賃了個房間居住。這一天黃昏時分，他從街外回到寓處，只見門前黑越越的聚了一大羣人。

周平老遠就望見他們你一嘴來，我一嘴去的不知鬧些什麼。待上前打探究竟，人叢裏有個婦人一見了周平，即排開眾人走上前來道：「周先生，你回來得正好，你上樓看看。」且說且把一隻手指向樓上。周平本來未打聽清楚他們鬧些什麼，在此更摸不着頭腦。一望那婦人，四十來歲年紀，穿了套舊點梅衫褲紗，脚下穿對木屐，操的滿口東莞話，認得是包租婆二嫂。問道：「樓上什麼事？我不知道你們到底鬧些什麼。」周平初自廣州輾轉來港，到處正有人滿之患，他手邊拿着三四百大洋在平安棧住了差不多半個月，天天奔跑，好容易才在二嫂那裏找到一個尾房。那斗室僅堪容得下一張床，光線空氣也說不上。開窗對着廚房烟火熏籠，要是關起窗來，暗得不便讀書寫字。這樣的一個房間，往日只值五六塊錢月租的，二嫂却堅要他十塊錢，一文不減。周平知道地方不容易找，暗算還比住客棧便宜，乃忍痛把房間租下。初遷進去的時候，二嫂見他孑然一身，行李也不多一件，一張帆布床一把籐椅檯還是新置的，心裏不信任，要他交了兩個月的上期租。周平見她是無知婦人，不便計較，也就照給了。後來住了下去，二嫂見他一表斯文，知書識墨，租錢依期交足，不拖欠她的一天半日，對周平乃漸生好感。當下有什麼來往書信，通書單據，也都拿來請教。他又懂得事理，常替同居的排難解紛。因此二嫂每有疑難之處，都求他策劃。當天適值發生一個重要問題，大家方議論紛紛，徬徨無主，二嫂一見周平回來，心裏大喜，就把一切原原本本告訴他道：「房東上月寫過一通信來，着我們搬。我們聽你的話，說香港沒有迫遷道理就不理他。今早你出街後，來了五六個做坭水的，說是奉房東的命，來拆房子，大家阻止也阻止不來，現在上蓋已給他們拆了一大塊了。周先生我也沒了主意了，你道如何是好？」當下一羣閒人跟着二嫂過來，把周平包在圍裏，你一言我一語的各抒己見。周平給他們鬧的頭也暈了，一時倒不知怎樣是好。乃道：我們大家到樓上去，商量出個辦法是正經，何必在街上鬧。

說罷就向樓上走，二嫂及一大羣人等跟在背後。周平上到樓上一看，只見地方明朗了許多。仰着上望，恰在自己所住房間的頂上，被拆通了一大塊，青天上白雲塊塊掩映着黃昏的陽光。周平和同居的商量了一回，也把房東的來信研究過一回，不覺入夜，周平仰躺床上，從拆穿了的上蓋外望，只見繁星點點，月白風清，房子裏的空氣也清新許多，他深深的吸了一口，不覺苦笑。

周平眼睜睜的望着天空，雖然房子裏的空氣比平常較為流通。却不容易睡得闔眼。他思潮起落，想起這社會裏的許多不幸都由階級的分別而來。有錢人有的已多而求更多，貧苦的既缺乏而每況越下，弱肉強食一天不止，社會休想一日安寧。有錢人的樓房夏有風扇，冬設熱水汀。他們却弄到房子被拆迫遷，明天也不知寄身何處，才享受得一點新鮮空氣，這還成個什麼世界。一壁想一壁望着頭上那個拆開的大孔，既要担心小偷爬進來，又怕下半夜下雨。

輾轉反側，只覺枕邊有什麼把臉龐剌得怪痛的，提手去摸，似是沙泥之類。再探別處，則遍床都是。一骨碌爬起身來，打起火油燈一照，果然床上地下，都是碎坭沙碌，適才在冷港外和同居的商量到入夜，回到昏黑的房間，懶得掌燈，脫了衣服，即倒身上床，因未發見。至此却不能不打掃一番，弄得渾身臭汗。他想頭上沒個遮攔，下雨固然糟糕，天晴明早也陽光剌目，睡不安穩。心生一計把掛在板壁上的一把黑絹雨傘拿了下來，張開了豎在床頭，用繩子綁緊，攢頭傘下尋夢，宛如淺水灣頭，張了花綠的遮陽大傘，躺身沙灘上戲水浴日的公子哥兒，不過滋味却相差天壤了。一宿無話，次早起來。滿屋子鬧的震天價響，無非也為了迫遷問題。周平在飯店忽忽吃過了早飯回來，召集了三層樓的二房東和樓下木店老板，繼續商量辦法。實際上那幾個二房東都是無知婦人，連字也不多認識，所有都依賴在周平和樓下那個「事頭」身上。結果認定這裏乃文明地方，一切也有個法律。一切可從法律上解決。可是須知法律這傢伙，它自然保護你的時候，則可以安享太平，不費分文，要是你引用法律保護自己，也却非金錢不可。

周平等要據法力爭則須延聘律師，聘律師則要有錢。各二房東聞說出錢，大家有點不願。結果那木店老板營業要緊，律師費用願負担一半。回頭由周平再三解釋，說到唇焦舌爛，也才把那幾個婦人說服。各人以事不宜遲，乃派周平和木店的老板做全權代表，先向房東交涉無效，乃到一個頗有名氣的律師辦事處，等了半天才由一個師爺接見，周平等把情形說了，師爺聽過以後，着他們稍候，一候又是半天，才回說事務冗繁，未暇接理這些小事。周平和那木店老板悻悻然從那裏出來，另謀別處。周平滿腹憤懣，一路無語。暗想這簡直不成話了！一百幾十人被迫勢將無家可歸，而他們却說這是小事！

周平和那木店的老板四處奔走了半天，卒也找着了一個律師，答應接理此事。先交手續費五十塊錢，辦理結果如何，却不担保，周平等把律師費交過換回一紙收條。據跟他們接頭的師爺說，先回去安居樂業，一個星期之內，不用移動；過後交涉成功失敗，自有分曉。周平等回去把這話對樓上樓下同居說了，五十塊錢在他們真不是小數目，大家覺得既花了偌大代價，當然可安枕無憂，于是鬧了一場的軒然大浪，兩三日後也就漸見平靜下來。雖然周平房子的上蓋仍然敞開一個大口，他夜夜還是攢身黑絹雨傘下來睡覺。光陰過隙，轉眼過了七天。房東派了幾個坭水匠來，把那上蓋補上。大家方才安心。周平少不免又要把房子裏的灰泥塵土打掃一番。方整衣待要到街外吃飯，跨出房門，返身把門鎖好。忽聽外邊有人高叫收信，二嫂把門開了，只見樓梯口站了個漢子，手裏拿着本黑皮冊子，冊子上夾了兩三封信，聲言要找馮鍾氏。二嫂遲疑了一回，才猛憶起馮鍾氏就是自己。便道：「我就是，你找她做甚？」那漢子只簡單的說了聲「收信」，並把黑皮冊子打開，着二嫂在上邊簽下個名字。二嫂一來不會寫字，二來這種事生平未經慣見，覺得有點嚴重。恰巧周平來到門邊便浼他交涉此事。周平隨該信差所指，在收信簿上的一頁代二嫂簽了個名字。接過信來一看，只見信上收信人的姓名地址都是用打字機打成的英文。旁邊有幾個鉛筆漢字寫道：「四樓，馮鍾氏」。二嫂着周平把信拆開讀了。知道是律師樓寫來的，奉房東的囑托，着他們月底搬遷。再看律師樓的名字，正是推說事務冗繁，不肯接辦周平他們的「小事」的那間。二嫂等聞說在那裏急，周平急之外並在那裡氣。後來知道每層樓的二房東也接同樣的信一封。于是平息了一回的風波又再掀起，大家商量的結果，依舊推舉周平和木店老板去找他們自己的律師。他要過他們的五十塊錢，這件事當然要理，周平拿了該信去找着那個師爺。他優閒地把信打開，也未看個詳細，便道「我們知道了」。此後就沒有下文。周平焦急道：「那沒怎麼辦？」師爺慢條斯理的道：「我不知道你們高興怎麼辦。」周平道：「這不是高興怎麼便怎樣的問題。要是這個解決不來，明天一百多人就無以為家了。他們沒有錢，沒有時候！能遷到那兒！你要過我們的錢……」說到這裏他從袋裏把當日那張收條拿出來，送到師爺的跟前道：「你看，你們收過我們的五十塊錢，也該有主意才是。」

那師爺也不看周平一眼，冷笑答道：「你們是事主，主意須由你們定，你們有了主意我們好辦理。」説罷望着周平，像等他説出個主意來。周平見一切不着邊際，茫然不知怎麼説好。歇了一回吶吶的：「我們——我們就是不要搬。請你設法使我們住下去。」那師爺且不理他，打開檯上一盒雪茄，拿了一支，一咬一唾，陡的斜插在嘴角裏；記起跟前還有個周平，把那盒烟向他循例一送，周平待要拒絕却還未搖頭，他早已把盒子收回放在檯上拍的把盒蓋掩起來了。周平等他慢條斯理地從袋裏拿出個打火機把雪茄點着，縐了眉頭猛吸一口，噴過一度濃烟，才聽他道：「所以先説要聽取了你們的主意。」周平見他大模大樣，一點不像熱心替他們辦理這事，心裏已不快活，便道：「其實我們的目的大早你也明白的，如果我們不想住下去，也不到這裏來請教。」不想這句話也會開罪那師爺，他勃然變色道：「我一日要辦幾十件事，那裏明白得了許多！就算明知也照例要問個清楚。我沒有空跟你多説。我且問你，如果想省事，大家找地方搬？如果一定要住下去，則和業主打官司！」周平見他那種盛氣簡直有點渾賬，却還啞忍着道：「那麼打官司也好……」師爺不等他説完就輕蔑地瞅了他一眼道：「打官司就要錢。」周平把手裏的收條幌了幌道：「我們已交了錢，五十塊。」師爺用鼻子哼了哼道：「又不是五百萬！你們那五十塊錢去了幾次信，做了些調查工夫，早已完了，打起官司來只一堂的堂費至少也二十五塊錢，案情嚴重的還不祗此數。」周平聽説同居們辛辛苦苦賺來，他説到口乾舌燥才集來的五十塊錢，影跡也不見一點兒就完了，不禁爽然若失道：「那五十塊錢，就這樣算了嗎？」師爺不耐煩道：「我方才已告訴了你。」説罷不願再啾睬周平，伏案忙別的工作去了。周平默坐在那兒，怒火中燒，覺得平白地被騙了還要受人奚落，巴不得抓那師爺出去，飽以老拳。師爺見他一回不做聲，迴過頭來催問道：「怎麼樣？」周平把怒火按下道：「如果打官司要打幾堂？」師爺道：「這可難說，譬喻你病怎知道要診幾次脈才把你醫好。」說罷復不理周平，埋頭翻閱一卷文件，只聽一回不見周平答聲，料定他沒有打官司的財力，正思量怎樣把他打發走。忽聽見砰的一聲巨響，連牆壁也感震動，嚇得師爺從座裏跳起，回過頭來，已失周平所在。且說周平滿腹委曲，眼見多談無用，乃不告而行，及門一肚子氣待洩，用了生平力量把門砰的一拉，步出律師樓而去，忽見一個僕歐氣咻咻的追前來道：「師爺叫你回去。」周平知道沒有好意道：「你去回你們的師爺，如果我有嚇病他，叫他請個大夫瞧瞧，我們給他的五十塊錢，醫藥費在內。」說罷掉頭不顧而去。

俗語道窮不與富敵，富不與官爭。周平奔走了幾天，白丟了五十塊錢，結果還是不免要搬場。他們住的那間雖然淺窄，可是那一層樓不住上十家八家人。樓共四層，所有都是做手作窮苦的。日求兩餐，夜求一宿，尚費力量，現在又要搬伙，錢與地方都成問題，一時狼狽異常，都恨業主沒有天良。一方面雖然是恨，一方面却迫不得已，想自動加租；滿以為業主迫遷，目的不外也在增加收入，便派人前去說項。不料那業主因為接過他們的律師信，心裏不快，嚴辭拒絕。一時三四十個人家，只得各自為謀，分頭找棲身的地方去了。

周平把自己的家，自己的前程也丟送炮火中，險些兒還丟送了自己性命。今日虎口餘生來到香港，到處人地生疏，費盡九牛二虎之力才找得住處，苟延殘喘，偏又遭逢了這番壓迫，心中悲憤，可想而知。只是悲憤由你悲憤，事實依然事實，如果周平不願露宿街頭，他還是非努力找塊地方搬過不成。於是他每天起來，洗過口面，即四出奔走，瘋也似的，隨處打探。街燈柱子，門邊巷口，逢貼有紅柬的，卽前去看個仔細。奔跑中飢則為食，渴則為飲，飯餐已不分早晚。這樣連續跑了個把星期，脚也酸了，依然沒有結果，有些地方須全層召頂，水喉電燈之外，還有間格鞋金，他沒有資格過問；有些地方不是他嫌租錢太貴，就是人家嫌他沒有家眷，也租不成。他跑到倦時曾憤懣說過再跑一天，再無着落，卽入難民營，可是再過了那一天，仍見他僕僕街頭，可笑的就是他自己的困難還解決不來，有幾個同居的，還託他代勞。

那一天下午，他在灣仔一帶由鵝頸橋跑到軍營附近，一無所得。眼看距離中環沒有多少路程，想節省點兒車錢，便沿電車路步行回來，經滙豐大廈入大馬路，不只兩條腿子有點疲乏，連精神凝滯了。便作消極之想：認定天沒絕人之路，就算迫遷期滿，不信便要露宿街頭。從今也不再着急，蓋空着急也沒有用處，不若一切聽其自然。行行不覺到了娛樂戲院一帶，只見那兒紅男綠女，打扮得花枝招展的熙來攘往。個個春風得意，把一個社會點綴得甚為發達昇平。周平也沒有心情注意。他經德忌笠街上威靈頓街，在街角拐彎的地方，那些花檔附近，豎有一枝路燈，燈幹上貼了一張鮮紅紙柬。周平見了，忙卽搶前去看。原來却是張尋人的，不禁失望。掉頭要走，忽見一個女孩拿了張紅紙前來，待要貼在燈幹上。那女孩生的矮細，請周平代勞，周平接在手中一看，大喜過望，一言不發，拖着那女孩卽往前跑。

那女孩見周平一手拿了她的紅柬，一手拉着自己就跑，不明用意，還道是暗探之類。原來香港有個現象，有錢蓋房子的不可不加注意，假如你修好一座房子，無論是綠瓦紅牆，還是粉牆石牆不消一個星期，人還沒有到裏邊住，外邊的牆上花花綠綠的就貼個滿什麼大國手，什麼包効白蜀藥，什麼咳血必治及一切的丸散膏丹的廣告，淋漓滿目，簡直成了本醫藥大全。可是假如不避麻煩。把牆粉飾光鮮之後，再加「不「准」標貼，如違送官究治」等字眼，那一個「官」字却也很有効力。所以一切街招啟事，必須要在沒有官的地方標貼，才庶免究治。當下那女孩給周平一拖，以為是「送官」無疑，嚇的哇的哭出聲來。抵死不肯開步。周平自己着急，不知道那女孩到底哭些什麼，驚疑之間，略一放鬆，那女連足登的木屐也丟了不要，乘機一手把紅柬奪回，發脚便跑。周平奔走了這好幾天，今日才發現一塊可租而未經他人問津的所在。可是連門牌號數沒有看清楚，紅柬却給那女孩搶回去跑了。欲待追趕一來不便，二來那小鬼已跑的遠，叫喚不應，只得由她。繼念招租紅柬既拿到這裡標，則房子當在左右附近無疑。虧他又在那裏一帶挨家逐戶的尋了一回，結果在蘭桂坊內，一家門前發現一張，也是新貼的，漿糊尚未乾透。忙趕步前去看清，果然是二樓有房間出租。細望那房子，樓高兩層，樓下正中一度破舊脚門，紅紙卽貼在脚門附近，却不見有上二樓的樓梯，料度經樓下登樓的無疑。忙打門去問。那脚門未開，却從門上空出半個女人頭來，眼睛在那裡打量周平。問道：「租房子嗎？」周平應了聲是。那婦人呀的把門開了，讓周平進去。

周平入到屋裏，未看房子，先打量那婦人，見她年紀四十過外，面口闊大，鼻子平扁皮膚粗黑，還有薄薄的幾點麻點，一隻髻高高的盤在腦後，身穿黑布衫褲，穿對爛拖鞋。是個老娘姨的打扮。再看房子只見裏邊除正門以外，一邊牆上開了兩個窗子，也透進光來。雖從街外入到屋裏，在這明朗的夏天午後，裡邊尚不黑暗。對着門是一度樓梯直登二樓。樓下陳舊板壁間格了三間房間，因為房子淺闊，因此房子乃一排一個大些，另一排兩個小些的相對間格。那婦人見他獃獃的在那裏張望，便道：「出租的房間在樓上，你來。」說罷也不理周平怎麼作答，逕登樓自去。周平跟在她背後。只見那婦人一壁上樓一壁從髻上拔下了根耳挖子，在那裏搔頭皮。

周平隨那婦人上到二樓，只見樓上的間格，和樓下沒有什麼分別，因為板壁不比樓下的陳舊，隨處也沒有那許多零星家具堆放，只有比樓下好一點兒。出租的房間，兩邊臨街，一邊關了一個窗子，空氣光線充足。一向住在三十間（必列者士街，普通稱三十間）的周平，已覺得那裏是塊很好的地方了。只怕租錢不便宜。周平一面想一面看，那婦人見他神氣，知道有幾分滿意，便道：「這樣的房間，在現在渴市的時候，先生跑完了香港也無處找。而且還有一點好處，就是這裏却沒有孩子哭哭啼啼，所以日夜也幽靜得。」方說到這裏，却見一個少婦從近梯口的房間拉開門簾出來，捧了一個面盆，一逕往廚房裏去。周平未及細看，那少婦雖然荊釵裙布，也似帶幾分姿色。她腹部膨脹，腰肢硬直，原來是個快做母親的了。周平見了心想：「啼啼哭哭的快要來了。」口裏却沒有答女人的話。那婦人見周平不做聲，又問道：「你們一共幾人居住？」周平指了指自己道：「只我一個。」那婦人似乎躊躇起來道：「沒有女人嗎？」周平見她問得奇怪，答道：「有女人又怎麼說一個。自然沒有家眷。」那婦人歇了一回道：「你是做什麼生意的？」周平欲答道：「逃難來的。」却又咽住，馬上扯了個謊道：「我在報館裏做事，做訪員的。」那婦人道：「新聞紙呀？」周平點頭道：「對了，新聞紙佬。這裏是你包租嗎？」那婦人道：「這裏和樓下都是我包租。」周平才知道她是二房東不是娘姨，問道：「這房間要多少租錢？」那婦人略把周平上下打量一回道：「你要租就十三塊錢罷。」言下大有特別相宜給周平之意。可是周平已覺太貴，有點負担不來。便還她十元。那婦人那裏肯減。正談論間，忽聽樓下有人喊道：「三嬸有人看房間。」那婦人聽了，高聲回道：「來了。」周平聽來聲音洪亮得震耳欲聾。那婦人一聲來了之後，也不理會周平，一逕下樓去了。周平一個人自向那空房間打量，覺得地方雖不大，却也不錯，可是租錢未免昂貴一點。正思索間，只聽有人登樓聲響，那婦人帶了另外兩個女人上來。也是租房間來的。一個女人見了周平問包租的道：「他也是來租房子的嗎？」那婦人却狡獪得很，連稱不是。説罷一把拉了周平的袖子，周平隨她出了房間，來到樓下，在梯口站住，那婦人滿帶神秘的秘密，壓低聲綫，指着樓上問周平道：「那房間，怎麼樣？」周平道：「好是好的，租貴了一點。」那婦人道：「你嫌貴，我租給她們。隨你的意思。怎麼樣？」周平看她那副神氣，覺得簡直是要城下盟。

那婦人説罷，見周平未即作答，竟返身想登樓而去。周平暗念地方難找，租錢雖貴，房間却還可以，假如錯過了，再跑十天，也未必找得當意的，不如忍痛租了，暫且住下，慢慢另行打算。忙把她留住道：「十一塊錢行不行？」那婦人道：「一文不減。」周平急道：「那麼十二塊。」婦人不答，悻悻然即拾級登樓。周平眼巴巴的望着她走到樓梯拐彎處。知道她一拐了彎，房間便是他人所有，他等到最後一着，才揚聲把她叫住，自己走上兩步。邊走邊道：「好，就十三塊，我租。」婦人聽他這話，停了脚步，迴過頭來，笑道：「我的房間正所謂皇帝女，不愁沒有人要，要不是你先生來租，十三塊錢我也不放手呢。」周平道：「你説的不錯。你們的房間的確是皇帝女，少個錢也要不起。」婦人道：「你且等等我去回了上邊那幾個女人就來。」周平怕她反覆道：「假如她們給你十四塊錢便怎樣？」婦人道：「應承過你，我便不向她們要價錢。」說罷登樓而去。不一會她果然回了樓上那幾個女人，把她們打發走了，回頭向周平道：「那麼你什麼時候搬來？我這裏每月是上期租。不能拖欠。」周平道：「曉得了。我回去馬上就搬來。」婦人伸手向周平道：「那麼請先交租。」周平暗想沒有未搬進來即交租的道理，便道：「房金我一搬進來交你。」婦人道：「那麼也可以，不過定金也請交多少，將來在租裏扣除。」周平道：「馬上就要搬過來了，還需要什麼定金？」婦人見周平不願交定，面孔沉了下來。把手交在胸前，靠着樓梯，眼睛望向街外道：「那也隨便你。沒有定金我不撕外邊的紅柬。」周平拗她不過，也就從她，打算給她定金多少。他把手伸進袋裏，摸索了半天也拿不出來。原來他出來時候忽忙，竟忘了帶。婦人見他那樣子，神色即有點不對。周平人急智生，結果從褲袋裏掏出個鋼表來，權為押下訂明即日進伙，經無限曲折，總算把房間租下，十來天的奔走，就告一段落。他從那房子出來，婦人送到門口，順手將招租紅柬撕了，周平來到坊口，回頭細望，只見坊裏兩排人家住個滿，從每個騎樓窗口都伸出長短竹桿，上掛滿曬晾衣物，宛如大小旗幟一般。坊的盡頭是曲尺形，周平未暇到那個細看。在曲尺拐彎的地方有一座廟宇，香火不衰。廟前一枝路燈，燈幹上滿貼神籤紅柬之類，廟側有個算命的。坊裏一羣赤膊的孩子方在那裏踢皮球。路旁閒人，坐臥不等，且有婦人把個大木盆，在路旁替小孩兒洗澡。坊口有座公廁，與那神廟遙遙相對。廁所設在地窖裏，像防空壕，周平暗想：在這樣的地方，一座公廁比那神廟和防空壕來得實際的多了。

周平站在蘭桂坊口默默的望了一回，覺得兩邊幾百戶人家，儼然自成了個小社會。每天不知要發生多少悲歡離合的事情，得意失意的事情。自己不久搬到這裏來，也就要成為這社會裏的一員了。心裡自有一番感慨。

選自望雲《人海淚痕》，香港：祥記書局，缺出版日期，據內文後曾言「載《香港大眾報》」，當屬一九四九年前

青衫紅淚

〔存目〕

共四集，香港：香港小說社，一九四六

靈簫生

香銷夜合花（節錄）

華夏之南，有地曰珠城，為南中首府，文物豐華，光輝鼎盛，趨時男女，夷服靚粧，怒馬揚鞭于道陬，媚眼相接，笑語相聞，酒家舞榭，笙簫並奏，靡靡度愛情之曲，入夜則萬燈齊明，耀如白晝，時值昇平，人當少艾，若不烹羊炰羔，酩酊盡歡，極享青春之樂，豈待華髮盈顛，齒牙動搖時始行之耶，顧有一少年名曰冷清涼者，離羣索居于東山一小廬之中，廬為冷氏所自建，綠瓦紅牆，兼饒花木之勝，吾書開場，時值初冬，清涼寂坐書齋，齋有圖書千卷，佈陳雅靜，臨窗有芭蕉一叢，每逢宵深細雨，淅瀝聞聲，瞿然夢醒，回思往事，輒為腸斷魂銷，蓋冷清涼早年流浪大江南北，潦倒歡場，迨其夢覺揚州，復念倚閭有母，爾乃行李一肩，蹩躠而歸，母氏抱之而泣曰，爾猶知有家，猶知有母乎，清涼慚悚不勝，竟至無詞以對，於是老母衣之新衣，食之美食，睡之高床煖枕，視之如珍如寶，百刼殘軀，至是乃有甦息之機，慚而心同明鏡，情如止水，往事如烟，晚風隨長笛以俱去矣，是時閉目垂眉，坐於書桌之次，狀似禪關入定，日已黃昏，燈火未張，一室沉黯，空氣清靜無倫，然冷清涼豈此清靜，豈此沈黯，念莊生有云，五色令人目盲，八音令人耳聾，則此清靜，此沈黯，無不有利於吾身與心，念雖如此，不期而然，有一股幽情，發生心坎，蓋老母抱孫念切，必欲清涼成家，而蔡珍珠小姐，乃其所屬意之人，自維潦倒餘生，將以孤獨以終，而慈母諄諄勸喻，在理在情，均無可却，晚餐將近，母氏又必提出，究將何詞以對，思至於是，惶惑頓生，忽然壁間安置之電話，鈴聲鏘然，乃行前接而聽之，對方問曰，冷先生在否，聲如銀鈴，清脆入耳，冷清涼為之失魂，此聲音，何其諗熟，瞿然知為春申江上之故人羅曼蒂，乃應曰，我是阿冷，爾其曼蒂，曼蒂粥粥笑曰，一別多年，我以為若忘我久矣，誰知爾尚知有我，清涼微喟曰，唯我與卿前此有不可磨滅之感情，卿之聲音笑貌，猶在耳目之前，是以一聽卽知，曼蒂曰，莫復作書生之嘆感，吾今在紅荔灣畔天寶道珠城影片公司外寓樓上，倘蒙相過，則白酒黃鷄，吾未嘗不能為東道主也，言訖電話戛然而止，清涼略一躊躇，卽明電炬，自衣櫥取老母所縫禮服絨長衣，加之身上，忽忽出門，乘車逕赴天寶道，止於一西班牙式洋廈之下，牆上懸珠城影片公司外寓黑地金字招牌匾額，鐵門洞啟，信步而入，為一小圃，盆栽四列，幽香襲人，有聲發於樓上，嬌呼阿冷，仰首上視，羅曼蒂倚闌招手，乃循階而登，入正門，從左方扶梯，直登樓上，是為曼蒂之香閨，紅色氍毹，長短之莎發，黃銅之睡榻，西洋之壁畫，綠絨之幃幔，無不備極綺麗，早有女傭，接取清涼之冠，置於近門衣架之上，曼蒂而修長，下頷尖小，目圜微黑，御絲絨長旗袍，外罩白短褸，促步而前，與清涼執手，裂櫻而笑，皓齒呈露，明波欲流，妖麗之氣逼人，清涼暗自警曰，清涼清涼，此撒旦也，禍水也，魔道一入，永生不復，遂力自持，冷然脱其手，坐於一短莎發上，四顧樓中佈置，莎發鄰近粧台，脂粉之馨，縷縷不絕，曼蒂半欹立於長几之下，几上有花瓶，插橙色紅劍蘭，劍蘭花之顏色，直為几畔之人所奪，凝眸注視，其舊日愛人身上，似欲於其神態之間，偵出彼近來之情意，何以昔日以熱情見稱之冷清涼，今茲散渙落漠，一至於是，喟然言曰，清涼，爾今變矣，亦冷，亦清，亦涼，是所謂名符其實者也，清涼冷然曰，歲月催人，人事紛更，我安得不變，余嘗沈酣於烈酒，而酒不足以解余憂，全嘗耽於禪悅，而佛不足以靜余心，余嘗窮究前代聖哲理性之文，理性亦不足以甯余志，余嘗欲自戕，然又無斯勇氣，以是余始自知，余不過人間一弱者，心虛氣弱，昔日與同學少年，互相期許，不過欺人自欺而已，曼蒂動容，移椅與之對坐，露出憐憫之色曰，人生數十年耳，若爾身居世上，而心馳宇外，是安得謂為正確之人生，言時女傭已捧火酒爐出置桌上，上有銻鍋，火光烘烘，鍋中之湯沸騰，曼蒂乃邀清涼入座，謂之曰，今茲天氣初寒，正合圍爐飲酒，況復故人相對，自應盡歡，清涼曰，故人如我，殊不足為若之榮寵，女傭更以福州漆盤，盛魚蝦蔬菜之屬，一一進之桌上，曼蒂親手持酒瓶，注酒於清涼之杯，然後自注，舉杯與清涼相對曰，余幾經查詢，始知爾居於東山，今夕蒙爾光降，余心有難名之喜，舉箸夾魚蝦，投於鍋中，瞬息卽熟，便置於清涼碗中，酒過三巡，酡然半醉，烘烘之火光，映胭脂之面，翠袖殷勤，舊情撩撥，然清涼力自抑遏，不敢縱肆，曼蒂言曰，阿冷，爾多飲無妨，如其飲醉，飛媚眼笑曰，可以下榻於此，清涼顧曰，榻一而已，曼蒂微聲曰，聯床夜話，非人間之韻事歟，清涼笑而不言，曼蒂曰，吾終不喜爾此種冷冷之神情，余誠告爾，余此次來菈珠城，乃應影片公司之召，其經理人為顏冠玉，慕君文，擬邀君為編一劇本，此片之主角，將由余任之，故留爾宿於此，俟明日與爾同見顏氏，免往返跋涉也，清涼曰，電影之事，余所未習，恐有負所託耳，殘席既撤，情談逾晷，不覺斗轉三横，清涼請辭，曼蒂怨曰，男女共榻，豈便不端，可知爾尚存迂腐之見，清涼無奈，遂留，曼蒂為之解去長衣，出己之睡裳，為清涼御之，堂堂鬚眉之相，乃御婦人之睡衣，清涼對鏡自鑑，不期失笑，曼蒂亦易寢服，色緋紅，兩胸繡白蝴蝶，栩栩欲飛，腰束帶，曳紅繡花鞋，去襪纖趺如雪，一笑入衾，以手招清涼，清涼遂與同眠，玉體相憑，幽香潛吹，悠然有異感，乃闔目屏息，力自把持，微聞曼蒂輾轉，嘆息之聲，亦不之顧，正朦朧欲入於睡鄉，忽有一足加於其腹，睜目視之，曼蒂側身向己，幽怨曰，余患失眠，而清涼渴睡如豕，不如與我作長夜之談，清涼曰，人事紛紛，吾亦不知從何説起，曼蒂曰，且談往事，何如，清涼曰，往事如煙，那堪回首，曼蒂曰，猶記余出演春申江上，清涼塡詞報端，為我揄揚，相識三月，清涼邀我夜飲，乘車御風，止於國際飯店，闢室共榻，余酒後癡笑難禁，忽然樓外風雷交作，厥聲隆然，余匿伏於爾之懷中，哇然轉哭，要爾為余掩耳，前事歷歷，不猶在目前耶，清涼曰，當時印象，固猶在腦海之中，曼蒂曰，其後吾母知我與爾時常幽會，使余跪於父親遺像之下，使余以巨薪自擊其顱，誓後此不復見爾，余不得已，遂與爾疏，爾每臨舞台，怒目向我，尋且挾舞姝前來，故作親暱之態以驕我，余知爾行為雖如此，而心猶在我也，清涼曰，去日行狀，余誠無以對曼蒂，及今思之，尚感汗顏，曼蒂何必重提，令我難堪，曼蒂咨嘆曰，遙憶爾我相交過程，可為小説，可登銀幕，清涼曰，過去任之過去，何必見之文字，留之影像，徒傷心曲耳，言時又闔目欲睡，曼蒂用指拈其眼皮，清涼怨曰，曼蒂如憐我者，任我憩息，曼蒂笑曰，休息之時日還多，何必今夕，我有滿懷心事，欲向清涼告訴，清涼曰，余已成百無一用之人，食睡而外，無事能為他人効力，曼蒂曰，余今詢清涼，清涼胡不結婚，清涼曰，無他，我不愛人，人亦無愛我，曼蒂曰，此語不通，珠城之美女如雲，不信便無可愛，清涼笑曰，誠然，我心始終，存在一人，曼蒂驚曰，其人為誰，清涼曰，近在目前，即羅曼蒂是也，曼蒂擂拳以擊其肩曰，爾乃戲我，清涼故正色曰，余之所以獨身未娶，乃俟卿歸也，曼蒂悄然曰，余亦知言出之遊戲，我……語至於是黯然不繼，清涼撫其如雲似霧之黑髮曰，曼蒂，覆水難收，墜歡不拾，唯我與爾，當年一段纏綿悱惻之情，雖至殘年暮日，亦終可磨滅於腦腑者也，曼蒂亦嘆息無言，清涼遂沈沈睡去，曼蒂百感在胸，反側難寐，自悔昔年不能痛下決心，排除萬難，終至好事成塵，致令此少年頹衰冷落，一至於斯，斯時清涼睡態方酣，乃伸玉腕以枕其項，投朱唇以親彼口，瑩瑩淚珠，不期而點滴流出也，次日蕭晨，紅日透簾櫳，清涼惺忪夢醒，覺首枕玉臂，雲鬢四披，脂粉半褪，不勝淒怨，脱身欲起，曼蒂挽之曰，為時尚夙，且戀芳衾，清涼起坐於榻曰，去宵爾我甚為規矩，何以今晨，竟至凌亂若斯，曼蒂之面，殷然作桃花色，清涼下榻，往浴室盥漱，更衣既罷，同進早餐，曼蒂御蠻裝，細腰短裙，頭戴淺冠，斜插羽毛，挽臂出門，同往紅荔灣，時方冬令，枝柯脱葉，綠草轉黃，惟有三五小舟，游離於一泓濁水之中，為景蕭條已極，於時有少年多人，立於灣次，指點水上風光，攜有攝影機械暨道具甚多，其中一人戴鴨舌冠，方格西裝，馬褲而靴筒者，是為影片公司之經理顏冠玉，冠玉有美男子稱，粉面紅唇，濯濯如春風楊柳，雅為婦人女子所愛悅，故生平豔事偏多，其左右多人，一為攝影師徐進，體貌麤壯，一為佈景師倫青，胸前紅黑色大領花，長髮蓬然，綽號小獼猴，以其人活潑好動，無所不嗜，故云，其一為新聞記者高漢聲，面長，身長，手足無不長，故有長人之譽，曼蒂一一為清涼介紹，冠玉見清涼依稀諦認，問曰，若非芬芳島上青華書院舊友冷璧君耶，清涼曰，是也，君非顏威廉也耶，一別多年，幾不復相識矣，握手欣忭，冠玉指叢林之下，陳籐桌椅，攜清涼之手，同至其間就坐，冠玉瀹茗奉獻，問曰，璧君，否，吾當呼爾為清涼，清涼自出學堂，究何所作，清涼曰，余自出學堂，遭家不造，鳳泊鸞飄，所至之地，不可勝述，所遇人事，亦繁雜不可紀極也，冠玉曰，人生之閱歷愈多，則其理想亦愈豐富，正宜書為劇本，貢之銀幕，傳之世人，吾自棄學，從商從政，均非所擅，結客五陵，家資垂盡，爰傾所有，以組此公司，吾觀電影事業，在珠城雖屬創見，然後來蓬勃，方興未艾，倘得君以為吾助，共同努力，事未有不可為者，清涼曰，君志良堪嘉許，惟是華路藍褸，以啟山林者，往往非居功之人，所謂焦頭爛額者為上客，而曲突徙薪者無與也，吾恐足下筋疲力竭之時，正投機蜂湧而出之日耳，冠玉遽為冷語所侵，始則悚然，繼而握拳按桌，作堅決曰，盡吾藝術之使命，使此道得以發揚，雖綿力盡絕，亦何憾焉，言時曼蒂行前，笑而言曰，原來爾二人乃為舊識，顏經理，今當攝影矣，顏冠玉身為影片公司之經理，兼任導演主角，以簡陋之機械，稀少之人材，便欲為電影事業，殺出一條血路，在冠玉固朝氣蓬勃，在清涼則不免竊為其故友危，是為珠城公司第一部出品，其名曰俠士美人，顧名思義，自是英雄主義之作品，是日所攝為美人失足墜水，俠士馳援一幕，飾俠士者自為顏冠玉，而美人，則羅曼蒂也，冠玉指揮員工，安置鏡頭，而令曼蒂立於灣邊，表演失足之狀，曼蒂顫聲曰，天寒若此，水冷於冰，躍入水中，定必凍僵，我意不如俟之異日，冠玉正色曰，曼蒂，爾莫恐懼，爾腦當存藝術二字，藝術，藝術，為藝術而犧牲，他日成名之後，其受世人崇拜，榮施曷其有極也，余倫高三人附和其說，羣加勸解，曼蒂乃將心一横，跌落水中，揚聲呼救，攝影師將機器搖動，一一攝入非林之中，於是所謂俠士之顏冠玉，奔至灣前，見佳人落水，頓生憐香惜玉之心，遂脱衣泅水赴救，水污而濁，寒砭肌骨，而冠玉泳術拙劣，又須抱一佳人，久久不能誕登岸上，既急且羞，將遭沒頂之兇，舟中榜人，環立哄笑，清涼覩狀大駭，乃行至舟旁，以五圓紙幣授與榜人，令下去赴救，榜人得金，縱身入水，左手挈冠玉，右手提曼蒂，於是乎此一幕俠士救佳人，竟成榜人救俠士，既登岸，榜人警告曰，夫水，不可以兒戲者也，大笑而返舟中，冠玉曼蒂遍體沾濡，攝影師曰，又耗非林數百尺矣，冠玉聲氣皆噤，狼狽已甚，清涼曰，不如歸於外寓，先易衣裳，否則受寒致病，殊可慮也，乃同行返天寶路外寓，及門，清涼告別，自乘車行，念新興事業，組創維艱，強而行之，必致吃力而不討好，顏氏之勇氣雖可許，然未免過於草率矣，返抵小廬，入于堂上，見其母冷太太，坐左側榆木椅上，旁立一女郎，御黃緞長袖旗袍，杏面桃唇，密髮虛鬟，亭亭似月者，蔡珍珠小姐也，蔡氏與冷比鄰而居，其主人國謀，為一小政客，掛名為政府參議，月取乾修四百圓，賴而贍其家計，屢圖得實缺，顧官運未通，所愿不償，而國謀自視甚高，常以為，我官也，不能與蟻同視，故所居雖隣於冷氏，素不通往來，珍珠小姐秉其遺傳性，亦聲色訑訑，驕矜不可一世，顧自清涼之歸，珍珠小姐排日過門問訊，饋遺不絕，而對於冷太太，尤見奉承盡致，自謂幼失慈顏，今得伯母，當視同親生云，冷太太為人溫靄，始雖疑訝，漸亦視同家人矣，清涼便向老母問安，復叩珍珠日來佳勝，珍珠露瓠犀一笑曰，阿兄有心，謝阿兄傳問，冷太太年五十許，鬢有二毛，面現皺紋，而衣裳修潔，神態端莊，自是故家婦人，此時溫馨啟口，清涼，爾昨夜而行，乃至今始返，豈不聞聖人有言，出必告父母乎，矧爾當知，爾前此浪漫逾度，至於身殘心廢，今既頤養平復，自應向為人之正道而行，不能歧途重入，貽其長上之憂，清涼恥母氏訓迪，俛首及臆，微睨珍珠，珍珠含笑他顧，佯為不覺，冷太太復曰，爾常以獨身自鳴，實則冷氏祖宗血食，在爾一人，爾竟持此難通之論，何其誕也，清涼皇然曰，阿母莫為不肖而憂，余將必有以慰阿母也，冷太太曰，爾年已成長，是非之辨，當能自明，固不必余多所絮絮，爾其自行深思，切實向余覆命可也，清涼垂首向書齋而去，珍珠目視其行，不期舉步從焉，自念向素矜持，年少子弟，向己追求者不祇一人，均能措置裕如，高臨彼輩之上，乃一見冷清涼，則高傲之氣全失，其一種冷漠蕭疏之態，可愛，可憐，亦復可畏，惟此愛憐與畏，便使珍珠欲罷不能，大抵此固出乎自信過甚，亦不無眞愛存乎其間也，當珍珠入至齋中，見清涼向窗而立，對搖曳芭蕉，凝眸出神，既聞步履之聲，回身強笑曰，珠妹，爾耶，珍珠便坐於書桌之次，發言探詢曰，去宵阿兄安往，致令慈母關懷，清涼中心不悅，以為己之行動，舍老母一人而外，他人不得干與，則答之曰，偶有故人，遠道歸來，連床話舊，亦事所常有，珠妹何得見疑，珍珠笑曰，此所謂故人者，男歟女歟，問聲未已，壁間電話鈴響，珍珠奪取聽筒就耳，向話筒而問曰，何人，對方答曰，冷先生在否，珍珠赫然變色，以聽筒遞與清涼，對方問曰，爾清涼耶，適間按電話者何人，清涼知為曼蒂，含糊以應，而珍珠怒目而視，全神貫注於清涼狀態之中，曼蒂曰，清涼，爾為人太不老實，昨夕尚對余言，謂孤勁無偶，原來乃室有麗人，嬌音滴瀝，彼殆清涼之未婚妻耶，清涼曰，請莫調笑，曼蒂曰，顏經理今夕設宴塘南，邀君為上客，公司中人咸赴，顏經理且云將為爾介紹花榜狀元花圓圓與爾相見，才子佳人，增輝不淺，盛意拳拳，寗可負乎，清涼正欲置答，而珍珠已怒不可遏，奪其聽筒，置於機上，鼓腮怒氣，恨恨言曰，爾自調情笑容，亦知有人在側，其難堪之程度為何若耶，天生女人，賦以妬嫉之性，有時舉措乖謬以為當然，如是時之蔡珍珠，可謂無禮已極，然猶振振有詞，以為過在他人而不在己，清涼本欲直斥其非，然以彼方在盛怒之下，不必觸之，乃退而坐於醉翁椅上，目之微笑，珍珠見其神秘之狀，以為諷己，哇然而哭，掩面飛奔而去，清涼欹眠椅上，喟然發嘆，念天下儘有許多英雄俊傑，才略縱橫，置邦國於磐石之安，而獨對於一女子，束手無策者，蓋女性之狹隘蠻橫，有時竟至不可理喻，復思及適纔曼蒂電話言及花圓圓，花圓圓名重香國，豔色傾城，香車所至，狂蜂浪蝶，羣然趨赴，而花圓圓談笑自如，泰然不以為意，蓋其神彩丰華，自有超乎凡花俗卉之外者也，如是美人，倘得有緣識荊，自亦不容錯過，思至此，中心活躍，決計前往，黃昏，出至餐堂，與母氏同餐，珍珠亦在座，清涼正欲向母氏明言外出，而冷太太已先發言曰，清涼，余已購得珠江戲園戲券三紙，將偕爾共珍珠同往觀劇，爾無事不可他去，清涼目珍珠，知是此人播弄之策，阻己前赴塘南也，然母氏之命不可違，矧戲券已購，定局已成，無奈唯唯，八時許，清涼偕母至堤前珠江戲園，坐於廂樓之上，母氏居中，清涼珍珠，分坐左右，時戲已開場，劇名十載揚州，述書生智賺名妓故事，側重於風情調笑，飾書生者為名伶唐志高，志高為年來傑出之俳優，歌喉高亢，表演揚神，婦人女子，笑聲不歇，而志高時時目視對面廂樓中座，若有窺俟，而座位空如，未有人至，清涼竊感訝異，直至十時，始見有衣飾豪奢之少婦三人，聯翩而至，據座觀劇，園中男女觀客，一致屬目，交頭接耳，竊竊私語，志高在台上，飛目送笑，表演愈賣力，中座御白狐毛短褸者，蓮子臉朧，冰肌似玉，長眉入鬢，欲笑還嚬，最撩人處，乃在剪水之雙瞳，接其光輝者，靡不色授而魂與，穠纖得中，修短合度，若必欲摘其疵瑕，則皮相之間，略嫌單薄，恐非載福器耳，據座之後，凝神觀劇，目不旁視，至可笑處，亦裂唇一笑，露出齒牙，皓如編貝，然瞬即收斂，端莊猶昔，清涼不禁暗中稱羨，念誰家貴婦，風華如許，乃佯為如廁，執園役而問之曰，彼隔廂座中，衣白狐小褸者，何如人也，園役笑曰，花榜狀元花圓圓也，誰不識之，廂座彼所長定，蓋唐志高出演於此，彼之來也無虛夕，清涼大驚，原來此即花圓圓，無怪儀容曠世，美豔一至於斯，初以為可以納交於今夕，誰知却為母氏所阻，而又相逢於此，凡事不可謂非前定也，遂歸於座，念彼身為花榜狀元，是時觴政，例必繁忙，而必撥冗蒞場，可知此姝對於唐伶，自是非常賞識，花間名伎，輒有戀伶之結習，花圓圓亦非例外，而台上唐伶，與圓圓之目光相接益頻，清涼不期妬生胸坎，幾欲躍登台上，執唐伶而毆之，既而知此念之可笑，乃強自遏抑，於是無心觀劇，目光常注於圓圓之身，顧圓圓心有專屬，初不知有少年一人，為彼顛倒，約三刻鐘，有婦傭入至廂中，附圓圓耳小語，圓圓露厭惡色，卒亦無奈，遂隨之行，其來也若明月照人，其去也若一瞥驚鴻，頓令全園上下，為之黯然無色，即台上之唐志高，亦露失望之容，無復當時之賣力，十二時許，戲劇收場，清涼偕母及珍珠，同出園門，偃車而歸，冷太太甚許劇情之佳，絮絮與珍珠談論，偶詢清涼，瞠目不知所對，珍珠笑曰，對廂有絕世之美人，清涼尚何心觀戲，當時神態，清涼以為人所不知，誰知冷眼旁窺者，有其人在，可知女兒心細，於其所愛之一舉一動，無時不留心也，冷太太曰，非彼衣白色小褸，妖冶如蛇者耶，吾觀必非良家子，殆以色相示人者儔，車抵東山，珍珠自歸於家，清涼扶母入於寢室，己則返於書齋，窗門洞啟，有輕寒一股，料峭逼人，乃閉窗就臥，而花圓圓之皓齒明眸，髣髴猶在目前，乃自責曰，清涼，爾又入魔道矣，夫女子者，不殊蛇蝎，毀人肉身者也，近之則兇，冀以此力闢其妄念，不圖中宵乃得綺夢，醒來脣輔之間，猶含微笑，竊愿夢境之長留。

選自靈簫生《香銷夜合花》，香港：文化小說出版社，一九四一

冷暖天鵝

〔存目〕

香港：大眾周報，一九四四

海角紅樓

〔存目〕

香港：春秋報館，一九四一

周天業

三十年來粵東奇案選：胡塗上的胡塗

王叔和自戚家辭出，迎面吹來一陣北風，像刀子在臉上刮過似的。他想：這口風眞利害，要不是喝了酒，不難着了寒了。隨手把大衣領向上一翻，曳開大步向着歸家的路上跑。皮鞋和街石相碰，發出急促的得得聲音，衝破了夜的沉寂。

他雖然這樣急促的跑着，心裏仍不住在想：好久沒有吃過像今夜般的豐富肴饌了。腴美的肥鷄，香噴噴的鴨子，甘滑的猪蹄和濃郁的湯，無一不是十分可口的；祇可惜那瓶洋酒過冽了，喝到喉裏去就像火灼的一般。但這到底是名貴的東西來呀，據說一瓶酒的代價差不多要二十來塊錢。無論如何，今夜主人家的欵待，確是異常隆重了。想到這裏，他禁不住由內心發出微笑，而酒氣却藉着這一笑的機會而上湧了，他勉強支持着，脚步漸漸由快而慢了。

他這一笑，是不平凡的笑，而且還帶着多少陰險的成份的。他笑他的表戚雷米章愚蠢得可憐。一個月前，米章發了一注大財，王叔和向他告貸一百塊錢，推三擋四的拒絕了。後來叔和勾結了一些不法的公務人員，硬指米章那注財的來歷曖昧，要實行拘案究辦，嚇得米章一佛出世，二佛涅盤，結果託叔和疏通，幾經交涉，被敲了二千塊錢竹槓才算平安無事。事後，叔和料定米章必然曉得這是他搗的鬼，此後親戚情誼不難宣告斷絕了，怎知道米章一點也不懷疑他，反而千謝萬謝的請他大吃一頓。席間，還再三道歉請他不要懷念着拒絕告貸的舊怨，把作為酧謝的兩百塊錢硬向他的袋子裏塞進去。這一幕浮現在他的腦。

北風不住的一陣一陣刮來，他覺得很不舒服，肚子裏脹得發慌，身體快要倒在地上了。他急急抓住一家人家的短門，把身體靠到墻上，哇的一聲吐了，但神智似乎清醒了一些。這時，他聽得屋內鐵器互相碰擊的聲音突然停止了，有人問道是誰，他含糊的應着。一會兒，門呀然啟了，一個女人探首張望，他才告以喝醉了酒誤觸門戶，並思得一盞熱茶解渴，那女人一聲不響便捧了一碗茶出來，他一口氣喝乾了，把碗子遞還給女人。突然，一個高大的漢子在門邊出現了，一手把他緊執着，硬說他登門獵豔，不容分辯的拳腳交加，還把他袋子裏的錢全都拿光了，才假說送警究治押着他跑了兩條街子，那高大漢子便在黑暗中消逝了。

他蹌踉回到家裏去，向他的妻訴說不幸的經過，他的妻知道他喝醉了，勸告他早些休息，到明天才作打算。他漱了一回口，喝了兩盞茶，便上床休息了。到了夜半，他醒了過來，覺得肚子痛得要命，大聲的嚷着。妻給他驚醒了，慌了手腳，趕緊叫僕人去請醫生，但醫生還沒有到來，他口鼻冒着鮮血，四肢彎曲着死了。

醫生從外表上診斷，王叔和之死是由於中毒，毒從哪裏來？醫生可不知道了，只有據實向警方報告。這案子恰好落在胡塗偵探竹篙炳的手裏，他把它越法弄得胡塗起來了。

竹篙炳口裏啣着烟斗，很神氣的問王叔和的妻道：「汪氏，你丈夫是死於中毒的，你曉得麼？」汪氏道：「曉得的，醫生已經說過了。」竹篙炳道：「你究竟如何謀殺親夫，快些從實說來！」汪氏忙着分辯道：「我們夫妻倆恩愛異常，我怎會謀害他呢。」竹篙炳道：「然則他怎會中毒的？」汪氏道：「那我不知道了。我祇曉他在十二時一刻，從表戚家裡喝醉了回來，到夜半二時便死去了。」竹篙炳道：「他的表戚是誰？」完全說出來，竹篙炳沉吟了一會才說：「雷米章很有毒殺王叔和的嫌疑，但他回家後完全沒有喝過一點兒東西嗎？」汪氏道：「有的，他喝了兩杯茶，杯中的餘瀝還是他剩下來的。」一邊說一邊指着桌上的瓷杯，竹篙炳把杯子拿在手裏，瞧了一會兒也瞧不出有毒藥的顏色，於是連茶壺裏的茶都一併交給醫生化驗。結果却是毫無毒質的。

竹篙炳以毒殺王叔和罪名拘捕了雷米章，他是無可置辯的，他雖然說是沒有知道王叔和搗他的鬼，所以根本談不到報復，但竹篙炳哪裏肯信他的話，打算要用嚴刑來逼供了。幸而他有的是錢，錢是可以差神使鬼的，才僥倖不至受到非法的熬煎。同時他還有一點兒救星，就是驗屍官驗得屍體身上尚有數處傷痕，而胃子裡却沒有毒質存在。於是王叔和是被毒而死還是被毆傷致命，頓成疑問了。

汪氏再度被傳詢關於王叔和死前的情況。她才把他在歸途上嘔吐，索飲，被毆和被刼的事情說出來。她承認他的身子是不大堅強的，被毆傷而致死也大有可能。竹篙炳像雷吼一般責備着汪氏道：「怎樣這般重要的事情你也隱瞞起來，到現在才供述，什麼事情都給你誤完了！」汪氏口吃吃地道：「這不過是他醉中的言語，不曉得是否眞確，而且當時心煩意亂，一時間倒忘記了。」那高大漢子住在哪裏，汪氏說不出來。所能知道的那是高大漢子住的地方是由雷米章家到王叔和家所必經的程途上，但這程途至少也有十五華里，其中店戶不下三千多家，要在這空間裏找尋出那曾經毆打王叔和的高大漢子來，也不是一件很容易的事。

竹篙炳很清楚知道搜捕那高大漢子是相當困難的，因為他不能任意拘捕一個人，而在這區域內居住的人實在不少高大的漢子。雷米章却焦急異常，他願意拿出重賞來搜購那高大漢子，他知道一日拿不到那個人，他一日便不能脱身事外而安然出獄的。

果然重賞之下，必有勇夫，張端挺身而起了。這時張端尚無籍籍名，在竹篙炳底下供職，鬱鬱不得志，收入也很少，他之所以願意接辦這宗案子，一方面固然想顯一下身手，他方面也未嘗不垂涎於雷米章的賞金呢。幸而竹篙炳對這宗案子已經表示了消極，樂得有人替他分輕些責任，所以對於張端的請求便毫不思索地接納了。

張端很聰明，他首先便把王叔和對汪氏所講的話詳細研究清楚，發現有兩點可以作偵查的線索的：第一，王叔和嘔吐的時候，曾抓着一家人家的短門，有短門可以扳的，那必然不是商店而是住宅了，於是他需要偵查的範圍就縮減了一半了。第二，王叔和曾聽到屋子裏有鐵器碰擊的聲音。這一點，對于他的裨益更大了。他曉得在虎虎北風的冬夜裏，正式住宅裏的人早已躲到被窩裏去取暖了，那裏還有鐵器碰擊的聲音，王叔和所講的必然是一個手工業的家庭而不是純粹的住宅，所以深夜還要操作着。這麼一來，他所需要偵查的範圍又要縮減了。僅僅花了大半天的時光，張端已踏遍了那十五華里內街道了，操作手工業的家庭所麕聚的衹有兩條街，偵查進行越發容易了。但是還有一點不能不使到張端絞盡腦汁的，那就是兩條街子之中幾乎沒有一家沒有短門的，而且那短門又差不多都是一式一樣的。在理，張端大可以搜遍了每一家屋子，或者日夜在街頭守候着，也未嘗不會發現那高大漢子的踪跡的，但是張端要賣弄他的手法，斷然不肯採用這笨拙的方式，寧願花些腦力去思索。他想：家庭工業中而會發生鐵器碰擊的聲音的，祇有兩種，不是鐵匠便是鞋匠。由此跟查下去，那個有毆斃王叔和嫌疑的高大漢子終於落網了。

但是，不幸得很，那高大漢子雖然被捕，而雷米章依然沒能夠安然出獄。那漢子自稱為王三，直認那夜曾毆擊過一個不知姓名的醉漢，事後才曉得胡裏胡塗出於誤會，但他所毆擊的並非着重於身體上要害的地方，相信是不會致人於死的。他說：「我的妻從來是不大端貞的，每乘着我工作完畢，倒頭便睡之候，便跑去偷會漢子了。那夜，因為要趕速完成一雙鞋子給人家，工作時間比平常延長了兩個鐘頭，後來聽到妻啟門的聲音，我以為那不知恥的東西居然接引漢子到屋子裏來，不禁憤火中燒，撲出門前毆他一頓。在當時本想把他送到官府裏究治的，所以不敢下毒手，恐怕弄出人命時擔當不起。押着他走了不遠，藉着路燈的光芒，才發覺他不像平素我所懷疑的那個人，知道有點兒不妙了，便拔脚跑回家裏去。至於那個人怎樣死的，我完全不知道了。」本來這片面的供詞是不足置信的，何況王叔和身上的錢也在王三的家裏搜得了，但是張端是一個很精明的人，不肯以強硬的主觀來判斷某一件案，他詳細地把王三的供詞徵詢那曾檢驗王叔和屍體的醫生。醫生也承認那毆擊的傷痕確非要害，未必足以致死的。這麼一來，又把前議推翻了。究竟王叔和之死是由於中毒還是被毆，依舊成為一個謎，眞相未明白以前，雷米章還是不能脱身事外。

張端覺得這宗案的確是名符其實的胡塗案子了。第一是王叔和死得不明不白，第二是王三胡裏胡塗的毆人，第三是驗屍官竟斷不定毒殺還是毆斃。合上這一大堆胡塗，把精明的張端也弄得胡塗起來了。幸而他還有耐心和毅力，廓清了腦海裏先存有的雜慮，然後從頭一分一寸再跟究起來，這宗胡塗案子畢竟給破獲了。

有一天，他把案中人犯重新研訊了一遍後，覺得還有些疑點要向王叔和的妻質詢的，便立刻跑到她的家裏去。她正和一個男子談笑着，看見張端到來，頗露出一些不自然的神氣，那男子起立要告辭了，給汪氏擠了一下眼才又坐下來，這一切都看在張端眼裏。遞過了茶烟，便介紹那男子與張端認識，說是她的表哥梁義，並極力奉承張端一大頓，什麼大偵探，什麼大隊長，如何緝捕得毆斃王叔和兇手，如何，如何，滔滔不絕，口若懸河，倒弄得張端無法開口，索性把原來的意思擱下不提，轉與梁義閒談起來。梁義自稱沒有職業，但張端不信，偏要說他是個牙刷商人。梁義終於承認了，以為張端從前已經認識他的，汪氏也這樣想，追問着是不是。張端這時故意賣弄本領了，微笑地從梁義身上檢出一條白色的毛來，然後從容解釋道：「這是一條猪鬃毛呀，不是已告訴我梁先生做的是什麼職業了嗎？」梁義想了一想說道：「對呀，猪鬃毛最大的用途確是用來做牙刷子的，我的身上雖然黐附了這一條毛子，也不一定就是商人，老實地說，我不過是一個牙刷工匠吧了。」張端不禁笑起來了，說道：「假如你眞是個工匠的話，我今夜自願作個東道！你手上每一隻手指都十分光緻，這顯然不是一個工人所應有的。」張端的觀察這末細微，倒使梁義無可狡辯，終於坦白地承認了是華記牙刷店的老板，並自動作東道請張端吃了一頓晚飯。

從這次起，張端便改變了計劃，把注意力都集中到汪氏身上了。他曉得汪氏家裏有一個小婢名叫彩環的，並常常使用她到街購買物品。她伺機把彩環抓住了，帶到警局裏去。小孩子的口從來是沒遮攔的，經不起張端的利誘和盤詰；便把梁義和汪氏的偷偷摸摸的行為說出來了，王叔和未死前還有些顧忌，死後愈發明目張膽了。至於王叔和之死，小孩子簡直一無所知。因姦而謀殺親夫，原是一件極有可能的事，但斷不能說有了姦情便必定謀殺親夫的，彩環所講的只能夠作為一有力的線索，不能視為謀殺的充分証據呵。張端這樣反反覆覆的想了幾遍，決定採用調虎離山的故智，張惶地跑到汪氏家裏：「彩環給人拐走了，幸而截獲，現在警署，你趕快去具保她出來吧。」汪氏上了當了，給警署故意留難着，枯候了半天。及到把彩環領回了，歸途上又恰好碰着張端，一把抓住，說她在警署裏還有許多手續未了，重新又返到警署。原來張端已控訴她串同奸夫梁義毒斃親夫王叔和了。

汪氏和梁義起初還極力抵賴，後來張端拿出一枝牙刷來，才使他們啞口無言。倒底那枝牙刷具有什麼神秘力量？張端解釋說：「我雖然知道汪氏和梁義通姦，但還沒有膽量去搜查她的屋子，為的是過於冒險而且恐怕打草驚蛇，所以不能不調離汪氏而暗中去進行搜查工作，幸而結果在陰溝裏發現了那枝牙刷。一枝新簇簇的牙刷，為什麼會拋到陰溝裏去呢？這個疑問觸動了我的靈機。我記得汪氏說過王叔和漱過了口才睡覺，而她的奸夫又是製造牙刷的，這樣就使我懷疑到那枝牙刷是有什麼玄虛的。拿給醫生一驗，果然是有毒質的，全部陰謀於是揭露了。一枝硬毛的牙刷，很容易損破了牙肉，毒質由此滲入體內，王叔和的胃沒有毒質留存就是這個緣故。汪氏是知道王叔和與雷米章有惡感的，特地選擇了這個宴飲的機會來圖架害。半途中又發生了那胡塗王三的毆擊事件，越發成全了他們的計劃，這案子遂在胡塗中虛費了許多光陰。」

案情大白，雷米章和王三都平安出獄了，張端於是獲得了一筆賞金和奠定了他們的職業基礎。

選自一九四三年六月二十六日、一九四三年七月十日及一九四三年七月十七日香港《大眾周報》第十三、十五及十六期

廣東偵緝腦·飛手大盜

〔存目〕

缺版權資料

林瀋

書香斷客魂

方玉薇遇人不淑，投奔其姊玉萍家。玉萍固有婿，稅居小房，僅堪容膝。玉薇來，起止殊不便，乃設帆榻於簾外。玉萍伉儷情深，夜來燕宛聲，絲絲入扣，維人聆此，寧勿動心？玉薇處茲，亦有侷促不安之感，顧逐水飄蓬，又無如何也！

鄰房倪卓如，倚筆墨為炊，值時艱，家人舉歸梓，卓如獨留居，日與管城作侶儔，垂簾埋首，寂寞如野僧。一日，玉薇欲致書於母，求借筆於卓如，卓如僅一墨水筆，不可須臾離。然以玉薇嫣然來求，則又情難固却，笑而與之曰：「幾時還？」玉薇低首曰：「今晚。」卓如曰：「吾無筆則不可以為食矣！汝今日請我食飯耶？」玉薇至是，還筆欲去，卓如乃笑曰：「否，前言戲之耳！顧汝欲寫長相思耶？何以今夜始還我？」玉薇赧然曰：「誠然為寫長相思，不過思龍鍾之老母耳！」卓如則更自抽屜中取素箋與之，悄語曰：「可，汝取去，明日還我亦無妨。」玉薇曰：「吾有萬語千言欲訴母，拈起筆來，不知從何說起，不如請汝為我捉刀，汝倚馬可待者。」卓如瞪目笑曰：「休休莫莫，我一生最怕為女人寫信！」玉薇曰：「我畧識之無，搦筆如椽，今夜擬成稿，煩君為斧削可乎？」卓如乃連聲諾之。

卓如既缺筆，幾輟作，後乞諸其友，殆得勉成。及夜歸，玉薇果嫣以稿授請斧正，卓如視之，覺辭語須鄙俚多沙石，然字亦頗端正，既細閱字裏行間，則字字皆訴述所遇非人之苦況，寫到傷心處，如見淚眼。卓如既愛之而又憐之，遂泚筆細為修繕，便指其筆疵而導之。玉薇於失意當中而得如此知遇，芳心亦竊然向往矣！

玉薇既感長日無聊，則又乞書覽閱，卓如之書滿案頭，顧皆為學術書籍，玉薇隨手取閱，不感興趣，卓如乃自書櫥中取數卷與之，曰：「汝欲自修，宜覽此以借鏡。」玉薇視之，則為唐宋名人書牘與龍文鞭影之類，詞意深奧，亦不求甚解者，玉薇嗤然笑曰：「我不看此種書，有小說否？」卓如示其書櫥曰：「小說更纍纍，不知汝愛看何者，請自便擇之！」玉薇乃趨櫥前，揭玻璃門，東排西剔，得說部凡數，示於卓如曰：「我愛看此類小說，請惠借我。」卓如偶顧之，則率為言情小說，乃睨而笑曰：「何獨愛言情，當別有會心。」玉薇輾然曰：「然則汝藏此種書，亦別有會心耶？」卓如又執其袂悄語曰：「此中多哀情事，汝看至斷腸時，勿淚濕我書也。」玉薇笑曰：「淚眼已乾枯矣，請勿慮此！」遂翩然持書出。

黃昏後，玉薇陳榻冷巷間，借得鄰光，披卷不忍釋，或時刻劃字形，遙問於卓如，卓如均詳為解答，循循不倦。夕者，卓如蒙衾將入夢，忽有物墜於衾上，驟視之，則為一紙團，卓如知為玉薇開頑笑，拾而欲還擲之，及細視，似為一書揉成者，展而視，蓋為「素女經訣微」也。素女經為猥籍，卓如深藏之，不敢示人，久亦淡然忘之，不意玉薇茲次取書，竟爾洩秘。卓如思之，亦覺汗顏。翌日，方埋頭搦管，玉薇悄立簾側，含笑不言，卓如乍見之，低笑曰：「汝毀我書，快賠償！」玉薇遽捏其臂，悄語曰：「壞蛋鬼，汝不賠償，尚要我賠償耶？」卓如曰：「我如何累汝有損失？」玉薇睨之曰：「看得人心欲醉，不算損失耶？」卓如曰：「汝自取之，非我教汝看者。」玉薇曰：「此書夾在書頁內，我初亦不知為何經何典，及展閱，始知為汝秘藏品。」卓如顧而笑曰：「好看否？」玉薇赧然曰：「我不解，請汝教我！」卓如笑曰：「可可！」乃趣自枕底出此書，及回顧時，而玉薇已一笑而遁。

無何，玉薇以書還於卓如，笑曰：「請檢收，如有損爛，可賠償！」言既即翩然出，卓如取書署展閱，但覺一縷流麝之香，撩人欲醉，試翻之，且頁頁皆香，既而流目及書面，則「倪卓如藏書」數字上，赫然印有桃唇兩瓣，卓如睹此，不禁心旌搖搖。竊念曰：「有心哉，薇娘也！」乃以層紙襲重藏其書，唯恐香氣之流溢。翌日，自外返，不聞玉薇聲，及夜，芳踪且杳，猿心莫勒，乃問於玉萍，玉萍曰：「彼夫婿今日負荊來此病陳前非，已携玉薇歸去，重修舊好矣！」卓如聆之，乃若晴天霹靂，而每於動念時，細味書香，時為魂斷也。

選自一九四四年三月四日香港《大眾周報》第四十九期

書聲破夢迷

倫萬殊恂恂有儒者風，居恒寡言笑，蟄伏房中，屏氣似不息者，同居人乃時竊笑其懼內，鄰房之鄔姑娘，嘗讀書而性浪漫，輒以辭諷之，謔而虐，更則咬文嚼字為蜚言。若曰：「柳下惠之不作，誰復坐懷；程明道之已亡，孰能閉目。彼恂恂者，其為草木歟？」萬殊亦知其每向己挑撥，然不敢有微言也。無何，萬殊之妻歸梓里，遺小舅與居，并倚為門僮。同居人之夙謂萬殊懼內者，以為雌虎一去，則狐鼠當現本來面目矣。詎知又出乎意料者，萬殊自婦去後，依舊奉公守法，朝出暮歸，等閒不踰閾。有逗與為談者，亦諾諾唯唯，不假人以詞色。鄔姑娘以其木木無化，又進而以柔媚挑之。每當萬殊夜歸就寢之際，則自隔房入以游辭，雪月風花，有教人欲眠不得之勢。鄔姑娘以為萬殊使非無心肝者，其不動心幾希矣。顧萬殊果若殊不經意者。初時猶間為答言，繼則呼呼睡去，尋且不語亦不言，或答或不答。每歸來，輒關房門，自閉其中，一若閉門謝客者。一夕，萬殊自作歸，例閉關，鄔姑娘忽立其門外，邀作竹戰，萬殊婉却之，鄔姑娘撒嬌曰：「倫先生，汝自蟄伏房中，既無消遣，亦鮮運動，非養生之道也。」萬殊自室內忸怩答曰：「請原諒，我鮮交際，自慮侷促貽人笑也。」鄔姑娘曰：「同居不是外方人，何必拘拘禮義？」萬殊又曰：「抹牌我又不識計胡，獻醜不如藏拙矣。」鄔姑娘則懇切其辭曰：「我為汝計胡，不過聊資排悶耳。汝慮人騙耶？」萬殊曰：「否，我對抹牌不感興趣。」鄔姑娘乃嬌嗔曰：「左推右諉，汝偏有意留難者，汝不來，吾即拔門曳汝出也。」語甫畢，萬殊即囁嚅曰：「休休莫莫，我在易裳也。」鄔姑娘又立以少待，頃之，問易妥否，萬殊笑而不答。鄔姑娘遂力推其門，孰知萬殊藉口易裳，暗將門下鍵，乃不得其門而入，以不足法定人數，竹戰遂不成，而鄔姑娘於是又大發牢騷，其向萬殊冷嘲熱諷者無所不至。越數夕，萬殊方閉關自守，倏聞鄔姑娘哦哦讀書聲，其辭曰：「獨不見羣虱之處褌中逃乎深縫，匿乎敗絮，自以為吉宅也；行不敢離縫祭，動不敢出褌襠，自以為得繩墨也；然炎丘火流，焦邑滅都，羣虱處於褌中而不能出也，君子之處域內何異虱之處褌中乎？」蓋為阮籍傳中之一節也。其聲激昂，若裂瓦屋，萬殊聽之，不禁慚然而寂，悚然而驚，頹臥榻上，屏息如僵。然則萬殊其有愧於屋漏乎，何為聞讀書聲而慚而慄也？則此中亦有玄妙在。原來萬殊并非木石人，其昔之兢兢自持，不敢踰矩者，以有婦在，乃故作矜持，以堅其婦之信耳、及婦旋里後，枕冷衾寥，已不勝其焦灼，而鄔姑娘又頻以春語相侵，教人忍禁不得。萬殊亦非無意於鄔姑娘，其奈同居者眾目睽睽，一寸柔心，無由通達，而鄔姑娘雖活潑好笑弄，惟對己之心亦在有無間，乃不敢造次作探花之舉。無已，遂於夜中作浪漫之遊，孰知深山大澤，聚產龍蛇，一度春風，而風流病發，其最令人難堪者，則幽草叢中，滋生虫虱，深居巢穴，屢剿不清，有時癢極難堪，每對客抓搔而不自覺，故每夕歸來，必閉關卸裳，作剿捕么魔之舉。此時鄔姑娘對萬殊已微露情懷，有心者大可一矢而中的，奈萬殊其時又在瘡痍滿目中，不堪獻醜者，故惟冷然而處之。鄔姑娘不知其秘，乃每諷其為木訥，其實萬殊有說不出之苦衷也。是夕鄔姑娘朗聲讀書時，值萬殊卸裳作王猛捫虱之舉，倏而聽之，以其斤斤將虱為喻，遂恐為鄔姑娘窺得其秘，如斯穢事，洩漏春光，亦有何面目以見眾哉！其所以慚然而寂，悚然而驚者，良有以也。越月，萬殊病愈，虱患告肅清，自料可作入幕賓，遂開始向鄔姑娘通欵曲，鄔姑娘嘲之曰：「汝不復作虱之處褌中耶？」萬殊既誤為知其秘，乃忸怩曰：「而今而後，不復有虱患矣。」由是乃與鄔姑娘狎集，鄔姑娘固不患其病者，第以萬殊能頓改本性，則謂讀阮籍傳與有力焉。

選自一九四四年四月十五日香港《大眾周報》第五十五期

高　雄

灶君登天

吳出士散值歸家，時方薄暮，炊烟四起。出士實無家，惟賃一房獨居耳！恒常食於外，惟散值必返室小息，始赴市進膳也。出士既歸，甚內急，逕趨廚房。時同居關四姑方在廚中與小婢阿興為炊事，出士呼曰：「速出速出！否則攪出事矣！」四姑知其意，嗔曰：「灶君在上，勿亂說話也！」言訖偕阿興出，掩廚門。出士既溲，隨目睹四姑在灶前置小几，陳菓品數事，一鷄已宰未煮，出士恍然今日係陰曆二十三，俗例送灶也。嗣又聞四姑自外喚阿興往購片糖。出士乃呼曰：「四姑今晚送灶歟？如此神心，豈想生子耶！」四姑寡而獨居，營小生意，出士之言，故嘲之耳。四姑聞聲應曰：「口花花，今晚送灶君上天，灶君老爺將告汝多口，而罰汝也。」出士已溲畢，啟門，四姑乃帶笑而入。出士曰：「四姑，毋怪汝今晚如此神心，汝殆臨急抱佛脚耳！」四姑詫曰：「我如何抱佛脚？」出士笑曰：「汝在今年內，不知于廚房中幹下幾許污穢事，恐觸灶君老爺之怒。特於今夕送灶君行時，宰鷄待之，希望鷄髀打人牙較輭，灶君老爺在天上講句好話耳！然耶！」出士語竟，不料四姑突將手持之物，伸向出士頰上用力一塗，出士大嘩，急以手撫面，視之，則炭也。面已盡墨。四姑大笑曰：「講話得罪灶君老爺，我替灶君賜汝灶君粉，俾知利害。」出士不捨，隨手取火鉗一柄，欲回敬。四姑走避之。廚本狹隘，出士搶佔門前，四姑乃無處可逃，咭咭而笑。出士遽撲前，四姑欲以手禦火鉗，不料懸空，遂仆于出士懷。出士左手攬四姑，右手持火鉗擬塗四姑面，四姑力拒，笑聲不止。四姑年在虎狼，深具徐娘風韻，玉環姿態，出士乃感軟玉溫香抱滿懷矣。時四姑央求曰：「阿興囘矣，如何好看者？」出士堅要報復，四姑乃自襟下出小手巾，親為出士拭頰上，出士曰：「如此不能補過。」四姑曰：「我今晚請汝食飯如何？」出士又搖首。至是四姑佯慍，遽伸右頰予出士曰：「汝搽，汝搽！」出士睹其綺膩之態，亟以唇深吻四姑頰，并輕咬之。四姑覺，睨之而笑，出士復擬再吻，忽叩門聲起，四姑急脱身，并曰：「今晚眞請汝食飯也。」出士笑頷之，四姑出啟門，則歸者乃阿興與頭廳之後生阿新也。頭廳為寫字樓，夜間僅餘阿新看守者。阿新與阿興言笑晏晏而歸，出士乃歸于室，倒臥床中幻想重重，發為綺念。無何，四姑呼出士至其房，則佳肴美酒，陳設滿桌。出士亦不客氣，與四姑對飲，問阿興，四姑謂已在廚中食矣。出士益覺舉止自由，頻與四姑乾杯。酒入情腸，胆頓壯，視四姑雙頰如酡，眼絲眉動，言談之間，漸涉綺邪。出士又藉故吻四姑頰，並為耳語。四姑睨之笑曰：「今晚拜神，勿談此等事。」出士曰：「灶君老爺現已登天，已無人管矣。此時不為，更待何時？」四姑哂之，而無堅拒之意。出士益肆其手足，四姑低語止之曰：「此時此際，阿興與阿新仍在廚中，豈可動手動脚者？」出士極乞憐，四姑嗔之曰：「今夜汝但俟彼等睡後，潛入吾室不能耶？」出士喜極又吻之，飯罷，出士先歸房假寐，酒氣醺醺，情思轉輾，聽廚中，阿新與阿興尚刺刺不休。惟有忍待。如是逾一小時，廚中絮語仍未息。出士則又不知恨罵阿新若干遍矣。良久，出士視時鐘已十一時，向例阿興等已睡，何今夕之長談漫漫也。潛起視之，廚門已掩，大奇，竊就廚門隙窺之，既驚既笑，蓋阿新方擁阿興為深吻，竟，則又上下其手，阿興春慵嬌懶，倒阿新懷，一任所為。出士幾失笑，因故反扣廚門，以戲弄之，復逕趨四姑房，房已滅燈，出士摸索至四姑榻，撫四姑，四姑輕聲曰：「彼等未睡也。」出士具以告。四姑失笑曰：「灶君登天，百無禁忌，難怪無法無天矣！」出士不復與言，輕解羅帶，方欲問津。忽廚中隆然聲起，繼之以碗碟破碎聲，阿興突大呼四姑，聲極恐怖。四姑急推出士起曰：「灶君老爺發怒矣，勿爾勿爾！」力推出士出戶，並為啟廚門，阿興大呼而出曰：「四姑，灶君神台之香爐忽然下墜，不知何故也！」阿新忸怩而出，急奔前廳，四姑笑曰：「灶君老爺顯聖也！」阿興低首不言。四姑並睨出士而笑，出士苦笑歸室，深恨阿新污辱神靈不置。

署名小生姓高，選自一九四六年一月二十五日香港《新生晚報・新趣・晚晚新》

我怎樣寫怪論？

新趣編者開我的玩笑，要我在「新趣一週年紀念特刊」上，寫一篇文章，題目是他獨裁的規定的：「我怎樣寫怪論？」此與兒子問父親：「我是從怎樣得來的？」一樣，使做父親的不知怎麼說好。然而困難是我的事，文章一定要交卷，天下之間，有多少人能夠了解他人的困難？卽如當局掃蕩小販，命令一下，小販只好走鬼，如此而已。

記得我自新趣出版以來，就開始寫「怪論連篇」，到今天已經差不多寫了一百篇了。說多不多，說少也不少。此時此際，要我說「怎樣寫怪論」，眞眞為難，我是捧自己好呢？還是罵自己好？我是從「自從執筆以來」說起好呢？還是從「今天是寫怪論一週年的日子」說起的好？尤其「怎樣」兩字眞難解說，我從來就未讀過「文章作法」之類的東西，連「文心雕龍」也只知書名，手邊從來沒有過一本「新文藝描寫辭典」的書，要問我怎樣寫怪論，眞是小和尚唸經，連自己都不懂了。

其實，「怎樣寫怪論」這句話根本是不通的，這句話的意思不外是：用什麼手段寫出這種怪論？我覺得很不滿意。我向來是不把怪論作為「怪誕之論」看的，我說的只是眞實。我自問寫怪論的心情，其嚴肅的程度與寫社論無異。（我未寫過社論，不過我以為寫社論一定是很嚴肅的吧！否則為什麼有許多社論嚴肅到令人不能卒讀呢！）至于讀者看了是個怎樣想法，我是估料不到的。例如「王水祥抵死有餘論」一文之後，曾經接到許多讀者來函責備，（靜靜的告訴你，甚至有人罵我是文化奴才。）那也是大出我意料之外的，（比較失火還見意外。）

我想起許多戲劇，有些演喜劇的正在手舞足蹈，嘻哈大笑，台下的觀眾却默不發言，甚至打瞌睡，有些演悲劇的，台下的人却鼓掌大笑。差利卓別靈就常常是這種傢伙。我又想起有些人愛作嚴肅的演說，登台之後，拉長面孔，聲嘶力竭，額上青筋暴起，講完了，于是台下拍手。可是一邊拍手，一邊交耳相問：剛才他說了些什麼。凡此種種，等于玩把戲的，把戲是變了，人家高興看不？却是另外一件事。又像茅山師傅作法，他說這法是驅鬼的，結果說不定反而給鬼嚇死，那眞是大出意料之外的事了。

我說這些，就想說我的寫怪論，并不是作為怪論去寫的。（這是我最坦白的說話了……）我服膺一句話：「眞實就是幽默」，如果因看怪論而發笑，那只是說你去笑這個世界。小孩的說話往往給成人笑作狂妄，其實小孩子說的往往是眞理。在這一加一等于三，打勝仗變了打敗仗的世界，與及在「寧可獻金鑄像不成，却不肯移款救濟那些眼看餓死冷死的人」的社會之中，是往往變了非，非變了是，眞實變了狂妄，狂妄變了眞實，哭變了笑，笑變了哭，把事情說穿了，于是乎就變了「怪論」。

這就可以作為「怎樣寫怪論」的答覆了吧！把這小文交去，算是塞責，卷已經交了，編者滿意與否，那是另外一件事，我也不去管了。正如王水祥案的結局你滿意與否，那是你的事了。

最後，我有一句話還要說：我希望有一天沒有一個人喜歡看怪論，大家說的也是怪論，那時我也可以不必寫怪論了。那一定是一個好世界。我相信。

署名三蘇，選自一九四六年十二月二十三日香港《新生晚報・新趣》

清明論拜山

歲月不居，今日又是清明節。連日過尖沙咀，見長龍排到西青會對面，確有「路上行人欲斷魂」之感。不必提倡什麼新生活主義，香港之孝子賢孫，確多到得人佩服也。返鄉已經人山人海，今日清明上山拜墓，大抵更有滿坑滿谷之患。但是，假如你問三蘇如何？三蘇一言以答覆曰：不拜山。

三蘇是忤逆子乎？朋友，我雖不敢講自己是孝子賢孫，但亦未想到做忤逆子，惟其我不是忤逆子，所以不曾在清明拜山。

拜山者，掃墓也，掃墓者，思親也。慎終追遠，我等心念前人，瞻仰而回憶，雖不致有踏着先烈的血前進咁巴閉，但想下祖宗教養自己之劬勞，亦收清夜捫心之效。惟是思親何以要在清明？清明之先後就不思親乎？墳塲未必今日至開放，祖宗並非在泉下坐監，要到清明至准會客，一年到晚，你都可以去拜山也。何以成日不去，一定要等到清明至去？古人雖有話，每逢佳節倍思親，但並非話「每逢佳節始思親」。平日如果係心念祖宗者，可以隨時去掃墓也，何必清明？

清明之必須去拜山，大抵係趁高興之意義居多。人人去拜，你亦去拜，貪得意而已。等於去睇選舉香港小姐，人嘈你又嘈而已。平日拜山，返鄉絕不致輪長龍，本地上山絕不致要爭車坐。你話何苦來？有種人心中以為，一定要由朝早排長龍排到下午去買票，然後可以話得係孝子，非此不足以示誠心。此乃向生人掩眼法之道，並非向祖宗致敬。祖宗並冇要你排隊，然後認為你係孝心。你平日上下山頭，徘徊一看，祖宗泉下有知，當更覺得你係一個孝子賢孫也。

講起拜山，近來有一種人中意見山就拜。此種人更屬荒唐。人話清明，佢又話清明，人地上山，佢又上山。不管三七二十一，亦不理個墳墓係自己老豆抑人家阿婆，一於拜祀！痛哭流涕，語無倫次，不知所云。今日又話乜乜主義好，明日又話物物主義好，既無成見，亦無認識，一味跟住人行，人地話此卦山乃係你祖宗矣，於是你就三跪而九叩首，完全忘記自己姓乜。此種拜山法，確係不如不拜。偏偏近來世上，又以此種人為最多。此所以天下大亂也。

三蘇並不反對人拜山，即如不反對人有乜主義有物主義，但既然拜山，不必跟人一齊亂跑，亦不一定要清明至掃墓。你如果係一個虔誠教徒，成日可以念經祈禱，不應成日想住害人作錢，而又亂叫上帝保祐也。

何必清明，然後拜山？何必拜山，然後孝子？何必孝子，然後做人？（比如你老豆做大賊，被判死刑，你亦要學佢乎？）

署名三蘇，選自一九四九年四月五日香港《新生晚報・新趣・怪論連篇》

經紀日記（節錄）

第十六日

昨天翁君說要找房子，回家後與老妻商量，老妻徐徐曰：「我識一朋友張姑娘，他有一房子出頂，汝可往問之，彼索價不過三千元，可以賺一二千也，汝輩男人大丈夫眞無用者！」我取了張姑娘之地址，逕往訪之。張姑娘在跑馬地賃小樓，修潔可愛，索頂手費不過三千元，料翁君必然合意，和張姑娘訂定。留盤至卽日下午。往訪翁君，告以有小樓一座，索鞋金五千元，翁君認為倘房子修潔，五千元亦不貴。偕翁君往看，彼亦表示滿意，我因不想翁君與張姑娘直接談判，約定明日下午，始正式落定。

翁君風流瀟洒，年少翩翩，他雖沒有生意做，但既為富家兒，和他接近，自然也有好處。翁君對我，似乎也是不錯，要我到他的俱樂部中玩牌，我因囊中現錢不多，恐怕圖窮匕現，因推說我向不賭錢，翁君笑曰：「汝身為經紀，不賭錢，何來生意乎？」我無法，祇得隨之，到俱樂部時，已有三人在內，拉着打麻雀，翁君下場，我樂得脫身在後邊「聞衫領」，幸未露出馬腳。深夜歸家，服藥水睡覺。

第十七日

昨晚竟失眠，顛來倒去不能入夢，老妻竟然誤會我別具會心，罵道：「一之為甚，其可再乎？」我只為苦笑，不便辯駁。

失眠中想起我們經紀這一行，纔眞是神仙老虎狗。運氣一到，如龍出海；財氣不來，任你跑斷兩條狗腿，一無是處。有時得來全不費工夫，有時踏破鐵鞋無覓處。難怪行家一經得志，大嫖大喝，確有來由。何況往往大生意皆成盤於女人牌局之間，如要發財，決不能免於聲色犬馬。反躬自問，我的生意不多，於此不無關係。燈前決定，如果手頭畧鬆，非大大應酬一番不可。想到此處，心境豁然開朗，前途大見光，酣然睡去。

心中有事，起床甚早，睡眠雖不足，精神甚煥發。披衣往添男飲早茶，此亦昨晚計劃之一，因南北行經紀，每早皆集於此，雖無確實路數，希望碰碰熟人，穿針引線，不難有多少發展。如果在南北行打好地脚，總比隨街跑好得多也。今早一人獨酌至十一時，未遇一個熟人，眞倒霉，但決不心灰，明日當再接再厲。

張姑娘頂屋之事，原定今日落定，不料又生枝節，今午找翁君不着，誠恐出岔子，因先往訪張姑娘，先安慰她一番，好使留盤與我。到張姑娘處已五時許，不料一進張姑娘就問我是否來落定？我忙説翁君有點應酬，須明日始能交易。張姑娘一聽，沉起臉説：「你們的經紀左走右走，發空盤，我早知沒有事實。我已經應承別人，人家已經落了五百塊錢定金。」我一聽跳了起來，忙與理論。她説：「你昨天又不下定，我怎能信得你過？可不能怪我！」我無言以對。只好揸頸就命，苦苦哀求，結果決定明早交易，雙倍賠定。

歸家途上一想，大抵張姑娘説的都是假話，無非想反價，多索五百元。可怒也！但又奈何！

晚上找得翁君，約定明早在威士文早茶後去落定。和翁君說時，少不免危言聳聽。

上床之際，想起一個錢一個寶，斯語誠然。

第十八日

約好翁君十時半在威士文見面。一早醒來，先到添男，希望碰碰機會。人貴立志，昨天去了，今天不去，就是一曝十寒，未必有功。果然，皇天不負苦心人，在添男坐下未幾，就碰見肥仔黃獨行而來。肥黃是南北行米行經紀，生意不少。年紀雖輕，說話老到，使人佩服。接談之下，我自然請教南北行有何路數。肥仔黃指陳一番，雖無實際，已允幫忙留心。約定明早再在添男見面。我見時候已到，提議先走，肥仔黃雖叫着「後數」，結果還是我「會過」，出來撈世界，小錢決不能慳也。

到威士文見到翁君，早茶既畢。（和潤少飲茶，自然是他找數。）即要到跑馬地訪張姑娘，我連說已約了她下午，我可代他收定。翁君笑說：「你不要食水太深！」顯然他已看穿我二仔底，甚難為情。但翁君還算漂亮，隨手就交我二千元，說其餘的明天清找。我連說不妨事，翁君笑說：「這一次信你了。」我也實在感謝。分手之際，翁君約我到他的俱樂部玩，我馬上應承今晚去。

找着張姑娘，交她一千元，一洩昨日之氣，滿擬刻薄她幾句，不料她一見我就說：「我知道你一定會來的，所以那客剛才說要給我五百元鞋金，我也把他推了！人貴口齒呀！」我只得按下一肚氣，眞怕人家好相與。

袋了一千塊，週身自在，滿眼光明，想去找周二娘，又怕惹禍上身。還是一個人到山珍吃飯，喝了兩杯，決定到翁君俱樂部一行。一來應酬應酬，二來希望別有發展，三來袋裡有的是錢，天下去得。走出山珍，卽坐的士到西環。

不料翁君還未到俱樂部，有幾個人在打撲克。都不相識。看來都是年輕小伙子，衣服華麗，金錶燦然。見了我只瞧一眼，連招呼也不打。我枯坐一會，已過九時，翁君還未到，料他不來，先行告退。

一個人而又有錢，總想到什麼地方走一遍，後來一想，自己已到中年，此時如不稍事積蓄，未免失策。萬事起頭難，咬實牙根回家。今日做人，可說一切都依宗旨。

第十九日

早起出門，卽赴添男。獨酌至九時，肥仔黃果施施然來，卽邀之坐，問悉肥仔黃尚未早飯，原來渠每日必在此早飯者，昨日我去而渠尚留，卽以此故。因卽呼乳豬飯兩碗，另油鷄一碟饗之，肥仔黃食量甚豪，難怪其肥如豕矣。鷄髀打人牙較軟，飯後肥仔黃偕我到南北行長生豐號，介紹買手六叔與我相識，六叔年五十餘，甚圓滑，因卽請教需要何樣貨色，肥仔黃在旁吹噓，六叔乃示意謂買海防米糠。我雖未有路數，仍作有把握之色，指天指地。肥仔黃心知其然，坐少卽曳我出，告我曰：「我先通知你，如你有盤交易，佣金例須與六叔春色平分。」我愕然曰：「如此非天一半地一半乎？」肥仔黃笑曰：「出來撈，你尚唔化。六叔與你無交情，非如此，下次你尚望六叔俾盤與汝乎？南北行經紀何止萬千，何須搵汝也。」我唯唯，至今猶覺肥仔黃有些靠不住，或肥仔黃想打份數耳。

中午訪翁君，並收到頂屋之餘欵三千元，即往訪張姑娘，予以二千五，此筆生意僅費兩日工夫，已賺千五百元，尚算馬馬虎虎矣。約定四天後翁君即入伙。張姑娘今日神色尤佳。我要她先立欠單三千五百元，交屋時交回欠單，蓋為憑信也。

晚應翁君約往渠俱樂部晚飯。囊欵在身，志氣頓長。至時已有麻雀一局，翁君在塲焉。我「聞衫一句鐘」，其中有人讓局，（料已上岸矣。）翁君堅拉我落水，此時身上有錢，早已手癢。不加推辭即入座。開牌之後一問，原來打五元十元，另兩臺花。心中默計，實在不小。一塲牌七八百元上落，然而既來之則安之，硬着頭皮，專心致志而已。

老妻常謂我之牌張甚「屎」，其實不然。今晚我大展身手，八圈完時，已贏三百餘元。先行食飯，飯後計劃再打。飯時靈機一觸，世無長勝之軍，得些好意如不回首，必然獵犬終須山上喪，立志已決，實行借酒遁，與翁君等為狂飲，飯未食完，我已詐作玉山頹倒，倚臥沙發，抱頭蹙額，翁君等訕笑我有酒膽無酒量，而我功已告成，袋了三百餘元勝利品，下樓坐的士回府矣。及今記此，猶覺得計。凡事貴乎隨機應變耳！

同局中有中年孫伯謀者，係海防庄司理，明日當訪之。一少年曰陳光彩者，同文街某顏料店東主，此人來頭不小，當須注意。

老妻及今仍未回，近來渠可謂超乎婦道，如不設法誥誡，前途不堪設想。

第二十日

昨晚回家後才想起同局打牌中之孫君，係海防庄少東，昨早長生豐之六叔非謂要海防之米糠乎？此正「合尺線也」也。計擬今日往訪孫君。今早再經考慮，與孫君交情尚淺，打牌一場，即往討盤口搵生意，未免唐突，太過寒傖。因決計今晚再往俱樂部。不料慘矣！

早訪肥仔黃於添男，渠再解釋六叔之事，謂大部份買手類皆如此，否則貴為買手，月僅一二百元之人工，食風乎？我曰：「此非黑市乎？」肥仔黃笑曰：「汝眞睇唔開矣！此街外錢耳！搵得來，大家駛可矣。」思之亦然。

飲茶後與肥仔黃數訪南北行之大字號，午間與肥仔黃品茗於清華閣，識鹹魚欄經紀方君。茶畢已三時，出門想往訪周二娘，自己有錢之時，亦分多少與周二娘用也。行至建國門口，忽遇翁君下樓，一把拉牢，就說要打牌去。並笑曰：「昨日汝之錢尚在否？請勿動用，今晚汝必須交回也！」不俟我同意，卽曳我登車，逕赴俱樂部。我以昨晚小勝，當可乘勝進擊，卽不然，用人拳頭打人咀，何傷也！

不料竟大出亂子。一到俱樂部，早已團集多人，請益之下，九成係上海佬，據翁君謂此等多係上海大亨，來港作寓公者，並曰：「汝找屋有辦法，此亦大好路也。」談不數語，馬上開場。執位之後，翁君始謂打「新張」，無奇不有。此種賭法，我雖早知道，但經驗則全無。正想提出反對。翁君侃侃然曰：「近日上等人皆打新張，昨日被迫打老張，眞是週身不自然也。」經此一說，我豈能反對，自認下流？只好照辦。

開牌之後，不出幾張，已輸滿和。只聽得上海佬唸唸有詞：「二八張，一般高，斷么，平和，自摸雙。」一翻牌，各人早已「數龍」，只好照數。看情形，幾疑是騙局，因快夾多番也。我只好提起精神，但技不如人，處處吃虧，原有五番，食出只得兩番，諸如此類，總之得個「笨」字，眞「老襯」矣！

由下午四時開始，一直打到八點半，打了十二圈。計算之下，竟輸去一千四百二十五元。傷亡慘重，如非昨夕贏牌，頂屋幾乎白做。飯後原想一不做二不休，再打幾圈，而上海佬等與翁君倡言往跳舞。其亦「借舞遁」乎？虧本太鉅，六神無主，拒往跳舞，乘電車返家。

老妻對「無奇不有」極有研究，非請教她不可。十時，但渠早已往打牌，只能留待明日再問。

第二十日

（補）老妻昨一時始歸，我原想發火，質問渠往何處去？但渠一入門即問：「今日我見張姑娘，知頂屋之件已成交。汝賺價若干？」我謂甚少耳！老妻悻悻然曰：「汝總忘記我一份歟？張姑娘之路乃我搭來者！」我笑謂彼此夫妻，何必計較？老妻一定要打份數，我只得謂賺價三百元，予彼百五十。老妻始滿意。實在我賺千五，連贏牌計千百八餘，昨晚輸回千四百餘，僅得四百，只可給彼百五耳。

交錢後老妻已轉怒為喜，我卽請教打「無奇不有」之道。老妻聞語大笑曰：「老張汝尚未打得好，尚欲學新張乎？拈錢去輸可矣！」我謂生意應酬勢所難免，近來獲識上海佬大客，不能不學無奇不有，此亦謀生技術之一也。老妻正式曰：「一言難盡，如汝有此應酬，汝帶我同去，替汝落塲，贏得二一添作五可也。」我明知再問亦無結果，只好作罷。

上床後，始查得老妻今晚去看大戲，看完去消夜。言時力讚新馬仔如何如何唱做俱佳，使人聽之作悶。我最怕老婆看大戲，尤怕看戲後講戲文，講伶工更難入耳。我乃中止其言曰：「我對大戲最冇癮。」老妻一聽又發火，曰：「你當然冇癮，飲茶索女招待則有癮矣！」老妻發火，無理可喻，惟有蒙頭而睡。睡亦不能過其火，於是把舊日我之異動，逐件複述，如數家珍。由大同之阿瓊講起，講到周二娘，又講到去找醫生，結果大哭起來。我眞想把她大罵一塲，一想又未免無理。女人不懂事自己懂事，由她去罵可也。一意閉目佯睡，堅持到底。老妻之聲氣較微時，我已眞入睡矣。

昨晚睡遲，今早起床晏。老妻哭腫了眼，想落太令她難過，渠不過去看一兩晚大戲耳！何必如此緊張？時間既不容往訪肥仔黃，亦無實事訪他，因為邀老妻在悅興飲早茶。千方百計，老妻氣始平復。早茶回家食飯，（此亦討好老婆之意耳！）預算飯後往找孫君。

飲茶時老妻大談戲經。（早十一時飯前補記）

第二十一日

早飯時，老妻倡議去看新馬仔，我雖不願，亦只好應承。老妻謂先往購票，約定我返家食晚飯。默計囊中餘資確已無幾，當不敢再去找翁君打牌，還是看大戲慰妻為宜。

飯後出門，決計去找孫君。到他的海防庄，果然唔到，當下先談天氣，後談賭經，我報告昨晚大輸經過，大事渲染。凡事吃虧之後，總要精神安慰。向人述說輸錢，亦提高身價之一法也。老孫大為婉惜，結果笑道：「新張無意思，全不講藝術。」我亦云然。

孫君一見如故，即拉我到金城五樓飲茶，老孫與女招待阿芳打得火一般熱，眞對面睇見牙烟也。找數時老孫一震廿洋，想落這個世界還是做女人過癮。席間我即問渠有米糠否？老孫果然謂有，我即問明價目數量，並返洋店中取貨辦。預計即往長生豐訪六叔商量。昨夜輸麻雀，其為偏財不發發正財乎？

不料在老孫店中坐談不久，翁君即以電話來找老孫打牌，老孫轉而邀我，我心中甚怯，而老孫堅邀，並通知翁君謂我在此，翁君即與我談電話曰：「相請不如偶遇，我正想找你。」我問何事？翁君曰：「因你係麻雀菜也！」為之氣結。我說不會打新張，翁君謂今日打舊張，我曰：「汝不謂不打舊張乎？」翁君大笑曰：「汝出來撈，何不化乃爾？」我想落確唔化，就連問翁君那一句亦屬唔化之一。

結果又到俱樂部，我想打舊張當冇問題，現欵雖不多，未必不夠也。不料人衰鬼弄燈，米少飯焦燶，四圈未完，已輸二百元，袋中數目，已差不多，勢色唔同，想話鬆頂，老孫曰：「豈有打四圈便走者！怕老婆罵乎？」出來撈不能唔化，惟有再執位。打完十二圈食晚飯，此時只輸一百幾，而牌風已轉好，因此飯後不俟老孫出聲，我已倡議再打，預料乘勝反攻，不難反敗為勝也。殊不知乃天亡我，最後八圈，竟再輸三百幾，共瓜得五百無零，圖窮匕現，只得欠賬，計欠孫君一百六十元，翁君一百。早知如此，不打此圈矣。

打完牌纔記得老婆約看戲之件，看鐘已十點幾，急極，卽乘的士返家，則老妻已久候至八時半去矣。既無留票在家，無可如何。念今晚又必有氣受，還是早早上床先睡為妙。

想起牌局，猶有餘痛。欠數不知如何可了，不禁急極。

第二十二日

昨晚上床，心中掛慮麻雀債，如何打觔斗？繼念天生人天養人，天下無不了之事，由他去罷。酣然熟睡。今日醒來，始知老妻昨日竟通宵未返，既疑且急，原想等她返來查問，一振乾綱，後來一想，還是提早出街為妙。否則查起昨晚失信，可是「一番焦慮」矣。

九時卽持老孫所予之貨辦往添男，走遇肥仔黃，十時半卽往長生豐找六叔，示明貨辦，報其價目。六叔笑曰：「此為縮骨孫之貨乎？甚難交易也。」縮骨孫乃老孫之別號，我聞而愕然，二仔底被人拆穿，幸而我未食價。再三商量，六叔謂下午回覆。我笑曰：「此街外錢耳！搵得來大家駛，六叔點話點好。」六叔拍我膊頭而嘻嘻笑曰：「好好！你下午給我電話。」

時已中午，一個人無處可去，順步至大公司，就在此午飯。遇皇仁同學盧君，盧君昔日甚豆泥，今則鴉路恤矣。握手言歡，原來此人甚多路數，據謂有好友在某署辦事。該署所管轄之商品甚多，且有貨物發放，因此極有聯絡，個中頗有滋味云，是亦一路也。當卽饗以 To-day's Suggestion 一客。

飯後三致電話與六叔，始獲接頭。渠謂一切須面談，我卽約之往太平館飲咖啡，縱談之下，原來確有肥仔黃所言之意。我當卽答允。雖然肉痛，無可如何，撈世界靠將來也。

六叔結果應承買入五百包，據謂與我初次交手，先行試辦。大抵係試試我是否眞熟性也。約定明日立單交易。我卽電知孫君，孫君又拉我打麻雀，我託詞謂有應酬拒之。想起麻雀賬，眞心焦。

晚飯前返家，老妻見我卽冷笑問我昨夕何處去？竟忘看戲之約。我反問渠何以終夕不歸？老妻微笑曰：「與男仔開房去！」我知渠實講笑，但我不便再問，一問就反使渠更得意矣，一笑置之，而心中忐忑不寧。燈下視老婆，年方卅許，未得云老。徐娘丰韻，尚屬可人，與男仔出遊，亦未必全無可能，為之惴惴不已。但我終未提昨夕之事，彼此尚相安。今晚，非想法子慰妻一番不可。

署名經紀拉，選自一九四七年五月三日至一九四七年五月十二日香港《新生晚報·新趣》

我是山人

三德和尚三探西禪寺（節錄）

閒話少提，言歸正傳，三德和尚為少林寺僧之表表者，曾長廣州西禪寺主持多年，西禪寺者郎今西門爛馬路之西禪分局附近故址，該寺為本市五大叢林之一，禪房深邃，寺貌巍峨，俗名稱劉裕德，惠陽人，父經商廣州為茶紙商，時挈裕德赴閩選辦茶紙。清雍正末年，年方十六，素好習武，拜拳師鐵拐為師，練就兩臂有四百斤之力，人乃稱為鐵臂膀劉裕德，劉父之店號設於雙門底，雙門底轉横，郎屬惠愛街，該街為旗籍人聚居之所，於時旗籍人勢力大盛，專與漢人作對，惠愛街內有旗籍拳師白飛龍，曾任黃旗軍統領，設館於惠愛街，門徒均為旗籍人。若輩平日恃強欺弱，在白飛龍門下學得兩三度花拳綉腿，更加如虎加翼，稍一不合，便輒拳頭相向，附近居民，畏之若虎，劉裕德觀此情形，心殊憤恨，這一日，劉裕德途經惠愛街，覩一小孩踏着蕉皮，倒仆地上，哇然大哭，劉裕德心殊不忍，趨前扶起，不料為白飛龍門徒佟六所見，竟指劉裕德，推倒該孩，一聲喝打，六七名旗人奔出，包圍老劉，拳脚齊飛，劉裕德不慌不忙，一退馬，背負牆隅，減少背後威脅，立正子午馬，嚴陣以待，佟六不識好歹，首先進擊，一標上前，一個泰山壓頂之勢，揮拳向劉裕德頭部冚上，劉裕德並未躲避，一揮手左手，迎住來拳，右手順勢執着其手，一送，把佟六成個抛跌尋丈外，頭撞石角，血涔涔下，劉裕德之技雖尚未至爐火純青，然而佟六即更為離譜，手橋既劣，馬步輕浮，故與劉裕德一交手，就被擊倒也。其餘六七名旗人，見佟六倒地受傷後，更加火上添油，怒不可遏，三面包圍進擊，劉裕德揮動雙拳，其硬如鐵，當者披靡，劇戰良久，六七名旗人無法貼近，其中兩名見勢頭不對，連忙奔回二十號白館，報告白飛龍，白飛龍者，前文經已說及，為黃旗兵統領，年已四十，生得濃眉廣額，身軀高大，胸部黑毛茸茸，聲如雷動，見者不待交手，早已懼服淫威，差幸劉裕德生來，亦與白飛龍一樣身體魁梧，面圓耳大，雙眼如環，鬍鬚滿嘴，絕不類商界中人，即其個性，亦粗老作風，不過粗中帶細，是劉裕德特長耳，當下白飛龍聞得門徒報告，連忙飛奔前來，一望，睇見一個十六七歲之漢族少年，面貌剽悍，在此耀武揚威，不禁大怒，即刻奔上，喝住眾門徒且慢動手，六七名旗人見師傅已到，大喜，因即跳出圈外，暫停進擊。白飛龍邁步上前，將及劉裕德，裕德舉起一雙斗大拳頭，突起對環圓眼睛，厲聲喝曰：「喂，旗下佬，嚟囉，多多唔夠死。」聲如雷動，有若洪鐘，白飛龍自念，自己之聲已經夠大，這個黃毛小子，其聲更大於自己，不禁為之怯服三分，論武家比武，先講胆，後講功夫，故有技擊低之人，往往擊敗老教頭，無他，胆正命平，已佔優勢，何況白飛龍之技，與劉裕德僅戰個平手，當下白飛龍被劉裕德一喝，不敢上前，退於五六尺外，劉裕德不待白飛龍答話早已直標上前，一個單龍出海之勢，左手護體，右手使出，直搗白飛龍之胸，白飛龍不敢怠慢，左手一個鬼王撥扇式，將劉裕得之右拳招住，右拳還擊劉裕德之左脅。劉裕德左掌一搭，搭實來拳，兩人竟搭起手橋，白飛龍運用兩臂之力，左手壓劉裕德，右手則盡力消解裕德攻勢，劉裕德適與白飛龍相反，左手壓白飛龍之右手，右手則為白飛龍所壓，白飛龍之手力亦有三四百斤過外，兩人勢均力敵，相持不下，各定睛細察對方之動作，腦中運用如何反擊，相持有頃，劉裕德素有鐵臂膀之號，白飛龍漸覺不支，兩臂初覺麻木，暗念此子年紀輕輕，橋力相當了得，相持下去，必遭不幸，乃突然一退馬，劉裕德已測知其變換手法，我丕一聲，一個卸橋，一個魁星踼斗之勢，挑起右脚，直向白飛龍中腹踼上。疾如閃電，白飛龍猝不及避，當堂被踼至丈餘之外，仰仆於桂香街口。斯時旗人愈來愈眾，達百餘人，擁塞於惠愛街內，一見白飛龍被擊倒，立卽各持武器，上前亂刺，劉裕德大怒，一個箭步，標埋桂香街口同合錢庄內，一手抓住店中掌櫃，該掌櫃亦為旗人，劉裕德左手捉住兩足，右手執着腰部，上下飛舞，如運用單頭棍一般，當作武器，一路殺出四牌樓，當者辟易，眾旗人不敢近前，任令劉裕德衝出重圍，殺至四牌樓下望見前面已無旗人踪跡，回身把該掌櫃一擲，向追者打去，人撞人，當堂撞傷兩個，掌櫃已氣絕斃命。

劉裕德解圍後，向四牌樓緩緩行來，轉出雙門底，揚長若無事，俄間街外一片喊殺聲響，人聲雜沓，大隊人馬殺至，路人相爭走避。劉裕德步出門前一望，黄旗軍百數十人，手執刀槍蜂湧而至，為首一人認得是黃旗副統領商虎。商虎率領軍士奔至，望望劉裕德，劉裕德雙手叉住腰部，大肚腩隆然高聳，商虎喝曰：「喂，你事頭劉裕德去邊？」劉裕德碌圓雙眼，答曰：「我就係，你想點？」商虎端詳了劉裕德一回曰：「蝦！睇你年紀輕輕，原來咁狠，打倒我地之白統領，左右，快些與我拿回營中。」眾旗軍正待上前，劉裕德大怒，一拳當商虎面部打去，轟一聲，打落門牙兩隻，口吐鮮血，商虎正想拔刀砍來，劉裕德一撲，乘勢按住左手，趕將入去，挑起右脚，望商虎小腹踼來，只一脚，商虎隆然倒下，劉裕德再入一步，踏住側膛，商虎竟不堪一擊，動彈不得，眾旗軍正待上前援救，劉裕德舉起大拳頭曰：「咪郁，郁親先打商虎。」商虎哀求曰：「喂，阿劉大哥畀吓面呀，我誓不敢再嚟咯。」劉裕德曰：「我老劉打硬不打軟，你既是軟，我就畀番二份薄面過你，走罷。」提起了脚，商虎連忙由地下跳起，不料當跳起之際乘劉裕德不備，一刀斜向老裕腰部砍去，直想一刀把老裕腰斬斷。劉裕德一閃，閃過刀鋒，順手執起門前木椅大呼一聲，向商虎迎頭拍下，商虎猝不及避，當堂打到血腦迸出，倒斃路上。眾旗軍見商虎打死，一齊吶喊上前，揮刀亂砍，劉裕德見不是路，連忙向南關方面逃走，旗軍乘勢入店掠刼一空，並懸紅緝劉裕德歸案。劉裕德逃出後，竄回惠陽，在路上尋思，原本想懲戒吓商虎，怎不料經不起一拍，當堂斃命，鄉間雖然暫可棲身，究竟不是長久之計，想起往年隨父親往福建辦茶葉，有位世伯林伯平。對待自己極好，何不逌赴八閩，暫避一時，另謀發展，因即拚檔行裝，取道赴漳州。不一日，來到漳州城外，問明了林伯平地址，一路行去，不一刻，望見了茶山山麓，一所大村莊，出現於綠樹叢中，莊外一道圍牆，小溪環繞如帶，水聲淙淙，黃犬迎人而吠，莊前一片茶塲，劉裕德隱約憶起此正是世伯林伯平之業，因即邁步上前，輕輕叩門，莊門開處，走出小僮一名，望望劉裕德，問曰：「找邊個？」劉裕德曰：「惠州劉裕德找林伯平，細路快的入去話。」小童諾諾連聲。反身入內。未幾，一六十許之老者扶杖而出，鬚髮皆白，劉裕德認得正是世伯伯平，連忙上前揖曰：「世姪劉裕德請問世伯大人安好。」林伯平磨沙老眼，詳視一回曰：「哦，我估邊個，原來你係阿裕，唔見你幾年，肥左咁多，入嚟坐。」招呼劉裕德入到客廳坐下，早有僕人獻上清茶。茶罷，林伯平曰：「阿裕，你尊翁呢？咁耐唔見嚟辨貨！」劉裕德曰：「家父已於昨年秋間去世矣。」林伯平憮然曰：「哦！你尊翁人事頂好，何圖不壽至此？可惜可惜。」劉裕德曰：「世姪在廣州闖出大禍事，想在世伯莊上暫避一時，未悉世伯心下如何？」伯平曰：「世姪闖出什麼禍事？」劉裕德曰：「惠愛街之旗人，時時恃強欺弱，漢人受虐者，已非一日，前日，姪行經該街適有一小孩仆倒，姪上前扶起，詎反被旗人包圍，將姪痛毆，姪一時手重，致打死旗軍副統領，是以不得不棄家亡命。」林伯平微撫其鬚，嘆曰：「昔年你父與我，親如兄弟，我時時勸道你父。教道子姪，要多讀書，却不料你父太姑息，而你個性又輕文重武，學得一身牛力，以至有今日之禍。此間雖然僻靜，但日久必有人知，汝且暫時住下，我為爾徐圖打算可也。」劉裕德大喜，林伯平吩咐家僕開西廂一房為劉裕德下榻。却說劉裕德逃去後，黃旗軍以副統領被打死，卽稟告總督衙門，出花紅白銀一百両，寫了劉裕德年歲籍貫形貌，四處張貼文告，緝拿歸案，不在話下。却說劉裕德在林伯平莊上，住了三個月之久，長日無聊，就在莊前茶場上，練習武技。一日，閒着無事，到漳州城遊玩一下，穿上黑京青布衫褲，薄底鞋，梳滑腦後長辮，一搖一擺，大踏步望漳州而來，一入城門，睇見百數十人圍着一張文告，劉裕德好奇心動，擠入人叢中看時，只見文告上面，畫上一張像片，圓頭大耳，滿嘴鬍鬚，劉裕德一見，咄咄稱怪，點解這張像片，與自己絲毫畢肖，但自幼未經讀書，一向習武，不知文告寫着什麼字，只聽得旁人讀着：「劉裕德，廣東惠陽人，年十七歲，在廣州打死黃旗軍副統領，畏罪潛逃，不論軍民人等，如有拿獲劉裕德者，賞白銀一百両，如有窩藏在家食宿者，與犯人同罪……」劉裕德未聽完，心中着慌，靜悄悄從人叢中攢出來，俺面而走，却不料已為守城軍士所見，突從後上前，雙手把劉裕德腰間一摟，攔腰抱住，四五名軍士拿草繩上來，劉裕德惡性頓起，一個包踭，早已撞正後面軍士腰部，唉吔一聲，當堂放手倒地。劉裕德拼命飛遁，軍士啣尾追來，一直離城六七里許，劉裕德四顧，盡是曠野，渺無人跡，遠望見四五名軍士猶手執砍刀岔息奔至，劉裕德暗想，若輩清兵，盡是銀樣蠟槍頭，怕你做甚？一不做二不休，來一個殺一個，兩個殺一雙。望見十餘丈外有間土地廟，旁有大樹一株，下置有大石墊四塊，以備行人憩息之用；即奔至廟前，竚立大樹之下，靜候軍士追來。俄而軍士追到，正待上前舉起砍刀，迎頭砍落，劉裕德突舉起大石墊，迎砍刀一格，轟一聲，刀砍落石墊上，火星迸出，軍士猶不知好歹，圍着劉裕德亂砍，劉裕德將石墊舞動，運用如飛，四五名軍士無從貼近，劉裕德突躍出圈外，舉起大石墊曰：「咪追嚟，追親則當堂打為肉餅。」眾軍士斯時方覺得劉裕德所舉之石墊重在五六百斤以上，不禁大吃一驚，不敢近前，任令劉裕德揚長而去，返回林家莊，不敢出聲。翌日，村中里正到查戶，林伯平已風聞漳州城外軍士緝捕劉裕德新聞，大驚，潛謂劉裕德曰：「世姪，非關世伯薄情，實因你之行踪已為人所悉，誠恐一日官兵到來緝捕，禍及全家，今特賚送白銀五百両，與你暫作盤川，另找他處安身可也？」劉裕德無法，只得受下白銀，執齊行李，離開林家莊，第年紀幼小戚友無多，不知何去何從。劉裕德離開林家莊，惘惘而行，不敢走向大城市，只向荒村僻徑行來。不一日來到一個小市集，烟戶約有五七十家，街頭掛招牌，寫上一個大酒字，劉裕德闖入酒家，借酒消愁，吩咐店伴取二斤江西迴龍酒，宰了一隻肥鷄，據桌而飲。時近黃昏，太陽一片金色，斜照街上，忽然來了一個和尚，年紀三十歲，身材與劉裕德相等，和尚入到酒家後，店伴紛紛上前扳談，似甚稔熟者。劉裕德望望酒樽已罄，叫店伴再拿酒來，怎知再問也無人答應，劉裕德滿腹牢騷，無處發洩，突然舉起斗大拳頭在桌上一拍，砰一聲，桌面板當堂折斷，店伴方趨前謝過。肥大和尚目不轉睛望住劉裕德，老劉此時正百般惱怒，厲聲喝和尚曰：「望實我做乜？唔通我面上有山水畫？」和尚笑曰：「衲看居士腰圓背厚，好似一隻牛，頭肥耳大又似一隻豬，眉目間殺氣太重，將來必死於刀劍之下。」劉裕德大怒曰：「禿奴，竟敢詆我為豬牛乎？」不待說罷，順手執起迴龍酒樽向和尚迎頭擲去，和尚也不閃避，擲中光頭，卜一聲，瓦樽當堂粉碎，定眼看那和尚，絲毫無損，哈哈笑曰：「居士草莽若此，非牛而何？」劉裕德更怒，從座位一躍而起，奔至和尚之前，舉起右拳，向和尚兜心撞去，和尚舉起左手招住來拳，右手連隨執着左臂，一拖，劉裕德當堂倒仆地上。劉裕德大驚，暗念自己拳力總有四五百斤以上，這和尚竟然一手招住，毫不出力把自己拖倒，若不知機，定遭毒手，當下不待爬起，就此跪在地上，叩頭如搗蒜。和尚笑曰：「居士武技膚淺，竟敢班門弄斧乎？差幸遇我，否則今日又開殺戒矣。」劉裕德曰：「大師在上，小子有眼不識泰山，望多多恕罪。」和尚曰：「居士究竟何方人事？怎會流浪到此窮鄉僻壤來？」劉裕德回顧見有店伴在旁，不便說話，只得長吁而嘆。和尚曰：「衲覩居士相貌，一定有苦衷在抱，此處不是談話之所，盍隨衲來，指示居士一條光明之路。」劉裕德自念無處棲身，只得唯唯連聲，起立收拾行李，會過酒賬，隨和尚而行。一直行至墟外之土地廟，和尚引劉裕德轉入左便客廳坐下。和尚曰：「居士頃間出手，好像吾門家法，敢問貴師為誰，緣何流至此地？」劉裕德曰：「說起來慚愧，敝師林鐵拐，僕廣東人也，因與旗人爭鬥，一時手重，打死黃旗軍副統領，經清廷緝捕，亡命入閩，現四海茫茫不知何處是我歸宿？」和尚合十曰：「阿彌陀佛，今日遇見師姪，尚幸衲素性謹慎，否則無以對林鐵拐師弟矣。」劉裕德曰：「大師竟與林師傅同門乎？大師法號，可否領教？」和尚曰：「衲法名圓空，尊師林鐵拐，於廿五年前，曾拜少林寺至善禪師為師，於時衲尚屬小沙彌耳，與尊師性情投契，誼若兄弟，後尊師技成下山，不通音問已久，尊師消息奚若？」劉裕德曰：「林師傅前在惠陽分手，迄今三載，亦無消息。」和尚曰：「師姪你從師習技，日子甚淺，尚未窺得堂奧，納今介紹你至少林寺，以竟全功可乎？」劉裕德大喜，當即下拜叩謝，圓空和尚曰：「今晚月色清澈，正好夜行，衲與師侄起程上山可也。」子時，圓空先行領路，劉裕德背負包袱，緊隨其後，行約炊許，一山屹然直立，夜色迷茫中，月影玲瓏之下。圓空指山半一古寺，謂劉裕德曰：「師姪，此卽少林古寺，尊師林鐵拐之出身地也。」劉裕德早聞少林寺僧武技高強，嚮往已久，今日無意中得遇寺裏高僧，願賜收錄，喜出望外，疑在夢裏，迨舉目細視，則叢林隱約，山靜月明，固非夢幻也，二人既登山，小徑迂迴，奇峯突兀，圓空步履如飛，足力殊健。劉裕德初則緊緊追及，漸而氣喘足軟，落後數十丈。圓空顧謂曰：「師姪，納謂你功夫，實固膚淺，已可見矣。」劉裕德不暇回應，只顧前行，時將三鼓，月到中天，漸覺山風虎虎，岫雲冉冉，少林寺赫然在望。圓空領至寺前，一幅圍牆擋路，圓空手掠袍角，聳身一躍，竄過牆角，劉裕德望見牆高三丈，無法扳登。圓空俯視，見劉裕德狼狽之狀，笑曰：「師姪隨我入來可也。」劉裕德曰：「寺門在何處？」圓空曰：「此處就是門口。」劉裕德曰：「牆高數仞，叫我如何得上？」圓空曰：「此是少林規矩，凡初入山門者，例經此門，若師姪無能過此，是卽膚歷尚淺，無法領會少林眞諦，請卽下山可也。」劉裕德大恐，自念己身四處流浪，正感前路茫茫，得一安身之所，又復無可入內，注視圍牆，磚大如（ ）（ ），惶念間，心生一計，因卽放下包裹，抽起褲脚，跳近圍牆之下，立定一個子午馬，運用全體氣力於右腿上，我妻！右脚飛起，向圍牆一掃，隆一聲，火磚當堂跌落兩個，劉裕德大喜，又復一脚，踢成一大窿，劉裕德拾回包袱，蛇行而入。圓空已從牆頭翩然落於牆內，笑謂劉裕德曰：「師姪天生神力，尚可造就，你宜先習硬工，三年有成，為後再習其他也。」牆內一片曠地，陳列石銷石墩數十，曠地盡頭處是佛殿。圓空引劉裕德入殿前，殿上懸一紅漆金字木匾，上書虛無境界四字，轉左為廻廊，從廻廊間入，禪房深邃，寂寞無聲。圓空領至一室，着劉裕德卸下包裹，圓空曰：「師姪今夜在此休息，明早卯刻起來，我來與你拜見師傅。」說畢，圓空自去。

劉裕德終日奔波，頗覺疲倦，上床休息，一覺醒來，圓空已兀坐床前，劉裕德連忙爬起，叩謝請安，圓空曰：「師侄如此貪睡，何以久居我門，以後寅末卯初，天尚未明之際，卽須起床，隨眾師兄學習，否則師尊一怒，逐出山門也。」劉裕德唯唯，圓空曰：「少林門下，向分內外兩家，因至善師尊恐少林門下，不少帶髮學技者，學成之後，輒恃技淩人，故少林獨傳之秘，向不傳授此等人，是謂之外家。品行純良，學有心得者，至善師尊認為可造之材，盡將少林秘技傳授，謂之內家。師侄，你硬功已有相當造詣，獨惜你之硬，只是父母生成，對於武技精微之處，尚未領畧，納帶你往見至善師尊，你宜虛懷若谷，切不可暴躁，希望師尊收你為內家弟子，則可盡得少林秘傳武技矣。」劉裕德大喜，圓空乃領劉裕德至方丈室，至善禪師趺坐蒲團上，圓空上前施禮稟曰：「廣東惠陽劉裕德，少年失父，貧苦無依，生有一身氣力，伶俐聰明，弟子慈悲為懷，特自帶返寺中，謁見師尊，萬望賜予收錄，許為寺中一小沙彌。」至善禪師張目一望，見是本寺知客僧圓空，乃曰：「圓空，劉裕德現在何處？」圓空曰：「現在方丈室外，等候師尊呼喚。」至善禪師曰：「可領劉裕德來見我。」圓空乃喚劉裕德入，至善禪師詳視一回，看見此子身材魁梧，相貌凶惡，便道：「劉裕德，納看你面帶殺氣，目露兇光，一定闖下了一件彌天大事，無處棲身，才投入我少林寺。」劉裕德聞言，暗吃一驚，心念此和尚眼光利害，一看便知往事，只得照直講出，至善和尚曰：「納看你雖然逞兇殺人，但宅心忠厚，動機仍是好意，你先在本寺打雜一年，看你成績如何，然後再定行止，你領劉裕德去依法行事可也。」圓空唯唯，領劉裕德返回西便房中。劉裕德問圓空曰：「師伯，點樣叫做打雜？」圓空曰：「此是少林寺規矩，凡初入門者，先替寺中做打雜差使，一年之後，再做斬柴担水搬運木石苦工，又是一年期滿之後，再指定一種極笨重工作，日日練習，如是過了三年，由師尊考查其人平日行動品性勤惰，再定去取，現在師尊既肯收錄你在寺中做打雜，你要勤慎小心做事，以免被逐出山門也。」劉裕德性好習武，恨未得名師指點，見至善禪師肯收錄，滿心歡喜、果然勤慎做事，每日掃地煲茶，匆匆又過了一年，第二年，劉裕德還以為斬柴担水，工作更為辛苦，因為寺中規矩，每人每日要斬柴三百斤，担水五十担，不許在山中吸取，要從山下河上担來，有監寺在旁監督，不容偷懈；起初劉裕德覺辛苦，但幾個月以後，安之若素。如是又過了一年，直至第三年圓空引劉裕德至寺後曠地上，曠地之左邊，植着一株大樹，樹幹周圍三四尺，綠葉婆娑，圓空謂劉裕德曰：「你每日用左右手向樹幹橫劈，須在一年之內，將大樹劈斷，否則依然不收。師侄，好自為之也。」劉裕德伸手劈樹，屹然不動，雖然天生神力，亦無法劈斷，但習技心切，自念持之以恆，必能達到目的者，乃於每日晨起，趨至樹旁，伸手亂劈，不覺臘月以至，殘年垂垂盡矣，劉裕德心中惶急，深恐被擯下山，則三年來苦工廢於一旦。除夕清晨，打雜已將寺內打掃清楚，準備於元旦日至善禪師升殿，頒佈寺中規則，檢討各徒武技，圓空巡至笑曰：「師侄，三年之期至矣，成敗得失，在此一日，我看你天生神力，何不使出看家本領。」劉裕德靈機一觸，卽刻退後五七步，運用全身氣力于右腿，狂奔上前，大聲一喝，如虎吼雷鳴，一腳橫掃樹幹，迫然一聲，大樹應聲而折，再一劈，當堂分而為二。劉裕德大喜，圓空笑曰：「師侄之硬功，經過三年之鍛鍊，進步許多矣，今夙三鼓，至善禪尊升大雄寶殿，你在房中候我，領你上殿受戒可也。」劉裕德大喜，奔回房中。是夕，圓空和尚果然帶劉裕德至大雄寶殿上，僧徒五六百人，分兩班侍立，殿高十丈以外，中間正樑上，懸着一盞鎮山萬年燈，周圍四五尺，燁然生光，蠟炬高燃，照耀如同白晝。俄聞鐘聲三下，至善禪師就殿上正中禪椅盤膝而坐，早有監寺僧宣佈，是年入寺學技俗家一共三十六人，及格者洪熙官童千斤劉裕德三人，照寺中規矩准該三人正式拜至善禪師為師。知客僧圓空卽命三人上前，叩謝師尊收錄之恩，劉裕德上前跪下，殿角西便亦閃出兩少年，跪於劉裕德之側。至善禪師輕舒禪眼，謂三人曰：「汝等慧根夙具，刻苦耐勞，堪為我少林弟子，自今日起，正式收錄為徒，一切法度，皆照吾門規矩，努力幹去，勿怠勿忘，劉裕德個性兇頑，命中駁雜，惟心地剛直，上應天星，理宜皈依我佛，一洗兇頑之氣，免除孽障邪魔，他日正果非凡，久候自得清淨，按日披剃，俾佛法感召，得成正果。」劉裕德再三叩首，退立原位。第二日圓空已備辦好一切物料。縫好僧衣僧帽，袈裟度牒，至善選了吉日良辰，就在大雄寶殿上，敲鼓鳴鐘，聚集了全寺僧人，分兩班侍立，合什作禮。圓空引劉裕德向至善法座禮拜已畢，淨髮人先把劉裕德頂上長辮，分成九辮，手執剃刀，一刀一刀把頭髮盡行剃去。圓空手持度牒呈上至善法座前，請賜法名，至善取過度牒曰：「無邊佛法，助我功成，靈光一點，三德其名。」至善賜名已罷，書記僧把法名寫在度牒，交與劉裕德收藏。自後劉裕德正式在少林寺落髮出家，法號三德和尚。你道三人之中，緣何單獨要劉裕德出家，原來至善禪師知劉裕德，一者已經犯下殺人大罪，經清廷懸紅緝捕，倘若出了家，按律免予追究；二者劉裕德生成草莽，借用佛法把他性情融和，變了一個善良的弟子；三者至善禪師最愛劉裕德那一種爽直豪邁的人物，蓋至善禪師之意，簡直想把少林寺變成了一個反清復明之根據地，劉裕德力雄體健，刻苦耐勞，至善禪師已看在眼內，故意特要劉裕德落髮為僧；而洪熙官童千斤，則仍帶髮習技也。劉裕德落髮後，賜名三德和尚，就在少林寺中跟隨至善師習技。

選自我是山人《三德和尚》，香港：陳湘記書局，缺出版日期，
據資料原刊於戰後廣州《七十二行商報》

司空明

半夜茶

廣東人的説法，這是一家「半夜茶居」。店子座落都市心臟的齷齪小街中，擺上幾張雜木桌子，十多張板櫈，店子實在太淺狹了，有兩張桌子還伸出門口，佔據了街道的三分之一。店裡當中供奉了一位關爺爺，粉牆上貼滿了「抵食大飽」的紅條。深夜的海風吹不到這兒來，昏黃燈光下老是瀰漫着熱氣；不知道是茶壺嘴還是那些赤膊茶客們身上蒸騰出來的。

三輛黃包車停在門外，三個車夫望櫈子就坐下去，不約而同的噓了口氣，茶博士提着銅水壺，笑問一聲：「今晚這麼早就收車了？」

「兩點鐘了！歇歇再說。」

跟着三個人一致把充滿汗臭的布巾子扇着，大口大口的喝着茶，那剛剛從炭爐上倒出來的開水像是雪藏的。

這邊，靠櫃台坐着一個穿着較為乾潔的漢子，正拿着一份小報怪有味兒的看着，不斷搖擺他那雙穿了膠拖鞋的脚，隔座幾個苦力模樣的似乎茶喝得太多了，在高聲談論着。再過去是一個看相賣卜先生獨據一桌，他把石油燈和布招牌放在桌子上，故意使別人曉得他底行業。那個全店裡的唯一的茶博士，跟他聊天，頗有揩油看個全相的企圖。

「丟！鬼子佬有寶？」一聲叱喝引起了全部的注意，原來那幾個苦力的辯論起了「高潮」。

「我說：替洋鬼子做工好，……」說話的見引起別人注意，便放開嗓子讓別人也聽到他的「偉論」：「一點不錯，譬如我被僱在艦上洗甲板，待遇好，洋水兵有時還拿東西給你吃，這不必說，他們的工作有規定，不會偏勞你，這就值得你佩服了，再說，在艦上我們手裡拿着東西時，艦長也要讓路，你說多神氣……」

「正式洋狗仔！丟！」不待他說完，另外一個接口就罵：「好？好就不會有人鬧罷工。」

兩個雄辯家都有些面紅耳赤了，這當兒，那看相先生却出來自任和事老：

「朋友！算了吧！橫直是做工，只要有飯吃有得『撈』就是，大家中國人……」

街外，一個賣唱的拉着椰胡琴經過，嗚嗚啞啞的哼着潮州腔，給坐在門口的三個手車夫叫住了，坐下來，高聲出賣着他的鄉思。

椰胡琴截止了雄辯，也暫時給這班半夜茶客以一點熱鬧，他嗚嗚啞啞的拉着，像要拉長這個怪熱悶的夏夜似的……。

選自一九四六年八月十七日香港《星島日報・星座》

時代曲

懷着「觀光」的心情，我走上一家茶樓的「音樂茶座」。幾把吊風扇撥不開複雜的聲浪，也撥不開從顧曲者身上與烟捲上或茶壺嘴所蒸發出來的霧氣。那擺上十多個花牌的歌壇，幾個「音樂名家」彈奏着他的獨白，歌壇下，有咬瓜子聊天的，有把一條腿擱在椅上的，有看曲本或是讀小報的。咬瓜子聲，談話聲，跟壇上的廣東調子湊成一支矛盾交響曲。

在這樣的地道的音樂氛圍中，獨個兒喝喝茶，咬咬瓜子，看看旁人，我有點莫名的惆悵！聽了兩隻咿咿啞啞的粵曲，給幾聲「哥哥呀」的浪調所挑動，看兩個媚目四射的女伶各自表演她賣唱的「手法」，已使人感到頗夠「抒情」的了。

歌壇上，這時宣佈一個認為隆重的節目：「黃粱小姐獨唱時代曲」，壇下似乎頗起些騷動，那大概是「注意」的表示。壇上的洋大鼓也開始表演它的聲威。

一把秀髮向壇前閃動了一下，雙手微微的按着淡黃色的胸前，翩然的風度表示她委實跟哼粵腔的有點不同。我的視野從那豐滿的嘴唇開始，在那張粉臉上打幾個圓圈，呵，怪稔熟的一個美麗的面孔。

眼前頓然泛起回憶的漩渦，那有點頑皮氣的小嘴，曾經唱過「松花江上」、「義勇軍進行曲」那飽孕曲線的淡黃色的「嬌軀」，也曾穿過臃腫的棉軍衣，從前X戰區政工隊隊員王幗雄，如今，她却是唱時代曲的歌伶黃粱小姐了。

面對這一窩未熱的黃粱。我呆住了！

一陣叫好的喝采跟掌聲遏止了思潮，我看見那隻淡黃色的夜鶯滿不在乎的飛落茶座中，怪妖媚的用眼睛去跟人打着招呼，終于，她停在我隣座的桌子上。

「唱得眞好！」一個「周郎」涎着臉對她誇讚。

「你賞面……」她撚起一根烟，狠狠的抽了幾口：「今晚這麼早？」

「知道你有節目，趕來捧場。」那人依舊涎着臉，像饑民看着一塊肥肉似的神氣，眼睛充滿了「冒火」。

「眞好人！」她笑了一聲，用紅指甲愛嬌地敲了敲那人的手背。

那「好人」在她耳邊親熱地噥唧着，跟着是一陣肉麻的怪笑。

「伙計……」我耽不住了，掏出結賬的錢。

這一聲引起了她的注意，望過來，發現了我。

喉嚨裡「呵」了一聲，她蹦跳着走過來，那是「政工娘娘」態度的殘餘。

「我第一次來聽這種音樂，也在這裡第一次碰到你！」我說。

「唔！」她眼角瞥了一下隣座，低聲對我說：「我沒有節目了，和你到外面談談，好嗎？」

點了點頭，放下五塊錢在桌子上，也放下了許多妬嫉的注視，我帶走了這頭夜鶯。

默然地踱過夜之街，從中環街市走到統一碼頭，傍着她，我硬着心腸去容忍那一陣陣淡黃色的嘆息。

「你也該諒解我吧！」她耐不住了，畏縮地在昏暗的路燈下窺視我；「過去的一切，你都知道的，華離開了我，他到桂林，我跟踪到桂林，他到重慶，我跟踪到重慶，可是，一直碰不到他，聽說他又結婚了。為了這，我跑回當時還未光復的廣州，就搞上這門職業，唉！……」

望了望那雙一樣媚人的眼珠子，它飽孕着淚水，我只好陪她一個鉛塊一般的太息。

坐在碼頭的梯級上，那團秀髮搔着我的頸，她幽幽地說：「那時……那時，假如你不讓給小華，我不致……」

海面燈光處處，繁星滿天，傍着這一窩黃粱，想想：自己何嘗有夢？

八年烽火，而熔爐裡鍛煉出來的却是一個淡黃色的嘆息。

八·一九燈下·香港·

署名謝無咎，選自一九四六年八月二十二日香港《星島日報·星座》

題壁

山徑狹小，滑杆顫巍巍地在峭壁之間走過，太陽下去了，山裡倍增寒意。陸放翁坐在滑杆上，眼睛給姿態萬千的山色餵飽了，有些疲倦，這時不大願意睜開來。腦袋不知道是給滑杆顛簸了還是詩興頓濃，老是搖擺着。

「下！……唏……」

一聲叱喝，這位老詩人才抬起頭來，屁股那兒給頓了一下，眼前，已是一間驛舘了。暮色中，這古舊的驛舘愈見蒼涼，矮簷下，一塊殘破的木牌，歪斜的寫着四個字，隱約看得出是：「泯西古驛」。

「嘩！你老……」那個頭上纏了塊白頭巾的老驛卒迎了出來。拱了拱手，放翁熟習地走進那尺多高的門檻，立刻就嗅到一股松子香，他知道是老驛卒又為他準備山茶吃食了，微笑着。一年前的清遊，現在是再番回味了。

坐在有點冰冷的炕上，他的疲倦早已消失了，靜靜地四顧蕭條的粉牆，尋覓到幾行字，就走近去看：

「玉階蟋螽鬧清夜，
金井梧桐亂故枝；
一枕淒涼眠不得，
呼燈起賦感秋詩。」

放翁負着手，喃喃地朗誦了幾遍，他彷彿也感受到一點秋之惆悵了。

他回過頭來，看見那老驛卒正在呆呆地望着他，他勉強的笑了笑，桌子上早已擺設着吃食，默默地坐下來，默默地向老驛卒舉了舉盛酒的木杯子，深深的喝了兩口，舉起箸朝那盤春筍辣子雞，夾起一塊來，咀嚼着，他，腦海裏正咀嚼着一個人的韻味。

一年前，他看中了那首題壁詩，也就看中了那個嬌小的詩作者——老驛卒的女兒，納了做妾，可是，不夠半年，這知音的侍妾終於給他的惡妻趕走了。那個悍婦的理由是：「兵荒馬亂不養妾」。

「哎！」他微微地嘆了口氣，頻頻地喝着酒。借點酒意，他問老驛卒道：

「玉兒，她，她怎麼呢？」

「給萬縣長老會一個頭兒娶去了。」老驛卒低着頭。隔着酒杯，那雙老眼有點潮濕了。

酒冷了。兩個人都像無力舉杯，整個驛舘死般沉寂。

山驛暮春，風嘯猿啼，還加上杜鵑的哀叫。這一夜，詩人是一頭腸斷的杜鵑了。

署名謝無咎，選自一九四六年八月二十四日香港《星島日報・星座》

仇章

香港間諜戰（節錄）

三

像瘋子似的日本軍閥發動下的所謂「大東亞戰爭」，當它燃燒到太平洋上英國殖民地裡的時候，香港的扯旗山頂，一面似還驕傲的大英帝國底米字旗，尚在旭日初昇的清晨中飄揚着。

這時候，滿腦子滾着「皇家」印象的「香港華人」，和自大驕矜的「殖民地的英國人」，還是酣睡中追求他們的美夢，不錯，這些白天做夢者，却深信了英統帥部祇有殖民地的人們才相信的不實際的宣傳，甚麼的香港是英國遠東的堡壘，亞洲的觸角，太平洋上的軍事瞭望台。

十二月開始後，香港似乎也在提心吊膽中，三日來了一次大規模的防空演習，駐港英空軍三中隊，偽作敵機向香港主要目標爆炸，防空隊失敗。四日發動全港巡捕，勸居民疏散：可是沒有一個居民去理會他。

人們漸漸地對香港起了懷疑，跟着有點騷動，這騷動延到第七天的早上，誰知道今天就是百年來香港最恐怖的一天？

季候雖然躺進隆冬，但熱帶的天氣，還是悶熱逼人，在晨光僅放的馬路上，那些雖似英姿奕奕的 A.R.P.（Air Raid Precaution）的防空隊員，從倥偬緊張的行動上，就會使人擔心今天的局勢有些變様，本來禮拜天的晨早，馬路上一往是肅穆的，但今晨確令人懷疑了，各路電車和巴士，擠滿威風十足的加拿大軍隊，和穿着草綠色的制的防空人員，今晨的香港，却給這些作戰人員在百年中僅有的點綴着，其實香港眞的轉入戰時狀態嗎？恐怕連駐港的英軍司令部對這問題還在發呆中，各國秘密派駐香港的間諜，加速他們的冒險和活動。

中國方面派駐香港的第五號特派員，他是英軍司令部和香港政府的主要聯絡員，對香港的保衛戰，他花過很大的精力，香港當局，是少不了他的。

第五號特派員為了要守候他的助手十三號情報員，從半山羅便臣道秘密電台轉來的消息，大概他為了昨晚的工作過於繁忙吧！很疲憊的在麥克格杜的辦公桌上抽了一支雪茄，離開了尚算靜寂的遠東情報部，轉上告羅士打行最高的陽台去瞰視港灣底動態。

曖昧的維多利亞灣，在今晨也太使人難堪了。港口一片靜靜的汪洋，點綴着那擾亂秩序的船隻，它們都是奉了香港政府的戰時緊急命令：「大小船艇，即日離港」。就是漁民們的小木船，也被牽累到一起划進指定的海灣裡躲避起來。

今天是英軍司令部實行澈底「清港」的最後一天，卸了貨物及客人的昌興、太古、渣華、渣甸等輪船公司的留港商船，大部份向鯉魚門駛出港口，但他們開到哪裡去，祇有天才曉得。

他提着望遠鏡，迴視着維多利亞灣海面，一種深灰而渺茫的景象，替香港增上一層恐怖的顏色，在昂船洲那邊海面，錯雜着幾十艘小型汽艇加緊敷設水雷，他耽心這龐大的目標，會給干諾道西那日本特務機關主持的大阪商船碼頭底日本瞭望台發覺，無形中就給敵人不少方便，最後，他把望遠鏡眺視着尖沙咀那邊的九龍車站，站上的鐘樓，還差五分鐘便八時了。

為了八時正就是他跟十三號約定會面的時間，他突然注意到馬路上擠着很多不知從可而來的工程隊，像感觸了甚麼似的，匆匆跑回三樓遠東情報部去。

當他轉到會客廳裡，還沒有看見十三號轉到情報部來，心裡很鬱悶而又很掛念的跑入電話間裡，打算向羅便臣道的半山情報台探問她的消息，他很機動地在電話機上的字碼旋轉的時候，一張十分刺目的英軍司令部張貼的軍事宣傳廣告，從視線中透進他的腦際，使他警惕地把聽筒放回電話機上，深怕由電話機上會給了敵人的線索。

這是一張印有中英兩國文字的三色美術廣告，確使盟國間諜觸目驚心的。

Hitler Near You!
希特拉在你身旁！

他離開了電話間正在躊躇中，十三號臉露惶色的跑進遠東情報部來。在緊張的態度下喘着氣，這不得不使他憂慮着目前香港的命運，和太平洋上的戰爭會突然爆發的推測。

「幹嗎這樣忙？消息不好嗎？」第五號特派員呆視着他那惶恐的樣子，很焦急地問。

「據證實的消息，野村來栖跟羅斯福總統的第三次談判，也是決裂，同時羅斯福以美國總統的地位，曾經致書警告日皇，在國際立場來，這簡直是丟盡日本軍閥的臉！」十三號過於疲倦，躺進安樂椅裡嘆了一口氣，沒理由地咒罵着：「這實在是個恐怖的屠殺世界，不，其實是個二十世紀最殘酷的血肉時代……」

「看你又來這一套了，要是美日談判眞的決裂，這個所謂的天皇全權大使野川來栖，不是糟糕了嗎？」

「當談判決裂的時候，在白宮被扣留了！」十三號很肯定的向他點了點頭，證實這消息是靠得住的。

「野川來栖不是羅斯福的親戚嗎？同時他是個全權大使，這消息還要考慮考慮吧！」

「這不一定，因為羅斯福發覺野川來栖的使美，並無眞誠，純粹是日本軍閥的外交陰謀，說不定是日本軍閥那詭計多端的緩兵政策，他們對中國的侵畧戰，無論蘆溝橋之戰也好，上海之戰也好，還是丟不了這一套兒！」

「緩兵政策？好一個陰謀手段！關於日本艦隊的最新行蹤，第一號訊台有情報嗎？」第五號特派員把這問題推想到另一方面去。

「今晨五時三十分，第一訊台收來的情報，都是使人意想不到的，也許遠東情報部的消息，比較充實一點吧！」

「很苦悶，這邊一些消息都沒有，根據麥克杜格說，這幾天來，連遠東情報部的情報，也得受倫敦統帥部所統制，說不定將來日本飛機進襲香港的話，連放警報這樣小小事情，也得請示統帥部呢！」第五號情報員諷刺地露出一種不自然的冷笑。

「昨晚深夜，第一訊台已經證實日本軍閥三天內就要在太平洲上起了動作，大概這就是實行他們所謂的大亞細亞戰爭，把白種人驅逐出亞洲，太平洋整個英美殖民地，當然是軍閥進攻目標。」

「第一訊台根據甚麼事實，證明日本軍閥在三天內要發動南進呢？」

「很明顯的，在來栖使美的前一日，日本十五艘巨型潛艇，已由橫須賀出發，向檀香山方面秘密前進，跟着第二批魚雷母艦八艘，航空母艦五艘，驅逐艦二十艘，昨晚已抵達珍珠港海外。」

「還有其他消息嗎？」

「最近東京開了一個海陸空軍秘密主腦會議，決定南進的遠征軍司令！」

「人選決定了嗎？」第五號特派員更着急的追問，他認為這樣的消息，已到了千鈞一髮的時候。

「決定了！由本間中將任菲律賓軍總司令，山下奉文中將任馬來亞和星架坡聯軍總司令，酒井中將任廣州九龍香港聯軍總司令，原清中將任南侵艦隊總司令……」

「酒井中將就是那個二十一軍軍長嗎？山下奉文是不是曾經在廣州新華戲院炸他那個嗎？這個壞東西逃出了我們的炸彈圈子，也算他有福！他們現在到了甚麼地方呢？」

「酒井中將五日抵達深圳，在深圳曾經召開軍事會議。山下奉文跟原清中將，已乘南侵強大艦隊越過法屬安南，冋南繼續挺進。」

「菲軍總司令本間中將的行蹤呢？」

「尚待查探！不過菲律賓是美國殖民地，美國有兩洋艦隊，我看日本軍閥沒有這樣斗膽，一起向英美襲擊或宣戰吧！」

「這很難說，日本這個小鬼挺喜歡走險，他在國際間列入頭等强國，就是他對中國政策走險成功，他不會把全部艦隊向南進擊的，夏威夷，中途島，都是美國心腹大患，可憐遠東情報部，仍是痴迷迷的做着他們『大X帝國』和『海國之父』的酣夢，我十分替他難堪，大敵當前，連一點消息也找不着。」

「對的，日本艦隊漸漸向他的殖民地包圍，英美眞正的實力，怎樣去答覆敵人和告慰盟友！這次可算是一塊試金石了。」

「日本南侵主力，調查過嗎？」

「約有大小艦艇一百五十餘艘，小型魚雷艇五十艘，魚雷轟炸機五十架，陸軍二十萬，戰鬥機和轟炸機未詳，另第二批陸軍二十萬，亦已向南繼續挺進。」

「留駐星架坡英方主力艦隊威爾斯親王號和里伯爾斯號的消息怎樣？」

「很可憐，英本部的大西洋艦隊不敢移動，地中海艦隊給德義聯合艦隊牽住了，這兩艘孤單的主力艦，怎樣能夠應付得起敵人的強大艦隊和五十艘魚雷艇，五十架魚雷機？」

「沒有航空母艦嗎？」

「情報裏面沒有記載。」

「我認為日本的航空母艦，在初期破壞性的侵略戰中，它會集中珍珠港和中途島，這兩個地方，是美國的門戶，但也是日本的門戶，那裏有堅強的軍事建設，日本要花重大代價才能對它破壞或佔領，現在南侵艦隊也缺乏航空母艦，這些母艦一定是向珍珠港或中途島進襲的。」

「這樣說：珍珠港，中途島，香港，星架坡，菲律賓，馬上便成問題了。」

「從現在起，不祇珍珠港，中途島，或香港，星架坡，菲律賓成問題，就是整個馬來亞，印度，緬甸，蘇門答臘，婆羅洲，澳洲，和新幾內亞等地方，隨地都有被襲的資格，尤其是目前那風聲鶴唳的香港，會首當其衝。」

「你以為印度和緬甸會跟香港同一命運嗎？」

「當然呀！日本軍閥要進攻印度，必先攻陷緬甸，要攻陷緬甸，首先要佔領香港，可憐英統帥部還在發癡，以為默許日本進奪安南，得向緬甸緩一步攻，即使馬上進攻，今日之泰國，尚可做日英兩國的緩衝國，把實際戰爭移進泰國去！怎知敵人的特務機關，早已看清楚了，用威迫利誘的手段，把泰國收買，同時雙方訂有軍事密約。」

「不過日本軍閥，還沒有向美英宣戰！」

「他們的把戲，都是不宣而戰的，說不定會突然向英美駐遠東的實力偷襲了，才再補行宣戰手續也有可能。可是今天的香港，也許明天，最遲也總逃不出三天吧！」

「三天後的香港怎樣呢？」十三號極不自然的注視着他那緊張而嚴肅的臉孔。

「我敢判斷敵人。一定進攻香港！」

「哪裏進攻？用甚麼進攻？」

「他用不着海軍，也用不着空軍，主力還是陸軍，同時斷定他必從新界那邊，向九龍半島推出，直把英軍攻至九龍灣（維多利亞灣）為一個段落，再由九龍進攻香港為本島為二段落。」

「香港的戰爭，這樣就爆發了嗎？」

「對的，這不只香港的戰爭就這樣爆發，英日之戰，亦從此展開，這是敵人對香港必然的處置，也是深圳那邊的敵軍的必然的動作！」

「香港政府和英軍司令部，不曉得知道這情形沒有？」

「反正英統帥部，總會告訴他們，只不過遲一點吧！在目前的香港，雖然到了大敵當頭的時候，可是，惡劣的環境，駐港的英軍當局，還在憧憬着他們的太平美夢！」

「麥克杜格認為怎樣呢？」

「哼！這位所謂英國派駐遠東的情報部主任，我簡直不敢向他領教的！要是敵人的炸彈，還未落到維多利亞山的話，敵人的重炮，還未擊中告羅士打行的話，換句話說：就是他的身體未受傷之前，他始終不會覺悟過來的。」

「你看香港當局，有沒有作戰準備和決心？」十三號進一步詢問，他希望香港總不會給他們認為這樣懦怯無能。

「香港當局，有作戰準備，但統帥部在遠東，沒有作戰決心，他耽心支持兩洋之戰，是有可能失敗的。不過很難說：X國人的表面示威工夫，是足夠自傲和壓服弱小民族，所以要說他有，實在不大像樣，假如說他沒有，又似乎不實際。很像急水門，鯉魚門，和昂船洲的海面，限令今天完成水雷網的裝設，維多利亞灣，限上午肅清船隻，民防部隊，下緊急動員令，作戰人員，不准請假，這些動作和處置，都可以證明香港在急度準備作戰了。」

「你怎樣見得統帥部對香港，沒有作戰決心？」

「第一，英國在遠東殖民太多，守不勝守，他寧願放棄香港、星架坡、甚至澳洲、婆羅洲，但緬甸和印度，要集中力量保衛。第二，駐港艦隊，可說完全調走。第三，僅餘一大隊驅逐機也調走兩中隊。第四，派駐香港的英格蘭軍隊，在這幾天中，大部調防印度。從這四點事實，知道英本部並無保衛香港決心，日本軍事當局，也有美日談判，他才抱着絕大信心進攻香港，甚至進攻太平洋整個英美殖民地，我們可以從美日談判決裂，來栖大使被扣留，日本海陸空大軍越過安南，主力遠征隊向火奴魯魯竄進，我們的情報部主任麥克杜格先生，現在還沒有懂得吧！」第五號特派員很悲壯的說出了這段話，從悲壯的態度中，他失意地發出一個冷笑，這冷笑會使他兩日後為遠東英美殖民地而傷感！

「要是遠東情報部沒有得到消息，麥克杜格又這樣軟弱無能，我們今後的工作，怎樣能夠展開？」

「這不要緊，我們得到詳確的消息，也可供給遠東情報部，時局已到最嚴重階段，為甚麼他還不起床？等他起來的時候，我跟他澈底談談便是。」

「難怪昨天晚上，灣仔和雪廠街一帶的日本僑民深夜突然撤往九龍，剛才我故意，由日本特務機關門口跑過，大門鐵閘還緊關起來！」

「你說哪一個日本特務機關？」

「就是大佛商店。」

「想不到百年來的香港，由於英國的軟弱，到了今日，快要完了。」

第五號特派員深深地嘆了一口氣，他覺得目前的香港和整個西南太平洋的命運，都是墮落的，灰色的。

「這幾天來，香港的防空演習和秘密炮位演習，不是來得特別吃緊嗎？」

「我真不會相信還有多大力量？就算演習是有成績的，也不過是消極的作戰步驟，大英帝國，根本就沒有絕對保衛遠東殖民地的決心，這個所謂遠東堡壘的香港，在敵人心目中，是不堪一擊的！我看香港的前途，樂觀的希望是沒有把握。」

「加軍和印軍，增援了好幾千了。」

「就是幾千的加印聯軍吧！英格蘭的軍隊，還在英倫本島呀！」

第五號特派員沒有興趣去再談這討厭的問題，他倆各自沉默去幻想英統帥部對殖民地的處置，似乎在歐戰緊張的今日，對遠東屬地，着實不願隨便花去一筆大本錢，他深知道印度鬧上獨立的風潮，中國強盛後會扶助世界弱小國家獨立，又進一步到收回租界和割讓地的，一切問題都使英國傷腦筋，都會直接受到中國人民的迎頭痛擊的。同時他一往所採用的「均勢政策」，以為還永遠適用在遠東，從默許日本軍閥進佔我們東北四省開始，而至中國全民抗戰英國挺身而出封鎖滇緬路止，全世界都明白，這是英國扶植日本軍閥來壓迫中國的，怎知廣州這個南方大門給日本軍閥佔領後，香港從此失去支點，做成日本軍閥在太平洋上的勢力，一天一天的長成，大有統一亞細亞洲；實行他們的大東亞主義，來反擊他的前期盟友大英帝國，這個由大英帝國一手做成功的所謂「遠東警察」，怎知反做了遠東強盜，弄到今日英美遠東殖民地無可收拾。更由於敵人處心積慮，長期在遠東秘密佈置，以進奪廣州，向九龍越界為試探英國的態度，這却給張伯倫認為廣州的被佔，是中國人的事，與香港無關。大英帝國遠處大西洋，實無抗日的需要，三十年來，這個英國對華的失策與弱點，已給日本軍閥看透了，加以許閣森大使被炸，英國繼續讓步，這更證明他的軟弱，日本軍閥才加速封鎖香港外圍，進兵安南，攻下瓊崖，完成他南侵的初期工作，可憐三十年來的英國，還沒有把遠東殖民地各個武裝起來，任敵人貪婪和放肆，或者可以保持大英帝國在遠東的現狀，他從來不會聯想到這是對貪心無厭的日本軍閥一個大錯誤！

第五號特派員靜想到這裡，給時鐘鐺鐺地擾亂他的沉思，他很呆板的循例望了望掛鐘，這是九時了，他倆認為守候在遠東情報部等候麥克杜格起床，太沒價值了，才決意牽着十三號離開遠東情報部。

馬路上倥傯的行人成了跑步狀態的緊張，遠東情報部門口，擠着一羣探問消息的經紀人物，他倆從告羅士打酒店轉入必打街去。

「要是敵人眞的從新界進攻，你認為香港可以一戰嗎？」十三號輕輕的牽着他詢問。

「根據遠東司令部的所謂機密估計，是準備堅守六個月的，這個估計，我祇當他吹牛好了，照香港實際情形來說，要堅守一個月，也不容易。」

「那麼遠東軍司令部，為甚麼要這樣誇張。」

「老是這樣説！這就是英國的不虛心，他要騙敵人，要騙殖民地的居民，要騙大英帝國自己的統治區和老百姓！可是這個不虛心，不祇是日後英國的大損失，同時也是盟國的大損失！」

「我不明白，英國怎樣才算虛心呢？」

「信任中國！跟中國陸軍配合作戰，不祇香港和九龍這彈丸之地，就是緬甸、印度、英國也無後顧之憂。」

「這對英國是有利無害的，他為甚麼要不虛心呢？」

「這是大英帝國最高深的外交哲學，弱小民族始終不配了解的。」

「難道他沒有覺悟的一天嗎？」

「有是有的，可是到了他覺悟的時候，已經來不及了。」

「那是甚麼時候？」

「就是香港、緬甸、星架坡給日本軍閥攻陷的時候，換句話說：就是日本向英國宣戰的時候。」

「中國已經抗戰四五個年頭了，難道在這四五年當中，英國對我們的態度，還沒有改變嗎？他對遠東的政策，還是一樣嗎？」

「……」第五號特派員沒有話說，祇向十三號從會意的微笑中點了點頭。

在嘈雜而繁囂的皇后大道中，他倆在人叢中消失了。

選自仇章《香港間諜戰》，上海：鐵風出版社，一九四八

筆聊生

黃色素毒瓦斯

在歐洲大戰末期・盟軍已在諾曼第登陸・開闢第二戰場・德軍之情勢已告逆轉・世人均慄慄危懼・非懼德軍之流星彈・懼德軍出毒氣也・因流星彈一如原子彈・乃秘密武器・未出現之前・無人得知・惟毒氣則在上一次歐戰已曾出現・及第一次戰爭告終・乃由國際公意・永遠禁止使用・世人之意・以為希特拉此一殺人魔王・甚麼手段都造得出・撕毀國際條約・難道沒有胆量造得來・若其打不贏時・出到毒氣・亦非出奇・況且毒氣之製造・各國在戰前已爭為製造・既然造了・則存而不用・豈非失計・世人此種猜度・未嘗無理・事實上・希特拉在西綫敗退時・亦確想使用毒氣・但何以到希特拉自殺・毒氣始終不出・則因有所顧忌・事因毒氣有多種・而各國製造毒氣・又異常秘密・你不知我之毒氣如何犀利・我亦不知你的毒氣・如何犀利・萬一自己之毒氣・乘機使用・我豈非自速滅亡・此希特拉之所以始終未動用毒氣也・

毒氣之秘密如此・故各國派出間諜・刺探對方之毒氣・在戰前即甚為活躍・瑞士為一中立國家・在第一第二兩次大戰之中・瑞士均保持中立・因其中立・所以亦成為各國間諜最活躍之中心・忽傳有一留法之中國學生・研究得一種最利害之毒氣・名為黃色素毒氣・此毒氣非任何毒氣所

能及其利害・惟此中國人・却覺得自己中國之國力・不能大量製造・故願意求善價而沽之・遄到瑞士・志在尋求售主・看誰出得錢多・即以其方法售與誰・一時在瑞士活躍之各國間諜・聞此消息・均欲出價購買・其中不惜錢者・尤為德國・德國參謀長密電其間諜領袖曰・切不可令此毒氣計劃・落在他人之手・代價多寡・可以不論・間諜領袖名湯姆來・即密切注意・但在瑞士之中國人甚少・除了有幾個在日內瓦湖邊養病之中國失意官僚外・更無其他中國人・及一月後・始發現有一個可疑之中國人・名柯倫泰・湯姆來設法與之相交・飲過幾次酒・覺得正是此人・蓋問及柯倫泰到瑞士有何目的時・柯倫泰答曰・我來憑吊國聯大廈・此國聯大廈者・乃第一次大戰後產生者也・其產生之使命・在尋求世界之永遠和平・豈知不上二十年・世界大戰又爆發・故此值得我等愛好和平之人憑吊・湯姆來認為此乃遁詞・可見其行踪必極詭秘・於是・一日・乃邀請柯倫泰到其家中・寒暄方畢・湯姆來忽將一枝槍放在桌上・曰・此槍有子彈一粒我今講一句話與你聽・聽了之後・不是你打死我・則我打死你・柯倫泰從容曰・然則你不必講・我不必聽・免至弄出人命・湯姆來曰・是又不然・我即使講了・你即使聽了・如果你答應我之要求・亦不必消耗此子彈・而可以發財・柯倫泰曰・緊張到如此乎・試言之・湯姆來曰・我今向你披肝露膽・吾乃德國間諜也・所以此一句話・若你聽了而不與我造朋友・則對我不利・一係我打死你・一係你打死我可也・柯倫泰曰・吾乃一江湖散人・閒雲野鶴・不問政治・君是何人物・與我都無干係・雖然・我等自是好朋友・湯姆來曰・既是好朋友・則將汝之眞身世・講與我知・柯倫泰大笑曰・我講你聽・嚇你一跳・我乃大老千・湯姆來大怒曰・然則我要打死你矣・你不肯與我造朋友・竟不將眞

身世講出來・我知汝是法國留學生・因我曾搜尋汝在酒店中之衣箱・發覺有巴黎化學會名譽會員証章一枚・又得一封法國參謀部致汝之信・內容係有事請汝歸法一行者・汝即為發明黃色素毒瓦斯之人・

柯倫泰大怒・手執桌上之槍・直指湯姆來曰・汝豈能作此小人之行為・私入我臥室・搜查我衣物・湯姆來笑曰・朋友・我今不是要強買強賣・乃是欲與汝商談・汝無論如何都是求價而沽・何不益吓朋友・柯倫泰頹然倒坐沙發上・曰・汝德國出不得價錢・湯姆來低聲曰・五萬如何・柯倫泰大笑曰・是不是・法國出到五十萬我也不賣也・湯姆來知有商量・即用外交詞令・謂德國為正義而戰・此一種殺人利器・無代價也應送與德國・柯倫泰曰・我之心血・豈是無代價者・最後湯姆來出到十萬・再用威迫之神氣・柯倫泰終乃屈服・聲言帶湯姆來往其化學室交易・湯姆來為表示若真交易起見・先將十萬元存於銀行・預備交易成功・即簽銀昃・

在瑞士之深山中・有一間獵人之石屋在・柯倫泰之化學室即在此・湯姆來深佩柯倫泰辦事之秘密・此一石屋・在山岩中・柯倫泰以鎖匙開門・裡便黑沉沉・柯倫泰曰・我之秘密到如此

者・乃是防法國・法國政府・因我不肯出售與他・極為憤怒・已派有特務・苦苦追尋我也・湯姆來曰・所以之・人人謂德國之納粹蠻橫・其實我等納粹人・至為君子者・法國人最難靠・他謂以五十萬元收買・其實收到錢至眞也・二人言時・已入屋內・轉入一室・更黑暗・柯倫泰摸出火柴・摸摸索索・燃着桌上之火水燈・燈光一着・柯倫泰與湯姆來均大驚・蓋屋中先已預伏兩人・一個法國人・一個中國人・手中拿槍・指住柯倫泰與湯姆來・先繳去柯倫泰與湯姆來之短槍・短劍・刀仔・然後命其坐下・法國人向湯姆來大罵曰・納粹狗・汝欲扒大路乎・又罵柯倫泰・謂汝乃法國留學生・汝之學問・由法國學得來・今有發明・不貢獻於法國・已經抵打・乃又出賣與德國耶・

柯倫泰俯首無言・法國人身中取得麻繩一條・將湯姆來扮蟹・緊緊縛住於一條大石柱上・又向柯倫泰威迫・叫他快把毒氣樣本及圖則計劃拿出來・柯倫泰不允，法國人即用刑・取出鐵鉗・拔柯倫泰之手指甲・拔一隻・柯倫泰即慘叫連天・湯姆來不忍聞・不忍看・結果・柯倫泰屈服・舉起五隻血淋手指頭・引法國人及中國人入地窖・開了地板・三人同下・湯姆來叫一聲不妙・今回被法國人扒去大路矣・聞三人下石級聲・無何・頓覺身邊有光線放射・原來其身旁之牆壁・有一面玻璃窻・可以望見地窖・三人入地窖・法國人開了電筒・故此電光放出・湯姆來由窗望入・祇見柯倫泰表示・若取出毒氣樣本・必須先穿上防毒用具・法國人許之・柯倫泰即自架上木箱・取出全副防毒用具・着上衣裳・戴上面具・更着膠靴・裝束既妥・突然・柯倫泰引手在木架上・將一玻璃瓶・用力擲在地上・

瓶碎・一陣黃氣射出・法國人與中國人・轉瞬之間・倒在地上・掙扎輾轉・狀甚痛苦・而柯倫泰則邁步而出・拾級上・湯姆來目擊其情・大贊柯倫泰妙計・柯倫泰上・自己除下全副防毒面具・然後解除湯姆來之麻繩・牽湯姆來出・曰・毒氣利害・待其消滅後方可在此・出石屋外・湯姆來問曰・方才我看見汝之情形・但聞不見談話聲・彼蠢猪何以入汝圈套・柯倫泰曰・入地窖後・彼問我毒氣在何處・其實已在我身旁・木架上面兩瓶東西・即是也・但我誑之曰・在更下一層・彼信以為然・我要求穿上防毒面具下去取之・既答應・我於是乃順手摸得一瓶・取其性命・湯姆來大喜・曰・不祇收回毒氣・抑且為我消滅兩個敵人・過半小時後・柯倫泰曰・毒氣已消滅盡矣・可以入去看・先下地窖・室中陳屍兩具・湯姆來視之・法國人與中國人・其面目手足・均如發瘋一樣・全身浮腫・心中驚嘆曰・此毒氣・眞全世界最毒之氣也・用鼻一索・尚有些微之亞摩尼亞氣息・不敢停留・柯倫泰即在地窖之牆孔中・取出計劃圖則・又在木架上取出玻璃瓶・交與湯姆來・湯姆來即簽一十萬元之銀昃與之・又命柯倫泰寫一收條・收條上却寫二十萬・柯倫泰曰・哦・原來你亦打十萬元斧頭・湯姆來曰・全靠你帶挈・但須知造着我地此一行・乃用性命去搏者・不在金錢上求代價・點值得・柯倫泰乃寫收條與之・交易而退・

柯倫泰送湯姆來去後・地窖中兩個尸骸・一個是法國人・轉身而起・此乃約瑟夫・中國人亦起・此乃徐文英・相顧言曰・今日詐死詐得好辛苦・二人同上・在室中・取出番梘・洗去面上手上之蠟質・兩個浮腫之面目・乃恢復廬山・柯倫泰自然不再出現於瑞士矣・納粹間諜・殺人如草・今回作了他十萬元・豈肯干休・不過不易穿煲・因湯姆來得了此一瓶黃色素毒瓦斯・決不敢

開出來研究・因為其性質利害・非尋常可比・至於計劃圖則・乃是專門科學・亦非人人能看得懂・便全部珍重・送往柏林・柏林先研究其圖則計劃・乃普通之催淚性瓦斯之製造法・再加以莫名其妙之幾條化學家原則・柏林參謀部對此幾條化學原則不敢輕視・乃召集科學共同研究・經一番分析後・無人能明白・參謀部最後決定湯姆來找尋柯倫泰來柏林・方可解決・乃密電湯姆來・叫設法請柯倫泰來柏林解釋・湯姆來接電後・即四出覓柯倫泰・柯倫泰失踪・湯姆來無可報命・柏林大為疑惑・不能不打開玻璃瓶看・原來裡便所藏者・乃是一瓶人尿而已・始知受騙・

此一番害了湯姆來・柏林電召其歸國審問・湯姆來照事直供・法官曰・此乃大老千・引入石屋中・使二人假扮法國特務・演一幕戲劇與汝看耳・最後・湯姆來判處死刑・其罪不在於受騙・因受騙者・根本是柏林參謀部・因所謂留法中國學生發明黃色素毒瓦斯之說・都是柯倫泰放出之空氣・先造一個謠言攻勢而已・湯姆來之死罪・在於打十萬元斧頭・因納粹對其部下之貪污・是處罰甚嚴者・柯倫泰此一騙案・荷里活曾採其情節・搬上銀幕・製為兩幕短片・但情節畧有出入・

選自一九四八年二月十二日香港《成報》

鵲巢鳩毀

陶七姑在唐人街中開私寨起家・今年已四十許・收山不造龜婆矣・積資購得木樓一座・此一座樓為舊式之木樓・在戰爭未爆發之前・木樓價值・當然不如石屎樓・但戰爭爆發之後・木樓之價值・反高出石屎樓之上・何也・因自戰爭爆發之後・交通不便・倫敦燃料缺乏・英國雖有煤氣・但都撥入國防部中・用以鍊鋼・製造軍火・故民間燃料・乃回復十八世紀時代・須用木柴・而木樓之貴・即貴在木料・陶七姑單生一子・年方十二歲・其夫名烟屎七・平時專營偏門・開烟館・走私・但無積聚・夫妻二人・雖拍手同撈・但剩得個錢者・只陶七姑矣・陶七姑因此對其丈夫夜罵日罵・罵食鴉片烟之人・係死左半橛・何不快快死埋此一橛・烟屎七果然病矣・一病陶七姑便發矛，在外埠撈・究竟有個男人在旁好・若一旦烟屎七瓜得・自己孤兒寡婦・況生平造龜婆・同人家傾得埋者少・求人幫扶更難・烟屎七在醫院・患者乃癌症・醫生判定至多有半年命・陶七姑個心・立立亂矣・好在忽新相識一個少年・叫徐文英・一傾起乃係鄉里・在外洋・若果同鄉便異常親密・徐文英時時照顧・有時代替陶七姑到醫院探視烟屎七・陶七姑乃臨時宣佈徐文英乃霧水契仔・其子亞猪・馬上得一個契哥矣・烟屎七亦贊成此舉・自己知道遲早必死・多個契仔送終・甚得計也・

烟屎七死矣・在醫院殮葬・在家中開喪・是日・打頭七・忽門外來一架最新型之汽車・車門開處・一少婦下車・衣裳華貴・後有俏梳傭・但少婦臂纏黑紗・大步走入門內・跪在靈前・放

聲大哭・哭得嗚嗚咽咽・其俏梳傭祇是同徐文英丟眼角・陶七姑看着此華貴小婦・絕不相識・因何來弔祭・立在一旁・打算待她哭完・便打招呼・不料少婦再拜稽顙・以巾掩面・哽咽而出・梳傭尾之・頭也不回・上汽車・絕塵去矣・陶七姑莫名其妙・契仔祇是在旁微笑・謂陶七姑曰・契娘・你未見過此人乎・陶七姑曰・未見過・徐文英曰・我見過一次・契爺在醫院時・個日你未有去・我恰巧去・此女人坐在契爺床上・同契爺抹汗・我來・女人即走・契爺對我講・陶七姑曰・契爺點講・徐文英曰・此乃契爺收埋來住之二奶也・

陶七姑柳眉一竪・杏眼一睜・頭披髻散・一脚走近靈前・手執烟屎七個靈牌・亂撕一頓・香爐燭台亂飛・徐文英慌忙抱住・陶七姑眼淚口水鼻涕・一齊飛出・不好・陶七姑額頭凍冰冰・手脚亦凍冰冰・徐文英好力・抱起陶七姑回房・放在床上・如意油・白樹油・亂擦一通・豬仔嗚嗚大哭・旁人對他曰・豬仔勿哭・方才來之女人靚不靚・豬仔曰靚・旁人曰・此乃你之細老母也・豬仔破涕為笑・豬仔未嘗知細老母是何種關係・但豬仔歡喜她那一架汽車・豬仔最鍾意坐汽車・

半夜・陶七姑執契仔之手問計・徐文英曰・為今之計・切勿動肝火・過去之事・既往不咎・須知契爺全副身家・都被此女子索埋・吾人當前急務・乃是如何索番她的錢・但第一步工作・乃是調查其住在何處・有多少錢・有無同契爺生過兒女・與其身世底子・說至此處・陶七姑肝火即動曰・何用調查・我一眼看見她・便知她必是花底・而且必是牛雜貨・徐文英曰・我叫你勿動肝火・你又動・明日快同契爺立過一個靈牌・若她再來・還要好好招呼她・以妹妹相稱・命豬仔叫聲亞姐・方才其汽車號數・我認得乃一二三二一・不難調查得其居處・契仔眞本事・去了一日・

調查得清清楚楚・回來報告曰・茲查得二奶者・亦係有錢人女・因貪契爺仙風道骨・所以住埋・恩恩愛愛已三年矣・尚無所出・住在西倫敦・一間大洋樓・富麗如皇宮・乃係實居屋・銀行有存欵百多萬・究竟是她自己・抑或契爺者・不得知・日來天天飲泣・曾圖自殺・話要相隨契爺於地下咁講・眞烟韌矣・

徐文英至此・又稱・契娘勿怒・明日我同你・帶埋豬仔去見她・你要用好好面色對她・表示丈夫既死・兩家都係寡母婆・應該團結精誠・請她回來・與親友相見・算造家人・陶七姑曰・點解・我應該請律師告她・徐文英曰・告佢乜・陶七姑曰・告佢霸夫奪產・徐文英曰・有何證據・陶七姑不能答・徐文英曰・你依我計・包管可奪回其所有之身家・陶七姑問計・徐文英附耳・如此如此・這般這般・說得陶七姑化怒為喜・抱住契仔・㾓一啖面珠・

明日・徐文英帶路・陶七姑帶了豬仔・找到此一位二奶・門高狗大・婢僕如雲・二奶在房中臥床・不食飯者四日矣・陶七姑揸住二奶之手曰・今回不知是你剋死老公・抑或我剋死老公・總之大家不幸・老身素來大量・一日都係烟屎七有用・既然同你住埋・何妨通知我・大家團團聚聚・組織聯合政府・不勝過分治乎・但前事不計・今後我地二人・應該作為姊妹一樣・烟屎七雖死・好在尚有一點後・言時・叫豬仔埋來・叫聲細媽・曰・亞豬年紀雖小・非常聰明・讀了三年書・成部人之初都背得出・我地兩個寡母婆・齊心合力・守大此一個孤兒・將來撫孤成名・你同我都有節孝牌坊立也・二奶全部接納七姑之意見・馬上尊七姑為嫡室・喪事既完・二奶與亞豬非常之好・愛如己出・一日・話要去買人壽燕梳・在燕梳費繼承人之名上・寫上亞豬之名・徐文英曰・

契娘・今回冇死・二奶在人壽燕梳上・尚寫上亞豬為繼承人・則其全副身家・亦當然歸亞豬繼承矣・

自然・此乃待其瓜斗而言之・若其一日不死・一日冇得講・陶七姑曰・所以吾人必須快設法來使她死・徐文英低聲曰・買兇手不是易事・要非常縝密・若有疏虞・連我都要驅逐出境・不能在此撈也・

二奶似乎非常安樂・對人稱・話好在得個好大婆・又有亞豬仔・陶七姑之木樓・忽傳說政府要命令改建・因在戰時・木樓危險・若敵機來轟炸・易起火災・七姑叫徐文英調查・徐文英曰・與其聽政府拆・不如自己改建・拆去此樓・賣了木料・可得七八萬元・再添二十萬上去・即可建成一座三合土新樓矣・於是徐文英獻計曰・何不先索去二奶之銀行存欵・此木樓之屋契・乃是你名義・就將此情形・對二奶說・叫二奶拿錢出來改建・改建石屎之後・此樓仍是你名義・她決不好意思請求改契也・陶七姑但恐二奶不上當・徐文英曰・既是一家人・你的即是我的・我的即是你的・她斷無不肯之理・陶七姑與二奶商量・二奶坦坦白白・說出現金祗有二十萬・多便無矣・陶七姑即與徐文英與幾個建築商研究・均曰・全部建築費・非四十萬不可・賣去木料・可

值十萬・仍非三十萬補數不可・陶七姑回來與二奶商量・二奶曰・除非一法・我有一個姑丈・叫造柯倫泰・乃係建築商・不知他可以計平的否・陶七姑即促二奶往尋姑丈・二奶帶了猪仔去・及歸來・向陶七姑報告曰・柯倫泰公司・仍要補二十五萬・但看在親戚面上・可以通融・先交二十萬・其餘五萬・一年內清償・三人認為此法可行・二奶即帶柯倫泰來見・柯倫泰又極歡喜猪仔・要契了他・親上加親・馬上除左個金鏢送豬仔・作為上契・同到律師樓・簽約矣・陶七姑不會寫字・在約上打一指模・律師宣讀約文曰・立約人陶七姑委託柯倫泰將坐落唐人街第七號至十三號冧吧木樓一座・改建為石屎四層大樓・言明除木料作為拆工之外・尚須補建築費二十五萬元・一星期內交欵・逾期不交欵・此約作廢・柯倫泰公司在簽約後即動工開拆・簽約後・不上兩天時間・全座木樓拆為平地矣・柯倫泰將木料賣去・值十萬五千元・除去拆工及律師費外・實撈十萬・

徐文英對陶七姑曰・謀殺兇手・已有人肯造・但照黑社會之例・他要與你簽一約・事因怕你靠不住・世間常有等埋沒良心之人・叫佢去殺人・殺完之後・却又出頭去告他殺人・故必須大家簽約・聲明互守秘密・陶七姑覺得此乃黑社會之舉・一口答應・徐文英即帶約瑟夫到・簽一張約・約中言明・陶七姑今託約瑟夫去謀殺二奶・得手之後・即酬約瑟夫一千元・雙方互守秘密・決不告發・陶七姑又是打上一個指模・約瑟夫去矣・

拆屋後之一星期・柯倫泰來催陶七姑交欵・依約在一星期內交錢・逾期作廢・陶七姑以連日不見徐文英來・祇有自己到西倫敦去找二奶・二奶正與數人在屋內・怒火沖天・一見陶七姑・大叫一聲・有良心的老龜婆・我待你不薄・因何收買兇手來謀殺我・陶七姑當堂面青・正想分辯・

二奶曰・你不必多講・人証物証在此・即高聲問約瑟夫何在・約瑟夫出・此人乃是老番・不會講唐話・幾哩咕嚕・陶七姑一額是汗・祇恨契仔不在身旁・幸有人勸二奶曰・既然謀殺不成・算了算了・於是陶七姑・抱頭鼠竄而出・因為走遲兩步・有掘頭掃把來也・

陶七姑為柯倫泰帶埋律師來追數・陶七姑曰・老實講・石屎樓我決建不成・賣去木料之錢・請交還老身可也・律師曰・依約訂明・若此約不能履行時・木料作為拆工・分文冇交易也・陶七姑目送柯倫泰與律師出門時・模模糊糊・一時天旋地轉・大叫亞猪・亞猪却追住柯倫泰叫契爺・出門去了・自然此一個契爺永遠追不到・

徐文英失踪數日・然後托一個人・來對陶七姑曰・約瑟夫難靠・他受委託後・竟向二奶告密・現在二奶又向警署告教唆殺人・故他祇有逃之夭夭・現在逃往金山・契娘契娘・我可愛之契娘乎・後會無期矣・陶七姑因此不知徐文英是來手・亦不知柯倫泰是老千・更不知二奶者・乃柯倫泰之十口頭子馬妮・亦有不知約瑟夫乃貼手・甚至不知烟屎七生前絕無與二奶住埋之事・他所知者乃是造一世龜婆・辛辛苦苦積蓄得來之木樓一座・化為平地而已・

但唐人街之人・却有不少知道此秘密者・但對陶七姑仍不同情・曰造龜婆・有乜好報應・冤孽錢・應該咁去也・

選自一九四八年二月十五日香港《成報》

怡紅生

新春佳日

在抗戰期中的某一年，一個大都市已經給敵人攻陷了。敵人沒有直接去管治這個大都市，只用他的勢力控制着一班數典忘祖的傀儡去做事。在那兒，便成立了一個偽組織政府；政府之下，有偽政治人員和軍事人員。他們勢力，都十分膨脹。主持這個都市的最高首腦，便是邵飛揚。

邵飛揚是個軍人出身，他有武力，有潛勢，也有政治力量，在大都市中，左右一切，指揮一切，見了敵人，只有認賊作父的向他們恭維備至，也奉命唯謹的；但一轉過臉來，向自己人，對一般下屬和平民，便作威作福，苛刻盡致，在淪陷區中生活的人，當然吃苦；在邵飛揚暴政下的地方中生活，更苦了。

雖然，這個傢伙是這般的厲害，但是，愛國分子的游擊隊和間諜，他們都普遍地在這大都市中活躍着，邵飛揚對於這種心腹大患，很是擔心，曾再三的頒令他的爪牙，無論如何，要致力於消滅這兩種分子；假如一日不清，一日都是陷在危險綫上，可是，游擊隊是人，間諜也是人，一般民眾也是人；這個捉捕游擊隊與間諜，眞是不容易，他的部下，便大感頭痛。游擊隊是神出鬼沒，間諜也常常把他動向刺探，弄得他啼笑皆非，正所謂明槍易擋，暗箭難防。邵飛揚在這情景之下，只有下令部屬，大捕游擊隊與間諜，「寧枉毋縱」。

因此許多良民，都給他捕去了，下以私刑，硬指他們是間諜，或者游擊隊；終於死在他的暴刑之下，反而得不到眞正的游擊隊所在。游擊隊司令廖長虹，正為着這樣而擔心；為游擊隊三字，累死許多人民，他想：這個等於人間的魔鬼，非殺死不可。於是暗地裡召開幹部會議，要把邵飛揚行刺。一天，邵飛揚正在一個什麼大會中出現，向民眾演講，游擊隊化裝的市人，混進羣眾中，等到邵飛揚演講時，連發數槍，向台上打去，不料邵飛揚也很知機，老早便有若干部下，亦化了裝，混在人叢中；一邊是扮作聽演講的市民，一邊是監視着羣眾。當游擊隊發槍射去時，第一槍落了空，第二槍要發時，已經給邵飛揚的部下所按着了，第二槍又落空，幾個人在紛亂中，槍彈亂發。當時，邵飛揚馬上離開講台，受衛隊保護，但見當時兇手與自己的部下在糾纏，槍聲依然亂發，他為謀安全起見，不顧民眾與部下的安全，下令開手提機槍向這人羣中射掃，掩護着他離去。結果，行刺他的游擊隊死了，與游擊隊糾纏的部下，也死了；還有着許多民眾，都在死傷中。

此後，邵飛揚的行藏，更加謹慎，與羣眾每每是距離得相當遙遠，游擊隊更是無法行事了。還且，他搜查得非常之嚴密，游擊們更不容易携帶武器接近他了。廖長虹覺得幾番失敗，很是不值。暗想：如何才可以擊滅此獠呢？除非運用計智。

廖長虹是個游擊隊司令，在當地，乃是一個小學校長。看來，他是文質彬彬的文弱士子，手無搏鷄之力；又怎知道他竟然是這樣有地位的人，這樣的熱心愛國，手上統率浩蕩人馬。他的部隊，大都是在外圍活躍，市內的並不多。廖長虹雖然是個青年人，但他終日穿着長衫，走路也走得特慢；特地用這樣的空氣，去掩蔽邵飛揚部下的視線，從來亦沒一些兒破綻露出。廖長虹想：怎樣的去行刺邵飛揚呢？他無時不是有着這個問題在腦海中。一天，廖長虹從學校裡走出來，經過學校門前拐一個彎的一條街道上。有一個衣衫襤褸的年青女丐，攔着路行乞。看來年紀不過十八九歲，粗亂的頭髮，跣着足，伸出污垢積着的手掌，向他求施捨幾個銅板。廖長虹見她這麼可憐，解囊給她一角錢，走上幾步，忽然像得有什麼靈感似的，連忙回過頭來，走到女丐之前，查問身世。女丐告訴他，她今年才十九歲，叫范小雲，本是生長中人之家庭，只以戰事爆發，家破人亡；父母死在炮火下，并且她也是炮火下的餘生，流蕩到這大都市來，舉目無親，不得不淪為街頭流丐。廖長虹道：「妳願意獲得一個好好的環境中過活麼？」范小雲道：「但得有兩餐飽飯吃，什麼都願意幹了，做人奴婢妾侍，什麼都願幹。」廖長虹道：「那麼，妳隨我回去罷，我自會好好地安置妳。」小雲毫不猶豫的隨他回家，廖長虹因為幹着游擊工作，他是沒有妻的，家中亦只僱用一個女僕炊飯。白天裡，他到了學校上課，散堂後，便回家吃飯，睡覺。家中是十分簡單。他帶了小雲回去後，叫女僕打水給她洗澡，給她一頓飽飯，和買一些衣服回來，小雲換了一過，梳洗之後，便容光煥發，煞是個美人，小雲也覺得自己不是一個女丐了。他的女僕，看見這個情形，心裡好笑；不知主人為什麼要看上這個年青的女丐，相信也是有點野心，想嘗嘗風流滋味了。

如是者，過了幾天，小雲的肚子，已恢復常態，行動上也很是中規中矩，其始留她在家中助理家務，又過幾天，精神也全恢復了，沒有半點下流氣味。廖長虹跟她細談，知道她是受了中等教育的女人，又向她試探一下國家觀念，小雲能夠指出抗戰的偉大，痛恨敵人毀了她的家；敵人的炮火，殺死了她的父母；又痛恨着偽軍們狐假虎威，到處荼毒良民，就是她自己，也曾給這等偽組織下的軍人，攫去了她處子之血，曾經把她再三污辱。故此，流浪到這都市時，熬不住飢餓之火的煎迫，寧願投身娼寨去做妓女了，反正貞操已毀了。不過後來為着鶉衣百結，亂頭垢體，想做妓女也做不成，便變成流丐；故此她痛恨着一切一切敵偽的人們。廖長虹認為這個人大有可用。於是把她再加裝飾，熨好了髮，改穿過美艷的長旗袍，絲襪，高跟鞋，塗上脂粉，簡直把小雲裝成一個天仙化人似的都市小姐。

小雲其始問廖長虹為什麼要把她這樣裝扮？是不是想成為鴛侶，抑或想把她做搖錢樹？廖長虹只說，這是為她報父母之仇，不久妳便可明白，我不是要妳做妻，也不是要妳做妓；總之妳相信我的，便遵照我的意思做去，扮成一個最高貴的小姐風度，將來妳便可以報仇雪恨，便可以一洩胸中塊壘。小雲對于一切也看得化了，也好照扮；果然又是美艷，又是肖妙，不一個月間，已由街頭流丐，變成高貴的小姐了。一個月後，廖長虹告訴她道：「我現在不瞞妳說，我是游擊隊司令。我為着要行刺這裡的偽軍首長邵飛揚，故此要借助妳的大力；因為邵飛揚保衛森嚴，無法行刺他，他不容易出現公共場所，縱然出現，也要與羣眾相隔得很遠，要放槍的，打他不中；要携帶武器，却又是不行，但他是個好色之徒，他最聽從女人說話，我有一個深長的計劃，尚有兩個月便是舊曆新年。在那時候，這市中是會有熱鬧的慶祝，舞獅，巡行等，邵飛揚不一定看熱鬧，但想妳叫他在新春佳日時，叫他去看舞獅，我們自有辦法。現在，妳是不認識他的，但還有兩個月的時光，在這兩月內，妳總可以有法子與他結識，由結識而親嫟，由親嫟而痴戀；那時候，妳可以指揮他，他無不言聽計從，那時候，一定會成功了。」

小雲經過敵偽的破壞家庭，殺死父母，要她流落到這地方裡來，她早已痛恨着這樣的人物；如今廖長虹這樣的向她啟示，她便不顧一切的答應下來，胸中充滿着正義感，她願意受廖長虹的指揮，派她幹什麼工作，却也肯做。廖長虹便按部就班的，先讓她在交際場中活動，為着小雲生得樣子脱俗，又加以一番人工上的修飾，很是惹人憐愛。在交際場中，佔了不少便宜。留東同學會中，是邵飛揚所常到之地，那兒每每是開跳舞會的。廖長虹便指揮小雲乘機到留東同學會中廝混，以便結識邵飛揚。小雲給一個男友的介紹，在留東同學會中出現，第一個傾倒的却是精神學專家韓琛，韓琛本來是個中年人，已經有了妻子，但他依然歡喜漁色，他在法國曾經學曉了一種高深的精神學，是比較催眠術更為深造，他可以隨時把一個人用他的精神尅制着，變了他的屈服者，什麼行動上言語上都要服從。

同時，有甚麼心事，都會吐露無遺，受術者本人，是不能控制，韓琛有時會在留東同學會中表演，大家都獲致一種趣味，及小雲給他看上了，他常常都想把小雲弄到手上。但小雲在外表看來，雖然是個浪漫不羈的女子，但不是人盡可夫；目的志在邵飛揚而已。不久，邵飛揚果然上當，把小雲看作禁臠了，小雲為着工作，也曾犧牲色相，任他玩弄，邵飛揚又怎知是計，愛她日深，不出一個月間，小雲已經把握住邵飛揚的心理，無不言聽計從，她的工作，將接近於成功了。韓琛對於邵飛揚炙手可熱，當然有點避忌，但他也愛小雲愛得相當的深切，打算用精神學把

小雲克服。

新春佳日快到了，廖長虹便召集幹部，秘密準備行事。他們分別報名參加新春佳日的舞獅巡行，因為這天，都市上早已準備有此盛舉。廖長虹吩咐將炸藥藏入巨型獅頭內，由他親自起舞，其餘各人，將武器暗藏獅鼓，以及一切附件之內；另一方面，命小雲無論如何要求邵長虹到市府的壙地前參觀。一切佈置妥當，到了新春佳日，廖長虹化裝，舉着暗藏炸藥的大獅頭出巡了，小雲也用媚色迷着邵飛揚，屆時參觀舞獅，邵飛揚自那次被行刺後，一切行動，備極小心，這次只好順小雲之意，輕身而到壙場，在台上等着瑞獅舞來。誰知小雲在前數小時，在留東同學會中給韓琛的精神學克制住，突然藉詞離開壙地，溜到同學會中去見韓琛，韓琛再施精神學，刺探他的心事，誰知小雲竟把廖長虹獅頭藏炸藥的秘密盡吐露出來。韓琛大驚，因為他也是偽朝人物，立刻通知軍警，前往兜截，廖長虹快到壙場來了，突見軍警來阻，知事洩露，一聲號令，各人袖出武器，與軍警大戰，在危急之際，炸藥獅頭也爆炸了。廖長虹以及幹部數十人殉難，邵飛揚却也行刺未成，小雲隨之也不知踪跡了。

選自一九四八年二月十三日香港《成報》

一夜風流

香港在太平洋戰爭開始時期，失陷了。日軍盤據着香港，對於一切人民的行動，十分注意；尤其是輪船出入口時，檢查嚴密，對於犯了嫌疑的人，每每是寧枉毋縱的去辦理。雖然他的魔爪是這樣的兇暴，但我們的情報員依然是密佈在市內，這等情報員沒有統一指揮，當時盟國的也有，英軍的也有，重慶的也有。總之，都是殊途同歸的向日軍探取情報，其中有一個重慶的情報機構，與留港的地下工作人員保持極其密切的聯絡，但日人的腦袋精細，漸漸地發覺了這種秘密；但不能徹底知道誰是間諜，加以逮捕，祇有用消極手法應付。離港與來港的人物，加以極其嚴格的檢查。書信上和文字上稍有嫌疑，自是加以逮捕，後來變本加厲，連行李衣物，也嚴密的注意到。男的不能携帶婦女衣物用品，女的也不能有一件是男人的衣物。當時這樣的嚴重，完全為着發覺了盟國間諜潛在市內活動的緣故。

檢查從此一天比一天的嚴密，間諜人員便失却密切的聯絡；雖然有許多仍可以用技巧一點的法子傳遞消息，但較為繁重的便沒有可能。在香港裡，日軍又是亂抓地下工作人員。弄得空氣十分緊張。一天，在國內有一個情報機關的首長，有一件重要工作，要派給留港的重慶間諜去做。這件工作，又不能單純用口頭去説，必須形諸筆墨，也許要加上一個地圖的表明。內容大抵是訓令幹部如何如何的行事，與某方面聯成一氣，根據地圖去工作。不過，這個傳遞工作太成問題了。曾經有人提議用冒險的方法，帶着地圖和訓令偷渡登陸。可是，這位首長，認為不然，一旦失手，不但影響留港的地下同志之安全，更足以貽誤大局。這種偷渡的冒險法，實在不能採用，祗有另圖別法。

結果，一個辦法來了，當時有兩個青年人，從內地來港，他們是做救濟工作的，一個叫伊文炳，一個叫王非虹。由那地方到香港來的，只是一兩天的時光，他們有着一種特殊的身份証，可以到抗戰區，也可以到淪陷區。他們的任務，全是慈善救濟工作，故此在抗戰區中，既有身份上的安全。到了淪陷區，日軍也不會對他注視，只是來往之間，行李上依然受到嚴密的檢查。我們的情報機關首長，從他的身上，想出辦法來了，當然沒有收買的可能，怎可以使他完成這一項任務，於不知不覺間呢？智囊團方面，有一個小陳是與伊文炳王非虹兩人相識的，而且是好朋友，伊王兩人，亦不知道他是情報部人物，只有跟他飲飲食食而已。

小陳提出辦法來之後，馬上被採納了。先買來兩件名貴的舶來襯衣，在衣背上用隱形墨水寫了一個地圖，和通訊的秘密符號，及其他間諜人員的所在，叫潛留港內的地工人員與他們聯絡，全部寫好了以後，墨水隱形了，肉眼全不能看出絲毫痕跡，小陳便拿着這兩件簇新的襯衣，送一件給伊文炳，送一件給王非虹。有隱形字跡地圖却在伊文炳的那一件。

伊王兩人，剛巧為着救濟事務到香港來，小陳送了這兩件襯衣，説道以壯行色，當然的，他兩人全不知個中秘密，還對小陳千多謝萬多謝。這時候，小陳對他們說：過兩天，再在香港會面。小陳的計劃，準備間關偷渡到香港，那時候，會見伊文炳，然後在不知不覺間把他的襯衣取去，交給地下同志。此舉無非欲求這訓令和地圖的安全傳遞到香港的同志手上而已。因為襯衣穿在這特殊身份的救濟人物上，是相當的安全。

小陳約過了，大家別去。伊文炳王非虹便趁輪到香港來，小陳也携帶着顯形藥水間關偷渡，扮了漁民，分頭行事。果然的，伊文炳王非虹兩人，安全到達香港來了。憲兵在碼頭上嚴格檢翻過，絕沒有半點可疑。伊文炳自己，也不知道身上的新襯衣，便是一件危險的物品，足以致命的。到達了後，便在旅館中居停，這兩個畢竟是青年人，抵受不住夜間旅館春色之誘惑，心頭有點動了，其實王非虹有了妻子在香港居住，本來他可以不必投宿旅店的；但是為着伊文炳苦苦纏着他，要相陪一夜，也好順順人情，等大家連床談一宵去，到了春色惱人眠不得的時候，伊文炳提議，叫一個花姑娘囘來，縱然沒有大的風流勾當，小的却也不妨。誰個男子不愛風流，王非虹雖然有了妻，但拈花惹草，却是別饒風味。也樂得嘗嘗。不久，旅店侍役，便給他們介紹來了一個婊子，這個婊子，性好憨嬉，便在床中，與兩人玩個不亦樂乎。

這樣的，伊文炳王非虹兩人，便在旅館中跟那夜度娘在玩。三個人在床上在幹出香艷的勾當來。那個夜度娘叫雪梅，是當時以善于嬉謔出名的。伊文炳與王非虹顛倒極了！冷不提防，王非虹那雪白的襯衣上，染上了一些兒脂痕，宛然地像得一個香唇印，王非虹暗暗一驚！伊文炳笑道：「這囘遭透了！雪梅，妳這樣的幹法，難免累了人家兩口子吵鬧，妳好忍心。」雪梅嘻嘻地笑個不絕，看見王非虹那種尷尬的面孔，實在太好笑了，道：「別風涼，難道你不怕？」

伊文炳道：「我還沒有妻，怕什麼呢？不過，實在也犯不着。弄得渾身都是唇脂，朋友看了也是不好看。」雪梅道：「怕什麼呢，人不風流枉少年，你們倆都是少年，怕什麼呢？」王非虹老是用手帕在脂唇印上揩着，道：「回到家裡，眞是吃不消！」雪梅老是哈哈大笑，伊文炳見得他這般難過，因道：「非虹，你別着急，我有辦法，反正這我們兩件襯衣都是小陳送的，沒有新舊之分，我沒有妻，我不怕身上有脂痕。你回到家裡，眞的不妙，我跟你換過了穿着如何？」王非虹道：「也好，虧你想得到。」兩人於是脫下了白色新襯衣，互換穿着。可憐的，情報部繪上了地圖訓令的襯衣，却變了在王非虹的身上。

畢竟青年人，血氣方剛。對于女色，不容易抵抗，兩人漸漸忍耐不住，議決分開兩個房間了，王非虹佔有了雪梅，伊文炳便開了鄰房，召來另一個夜度娘。於是各得其所，暖玉溫香的風流一夜了。雪梅根本是個年青好嬉謔的傢伙，看見王非虹道般的畏妻，襯衫雖然跟伊文炳掉換了，但暗下裡在襯衣的背後，故意印下一個唇脂印下去。王非虹那裡曉得，一夜風流，第二天晨早起來，各自穿衣，付過夜度資，兩人拖着疲乏的精神，回家去了。王非虹那裡知道襯衣的背後，已經打上唇脂。伊文炳先回他的救濟機構去，王非虹却取道回家，回到家中，他對妻孫眉說，剛巧今天早晨方到達罷，孫眉是個智識界的女子，曾經飽學中西，在戰前，是一個社會上的著名體育家，後來又曾執教鞭，以至於戰事發生後，又滿腔熱血的說要離開淪陷區，回到祖國去幹救國工作；後來，王非虹屢加阻止，說要等候機會。終於，王非虹幹了慈善救國工作，她却暫居港地。

王非虹東奔西跑，每次回來，大家都很是高興。夫妻兩人，這個早晨裡會面後，熱烈地擁抱。孫眉連忙替他寬衣解帶，他也疲倦萬分，倒床便睡。不覺呼呼入夢了。每次的慣習，孫媚當

他回來後，便替他把衣服掛好，襯衣也拿去洗衣局洗濯，這一回，也是循行故事，誰知把襯衣張開一看時，却使她暗吃一驚，背却有脂痕點點，孫眉不禁大妬，但為着徹查內幕，乃不動聲色，把這件襯衣，暗地裡藏好了，然後把另一件襯衣送到洗衣局去，拿回一張單據回來，放在他的書桌上。

且說小陳，身上懷着顯形藥水，間關偷渡香港，準備會晤伊文炳，然後弄計把他的襯衣取去，交給地下工作人員顯形依據着行事，誰知來了一個大不幸的，漁船被日軍搜查，小陳露出馬脚，並且發現了顯形藥水，便把他馬上拘拿回憲兵隊去了。查問他，這一小瓶的是甚麼藥水？小陳本來是一個硬漢，不肯說出，當然的，飽受灌水，放飛機等刑辱了，終於，小陳被迫供出眞相來，憲兵隊便向伊文炳方面抓人了。伊文炳本身不是個間諜，那裡知道這許許多多，更不知道小陳送的新襯衣，有着這個重大的秘密？亦不知小陳在偷渡時被拘拿了。

那天，突然被傳到憲兵部去問話。剛進到憲兵部，一句話也不問，便把他的衣服脫光，拿着白襯衣，用顯形藥水去塗上，但什麼也看不出來。日本憲兵有點懷疑，難道是給小陳這厮嚴刑拷問，小陳又說出當時送了他們兩件襯衫，不知有沒有混亂？憲兵又把伊文炳提問，叫他說出到港以後的經過，伊文炳一點不知內幕，但自己又沒有做過甚麼秘密工作，原原本本的述說了出來，憲兵才知道有秘密的襯衫，已經換掉在王非虹身上，憲兵又到王非虹的家裡來了，第一步便找着王非虹問：「你的襯衣在那兒？」王非虹不知內裡，只以洗衣局的單據，提示給憲兵道：「已經交給洗衣局洗滌了。」憲兵知道這件事，并不關係到王非虹身上的，他只是一個不自知內幕的媒介者，却也不執罪他，馬上在他的家中，撥一個電話到憲兵部，着令出動大隊憲兵到那洗衣局包圍，將全部白襯衣搬回憲兵部。半小時後，洗衣局已被包圍，凡有白襯衣都被搬去了，局主人也被傳訊，將王非虹洗衣單據中那一件襯衣尋了出來，用藥水顯形，終又是沒有所見，便認為小陳有意作弄，終于小陳便沒有了消息。在事體漸呈明朗化時，孫眉明白，有脂痕的那一件白襯衫便是有軍事情報的秘密，為國家計，一天，剪短頭髮，改扮男裝，穿上了那襯衣，偷渡離港，跟着路經到了抗戰軍地區裡來，要求晉見上官。把襯衫脫下，說明經過，那秘密乃得保存，王非虹却莫名其妙的失去了嬌妻。

選自一九四八年三月二十三日香港《成報》

秘密生涯

〔存目〕

省港大江出版社，缺出版日期

李我

慾餤（節錄）

引述

這是距離繁囂都市的某一角落，崗巒起伏，聳入雲霧，碧綠而柔長的崗草，隨風飛舞着，鳥語，花香，虫鳴，……充滿着整個大自然的崗上。

在峯巒起伏矗立着巍然聳峻，儼然鷄羣鶴立的一座太虛山，山之半巔，有一所古剎，門前有被風雨剝蝕至陳舊的橫額，上寫着「太虛古寺」，寺中大雄寶殿當中，有香案桌供奉着金佛，在案前蒲團打坐着一個鬚眉皆白的老方丈，頭頂上顯現着受戒的十二個疤痕，雙掌閉合着，一串金黃色的佛珠環繞着他，有二十餘個小和尚身披袈裟，順着次序環繞而行，口中唸着一種柔和的聲音：「阿彌陀佛」，大約二十分鐘的光景，小和尚席地而坐，老方丈獨個兒以和諧的聲音，唸着「大悲咒」……喃嘸喝哪，俚哪多哪夜…壯嚴，肅穆，聲調的氣氛，佈滿着整個寶殿中。

經畢，老方丈向各小和尚訓說：「我們是出家人，應該首先削去三千煩惱，秉却七情六慾，本來是『菩提無本樹，明鏡亦非台，空空無一物，何處惹塵埃』，然而世人何以終日被煩惱所環繞，無非是『慾』所驅使，更不能戒除七情，我們既是出家人，最主要的方便為懷，慈悲為本的態度對待世人，感化他們，普救眾生，使世人個個歸於正道，覺登彼岸。」正在說到出神之際，忽聞一種時起時止的哭泣聲，繼而有一男子奔入，只見該男子穿着一套陳舊不堪的西裝，雖然是滿面污垢，但也不掩其清秀之貌，他見了老方丈，便五體投地地跪下，如泣如訴說：「大師，請你收留我，我願以後供奉佛前，長伴紅魚青磬。大師……請你收留我吧！」老方丈閉上眼睛，雙掌緊合地說；「阿彌陀佛，幹嗎？你願意這樣嗎？」男子說：「大師，我是誠心的。請你替我削去三千煩絲吧！」方丈說：「你為何要這樣？告訴我。」男子說：「我是囚犯，現在剛出獄，我現在懺悔，我現在懺悔！」老方丈說：「你能懺悔不要緊。只要你回去好好地重新做人，因為出家容易歸家難，你現在一時情感衝動，而願為和尚，可是你凡塵未脫，需要還俗之時，未免辱了佛門聖地，你是否有人毀謗你所致刺激太深呢？你要知道，一切並非盡如人意，所作但求無愧己心。」男子說：「大師，我的所作所為，就是有愧於己心，我一生違背良心，我為了『慾』，什麼也幹，我對不起國家民族，更對不起自己，大師，請你方便為我削去三千煩絲吧！」老方丈說：「請問貴庚？」男子說：「我三十五歲。」老方丈說：「你還是中年之人，三十而立，四十而不惑，你不應該出家的。」男子說：「我已與凡塵無戀，萬念俱灰了。」老方丈說：「你叫什麼名字？」男子說：「我姓蕭，名月白。」老方丈說：「啊，這裏不是談話之所，你隨我進來詳告我你的一切吧！」男子說：「我詳告了你，你收留我吧！准許我出家。」老方丈畧為點首，對各小和尚說：「你們可以去休息了！」於是各小和尚星散而去，老方丈帶領蕭月白入內堂，室中有一床褥，簡陋得很，床上有一麻織成的蚊帳，及小被一張，蓆一張，桌上燃着檀香爐，他坐在正中的蒲團上，雙掌緊合說：「請坐，你現在詳細地說吧！」月白長嘆一聲說：

囘憶十五年前在某一陰森而濶大的舊式古屋中，在門首有小金漆牌子寫着「蕭丞蔭堂」，時已嚴冬，風雨紛飛，朔風割臉的當兒，在冷寂的門前，突然有人叩門，屋內人聞聲而至啟開「脚門」，問：「你找他人？」那人說：「我是醫生，來此診症的。」閽人立卽啟門，請其入內，醫生道貌岸然，規行矩步，隨着一小婢而行經大廳，闃無一人，直抵一房間，只見房中擠滿着人，但各人緊鎖雙眉，愁默默，他們看見醫生，微微點首招呼着醫生，……只有一種低微的呻吟聲點綴着這沉悶氣氛的房間，內由一人搬過了一張斗方木櫈給醫生坐下，另一人把床上的病人一隻乾枯而瘦削的手拉出來，用一枕頭墊着，醫生細心地用三手指按脈，兩手均被診視後，醫生沉默默地。

床上病人是一年逾半百的男子，他那瘦削的臉孔，蒼白慘淡，顴骨聳然，額上貼着兩片太陽膏，緊促的呼吸聲，不輟於耳，醫生問：「昨日服藥後情形如何？」青年答：「他服藥後，無甚顯著，只是昨晚昏昏沉沉。」青年說：「爸爸，你覺得怎樣？」這青年顯是病者之子，醫生診視後，步出廳上，早已由婢僕準備筆墨，房內一干人也隨之而出，忙問道：「醫生，怎樣？」醫生帶着沉重語氣說：「他年老氣衰，而且他憂慮過度，致使舊病復發，今天再吃此藥，假如再無起色……」眾人忙問：「怎樣了？」醫生繼續說：「假如再無效，到時請另聘高明吧！」眾人驚愕不堪，面面相睹，醫生說：「把昨天的藥單拿來吧！」他再在袋中取出藥方紙，然後思索着開了七八味藥，寫畢審視後，說：「煎藥時，最要緊放三二片生薑煎服，如無起色，恕我無能。」各人均感失望。有一中年婦人頭梳二寸髻，身穿黑絲髮旗袍，而內襯長褲，足穿拖鞋，面龐圓圓，像是終日拉長了面孔似的，她遞給了一封「利是」給醫生說：「醫生，老爺的病沒有救了吧！不過一個人年老了，死了也是應該的。」青年說：「大嫂，何出此言，爸爸的病應設法救救他。」大嫂惡恨恨地說：「三少，你不懂得什麼，難道我不想救他嗎？不過沒有辦法，那麼怎辦呢？」醫生拿了「利是」告辭而去。

大嫂拿着藥方一看說：「哼！也是昨天的藥，還是這樣的，照我意見，還是算了吧！免費了金錢，你們想想，老爺的病有起色沒有？」另一女子說：「大少奶，老爺的病也應該盡量設法的，這藥方……」大嫂說：「二少奶，我一定執這藥的，我做管家的是很難做啊。」三少說：「大嫂，爸爸的病難道不理會嗎？」大嫂惡恨恨地說：「秋香，你快些拿去執藥，吩咐店伴計至最低價錢，或者就執半劑藥吧！」三少說：「大嫂，怎麼執半劑藥呢？」大嫂裝着哭地說：「這個家我可不管了，你不知道家境的情況嗎？我欲節省一些錢下來，也是為這個家的，你大哥終日在外浪蕩，二少亦已逝世，三少你是還未成家，你的母親二奶奶終日敲經唸佛，不理一切，這個家不是我管誰來管？要不是老爺的命令，我早不理了，你們還把我看作眼中釘，我不管，我不管了，秋香，快些去執吧！不然我會被人說閒話了。」說着在衣袋中取出了銀紙，給秋香鄭重地說：「不要執半劑了，三少不高興呢！」二少奶說：「大少奶，不要動氣，算了吧！」三少說：「大嫂，雖然我媽是不理一切，但現在爸爸的病危在旦夕，難道可以袖手旁觀嗎？」大嫂說：「哼！你竟插嘴，我告訴你，要是老爺去世，你也是佔家產的少許，你是偏房所出，還有你大哥，二哥雖然去世，但二少奶是守寡，也應該分一部份給她，雖然你是老爺的掌上明珠，但也不能讓你專權的。春桃，給一杯茶我，隨我來和我搥搥頭。啊！頭痛得很。」他們看着她施施然而入內，有一老婦人手持佛珠，她慈和地說：「亞白，你和她理論幹嗎？她是這樣的，要是被爸爸知道，不是更增加了病嗎？快些入內看爸爸吧！」二少奶說：「大少奶這人是這樣的。」突然在樓梯口內響着：「哼！背着我談閒話，我是不怕的，二少奶，你說我又怎樣了。」怎知他們的話，被她聽到了。二奶奶趕快說：「亞白，你不要激壞了媽，大嫂請你原諒亞白不懂事，快些回房休息吧！」大嫂惡恨恨地說：「幹嗎，要講我就講，你們開家庭會議，中傷我嗎？」三少氣沖沖地說：「我講又如何？」大嫂更高聲地說：「哼！你怎樣了。」二奶奶和氣地說：「月白，你不要這樣好嗎？要自量你是偏房的，有何辦法，大嫂，原諒他吧！你回房休息吧！」大嫂怒氣沖沖地說：「好，我走你們要講便講好了，春桃跟我來！」說着奔上了樓，三少只是搖首不講，一會兒，在門首傳來一陣京曲之聲，原來這便是蕭家大少爺，他手持雀籠慢步而入，月白說：「大哥，你回來了嗎？爸爸的病，今晨很嚴重，你看看他吧！」大少說：「幹嗎？老人的病，總是這樣的，不用看。」月白說：「大哥，你昨晚不返家往哪裏去？」大少怒斥說：「混帳！我的事不許你干涉，快些把這雀子放好。」月白說：「爸爸欲見見你，你入內看看他吧！」大少似不聽見地問：「大嫂在何處？」二少奶說：「她不舒服，在樓上。」大少很輕鬆地唱着京曲而登樓，月白憤說：「蕭門不幸，出此敗類。」二奶奶說：「你不要說，小心大哥大嫂撕破你的嘴。」大少到房後，聽到一種哭泣之聲，原來是大嫂，伏在牀上哭，大哥慰問說：「幹嗎？哭什麼？」大嫂哭說：「你不用理我了，我被人欺侮，你也不知道。」大哥說：「誰欺侮你，告訴我吧！」大嫂說：「你昨晚往哪裏去？」大哥說：「我因為有些生意要商洽，所以我便不回來呢。」大嫂訴說：「剛才醫生說老爺的病不能救了，所以我欲節省些錢，便吩咐秋香執半劑藥，豈料你三弟和我作對，好像是我欲害死老爺似的，二奶奶也一樣袒護着他，我怎能忍受這些呢。」大哥說：「不要緊，我一定要罵他一番，替你伸訴，不要哭，你休息一會吧！」大嫂說：「你還惦念我嗎？」大哥說：「我怎不惦念你呢！好，不要哭。」此時小婢告知用膳，大哥說：「吃飯吧！」大嫂說：「我不吃，你滾出去！」大哥順從說：「好好，不吃算了，一會兒，燉些燕窩吃吧！我在吃飯時，一定罵他。」大嫂故意說：「不要罵，為了我罵他，多負一罪名，我實在是怕，快些滾出去。」大哥奉迎說：「好，我滾出去。」說着，一邊唱戲，一邊下樓而去，到飯廳，但闃無一人，惡恨恨說：「春桃，亞福，亞和。」春桃慌忙出來說：「大少。」大少說：「他們往哪裏去？」春桃說：「他們在老爺房中。」月白出說：「大哥，爸爸叫你，有話和你說？」大哥怒說：「我現肚餓，吃飯後才去。」月白沒辦法，只得獨自回去，大少吃飯後，暗想：好，看你有什麼話說。他匆匆地入內說：「爸爸，叫我嗎？」老爺氣喘喘地說：「亞明，你回來了，亞白大嫂二嫂他們也來罷！」二少奶說：「大少奶不舒服呢。」老爺說：「算了，她不願意見我的。」明不耐煩地說：「爸爸，有事快說，不要耽誤時間。」老爺說：「我不行了……」明惡恨恨說：「不行嗎？好，好，你既知道不行，那麼一定趕快寫遺囑罷！」老爺說：「我一定寫的，亞明，你既然不願意聽，你隨便罷！」明氣匆匆地欲掉頭而去，二奶奶及二少奶月白三人均挽留，明無法地坐着說：「爸爸，你不用說話轉彎抹角，要說便說罷！我沒有空的。」老爺說：「明，我已經是風燭殘年了，我很希望看着你們，有好的日子過着，現在我還沒有孫兒，我欲在我未過世之前，替月白成家立室，他已和張家小姐訂婚了，我很希望地未死之前，能看見我的三嫂。」明說：「成家立室？家境如何，你知道嗎？月白娶妻，用不少錢的，假如你死後，一定要比較鋪張一些，我們要面子的，這裏用一部份，那裏用一部份，還有多少剩餘，照我意見，月白娶妻不用再談了，長兄為父，長嫂為母，我自有主意的。」老爺緊急地喘着氣，不能發一語，明繼續說：「爸爸，還有一件最主要的，在你未死之前，一定先寫遺囑，照我之意，家產的分攤，我應佔十分之六，因為我是長子，十分之三分給二家嫂，她是守寡而又是正房嫡子，至於月白，則應分給十分之一，他是偏房，你不能執筆的話，則由我代為執筆，只要你簽名便可了。」老爺氣極，聲音有點兒顫抖，說：「明，虧你說得出這樣的話，生你這不肖之兒。簡直氣煞我了，你希望我死後分家產嗎？我偏不寫遺囑，也不簽名。」明說：「這些家產當然是分給子孫的，不分是不行的。」老爺氣喘喘，怒氣至極，明不耐煩說：「還有什麼話，快說，我還要吃飯。」老爺說：「好，你們吃飯吧！」月白說：「媽，二嫂，大哥，你們往吃飯吧，我在此陪着你，爸爸。」明掉頭而去，二奶奶及二嫂也只好跟隨之而出，月白慰說：「爸爸，你不用憤怒，大哥的脾氣是這樣的，至於家產我不計較，讓他獨佔也好吧！」老爺哭說：「白，假如我死後，你和媽一定被大哥及大嫂欺壓了，那時候你總沒有好的日子，大哥自從成家後，聽大嫂之言，更變本加厲，白，我總不放心離開你。」月白說：「爸爸，不要這樣說，我常在你身旁。」說着老爺感到一陣劇痛呻吟不已，月白慌忙叫：「爸爸，你怎麼了，媽，大哥，……二嫂，……」月明趕快入內高聲說：「什麼事，大驚小怪。」各人也蜂擁入內圍觀了。

他們狂叫着爸爸老爺。只有月明惡恨恨地說：「什麼？大驚小怪。老人家的氣常常也是覺得不舒服的，怎樣？爸爸你覺得如何？我拿紙墨來給你先寫遺囑罷！」老爺喘息不定地說：「我不行了！唉！我常嘆蕭門不幸，出此敗類，你簡直是不孝之子，我有三子，可是最孝義的便死去，只留下你這不肖之兒。亞明你對得我住？」明說：「爸既然你自知不行，那麼應為兒孫着想，先寫遺囑吧。」老爺說：「我欲見見大嫂。明，叫她來吧！」明說：「爸爸你有病，她也有病。她怎能下來見你呢？我不叫，我不叫！」老爺怒怪說：「你這畜生，你簡直沒有良心，你會替爸爸想想嗎？我就快不會再見你們了，你還……」他再不能說下去，呼吸緊促。月白說：「爸爸你不要怒。秋香，你快些請大嫂下來。」二奶奶急說；「老爺你不要怕，你大步踏過吧，阿彌陀佛，保祐老爺。」一會兒秋香走過來說：「大少奶來了。」只聽見一種躁耳的聲音；「什麼事呢？又叫我！」她慢慢地走進房內說；「老爺你怎樣了？有什麼事，我早欲來看你，不過我一樣是不舒服，我是很掛念你的。」老爺幽默說；「你掛念我？那些家產呢！」大嫂說；「老爺你為何說這些話呢？我生是蕭家之人，死是蕭家之鬼，而且又是長子之媳，所以……」老爺打岔說；「我自知不行，不過我死而有憾的，便是還未抱孫。二嫂在大亂時已守寡，大嫂則……」大嫂說；「這些你責備你的兒子吧！終日在外浪蕩。」老爺說：「所以我欲替月白成家。了却我向平之願，現在他與張家訂婚，但是我希望在我未死之前，看見第三媳婦。」大嫂說：「這些事我自有打算的。你替三少成家，不過你要明白，這個家庭已經是外強中乾了，收入少，而支出多，你假如百年歸老，也需要一筆錢，還在等待你死後，再打算吧！」老爺說；「我能希望在未死之前看見三個媳婦的。」明說：「爸爸你何必自尋煩惱呢？兒孫自有兒孫福，何必為兒孫作馬牛？月白今年只是二十歲，還在求學期間，假如成家後，不是分散了他的求學精神嗎？等待你死後，我為兄者自有打算的，兄弟只有兩人，我當然照顧他。」老爺說：「你會體諒兄弟兩人了嗎？為何總鬧着分家產呢？」明說：「這是必然的，分家產是兒孫應得的，難道兒孫不應該承受家產嗎？我已把遺囑寫好了。」立卽轉向大嫂取出遺囑讀着：

「承先人早蔭遺下一概產業由蕭丞蔭堂長子月明負全責應均分如左：

（一）長子嫡系蕭月明名下佔蕭承蔭堂全部產業百分之六十。

（二）次子蕭月清名下佔蕭承蔭堂全部產業百分之三十。

（三）偏房子蕭月白名下佔蕭承蔭堂全部產業百分之十。

附注：因蕭月白尚未完婚，俟婚後始有承受家產權。

以上所訂各兄弟不得相爭。此囑。」

老爺說：「這樣的不平均，我一定不簽名的。我應該把它均分為三份才合。」明說；「這樣是不合理的。在中國數千年來一貫的規定我是嫡系長房。一定要佔雙份，怎樣？爸爸。」老爺氣極說；「明，你……」大嫂憤然不顧一切地說：「老爺，這樣很不平等嗎？我是長房媳婦，我是唆使他這樣做的，怎樣？各人覺得怎樣？不妨坦白說。」老爺說：「你們講吧，月白，二嫂講吧。」月白說；「爸爸，我不會希罕家產的，需要怎樣便怎樣。」大嫂說；「好，三少不希罕家產呢，不過我們長房是要論及家產的。二嫂你意思怎樣？」二嫂說：「我以為這樣很不公平均，我願意把我百分之三十與三少平分這才平等的。」大嫂說：「這是決不可能。你是孀婦，而且又是嫡系二房，才分百分之三十，同時，應由長房保管。你是守寡，你可能會拿着家產再嫁。」二嫂說：「不會的，我對於三從四德也懂得。哼！」大嫂說；「人心不古，不可預料的。屆時我怎能追究你。」明說：「爸爸你聽到了。月白，不希罕你的家產呢！現在你快些簽名。」老爺說：「我決不承認你所寫的遺囑，我不簽！我不簽！月白你們兩母子。我決不待薄你們的。」明說：「你不承認，決不可能的，快些簽名，拿筆來！」大嫂立卽拿着毛筆，月明強迫他簽名，可憐這垂死的老頭子終被他強拉着他的手簽着「蕭正庭」，老頭子受此大大刺激而氣絕身亡，各人狂哭不已，月明悠悠自得地說：「好——死了不是好嗎？入土為安，你們看着，這是他親筆簽名的，你們還吃飯嗎？你們不吃作算了。」他獨自輕鬆地往吃飯，一概不管，屋內哭聲震天，當然只有月白及其母最為憂傷，大嫂則假裝着哭，掩他人耳目。

這是大家庭的應有的鋪張華麗，所以對喪事也為了撐場面關係而特別隆重。蕭老頭子去世後，一切大權當由月明及其妻掌握。

仲冬過後，便是翌年的春天，月白應該再入學讀書，他為了繳交學費，向大嫂索欵，大嫂惡恨恨說：「幹嗎？讀書？三少？你已是二十一歲了，還讀書？而且老爺死後，用去不少錢，那還有錢再讀書，這些事向大哥商量好了。」說着月明唱着「梆子滾花」「打破玉籠飛彩鳳，頓開金鎖走蛟龍」慢步而入說：「月白幹嗎？拉長面孔似的。」大嫂說：「他索欵繳學費你如何？」月明說：「繳學費這是應該的。他還未畢業呢！」大嫂杏眼圓睜說：「你知道什麼？還讀書？還讀書？我管不了，我沒錢。」月明是一個懼內主任，立即轉了話題說：「月白不要再讀了。還是到店中學習吧！」月白說：「爸爸在死前吩咐我應該升學，現在我還未娶妻，應該還是用爸爸的錢，待我娶妻後，才正式分家產給我。」大嫂說：「你不是很便宜嗎？現在讀書是『公錢』，還需養活你數年，娶妻後才分家產給你，你不是很便宜嗎？」月明說：「月白，你已中學畢業何必再讀大學呢？現社會裏只要稍稍有些學識便行了。我在十六歲時，已在店中學習了。」大嫂說：「假如在身上還要花這多錢，還是分給你家產好了。」明說：「不要太生事，算了吧。」大嫂則叉着腰肢說：「你怕他嗎？你不分我來分。」月白說：「好！分給我吧！哼！」大嫂高聲說：「春桃，快些請二嫂和二奶奶出來。」一會兒她們倆慌忙地出來，大嫂說：「二奶奶，你的好兒子在吵現在要分家了。」二奶奶慈祥地說：「月白怎麼了。怎麼吵着分家呢？」月白氣憤憤地說：「媽，你不知道的，我不能再忍了，大嫂你分給了我，我則再不依靠你。」大嫂則在房中取出了賬部出來。她說：「我告知給你們，所有的動產，已在老爺死時用完了，這一間祖居我已押去了給娘家，押了二萬八千塊錢。」月白驚問：「怎麼了，這祖居也可以押去的嗎？」大嫂說：「不押又怎能支撐這個家，二萬八千塊在你名下只能佔去二千八百塊，可是在老爺死時，一切喪事的消耗，在你名下扣去一千八百元，現在應該分給你的是一千元。」月白憤極說：「一千元，哼！那麼我既然佔百分之十，在爸爸喪事用去的錢，也應該扣去十分之一。」大嫂說：「哼！你倒和我理論嗎？月明，你看看你的好弟弟吧！」二嫂抱不平地說：「分一千元給三少似乎不應該了，這樣不平均，還成話嗎？」大嫂說：「怎麼？你敢怎樣？」二嫂忍無可忍說；「那麼在我名下應該分給若干呢？」大嫂說：「啊！你也嚷着分家嗎？好！你應得百分之三十，一定給你三千元。」二嫂含忿說：「好！分給我三千元，請你立卽給我，我亦不想再在這個家逗留了，三少，我有三千元，再加上你一千元，可以做小生意。」大嫂說：「你們同一陣綫來迫我，月明你怎樣了，幸而你在此，不然我被他們迫死了。」說時裝着哭聲，月明突然高聲說：「現在立卽分給你們。」大嫂在房中取出了一疊銀紙，猛力地放在桌上說：「這不是蕭家的動產，而是我娘家先拿出來的。」說着分給了他們，大嫂說：「還有手續未辦，你們應該寫回收據說明在你們名下的家產已無涉了。」二嫂含悲忍淚地簽字，月白黯然執筆署上自己的名字，他說：「二嫂，你再不可留戀這個家了，這個家簡直是充滿了污濁齷齪……」

分家後，他們三人另租一房子，可是在全無收入之中，正是「全無生計用得幾年」，二奶奶說：「月白，現在社會不景氣，你還是不讀書吧。」月白說：「媽！不讀書是不可能的，而且一定需要有充分的學識，才能在社會上立足。」二嫂說：「二奶奶，我們兩人只靠三少，一生的希望寄托在他身上，不讀書是絕對不可能的。」二奶奶說：「月白你已和張家訂婚，現在為今之計，你到張家一行，說明此事，他是擁有許多生意的，也許他對你有關照呢！」月白在一籌莫展之中，只有一往見未來岳丈。在一繁榮的市區中心之地，殷商巨賈多居住於其間的，他按址到達了一所華麗房舍，叩門，有一小婢啟門忙說：「啊！大姑爺。」月白問：「老爺在家嗎？」小婢說：「老爺和小姐也在內呢。」他慢步而入，看見客廳中坐着一個年已半百的老叟，頭髮斑白，身穿馬尾緞長旗袍，面目和善，看見月白到此，高興異常，連忙吩咐婢僕請小姐出來，一會兒有一荳蔻年華的少女，天眞地，她身穿衫裙，腦後擺動着兩條小辮子，活潑地叫：「白哥，這麼久才來呢。」月白說：「因為沒有空。所以……」「白哥，你何時開課？」月白說：「大概在一星期內吧。張世伯，我此行實有事懇請。」張世伯說：「月白，你既是我的女婿，還客氣嗎？」月白便把分家之事相告，並請他在商業上提拔提拔。張世伯以手摸着鬍子說：「月白，你還年青，切不可因家產與兄嫂計較，俗云『好仔不論家財』，只要你有志氣，努力前程，目前你應繼續升學，你和二嫂合共所有的四千元，加股在成和堂內吧，即我所開的那間藥材店。」月白感激地說：「張世伯，我不知如何地感激你。」張世伯說：「啊！還說什麼感激呢，你既成我的女婿，我一定栽培你的。本來在蕭老伯未去世前，我欲使你倆成婚了，但是你和亞清也還未畢業，所以便把這事擱置了，現在仍未開課，亞清在家中悶得發慌，趁你倆閒暇，出外逛逛吧，我雖然年老，但我懂得年青人的心理。」亞清羞澀地說：「爸，我不想出外呢。」張世伯說：「快些去吧，月白和她一同去，我是不許她和其他同學偕行的。」亞清說：「白哥，你有空嗎？」月白說：「有的。」清天眞地入內更衣，一會兒換過了一件綑三線的長旗袍（這是十五年前的服裝）。清說：「爸爸，我們去了。」張世伯望着女兒和未來女婿的背影，喜悅說：「清，你和月白今晚回來用膳。」

選自李我《慾燄》第一集，缺版權頁，料出版於戰後

作者簡介

王　韜（1828-1897）

原名王利賓，學名翰，字蘭卿，一字嬾今。蘇州昆山縣甫里鎮人。報人、翻譯家、政論家、作家。年少攻舉業，屢試不第，乃以授徒維生。後赴上海協助西人麥都思、艾約瑟、偉烈亞力翻譯西洋典籍。同治元年（一八六二），化名「黃畹」上書太平天國，被清廷通緝，逃至香港，改名韜，字仲弢、子潛、紫詮，號天南遁叟、甫里逸民、淞北逸民，晚年號弢園老民、蘅華館主等。居港期間協助英華書院院長理雅各翻譯中國儒家經典。同治十二年（一八七三），與友人成立中華印務總局。次年，創辦《循環日報》。光緒八年（一八八二），獲准返回蘇州。著有《遯窟讕言》、《淞濱瑣話》、《淞隱漫錄》、《蘅華館詩錄》、《弢園尺牘》、《弢園文錄》、《瓮牖餘談》等。

鄭貫公（1880-1906）

原名道，字貫一，筆名自立、仍舊、死國青年等。廣東香山人。報人、作家。十六歲東渡日本當買辦傭工，後就讀梁啟超任校長之高等大同學校，任《清議報》編輯。其後思想漸脱保皇。一九〇〇年創辦《開智錄》，與孫中山往還，思想趨革命，加入興中會。光緒二十七年（一九〇一）孫中山函介赴香港任職《中國日報》。光緒三十年（一九〇四），先後創辦《世界公益報》、《廣東日報》。次年，創辦《唯一趣報有所謂》（簡稱《有所謂報》），並加入中國同盟會，任幹事。翌年五月病逝。著有《瑞士建國誌》，編有《時諧新集》等。

黃崑崙（1887-1938）

原名顯成，字君達，別字仲弢，號冷觀、崑崙。筆名湛盧、大可等。廣東香山人。同盟會會員、南社社員；報人、小説家、教育家。早年創辦《香山旬報》、《香山週刊》。因著文反對袁世凱稱帝，為粵督龍濟光囚禁五年。出獄後赴香港主《大光報》筆政，並於各大報刊撰寫小説。一九二一年與黃天石合編《雙聲》，極負盛名。一九二六年創辦中華中學。一九三八年卒於香港。創作以小説為主，著有《大俠青芙蓉》、《青萍芠恨記》、《幽蘭懷馨記》、《太平山之秋》等。

孫受匡（1900-1965）

原名孫壽康，廣東東莞人。商人、作家、出版家、報人。一九二〇年代，除從事穗港運務買辦外，因性好文藝，遂創辦受匡出版部，出版新文學作品；並任《小説星期刊》特聘撰述員，連載〈恨不相逢未嫁時〉。一九二八年，與羅澧銘合辦小報《骨子》。成書有《熱血痕説集》。

羅澧銘（1903-1968）

原籍廣東東莞。商人、作家、報人。筆名有蘿月、憶釵生、三羅後人、禮記、塘西舊侶等。曾就讀於聖士提反英文學堂。十九歲出版四六駢文小説《胭脂紅淚》；一九二三年從商；一九二四年《小説星期刊》創刊，職主任，發表大量小説、隨筆等作品，一九二八年八月與孫壽康合辦《骨子》三日刊。一九七〇年代初，於《星島晚報》以塘西舊侶筆名連載〈塘西花月痕〉，後分上下冊出版。

何恭第（1879-1941）

筆名櫻厂，世稱櫻花先生。廣東順德人。教育家、作家。少攻舉業，曾入權貴幕僚，後在順德授徒。曾任香港育才書社漢文總教習，並於大道中設櫻花草堂授徒。能詩文，尤擅說部，任《小說星期刊》特約撰述員。著有《櫻花集》、《苗宮夜合花》、《玉面狐狸》、《冷宮紅杏》等。

吳灞陵（1904-1976）

筆名雲夢生、吳雲夢、看月樓主、銷魂、白蓮、解鈴、差利、百勞、馬迴、鱉洋客等。廣東南海人。作家、報人、報刊收藏家。一九二二年開始寫作；一九二三年投入報界，歷任《香江晚報》、《大光報》、《中華民報》編輯、戰後版《循環日報》總編輯，後任《華僑日報》編輯、港聞主任直至逝世。早年任《小說星期刊》特聘撰述員、《墨花》撰述員，勤於筆耕，新舊文學俱涉獵，小說、散文、隨筆甚夥，惜未見成書。一九五〇年後，熱衷本土旅遊，成書多種，俱由《華僑日報》出版。

黃守一

生卒年不詳。筆名秀逸、慳緣、誰憐、情子、亞嘅。一九二四年，任《小說星期刊》督印人兼總編輯，專心編務和著述。寫評論，連載小說，是黃守一從文最輝煌的時期。

何筱仙

生卒年不詳。號憶韻，筆名拈花、无那、冰耶、憶、憶園主人等。舊體文學者。一九二四年，《小說星期刊》創刊，任助理編輯兼校訂者；《墨花》旬刊撰述員。著有小說《啼脂錄》和《啼脂錄二集》，筆記體作品《拈花微笑庵筆乘》、《抱劍室筆記》等。逝於香港。

黃言情（1891-1974）

筆名，另署言情，本名黃熊彪，字俊英，另有筆名絃歌等。廣東高要人。報人，小說家。曾在英漢文學堂、皇仁書院讀書。十六歲加入同盟會香港支部，除創辦《新少年報》、《香江晚報》外，還在《香港星期報》、《香港晨報》、《南強報》、《四邑商報》、《南中報》、《大光報》、《華僑日報》等任總編輯或編輯。一九二一年創辦《香江晚報》，任督印人兼總編輯。《香江晚報》是香港最早的新聞晚報，一九二九年停刊。黃言情的《老婆奴》、《老婆奴續篇》先在《香江晚報》連載，其後分別出單行本。《老婆奴》於一九二四年由上海新小說共進社出版，《續篇》由香港大中華國民公司於一九二六年印行，是目前所見香港最早的「三及第小說」；另有「借殼小說」《新西遊記》等。

黃天石（1899-1983）

本名黃鍾傑，又名黃炎，筆名寂寞黃二、惜珠生、黃衫客、傑克等，其中以傑克最為知名。出生於廣東省番禺縣，祖籍安徽。少在上海攻讀電機工程，未畢業即被聘到粵漢鐵路工作。十九歲投身報界，歷任廣州《民權報》、《大同報》、香港《大光報》總編輯。一九二一年與黃冷觀合編《雙聲》雜誌，第一期發表他在港最早的一篇白話文小說〈碎蕊〉。一九二二年，赴雲南任唐繼堯顧問，一九二六年赴日本，習日本語文化。一九二七年回港，重返《大光報》任總編輯。一九三二年，應邀赴馬來西亞編《南洋公論》，任霹靂埠《中華晨報》社長，吉隆坡栢屏義學校長，一九三四年回港。抗日戰爭期間，居桂林、重慶。戰後回港，大寫流行小說。一九五五年創立「香港中國筆會」，出任會長凡十年，並辦《文學世界》雜誌。黃天石著作等身，計有鴛鴦蝴蝶派小說《紅心集》、《紅鐙集》、《生死愛》等，另如《紅巾誤》、《春影湖》、《一曲秋心》、《名女人列傳》等，俱膾炙人口。

齋公（1895-1976）

原名朱棠，自改名為朱愚齋，齋公本為筆名，其後朋輩多以此作稱呼。作家、武術家、醫師。廣東南海人。自小失學，潛心習武，師從黃飛鴻弟子林世榮，並學跌打傷科，後懸壺問世。文事則勤勉自修，一九二〇、三〇年代從報人蘇守潔遊，得以指點，於是執筆為文，著有《粵派大師黃飛鴻別傳》、《少林英烈傳》、《珠海群雄傳》、《嶺南武術叢談》等；並刊行《鐵線拳》、《虎鶴雙形》，宣揚師傅林世榮的絕技。

豹翁（1894-1935）

原名蘇守潔。報人、作家。曾任南方軍閥龍濟光秘書，後於台山一中任國文老師。好酒，富舊時文人風采。一九二〇年代，入廣州報界，主理《新國華報》「黑豹副刊」，所謂「黑」，即「黑旋風」李健兒；「豹」就是「豹子頭」蘇守潔，「豹翁」筆名遂響。一九三一年來港，任《探海燈》編輯，從事撰述。一九三三年任職《工商日報》和《中興報》。一九三五年七月赴穗，隨告人間蒸發，後證實遇害，死因多種，莫之難考；一云於《探海燈》筆耕時，文風甚辣，大揭廣州政壇黑暗，口誅筆伐，得罪當道。著有《黃鶴樓感舊記》、《五年前之空箱女屍案》、《文豹一覸》等。

鄧羽公

生卒年不詳。廣東佛山人。報人、作家。筆名計有羽公、忠義鄉人、淩霄閣主、天涯浪客、鄧九公、倒翁、佛山人、是佛山人等。一九三〇年代已知名穗港，是辦小報的聖手。廣州的《羽公報》、《愚公報》，香港的《石山》報，俱名響一時，舉凡政論、小說、雜文俱為之。一九二〇年代，即據清末小說《萬年青》改寫、創作少林故事，行文不避粵語，被推為粵港派技擊小說的開山祖師。作品多散佚。晚年以淩頌覺名字懸壺問世。據云歿於一九六〇年代。

王香琴

生卒年不詳。原名王中嶽，另有筆名幽草。報刊編輯、小說家。初在香港的《大同報》、《中和報》、《超然報》連載小說；後在廣州的《民生報》、《公評報》寫清宮歷史小說，聲名遂大播於省港。後在香港的《興中晚報》寫俠艷小說，文名更盛。日寇南進，王香琴恥作順民，歷經桂粵，勝利後返港續筆耕，各大小報刊，稿約飛來；主力則放在《成報》，同一版中，以「王香琴」撰社會奇情小說，以「幽草」寫武俠小說，可見受讀者之歡迎。

侯曜（1903-1945）

廣東番禺人。編劇、導演、小說家。筆名鐵筆等。畢業於南京東南大學教育學系，曾加入文學研究會。一九二四年入長城製造畫公司，任編劇主任兼導演，是中國早期電影理論的拓荒者之一，一九二六年撰《影戲劇本作法》。一九三三年來港，為聯華影業公司開辦演員訓練班，並於《循環日報》、《循環晚報》、《工商晚報》從事筆耕，以維生計。作品有長篇小說《沙漠之花》、《珠江風月》、《血肉長城》、《太平洋上的風雲》、《摩登西遊記》等。一九四一年赴星加坡，一九四五年抗戰勝利前夕，為日軍捕殺。

周白蘋（？-1976）

原名任護花，筆名另有金牙二等，原籍廣東鶴山。報人、小說家、粵劇編劇、電影工作者。日軍侵粵前，在廣州《公評報》任職。一九三八年十月廣州淪陷，來港辦隔日刊小型報《先導》與《紅綠》。香港淪陷後，前往韶關辦《粵華報》。抗戰勝利後回港，創辦《紅綠日報》。以周白蘋筆名寫的《中國殺人王》、《牛精良》系列，大受歡迎。此外，還以金牙二筆名寫三及第怪論，這比三蘇的怪論還要早。

望　雲（1910-1959）

原名張文炳，另有筆名張吻冰，作家。為早期香港新文學拓荒者之一，島上社成員。島上社於一九二九年創辦《鐵馬》，由他任主編。停刊後，一九三〇年，島上社又辦《島上》，只出了三期。張吻冰於《鐵馬》、《島上》發表新文藝作品外，另於《小齒輪》、《墨花》都有作品。抗日戰爭爆發後，入電影圈從事編導工作，成績平平，終於放棄對新文藝的堅持，以望雲筆名寫流行小說，於《天光報》連載〈黑俠〉，大受歡迎，遂棄吻冰而用望雲。香港淪陷後，在韶關的《大光報》、桂林的《廣西日報》續寫流行小說。戰後回港，繼續筆耕。一九五九年，患癌辭世。著有《黑俠》、《愛與恨》、《人海淚痕》、《青衫紅淚》、《星下談》等。

靈簫生（1906-1963）

原名衞春秋。報人、小說家。一九三三年為《天光報》撰文言鴛鴦蝴蝶派小說，其後本此勤寫不懈，著作等身；奠定名聲者為《海角紅樓》，還改拍成電影。一九四九年前，創辦《春秋》、《泰山》、《銀晶》等小報；一九五八年辦《靈簫》報。著作除《海角紅樓》外，尚有《香銷夜百合》、《冷暖天鵝》、《香夢未曾温》等。

周天業

生卒年不詳。原名葉一舟。報人，小說家，二十年代曾主編小報《胡椒》，並在報上撰寫〈廣東偵緝腦〉而知名。編報主張不揭個人私隱。香港淪陷時，曾於葉靈鳳的《大眾周報》發表短篇偵探小說。著有《廣東偵緝腦》。

林瀋

生卒年不詳。報人、小說家、雜文家。三十年代崛起於廣州報界，原名林國雄。廣州陷日後，逃來香港，易名林覺紅，開始以林瀋的筆名撰寫小說，以艷情短篇最知名，多發表於戰時的《大眾周報》；並以依挹的筆名寫諷刺時事雜文。小說多以淺白文言書寫；時事雜文則摻雜了大量粵語。香港光復後，先後於《果然日報》、《紅綠晚報》任副刊及新聞編輯。

高雄（1918-1981）

本名高德態，筆名三蘇、小生姓高、許德、史得、經紀拉、旦仃、石狗公、吳起等。原籍浙江紹興，生於廣州。報人、小說家、雜文家。曾在中山大學主修政治經濟，未畢業。一九四四年來港，翌年到《新生晚報》工作。除了創作通俗小說，還以「三及第」文體撰寫「怪論」專欄，名聲大響。此外，亦曾為電台廣播劇「十八樓C座」寫劇本。成書有《經紀日記》、《天堂遊記》、《新寡》、《報復》、《香港二十年目睹怪現狀》、《給女兒的信》等。

我是山人

生卒年不詳。本名陳勁，又名陳魯勁。原籍廣東新會。報人、小說家。初在鄉中執教鞭，寫些幽默文章，投諸報刊獲賞識，遂入廣州《廣東七十二行商報》任編輯。七七事變後，逃來香港，任職《中華時報》，並致力話劇演出，還執筆編劇。抗戰勝利後重返《廣東七十二行商報》，掌副刊，以「我是山人」筆名撰《三德和尚三探西禪寺》，一炮而紅。此後專注撰寫少林故事。大陸易手後重回香港，入《環球報》，筆耕不絕。我是山人的技擊小說，成書甚多，知名者計有《三德和尚三探西禪寺》、《洪熙官大鬧峨嵋山》、《洪熙官三建少林寺》等。

司空明（1921-1997）

原名周鼎，又名周為，別字紀英。廣東人。報人，小說家。另有筆名謝無咎。抗日戰爭爆發後，於《星島日報》胡好在內地的機構任職。香港重光後，入《星島日報》，除任新聞編輯外，兼主編副刊「星座」至一九四七年止，後專職新聞工作，由編輯升至編輯主任、副總編輯、總編輯，一九九〇年退休。期間，以司空明筆名在《星島晚報》、《明燈日報》等報連載小說。成書甚多，計有《鶯飛草長》、《頭條新聞》、《梅香劫》、《殘月驚魂》、《江湖客》等；散文集有署名謝無咎的《臨窗絮語》。

仇　章（？-1952）

籍貫不詳。少年時，曾生活在廣州，入聯英足球隊。小說家。抗戰時期，四處漂泊。一九四二年在戰時省會韶關《中山日報》撰〈第五號情報員〉，一炮而紅，隨在《中國報》發表〈突破封鎖線〉，名聲益響。勝利後，作品源源推出，如《遠東間諜戰》、《香港間諜戰》、《東京玫瑰》、《遭遇了支那間諜網》等，成享譽一時的諜報小說家。一九五二年病逝香港，有說得年三十餘歲，有說四十餘歲，待證。

筆聊生（1905-1979）

本名陳霞子，字全昌，號夏聲，廣東南海人。另有筆名阿夏、阿霞、夏伯等。報人、小說家。在廣州曾當補鞋匠，後入報界。歷任廣州《民生報》、《群聲報》、《誠報》、《越華報》編輯；香港《南強報》編輯；澳門《大眾報》、《市民日報》編輯。後加盟《成報》。一九五六年創辦《晶報》，任社長兼總編輯。陳霞子最拿手的是「借殼小說」，如在《成報》寫的《八仙鬧香港》、《香港商報》的《大話西遊》、《海角梁山泊》等。自辦《晶報》後，便將「筆聊生」這筆名轉予林壽齡續寫小說。

怡紅生

生卒年不詳，料逝世於一九七〇年代。原名余寄萍，報人、小說家。戰前即以「怡紅生」筆名寫言情小說。曾任《成報》編輯、《真欄日報》總編輯。編餘筆耕不絕，據云稿債纏身，部分連載小說被迫先口述錄音，再找人筆記。作品散見各報，多已散佚。成書有《秘密生涯》、《蕩婦魂歸》等。

李　我（1922-）

廣州人，五歲來港。原名有三：晚景、耀景、國祥。李我初為藝名，隨作真名沿用至今。戰前在廣州演文明戲；一九四六年入廣州風行電台「單人講古」，講《黃金償薄倖》，一講成名。《慾燄》（又名《蕭月白》）更風魔聽眾，後改拍成電影、粵劇。李我電台講古後，多有單行本面世，計有《慾燄》、《孽海癡魂》、《黑天堂》等，是香港獨一無二的天空小說作家。一九四九年返港，續在電台講古至一九七六年，隨加入無線電視演出，至一九八六年退休。

《香港文學大系一九一九—一九四九》編輯委員會鳴謝
以下人士及單位，資助本計劃之研究及編纂經費：

李律仁先生

・

香港藝術發展局

香港藝術發展局
Hong Kong Arts Development Council

藝發局邀約計劃
香港藝術發展局全力支持藝術表達自由，
本計劃內容並不反映本局意見。

・

香港教育學院　中國文學文化研究中心

The Hong Kong
Institute of Education
香 港 教 育 學 院

中國文學文化研究中心